COLLECTION
L'IMAGINAIRE

Mario Vargas Llosa

La Maison
verte

Traduit de l'espagnol
par Bernard Lesfargues

Gallimard

Titre original :

LA CASA VERDE

© *Mario Vargas Llosa, 1965.*

© *Éditions Gallimard, 1969, pour la traduction française*

Mario Vargas Llosa est né en 1936 à Arequipa au Pérou. Il a fait ses premières études à Cochabamba (Bolivie), à Lima — dans le collège qu'il décrit dans La ville et les chiens —, *enfin à Piura où une de ses premières pièces de théâtre fut représentée en 1952.*

Etudiant en lettres à l'Université San Marcos de Lima, il collabore à plusieurs journaux et devient codirecteur de la revue Literatura *en 1958-1959. Une bourse lui permet de poursuivre ses études en Espagne, où il obtient dès 1958 le prix Leopoldo Alas pour son recueil de nouvelles* Los Jefes.

Lauréat d'un concourt littéraire organisé à Lima par la Revue française, *Vargas Llosa vient à Paris où il restera huit ans. Il écrit alors* La ville et les chiens *(Gallimard 1966) tout en travaillant à Berlitz, à l'agence France-Presse et à l'O.R.T.F. Plus tard il enseigne dans des universités anglaises et américaines.*

En 1967, La Maison verte *remporte le prix Romulo Gallegos, l'une des récompenses les plus prestigieuses que puisse obtenir un ouvrage de langue espagnole. Mario Vargas Llosa publie ensuite* Conversation à « la cathédrale », Les chiots, Pantaléon et les visiteuses, La tante Julia et le scribouillard, *ainsi qu'un essai sur Flaubert intitulé* L'orgie perpétuelle.

UN

Le sergent jette un coup d'œil sur la mère Patrocinio : le frelon y est toujours. La barque tangue sur les eaux troubles, entre deux murailles d'arbres qui exhalent une vapeur brûlante, poisseuse. Pelotonnés sous le toit de palmes, le torse nu, les gardes dorment à l'abri du soleil jaune, verdâtre, de midi : la tête de P'tit Format repose sur le ventre du Gros, le Blond sue à grosses gouttes, le Brun ronfle la bouche ouverte. Une ombrelle de moustiques fait escorte à la barque, des papillons, des guêpes, de grosses mouches évoluent entre les corps. Le moteur ronronne avec régularité, hoquette, ronronne. Nieves le pilote, la main gauche sur le gouvernail, une cigarette à la main droite, a son visage très bronzé qui demeure inaltérable sous le chapeau de paille. Ces gens de la forêt n'étaient pas normaux, pourquoi ne suaient-ils pas comme les autres chrétiens? A la poupe, rigide, la mère Angélica garde les yeux fermés, sur son visage il y a bien un millier de rides; parfois elle tire un petit bout de langue, essuie la sueur de sa moustache et crache. La pauvre vieille, comme si c'était de son âge, ces excursions! Le frelon agite ses ailes bleues, abandonne en un doux élan le front rose de la mère Patrocinio, se perd en traçant des cercles dans la lumière blanche, et le pilote allait stopper le moteur, sergent, on arrivait, derrière cette falaise c'était Chicais. Mais le sergent, le cœur lui disait qu'il n'y avait personne. Le bruit du moteur s'arrête, les mères et les gardes ouvrent les yeux, lèvent la tête, regardent. Debout, Nieves le pilote enfonce la gaffe à droite et à gauche, la barque s'approche silencieusement de la rive, les gardes se mettent debout, prennent leurs chemises, leurs képis, arrangent leurs guêtres. La palissade végétale de la rive droite s'interrompt brusquement

après le coude que fait le fleuve et il y a un escarpement, une brève parenthèse de terre rougeâtre qui descend jusqu'à une anse minuscule de boue, de galets, de touffes de roseau et de bruyère. On n'aperçoit aucun canot sur la rive, aucune silhouette humaine sur l'escarpement. L'embarcation touche le fond, Nieves et les gardes sautent, barbotent dans la boue couleur de plomb. Un cimetière, son cœur ne le trompait pas, les Mangaches avaient toujours raison. Le sergent est penché sur la proue, le pilote et les guides halent la barque vers la terre sèche. Qu'ils aident les bonnes sœurs, qu'ils leur fassent la chaise, surtout qu'elles ne se mouillent pas. La mère Angélica garde son air grave dans les bras du Gros et du Brun, la mère Patrocinio hésite quand P'tit Format et le Blond enlacent leurs mains pour la recevoir et, en se laissant tomber, elle rougit comme une écrevisse. Les gardes traversent la plage en se déhanchant, déposent les mères là où il n'y a plus de boue. Le sergent saute, arrive au pied du ravin quand déjà la mère Angélica grimpe la pente d'un air décidé, suivie de la mère Patrocinio, à quatre pattes toutes les deux et disparaissant dans des nuages de poussière rouge. La terre de l'escarpement est friable, elle cède à chaque pas, le sergent et les gardes avancent enfoncés jusqu'aux genoux, accroupis, étouffés par la poussière, le mouchoir sur la bouche, le Gros éternue et crache. Parvenus au sommet, ils s'époussettent mutuellement leurs uniformes et le sergent observe : une clairière circulaire, une poignée de cases au toit conique, de maigres champs de manioc, des bananiers et, tout autour, l'épaisseur de la forêt. Entre les cases, des arbustes aux branches desquels pendent des bourses ovales : les nids de *paucares*. Il le leur avait dit, mère Angélica, ça allait de soi, pas une âme, elles voyaient bien. Mais la mère Angélica va d'un côté à l'autre, entre dans une case, en ressort pour mettre le nez dans celle d'à côté, frappe dans ses mains pour chasser les mouches, ne s'arrête pas une seconde, et ainsi, de loin, estompée par la poussière, ce n'est plus une vieille femme mais un habit religieux ambulant, tout droit, une ombre pleine d'énergie. La mère Patrocinio, par contre, reste immobile, les mains cachées sous l'habit, et ses yeux ne cessent de parcourir le village abandonné. Des branches s'agitent et l'on entend des cris perçants, une escadrille d'ailes vertes, de becs noirs et de plastrons bleus vole bruyamment au-dessus des cases désertes

de Chicais, les gardes et les mères les suivent des yeux jusqu'à ce qu'ils aient disparu dans la brousse, le vacarme qu'ils font se prolonge un moment. Il y avait des perroquets, bon à savoir si jamais la nourriture venait à manquer. Mais ils vous flanquaient la « dessenterie », ma mère, c'est-à-dire, on avait le ventre qui se relâchait. Au bord du ravin apparaît un chapeau de paille, le visage bronzé de Nieves le pilote : alors, comme ça, les Aguarunas ont eu la frousse, mes p'tites mères. Fallait-il qu'elles soient têtues, pourquoi n'avaient-elles pas voulu l'écouter? La mère Angélica s'approche, regarde çà et là avec ses petits yeux plissés, et ses mains noueuses, rigides, avec des taches de rousseur, s'agitent devant la figure du sergent : ils étaient dans les parages, ils n'avaient pas emporté leurs affaires, il suffisait d'attendre leur retour. Les hommes se regardent, le sergent allume une cigarette, deux *paucares* vont et viennent dans le ciel, leurs plumes noires et dorées brillent d'un éclat humide. Des petits oiseaux aussi, il y avait de tout à Chicais. Sauf des Aguarunas, et ça fait rire le Gros. Pourquoi ne pas leur tomber dessus à l'improviste? la mère Angélica halète, elle ne les connaissait peut-être pas, p'tite mère? le plumet de poils blancs de son menton tremble doucement, les chrétiens leur faisaient peur et ils se cachaient, inutile de rêver qu'ils allaient revenir, tant qu'ils seraient là on n'en verrait même pas la couleur. Petite, boulotte, la mère Patrocinio est là aussi, entre le Blond et le Brun. Mais enfin, ils ne s'étaient pas cachés, l'année dernière, ils étaient venus au-devant d'eux et ils leur avaient même offert une *gamitana* toute fraîche, il se rappelait bien, sergent? Mais alors ils ne savaient pas, mère Patrocinio, maintenant si, qu'elle se rende compte. Les gardes et Nieves le pilote s'assoient par terre, se déchaussent, le Brun ouvre sa gourde, boit et soupire. La mère Angélica lève la tête : qu'on dresse les tentes, sergent, un visage fripé, qu'on installe les moustiquaires, un regard liquide, on attendrait qu'ils reviennent, une voix cassée, et qu'il ne lui fasse pas cette tête, elle avait de l'expérience. Le sergent jette sa cigarette, l'enterre à coups de talon, ce qu'il s'en fichait, les gars, qu'ils se remuent un peu. Et juste à ce moment-là éclate un caquetage et un fourré crache une poule, le Blond et P'tit Format poussent un cri de joie, noire, la poursuivent, tachetée de blanc, la capturent, et les yeux de la mère Angélica étincellent, bandits, qu'est-ce qu'ils faisaient,

son poing vibre en l'air, elle était à eux? qu'ils la lâchent, et le sergent qu'ils la lâchent mais, ma mère, si on devait rester faudrait bien manger, ils n'avaient pas envie de crever de faim. La mère Angélica ne tolérerait pas d'abus, quelle confiance pourraient-ils avoir en eux s'ils leur volaient leurs malheureuses bestioles? Et la mère Patrocinio approuve, sergent, voler c'était offenser Dieu, le visage rond et respirant la santé, il ignorait ses commandements? La poule touche le sol, chante, s'épouille sous les ailes, s'échappe en se dandinant et le sergent hausse les épaules : pourquoi pouvaient-elles bien se faire des illusions du moment qu'elles les connaissaient aussi bien sinon mieux que lui? Les gardes s'éloignent dans la direction de la rive, dans les arbres perroquets et *paucares* se remettent à piailler, bourdonnement d'insectes, une brise légère agite les feuilles de *yarina* des toits de Chicais. Le sergent desserre ses guêtres, marmonne, il a la bouche tordue, et Nieves le pilote lui donne une petite tape dans le dos, sergent : qu'il ne se mette pas de mauvaise humeur et qu'il prenne les choses avec calme. Et le sergent, à la dérobée, désigne les mères, don Adrián, ça le dégoûtait ce genre de boulot. La mère Angélica avait très soif et, qui sait? peut-être un peu de fièvre, l'esprit était toujours vaillant mais le corps n'en pouvait plus, mère Patrocinio, et celle-ci non, qu'elle ne dise pas ça, mère Angélica, dès que les gardes remonteraient elle prendrait une citronnade et elle se sentirait mieux, elle allait voir. Elles disaient du mal de lui? le sergent observe à la ronde d'un air distrait, est-ce qu'elles le prenaient pour un con? il s'évente avec son képi, les deux poulettes! et brusquement il se tourne vers Nieves le pilote : pas de messe basse quand on est entre amis, et lui, qu'il regarde, sergent, les gardes revenaient en courant. Un canot? et le Brun oui, avec des Aguarunas? et le Blond oui sergent, P'tit Format oui, le Gros et les mères oui, oui, ils vont et posent des questions et viennent sans se décider et le sergent que le Blond retourne à l'escarpement et prévienne s'ils montaient, que les autres se cachent, Nieves le pilote ramasse les guêtres, les fusils, les gardes et le sergent entrent dans une case, les mères restent dans la clairière, p'tites mères, fallait se cacher, mère Patrocinio, vite, mère Angélica. Elles se regardent, chuchotent, sautillent, entrent dans la case d'en face et, des buissons qui le camouflent, le Blond montre le fleuve du doigt, ils

descendaient, sergent, ils amarraient leur canot, les voilà qui montaient, sergent, et lui qu'il se grouille, lambin, et qu'il se cache, le Blond, qu'il s'endorme pas. A plat ventre, P'tit Format et le Gros surveillent l'extérieur par les interstices de la paroi faite de rondins de *chonta*; le Brun et Nieves le pilote se tiennent au fond de la case et le Blond arrive à la course, s'accroupit près du sergent. Ils étaient là, la mère Angélica était peut-être vieille, mais elle avait une bonne vue, mère Patrocinio, elle les voyait, ils étaient six. La vieille, avec une tignasse, porte un pagne blanchâtre et deux tubes de chair molle et brunie lui tombent sur la ceinture. Derrière elle, deux hommes sans âge, courtauds, ventrus, les jambes squelettiques, le sexe couvert de morceaux de toile ocre retenus par des lianes, les fesses à l'air, les cheveux leur tombent en couronne sur les sourcils. Ils sont chargés de régimes de bananes. Puis viennent deux fillettes avec des diadèmes de fibres, l'une porte un pendentif dans les narines, l'autre des anneaux de cuir aux chevilles. Elles sont nues comme le gamin qui les suit, il a l'air plus jeune et il est plus maigre. Ils regardent la clairière déserte, la femme ouvre la bouche, les hommes hochent la tête. Elles allaient leur parler, mère Angélica? et le sergent oui, voilà les mères qui sortaient, attention les gars. Les six têtes tournent en même temps, s'immobilisent. Les mères avancent vers le groupe d'un pas mesuré en souriant, et simultanément, imperceptiblement ou presque, les Aguarunas se serrent les uns contre les autres, bientôt ils ne forment qu'un seul corps terreux et compact. Les six paires d'yeux ne s'écartent pas des deux figures aux plis sombres qui flottent vers eux et s'ils se rebéquaient, les gars, fallait foncer, et pas de coups de feu, pas question de leur faire peur. Ils les laissaient s'approcher, sergent, le Blond croyait qu'ils s'enfuiraient en les voyant. De vrais tendrons, ces petites, toutes jeunettes, pas vrai, sergent? inguérissable le Gros. Les mères s'arrêtent et, en même temps, les gamines reculent, tendent les mains, agrippent les jambes de la vieille qui s'est mise à se taper les épaules du plat de la main, chaque claque ébranle ses seins pendants, les fait osciller : le Seigneur soit avec vous. Et la mère Angélica se met à grouiner, crache, émet un jet de sons craquants, mal dégrossis et sifflants, s'interrompt pour cracher et, avantageuse, martiale, grouine toujours, ses mains évoluent, dessinent des traits solennels devant les

pâles, immobiles, impassibles visages aguarunas. Elle palabrait avec eux en païen, les gars, elle crachait tout comme les *chunchas*, la p'tite mère. Ça devait leur plaire, ça, sergent, qu'une chrétienne leur parle dans leur langue, mais qu'ils fassent moins de bruit, les gars, s'ils les entendaient ils allaient prendre peur. Les grouinements de la mère Angélica parviennent à la case absolument nets, robustes et discordants, et maintenant le Brun et Nieves le pilote surveillent eux aussi la clairière, le visage contre la paroi. Elle se les était mis dans sa poche, les gars, elle en connaissait un bout, la bonne sœur, les mères et les deux Aguarunas se sourient, échangent des révérences. Et bigrement calée, vous le saviez, sergent, qu'elles passaient leur temps à étudier, à la Mission? Ça serait pas plutôt à prier, P'tit Format, pour les péchés du monde? La mère Patrocinio sourit à la vieille, celle-ci détourne les yeux, toujours aussi sérieuse, ses mains sur l'épaule des fillettes. Qu'est-ce qu'elles pouvaient bien se dire, sergent, quelle conversation? La mère Angélica et les deux hommes font des grimaces, des gestes, crachent, se coupent la parole et, brusquement, les trois enfants s'écartent de la vieille, courent, rient très fort. Le môme les regardait, les gars, il n'enlevait pas son regard d'ici. Il était tout maigriot, le sergent avait remarqué? une tête énorme et un corps tout petit, on dirait une araignée. Sous la tignasse, les grands yeux du gamin pointent fixement la case. Il est noir comme une fourmi il a les jambes tordues, malingres. Tout d'un coup il lève la main, crie, les gars, cet avorton, sergent, et il se produit une violente agitation derrière la paroi, des jurons, des heurts, et des voix gutturales claquent dans la clairière lorsque les gardes l'envahissent courant et trébuchant. Qu'ils baissent ces fusils, espèces de cruches, la mère Angélica tend vers les gardes des mains courroucées, ah, ils allaient voir, le lieutenant. Les deux gamines cachent leur tête dans la poitrine de la vieille, écrasent ses seins mous et le petit bonhomme reste tout interdit, à mi-chemin des gardes et des mères. Un des Aguarunas laisse tomber son chargement de bananes, quelque part la poule chante. Nieves le pilote se tient sur le seuil de la case, le chapeau de paille rejeté en arrière, une cigarette aux lèvres. Pour qui il se prenait, le sergent, et la mère Angélica fait un petit saut, pourquoi intervenait-il du moment qu'on ne le lui demandait pas? Mais si on baissait les fusils ils allaient

se défiler, ma mère, elle leur montre son poing couvert de taches de rousseur, et lui qu'ils baissent leurs mausers, les gars. Calmement, sans arrêt, la mère Angélica parle aux Aguarunas, en dessinant de ses mains raides de lentes, de persuasives figures, peu à peu les hommes se départent de leur rigidité, les voilà qui répondent par des monosyllabes et elle, souriante, inexorable, continue à grouiner. Le gamin s'approche des gardes, renifle les fusils, les tripote, le Gros lui donne une petite tape sur le front, il se recroqueville en braillant, c'était susceptible cette vermine et le rire secoue la ceinture flasque du Gros, son double menton, ses bajoues. La mère Patrocinio perd son calme, il n'avait pas honte, qu'est-ce qu'il racontait, pourquoi leur manquait-il ainsi de respect, grossier personnage et le Gros mille excuses, il secoue sa vague tête de bœuf, ça lui avait échappé sans s'en rendre compte, sa langue avait fourché. Les gamines et le gamin circulent entre les gardes, les examinent, les touchent de la pointe des doigts. La mère Angélica et les deux hommes se font d'amicaux grouinements et le soleil brille encore au loin, mais à proximité c'est couvert et sur la forêt s'en amoncelle une autre de nuages blancs et floconneux : il allait pleuvoir. C'était la mère Angélica qui les avait insultés la première, ma mère, et eux qu'est-ce qu'ils lui avaient dit ? La mère Patrocinio sourit, espèce de gros bêta, cruche ce n'était pas une insulte, mais quelque chose d'aussi dur que sa tête et la mère Angélica se tourne vers le sergent : ils allaient manger avec eux, qu'on monte les petits cadeaux et les citronnades. Il acquiesce, donne ses instructions à P'tit Format et au Blond en leur désignant la rive, des bananes et du poisson cru, les gars, un sacré gueuleton, putemère ! Les gosses tournent autour du Gros, du Brun et de Nieves le pilote, tandis que la mère Angélica, les hommes et la vieille disposent sur le sol des feuilles de bananier, entrent dans les cases, apportent des récipients de terre, du manioc, allument un petit feu, enveloppent les poissons, bagres et petites-bouches, dans des feuilles qu'ils attachent avec des lianes et les approchent de la flamme. Fallait-il attendre les autres, sergent ? On n'en finirait pas, et Nieves le pilote jette sa cigarette, les autres ne reviendraient pas, s'ils étaient partis c'est qu'ils ne tenaient pas aux visites et ceux-ci fileraient à la première occasion. Oui, le sergent le savait bien, sauf que ça ne valait pas la peine de se disputer

15

avec les mères. P'tit Format et le Blond reviennent avec les sacs et les thermos. Les mères, les Aguarunas et les gardes sont assis en rond devant les feuilles de bananier et la vieille chasse les insectes en tapant dans ses mains. La mère Angélica distribue les cadeaux et les Aguarunas les reçoivent sans faire preuve d'enthousiasme, mais ensuite, quand les mères et les gardes se mettent à manger de petits morceaux de poisson qu'ils détachent avec les doigts, les deux hommes, sans se regarder, ouvrent les sacs, caressent les miroirs et les colliers, se répartissent les perles colorées et de soudaines lueurs d'envie s'allument dans les yeux de la vieille. Les gamines se disputent une bouteille, le gamin mastique furieusement et le sergent allait s'esquinter l'estomac, merde alors, attraper la diarrhée, gonfler comme un crapaud ventru, il lui viendrait des boutons sur tout le corps, ils crèveraient et il en sortirait du pus. Il tient son morceau de poisson au bord des lèvres, ses petits yeux clignotent et le Brun, P'tit Format et le Blond font aussi la grimace, la mère Patrocinio ferme les yeux, avale, son visage se crispe et seuls Nieves le pilote et la mère Angélica tendent constamment les mains vers les feuilles de bananier et, avec une espèce de satisfaction hâtive, émiettent la chair blanche, la nettoient de ses arêtes et la portent à la bouche. Tous les gens de la Forêt étaient un peu *chunchos*, même les mères, il n'y avait qu'à les voir manger. Le sergent lâche un rot, tout le monde le regarde et il tousse. Les Aguarunas se sont mis les colliers, se les montrent l'un à l'autre. Les petites perles grenat contrastent avec le tatouage qui orne la poitrine de celui qui porte six bracelets de verroterie à un bras et trois à l'autre. A quelle heure partira-t-on, mère Angélica? Les gardes observent le sergent, les Aguarunas s'arrêtent de mâcher. Les gamines tendent les mains, touchent timidement les colliers rutilants, les bracelets. Il fallait attendre les autres, sergent. L'Aguaruna au tatouage se met à grouiner et la mère Angélica il voyait sergent? il fallait manger, il les offensait en manifestant tant de répugnance. Il n'avait pas faim, mais il voulait lui dire quelque chose, ma p'tite mère, on ne pouvait pas rester plus longtemps à Chicais. La mère Angélica a la bouche pleine, le sergent était venu pour aider, sa main menue mais dure comme la pierre serre avec force un thermos de citronnade, pas pour donner des ordres. P'tit Format avait entendu le lieutenant,

qu'est-ce qu'il avait dit? de revenir dans les huit jours, ma mère.
Ça en faisait déjà cinq et combien en fallait-il pour revenir,
don Adrián? Trois jours à condition qu'il ne pleuve pas, elle
voyait bien, c'était des ordres, ma mère, fallait pas lui en vouloir. Se mêlant à la rumeur de la conversation entre le sergent
et la mère Angélica, il y a un autre bruit, raboteux celui-là :
les Aguarunas dialoguent à haute voix, choquent leurs bras
et comparent leurs bracelets. La mère Patrocinio avale, ouvre
les yeux, et si les autres ne revenaient pas? et s'ils tardaient
un mois à revenir? bien entendu ce n'était qu'une opinion,
elle ferme les yeux, après tout peut-être se trompait-elle et
elle avale. La mère Angélica fronce les sourcils, de nouveaux
plis apparaissent sur son visage, sa main caresse la petite
touffe de poils blancs qu'elle a au menton. Le sergent boit une
gorgée à sa gourde : pire qu'une purge, tout devenait chaud
dans ce pays, ce n'était pas la même chaleur que dans son
pays à lui, celle d'ici vous pourrissait tout. Le Gros et le Blond
se sont étendus sur le dos, le képi sur la figure, et P'tit
Format voulait savoir si quelqu'un en était vraiment sûr, don
Adrián, et le Brun ça oui, qu'il continue, qu'il raconte,
don Adrián. Elles étaient moitié femmes et moitié poissons,
elles se tenaient au fond des trous d'eau, à attendre les noyés,
et dès qu'un canot chavirait elles se ramenaient, agrippaient
les chrétiens et les emmenaient dans leurs palais d'en bas.
Elles les installaient dans des hamacs, pas des hamacs de jute,
mais de serpents, et là elles se donnaient du bon temps avec
et la mère Patrocinio, il fallait encore qu'ils parlent de super-
stitions? et eux non, non, et ça se disait chrétien? pas question
de ça, p'tite mère, ils se demandaient s'il allait pleuvoir.
La mère Angélica se penche vers les Aguarunas en grouinant
doucement, en souriant avec obstination, les mains jointes, et
les hommes, sans changer de place, se relèvent peu à peu,
tendent le cou comme les hérons lorsqu'ils prennent le soleil au
bord du fleuve et que surgit un petit vapeur, quelque chose
fascine, dilate leurs pupilles, la poitrine de l'un d'eux se gonfle,
son tatouage se détache, s'efface, se détache, et graduellement
ils s'avancent vers la mère Angélica, pleins d'attention, graves,
muets, et la vieille à la tignasse ouvre les mains, prend les
fillettes. Le gamin, lui, mange toujours, les gars, ça allait chauffer, attention. Le pilote, P'tit Format et le Brun se taisent.

17

Le Blond se relève avec les yeux rouges et secoue le Gros, un Aguaruna regarde de biais le sergent, puis le ciel, et maintenant la vieille prend les fillettes dans ses bras, les incruste contre ses longs seins crasseux et les yeux du garçon roulent de la mère Angélica aux hommes, de ceux-ci à la vieille, de celle-ci aux gardes et à la mère Angélica. L'Aguaruna au tatouage commence à parler, l'autre en fait autant, et la vieille, une tempête de sons étouffe la voix de la mère Angélica qui à présent fait non avec la tête et avec les mains et, brusquement, sans cesser de ronfler ni de cracher, lentement, cérémonieusement, les deux hommes se dépouillent des colliers, des bracelets, c'est une pluie de verroterie sur les feuilles de bananier. Les Aguarunas tendent leurs mains vers les reliefs du repas, entre lesquels circule un mince filet de fourmis grises. Les voilà qui regimbent, les gars, mais eux ils étaient prêts, sergent, quand il voudrait. Les Aguarunas nettoient les restes de chair blanche et bleue, attrapent les fourmis avec les ongles, les écrasent et, avec le plus grand soin, enveloppent la nourriture dans les feuilles veinées. Que P'tit Format et le Blond se chargent des deux mômes, le sergent les leur recommandait, et le Gros y en avait qu'avaient du pot. La mère Patrocinio est toute pâle, elle remue les lèvres, serre entre ses doigts les grains noirs d'un chapelet et surtout, sergent, qu'il n'oublie pas qu'il s'agissait de fillettes, il le savait, il le savait, que le Gros et le Brun aient l'œil sur les gars à poil et que la mère s'en fasse pas et la mère Patrocinio attention, si jamais ils commettaient des brutalités et le pilote se charge d'emporter les choses, les gars, pas de brutalités : Sainte Marie, Mère de Dieu. Tout le monde contemple les lèvres exsangues de la mère Patrocinio, et elle priez pour nous, elle triture avec ses doigts les petits grains noirs et la mère Angélica calmez-vous, ma mère, et le sergent allez-y, c'était le moment. Ils se mettent debout, sans hâte. Le Gros et le Brun secouent leurs pantalons, se baissent, ramassent leurs fusils et ça court à présent, ça crie et à l'heure, ça se piétine, le petit homme cache sa figure, de notre mort, et les deux Aguarunas sont restés rigides ainsi soit-il, ils claquent des dents, leurs yeux perplexes regardent les fusils pointés sur eux. Mais la vieille est debout qui se collette avec P'tit Format, les filles se débattent comme des anguilles entre les bras du Blond. La mère Angélica se couvre la bouche avec un mouchoir,

18

la poussière monte et s'épaissit, le Gros éternue et le sergent ça va, ils pouvaient descendre sur la rive, les gars, mère Angélica. Mais le Blond qui c'est qui l'aidait, sergent, il voyait pas qu'elles lui échappaient? P'tit Format et la vieille roulent par terre enlacés, que le Brun lui donne un coup de main, le sergent le remplacerait, il surveillerait le gars à poil. Les mères vont jusqu'à l'escarpement en se tenant par le bras, le Blond traîne deux formes confondues et gesticulantes et le Brun secoue furieusement la tignasse de la vieille jusqu'à ce que P'tit Format, libéré, se relève. Mais la vieille saute derrière eux, les rattrape, les griffe et le sergent allez, le Gros, on y va. Leurs armes toujours braquées sur les deux hommes, ils reculent en glissant sur les talons, et les Aguarunas se lèvent en même temps et avancent comme aimantés par les fusils. La vieille bondit comme un singe, tombe et s'empare de deux paires de jambes, P'tit Format et le Brun vacillent, Mère de Dieu, tombent aussi mais que la mère Patrocinio s'arrête de crier. Une brise rapide monte du fleuve, escalade la pente et il se produit d'actifs, d'enveloppants tourbillons orange et grenat, de robustes tourbillons de terre, aériens comme des frelons. Les deux Aguarunas se tiennent docilement devant les fusils, l'escarpement est tout proche. S'ils faisaient les méchants, le Gros tirait? et la mère Angélica la brute, il pourrait les tuer. Le Blond prend par un bras la gamine au pendentif, pourquoi on descendait pas, sergent? prend l'autre par le cou, elles se taillaient, ils voyaient pas qu'elles se taillaient, et elles, ce n'est pas qu'elles crient, elles se débattent, et têtes, épaules, pieds et jambes luttent, cognent, vibrent, et Nieves le pilote passe chargé de thermos : qu'il se dépêche, don Adrián, il n'oubliait rien? Non, rien, quand le sergent voudrait. P'tit Format et le Brun maîtrisent la vieille en la tenant par les épaules et par les cheveux, elle est assise et beugle, par moments elle leur administre quelques faibles tapes sur les jambes et Jésus, ma mère, ma mère, le fruit de vos entrailles et le Blond elles lui échappaient, est béni. L'homme au tatouage regarde le fusil du Gros, la vieille pousse un hurlement et pleure, deux filets humides creusent de très fins canaux dans la croûte de poussière qui recouvre son visage, et que le Gros ne fasse pas l'imbécile. Mais s'il faisait le méchant, sergent, il lui fendait le crâne, quand ça ne serait qu'un coup de crosse, sergent, et finie la plaisanterie. La mère

19

Angélica retire le mouchoir de sa bouche : espèce de brute, pourquoi disait-il des horreurs ? pourquoi le sergent le lui permettait-il ? et le Blond il pouvait descendre ? ces gredins allaient l'écorcher vif. Les mains des gamines n'arrivent pas jusqu'au visage du Blond, à son cou seulement, tout plein déjà de traces violacées, elles ont déchiré sa chemise et en ont arraché les boutons. On dirait parfois qu'elles se découragent, elles se laissent aller et gémissent, mais elles repartent à l'attaque, leurs pieds nus frappent les guêtres du Blond, lequel jure et les secoue, elles continuent sourdement et que la mère descende, qu'attendait-elle ? le Blond aussi, et la mère Angélica pourquoi les serrait-il comme ça ? ce n'était que des fillettes, le fruit de vos entrailles, ma mère, ma mère. Si P'tit Format et le Brun lâchaient la vieille elle leur tomberait dessus, qu'est-ce qu'on faisait, sergent ? et le Blond qu'elle les prenne un peu, pour voir, ma mère, elle ne voyait pas comme elles le griffaient ? Le sergent agite son fusil, les Aguarunas font un saut, reculent d'un pas et P'tit Format et le Brun lâchent la vieille, en gardant les mains prêtes à se défendre, mais elle ne bouge pas, elle se contente de se frotter les yeux, et le garçon est comme mis à l'écart par les remous : il s'accroupit et plonge la figure entre les mamelles liquides. P'tit Format et le Brun s'engagent dans la descente, une muraille rose les avale peu à peu, et merde alors comment le Blond allait-il les faire descendre tout seul, qu'est-ce qui leur prenait, sergent, pourquoi ils s'en allaient, eux ? et la mère Angélica s'approche de lui d'un air résolu, avec de grands mouvements des bras : elle allait l'aider. Elle tend les mains vers la gamine à l'anneau mais sans la toucher, elle se penche, et le petit poing tape une nouvelle fois, la robe se creuse et la mère Angélica pousse un gémissement et se contracte : qu'est-ce que je vous disais, le Blond secoue la gamine comme un chiffon, ma mère, c'était pas une vraie bête sauvage ? Pâle et cassée en deux, la mère Angélica fait une nouvelle tentative, attrape le bras à deux mains, Sainte Marie, et les voilà qui hurlent, Mère de Dieu, qui trépignent, Sainte Marie, qui griffent, tout le monde tousse, Mère de Dieu et au lieu de faire tant de prières si elles descendaient, mère Patrocinio, pourquoi diable avait-elle tellement peur et jusqu'à quelle heure, et jusqu'à quand, qu'elles descendent parce que le sergent s'énervait, zut ! La mère Patronicio fait demi-tour, dévale la pente et s'éclipse, le Gros avance

son fusil et l'homme au tatouage recule. Quelle haine dans le regard, sergent, il avait l'air rancunier, putemère, et orgueilleux avec ça : les yeux du diable devaient être comme ça, sergent. Les nuages de poussière enveloppant ceux qui descendent s'éloignent, la vieille pleure, se contorsionne, et les deux Aguarunas observent le canon, la crosse, la bouche ronde des fusils : que le Gros ne s'énerve pas. Il ne s'énervait pas, sergent, mais qu'est-ce que c'était que cette manière de vous regarder, bon Dieu, de quel droit? Le Blond, la mère Angélica et les gamines disparaissent à leur tour au milieu de tourbillons de poussière et la vieille a rampé jusqu'au bord de l'escarpement, elle regarde en direction du fleuve, le bout de ses seins traîne par terre et le petit bonhomme pousse des cris étranges, ulule comme un oiseau lugubre et le Gros n'aimait pas les avoir si près, les gars à poil, sergent, qu'est-ce qu'ils allaient faire pour descendre à présent qu'ils étaient tout seuls? Et juste à ce moment le moteur de la barque se met à ronfler : la vieille se tait et lève la tête, regarde le ciel, le garçon l'imite, les deux Aguarunas l'imitent, ils cherchaient un avion, les cons. Ils ne se rendaient pas compte, Gros, c'était le bon moment. Ils reculent leurs fusils et les ramènent brusquement en avant, les deux hommes sautent en arrière, font des gestes, et maintenant le sergent et le Gros descendent à reculons, leurs armes toujours pointées, en s'enfonçant jusqu'aux genoux, le moteur ronfle de plus en plus fort, empoisonne l'air de hoquets, d'enrouements, de vibrations et de secousses, et sur la pente ce n'est pas comme dans la clairière, il n'y a pas de brise, rien qu'une vapeur chaude et une poussière rougeâtre et piquante qui fait éternuer. Confusément, au sommet de l'escarpement des têtes chevelues explorent le ciel, oscillent doucement en cherchant entre les nuages, le moteur était là et les gosses qui pleuraient, Gros, et lui, qu'est-ce qu'il y avait sergent? il n'en pouvait plus. Ils traversent la boue à la course et en arrivant à la barque ils halètent en tirant la langue. Il était temps, pourquoi avaient-ils mis si longtemps? Comment voulaient-ils que le Gros puisse monter, ils avaient pris leurs aises, tas de culottés, qu'on lui fasse de la place. Il faudrait qu'il maigrisse, ils avaient vu, le Gros montait et la barque s'enfonçait, ce n'était pas le moment de plaisanter, on partait oui ou non, sergent? On partait tout de suite, mère Angélica, de notre mort ainsi soit-il.

21

Une porte claqua, la supérieure leva les yeux de son bureau, la mère Angélica fit irruption en trombe dans la pièce, ses mains livides s'abattirent sur le dossier d'une chaise.

— Que se passe-t-il, mère Angélica? Pourquoi êtes-vous dans cet état?

— Elles se sont échappées, ma mère! balbutia la mère Angélica. Il n'en reste plus une seule, ô mon Dieu!

— Que dites-vous, ma mère! — La supérieure s'était mise debout d'un saut et avançait vers la porte. — Les pupilles?

— O mon Dieu, ô mon Dieu! répétait la mère Angélica en faisant oui avec de courts mouvements de tête, identiques et très rapides, on aurait dit une poule en train de picorer du grain.

Santa María de Nieva se situe au confluent du Nieva et du haut Marañón, deux cours d'eau qui ceinturent la ville et en constituent les limites. En face d'elle, deux îles émergeant du Marañón servent à ses habitants à mesurer les crues et l'étiage. De l'agglomération, quand il n'y a pas de brume, on aperçoit, par-derrière, des collines couvertes de végétation et, devant, les masses de la Cordillère dans lesquelles le Marañón s'ouvre une brèche au Pongo de Manseriche : dix kilomètres violents de remous, de roches et de torrents, qui débutent à un poste militaire, celui du Lieutenant-Pinglo, et prennent fin à un autre, celui de Borja.

— C'est par là, ma mère, dit la mère Patrocinio. Voyez, la porte est ouverte, c'est par là que ça s'est fait.

La mère supérieure leva sa lampe de poche et se pencha :

les broussailles n'étaient qu'une ombre uniforme saturée d'insectes. Elle appuya sa main sur la porte entrouverte et se tourna vers les mères. Les habits avaient disparu dans la nuit mais les voiles blancs resplendissaient comme des plumages de hérons.

— Cherchez Bonifacia, mère Angélica, susurra la supérieure. Amenez-la à mon bureau.

— Oui, ma mère, tout de suite. — La lampe illumina un instant le menton tremblotant de la mère Angélica, ses petits yeux qui clignotaient.

— Allez prévenir don Fabio, mère Griselda, dit la supérieure. Et vous le lieutenant, mère Patrocinio. Qu'ils se mettent à leur recherche sur-le-champ. Faites vite.

Deux halos blancs s'écartèrent du groupe dans la direction du patio de la Mission. Suivie des autres mères, la supérieure s'avança vers la Résidence, en rasant le mur du jardin où, à intervalles capricieux, un croassement étouffait les battements d'ailes des chauves-souris et les grincements des grillons. Entre les arbres fruitiers l'ombre se piquetait de clignements et d'éclats : des lucioles? des yeux de chouettes? La supérieure s'arrêta devant la chapelle.

— Entrez, mes mères, dit-elle avec douceur. Priez la Vierge qu'il n'arrive pas de malheur. Je serai avec vous dans un instant.

Santa María de Nieva ressemble à une pyramide irrégulière dont les cours d'eau constitueraient la base. L'embarcadère se trouve sur le Nieva et autour du quai flottant se balancent les pirogues des Aguarunas, les canots et les barques des chrétiens. Plus haut se trouve la place, un carré de terre ocre au centre duquel se dressent deux troncs de *capirona*, imberbes et corpulents. Sur l'un d'eux les gardes hissent les couleurs à l'occasion des fêtes nationales. Autour de la place se trouvent le commissariat, la demeure du gouverneur, plusieurs maisons habitées par des chrétiens et la taverne de Paredes, qui est également épicier, menuisier, et sait préparer les *pusangas*, ces philtres qui rendent amoureux. Plus haut encore, sur deux collines qui constituent en quelque sorte le sommet de la pyramide, se trouvent les locaux de la Mission : toitures de tôle, poteaux de terre et de *pona*, murs blanchis à la chaux, toile métallique aux fenêtres, portes de bois.

— Ne perdons pas notre temps, Bonifacia, dit la supérieure. Raconte-moi tout.

— Elle était dans la chapelle, dit la mère Angélica. Les mères l'y ont trouvée.

— Je t'ai posé une question, Bonifacia, dit la supérieure. Qu'est-ce que tu attends?

Elle portait une tunique bleue, une sorte de fourreau qui cachait son corps des épaules aux chevilles, et ses pieds nus, de la même couleur que les planches cuivrées qui recouvraient le sol, se tenaient bien l'un contre l'autre : deux bêtes courtaudes, polycéphales.

— Tu n'as pas entendu? dit la mère Angélica. Parle une bonne fois.

Le voile noir qui encadrait son visage et l'ombre qui régnait dans la pièce accentuaient l'ambiguïté de son expression à la fois revêche et indolente, et ses grands yeux regardaient fixement le bureau; par moments, la flamme de la lampe agitée par la brise qui venait du jardin découvrait leur couleur verte, leur doux scintillement.

— Elles t'ont volé les clés? dit la mère supérieure.

— Tu ne changeras donc jamais, malheureuse! — La main de la mère Angélica voltigea au-dessus de la tête de Bonifacia. — Tu vois à quoi ont abouti tes négligences?

— Laissez-moi faire, ma mère, dit la supérieure. Ne me fais pas perdre davantage de temps, Bonifacia.

Elle restait les bras ballants et gardait la tête basse, sa tunique révélait à peine le mouvement de sa poitrine. Ses lèvres droites et épaisses étaient soudées en une grimace renfrognée et ses narines se dilataient et se plissaient légèrement, sur un rythme très régulier.

— Je vais me fâcher, Bonifacia, je te parle correctement, mais toi, c'est comme si tu écoutais pleuvoir, dit la supérieure. A quelle heure les as-tu laissées seules? Tu n'as pas fermé le dortoir à clé?

— Parle une bonne fois, démon! — La mère Angélica froissa la tunique de Bonifacia. — Dieu punira ton orgueil, crois-moi.

— Tu as toute la journée pour aller à la chapelle, mais la nuit tu dois t'occuper des pupilles, dit la supérieure. Pourquoi as-tu quitté la chambre sans permission?

Deux petits coups très brefs se firent entendre à la porte du bureau, les mères se retournèrent, Bonifacia leva un peu les paupières et, durant une seconde, ses yeux furent plus grands, verts et intenses.

Des collines qui dominent l'agglomération on aperçoit, à cent mètres plus bas, sur la rive droite du Nieva, la cabane d'Adrián Nieves, son petit bien, et après plus rien qu'un océan de lianes, de buissons, d'arbres aux branches tentaculaires et aux très hautes crêtes. A proximité de la place se trouve le village indigène, un entassement de cases érigées au-dessus d'arbres décapités. La boue y dévore l'herbe sauvage et ceinture des flaques d'une eau puante qui grouille de têtards et de vers. Çà et là, minuscules et carrés, on trouve des champs de manioc, de maïs, de tout petits jardins. De la Mission un sentier escarpé descend jusqu'à la place. Et derrière la Mission un mur de terre résiste à la poussée de la forêt, à la furieuse offensive végétale. Il y a dans ce mur une porte condamnée.

— C'est le gouverneur, ma mère, dit la mère Patrocinio. Je le fais entrer?

— Oui, mère Patrocinio, dit la supérieure, faites-le entrer.

La mère Angélica monta la mèche de la lampe et arracha à l'ombre du vestibule deux figures imprécises. Drapé dans une couverture, une lanterne à la main, don Fabio entra en faisant des courbettes :

— J'étais couché et je suis sorti n'importe comment, ma mère, veuillez excuser cet accoutrement. — Il serra la main de la supérieure et de la mère Angélica. — Comment cela a-t-il pu arriver? Je vous jure que je ne pouvais pas y croire. Je m'imagine dans quel état vous êtes, ma mère.

Son crâne chauve avait l'air humide, son visage maigre souriait aux mères.

— Asseyez-vous, don Fabio, dit la supérieure. Je vous remercie d'être venu. Avancez une chaise au gouverneur, mère Angélica.

Don Fabio s'assit et la lanterne qui pendait au bout de son bras gauche s'alluma : un rond doré sur le tapis de *chambira*.

— On est déjà parti à leur recherche, ma mère, dit le gouverneur. Le lieutenant aussi. Ne vous tracassez pas, je suis sûr qu'on va les retrouver cette nuit même.

— Ces pauvres petites n'importe où, toutes seules, don Fabio,

vous vous imaginez, soupira la supérieure. Heureusement qu'il ne pleut pas. Vous ne pouvez pas savoir combien nous avons eu peur.

— Mais comment cela s'est-il produit, ma mère? dit don Fabio. C'est vraiment incroyable.

— Une négligence de cette gamine, dit la mère Angélica en désignant Bonifacia. Elle les a laissées toutes seules et elle s'est rendue à la chapelle. Elle aura oublié de fermer la porte.

Le gouverneur regarda Bonifacia et son visage prit une expression sévère et peinée. Mais une seconde après il sourit et fit une légère inclination à la supérieure.

— Nos fillettes sont inconscientes, don Fabio, dit la supérieure. Elles n'ont aucune idée du danger. C'est bien ce qui nous inquiète le plus. Un accident, une bête.

— Ah, ces gamines, dit le gouverneur. Tu vois, Bonifacia, il faut te montrer plus vigilante.

— Demande à Dieu qu'il ne leur arrive rien, dit la supérieure. Sinon, tu aurais des remords pour toute ta vie, Bonifacia.

— Vous ne les avez pas entendues sortir, ma mère? demanda don Fabio. Elles ne sont pas passées par la ville. Elles ont dû s'en aller par la forêt.

— Elles sont sorties par la porte du jardin, c'est pour cela que nous ne les avons pas entendues, dit la mère Angélica. Elle s'est laissé voler sa clé, cette sotte.

— Ne me traite pas de sotte, *mamita*, dit Bonifacia, les yeux grands ouverts. On ne m'a rien volé.

— Sotte, grande sotte que tu es, dit la mère Angélica. Tu oses encore? et puis ne m'appelle pas *mamita*.

— C'est moi qui leur ai ouvert la porte. — Bonifacia entrouvrit à peine les lèvres. — C'est moi qui les ai fait échapper, tu vois bien que je ne suis pas une sotte.

Don Fabio et la supérieure tendirent la tête vers Bonifacia, la mère Angélica ferma la bouche, l'ouvrit, grommela avant de pouvoir parler :

— Que dis-tu? grommela-t-elle encore. C'est toi qui les as fait échapper?

— Oui, *mamita*, dit Bonifacia. C'est moi.

26

— Voilà que tu redeviens triste, Fushía, dit Aquilino. Sois pas comme ça, mon gars. Allez, cause un peu, ça te fera passer la tristesse. Raconte-moi une bonne fois comment tu t'y es pris pour t'échapper.

— Où sommes-nous, vieux? dit Fushía. Il y en a pour long-temps avant d'attraper le Marañón?

— Ça fait un bout de temps qu'on y est, dit Aquilino. Tu t'en es même pas rendu compte, tu ronflais comme un bienheu-reux.

— Tu l'as pris de nuit? dit Fushía. Comment se fait-il que je n'aie pas senti les rapides, Aquilino?

— Il faisait tellement clair qu'on se serait cru au matin, Fushía, dit Aquilino : un ciel tout en étoiles et le temps le meil-leur du monde, pas une mouche qui bougeait. Le jour on ren-contre des pêcheurs, parfois un canot du poste militaire, la nuit c'est plus sûr. Et comment t'aurais pu sentir les rapides puisque je les connais par cœur? Mais fais pas cette tête, Fushía. Tu peux te lever si tu veux, tu dois avoir trop chaud sous tes couvertures. Y a personne, on est les maîtres du fleuve.

— Je préfère rester là, dit Fushía. Je me sens tout glacé et j'ai le corps qui tremble.

— Oui, mon gars, comme tu te sentiras le mieux, dit Aqui-lino. Allez, raconte-moi une bonne fois comment tu t'y es pris pour t'échapper. Pourquoi est-ce qu'on t'avait enfermé? Quel âge tu avais?

Il avait été à l'école et c'est pour cela que le Turc lui avait donné un petit travail dans son magasin. Il lui tenait ses comptes, Aquilino, dans de grands livres qu'on appelle le Doit et l'Avoir. Et bien qu'il fût honnête alors, il rêvait déjà de devenir riche. Qu'est-ce qu'il faisait comme épargnes, vieux, un seul repas par jour, pas question de cigarettes ni de boisson. Il voulait un petit capital pour faire des affaires. Et les choses sont comme ça, le Turc s'était mis dans la tête qu'il le volait, un mensonge pur et simple, et il l'avait fait flanquer en prison. Personne ne voulut croire qu'il était honnête et on le jeta dans un cachot avec deux bandits. Y avait-il rien de plus injuste, vieux?

— Mais, ça, tu ma l'as déjà raconté quand on a quitté l'île, Fushía, dit Aquilino. Je veux que tu me dises comment tu t'y es pris pour t'échapper.

— Avec ce passe, dit Chango. C'est Iricuo qui l'a fabriqué avec

le fil de fer du pageot. On l'a essayé, il ouvre la lourde sans faire de bruit. Tu veux voir, p'tit Jap?

Chango était le plus vieux, il était là pour une histoire de drogue, et il se montrait affectueux avec Fushía. Iricuo, par contre, se moquait toujours de lui. Un gars qui avait fait le coup de l'héritage à des tas de gens, vieux. Le plan était de lui.

— Et ça a marché, Fushía? dit Aquilino.

— Ça va marcher, dit Iricuo. Vous voyez pas que pour le nouvel an ils se taillent tous? Il en est resté qu'un dans le pavillon, faut lui prendre les clés avant qu'il les jette de l'autre côté de la grille. Ça dépend de ça, les gars.

— Tu ouvres ou quoi, Chango? dit Fushía. Je n'y tiens plus, Chango, ouvre-la.

— Tu devrais rester, p'tit Jap, dit Chango. Un an, ça passe vite. Nous, on a rien à perdre, mais si ça foire, t'es foutu, ils t'en flanqueront pour deux ans de plus.

Mais il s'obstina et ils sortirent, le pavillon était vide. Ils trouvèrent le garde qui dormait près de la grille, une bouteille à la main.

— Je lui ai flanqué un coup avec le pied du lit et il s'est écroulé, dit Fushía. Je crois que je l'ai tué, Chango.

— File, idiot, j'ai les clés, dit Iricuo. Faut traverser la cour à toute vitesse. T'as pris son revolver?

— Laisse-moi passer devant, dit Chango. Ceux du corps de garde sont certainement aussi pleins que celui-là.

— Mais ils ne dormaient pas, vieux, dit Fushía. Ils étaient deux et ils jouaient aux dés. Ils t'ont fait de ces yeux en nous voyant entrer.

Iricuo leur braqua le revolver dessus : ils ouvraient le portail ou il les transformait en passoires, fumiers. Et au premier cri qu'ils poussaient ça partait, et un peu vite ou ça partait, fumiers, de vraies passoires.

— Attache-les, p'tit Jap, dit Chango. Avec leurs ceinturons. Et fourre-leur leurs cravates dans la bouche. Vite, p'tit Jap, vite.

— Elles vont pas, Chango, dit Iricuo. Y a pas celle du portail. On est cuits à la porte du four, les gars.

— Il faut que ça soit une de celles-là, essaie encore, dit Chango. Qu'est-ce que tu fais, petit, pourquoi tu leur flanques des coups de pied?

28

— Et pourquoi leur flanquais-tu des coups de pied, Fushía? dit Aquilino. Je comprends pas, dans un moment pareil on pense à s'échapper, un point c'est tout.

— Je leur en voulais, à tous ces salauds, dit Fushía. Fallait voir comme ils nous traitaient, vieux. Sais-tu que je les ai envoyés à l'hôpital? Les journaux parlaient de cruauté de Japonais, Aquilino, de vengeances d'Oriental. Ça me faisait marrer, je n'étais jamais sorti de Campo Grande et j'étais aussi brésilien que n'importe qui.

— Maintenant t'es péruvien, Fushía, dit Aquilino. Quand je t'ai connu à Moyobamba, tu pouvais encore être brésilien, tu parlais d'une façon un peu bizarre. Mais maintenant tu parles comme les chrétiens d'ici.

— Pas plus péruvien que brésilien, dit Fushía. Une merde, vieux, un rebut, voilà ce que je suis à présent.

— Pourquoi t'es si brute? dit Iricuo. Pourquoi tu les as frappés? Si jamais ils nous reprennent ils vont nous casser la gueule.

— Maintenant que ça marche, c'est pas le moment de discuter, dit Chango. Nous on se cache, Iricuo, et toi grouille un peu, p'tit Jap, tu prends la bagnole et tu rappliques à toute pompe.

— Au cimetière? dit Aquilino. C'est pas bien, ça, pour des chrétiens.

— Ce n'était pas des chrétiens mais des bandits, dit Fushía. Dans les journaux on disait qu'ils s'étaient introduits dans le cimetière pour violer les sépultures. Les gens sont comme ça, vieux.

— Et t'as volé la voiture du Turc? dit Aquilino. Comment se fait-il qu'ils les aient repris, et pas toi?

— Ils sont restés toute la nuit dans le cimetière, à m'attendre, dit Fushía. La police leur est tombée dessus au lever du jour. Moi, j'étais déjà loin de Campo Grande.

— Ce qui veut dire que tu les as trahis, Fushía, dit Aquilino.

— Est-ce que par hasard je n'ai pas trahi tout le monde? dit Fushía. Qu'est-ce que j'ai fait avec le Pantacha et avec les Huambisas? Qu'est-ce que j'ai fait avec Jum, vieux?

— Pourtant t'étais pas une crapule en ce temps-là, dit Aquilino. Tu m'as dit toi-même que t'étais honnête.

29

— Avant d'entrer en prison, dit Fushía. C'est là que j'ai cessé de l'être.

— Et comment es-tu venu au Pérou? dit Aquilino. Campo Grande, ça doit être au diable.

— Dans le Matto Grosso, vieux, dit Fushía. Les journaux disaient le Japonais se dirige vers la Bolivie. Mais je n'étais pas aussi bête, je suis allé un peu partout, Aquilino, j'ai fui pendant je ne sais combien de temps. Et j'ai fini par arriver à Manaos. De là il était facile de passer à Iquitos.

— Et c'est là que t'as connu M. Julio Reátegui, Fushía? dit Aquilino.

— Cette fois-là, je ne l'ai pas connu personnellement, dit Fushía. Mais j'ai entendu parler de lui.

— Quelle vie t'as eue, Fushía! dit Aquilino. Qu'est-ce que t'as vu, qu'est-ce que t'as voyagé! J'aime t'écouter, tu peux pas te figurer combien c'est intéressant. Et toi, ça te fait pas plaisir de me raconter tout ça? T'as pas l'impression que comme ça le voyage passe plus vite?

— Non, vieux, dit Fushía. La seule que j'aie, c'est d'avoir froid.

En traversant la région des dunes, le vent qui descend de la Cordillère se réchauffe et se durcit : armé de sable, il suit le cours du fleuve et quand il arrive sur la ville on aperçoit entre le ciel et la terre comme une éblouissante cuirasse. C'est là qu'il vide ses entrailles : tous les jours que Dieu fait, à l'heure du crépuscule, une pluie sèche et fine comme de la sciure de bois, et qui ne cesse qu'à l'aube, tombe sur les places, les toits, les clochers, les balcons et les arbres, et pave de blanc les rues de Piura. Les étrangers font erreur quand ils disent que *les maisons de la ville sont sur le point de s'effondrer :* les craquements nocturnes ne proviennent pas des constructions, qui sont vieilles mais robustes, mais de ces invisibles, de ces innombrables et minuscules projectiles de sable lorsqu'ils s'écrasent contre les portes et les fenêtres. Ils font erreur aussi lorsqu'ils pensent que *Piura est une ville rébarbative, triste :* les gens s'enferment chez eux à la tombée de la nuit pour échapper au vent suffocant et aux assauts du sable qui irrite la peau de mille

piqûres d'aiguilles, la fait rougir et la blesse, mais dans les masures de Castilla, dans les cabanes de pisé et de canne sauvage de la Mangachería, dans les gargotes et les bistrots de la Gallinacera, dans les demeures des notables du Quai et de la place d'Armes, on s'amuse comme partout ailleurs, on boit, on écoute de la musique, on bavarde. L'aspect d'abandon et de mélancolie de la ville disparaît sur le seuil de ses maisons, y compris les plus humbles, ces fragiles habitations élevées à la file sur les rives du fleuve, de l'autre côté de l'abattoir.

La nuit piurane est pleine d'histoires. Les paysans parlent de fantômes ; dans leur coin, tout en faisant la cuisine, les femmes racontent des potins, des malheurs. Les hommes boivent des petits verres de *chicha* blonde, d'âpres verres d'eau-de-vie de canne. On la fait dans la montagne et elle est très forte : les étrangers ont les larmes qui leur viennent aux yeux quand ils y goûtent pour la première fois. Les enfants se roulent par terre, se battent, obturent les galeries des vers, fabriquent des pièges à iguanes ou bien, immobiles, écarquillant les yeux, écoutent les histoires des grandes personnes : bandits qui s'embusquent dans les gorges de Canchaque, de Huancabamba et d'Ayabaca, pour dévaliser les voyageurs et, parfois, les égorger ; maisons où peinent les esprits ; guérisons miraculeuses qu'opèrent les sorciers ; trésors enfouis dévoilant leur présence par un bruit de chaînes et de gémissements ; guérilleros qui divisent les propriétaires de la région en deux camps et dont les troupes parcourent les sables en tous sens, se cherchant, se chargeant au milieu d'extraordinaires nuages de poussière, et qui occupent les villages et les districts, confisquent le bétail, prennent les hommes au lasso et paient tout avec des papiers qu'ils appellent bons de la patrie, ces guérilleros qu'ils ont vus, encore adolescents, entrer dans Piura comme un ouragan de cavaliers, installer leurs tentes sur la place d'Armes et répandre par la ville leurs uniformes rouges et bleus ; histoires de duels, d'adultères et de catastrophes, de femmes qui ont vu pleurer la Vierge de la cathédrale, le Christ lever le bras et l'Enfant Jésus sourire furtivement.

Le samedi, d'ordinaire, on organise des fêtes. La joie, comme une onde électrique, parcourt la Mangachería, Castilla, la Gallinacera, les masures du bord de l'eau. Dans tout Piura résonnent *tonadas* et *pasillos*, valses lentes, les *huainos* que les

gens de la montagne dansent en frappant le sol de leurs pieds nus, d'agiles marinières, des *tristes* à la fugue de *tondero*. Quand l'ébriété est à son comble et que cessent les chants, les arpèges de la guitare, le ronflement des tambours et la plainte des harpes, des baraques qui ceignent Piura comme une muraille sortent de soudaines ombres défiant le vent et le sable : ce sont des couples jeunes, illégitimes, qui se glissent jusqu'au maigre bois de caroubiers qui pose une tache sur les sablons, jusqu'aux petites plages cachées sur les rives du fleuve, aux grottes qui regardent vers Catacaos, et les plus audacieux jusqu'à la limite du désert. C'est là qu'ils font l'amour.

Au cœur de la ville, dans les pâtés de maisons entourant la place d'Armes, dans de grands hôtels aux murs blanchis à la chaux, aux balcons garnis de jalousies, vivent les propriétaires, les commerçants, les avocats, les autorités. Le soir ils se réunissent dans les jardins, sous les palmiers, et parlent des menaces qui pèsent cette année sur le coton et sur la canne à sucre, se demandent si le fleuve aura sa crue en temps voulu et roulera beaucoup d'eau, bavardent de l'incendie qui vient de dévorer des taillis appartenant à Chápiro Seminario, du combat de coqs dominical, de la partie de campagne qu'on organise pour recevoir le tout nouveau médecin local : Pedro Zevallos. Pendant qu'ils jouent aux cartes — *rocambor*, *tresillo* — ou aux dominos, dans les salons pleins de tapis et de pénombre, entre des portraits ovales, de grands miroirs et des meubles tapissés de damas, les épouses récitent le chapelet, négocient les futures fiançailles, organisent les réceptions et les fêtes de charité, se répartissent les engagements pour la procession et pour l'ornement des reposoirs, préparent les kermesses et commentent les racontars que le journal local, une feuille en couleurs qui s'appelle *Échos et nouvelles*, donne sur la société.

Les étrangers ignorent la vie intérieure de la ville. Que détestent-ils dans Piura? Son isolement, les vastes étendues de sable qui la séparent du reste du pays, le manque de routes, les interminables randonnées à cheval sous un soleil de feu et les embuscades des bandits. Ils descendent à l'hôtel de l'*Étoile du Nord*, qui se trouve sur la place d'Armes, un bâtiment décoloré pas plus haut que le kiosque où chaque dimanche se produit la fanfare et à l'ombre duquel s'installent les mendiants et les cireurs de chaussures, et il leur faut y rester enfermés,

dès cinq heures du soir, à regarder par la fenêtre comment le sable prend possession de la ville déserte. Au bar de l'*Étoile du Nord* ils boivent jusqu'à ce qu'ils tombent ivres. *Ici, ce n'est pas comme à Lima*, disent-ils, *il n'y a pas d'endroit pour se distraire ; ce n'est pas que les gens de Piura soient désagréables, mais quelle austérité, ils ne vivent que le jour.* Ils voudraient des antres qui flamboieraient toute la nuit pour y brûler leurs bénéfices. C'est pourquoi, d'ordinaire, lorsqu'ils s'en vont, ils parlent en mal de la ville, ils vont jusqu'à la calomnier. Y a-t-il pourtant des gens plus hospitaliers, plus cordiaux que ceux de Piura ? Ils reçoivent triomphalement les étrangers, se les disputent quand l'hôtel est plein. Ces maquignons, ces courtiers en coton, toute autorité de passage, les notables les reçoivent de leur mieux : ils organisent en leur honneur des chasses au cerf dans les montagnes de Chulucanas, les promènent dans les haciendas, leur offrent des parties de campagne. Les portes de Castilla et de la Mangachería sont ouvertes aux Indiens qui émigrent de la montagne et arrivent à la ville affamés et terrorisés, aux sorciers que les curés expulsent des villages, aux vendeurs de pacotille qui viennent tenter fortune à Piura. Marchandes de *chicha*, porteurs d'eau et balayeurs municipaux les accueillent familièrement, partagent avec eux le toit et le couvert. En partant, les étrangers emportent toujours des cadeaux. Mais rien ne les satisfait, ils sont assoiffés de femmes et ne supportent pas la nuit piurane, durant laquelle seul veille le sable qui tombe du ciel.

Ils désiraient si fort des femmes et des plaisirs nocturnes qu'à la longue le ciel — *le diable, l'exécrable cornu*, dit le père García — finit par leur donner satisfaction. Et c'est ainsi qu'apparut, turbulente et frivole, nocturne, la Maison verte.

Le caporal Roberto Delgado tourne un bon moment devant le bureau du capitaine Artemio Quiroga sans se décider. Entre le ciel de cendre et le poste de Borja passent lentement des nuages noirâtres et, sur le terre-plein voisin, les sergents entraînent les recrues : attention nom de Dieu, repos nom de Dieu. L'air est chargé de vapeur humide. Bah, on ne risque jamais qu'un engueulo, et le caporal pousse la porte et salue le capi-

taine qui est à son bureau, se faisant de l'air avec la main : qu'est-ce qu'il y avait, qu'est-ce qu'il voulait et le caporal une permission pour se rendre à Bagua, ça serait possible? Qu'est-ce qui lui prenait au caporal, le capitaine à présent s'évente furieusement des deux mains, quelle mouche l'avait piqué? Mais le caporal Roberto Delgado les mouches ne le piquaient pas, il était de la Forêt, mon capitaine, de Bagua; il voulait une permission pour aller voir sa famille. Et voilà de nouveau cette saloperie de pluie. Le capitaine se lève, ferme la fenêtre, revient à sa place, les mains et la figure mouillées. Alors, comme ça, les mouches ne le piquaient pas, il ne se ferait pas du mauvais sang, des fois? elles ne voulaient pas s'empoisonner, voilà pourquoi elles ne le piquaient pas et le caporal acquiesce : c'était bien possible, mon capitaine. L'officier sourit comme un automate et la pluie a imprégné la pièce de bruits : les grosses gouttes tombent comme des grêlons sur la tôle du toit, le vent siffle dans les interstices de la cloison. Quand le caporal avait-il eu sa dernière permission, l'année dernière? Ah, bon, ça c'était une autre musique et le visage du capitaine se crispe. Dans ce cas il avait droit à une permission de trois semaines et sa main s'élève, il allait partir pour Bagua? il lui ferait quelques emplettes, et il se frappe la joue, qui rougit. Le caporal garde un air très sérieux. Pourquoi ne riait-il pas? il ne trouvait pas ça marrant que son capitaine se flanque des coups sur la figure? et le caporal non, quelle idée, mon capitaine, tout de même. Un éclair de jovialité traverse les yeux de l'officier, adoucit sa bouche acide, *cholito* : ou il riait à gorge déployée ou adieu la permission. D'un air confus, le caporal Roberto Delgado regarde la porte, la fenêtre. Finalement il ouvre la bouche et se met à rire, d'un rire artificiel au début, le cœur n'y est pas, puis naturellement et, enfin, avec joie. Le moustique qui l'avait piqué, mon capitaine, c'était une femelle, et le caporal est secoué par le rire, il n'y avait que les femelles qui piquaient, il ne le savait pas? les mâles étaient végétariens et le capitaine fous-moi le camp une bonne fois, le caporal la boucle : qu'il fasse bien attention que les bêtes ne le bouffent pas sur la route de Bagua tellement il était spirituel. Mais ce n'était pas de l'esprit, c'était scientifique, il n'y avait que les femelles qui suçaient le sang : c'était le lieutenant de la Flor qui le lui avait expliqué, mon capitaine, et le capitaine qu'est-ce qu'on s'en foutait que

ça soit des mâles ou des femelles du moment que ça cuisait pareil et qui est-ce qui le lui avait demandé, on jouait les pédants? Mais le caporal ne se moquait pas, mon capitaine, et tenez, il y avait un remède infaillible, une pommade que les Urakusas se passaient, il lui en rapporterait une fiole, mon capitaine, et le capitaine tenait à ce qu'on lui parle clairement, qu'est-ce que c'était que ces Urakusas? Mais comment voulait-il qu'il lui parle plus clairement du moment que c'était comme ça qu'ils s'appelaient, les Aguarunas, ceux qui vivaient à Urakusa, et est-ce que par hasard le capitaine avait jamais vu un *chuncho* piqué par une bête? Ils avaient leurs secrets, ils se faisaient des pommades avec des résines d'arbres et ils s'en barbouillaient, tout moustique qui s'approchait était mort et il lui en rapporterait, mon capitaine, une fiole, parole qu'il la lui rapporterait. Il était rigolo ce matin le caporal, il aimerait voir la tête qu'il ferait si les païens lui réduisaient la cabèche et le caporal elle était bonne, sacrément bonne, mon capitaine : il voyait déjà sa tête pas plus grosse que ça. Et pourquoi le caporal allait-il passer par Urakusa? Pour lui rapporter cette pommade, simplement? et le caporal bien sûr, bien sûr, et aussi parce que ça raccourcissait, mon capitaine. Sinon il passerait sa permission à voyager et il ne pourrait pas rester avec sa famille et ses amis. Est-ce que tous les gens de Bagua étaient comme le caporal? et lui pires, aussi culottés? infiniment pires, mon capitaine, il ne pouvait pas s'en faire une idée et le capitaine rit de bon cœur, le caporal l'imite, l'observe, le toise de ses yeux mi-clos et brusquement il emmenait un pilote, mon capitaine, un porteur? c'était possible? et le capitaine Artemio Quiroga, de quoi? Le caporal se croyait très malin, n'est-ce pas? il l'emberlificotait avec ses clowneries, le capitaine se marrait et il croyait le posséder, n'est-ce pas? Mais tout seul le caporal allait y passer un temps fou, mon capitaine, il y avait des routes par hasard? comment pouvait-il aller à Bagua et en revenir en si peu de jours sans un pilote, tous les officiers allaient lui donner des commissions, il fallait quelqu'un pour l'aider avec les paquets, qu'il lui laisse emmener un pilote et un porteur, parole qu'il lui rapporterait cette pommade contre les bestioles, mon capitaine. Il lui fatiguait le système : il était sacrément ficelle, le caporal, et le caporal vous êtes formidable, mon capitaine. Parmi les recrues arrivées la semaine dernière il y avait

35

un pilote, qu'il l'emmène, ainsi qu'un porteur qui soit de la région. Mais alors ça, trois semaines, pas un jour de plus, et le caporal pas un de plus, mon capitaine, juré. Il claque des talons, salue et s'arrête sur le seuil, pardon, mon capitaine, comment s'appelait le pilote? et le capitaine Adrián Nieves et le caporal s'en allait, il avait du travail en retard. Le caporal Roberto Delgado ouvre la porte, sort, un vent humide et ardent envahit la pièce, agite légèrement les cheveux du capitaine.

On frappa à la porte, Josefino Rojas alla ouvrir et ne trouva personne dans la rue. Le soir tombait, on n'avait pas encore allumé les réverbères de la rue Tacna, une brise promenait sa tiédeur sur la ville. Josefino fit quelques pas dans la direction de l'avenue Sánchez Cerro et vit les León, sur un banc de la petite place, près de la statue du peintre Merino. José avait une cigarette aux lèvres, le Singe se nettoyait les ongles avec une allumette.

— Il y a un mort? dit Josefino. Pourquoi ces gueules d'enterrement?

— Accroche-toi à quelque chose, indomptable, dit le Singe, parce que tu vas en tomber à la renverse. Lituma est de retour.

Josefino ouvrit la bouche mais ne parla pas; il resta quelques secondes à battre des paupières, avec un sourire perplexe et apathique qui lui fronçait tout le visage. Il se mit à se frotter les mains, doucement.

— Il y a deux heures environ, avec l'omnibus de la Roggero, dit José.

Les fenêtres du collège Saint-Michel étaient illuminées et, devant le portail, un surveillant faisait presser les élèves des cours du soir en frappant dans ses mains. Des garçons en uniforme bavardaient sous les caroubiers bruissants de la rue Libertad. Josefino avait mis ses mains dans ses poches.

— Il vaudrait mieux que tu viennes, dit le Singe. Il nous attend.

Josefino retraversa l'avenue, ferma la porte, revint à la petite place et ils se mirent tous trois en route, silencieusement. Quelques mètres après la rue Arequipa, ils rencontrèrent le père García qui, le cou enveloppé dans un foulard gris, avançait

cassé en deux, traînant les pieds et haletant. Il leur tendit le poing et cria « impies! ». «Incendiaire! » répliqua le Singe, et José « incendiaire! incendiaire! » Ils suivaient la chaussée de droite, Josefino était au milieu.

— Mais avec la Roggero on arrive toujours le matin de bonne heure, ou la nuit, jamais à cette heure, dit Josefino.

— Ils sont tombés en panne à la Cuesta de Olmos, dit le Singe. Ils ont crevé un pneu. Ils l'ont changé mais après ils ont encore crevé deux fois. Tu parles de veinards.

— On en est restés sidérés quand on l'a vu, dit José.

— Il voulait venir arroser ça tout de suite, dit le Singe. On l'a laissé en train de se préparer pendant qu'on venait te chercher.

— Il m'a pris au dépourvu, merde alors, dit Josefino.

— Qu'est-ce qu'on va faire à présent? dit José.

— Ce que tu voudras, cousin, dit le Singe.

— Amenez-moi le collègue, alors, dit Lituma. On prendra un verre ensemble. Allez le chercher, dites-lui que l'indomptable numéro quatre est de retour. Voyons voir la tête qu'il va faire.

— Tu parles sérieusement, cousin? dit José.

— Tout ce qu'il y a de plus sérieux, dit Lituma. J'ai là quelques bouteilles de « Sol de Ica », nous en viderons une avec lui. J'ai une de ces envies de le voir, ma parole. Allez-y pendant que je me change.

— Chaque fois qu'il parle de toi il dit le collègue, l'indomptable, dit le Singe. Il t'aime autant que nous.

— Je m'imagine qu'il vous a mitraillés de questions, dit Josefino. Qu'est-ce que vous avez bien pu inventer?

— Tu te trompes, il en a absolument pas été question, dit le Singe. Il a même pas prononcé son nom. Si ça tombe, il l'a oubliée.

— On sera pas plus tôt arrivés qu'il va nous lâcher une bordée de questions, dit Josefino. Il faut arranger ça tout de suite, avant qu'on n'aille le lui raconter.

— Tu t'en chargeras, toi, dit le Singe. Moi, j'ose pas. Qu'est-ce que tu vas lui dire?

— Je sais pas, dit Josefino; ça dépend comment les choses vont se présenter. Si seulement il avait averti qu'il venait. Mais nous tomber dessus comme ça, à l'improviste. Merde alors, je m'y attendais pas.

— Cesse une bonne fois de te frotter les mains, dit José. Tu nous communiques ta nervosité, Josefino.

— Il a beaucoup changé, dit le Singe. Il a pris un petit coup de vieux, Josefino. Et il n'est pas aussi gros qu'avant.

Les réverbères de l'avenue Sánchez Cerro venaient de s'allumer. Les maisons étaient encore vastes, somptueuses, avec des murs clairs, des balcons de bois sculpté et des heurtoirs de bronze, mais au fond, dans les râles bleus du crépuscule, apparaissait déjà le profil confus et contrefait de la Mangachería. Une caravane de camions défilait sur la chaussée, dans la direction du Pont Neuf, et, sur les trottoirs, il y avait des couples blottis contre les portails, des bandes de gamins, de lents vieillards s'aidant de leur canne.

— Les Blancs sont devenus bien audacieux, dit Lituma. Maintenant ils se promènent dans la Mangachería comme chez eux.

— C'est la faute de l'avenue, dit le Singe. Ç'a été un véritable viol contre les Mangaches. Au moment où ils la construisaient, le harpiste a dit ils nous ont baisés, c'en est fini de l'indépendance, tout le monde viendra fourrer son nez dans le quartier. Aussitôt dit, aussitôt fait, cousin.

— Maintenant un Blanc se croirait déshonoré de ne pas terminer ses fêtes dans les *chicherías*, dit José. Tu as vu comme Piura s'est agrandi, cousin? Il y a des édifices neufs de tous les côtés. Il est vrai que, venant de Lima, cela ne doit guère te frapper.

— Je vais vous dire quelque chose, dit Lituma. Les voyages, merci pour moi. Pendant tout ce temps j'ai réfléchi et je me suis rendu compte que si j'ai attrapé la poisse, c'est parce que je ne suis pas resté dans mon pays, comme vous. J'aurai au moins appris ça, que je tiens à mourir ici.

— Il pourrait bien changer d'idée quand il saura ce qui se passe, dit Josefino. Il aura honte que les gens le montrent du doigt, dans la rue. Alors il s'en ira.

Josefino s'arrêta et tira une cigarette. Les León firent un écran de leurs mains pour empêcher le vent d'éteindre l'allumette. Ils poursuivirent leur marche, lentement.

— Et s'il s'en va pas? dit le Singe. Piura va être trop petit pour vous contenir tous les deux, Josefino.

— Je vois mal que Lituma s'en aille, il est devenu piuran

jusqu'a la moelle, dit José. Ce n'est pas comme quand il est revenu de la forêt, tout ce qu'il y avait ici le dégoûtait. C'est à Lima qu'est né son amour du pays.

— Pas de chinoiseries, a dit Lituma. Je veux des plats de Piura. Un bon *seco de chabelo*, un *piqueo*, et qu'on boive le *claro* comme des trous.

— Allons chez Angélica Mercedes, dans ce cas, cousin, a dit le Singe. Elle est toujours la reine des cuisinières. Tu l'as tout de même pas oubliée, non?

— Plutôt à Catacaos, cousin, a dit José. Au *Char embourbé*, c'est le meilleur *claro* que je connaisse.

— Vous êtes contents de la venue de Lituma, vous, dit Josefino. Vous avez l'air d'être à la fête, tous les deux.

— Après tout c'est notre cousin, indomptable, dit le Singe. Ça fait toujours plaisir de revoir quelqu'un de la famille.

— Il nous faut l'emmener quelque part, dit Josefino. Le chauffer un peu, avant de lui parler.

— Mais attends, Josefino, a dit le Singe, on t'a pas tout dit.

— Demain nous irons chez doña Angélica, a dit Lituma. Ou à Catacaos, si vous préférez. Mais aujourd'hui je sais où fêter mon retour, il faut que vous me fassiez ce plaisir.

— Où diable veut-il aller? dit Josefino. A *La Reine*, aux *Trois Étoiles?*

— Chez la Chunga *chunguita*, a dit Lituma.

— Tu parles, dit le Singe. A la Maison verte, rien de moins. Rends-toi compte, indomptable.

— Tu es le démon en personne, dit la mère Angélica — Et elle se pencha sur Bonifacia qui était étendue par terre, petite bête sombre tassée sur elle-même. — Une méchante, une ingrate.

— L'ingratitude, c'est ce qu'il y a de pire, Bonifacia, dit la supérieure lentement. Les animaux eux-mêmes sont reconnaissants. Tu n'as jamais vu les *frailecillos* quand on leur jette des bananes?

Le visage, le voile, les mains des mères avaient l'air phosphorescents dans la pénombre de la dépense; Bonifacia ne se départait pas de son immobilité.

— Tu te rendras compte, un jour, de ce que tu as fait et tu t'en repentiras, dit la mère Angélica. Et si tu ne te repens pas, tu iras en enfer, perverse.

Les pupilles dorment dans une chambre longue, étroite et profonde comme un puits; les murs nus s'ouvrent par trois fenêtres donnant sur le Nieva, l'unique porte communique avec le vaste patio de la Mission. Par terre, appuyés contre le mur, les petits lits de toile, des lits pliants : les pupilles les roulent en se levant, les déroulent et les montent le soir. Bonifacia dort dans un lit de bois, de l'autre côté de la porte, dans une petite pièce qui s'enfonce comme un coin entre le dortoir des pupilles et la cour. Au-dessus de sa couche il y a un crucifix et, à côté, un coffre. Les cellules des mères sont de l'autre côté du patio, dans la Résidence : une construction blanche avec un toit à deux versants, de nombreuses fenêtres toutes symétriques et une lourde balustrade en bois. Près de la Résidence

se trouvent le réfectoire et l'ouvroir, où les pupilles apprennent à parler espagnol, à épeler, à compter, à coudre et à broder. Les cours de religion et de morale se donnent dans la chapelle. Dans un coin du patio on voit un local qui tient du hangar, et qui est contigu au jardin de la Mission; sa haute cheminée rougeâtre se détache entre les rameaux envahissants de la forêt : c'est la cuisine.

— Tu n'étais pas plus grande que ça que déjà on pouvait deviner ce que tu deviendrais — La main de la supérieure se tenait à cinquante centimètres du sol. — Tu sais ce que je veux dire, n'est-ce pas?

Bonifacia se retourna sur le côté, leva la tête, ses yeux examinèrent la main de la supérieure. Le babillement des perroquets du jardin parvenait jusqu'à ce coin de la dépense. Par la fenêtre, le branchage des arbres apparaissait sombre déjà, inextricable. Bonifacia appuya ses coudes par terre : elle ne savait pas, ma mère.

— Tu ne sais pas non plus ce que nous avons fait pour toi, non? éclata la mère Angélica qui allait d'un côté à l'autre, en serrant les poings. Tu ne sais pas non plus comment tu étais lorsque nous t'avons recueillie, non?

— Comment veux-tu que je sache, susurra Bonifacia. J'étais toute petite, *mamita*, je ne me souviens pas.

— Voyez-moi la petite voix qu'elle prend, ma mère, comme elle a l'air docile, glapit la mère Angélica. Tu te figures que tu vas m'abuser? Je ne te connais pas, peut-être! Et avec la permission de qui continues-tu à m'appeler *mamita?*

Après les prières du soir, les mères se rendent au réfectoire et les pupilles, précédées de Bonifacia, se dirigent vers le dortoir. Elles font leurs lits et, quand elles sont couchées, Bonifacia éteint les lumignons de résine, ferme la porte à clé, s'agenouille au pied du crucifix, fait sa prière et se couche.

— Tu courais au jardin, tu grattais la terre et tu n'avais pas plutôt trouvé un lombric, un ver, que tu te le fourrais dans la bouche, dit la supérieure. Tu étais toujours malade, et qui est-ce qui te soignait, qui te guérissait? Tu ne t'en souviens pas non plus?

— Tu étais toute nue, cria la mère Angélica, et je me demande pourquoi je te faisais des robes, tu te les arrachais et tu montrais tes misères à tout le monde, et tu devais avoir déjà plus

41

de dix ans. Tu avais de mauvais instincts, démon, tu n'aimais que les immondices.

La saison des pluies était terminée et la nuit tombait rapidement : derrière l'enchevêtrement des branches et des feuilles de la fenêtre, le ciel était une constellation de formes sombres et d'étincelles. La supérieure, assise sur un sac, se tenait toute droite, et la mère Angélica allait et venait, en agitant le poing, parfois la manche de son habit glissait et on voyait son bras, mince vipère blanche.

— Je ne t'aurais jamais imaginée capable d'une chose pareille, dit la supérieure. Que s'est-il passé, Bonifacia? Pourquoi as-tu fait cela?

— Il ne t'est pas venu à l'idée qu'elles pouvaient mourir de faim ou se noyer dans le fleuve? dit la mère Angélica. Qu'elles attraperaient les fièvres? Tu n'as pensé à rien, bandit?

Bonifacia sanglota. La dépense s'était imprégnée de cette odeur de terre acide et de végétaux humides qui montait et s'accentuait avec l'ombre. Une odeur épaisse et piquante, nocturne, qui donnait l'impression de traverser la fenêtre mêlée aux stridulations des grillons et des cigales, très nettes à présent.

— Tu étais comme un petit animal et ici nous t'avons donné un foyer, une famille et un nom, dit la supérieure. Nous t'avons aussi donné un Dieu. Cela ne signifie donc rien pour toi?

— Tu n'avais rien à manger ni à te mettre, grommela la mère Angélica, et nous, nous t'avons élevée, nous t'avons vêtue, nous t'avons éduquée. Pourquoi as-tu fait cela avec les petites, mauvaise?

De temps en temps, un frisson secouait le corps de Bonifacia de la taille aux épaules. Son voile s'était détaché et ses cheveux plats cachaient une partie de son front.

— Cesse de pleurer, Bonifacia, dit la supérieure. Parle une bonne fois.

La Mission s'éveille à l'aube, quand à la rumeur des insectes succède le chant des oiseaux. Bonifacia entre dans le dortoir en agitant une clochette : les pupilles sautent du lit, disent des je vous salue, Marie, enfilent leurs blouses. Puis elles se répartissent en plusieurs groupes à travers la Mission, suivant leurs obligations : les plus petites balaient le patio, la Résidence, le réfectoire; les plus grandes, la chapelle et l'ouvroir. Cinq des

pupilles transportent les poubelles jusqu'au patio et attendent
Bonifacia. Sous sa conduite elles descendent par le sentier,
traversent la place de Santa Mariá de Nieva, passent à travers
champs et, avant d'arriver à la cabane de Nieves le pilote,
elles prennent un raccourci qui serpente entre les arbres, *capanahuas*, *chontas* et *chambiras*, et débouche dans une petite
gorge, le dépotoir du village. Une fois par semaine, les domestiques de Manuel Aguila, le maire, allument un grand feu avec ces
détritus. Les Aguarunas des alentours viennent marauder
là tous les après-midi : les uns fouillent les ordures à la recherche
de nourriture et d'objets domestiques, pendant que les autres
éloignent à grands cris, et à coups de bâton, les rapaces qui
planent goulûment au-dessus de la gorge.
  — Ça ne te fait rien que ces fillettes retombent dans l'indé-
cence et dans le péché? dit la supérieure. Qu'elles perdent tout
ce qu'elles ont appris ici?
  — Tu t'exprimes comme les chrétiens et tu ne vis plus toute
nue, mais ton âme est demeurée païenne, dit la mère Angélica.
Non seulement ça ne lui fait rien, ma mère, mais elle les a pous-
sées à partir parce qu'elle voulait qu'elles redeviennent sauvages.
  — C'est elles qui voulaient partir, dit Bonifacia, elles sont
sorties dans le patio et elles sont venues devant la porte, j'ai vu
sur leur figure qu'elles voulaient s'en aller aussi avec les deux
qui étaient arrivées hier.
  — Et tu leur as fait ce plaisir! cria la mère Angélica. Parce
que tu leur en voulais! Parce qu'elles te donnaient du travail
et que tu as le travail en horreur, paresseuse! Démon!
  — Calmez-vous, mère Angélica — la supérieure se mit
debout.
  La mère Angélica porta une main sur sa poitrine, se toucha le
front : les mensonges la mettaient hors d'elle, ma mère, elle le
regrettait beaucoup.
  — C'est à cause des deux que tu as amenées hier, *mamita*, dit
Bonifacia. Je ne voulais pas que les autres s'en aillent, rien que
ces deux-là parce qu'elles me faisaient de la peine. Ne crie pas
comme ça, *mamita*, tu te rends malade, chaque fois que tu
t'énerves tu te rends malade.
  Quand Bonifacia et les pupilles chargées des ordures reviennent à la Mission, la mère Griselda, avec ses aides, a préparé le
déjeuner : des fruits, du café et un petit pain cuit dans le four de

la Mission. Après le déjeuner, les pupilles vont à la chapelle, reçoivent des leçons de catéchisme et d'histoire sainte et apprennent leurs prières. A midi elles reviennent à la cuisine et, sous la direction de la mère Griselda — toute rouge, perpétuellement en mouvement et bavarde —, elles préparent le repas de midi : soupe de légumes, poisson, manioc, deux petits pains, des fruits et de l'eau du distillateur. Après quoi les pupilles peuvent courir pendant une heure à travers le patio et le jardin, ou s'asseoir à l'ombre des arbres fruitiers. Puis elles montent à l'ouvroir. Les nouvelles, la mère Angélica leur enseigne l'espagnol, l'alphabet et les chiffres. La supérieure se charge des cours d'histoire et de géographie, la mère Angela du dessin et des arts domestiques et la mère Patrocinio des mathématiques. A la tombée de la nuit, mères et pupilles récitent le chapelet à la chapelle, puis ces dernières se répartissent de nouveau en groupes de travail : cuisine, jardin, dépense et réfectoire. Le repas du soir est plus léger que celui du matin.

— Elles me parlaient de leur village pour me convaincre, ma mère, dit Bonifacia. Elles m'auraient tout donné et elles me faisaient de la peine.

— Tu ne sais même pas mentir, Bonifacia. — La supérieure décroisa ses mains qui voletèrent toutes blanches dans les ténèbres bleues et se joignirent de nouveau en une forme ronde. — Les petites filles que la mère Angélica a ramenées de Chicais ne parlaient pas chrétien, tu vois comme tu fais des péchés pour rien?

— Je parle païen, ma mère, seulement tu ne le savais pas. — Bonifacia leva la tête, deux petites flammes vertes scintillèrent l'espace d'une seconde sous la touffe de ses cheveux. — J'ai appris à force d'entendre les petites païennes, mais je ne te l'ai jamais raconté.

— Tu mens, démon! cria la mère Angélica, — et la forme ronde se dédoubla et battit doucement des ailes. — Voyez donc ce qu'elle invente à présent, ma mère. Bandit que tu es!

Mais elle fut interrompue par des grouinements qui venaient de jaillir comme s'il y avait eu, caché dans la dépense, un animal qui, devenu brusquement furieux, se fût trahi en aboyant, en ronflant, en ronronnant, en faisant crépiter, de l'obscurité où il se dissimulait, des bruits hauts et craquants en une espèce de sauvage défi :

44

— Tu vois bien, *mamita?* dit Bonifacia. Tu ne l'as pas compris, mon païen?

Tous les jours il y a messe, avant le petit déjeuner. Ce sont les jésuites d'une mission voisine qui la disent, généralement le père Venancio. Le dimanche la chapelle ouvre ses portes latérales afin que les habitants de Santa María de Nieva puissent assister à l'office. Les autorités sont toujours là et parfois il vient des agriculteurs, des caucheros de la région et une foule d'Aguarunas qui restent devant les portes, à moitié nus, gênés, tassés les uns contre les autres. L'après-midi, la mère Angélica et Bonifacia emmènent les pupilles au bord de la rivière, les laissent barboter, pêcher, grimper aux arbres. Le dimanche, le repas du matin est plus abondant et d'ordinaire la viande figure au menu. Les pupilles sont une vingtaine, leur âge va de six à quinze ans, toutes des Aguarunas. Il arrive qu'il y ait parmi elles une jeune Huambisa, ou même une Shapra. Mais c'est rare.

— Je n'aime pas me sentir inutile, Aquilino, dit Fushía. J'aimerais que ce soit comme avant. On se relaierait, tu te rappelles?

— Si je me rappelle, mon gars, dit Aquilino. Puisque c'est grâce à toi que je suis devenu celui que je suis.

— C'est vrai, tu vendrais toujours de l'eau de porte à porte si je n'avais pas poussé jusqu'à Moyobamba, dit Fushía. Ce que tu pouvais avoir peur du fleuve, vieux.

— Rien que du Mayo, j'ai failli m'y noyer quand j'étais gamin, dit Aquilino. Mais je me suis toujours baigné dans le Rumiyacu.

— Le Rumiyacu? dit Fushía. Il passe par Moyobamba?

— C'est cette rivière si calme, Fushía, dit Aquilino, celle qui traverse les ruines, près de là où habitent les Lamistas. Il y a des tas de jardins avec des oranges. Tu te rappelles pas non plus ces oranges, les plus douces du monde?

— Ça me fait honte de te voir toute la journée en train de suer et moi allongé ici, comme un mort, dit Fushía.

— Mais puisqu'il n'y a ni à ramer ni rien, mon gars, dit Aquilino, il suffit de se laisser porter. Maintenant qu'on a franchi

45

les étroits, le Marañón fait le travail tout seul. Ce que j'aime pas, c'est que tu restes silencieux et que tu te mettes à regarder le ciel comme si tu voyais le diable.

— Je ne l'ai jamais vu, dit Fushía. Ici, dans la forêt, tout le monde l'a vu une fois ou l'autre, sauf moi. Je n'ai pas de chance, même pour ça.

— Dis plutôt que t'en as, dit Aquilino. Tu savais qu'une fois il était apparu à M. Reátegui? Dans une gorge du Nieva, dit-on. Mais il s'est aperçu qu'il boitait beaucoup, et au moment où il a découvert sa petite patte il l'a arrosé de balles. A propos, Fushía, pourquoi tu t'es disputé avec M. Reátegui? Pour sûr, t'as dû lui jouer un de ces tours!

Il lui en avait joué beaucoup, et le premier avant de le connaître, alors qu'il venait tout juste de débarquer à Iquitos, vieux. Bien longtemps après il le lui avait raconté, et cela faisait rire Reátegui, c'est donc toi qui as roulé ce pauvre don Fabio? et Aquilino M. Fabio, le gouverneur de Santa María de Nieva?

— Pour vous servir, monsieur, dit don Fabio. Que puis-je faire pour vous? Resterez-vous longtemps à Iquitos?

Il resterait un bon bout de temps, peut-être définitivement. Le commerce du bois, vous savez? Il allait installer une scierie près de Nauta et il attendait des ingénieurs. Il avait du travail en retard et il le paierait bien, mais il voulait une grande chambre, une chambre commode, et don Fabio mais comment donc, monsieur, il était là pour servir les clients, vieux : ce qu'il a pu marcher.

— Il m'a donné ce qu'il avait de mieux dans l'hôtel, dit Fushía. Avec des fenêtres donnant sur un jardin avec des palmiers. Il m'invitait à déjeuner avec lui et il n'arrêtait pas de me parler de son patron. C'est tout juste si je le comprenais, mon espagnol était très mauvais en ce temps-là.

— M. Reátegui n'était pas à Iquitos? dit Aquilino. Il était riche, déjà?

— Non, vraiment riche, ce n'est que par la suite qu'il l'est devenu, avec la contrebande, dit Fushía. Mais il possédait déjà ce petit hôtel et il commençait à faire du commerce avec les tribus, c'est pour ça qu'il était allé s'installer à Santa María de Nieva. Il achetait du caoutchouc, des peaux, et il les revendait à Iquitos. C'est là que mon idée m'est venue, Aquilino. Seule-

ment c'est toujours pareil, il fallait un petit capital et je n'avais pas un sou.

— Et t'as emporté une grosse somme, Fushía? dit Aquilino.

— Cinq mille *soles*, don Julio, dit don Fabio. Plus mon passeport et des couverts en argent. Je suis dégoûté, monsieur Reátegui, je sais tout le mal que vous allez penser de moi. Mais je vous rendrai tout, je vous le jure, à la sueur de mon front, don Julio, jusqu'au dernier centime.

— T'as jamais eu de remords, Fushía? dit Aquilino. Ça fait des années que j'ai envie de te poser cette question.

— Pour avoir volé ce salaud de Reátegui? dit Fushía. S'il est riche, c'est parce qu'il a volé plus que moi, vieux. Sauf qu'il a commencé avec quelque chose, tandis que moi je n'avais rien. Ç'a toujours été ma déveine, d'avoir à partir de zéro.

— Et votre tête, elle vous sert à quoi dans ce cas? dit Julio Reátegui. Comment se fait-il que vous n'ayez même pas eu l'idée de lui demander ses papiers, don Fabio?

Mais il les lui avait demandés et son passeport avait l'air tout neuf, comment pouvait-il deviner qu'il était faux, don Julio? Et puis, il était si bien habillé quand il était arrivé, et il parlait d'une manière qui vous convainquait. Il se disait même, don Fabio, dès que M. Reátegui reviendra de Santa María de Nieva, je le lui présenterai et il feront de grandes affaires ensemble. Ce qu'on pouvait être imprudent, don Julio.

— Et qu'est-ce que tu portais dans cette valise, Fushía? dit Aquilino.

— Des cartes de l'Amazonie, monsieur Reátegui, dit don Fabio. Énormes, comme celles qu'il y a à la caserne. Il les avait accrochées dans sa chambre et il disait c'est pour savoir par où nous sortirons le bois. Il y avait fait des traits dessus et écrit des annotations en brésilien, vous ne trouvez pas cela curieux?

— Ça n'a rien de curieux, don Fabio, dit Fushía. En plus du bois, je m'intéresse aussi au commerce. Et parfois il est utile d'avoir des contacts avec les indigènes. C'est pour cela que j'ai marqué les tribus.

— Jusqu'à celles du Marañón et de l'Uyacali, dont Julio, dit don Fabio, et je me disais ça c'est un homme entreprenant, ça fera une sacrée équipe avec M. Reátegui.

— Tu te rappelles quand on les a brûlées, tes cartes? dit Aquilino. Une vraie saloperie, ceux qui les font savent pas que

47

l'Amazonie c'est comme une femme en chaleur, ça bouge tout le temps. Ici rien qui reste en place, les fleuves, les animaux, les arbres. Une sacrée folle, cette terre où il nous faut vivre, Fushía.

— Lui aussi il la connaît à fond, la forêt vierge, dit don Fabio. Quand il reviendra du haut Marañón, je vous le présenterai et vous ferez une paire d'amis, monsieur.

— Ici, à Iquitos, on ne tarit pas de louanges sur lui, dit Fushía. J'ai bigrement envie de la connaître. Vous ne savez pas quand il reviendra de Santa María de Nieva?

— Il a ses affaires là-bas, et puis ça lui prend du temps d'être gouverneur, dit don Fabio, mais il vient de temps à autre. Une volonté de fer, monsieur. Il tient ça de son père, un autre type à la hauteur. Ç'a été un des grands du caoutchouc, à l'époque où Iquitos était prospère. Quand il y a eu l'effondrement des prix, il s'est fait sauter la cervelle. Ils y ont perdu jusqu'à leur chemise. Mais don Julio s'est relevé, tout seul. Une volonté de fer, je vous dis.

— Une fois, à Santa María, on lui a offert un banquet et je l'ai entendu prononcer un discours, dit Aquilino. Il a parlé de son père avec beaucoup d'orgueil, Fushía.

— Son père, c'était un de ses dadas, dit Fushía. Moi aussi, il me le citait à propos de tout quand nous travaillions ensemble. Ah, ce salaud de Reátegui, un foutu veinard. Je l'ai toujours sacrément envié, vieux.

— Si gentil, et si affectueux, dit don Fabio. Et quand je pense qu'il lui faisait des grâces, qu'il lui léchait les pieds, il n'était pas plus tôt entré à l'hôtel que mon Jésus-Christ dressait la queue, tout content. Quel homme maudit, don Julio!

— A Campo Grande tu flanquais des coups de pied aux gardes et à Iquitos tu tues un chat, dit Aquilino. De jolies manières de prendre congé, Fushía.

— A vrai dire, don Fabio, cela ne me paraît pas si grave, dit Julio Reátegui. Ce que je regrette, c'est qu'il soit parti avec mon argent.

Mais lui, ça lui faisait beaucoup de peine, don Julio : pendu à la moustiquaire avec un drap, d'entrer dans la chambre et brusquement de le voir qui dansait en l'air, tout raide, les yeux exorbités. La méchanceté gratuite, voilà une chose qu'il ne comprenait pas, monsieur Reátegui.

— L'homme fait ce qu'il peut pour vivre et je comprends

48

tes vols, dit Aquilino. Mais pourquoi faire ça à ce chat : c'était sous le coup de la colère, parce que tu n'avais pas ton capital pour te lancer ?

— Ça aussi, dit Fushía. Et puis cet animal empestait et il avait pissé je ne sais combien de fois sur mon lit.

Bien digne d'un Asiatique aussi, don Julio, ils avaient des mœurs à vous dégoûter, c'était à ne pas croire, il savait ce dont il parlait, les Chinois d'Iquitos, par exemple, élevaient des chats dans des cages, ils les engraissaient avec du lait et ensuite les faisaient cuire et les mangeaient, monsieur Reátegui. Mais maintenant celui-ci voulait parler des achats, don Fabio, c'était pour ça qu'il était venu de Santa María de Nieva, oublions les choses tristes, avait-il acheté ?

— Tout ce que vous m'aviez demandé, dont Julio, dit don Fabio, les miroirs de poche, les couteaux, les toiles, les plombs de chasse, et avec de jolis rabais. Quand repartez-vous pour le haut Marañón ?

— Je ne pouvais pas aller dans la forêt tout seul pour faire du commerce, dit Fushía, j'avais besoin d'un associé. Et il me fallait aller le chercher loin d'Iquitos, après toute cette affaire.

— C'est pour ça que t'es venu jusqu'à Moyobamba, dit Aquilino. Et que t'es devenu mon ami pour que je t'accompagne dans les tribus. Comme ça, tu t'es mis à imiter Reátegui sans l'avoir seulement vu, avant d'être son employé. Ah, tu savais parler argent, Fushía, viens avec moi Aquilino, en un an tu deviens riche, tu me rendais fou avec cette musique.

— Et tu vois, tout ça pour des prunes, dit Fushía. Je me suis sacrifié plus que n'importe qui, personne n'a autant risqué que moi, vieux. C'est juste que je finisse comme ça, Aquilino ?

— C'est des choses de Dieu, Fushía, dit Aquilino. C'est pas à nous de juger ça.

Par une chaude matinée de décembre un homme arriva à Piura. Sur une mule qui se traînait péniblement, il surgit brusquement au milieu des dunes du Sud : une silhouette avec un chapeau aux larges bords, enveloppée dans un poncho léger. A travers la lueur rougeâtre de l'aube, quand les langues du soleil commencent à ramper dans le désert, l'étranger dut découvrir

avec ravissement l'apparition des premiers bouquets de cactus, les caroubiers calcinés, les maisons blanches de Castilla qui s'entassent et se multiplient au fur et à mesure qu'on s'approche du fleuve. Dans l'atmosphère épaisse il avança vers la ville qu'il apercevait déjà, sur l'autre rive, réverbérant comme un miroir. Il suivit l'unique rue de Castilla, déserte encore, et, en arrivant au Vieux Pont, mit pied à terre. Il resta quelques instants à contempler les constructions de l'autre rive, les rues pavées, les maisons avec leurs balcons, l'air rempli de minuscules grains de sable qui tombaient doucement, la tour massive de la cathédrale et sa cloche ronde couleur de suie et, vers le nord, les taches verdâtres des lopins de terre qui bordent le fleuve dans la direction de Catacaos. Il prit les rênes de la mule, traversa le Vieux Pont et, tout en se donnant de petits coups de badine sur les jambes, il parcourut l'artère principale de la ville, celle qui, droite et élégante, relie le fleuve à la place d'Armes. Il s'y arrêta, attacha sa bête à un tamarinier, s'assit par terre, ramena son chapeau sur ses yeux pour les protéger du sable qui les criblait sans pitié. Il devait avoir fait un long voyage : ses mouvements étaient lents, harassés. Quand, la pluie de sable ayant cessé, les premiers citadins apparurent sur la place entièrement illuminée par le soleil, l'étranger dormait. A côté de lui la mule était étendue, les naseaux couverts d'une bave verdâtre, les yeux révulsés. Personne n'osait le réveiller. La nouvelle se propagea rapidement et bientôt la place d'Armes se trouva remplie de curieux qui, en jouant des coudes, devisaient à propos de l'étranger et se poussaient pour arriver jusqu'à lui. Il y en eut qui escaladèrent le kiosque, d'autres qui grimpèrent sur les palmiers afin de mieux l'observer. C'était un jeune homme athlétique, aux épaules carrées, une petite barbe frisée auréolait son visage et sa chemise dépourvue de boutons laissait voir une poitrine musclée et poilue. Il dormait la bouche ouverte, en ronflant doucement; entre ses lèvres desséchées ses dents pointaient, semblables à celles d'un mâtin : jaunes, grandes, carnassières. Son pantalon, ses bottes, son poncho décoloré, tout était en lambeaux, et très sale, de même que son chapeau. Il n'était pas armé.

En se réveillant, il se dressa d'un saut, dans une attitude défensive : sous ses paupières gonflées, ses yeux scrutaient, inquiets, la multitude des visages. De tous côtés fleurirent des

sourires, des mains se tendirent, un vieillard, en bousculant les gens, se fraya un chemin jusqu'à lui et lui tendit une calebasse d'eau fraîche. Alors, l'inconnu sourit. Il but lentement, en savourant l'eau avec délices, les yeux apaisés. Les gens parlaient de plus en plus fort, chacun s'efforçait d'adresser la parole au nouveau venu, l'interrogeait sur son voyage, le plaignait pour la mort de sa mule. Lui, il riait à présent tout à son aise, serrait des mains. Puis, d'un coup sec il arracha les fontes de la monture de l'animal et demanda où il trouverait un hôtel. Entouré d'une escorte obligeante, il traversa la place d'Armes et entra à l'*Étoile du Nord* : il était complet. On le rassura, de nombreuses voix lui offrirent l'hospitalité. Il fut hébergé chez Melchor Espinoza, un vieux qui vivait seul, sur le quai, près du Vieux Pont. Il possédait quelques arpents de terre, loin, sur les bords du Chira, et s'y rendait deux fois par mois. Cette année-là, Melchor Espinoza battit un record : il logea cinq étrangers. D'ordinaire les gens ne séjournaient à Piura que le temps indispensable pour acheter une récolte de coton, vendre quelques bestiaux, placer des marchandises; c'est-à-dire quelques jours, quelques semaines tout au plus.

Par contre, l'étranger resta. On n'apprit que peu de choses le concernant, négatives pour la plupart : il n'était pas maquignon, ni collecteur d'impôts, ni voyageur de commerce. Il s'appelait Anselmo et se disait péruvien, mais personne ne parvint à identifier son accent : il n'avait pas le parler dubitatif et efféminé des Liméens, ni l'intonation chantante du Chiclayano; il ne prononçait pas les mots avec la vicieuse perfection des gens de Trujillo, et il ne devait pas être des Andes non plus, puisqu'il ne faisait pas claquer la langue sur les *r* et sur les *s*. Son accent était différent, très musical et un peu langoureux, les tournures et les modismes qu'il employait avaient quelque chose d'insolite et, quand il discutait, la violence de sa voix faisait penser à un capitaine de guérilleros. Les fontes qu'il avait pour tout bagage devaient être remplies d'argent : comment avait-il traversé le désert de sable sans être attaqué par les bandits? Personne ne réussit à savoir d'où il venait ni pourquoi il avait choisi Piura comme destination.

Le jour qui suivit son arrivée, il apparut sur la place d'Armes rasé, et la jeunesse de son visage surprit tout le monde. Dans la boutique de l'Espagnol Eusebio Romero il acheta un pantalon

neuf et des bottes, qu'il paya comptant. Deux jours plus tard il commanda à Saturnina, la célèbre tisseuse de Catacaos, un chapeau de paille blanche, de ceux qu'on peut mettre dans sa poche sans les froisser. Tous les matins, Anselmo se rendait à la place d'Armes et, installé à la terrasse de l'*Étoile du Nord*, il offrait à boire aux passants. C'est ainsi qu'il se fit des amis. Il aimait bavarder et plaisanter et il conquit les gens en faisant l'éloge des charmes de la ville : le caractère sympathique de ses habitants, la beauté de ses femmes, ses crépuscules splendides. Il ne tarda pas à apprendre les formules du parler local, son intonation chaude et paresseuse : au bout de quelques semaines il disait *gua* pour manifester de l'étonnement, il appelait les enfants *churres*, les ânes *piajenos*, il faisait des superlatifs de superlatifs, il savait distinguer le *clarito* de la *chicha* épaisse et les diverses variétés de condiments, il savait par cœur le nom des personnes et des rues et il dansait le *tondero* à la façon des Mangaches.

Sa curiosité ne connaissait pas de limites. Il manifestait un intérêt dévorant pour les mœurs et les usages de la ville, s'informait avec un luxe de détails sur les vivants et sur les morts. Il voulait tout savoir : lesquels étaient les plus riches, pourquoi, et depuis quand; si le préfet, le maire et l'évêque étaient intègres et respectés, à quoi s'amusaient les gens, quels adultères, quels scandales agitaient bigotes et curés, le respect qu'on avait pour la religion et pour la morale, les formes qu'adoptait l'amour dans la ville.

Tous les dimanches il se rendait au Coliseo et s'exaltait devant les combats de coqs comme un vieux connaisseur, le soir il était le dernier à quitter le bar de l'*Étoile du Nord*, il jouait aux cartes avec élégance, en faisant de gros paris, et il savait gagner et perdre sans rien laisser paraître. Il conquit de la sorte l'amitié des commerçants et des propriétaires et devint populaire. La bonne société l'invita à une partie de chasse à Chulucanas et il émerveilla tout le monde par la précision de son tir. En le croisant dans la rue, les paysans l'appelaient familièrement par son nom et il leur donnait des bourrades rudes et cordiales. Les gens appréciaient son esprit jovial, l'aisance de ses manières, sa libéralité. Mais tous étaient intrigués par l'origine de sa fortune et par son passé. De petits mythes commencèrent à circuler à son sujet : quand ils parve-

naient à ses oreilles, Anselmo éclatait de rire, sans les démentir ni les confirmer. Parfois il parcourait avec des amis les *chicherías* mangaches et cela se terminait toujours chez Angélica Mercedes, car il y avait une harpe et il était un harpiste consommé, inimitable. Tandis que les autres buvaient ou l'accompagnaient en battant du pied, lui, heure après heure, dans son coin, caressait les cordes blanches qui lui obéissaient docilement et, sur son ordre, pouvaient susurrer, rire ou sangloter.

On regrettait seulement qu'Anselmo fût mal élevé et qu'il regardât les femmes d'un air osé quand il avait bu. Aux servantes nu-pieds traversant la place d'Armes dans la direction du marché, aux marchandes qui, avec des cruches ou des bassines de terre cuite sur la tête, allaient et venaient offrant des jus de *lúcuma* et de mangue et des fromages frais de la montagne, aux dames gantées, en mantille et portant le chapelet, qui se rendaient à l'église, à toutes il faisait des propositions à haute voix, pour toutes il improvisait des vers hauts en couleur. *Attention, Anselmo,* lui disaient ses amis, *les Piurans sont jaloux. Un mari offensé, un père dépourvu d'humour vous provoquera en duel un jour ou l'autre, un peu plus de respect pour les femmes.* Mais Anselmo répliquait par un éclat de rire, levait son verre et buvait à la santé de Piura.

Le premier mois de son séjour dans la ville, il ne se passa rien.

Il ne fallait pas trop s'en faire et puis tout s'arrangeait en ce bas monde, le soleil scintille dans les yeux de Julio Reátegui et les bouteilles sont au frais dans une bassine pleine d'eau. Il sert lui-même à boire : la mousse blanche fait des bulles, monte et crève en cratères : ils n'avaient pas à se tracasser et, avant tout, un autre verre de bière. Manuel Aguila, Pedro Escabino et Arévalo Benzas boivent, s'essuient les lèvres avec les mains. A travers la toile métallique des fenêtres on aperçoit la place de Santa María de Nieva, un groupe d'Aguarunas moud du manioc dans des récipients ventrus, la marmaille court autour des troncs de *capironas*. Là-haut, sur les collines, la Résidence des mères est un rectangle de feu et, tout d'abord,

c'était un projet à longue échéance et ici, les projets, ça ne donnait rien, Julio Reátegui pensait qu'ils s'alarmaient sans raison. Mais Manuel Aguila non, absolument pas, monsieur le gouverneur, il se lève, on avait des preuves, don Julio, un petit homme chauve, aux yeux saillants, ces deux types-là avaient tout gâché. Et Arévalo Benzas aussi, don Julio, se lève, il était témoin, il avait dit lui-même que derrière ces drapeaux et ces alphabets il y avait autre chose, et il s'était opposé à ce que les instituteurs viennent, don Julio, et Pedro Escabino frappe sur la table avec son verre, don Julio : la coopérative c'était un fait, les Aguarunas allaient vendre eux-mêmes à Iquitos, les caciques s'étaient réunis à Chicais pour en parler, telle était la véritable situation et tout le reste pur aveuglement. Sauf que Julio Reátegui ne connaissait pas un seul Aguaruna qui sût ce que c'était que Iquitos ou une coopérative, d'où Pedro Escabino tirait-il une pareille histoire ? et il les priait de parler chacun à leur tour, messieurs. Le verre de nouveau résonne sec et sourd contre la table, don Julio, il passait beaucoup de temps à Iquitos, il avait beaucoup d'affaires et ne se rendait pas compte que la région était tout agitée depuis que ces deux types-là étaient venus. La voix de Julio Reátegui reste douce, don Pedro, la charge de gouverneur lui avait fait perdre du temps et manger de l'argent, mais son regard s'est durci, il ne tenait pas à l'accepter et Pedro Escabino avait été un de ceux qui avaient le plus insisté, qu'il veuille bien mesurer ses paroles. Pedro Escabino savait tout ce qu'ils lui devaient et il n'avait pas l'intention de l'offenser : simplement qu'il arrivait d'Urakusa et que pour la première fois en dix ans, don Julio, sec et sourd par deux fois contre la table, les Aguarunas n'avaient pas voulu lui vendre la moindre boule de caoutchouc, en dépit des avances, et Arévalo Benzas : ils lui avaient même montré la coopérative, que don Julio ne rie pas, ils avaient construit une cabane spéciale et elle était pleine de gomme et de cuir, ils n'avaient rien voulu vendre à Escabino, ils lui avaient dit qu'ils allaient vendre à Iquitos. Et Manuel Aguila, petit et chauve derrière ses yeux saillants : le gouverneur se rendait compte ? Ces types-là n'auraient jamais dû aller dans les tribus, Arévalo avait raison, ils ne voulaient rien d'autre que les gâcher. Mais ils ne viendraient plus, messieurs, et Julio Reátegui remplit les verres. S'il allait à Iquitos ce n'était pas seulement

pour ses affaires, mais aussi pour les leurs, le ministère avait annulé le plan d'extension de la sylviculture, et il n'était plus question des brigades d'instituteurs. Mais Pedro Escabino, sec et sourd pour la troisième fois : il étaient venus et le mal était fait, don Julio. Ils ne pourraient même pas se comprendre avec les *chunchos*? Ils s'étaient très bien compris et ils lui avaient amené l'interprète avec qui les deux types en question étaient allés à Urakusa, il le lui raconterait lui-même, don Julio, et il verrait. L'homme cuivré, nu-pieds, accroupi près de la porte, se relève, s'avance tout gêné vers le gouverneur de Santa María de Nieva et Bonino Pérez combien lui achetait-on le kilo de caoutchouc, qu'il le lui demande. L'interprète se met à gueuler, agite ses mains tant qu'il peut, crache et Jum écoute en silence, les bras croisés sur sa poitrine nue. Deux croix de Saint-André fines et rouges décorent ses pommettes verdâtres, et sur son nez carré sont tatouées trois barres horizontales, minces comme de petits vers, son expression est sérieuse, son attitude solennelle : les Urakusas tassés dans la clairière se tiennent immobiles et le soleil darde les arbres, les cabanes d'Urakusa. L'interprète se tait, Jum et un vieux gesticulent et mâchouillent en poussant des grognements, et l'interprète de bonne qualité deux *soles*, moyen un *sol* le kilo, patron, dire, et Teófilo Cañas sourcille, coûter, un chien aboie au loin. Bonino Pérez le savait, frère, leur putain de mère, cornards de mes deux, et à l'interprète : mauvais Péruviens, eux ils le vendaient à vingt *soles* le kilo, patron les baiser, pas se laisser faire, gars, porter le caoutchouc et les peaux à Iquitos, jamais plus de commerce avec ce patron-là : traduis-lui ça. Et l'interprète leur dire? et Bonino oui, patron voler leur dire? et Teófilo oui, mauvais Péruviens leur dire? oui, oui, patron baiser dire? et eux oui, oui, merde alors, oui : diables, voleurs, mauvais Péruviens, fallait pas se laisser faire, eh bien merde, pas avoir peur, traduis ça. L'interprète grouine, gueule, lance des jets de salive et Jum grouine, gueule, lance des jets de salive et le vieux se frappe la poitrine, sa peau fait des petits plis rugueux et l'interprète Iquitos jamais venir, patron Escabino venir, apporter couteau, machette, cotonnade et Teófilo Cañas il y a de quoi vous dégoûter, frère, ils prennent Iquitos pour un homme, on n'en tirera rien, Bonino, et l'interprète dire, échanger contre le caoutchouc. Mais Bonino Pérez

s'approche de Jum, montre le couteau que celui-ci porte à la ceinture, voyons, combien de kilos de caoutchouc lui a-t-il coûté? demande-le-lui. Jum prend son couteau, l'élève, le soleil incendie la lame blanche, en dissout les bords, Jum sourit avec arrogance et derrière lui les Urakusas sourient, beaucoup prennent leur couteau et l'élèvent, le soleil les enflamme et les dissout et l'interprète : vingt boules celui de Jum, dire, les autres dix, quinze boules, coûter et Teófilo Cañas aimait mieux rentrer à Lima, frère. Il avait la fièvre, Bonino, de telles injustices, plus ceux-là qui ne comprenaient rien, valait mieux oublier et Bonino Pérez fait des additions et des soustractions sur ses doigts, Teófilo, les chiffres n'avaient jamais été son fort, le couteau de Jum revenait à une quarantaine de *soles*, n'est-ce pas? et l'interprète dire? traduire? et Teófilo non, et Bonino plutôt ça : patron diable, ce couteau ne valait même pas une boule, ça se ramassait aux ordures, Iquitos n'était pas un patron mais une ville, en aval, en descendant le Marañón, qu'ils y apportent leur gomme, ils l'y vendraient cent fois mieux, ils s'achèteraient les couteaux qu'ils voudraient, ou quoi que ce soit et l'interprète monsieur, moi pas comprendre, répéter lentement et Bonino il avait raison : il faut tout leur expliquer, frère, depuis le début, ne perds pas confiance, Teófilo peut-être avaient-ils raison mais Julio Reátegui insistait : il ne fallait pas perdre la tête. Ces types-là n'étaient-ils pas partis? Ils ne reviendraient jamais et il n'y avait que les Aguarunas de soulevés, il avait commercé avec les Shapras comme à l'ordinaire et puis tout s'arrange. Simplement qu'il pensait que c'en était fini de sa gestion bien tranquille de gouverneur, messieurs, et ils allaient voir et Arévalo Benzas : ça n'était pas tout, don Julio. Il ne savait pas ce qui s'était passé à Urakusa avec un caporal, un pilote et un porteur de la garnison de Borja? Pas plus tard que la semaine dernière, don Julio, et lui quoi, qu'est-ce qui s'était encore passé?

— Soyez contents, nous voilà dans la Mangachería, dit José.
— Le sable gratte, ça me fait des chatouilles. Je vais quitter mes souliers, dit le Singe.

En même temps que l'avenue Sánchez Cerro, l'asphalte, les façades blanches, les portails robustes et la lumière électrique prenaient fin et commençaient les claies de roseaux en guise de murs, les toits de paille, de boîtes de conserve ou de carton, la poussière, les mouches et le labyrinthe. Aux petites fenêtres carrées et sans rideaux des masures brillaient les bougies et les lampes à huile mangaches, des familles entières prenaient la fraîcheur nocturne au beau milieu de la rue. A chaque instant, les León levaient la main pour saluer leurs amis.

— De quoi sont-ils si fiers? Pourquoi en font-ils tant d'éloges? dit Josefino. Ça sent mauvais et les gens y vivent comme des bêtes. Au moins quinze par baraque.

— Vingt, en comptant les chiens et la photo de Sánchez Cerro, dit le Singe. C'est encore une des bonnes choses de la Mangachería, on fait pas de différences. Hommes, chèvres, chiens, tous égaux, tous mangaches.

— Et nous en sommes fiers parce que nous y sommes nés, dit José. Nous en faisons l'éloge parce que c'est notre terre. Dans le fond, tu crèves d'envie, Josefino.

— Tout Piura est mort à cette heure, dit le Singe. Et ici, tu entends? la vie commence.

— Ici nous sommes tous amis ou parents, et on nous prend pour ce que nous sommes, dit José. A Piura on ne te considère que pour ce que tu possèdes, et ou tu es Blanc ou tu es le lèche-cul des Blancs.

— La Mangachería me fait chier, dit Josefino. Quand on la supprimera, comme pour la Gallinacera, ça me fera tellement plaisir que j'en prendrai une cuite.

— T'es pas dans ton état normal et tu cherches quelqu'un sur qui passer ta mauvaise humeur, dit le Singe. Mais si tu veux déblatérer contre la Mangachería, vaut mieux que tu parles à voix basse, ou bien c'est les Mangaches qui vont te secouer le poil.

— On a l'air de gamins, dit Josefino. Comme si c'était le moment de discuter.

— Redevenons amis, chantons l'hymne, dit José.

Les gens, assis à même le sable, gardaient le silence, et tout le bruit — chants, verres entrechoqués, musique de guitares, mains frappées en cadence — provenait des *chicherías*, des masures plus grandes que les autres, mieux éclairées, avec de

petits drapeaux rouges ou blancs flottant sur leur façade, à la pointe d'un bambou. L'atmosphère était saturée d'odeurs tièdes et variées et, à mesure que les rues s'effaçaient, des chiens, des poules surgissaient, des porcs qui grognaient d'un air sombre en se vautrant sur le sol, des chèvres aux yeux énormes attachées à un pieu, et la faune aérienne suspendue sur leurs têtes était plus dense, plus sonore. Les indomptables avançaient sans se presser dans les sentiers tortueux de la jungle mangache, évitant les vieillards qui avaient tendu leurs nattes en plein air, contournant les bicoques intempestives qui surgissaient au milieu du chemin comme des cétacés au milieu de la mer. Le ciel flambait d'étoiles, certaines grandes et orgueilleuses de leur éclat, d'autres pareilles à la flamme d'une allumette.

— V'là les pédales, dit le Singe; il montrait trois points très hauts, étincelants, parallèles. Elles nous en font de ces clins d'œil! Domitila Yara disait quand on les voit si claires, prière faut leur faire. Profites-en, Josefino.

— Domitila Yara! dit José. La pauvre vieille. Elle me faisait un peu peur, mais depuis qu'elle est morte ça me fait quelque chose quand je pense à elle. J'espère qu'elle nous aura pardonné tout ce ramdam quand elle est morte.

Josefino se taisait, les mains dans les poches, le menton enfoncé sur la poitrine. Les León murmuraient tout le temps, en chœur, « bonne nuit, m'sieur, ... nuit, m'dame » et, du sol, des voix invisibles et somnolentes leur rendaient le salut et les appelaient par leur nom. Ils s'arrêtèrent devant une bicoque, le Singe poussa la porte : Lituma tournait le dos; il portait un complet couleur brique, avec la veste marquant bien les hanches, et ses cheveux étaient humides et brillants. Au-dessus de sa tête dansottait une coupure de journal, accrochée à une épingle.

— V'là l'indomptable numéro trois, cousin, dit le Singe.

Lituma tourna sur lui-même comme une toupie, traversa la pièce d'un pas rapide, en souriant, les bras grands ouverts, et Josefino s'avança à sa rencontre. Ils s'étreignirent fortement et restèrent un bon moment à se donner des tapes dans le dos, ça fait un bout de temps frérot, ça fait un bout de temps Lituma, et quel plaisir de te revoir ici, à se frotter comme deux caniches.

— Un sacré tissu que tu portes, cousin, dit le Singe.

Lituma se recula pour que les indomptables pussent contem-

pler à leur aise sa tenue toute neuve et multicolore : chemise blanche à col dur, cravate rose à pois gris, chaussettes vertes et souliers en pointe, brillants comme des miroirs.

— Ça vous plaît? J'étrenne ça en l'honneur de mon patelin. Je me le suis acheté il y a trois jours, à Lima. Et aussi la cravate et les souliers.

— T'es beau comme un prince, dit José. Supermagnifique, cousin.

— Le tissu, rien que le tissu, dit Lituma, en tâtant les revers de son veston. Le portemanteau, lui, est un peu vermoulu. Mais je peux encore faire quelques conquêtes. Maintenant que je suis célibataire, c'est mon tour.

— Je t'aurais pas reconnu, l'interrompit Josefino. Il y avait si longtemps que je t'avais pas vu en civil, collègue.

— Dis plutôt que cela faisait si longtemps que tu ne me voyais pas, dit Lituma, et son visage devint sérieux, tout en souriant de nouveau.

— Nous aussi, on avait oublié comment t'étais en civil, cousin, dit José.

— T'es mieux comme ça que déguisé en flic, dit le Singe. Maintenant tu redeviens un vrai indomptable.

— Qu'est-ce qu'on attend? dit José. On chante l'hymne?

— Vous êtes mes frères, dit Lituma en riant. Qui est-ce qui vous a appris à plonger dans la rivière du haut du Vieux Pont?

— Et aussi à boire et à aller au bordel, dit José. C'est toi qui nous as corrompus, cousin.

Lituma avait pris dans ses bras les frères León et les secouait affectueusement. Josefino se frottait les mains et, bien qu'il y eût un sourire sur ses lèvres, dans ses yeux immobiles brillait quelque chose de furtif et d'alarmé, et sa posture, les épaules rejetées en arrière, la poitrine bombée, les jambes légèrement repliées, était tout à la fois forcée, inquiète et vigilante.

— On le boit, ce « Soleil d'Ica »? dit le Singe. Ce qui est promis est promis.

Ils s'assirent sur deux nattes, sous une lampe à pétrole pendue au plafond qui, en se balançant, ramenait, de la pénombre dans laquelle étaient plongées les cloisons de brique, de fugaces éraillures, des inscriptions, une niche délabrée avec une Vierge en plâtre tenant l'Enfant dans ses bras et, à ses pieds, un chan-

delier. José y plaça une bougie, l'alluma et, à sa lueur, la coupure de journal montra la silhouette jaunâtre d'un général, une épée, quantité de décorations. Lituma avait posé une valise près des nattes. Il l'ouvrit, en tira une bouteille, la déboucha avec les dents, et le Singe l'aida à remplir à ras bord quatre petits verres.

— Je n'arrive pas à croire que je suis de nouveau parmi vous, Josefino, dit Lituma. Vous m'avez beaucoup manqué tous les trois. Et mon patelin aussi. Au plaisir de se retrouver ensemble.

Ils trinquèrent et burent en même temps, cul sec.

— Fichtre, c'est du feu, beugla le Singe, les yeux pleins de larmes. Dis, cousin, t'es sûr que c'est pas de l'alcool à quatre-vingt-dix?

— Mais c'est de la liqueur, dit Lituma. Le *pisco*, c'est bon pour les gens de Lima, pour les femmes et pour la marmaille, ce n'est pas comme l'eau-de-vie de canne. Tu ne te rappelles pas quand on en prenait comme si c'était un rafraîchissement?

— Le Singe n'a jamais bien tenu le coup, dit Josefino. Deux verres et son compte est bon.

— Je m'enivre vite, peut-être, mais j'ai plus de résistance que beaucoup, dit le Singe. Je peux continuer comme ça à perpète.

— C'est toujours toi qui tombais le premier, frérot, dit José. Tu te souviens, Lituma? on le traînait jusqu'au fleuve et on le ressuscitait en lui faisant boire la tasse.

— Et des fois à coups de gifles simplement, dit le Singe. C'est pour ça que je dois pas avoir de poils, avec toutes ces mornifles que vous m'avez flanquées pour me faire passer mes cuites.

— Je vais porter une santé, dit Lituma.

— Avant, laisse-moi remplir les verres, cousin.

Le Singe prit la bouteille de *pisco*, commença à servir et le visage de Lituma s'attrista, deux rides apparurent toutes fines au coin de ses yeux, son regard parut s'absenter.

— Voyons cette santé, indomptable, dit Josefino.

— A Bonifacia, dit Lituma. — Et il leva son verre, lentement.

— Arrête de faire la petite fille, dit la supérieure. Tu as eu toute la nuit pour pleurnicher.

Bonifacia prit le bord de l'habit de la supérieure et le baisa :

— Dis-moi que la mère Angélica ne va pas venir. Dis-le-moi, ma mère, toi qui es bonne.

— La mère Angélica te réprimande avec raison, dit la supérieure. Tu as offensé Dieu et trahi la confiance que nous avions mise en toi.

— Pour qu'elle ne se mette pas en colère, ma mère, dit Bonifacia. Tu ne vois pas que chaque fois qu'elle se met en colère elle tombe malade? Mais ça ne me fait rien qu'elle me réprimande.

Bonifacia frappe dans ses mains et les chuchotements des pupilles diminuent mais ne cessent pas, un autre coup plus fort et elles se taisent : maintenant on n'entend que le frottement des sandales contre les pierres du patio. Elle ouvre le dortoir et, lorsque la dernière pupille en a franchi le seuil, elle ferme la porte et y colle l'oreille : ce n'est pas l'agitation de chaque jour, en plus du train-train habituel il y a ce chuchotement sourd, secret et alarmé, celui-là même qui a fait apparition quand elles les ont vues arriver, à midi, entre la mère Angélica et la mère Patrocinio, et qui a fâché la supérieure pendant la récitation du chapelet. Bonifacia écoute un moment encore et retourne à la cuisine. Elle allume une lampe, prend un plat d'étain plein de bananes frites, ouvre la targette de la dépense, entre et, au fond, dans l'obscurité, on dirait des souris qui courent. Elle lève la lampe, explore la pièce. Elles sont

derrière les sacs de maïs : une cheville mince, qu'enserre un bracelet de cuir, deux pieds nus qui se frottent l'un contre l'autre et qui s'incurvent — voudraient-ils se cacher mutuellement? L'espace entre les sacs et le mur est très étroit, elles doivent être incrustées l'une dans l'autre, on ne les entend pas pleurer.

— C'est peut-être le démon qui m'a tentée, ma mère, dit Bonifacia. Mais je ne m'en suis pas rendu compte. J'ai seulement eu de la peine, crois-moi.

— De la peine de quoi? dit la supérieure. Et qu'est-ce que cela a à voir avec ce que tu as fait, Bonifacia? Ne fais donc pas la sotte.

— Pour les deux petites païennes de Chicais, ma mère, dit Bonifacia. Je te dis la vérité. Tu ne les a pas vues pleurer? Tu n'as pas vu comment elles se serraient? Et puis elles n'ont rien mangé quand la mère Griselda les a emmenées à la cuisine, tu ne l'as pas vu?

— Ce n'est pas leur faute si elles se mettent dans cet état, dit la supérieure. Elles ne savaient pas que c'était pour leur bien qu'elles étaient ici, elles croyaient que nous allions leur faire du mal. N'en est-il pas toujours de même jusqu'à ce qu'elles se soient habituées? Elles ne le savaient pas, elles, mais toi tu savais que c'était pour leur bien, Bonifacia.

— Et pourtant, malgré ça, elles me faisaient de la peine, dit Bonifacia. Qu'est-ce que tu voulais que j'y fasse, ma mère?

Bonifacia s'agenouille, éclaire les sacs avec sa lampe et elles sont là : nouées comme deux anguilles. L'une a la tête enfouie dans la poitrine de l'autre et celle-ci, le dos au mur, ne peut pas cacher son visage quand la lumière envahit sa cachette, elle se contente de fermer les yeux et de gémir. Ni les ciseaux de la mère Griselda, ni l'ardent désinfectant rougeâtre ne sont encore passés par là. Vastes, sombres, gonflées de poussière, de fétus de paille, de poux sans doute aussi, leurs chevelures pleuvent sur leurs épaules et leurs cuisses nues, sont de vrais petits tas d'ordures. Entre les mèches sales et emmêlées se précisent, à la lueur de la lampe, les membres grêles, des plaques de peau mate, les côtes.

— Ça s'est fait comme par hasard, ma mère, sans y penser, dit Bonifacia. Je n'en avais pas l'intention, ça ne m'était même pas venu à l'idée, vrai.

— Ça ne t'était pas venu à l'idée, dit la supérieure, et tu n'en avais pas l'intention, mais tu les as fait échapper. Et pas rien que ces deux, les autres aussi. Tu avais préparé ça avec elles depuis un certain temps, n'est-ce pas?

— Non, ma mère, je te jure que non, dit Bonifacia. Ça c'est passé avant-hier soir, quand je leur ai porté à manger ici, dans la dépense. Je me rappelle et ça me fait peur, je ne me suis plus sentie la même et je croyais que c'était pour la peine qu'elles me faisaient, mais c'est peut-être bien que le diable m'a tentée comme tu le dis, ma mère.

— Ce n'est pas une excuse, dit la supérieure, ne t'abrite pas constamment derrière le diable. S'il t'a tentée c'est parce que tu t'es laissé faire. Qu'est-ce que ça signifie cela, que tu ne t'es plus sentie la même?

Sous leurs cheveux embroussaillés les deux petits corps confondus se sont mis à trembler, les frissons de l'un se communiquent à l'autre et cette façon de claquer des dents fait penser aux craintifs *maquisapas*, quand on les met en cage. Bonifacia regarde dans la direction de la porte de la dépense, se penche et très lentement, d'une voix de fausset, persuasive, elle se met à grouiner. Quelque chose change dans l'atmosphère, comme si une bouffée d'air pur venait brusquement rafraîchir l'obscurité de la dépense. Sous leurs chapeaux d'immondices, les corps cessent de trembler, deux petites têtes entament un mouvement prudent, à peine perceptible, et Bonifacia continue de criailler, de crépiter en douceur.

— Elles étaient devenues nerveuses depuis qu'elles les avaient vues, dit Bonifacia. Elles se murmuraient des choses entre elles, quand je m'approchais elles se mettaient à parler d'autre chose. Elles cachaient leur jeu, ma mère, mais je savais qu'elles se disaient des choses à propos des petites païennes. Tu ne te rappelles pas dans quel état elles se sont mises, à la chapelle?

— Qu'est-ce qui les avait rendues nerveuses? dit la supérieure. Ce n'était tout de même pas la première fois qu'elles voyaient arriver deux fillettes à la Mission?

— Je ne sais pas pourquoi, ma mère, dit Bonifacia. Je te raconte ce qui se passait, je ne sais pas pourquoi c'était comme ça. Elles devaient se rappeler leur arrivée, sûrement, c'est de ça qu'elles devaient parler.

— Que s'est-il passé dans la dépense avec ces gamines? demanda la supérieure.

— Promets-moi d'abord que tu ne vas pas me mettre à la porte, ma mère, dit Bonifacia. J'ai prié toute la nuit pour que tu ne me mettes pas à la porte. Qu'est-ce que je deviendrais, toute seule? ma mère. Je vais changer si tu me le promets. Et alors je te raconte tout.

— Tu me poses des conditions pour te repentir de tes fautes? dit la supérieure. Il ne manquait plus que ça. Je me demande d'ailleurs pourquoi tu tiens à rester à la Mission. N'as-tu pas laissé les fillettes s'échapper parce que tu avais de la peine à les voir ici? Tu devrais plutôt être heureuse de t'en aller.

Bonifacia leur approche le plat d'étain et elles ne tremblent pas, elles demeurent immobiles, la respiration soulève leur poitrine sur le même rythme tranquille. Bonifacia pose le plat à la hauteur de la fillette assise. Elle continue de grouiner, à mi-voix, familièrement, et brusquement la petite tête se lève, derrière la cascade de cheveux surgissent deux brèves lueurs, deux petits poissons qui vont des yeux de Bonifacia au plat d'étain. Un bras émerge et s'étend avec une prudence infinie, une main craintive se dessine à la lumière de la lampe, deux doigts sales s'emparent d'une banane, l'ensevelissent sous la tignasse.

— Mais je ne suis pas comme elles, ma mère, dit Bonifacia. La mère Angélica et toi vous me dites toujours te voilà tirée des ténèbres, tu es une civilisée. Où vais-je aller, ma mère, je ne veux pas redevenir païenne. La Vierge était bonne, pas vrai? Elle pardonnait tout, pas vrai? Aie pitié, ma mère, sois bonne, tu es pour moi comme la Sainte Vierge.

— On ne m'amadoue pas avec des cajoleries, je ne suis pas la mère Angélica, moi, dit la supérieure. Si tu te sens civilisée et chrétienne, pourquoi les as-tu fait échapper? Cela t'a laissée indifférente, qu'elles redeviennent païennes?

— Mais on va les retrouver, ma mère, dit Bonifacia. Tu vas voir que les gardes vont les ramener. Ne m'attrape pas à leur place, elles sont sorties dans le patio et elles ont voulu s'en aller, je ne me rendais vraiment pas bien compte de ce qui se passait, ma mère, crois-moi, je n'étais plus la même.

— Tu n'étais plus qu'une folle, dit la supérieure. Ou une

idiote, pour ne pas te rendre compte qu'elles te filaient sous le nez.

— Pire que ça, ma mère, une païenne tout comme celles de Chicais, dit Bonifacia. Maintenant que j'y pense ça me fait peur, tu dois prier pour moi, je veux me repentir, ma mère.

La gamine mâche sans écarter sa main de sa bouche et remplace les petits morceaux de banane frite au fur et à mesure qu'elle les avale. Elle a repoussé ses cheveux qui encadrent maintenant son visage de deux bandeaux et, quand elle mâche, son pendant de nez remue à peine. Ses yeux épient Bonifacia et, brusquement, son autre main attrape la chevelure de la gamine blottie contre sa poitrine. Sa main libre se dirige vers le plat d'étain, se saisit d'une banane et la petite tête cachée, ne pouvant résister à la main qui emprisonne ses cheveux, se tourne : elle n'a pas le nez perforé, ses paupières forment deux petites bourses irritées. La main descend, met la banane contre les lèvres fermées qui se froncent encore plus, méfiantes, obstinées.

— Et pourquoi n'es-tu pas venue me prévenir? dit la supérieure. Tu t'es cachée dans la chapelle parce que tu savais que tu avais mal agi.

— J'avais peur, mais pas de toi, de moi, ma mère, dit Bonifacia. Ç'a été un vrai cauchemar quand je ne les ai plus vues et c'est pour ça que je suis entrée dans la chapelle. Je me disais ce n'est pas vrai, elles ne sont pas parties, il ne s'est rien passé, j'ai rêvé. Dis-moi que tu ne vas pas me mettre à la porte, ma mère.

— Tu t'y es mise toi-même, dit la supérieure. Nous avons fait pour toi plus que pour aucune autre, Bonifacia. Tu serais restée toute ta vie à la Mission. Mais maintenant que les autres vont revenir, elles ne doivent plus te voir ici. Moi aussi je le regrette, bien que tu te sois mal conduite. Et je sais que la mère Angélica va en éprouver beaucoup de peine. Mais, pour la Mission, il faut que tu t'en ailles.

— Garde-moi comme simple domestique, ma mère, dit Bonifacia. Je ne m'occuperai plus des pensionnaires. Je balaierai, j'enlèverai les ordures, j'aiderai la mère Griselda à la cuisine. Je t'en prie, ma mère.

Celle qui est étendue résiste : raide, les yeux fermés, elle se mord les lèvres, mais les doigts de l'autre, implacablement, grattent cette bouche obstinée, insistent. L'effort les fait trans-

pirer toutes deux, de petites mèches de cheveux adhèrent à leur peau brillante. Et, brusquement, les lèvres s'ouvrent : rapidement, les doigts introduisent dans la bouche ouverte ce qu'il reste de la banane, une vraie bouillie, et la gamine se met à mâcher. Quelques pointes de cheveux sont entrés dans la bouche en même temps que la banane. D'un geste, Bonifacia l'indique à celle qui a l'anneau : elle élève de nouveau la main, ses doigts prennent les cheveux mal engagés et les retirent avec délicatesse. Maintenant la gamine étendue déglutit, une petite boule monte et descend dans sa gorge. Quelques secondes après, elle ouvre de nouveau la bouche et reste comme cela, les yeux fermés, à attendre. Bonifacia et la fillette à l'anneau se regardent à la clarté huileuse de la lampe. En même temps, elles se sourient.

— T'en veux plus? dit Aquilino. Il te faut prendre quelque chose, mon gars, tu peux pas vivre de l'air du temps.

— Je pense à cette garce tout le temps, dit Fushía. C'est ta faute, Aquilino, voilà deux nuits que je passe à la voir et à l'entendre. C'était une vraie gamine quand je l'ai connue.

— Comment l'as-tu connue, Fushía, dit Aquilino. Longtemps après notre séparation?

— Ça fait un an, maître, à quelque chose près, dit la femme. Nous habitions à Belén, alors, et quand le fleuve était en crue nous avions l'eau dans la maison.

— Oui, oui, très bien, madame, dit Me Portillo. Mais parlez-moi du Japonais, voulez-vous?

Justement, le fleuve était en crue, le quartier de Belén avait l'air d'une mer et tous les samedis le Japonais passait devant chez nous, maître. Et elle qui ça peut bien être, et c'est tout de même curieux qu'un homme si bien habillé vienne lui-même embarquer sa marchandise et qu'il n'ait personne pour s'en occuper. Ça, c'avait été la meilleure époque, vieux. Il commençait à gagner de l'argent à Iquitos, en travaillant pour ce salaud de Reátegui, et un jour une gamine ne pouvait pas traverser la rue tellement il y avait d'eau et il avait payé un passeur pour qu'il la fasse traverser, la mère était sortie le remercier : une maquerelle comme on n'en faisait plus, Aquilino.

66

— Et il s'arrêtait toujours pour nous faire un brin de causette, maître, dit la femme. Avant de se rendre à l'embarcadère, ou après, et chaque fois aussi aimable.

— Saviez-vous déjà en quoi consistait son affaire? dit Mᵉ Portillo.

— Il avait l'air bien comme il faut et très élégant malgré sa race, dit la femme. Il nous faisait de petits cadeaux, maître. Du linge, des souliers et même un canari, une fois.

— Pour votre va-nu-pieds de fille, dit Fushía. Pour qu'il la réveille en chantant.

Ils s'entendaient à merveille, mais mine de rien, vieux; la maquerelle savait ce qu'elle voulait et lui savait qu'elle voulait de l'argent, et Aquilino Lalita, qu'est-ce qu'elle disait de tout ça?

— Elle avait déjà ses longs cheveux, dit Fushía. Et à cette époque elle avait une belle peau, pas un bouton au visage. Elle était jolie, Aquilino!

— Il avait une ombrelle quand il venait, et il portait des complets blancs, et des souliers blancs aussi, dit la femme. Il nous emmenait promener, au cinéma, une fois il est allé avec Lalita à ce cirque brésilien, vous vous rappelez?

— Vous donnait-il beaucoup d'argent, madame? dit Mᵉ Portillo.

— Très peu, presque rien, maître, dit la femme. Et très rarement. Il nous faisait des petits cadeaux, c'est tout.

Lalita était trop grande à présent pour aller à l'école : il lui donnerait une place dans son affaire, ce qu'elle toucherait les aiderait bien toutes les deux, n'est-ce pas que Lalita approuvait cette idée? Elle avait pensé à l'avenir de sa fille, et au besoin dans lequel elles se trouvaient, maître, à leur détresse : tant et si bien que Lalita était allée travailler avec le Japonais.

— Vivre avec lui, madame, dit Mᵉ Portillo. N'ayez pas honte, l'avocat est comme un confesseur pour ses clients.

— Je vous jure que Lalita passait toutes ses nuits à la maison, dit la femme. Demandez-le aux voisines si vous ne me croyez pas.

— Et à quel travail occupait-il votre fille, madame? dit Mᵉ Portillo.

Un travail stupide, vieux, et qui l'aurait enrichi pour le restant de ses jours s'il avait duré ne serait-ce que deux années

de plus. Mais quelqu'un avait dénoncé la chose, et Reátegui s'en était tiré blanc comme neige, tandis qu'il avait dû, lui, prendre tout sur ses épaules, déguerpir, et c'est alors qu'avait commencé le pire moment de son existence. Un travail tout ce qu'il y avait de plus stupide, vieux : réceptionner le caoutchouc, l'emmagasiner avec beaucoup de talc pour lui faire perdre son odeur, l'emballer comme du tabac et l'expédier.

— T'étais amoureux de Lalita à cette époque? dit Aquilino.

— Je l'ai prise vierge, dit Fushía, elle ne savait absolument rien de la vie. Elle se mettait à pleurer et si j'étais mal tourné je lui flanquais une baffe, si j'étais bien tourné je lui achetais des bonbons. C'était comme si j'avais eu une femme et une fille en même temps, Aquilino.

— Et pourquoi reproches-tu ça aussi à Lalita? dit Aquilino. Je suis sûr que c'est pas elle qui vous a dénoncés. Ça serait plutôt sa mère.

Mais elle ne l'avait appris que par les journaux, maître, elle le jurait sur la tête de sa mère. Elle était peut-être pauvre, mais il n'y avait pas plus honnête qu'elle, elle n'était allée qu'une fois au magasin et qu'est-ce qu'il y a, là, monsieur, et le Japonais du tabac, et elle, naïvement, l'avait cru.

— Pas plus de tabac que sur la main, madame, dit Me Portillo. C'était marqué sur les caisses, naturellement, mais vous savez bien que dedans il y avait du caoutchouc.

— La maquerelle n'y a jamais vu que du bleu, dit Fushía. Ç'a été un de ces salauds qui m'aidaient à talquer et à emballer. Les journaux racontaient que c'était une autre de mes victimes parce que j'avais enlevé sa fille.

— Dommage que t'aies pas gardé ces journaux et aussi ceux de Campo Grande, dit Aquilino. Ça serait amusant de les lire à présent, et de voir l'homme célèbre que t'as été, Fushía.

— Tu as appris à lire? dit Fushía. Quand nous travaillions ensemble tu ne savais pas, vieux.

— C'est toi qui me les aurais lus, dit Aquilino. Mais comment se fait-il que M. Reátegui n'ait pas écopé? Pourquoi t'a-t-il fallu t'enfuir, et lui comme si de rien n'était.

— Les injustices de la vie, dit Fushía. Lui, il avançait le capital et moi je fournissais ma peau. Le caoutchouc, officiellement, était à moi, et pourtant je n'en ai eu qu'un chouïa.

Malgré ça je serais devenu riche, Aquilino, c'était une bonne affaire.

Lalita ne lui disait rien, elle lui posait des tas de questions, mais la gamine je sais pas, je sais pas, c'était tout ce qu'il y avait de plus vrai, maître, pourquoi je vous raconterais des histoires ? Le Japonais était toujours en déplacement, mais il y avait tellement de gens qui en faisaient autant et puis, comment aurait-elle su qu'embarquer du caoutchouc c'était de la contrebande, et pas le tabac.

— Le tabac n'est pas un matériel stratégique, madame, dit Me Portillo. Le caoutchouc en est un. Nous ne devons le vendre qu'à nos seuls alliés, qui sont en guerre avec les Allemands. Ignorez-vous que le Pérou lui aussi est en guerre ?

— T'aurais dû vendre le caoutchouc aux Yanquis, dans ce cas, dit Aquilino. T'aurais pas eu d'embêtements et ils t'auraient payé en dollars.

— Nos alliés nous achètent le caoutchouc à un prix de guerre, madame, dit Me Portillo. Le Japonais le vendait en cachette et on le lui payait quatre fois plus cher. Cela aussi vous l'ignoriez ?

— Première nouvelle, maître, dit la femme. Je suis pauvre, la politique ne m'intéresse pas, jamais je n'aurais laissé ma fille fréquenter un contrebandier. Et c'est vrai que c'était aussi un espion, maître ?

— Jeunette comme elle l'était, ça a dû lui faire de la peine de laisser sa mère, dit Aquilino. Comment as-tu convaincu Lalita, Fushía ?

Lalita aimait peut-être beaucoup sa mère, mais avec lui elle mangeait et elle portait des souliers, à Belén elle aurait fini lavandière, putain ou boniche, vieux, et Aquilino taratata, Fushía : il fallait qu'il soit amoureux d'elle ou alors il ne l'aurait pas emmenée. C'était beaucoup plus facile de s'échapper tout seul qu'avec une femme à la traîne, s'il ne l'avait pas aimée il ne l'aurait pas enlevée.

— Une fois dans la forêt, Lalita valait son pesant d'or, dit Fushía. Je ne t'ai pas dit qu'elle était belle à cette époque ? Elle faisait envie à tout le monde.

— Son pesant d'or ? dit Aquilino. Comme si tu avais pensé faire une bonne affaire avec elle.

— J'ai fait une bonne affaire avec, dit Fushía. Elle ne te l'a jamais raconté, la pute ? Ce salaud de Reátegui ne me l'a

certainement jamais pardonné, j'en suis sûr. Ç'a été ma vengeance.

— Un soir elle n'est pas rentrée, ni le soir suivant, et puis après j'ai reçu une lettre d'elle, dit la femme. Elle expliquait qu'elle partait à l'étranger avec le Japonais, et qu'ils se marieraient. Je vous ai apporté la lettre, maître.

— Je la garderai, donnez-la-moi, dit Me Portillo. Et pourquoi n'avez-vous pas prévenu la police de la fugue de votre fille, madame?

— Je me suis figuré que c'était une histoire d'amour, maître, dit la femme. Qu'il devait déjà être marié et que c'était pour ça qu'il s'était enfui avec ma fille. C'est seulement quelques jours plus tard qu'on a dit dans le journal que le Japonais était un bandit.

— Combien d'argent Lalita vous a-t-elle envoyé dans sa lettre? dit l'avocat.

— Beaucoup plus que ne valaient ces deux salopes réunies, dit Fushía. Mille *soles*.

— Deux cents *soles*, vous parlez d'un radin, maître, dit la femme. Mais je les ai déjà dépensés, j'ai remboursé des dettes.

Il connaissait l'âme de la vieille : plus pingre que celle du Turc qui l'avait fait arrêter, Aquilino, et Me Portillo voulait savoir si ce qu'elle avait déclaré à la police était bien la même chose que ce qu'elle avait lui raconté à lui, madame, y compris les points sur les *i*.

— Sauf ce qui est des deux cents *soles*, maître, dit la femme. Ils me les auraient confisqués, vous savez comment ils sont au commissariat.

— Laissez-moi étudier l'affaire calmement, dit Me Portillo. Je vous ferai signe dès qu'il y aura du nouveau. Si vous êtes convoquée au tribunal ou à la police, je vous accompagnerai. Ne faites aucune déclaration hors de ma présence, madame. A personne, vous me comprenez?

— A vos ordres, maître, dit la femme. Mais, et les dommages-intérêts? Tout le monde dit que j'y ai droit. Il m'a trompée et il m'a enlevé ma fille, maître.

— Quand on l'arrêtera, nous demanderons une réparation, dit maître Portillo. Je m'en chargerai, ne vous faites pas de souci. Mais si vous ne voulez pas de complications, vous m'entendez, pas un mot si votre avocat n'est pas là.

— Ainsi donc tu as revu M. Reátegui, dit Aquilino. Je croyais que d'Iquitos tu avais filé tout droit sur ton île.

Et comment voulait-il qu'il y aille? A la nage? En traversant toute la forêt vierge à pied, vieux? Il ne disposait que de quelques *soles* et il savait que ce salaud de Reátegui s'en laverait les mains, du moment que son nom ne figurait en rien. C'était encore une chance qu'il ait emmené Lalita, les gens ont leurs faiblesses et Julio Reátegui était là, il avait tout entendu mais, était-il bien vrai que la vieille ne savait rien? Elle a une tronche à ne pas s'y fier, mon vieux. Et puis ça le préoccupait que Fushía ait emmené une femme, les amoureux font des bêtises.

— Ça le regarde s'il fait des bêtises, dit Me Portillo. Même s'il le voulait, il ne pourrait pas te compromettre. Tout est bien étudié.

— Il ne m'avait pas soufflé mot de cette Lalita, dit Julio. Tu le savais, toi, qu'il vivait avec cette fille?

— Pas le moins du monde, dit Me Portillo. Il est sûrement jaloux, il devait la garder sous clé. Ce qui compte, c'est que cette idiote de vieille vit dans la lune. Je ne crois pas qu'il y ait de danger, j'imagine que les tourtereaux doivent déjà être au Brésil. Nous dînons ensemble ce soir?

— Je ne peux pas, dit Julio Reátegui. On m'appelle d'urgence à Uchamala. Il y a un péon qui est venu, je me demande bien ce qui peut s'y passer. Je tâcherai de rentrer samedi. Je suppose que don Fabio doit être rentré de Santa María de Nieva à présent, il faut lui faire dire de ne plus acheter de caoutchouc pour le moment. Le temps que ça se tasse.

— Et où est-tu allé te cacher avec Lalita? dit Aquilino.

— A Uchamala, dit Fushía. Une propriété sur le Marañón, à ce salaud de Reátegui. Nous allons passer à côté, vieux.

Le bétail sort des haciendas passé midi et pénètre dans le désert avec les premières ombres. Drapés dans leurs ponchos, avec de larges chapeaux pour résister aux assauts du vent et du sable, les péons, pendant toute la nuit, poussent vers le fleuve les lourds, les lents animaux. A l'aube, ils aperçoivent Piura : un mirage gris sur l'autre rive, une agglomération figée. Ils ne pénètrent pas en ville par le Vieux Pont, car il est fragile. Quand

le lit du fleuve est à sec, ils le traversent en soulevant un grand nuage de poussière. Pendant les mois de crue, ils attendent sur la berge. Les bêtes explorent la terre avec leurs larges mufles, renversent à coups de cornes les jeunes caroubiers, poussent de lugubres mugissements. Les hommes bavardent tranquillement tout en mangeant une tranche de viande et en sirotant de l'eau-de-vie de canne, à moins qu'ils ne sommeillent enroulés dans leurs ponchos. Ils n'ont pas longtemps à attendre, il arrive même que Carlos Rojas se trouve à l'embarcadère avant le bétail. Il a traversé le fleuve en partant de l'autre extrémité de la ville, où se trouve sa baraque. Le passeur compte les animaux, calcule leur poids, décide du nombre de voyages nécessaires à leur transbordement. Sur l'autre rive les hommes de l'abattoir disposent les cordes, les scies et les couteaux, sans parler du baril où l'on préparera cet épais bouillon de têtes de bœufs que seuls les hommes de l'abattoir peuvent prendre sans tourner de l'œil. Une fois son travail terminé, Carlos Rojas amarre la barque à une des piles du Vieux Pont et se dirige vers une taverne de la Gallinacera que fréquentent ceux qui se lèvent tôt. Ce matin-là, il y avait déjà un bon nombre de porteurs d'eau, de balayeurs des rues et de marchandes des quatre-saisons, tous *gallinazos*. On lui servit une tasse de lait de chèvre et on lui demanda pourquoi il faisait cette tête. Sa femme allait-elle bien? Et son gosse? Oui, ils allaient bien, Josefino marchait déjà et disait papa, mais il avait quelque chose à leur raconter. Et il restait avec une bouche ouverte grande comme ça et des yeux exorbités par la stupéfaction, comme s'il venait de rencontrer le diable. Dix ans qu'il travaillait avec sa barque et il n'avait jamais rencontré personne en se levant, mis à part les gens de l'abattoir. Le soleil n'est pas encore levé, tout est noir, c'est le moment où le sable tombe le plus fort, qui aurait l'idée de se promener à cette heure-là? Et les *gallinazos* t'as raison mon gars, ça ne viendrait à l'idée de personne. Il parlait avec fougue, ses mots claquaient comme des coups de feu et il s'aidait de gestes énergiques; pendant les silences, toujours la bouche grande ouverte et les yeux exorbités. C'est pour ça qu'il avait eu peur, sapristi, c'était tellement bizarre. Qu'est-ce que ça peut bien être? Et il avait entendu de nouveau, bien clairement, les sabots d'un cheval. Il ne devenait pas fou, bien sûr qu'il avait regardé de tous les côtés, attendez, qu'on le laisse raconter :

il l'avait vu qui débouchait sur le Vieux Pont, il l'avait reconnu sur-le-champ. Le cheval de don Melchor Espinoza? Celui qui est blanc? Oui m'sieur, précisément, parce qu'il était blanc il brillait dans le petit jour et on aurait dit un fantôme. Et les *gallinazos*, déçus, il a dû s'échapper, rien d'extraordinaire, à moins que don Melchor n'ait eu la fantaisie de voyager en cachette? C'est ce qu'il s'était dit, ça y est, sa bête s'est échappée, il faut la rattraper. Il avait sauté de sa barque et, à grandes enjambées, grimpé le talus, encore une chance que le cheval ne se pressait pas, il s'en était approché tout doucement pour ne pas l'effrayer, maintenant je vais me planter devant et le prendre par la crinière, et avec la bouche tcha, tcha, tcha, fais pas le sauvage, il le monterait à cru et le rendrait à son maître. Il marchait au pas, tout près à présent, c'est à peine s'il le voyait tellement il y avait de sable, ils étaient entrés en même temps dans Castilla, et c'est alors qu'il s'était jeté devant et aïe! Intéressés de nouveau, les *gallinazos* qu'est-ce qui s'est passé Carlos, qu'est-ce que t'as vu? Oui m'sieur, don Anselmo qui le regardait du haut de la monture, parole. Il avait un chiffon sur la figure et, sur le coup, ses cheveux s'étaient dressés sur sa tête : excusez-moi, don Anselmo, j'ai cru que le cheval s'échappait. Et les *gallinazos* qu'est-ce qu'il faisait là, où allait-il? Il quittait Piura à la cloche de bois, comme un voleur? qu'on le laisse finir, bon Dieu. Il avait ri un bon coup, il le regardait et il crevait de rire, et le cheval qui caracolait. Savez-vous ce qu'il lui avait dit? Ne faites pas cette tête, froussard de Rojas, je ne pouvais pas dormir et je suis sorti faire un tour. Ils avaient entendu? Comme il le leur racontait. Le vent, c'était du feu, il cinglait dur, ce qu'il y avait de plus dur, et il avait eu envie de lui demander si vraiment il le prenait pour un imbécile, il s'imaginait peut-être qu'il allait le croire? Et un *gallinazo* je suis bien sûr que tu le lui as pas dit, Carlos, on traite pas les gens de menteurs et puis qu'est-ce que ça pouvait te faire? Mais l'histoire ne s'arrêtait pas là. Un moment après il l'avait vu de nouveau, au loin, sur le chemin de Catacaos. Et une *gallinaza* dans les sablons? le pauvre, il aura la figure toute picotée, et les yeux, et les mains. Avec ce qui avait soufflé ce jour-là. Si on ne le laissait pas parler il se taisait et il s'en allait. Oui, il était toujours à cheval et il tournait, il tournait sans cesse, il regardait le fleuve, le Vieux Pont, la ville. Après il était descendu de cheval

et avait joué avec sa couverture. On aurait dit un gamin content, il sautait, il bondissait comme Josefino. Et les *gallinazos* il serait pas devenu fou, don Anselmo? ce serait dommage, c'est un brave type, peut-être avait-il bu? Et Carlos Rojas non, il n'avait l'air ni ivre ni fou, il lui avait serré la main en partant, il lui avait demandé des nouvelles de sa famille et l'avait chargé de la saluer. Mais est-ce qu'il n'avait pas des raisons d'être époustouflé?

Ce matin-là don Anselmo apparut sur la place d'Armes, souriant et bavard, à l'heure habituelle. On remarquait qu'il était très joyeux, il offrait à boire à toutes les personnes qui passaient devant la terrasse du café. Il était la proie d'un besoin irrésistible de plaisanter; il n'arrêtait pas de raconter des histoires à double sens que Jacinto, le garçon de l'*Étoile du Nord*, soulignait en s'esclaffant. Et les éclats de rire de don Anselmo résonnaient sur la place. La nouvelle de son excursion nocturne avait déjà circulé partout et les Piurans le harcelaient de question : il leur répondait par des plaisanteries et des propos ambigus.

Le récit de Carlos Rojas intrigua la ville et alimenta les conversations pendant plusieurs jours. Quelques curieux allèrent même trouver don Melchor Espinoza en quête de renseignements. Le vieil agriculteur ne savait rien. D'ailleurs, il ne poserait aucune question à son locataire, il n'était ni indiscret ni cancanier. Il avait trouvé son cheval dessellé et propre. Il ne voulait pas en savoir davantage, qu'on s'en aille et qu'on le laisse tranquille.

Les gens ne parlaient déjà plus de cette excursion lorsqu'on apprit une nouvelle plus surprenante encore. Don Anselmo avait acheté à la municipalité un terrain situé de l'autre côté du Vieux Pont, au-delà des dernières cabanes de Castilla, au milieu des sables, là où le passeur l'avait vu un matin en train de caracoler. Rien d'étonnant à ce que l'étranger, s'il avait décidé de s'établir à Piura, voulût se faire construire une maison. Mais dans le désert! Le sable dévorerait cette demeure en peu de temps, l'engloutirait comme les vieux arbres pourris et les charognards morts. Le désert est instable, mou. Les dunes déménagent chaque nuit, le vent les crée, les anéantit et les déplace à sa fantaisie, les rogne ou les agrandit. Elles apparaissent menaçantes et multiples, entourant Piura comme une muraille,

blanche à l'aube, rouge au crépuscule, brune la nuit, et le lendemain elles ont fui et on les voit, dispersées, lointaines, comme une sorte d'éruption sur la peau du désert. Le soir, don Anselmo se trouverait bloqué par le sable, à sa merci. Effusifs, nombreux, les gens de Piura essayèrent d'empêcher cette folie, abondèrent en arguments pour l'en dissuader. Qu'il achète donc un terrain en ville, qu'il ne s'obstine pas. Mais don Anselmo dédaignait tous les conseils et répliquait par des phrases qui avaient l'air d'énigmes.

La barque chargée de soldats se présente sur le coup de midi, veut accoster par la pointe et non par le côté comme il serait logique, l'eau l'emporte et la ramène, attendez, chefs : Adrián Nieves allait les aider. Il se jette à l'eau, saisit la gaffe, ramène la barque contre la rive et les soldats, sans lui dire ni merci ni pourquoi, le prennent au lasso, le laissent attaché et courent vers le village. Trop tard, chefs, presque tous les chrétiens ont eu le temps de s'enfuir dans la forêt, ils n'en attrapent qu'une demi-douzaine et quand ils arrivent au poste de Borja le capitaine Quiroga se met en colère, faut-il que vous soyez idiots pour m'amener un invalide! et à Vilano fous-moi le camp, espèce de boiteux, tu n'es pas bon pour l'armée. L'instruction commence dès le lendemain matin : on les fait lever aux aurores, on les tond, on leur donne des pantalons et des chemises kaki et de gros souliers qui leur serrent les pieds. Après quoi, le capitaine Quiroga leur parle de la Patrie et les divise en deux groupes. Un caporal les emmène, lui et onze autres gars, et les entraîne : garde à vous, saluez, à plat ventre, attention nom de Dieu, repos nom de Dieu. Et comme ça tous les jours, pas moyen de se tirer, la vigilance est stricte, pour un rien c'est des coups de pied, et le capitaine Quiroga il n'y a pas de déserteur qui ne soit repris et alors les années de service sont doublées. Et un matin le caporal Roberto Delgado s'amène, le bleu qui était pilote un pas en avant et Adrián Nieves à vos ordres, mon caporal, c'était lui. Il connaissait bien la région, en amont? et lui comme sa poche, mon caporal, en amont et aussi en aval, alors qu'il se prépare, ils partaient pour Bagua. Et lui le moment est venu, Adrián Nieves, c'est maintenant ou jamais. Ils partent le lendemain

matin, eux, la barque et un Aguaruna employé au poste. Le fleuve est en crue et ils vont lentement, évitant des bancs de sable, des paquets d'herbe, des troncs pareils à des moignons qui débouchent à leur rencontre. Le caporal Roberto Delgado est content de voyager, il n'arrête pas de parler, il y a un lieutenant qui est arrivé, de la côte, il voulait connaître le Pongo, c'est dangereux qu'ils ont dit, mon lieutenant, il a beaucoup plu, mais il a voulu quand même, la barque a chaviré et ils se sont tous noyés, et le caporal Delgado s'est sauvé parce qu'il avait simulé un accès de fièvre pour ne pas y aller, il n'arrête pas de parler. L'Aguaruna n'ouvrait pas la bouche, mon caporal, est-ce que le capitaine Quiroga était de la forêt? c'était Adrián Nieves qui soutenait la conversation. Tu parles, il y a deux mois ils étaient allés en mission sur le Santiago et les moustiques lui avaient fait gonfler ses jambes, au capitaine. Elles étaient toutes rouges, pleines de boutons, il les laissait dans l'eau et le caporal le mettait en garde : attention aux *yacu-mamas*, ils peuvent vous laisser cul-de-jatte, mon capitaine, ces boas qui viennent sans qu'on y prenne garde, ils pointent le nez et hop! ils vous avalent une jambe d'une seule bouchée. Et le capitaine qu'ils viennent et qu'ils les lui bouffent. Toute cette fièvre lui avait fait passer le goût de vivre, il n'y avait que l'eau qui le calmait, nom de Dieu, il n'avait vraiment pas de pot, merde. Et le caporal, mon capitaine, vous avez les jambes en sang, le sang attire les piranhas, qu'est-ce que vous diriez s'ils s'en envoyaient quelques tranches? Mais le capitaine Quiroga s'était énervé, con de ta mère, arrête de me flanquer la frousse, et le caporal ça le dégoûtait de les voir : grosses, pleines de croûtes, à la moindre branchette qui les frottait ça s'ouvrait et il en coulait une espèce de jus blanchâtre. Et Adrián Nieves c'est pour ça que les piranhas ne sont pas venus, mon caporal, ils sentaient bien que s'ils lui attaquaient les jambes ils crèveraient empoisonnés. Le porteur se tait, il pilote, sondant le fleuve avec la gaffe, et deux jours plus tard ils arrivent à Urakusa : pas un Aguaruna, ils sont tous partis dans la forêt. Ils avaient même emmené leurs chiens, les gros malins. Le caporal Roberto Delgado se tient au centre de la clairière, la bouche grande ouverte, Urakusas! Urakusas! avec une denture de cheval, forte, très blanche, vous en avez ou vous en avez pas? le soleil à son couchant la décompose en rayons bleus, pointez-vous, bande de

dégonflés! Mais pour le porteur pas en avoir, mon caporal, chrétiens faire peur, et le caporal qu'ils lui fouillent les cabanes, qu'ils lui fassent un petit paquet de ce qu'il y aurait de comestible, de mettable ou de vendable, tout de suite et que ça saute. Adrián Nieves ne le lui conseillait pas, mon caporal, ils devaient les surveiller et s'ils les volaient ils leur tomberaient dessus et ils n'étaient que trois. Mais le caporal ne tenait à recevoir de conseils de personne, merde alors, on lui avait demandé son avis? et il aurait bien voulu les voir se ramener, il descendait les Urakusas sans le moindre besoin de se servir de son pistolet, quelques bonnes mornines, et il s'assoit par terre, croise les jambes, allume une cigarette. Ils vont vers les cabanes, reviennent et le caporal Roberto Delgado dort bien tranquillement, le mégot se consume par terre entouré de fourmis curieuses. Adrián Nieves et le porteur mangent du manioc, des bagres, fument et le caporal en se réveillant se traîne vers eux et boit à la gourde. Puis il examine le butin : une petite peau de caïman, de la saloperie, des colliers faits de graines et de coquillages, c'était tout ce qu'il y avait? des plats de terre, des bracelets, et ce qu'il avait promis au capitaine? des chevillières, des serre-tête, pas même un petit peu de résine contre les bestioles? une corbeille de *chambira* et une calebasse pleine d'eau-de-vie de manioc, de la vraie saloperie. Il fouille dans le ballot avec le pied, et il voulait savoir s'ils avaient vu quelqu'un pendant qu'il dormait. Non, mon caporal, personne. Lui, il pensait qu'ils n'étaient pas loin et l'employé désigne la forêt du doigt, mais le caporal s'en fout : ils dormiraient à Urakusa et poursuivraient leur route le lendemain matin, de bonne heure. Il grommelle encore, qu'est-ce que c'était que ces manières de se cacher comme s'ils avaient la peste? il se lève, urine, enlève ses guêtres et va vers une cabane, suivi des autres. Il ne fait pas chaud, la nuit est humide et pleine de bruits, une brise lente apporte jusqu'à la clairière une odeur de plantes pourries et le porteur s'en aller, ici foutu, dire, pas rester, pas plaire moi, et Adrián Nieves hausse les épaules : s'il croyait que ça lui plaisait, mais c'était pas la peine de se fatiguer, le caporal ne l'entendait pas, il dormait déjà.

— Comment ça a marché, là-bas? dit Josefino. Raconte, Lituma.

— Comment voulais-tu que ça marche, mon pauv' gars, dit Lituma, la surprise se peignant dans ses petits yeux. Très mal.

— On te cognait dessus, cousin? dit José. On te mettait au pain et à l'eau?

— Pas le moins du monde, on me traitait bien. Le caporal Cardenas me faisait donner plus de bouffe qu'à n'importe qui. Je l'avais eu sous mes ordres dans la Forêt, un métis tout ce qu'il y a de plus chic, on l'appelait le Brun. Mais c'était une vie triste, de toute façon.

Le Singe tenait une cigarette et, brusquement, il lui tira la langue et lui cligna de l'œil. Il souriait, détaché des autres, et essayait des grimaces qui creusaient des fossettes sur ses joues et des rides sur son front. Parfois, il s'applaudissait lui-même.

— On avait un peu d'admiration pour moi, dit Lituma, on disait il a une sacrée paire de couilles, le mec.

— Ils avaient raison, cousin, bien entendu, qui est-ce qui dirait le contraire?

— Tout Piura parlait de toi, collègue, dit Josefino. Les mômes, les grandes personnes, longtemps encore après ton départ on discutait de toi.

— Après mon départ? dit Lituma. Je ne suis pas parti pour mon plaisir.

— On a gardé les journaux, dit José. Tu verras, cousin. *Le Temps* t'a beaucoup insulté, on t'y traitait de voyou, mais les *Échos et nouvelles* et *l'Industrie* reconnaissaient ton courage, tout de même.

— Tu as été formidable, collègue, dit Josefino. Les Mangaches en étaient tout orgueilleux.

— Et à quoi ça m'a servi? — Lituma haussa les épaules, cracha et écrasa sa salive. — Et puis, c'est parce que j'étais ivre. Avant boire, je n'aurais pas osé.

— Ici, dans la Mangachería, on est tous *urristas*, dit le Singe en se levant d'un bond. Fanatiques du général Sánchez Cerro jusqu'au fond de l'âme.

Il se planta devant la coupure de journal, fit le salut militaire et revint sur la natte en riant aux éclats.

— Le Singe est déjà rond, dit Lituma. Allons chez la Chunga avant qu'il s'endorme.

— On a quelque chose à te raconter, collègue, dit Josefino.

— Lituma, l'année dernière un apriste est venu vivre ici, dit

78

le Singe. Un de ceux qui ont tué le général. Ça me fout dans une crosse!

— J'ai connu beaucoup d'apristes, à Lima, dit Lituma. Ils étaient en tôle, eux aussi. Ils débinaient Sánchez Cerro tant qu'ils pouvaient, ils disaient que c'était un tyran. Quelque chose à me raconter, collègue?

— Et tu permettais qu'on débine ce grand Mangache en ta présence? dit José.

— Piuran, pas Mangache, dit Josefino. C'est encore une de vos inventions. Je parie que Sánchez Cerro n'a jamais foutu les pieds dans ce quartier.

— Qu'est-ce que tu voulais me raconter? dit Lituma. Parle, mon vieux, tu m'as rendu curieux.

— Y en avait pas qu'un, mais toute une famille, cousin, dit le Singe. Ils s'étaient construit une maison près de là où habitait Patrocinio Naya, et ils avaient mis un drapeau apriste sur la porte. Tu t'imagines un peu ce culot?

— A propos de Bonifacia, Lituma, dit Josefino. On voit à ta figure que tu veux savoir. Pourquoi ne nous as-tu pas posé de questions, indomptable? Tu avais honte? Mais nous sommes frères, Lituma.

— Ce qu'il y a, c'est qu'on les a remis à leur place, dit le Singe, on leur a rendu la vie impossible. Il leur a fallu décamper, et vite.

— Il n'est jamais trop tard pour poser des questions, dit Lituma. — Il se redressa un peu, appuya ses mains par terre et resta immobile. Il parlait très calmement. — Elle ne m'a pas écrit une seule lettre. Qu'est-ce qu'elle est devenue?

— On dit que le Jeune Alejandro était apriste quand il était gamin, dit José, rapidement. Une fois qu'Haya de la Torre était venu, il a défilé avec une pancarte qui disait maître, la jeunesse t'acclame.

— Des calomnies, le Jeune est un type formidable, une des gloires de la Mangachería, dit le Singe d'une voix molle.

— Taisez-vous, vous ne voyez pas qu'on est en train de causer? — Lituma frappa le sol avec la paume de sa main et un petit nuage de poussière s'en dégagea. Le Singe cessa de sourire, José avait baissé la tête et Josefino, tout raide et les bras croisés, n'arrêtait pas d'ouvrir et de fermer les paupières.

— Qu'est-ce qui s'est passé, collègue? dit Lituma avec une douceur presque affectueuse. Je n'avais pas posé de questions, mais maintenant je donne ma langue au chat. Continue, tu n'es pas muet, que je sache.

— Il y a des choses qui brûlent plus que l'eau-de-vie de canne, Lituma, dit Josefino à mi-voix.

Lituma le retint d'un geste.

— Dans ce cas, je vais ouvrir une autre bouteille. — Ni sa voix ni ses gestes ne révélaient le moindre trouble, mais il s'était mis à transpirer et il respirait profondément. — L'alcool aide à encaisser les mauvaises nouvelles, n'est-ce pas?

Il ouvrit la bouteille d'un coup de dents et remplit les verres. Il vida le sien d'un trait, ses yeux rougirent et s'embuèrent, et le Singe, qui buvait à petites gorgées, tout son visage contracté en une grimace, s'engoua brusquement. Il se mit à tousser et à se frapper la poitrine avec le plat de la main.

— Ce vieux Singe, toujours aussi petite nature, murmura Lituma. Voyons, collègue, j'attends.

— Le *pisco* est la seule boisson qui revienne au monde par les yeux, marmonna le Singe. Les autres, c'est avec la pisse.

— Elle s'est faite putain, frérot, dit Josefino. Elle est à la Maison verte.

Le Singe eut un autre accès de toux, son verre roula par terre et une petite tache humide se laissa absorber, disparut.

IV

— Elles claquaient des dents, ma mère, dit Bonifacia, je leur ai parlé païen pour les rassurer. Si tu avais vu de quoi elles avaient l'air.

— Pourquoi ne nous as-tu jamais dit que tu parlais aguaruna, Bonifacia? dit la supérieure.

— Tu ne vois pas comment, à propos de n'importe quoi, les mères disent voilà ta sauvagerie qui ressort? dit Bonifacia. Tu ne vois pas comment elles disent tu manges encore avec tes doigts, païenne? Ça me faisait honte, ma mère.

Elle les prend par la main et les fait sortir de la dépense; arrivées devant sa minuscule chambre, elle leur fait signe d'attendre. Elles se serrent l'une contre l'autre, se pelotonnent contre le mur. Bonifacia entre, allume la lampe, ouvre le coffre, le fouille, trouve le vieux trousseau de clés et sort. Elle reprend les fillettes par la main.

— Le païen, c'est vrai qu'on l'a pendu au tronc de *capirona?* dit Bonifacia. Qu'on lui a coupé les cheveux et qu'il est resté avec la tête blanche?

— On te croirait folle, dit la mère Angélica, tu dis tout ce qui te passe par la tête.

Mais elle savait, elle, *mamita :* les soldats l'avaient amené en bateau, l'avaient attaché à l'arbre qui sert de mât pour le drapeau, les pupilles montaient sur le toit de la Résidence pour regarder et la mère Angélica les fouettait. Encore cette histoire, coquines? Quand l'avaient-elles racontée à Bonifacia?

— C'est un oiseau jaune qui est entré en volant qui me l'a racontée, dit Bonifacia. C'est vrai qu'on lui a coupé les cheveux? Comme la mère Griselda aux petites païennes?

— C'est les soldats qui les lui ont coupés, espèce de sotte, dit la mère Angélica. Ça ne se compare pas. La mère Griselda les coupe aux petites filles à cause des démangeaisons. Lui, c'était pour le punir.

— Et qu'est-ce qu'il avait fait, le païen, *mamita?* dit Bonifacia.

— Des méchancetés, de vilaines choses, dit mère Angélica. Il avait péché.

Bonifacia et les fillettes sortent sur la pointe des pieds. Le patio est partagé en deux : la lune éclaire la façade triangulaire de la chapelle et la cheminée de la cuisine; l'autre secteur de la Mission est un agglomérat d'ombres humides. Le mur de briques se découpe, imprécis, sous l'arcade opaque de lianes et de branches. La Résidence des mères a disparu dans la nuit.

— Tu as une façon très injuste de voir les choses, dit la supérieure. Ce qui compte, pour les mères, c'est ton âme, et pas la couleur de ta peau ni la langue que tu parles. Tu es ingrate, Bonifacia. La mère Angélica n'a rien fait d'autre que d'être aux petits soins pour toi depuis ton arrivée à la Mission.

— Je sais bien, ma mère, c'est pour ça que je te demande de prier pour moi, dit Bonifacia. Cette nuit je suis redevenue sauvage, tu vas voir comme ç'a été horrible.

— Cesse de pleurer une bonne fois, dit la supérieure. Je le sais bien que tu es redevenue sauvage. Mais je veux savoir ce que tu as fait.

Elle les lâche, leur fait signe de ne pas faire de bruit et se met à courir, toujours sur la pointe des pieds. Au départ elle prend un peu d'avance sur elles, mais au milieu du patio les fillettes l'ont rattrapée. Elles arrivent ensemble devant la porte condamnée. Bonifacia se penche, essaie les grosses clés rouillées du trousseau, l'une après l'autre. La serrure grince, le bois est mouillé et sonne creux quand elles tapent dessus avec la paume de la main, mais la porte ne s'ouvre pas. Leur respiration à toutes les trois est haletante.

— J'étais toute petite alors? dit Bonifacia. Grande comment, *mamita?* Fais-moi voir avec la main.

— Comme ça, dit mère Angélica. Mais tu étais déjà un démon.

— Et ça faisait combien de temps que j'étais à la Mission, dit Bonifacia.

— Pas beaucoup, dit la mère Angélica. Quelques mois seulement.

Ça y est, le démon était entré dans son corps, *mamita*. Que disait cette folle? Qu'est-ce qu'elle inventait encore et Bonifacia qu'on l'avait amenée à Santa María de Nieva avec ce païen. Les pupilles le lui avaient raconté, maintenant la mère Angélica n'avait plus qu'à aller confesser son mensonge. Sinon elle irait en enfer, *mamita*.

— Dans ce cas pourquoi me poses-tu des questions, maligne? dit la mère Angélica. C'est un manque de respect et, en outre, c'est un péché.

— C'était pour m'amuser, *mamita*, dit Bonifacia. Je sais bien que tu iras au ciel.

La troisième clé tourne, la porte cède. Mais extérieurement il doit y avoir une solide concentration de tiges, de touffes et de plantes grimpantes, des nids, des toiles d'araignées, des champignons et des lianes entortillées qui résistent et bloquent la porte. Bonifacia appuie de tout son corps contre le bois et pousse — il y a de très légers, de multiples déchirements et le bruit de quelque chose qui se brise — jusqu'à ce qu'une ouverture suffisante se produise. Elle maintient la porte entrouverte, elle sent son visage frôlé par de doux filaments, elle écoute le murmure du feuillage invisible et, brusquement, dans son dos, un autre murmure.

— Je suis redevenue comme elles, ma mère, dit Bonifacia. Celle qui a un anneau dans le nez a mangé et a obligé l'autre petite païenne à en faire autant. Elle lui fourrait la banane dans la bouche avec ses doigts, ma mère.

— Et qu'est-ce que cela a à voir avec le démon? dit la supérieure.

— Il y en avait une qui prenait la main de l'autre et qui lui suçait les doigts, dit Bonifacia, et après l'autre en faisait autant. Tu vois si elles avaient faim, ma mère.

Comment n'auraient-elles pas eu faim? Les pauvres petites n'avaient rien mangé depuis Chicais, Bonifacia, mais la supérieure savait bien qu'elles lui avaient fait de la peine. Et Bonifacia les comprenait tout juste, elles parlaient d'une drôle de façon, ma mère. Ici elles allaient manger tous les jours et elles on veut partir, ici elles allaient être heureuses et elles on veut partir, alors elle s'était mise à leur raconter ces histoires de

l'Enfant Jésus que les petites païennes aimaient tant, ma mère.

— C'est la chose que tu fais le mieux, dit la supérieure. Raconter des histoires. Quoi d'autre, Bonifacia?

Ses yeux sont comme deux mouches à feu, allez-vous-en, verts et effrayés, revenez au dortoir, elle fait un pas vers les pensionnaires, avec la permission de qui êtes-vous sorties? et repoussée par la forêt la porte se ferme sans bruit. Les pupilles l'observent en silence, deux douzaines de lucioles et une seule silhouette très vaste et informe, l'obscurité dissimule des visages, des blouses. Bonifacia jette un coup d'œil du côté de la Résidence : aucune lumière ne s'est allumée. Une nouvelle fois elle leur ordonne de rentrer au dortoir, mais elles ne bougent ni ne répondent.

— Ce païen, c'était mon père, *mamita?* dit Bonifacia.

— Ce n'était pas ton père, dit la mère Angélica. Tu es peut-être née à Urakusa, mais tu es la fille d'un autre, pas de ce vaurien.

Est-ce qu'elle ne lui mentait pas, *mamita?* Mais la mère Angélica ne mentait jamais, espèce de folle, pourquoi lui aurait-elle menti, à elle? Pour ne pas lui faire brusquement de la peine, *mamita?* Pour ne pas lui faire honte? Et ne croyait-elle pas que son père aussi avait été un vaurien?

Pourquoi en serait-il un? dit la mère Angélica. Il pouvait avoir bon cœur, il y a beaucoup de païens comme ça. Mais qu'est-ce que ça peut bien te faire? N'as-tu pas à présent un père beaucoup plus grand et bien meilleur?

Elles ne lui obéissent pas davantage cette fois, allez-vous-en, rentrez au dortoir, et les deux gamines sont à ses pieds, tremblantes, accrochées à sa robe. Subitement Bonifacia fait demi-tour, court jusqu'à la porte, la pousse, l'ouvre, montre l'obscurité de la forêt. Les deux gamines se tiennent près d'elle, ne se décident pas à franchir le seuil, leurs têtes oscillent entre Bonifacia et l'ouverture ténébreuse, et maintenant les lucioles avancent, les silhouettes se dessinent devant Bonifacia, elles se sont mises à murmurer quelque chose, certaines à la toucher.

— Elles se cherchaient mutuellement, ma mère, dit Bonifacia, elles se les enlevaient et les tuaient avec leurs dents. Pas par méchanceté, par jeu, ma mère, et avant de les croquer elles se les montraient en disant regarde ce que je t'ai enlevé. Par jeu, et aussi par amour, ma mère.

— Du moment qu'elles avaient confiance en toi, tu aurais pu leur donner des conseils, dit la supérieure. Leur dire de ne pas faire ces saletés.

Mais elle ne pensait qu'au lendemain, ma mère : que ce jour n'arrive pas, que la mère Griselda ne leur coupe pas les cheveux, il ne faut pas qu'elle les leur coupe, il ne faut pas qu'elle leur mette du désinfectant, et la supérieure qu'est-ce que c'était que ces sottises ?

— Tu ne vois pas dans quel état elles se mettent, il faut que je les tienne, moi, et je le vois, dit Bonifacia. Et aussi quand on les baigne et que le savon leur entre dans les yeux.

Ça lui faisait de la peine que la mère Griselda les débarrasse de ces bestioles qui leur dévoraient la tête ? Ces bestioles qu'elles mangent, qui les rendent malades et qui leur gonflent le ventre ? Mais c'est qu'elle rêvait encore des ciseaux de la mère Griselda. Tellement ça lui avait fait mal, ma mère, ça devait être pour ça.

— Tu n'as pas l'air intelligente, Bonifacia, dit la supérieure. Tu devrais plutôt éprouver de la peine en voyant ces pauvres petites transformées en animaux et faisant ce que font les singes.

— Tu vas te fâcher encore plus, ma mère, dit Bonifacia. Tu vas me haïr.

Que voulaient-elles ? pourquoi ne l'écoutaient-elles pas ? et quelques secondes plus tard, élevant la voix, s'en aller aussi, redevenir païennes ? et les pupilles ont submergé les deux gamines, il n'y a devant Bonifacia qu'une masse compacte de blouses et d'yeux anxieux. Qu'est-ce que ça lui faisait, alors, à Dieu de le savoir, à elles de le savoir, elles n'avaient qu'à entrer au dortoir ou s'échapper et mourir, et elle regarde du côté de la Résidence : toujours dans l'ombre.

— On lui a coupé les cheveux pour faire partir le diable qui était dedans, dit mère Angélica. Et puis ça suffit, ne pense plus à ce païen.

C'est qu'elle y pensait tout le temps, *mamita*, comment elle était quand on les lui avait coupés, et le diable, il était comme les poux ? Mais qu'est-ce qu'elle racontait, cette folle ? Lui, c'était pour faire partir le diable, les petites païennes, pour faire partir les poux. Tu veux dire qu'ils se mettent tous les deux dans les cheveux, *mamita*, et la mère Angélica ce qu'elle était sotte, Bonifacia, mais ce qu'elle était sotte.

Elles sortent l'une après l'autre, en rangs, comme le dimanche quand elles se rendent au fleuve, en passant près de Bonifacia elles tendent la main et froissent affectueusement sa robe, serrent son bras nu, et elle vite, Dieu les aiderait, elle prierait pour elles, Il en prendrait soin et elle retient la porte avec son dos. Chaque pupille qui s'arrête sur le seuil et tourne la tête vers l'invisible Résidence, elle la pousse, l'oblige à s'enfoncer dans la gueule végétale, à fouler la terre fangeuse et à se perdre dans les ténèbres.

— Et brusquement elle a lâché l'autre et elle est venue vers moi, dit Bonifacia. La plus petite, ma mère, et j'ai cru qu'elle allait m'embrasser, mais elle s'est mise aussi à chercher avec ses doigts, et c'était pour ça, ma mère.

— Pourquoi ne les as-tu pas ramenées au dortoir? dit la supérieure.

— Par reconnaissance, parce que je leur avais donné à manger, tu ne te rends pas compte? dit Bonifacia. Elle devenait toute triste parce qu'elle ne m'en trouvait pas, et comme j'aurais voulu en avoir, si seulement elle m'en avait trouvé un, la pauvrette.

— Et après tu protestes contre les mères lorsqu'elles te traitent de sauvage, dit la supérieure. Tu crois que tu es en train de parler comme une chrétienne?

Et elle aussi, elle cherchait dans les cheveux de l'autre, et ça ne la dégoûtait pas, ma mère, chaque fois qu'elle en trouvait un elle le tuait entre ses dents. Dégoûtante? Oui, c'était bien possible et la supérieure tu parles comme si tu étais fière de cette saleté, et Bonifacia l'était, c'était ça le plus terrible, ma mère, la petite païenne faisait semblant d'en trouver et lui montrait sa main et vite la portait à sa bouche comme si elle allait le croquer. L'autre aussi s'y était mise, ma mère, et elle aussi avec l'autre.

— Ne me parle pas sur ce ton, dit la supérieure. Et puis ça suffit, tu m'en as assez raconté, Bonifacia.

Les mères n'avaient qu'à entrer et la voir, la mère Angélica, et toi aussi, ma mère, elle les aurait même insultées, furieuse comme elle était, avec la haine qu'elle avait, ma mère, et les deux fillettes n'y sont plus : elles doivent être sorties parmi les premières, avoir filé à toute vitesse. Bonifacia traverse le patio, s'arrête devant la chapelle. Elle entre, s'assoit sur un banc. La

lumière de la lune touche l'autel de biais, meurt près de la grille qui sépare les pensionnaires des fidèles de Santa María de Nieva à la messe du dimanche.

— Et puis tu étais une vraie petite bête sauvage, dit la mère Angélica. Il fallait te courir après dans toute la Mission. Une fois, tu m'as mordu la main, brigand.

— Je ne savais pas ce que je faisais, dit Bonifacia, tu ne vois pas que j'étais païenne? Si je te donne un baiser là où je t'ai mordue, tu me pardonneras, *mamita?*

— Tu me dis tout sur un petit ton de moquerie et avec un regard coquin qui me donnent envie de te donner la fessée, dit la mère Angélica. Veux-tu que je te raconte une autre histoire?

— Non, ma mère, dit Bonifacia. Je prie ici depuis un moment.

— Pourquoi n'es-tu pas au dortoir? dit la mère Angéla. Avec la permission de qui es-tu venue à la chapelle à cette heure?

— Les pensionnaires se sont enfuies, dit la mère Léonor, la mère Angélica te cherche. Allez, cours, la supérieure veut te parler, Bonifacia.

— Elle devait être jolie quand elle était jeune, dit Aquilino. Quand je l'ai connue, j'ai remarqué d'abord sa longue chevelure. C'est dommage qu'il lui soit venu tant de boutons.

— Et ce salaud de Reátegui, allez, va-t'en, la police peut venir, tu vas me compromettre, dit Fushía. Mais cette espèce de putain se fourrait tout le temps sous son nez et il a fini par céder.

— Mais du moment que c'était toi qui le lui ordonnais, mon gars, dit Aquilino. C'était pas une question de putasserie, mais d'obéissance. Pourquoi l'insulter?

— Parce que tu es jolie, dit Julio Reátegui; je t'achèterai une robe dans la meilleure boutique d'Iquitos. Ça te ferait plaisir? Mais éloigne-toi de cet arbre; viens, approche-toi, n'aie pas peur de moi.

Ses cheveux clairs lui tombent sur les épaules, elle est pieds nus, sa silhouette se découpe sur l'immense tronc, sous une épaisse voûte de feuilles qui se dardent comme des flammes. L'arbre repose sur un moignon squameux à l'écorce rude, impénétrable, couleur de cendre, dans l'intérieur duquel il y a, pour

les chrétiens, du bois compact, pour les païens des esprits malins.

— La *lupuna* vous fait peur aussi, patron? dit Lalita. Je n'aurais pas cru ça de vous.

Elle le regarde avec des yeux moqueurs et rit en rejetant la tête en arrière : ses longs cheveux balaient ses épaules bronzées, et ses pieds, plus bruns que ses épaules, avec de grosses chevilles, brillent entre les fougères humides.

— Et aussi des souliers et des bas, petite, dit Julio Reátegui. Et un sac. Tout ce que tu me demanderas.

— Et toi, qu'est-ce que tu faisais pendant ce temps? dit Aquilino. Après tout, c'était ta compagne. Tu n'étais pas jaloux?

— Je ne pensais qu'à la police, dit Fushía. Elle l'avait affolé, vieux, il en avait la voix qui tremblait quand il lui parlait.

— M. Reátegui en train de faire du plat à une chrétienne, dit Aquilino. A Lalita! J'arrive pas à y croire, Fushía. Elle m'a jamais raconté ça, et pourtant c'est moi qui la confessais et qui essuyais ses larmes.

— Elles en savent long, ces vieilles Boras, dit Julio Reátegui, il n'y a pas moyen de savoir comment elles préparent leurs teintures. Regarde comme le rouge est soutenu, et le noir. Et pourtant ça a dans les vingt ans, peut-être plus. Allez, petite, prends-la; laisse-moi voir comment elle te va.

— Et pourquoi voulait-il que Lalita se mette la couverture? dit Aquilino. Tu parles d'une idée, Fushía! Mais ce que je comprends pas, c'est comment tu pouvais rester aussi calme. Un autre aurait dégainé son couteau.

— Ce salaud était dans son hamac et elle à la fenêtre, dit Fushía. J'entendais toutes leurs histoires, c'était à crever de rire.

— Et pourquoi tu fais pas pareil à présent? dit Aquilino. Pourquoi toute cette haine pour Lalita?

— Ce n'est pas la même chose, dit Fushía. Cette fois ç'a été sans ma permission, en cachette, mal.

— Inutile d'en rêver, patron, dit Lalita. Quand ce serait avec des prières ou avec des larmes.

Mais elle se la met et le ventilateur de bois, qui fonctionne avec le balancement du hamac, émet un son saccadé, une sorte de balbutiement nerveux, et Lalita, enveloppée dans la couverture noire et rouge, demeure immobile. La toile métallique de

la fenêtre est constellée de petits nuages verts, mauves, jaunes et, au loin, entre la maison et la forêt, on aperçoit les jeunes touffes de café, tendres, parfumées sans doute.

— Tu as l'air d'un ver à soie dans son cocon, dit Julio Reátegui. D'un de ces petits papillons de la fenêtre. Qu'est-ce que ça coûte, Lalita, fais-moi ce plaisir, quitte-la.

— Une histoire de fou, dit Aquilino. D'abord qu'elle se la mette et puis après qu'elle se l'enlève. Il a de ces fantaisies, ce richard.

— Tu n'as jamais été en chaleur, Aquilino? dit Fushía.

— Je te donnerai tout ce que tu voudras, dit Julio Reátegui. Lalita, demande-moi, n'importe quoi, viens, approche-toi.

La couverture, par terre à présent, est une ronde victoria regia d'où jaillit, comme l'orchidée d'une plante aquatique, le corps de la jeune fille, menu, avec des seins audacieux aux corolles brunes, aux boutons pareils à des flèches. A travers la chemise apparaissent en transparence un ventre lisse et des cuisses fermes.

— Je suis entré en faisant celui qui ne voyait rien, dit Fushía, en riant pour que ce salaud ne se sente pas gêné. Il est descendu du hamac d'un bond et Lalita s'est couverte.

— Mille *soles* pour une gamine, faut pas être sensés pour des chrétiens, dit Aquilino. C'est le prix d'un moteur, Fushía.

— Elle en vaut dix mille, dit Fushía. Seulement je suis dans le pétrin, vous savez bien pourquoi, don Julio, et je ne peux pas m'embarrasser de femmes. Je voudrais partir aujourd'hui même.

Mais on n'allait pas lui tirer mille *soles* comme ça, sans compter qu'il l'avait caché. Et puis Fushía voyait bien que le commerce du caoutchouc était fichu et qu'avec les crues il était impossible de faire du bois cette année, mais Fushía ces femmes de Loreto, don Julio, vous savez : de vrais volcans, ça vous fout le feu partout. Ça lui faisait de la peine de la laisser, non seulement elle était jolie, mais elle faisait bien la cuisine et elle avait bon cœur. On se décide, don Julio?

— Vraiment, ça te faisait de la peine que Lalita reste à Uchamala avec M. Reátegui? dit Aquilino. Ou c'était une façon de parler?

— Qu'est-ce que tu voulais que ça me fiche? dit Fushía, je ne l'ai jamais aimée, cette putain.

— Ne sors pas de l'eau, dit Julio Reátegui, je vais me baigner avec toi. Tu ne resteras pas toute nue, si les *caneros* [1] venaient... Mets-toi quelque chose, Lalita, non, attends, pas encore.

Lalita est accroupie dans le trou d'eau, peu à peu l'eau la recouvre, des ondes, des circonférences concentriques se propagent à partir d'elle. Il y a une pluie de lianes au ras de l'eau et Julio Reátegui les sentait, Lalita, couvre-toi : ils étaient très fins, ils avaient des piquants, ils entraient par les petits trous, fillette, et dedans ils vous écorchaient, ça s'infectait tout et il lui faudrait prendre des remèdes boras et supporter la diarrhée pendant huit jours.

— Ce ne sont pas des *caneros*, patron, dit Lalita, vous ne voyez pas que ce sont des petits poissons? Et les plantes qu'il y a dans le fond, c'est ça que vous sentez. Ce qu'elle est tiède, ce qu'elle est bonne, pas vrai?

— Se baigner avec une femme, tous les deux à poil, dit Aquilino. Jamais cette idée m'est venue quand j'étais jeune et maintenant je le regrette. Ça doit être quelque chose de sacrément bon, Fushía.

— Je pénétrerai en Équateur par la province de Santiago, dit Fushía. Un voyage difficile, don Julio, nous ne nous reverrons plus. Vous y avez réfléchi? C'est cette nuit que je pars. Elle n'a que quinze ans et personne ne l'a touchée avant moi.

— Des fois je me demande pourquoi je me suis pas marié, dit Aquilino. Mais avec la vie que j'ai menée, il y avait pas moyen. Toujours en voyage, c'est pas sur le fleuve que j'allais trouver une femme. S'il y a quelqu'un qui n'a pas à se plaindre, c'est bien toi, Fushía. T'en as pas été privé.

— Nous sommes d'accord, dit Fushía. Votre petite barque et les conserves. C'est une bonne affaire pour tous les deux, don Julio.

— Le Santiago, ce n'est pas la porte à côté et tu n'y arriveras pas sans qu'on te voie, dit Julio Reátegui. Et puis, en bateau et à cette saison, ça va bien te prendre un mois. Pourquoi pas au Brésil, plutôt?

— C'est justement là qu'on m'attend, dit Fushía. De ce côté de la frontière, et aussi de l'autre, pour une histoire au Campo Grande. Pas si bête, don Julio.

1. Les *caneros* sont des poissons longs et fins comme des fils qui s'introduisent par l'anus.

— Tu n'arriveras jamais en Équateur, dit Julio Reátegui.

— T'y es pas arrivé, en réalité, dit Aquilino. T'es resté au Pérou, tout simplement.

— Ç'a toujours été comme ça, Aquilino, dit Fushía. Tous mes projets m'ont claqué entre les doigts.

— Et si elle ne veut pas? dit Julio Reátegui. Il te faut la convaincre toi-même, avant que je ne te donne le bateau.

— Elle sait bien que ma vie se passera à courir d'un côté à l'autre, dit Fushía, qu'il peut m'arriver mille choses. Aucune femme n'aime suivre un raté. Elle sera heureuse de rester, don Julio.

— Et pourtant, tu vois, dit Aquilino, elle t'a suivi et elle t'a aidé en tout. Elle a mené une vie de bête traquée, comme toi, et sans se plaindre. Malgré tout, Fushía, ç'aura été une brave femme, Lalita.

C'est ainsi que naquit la Maison verte. Sa construction demanda bien des semaines; planches, poutres et briques devaient être traînées depuis l'autre extrémité de la ville et les mules que don Anselmo avait louées avançaient péniblement à travers le sable. Le travail commençait le matin, dès que s'arrêtait la pluie sèche, et prenait fin quand le vent se reprenait à souffler. Le soir et la nuit, le désert engloutissait les fondations et enterrait les murs, les iguanes rongeaient les bois, les charognards édifiaient leurs nids dans le chantier et, chaque matin, il fallait recommencer ce qui avait été fait, corriger les plans, remplacer les matériaux, en un sourd combat qui peu à peu subjugua la ville. *Quand l'étranger se tiendra-t-il pour vaincu?* se demandaient les gens. Mais les jours passaient et, sans se laisser abattre par les aléas ni contaminer par le pessimisme de ses connaissances et de ses amis, don Anselmo n'arrêtait pas de déployer une surprenante activité. Il dirigeait les travaux à demi nu, sa poitrine embroussaillée humide de sueur, la parole euphorique. Il distribuait de l'eau-de-vie de canne et de la *chicha* aux ouvriers, il transportait lui-même des briques, clouait des chevrons, allait et venait à travers la ville en fouaillant les mules. Et un jour les Piurans admirent que don Anselmo l'emporterait, lorsqu'ils aperçurent de l'autre

91

côté du fleuve, en face de la ville, comme son émissaire au seuil du désert, robuste et vainqueur, un squelette de bois. A partir de là, le travail progressa rapidement. Les gens de Castilla et des lotissements de l'abattoir venaient tous les matins surveiller les travaux, prodiguaient les conseils et, parfois, spontanément, donnaient un coup de main aux ouvriers. Don Anselmo offrait à boire à tout le monde. Les derniers jours, il régnait autour du chantier une atmosphère de kermesse : marchandes de *chicha* et de fruits, vendeuses de fromages, de friandises et de rafraîchissements accouraient offrir leurs produits aux travailleurs et aux curieux. Les fermiers qui passaient par là s'arrêtaient un moment et, du haut de leurs montures, adressaient à don Anselmo des paroles d'encouragement. Un jour, Chápiro Seminario, le gros propriétaire terrien, offrit un bœuf et une douzaine de cruches de *chicha*. Les ouvriers préparèrent une *pachamanca*.

Quand la maison fut construite, don Anselmo décida de la faire entièrement peindre en vert. Les enfants eux-mêmes riaient aux éclats en voyant les murs se couvrir d'une peau émeraude sur laquelle le soleil se brisait et qui renvoyait des reflets squameux. Jeunes et vieux, riches et pauvres, hommes et femmes, faisaient des gorges chaudes de cette lubie qu'avait don Anselmo de peinturlurer sa maison de la sorte. On la baptisa immédiatement *la Maison verte*. Ce n'était pas seulement la couleur qui les amusait, mais aussi son extravagante anatomie. Elle n'avait qu'un étage, et le rez-de-chaussée était occupé par un vaste salon coupé par quatre poutres, vertes également, qui soutenaient le plafond, et un patio à découvert, tapissé de galets polis par le fleuve, avec un mur circulaire de la hauteur d'un homme. L'étage comprenait six chambres minuscules, alignées le long d'une galerie bordée par une balustrade en bois d'où l'on avait vue sur le salon du rez-de-chaussée. En plus de l'entrée principale, la Maison verte avait deux portes dérobées, une écurie et une grande dépense.

Don Anselmo prit, à la boutique de l'Espagnol Eusebio Romero, des nattes, des lampes à huile, des rideaux de couleurs vives et quantité de chaises. Et un matin, deux menuisiers de la Gallinacera annoncèrent : *Don Anselmo nous a commandé une caisse, un comptoir pareil à celui de l'Étoile du Nord et une demi-douzaine de lits !* Alors, don Eusebio Romero avoua :

Et à moi six lavabos, six miroirs et six bidets. Une effervescence gagna tous les quartiers, une curiosité bruyante et agitée.

Les soupçons se firent jour. De maison en maison, de salon en salon les bigotes chuchotaient, les épouses regardaient leur mari avec méfiance, les hommes échangeaient des sourires malicieux et, un dimanche à la messe de midi, le père García affirma en chaire : *Il se prépare une agression contre la morale dans cette ville.* Les Piurans, dans la rue, assaillaient don Anselmo de questions, exigeaient qu'il parlât. Mais rien à faire : *C'est un secret,* leur disait-il, joyeux comme un collégien; *un peu de patience et vous le saurez.* Indifférent à l'agitation qui secouait les quartiers, il continuait de se rendre tous les matins à l'*Étoile du Nord*, et il buvait, plaisantait, complimentait les femmes qui traversaient la place et levait son verre à leur santé. L'après-midi il s'enfermait dans la Maison verte, où il s'était installé après avoir offert à don Melchor Espinoza une caisse de bouteilles de *pisco* et un harnachement en cuir repoussé.

Peu après, don Anselmo partit. Sur un cheval noir qu'il venait d'acheter, il abandonna la ville comme il était venu, un matin à l'aube, sans que personne le vît, pour une direction inconnue.

On a tellement parlé à Piura de la primitive Maison verte, cette maison mère, que personne ne sait plus avec exactitude comment elle était réellement, ni les authentiques détails de son histoire. Les survivants de cette époque, très peu nombreux d'ailleurs, s'embrouillent et se contredisent, et il ont fini par confondre ce qu'ils ont vu et entendu avec leurs propres élucubrations. Quant à ceux qui ont joué un rôle, ils sont si décrépits, leur mutisme est si obstiné, qu'il serait inutile de les interroger. En tout cas, l'originelle Maison verte n'existe plus. Il y a quelques années encore, dans les parages où elle s'était élevée — la portion de désert limitée par Castilla et par Catacaos — on trouvait des morceaux de bois et des objets domestiques carbonisés, mais le désert, puis la route qu'on y a construite, et les petites propriétés qui ont surgi dans le coin, ont fini par balayer tous ces restes et maintenant il n'y a plus un Piuran capable de préciser dans quelle partie du sablon jaunâtre elle se dressa, avec ses lumières, sa musique, ses rires et cet éclat diurne de ses murs qui, à distance et la nuit, la transformait en un reptile carré et phosphorescent. Dans les histoires mangaches on dit qu'elle se trouvait aux abords du Vieux

Pont, sur l'autre rive, qu'elle était très grande, le plus grand des édifices d'alors, qu'elle avait des tas de lampes de couleur accrochées à ses fenêtres, que leur lumière faisait mal aux yeux, colorait le sable tout autour et éclairait même le pont. Mais ce qu'elle avait de plus remarquable c'était la musique qui, ponctuellement, débutait à la tombée du soir, durait toute la nuit et se faisait entendre jusque dans la cathédrale. Don Anselmo, dit-on, parcourait infatigablement les *chicherías* de quartier, et même celles des villages voisins, à la recherche d'artistes, et de partout il ramenait des guitaristes, des batteurs de tambour, des racleurs de mâchoire d'âne, des flûtistes, des maîtres de la trompette et de la grosse caisse. Mais jamais de harpistes, car c'était lui qui jouait de cet instrument et sa harpe présidait, unique, à la musique de la Maison verte.

— *On aurait dit que l'air était devenu empoisonné,* disaient les vieilles du Quai. *La musique entrait de toutes parts, on avait beau fermer les portes et les fenêtres, on l'entendait en mangeant, on l'entendait en priant et même en dormant.*

— *Et il fallait voir la tête des hommes quand ils l'entendaient,* disaient les bigotes perdues au milieu de leurs voiles. *Il fallait voir comme elle les arrachait à leur foyer, comme elle les lançait à la rue et les entraînait vers le Vieux Pont.*

— *Et ça ne servait à rien de prier,* disaient les mères, les épouses, les fiancées, *à rien de pleurer, de supplier, ni les sermons des pères, ni les neuvaines, ni même les retraites.*

— *Nous avons l'enfer à nos portes,* tonnait le père García, *le premier venu s'en apercevrait, mais vous, vous êtes aveugles. Piura, c'est Sodome et c'est Gomorrhe.*

— *C'est peut-être bien vrai que la Maison verte nous a apporté le mauvais sort,* disaient les vieux en se pourléchant les babines, *mais la salope, ce qu'on s'y amusait!*

Au cours des quelques semaines qui suivirent le retour à Piura de don Anselmo avec la caravane de ses pensionnaires, la Maison verte s'imposa. Au début, ses visiteurs quittaient la ville à la dérobée; ils attendaient l'obscurité, traversaient discrètement le Vieux Pont et s'enfonçaient dans les sablons. Puis les incursions augmentèrent et les jeunes gens, de plus en plus imprudents, se moquèrent d'être reconnus par les femmes aux aguets derrière les persiennes du Quai. Dans les masures et dans les salons, dans les haciendas, on ne parlait

que de ça. Les chaires multipliaient avertissements et exhortations, le père García stigmatisait la licence à grand renfort de citations bibliques. Un comité d'Œuvres pies et des Bonnes Mœurs fut créé et les dames qui en faisaient partie rendirent visite au maire et au préfet. Les autorités acquiesçaient, tête basse : ces dames avaient raison, bien entendu, la Maison verte constituait un affront pour Piura, mais que faire? Les lois établies dans cette capitale pourrie qu'est Lima protégeaient don Anselmo, l'existence de la Maison verte ne contrevenait pas à la Constitution et n'était pas sanctionnée par le Code. Les dames ne voulurent plus saluer les autorités, leur fermèrent leurs salons. Entre-temps les adolescents, les hommes et même les pacifiques vieillards se précipitaient en troupe vers le remuant et resplendissant édifice.

Les Piurans les plus sobres, les plus travailleurs et les plus droits tombèrent. Dans la ville, naguère tellement silencieuse, le bruit et l'agitation nocturne s'installèrent comme un vrai cauchemar. A l'aube, quand la harpe et les guitares de la Maison verte se taisaient, un rythme indiscipliné et multiple s'élevait de la ville jusqu'au ciel : ceux qui rentraient, seuls ou en groupe, parcouraient les rues en riant à gorge déployée et en chantant. Les hommes affichaient la fatigue des nuits blanches sur leur visage marqué par les morsures du sable et à l'*Étoile du Nord* on relatait d'époustouflantes anecdotes qui couraient de bouche en bouche et que les mineurs répétaient.

— *Vous voyez, vous voyez*, disait le père García avec des trémolos dans la voix, *il n'y a plus qu'à attendre qu'une pluie de feu tombe sur Piura, tous les maux du monde se conjuguent sur notre tête.*

Car il est certain que tout cela coïncida avec des malheurs. La première année, le Piura déborda, et à tel point qu'il emporta les digues des jardins maraîchers, de nombreux champs furent inondés dans la vallée, des bêtes périrent noyées et l'humidité gagna de vastes secteurs du désert de Sechura : les hommes juraient, les gamins édifiaient des châteaux avec le sable atteint. L'année suivante, comme en représailles contre les injures que lui avaient adressées les propriétaires des terres submergées, le fleuve n'entra pas en crue. Le lit du Piura se couvrit d'herbes et de broussailles qui moururent peu de temps après être nées et il ne resta plus qu'une longue déchirure, une plaie : les

roseaux séchèrent, le coton poussa prématurément. La troisième année, les épidémies décimèrent les récoltes.

— *Tels sont les désastres qu'engendre le péché*, rugissait le père García. *Il est encore temps, l'ennemi est dans votre sang, tuez-le avec des prières.*

Les sorciers des chaumières arrosaient les semis de sang de cabri, se roulaient sur les sillons, proféraient des conjurations pour attirer l'eau et faire fuir les insectes.

— *Mon Dieu, mon Dieu*, se lamentait le père García, *la faim et la misère règnent et, au lieu de se repentir, ils pèchent encore plus.*

Car ni l'inondation, ni la sécheresse, ni les épidémies ne mirent un frein à la gloire croissante de la Maison verte.

L'aspect de la ville changea. Ces tranquilles rues provinciales se remplirent d'étrangers qui, les fins de semaine, de Sulluna, de Paita, d'Huancabamba et jusque de Tumbes et de Chiclayo, se rendaient à Piura séduits par la légende de la Maison verte qui s'était propagée à travers le désert. Ils y passaient la nuit et, quand ils venaient en ville, ils se montraient grossiers et sans retenue, ils promenaient leur ivrognerie dans les rues comme un titre de gloire. Les Piurans les haïssaient et parfois des rixes éclataient, non pas la nuit et dans l'endroit réservé aux bagarres, le terrain vague qui se trouve sous le pont, mais en plein jour, sur la place d'Armes, avenue Grau ou n'importe où ailleurs. Il y eut des batailles rangées. Les rues devinrent dangereuses.

Quand, en dépit de l'interdiction formulée par les autorités, quelqu'une des pensionnaires s'aventurait en ville, les dames entraînaient leurs filles à l'intérieur du foyer et tiraient les rideaux. Le père García, déchaîné, partait à la rencontre de l'intruse; on devait le retenir pour l'empêcher de commettre une agression.

La première année, l'établissement ne compta que quatre pensionnaires, mais l'année suivante, quand elles s'en allèrent, don Anselmo fit un voyage et revint avec huit. On dit qu'à son apogée la Maison verte en eut jusqu'à vingt. Elles se rendaient directement à leur lieu de travail. Du Vieux Pont on les voyait arriver, on entendait leurs cris aigus et provocants. Leurs vêtements de couleurs criardes, leurs châles et leurs fards scintillaient comme des crustacés dans l'aride paysage.

Par contre don Anselmo, lui, fréquentait la ville. Il parcourait les rues sur son cheval noir à qui il avait appris des coquetteries : secouer joyeusement la queue lorsqu'une femme passait, replier une patte en guise de salut, exécuter des pas de danse lorsqu'il entendait de la musique. Don Anselmo avait pris de l'embonpoint, il s'habillait avec une recherche excessive : chapeau de paille souple, foulard de soie, chemise de fil, ceinture avec des incrustations, pantalon bien ajusté, bottes à talons et éperons. Ses mains fourmillaient de bagues. Parfois il s'arrêtait prendre un verre à l'*Étoile du Nord* et bien des notables n'hésitaient pas à accepter son invitation, à bavarder avec lui et à le raccompagner jusque dans les faubourgs.

La prospérité de don Anselmo se traduisit par des agrandissements en largeur et en hauteur de la Maison verte. Comme un organisme vivant, elle s'amplifia, mûrit. La première innovation consista en une clôture de pierre. Couronnée de chardons, de tessons, de piquants et d'épines pour décourager les voleurs, elle entourait le rez-de-chaussée et le dérobait aux regards. L'espace compris entre la clôture et la maison fut d'abord une petite cour pleine de cailloux, puis un vestibule nivelé orné de pots de cactus, après une grande salle circulaire au sol et au plafond de nattes et, enfin, le bois remplaça la paille, la salle fut pavée et le plafond couvert de tuiles. Au-dessus de l'étage en surgit un autre, petit et rond comme une tour de guet. Chaque pierre qu'on ajoutait, chaque tuile et chaque planche était automatiquement peinte en vert. La couleur choisie par don Anselmo finit par imprimer au paysage une note rafraîchissante, végétale, presque liquide. De loin, les voyageurs découvraient l'édifice aux murs verts, à moitié dilués dans la vive lumière jaune qui émanait des sables, et ils avaient l'impression de s'approcher d'une oasis aux eaux cristallines, aux palmiers et aux cocotiers hospitaliers, on aurait dit que cette lointaine présence promettait toutes sortes de récompenses pour le corps fatigué, et d'innombrables délices pour l'esprit abattu par le désert étouffant.

Don Anselmo, dit-on, vivait au dernier étage, dans cette étroite vigie, et personne, pas même ses meilleurs clients — Chápiro Seminario, le préfet, don Eusebio Romero, le docteur Pedro Zevallos —, n'y avait accès. De là, don Anselmo

97

devait sans doute observer le défilé des visiteurs à travers les sablons, il pouvait voir leurs silhouettes s'estompant dans les tourbillons de sable, ces bêtes affamées qui rôdent autour de la ville dès que le soleil se couche.

En plus de ses pensionnaires la Maison verte, dans sa bonne époque, abrita Angélica Mercedes, jeune Mangache qui avait hérité de sa mère la connaissance, l'art des *picantes*. Elle accompagnait don Anselmo au marché, dans les magasins, pour acheter les vivres et les boissons : marchands et gens de la place s'inclinaient à leur passage comme roseaux au vent. Les cabris, les cobayes, les agneaux et les cochons de lait qu'Angélica Mercedes préparait avec des épices et des herbes mystérieuses constituèrent un des attraits de la Maison verte et il y avait des vieux qui juraient : *Nous n'y allons que pour nous régaler de la cuisine.*

Les alentours de la Maison verte étaient toujours animés par une foule de désœuvrés, de mendiants, de marchands de pacotille ou de fruits qui assaillaient les clients à leur entrée ou à leur sortie. Les gamins de la ville s'échappaient de chez eux le soir et, cachés derrière les buissons, épiaient les visiteurs et écoutaient la musique, les éclats de rire. Quelques-uns escaladaient le mur en s'écorchant les mains et les jambes et regardaient avidement l'intérieur. Un jour (c'était fête chômée) le père García se planta au milieu des sablons, à quelques mètres de la Maison verte, et aborda les visiteurs l'un après l'autre, les exhortant à retourner en ville et à se repentir. Mais ils se découvraient des excuses : un rendez-vous d'affaires, un chagrin qu'il faut noyer si l'on ne veut pas qu'il vous empoisonne l'âme, un pari qui engage votre honneur. Il y en avait qui se moquaient et invitaient le père García à les accompagner; il y en eut un qui le prit mal et dégaina son pistolet.

De nouveaux mythes naquirent à Piura concernant don Anselmo. D'après certains, il faisait des voyages secrets à Lima, où il déposait l'argent qu'il accumulait et acquérait des terres. Pour d'autres, il n'était que le prête-nom d'une entreprise qui comptait parmi ses membres le préfet, le maire et de riches propriétaires fonciers. Le passé de don Anselmo s'enrichissait dans l'imagination populaire, journellement on ajoutait à sa vie des faits sublimes ou sanglants. De vieux

Mangaches affirmaient l'identifier avec un adolescent qui, des années auparavant, s'était livré dans le quartier à des attaques à main armée, tandis que d'autres assuraient : *C'est un bagnard évadé, un ancien bandit de grands chemins, un politicien en disgrâce.* Seul le père García osait dire : *Il sent le soufre.*

Au petit jour ils se lèvent pour poursuivre leur voyage, ils dévalent l'escarpement et la barque n'y est pas. Ils se mettent à la chercher, Adrián Nieves de son côté, le caporal Roberto Delgado et le porteur du leur et, brusquement, des cris, des pierres, des types à poil et voilà le caporal, entouré d'Aguarunas, les coups de bâtons lui pleuvent dessus, sur le porteur également, maintenant ils l'ont vu et les *chunchos* lui courent dessus, merde, Adrián Nieves, ton heure est arrivée, et il se jette à l'eau : froide, rapide, sombre, ne sors pas la tête, plus au milieu, que le courant le prenne, des flèches? et l'emporte vers l'aval, des balles? des pierres? merde, ses poumons veulent de l'air, sa tête est une vraie toupie, attention à la crampe. Il émerge et on voit encore Urakusa et, dans le ravin, sur le talus, l'uniforme vert du caporal, les *chunchos* lui cognent dessus, c'était sa faute, il l'avait prévenu et le porteur s'était-il échappé, l'avaient-ils tué? Il se laisse entraîner par l'eau, agrippé à un tronc, et puis quand il grimpe sur la rive droite du fleuve il a mal partout. La plage est dégagée, il s'y endort, il se réveille, il n'a pas encore récupéré ses forces et un scorpion le pique tout à son aise. Il lui faut allumer un feu et mettre la main dessus, comme ça, qu'il transpire un peu même si ça brûle tellement, suce la blessure, crache, rince-toi la bouche, on ne sait jamais avec les piqûres, scorpion à la con. Puis il s'en va, à travers la forêt, il n'y a pas trace d'indigènes, mais il vaut mieux déboucher sur le Santiago, et si une patrouille l'arrête et le ramène au poste de Borja? Ne pas retourner au village non plus, les soldats l'y découvriraient un jour ou l'autre et, tout d'abord, il faut se fabriquer un radeau. Ça prend beaucoup de temps, ah! si tu avais une machette, Adrián Nieves, tes mains sont fatiguées et n'ont pas la force d'abattre de gros troncs. Il choisit trois arbres

morts, blancs et vermoulus, qui cèdent à la première poussée, il les attache avec des lianes et se fabrique deux perches, au cas où il viendrait à en perdre une. Et maintenant pas question de suivre le fleuve, il cherche des chenaux et des bras morts, et ce n'est pas difficile, toute cette zone est inondée. Mais seulement comment s'orienter, il n'est pas chez lui dans ces hautes terres, les eaux ont beaucoup monté, parviendra-t-il ainsi jusqu'au Santiago? une petite semaine encore, Adrián Nieves, tu étais un bon pilote, ouvre grand le nez, l'odeur ne trompe pas, c'est la bonne direction, et il faut en avoir au ventre, mon gars, en avoir beaucoup. Mais le chenal qu'il suit à présent a l'air de tourner en rond et il navigue presque à l'aveuglette, la forêt est épaisse, le soleil et l'air n'y pénètrent pour ainsi dire pas, ça sent le bois pourri, la boue et puis toutes ces chauves-souris, il en a mal aux bras, il a la voix tout enrouée à force de crier pour leur faire peur, une petite semaine encore. Ni en avant ni en arrière, ni comment revenir au Marañón ni comment arriver au Santiago, le courant le mène à sa guise, son corps n'en peut plus de fatigue, pour tout arranger il pleut, il pleut le jour, il pleut la nuit. Mais à la fin le chenal se termine et une lagune apparaît, un minuscule plan d'eau avec des *chambiras* tout en épines sur les bords, le ciel vire au noir. Il dort dans une île, en se réveillant il mâchonne des herbes amères, il repart et ce n'est que deux jours plus tard qu'il tue à coups de bâton une *sachavaca* toute maigre, il mange de la viande à moitié crue, ses muscles se refusent même à soulever la gaffe, les moustiques l'ont dévoré bien tranquillement, il a la peau qui brûle et les jambes comme le capitaine Quiroga, ce que racontait le caporal, qu'est-ce qu'il a bien pu devenir, les Urakusas l'auront-ils relâché? ils étaient furieux, et s'ils l'ont tué sur le coup? Après tout, il aurait peut-être mieux valu retourner tout simplement au poste de Borja, à choisir entre soldat et cadavre, c'est triste de crever de faim et de fièvre dans la forêt, Adrián Nieves. Il est à plat ventre sur le radeau, et comme ça x jours, et quand il arrive au bout du chenal et qu'il débouche sur un énorme plan d'eau, c'est quelque chose, il est tellement grand qu'on dirait le lac, c'est quelque chose, le lac Rimache? il n'a pas pu monter tellement, impossible, au milieu se trouve l'île et au sommet de la rive escarpée il y a une barrière de *lupunas*.

Il pousse la perche sans se lever et, finalement, entre les arbres chargés de bosses, des silhouettes nues, merde, est-ce que ça serait des Aguarunas? au secours, seront-ils arrangeants? il les salue des deux mains et eux s'agitent, crient, au secours, sautent, le montrent et en accostant il voit le chrétien, la chrétienne, ils l'attendent, c'est à en perdre la tête, patron, vous ne pouvez pas vous figurer quelle joie c'est de voir un chrétien. Il lui avait sauvé la vie, patron, il croyait que tout était fini et il rit, on lui verse encore à boire, la saveur douce, âpre de l'anisette, et derrière le patron se tient une jeune chrétienne, joli minois, jolis cheveux longs, c'est comme si je rêvais, patronne, vous aussi vous m'avez sauvé : il les remerciait au nom du ciel. Quand il se réveille ils sont encore là, à côté de lui, et le patron allons, il était temps, mon vieux, il avait dormi toute une journée, enfin il ouvrait les yeux, est-ce qu'il se sentait bien? Et Adrián Nieves oui, très bien, patron, mais est-ce qu'il y avait des soldats dans le coin? Non, il n'y en avait pas, pourquoi tenait-il à le savoir, qu'avait-il fait? Et Adrián Nieves rien de mal, patron, je n'ai tué personne, simplement il avait déserté, il ne pouvait pas vivre enfermé dans une caserne, pour lui il n'y avait rien comme le plein air, il s'appelait Nieves et avant que les soldats ne lui mettent le grappin dessus il était pilote. Pilote? Dans ce cas il devait bien connaître le pays, il devait savoir mener une barque n'importe où et à n'importe quelle saison, et lui bien entendu qu'il le pouvait, patron, il était pilote depuis sa naissance. Maintenant il s'était perdu parce qu'il était passé par les terres inondées en pleine période de crue, il ne voulait pas que les soldats le voient, ça serait possible, patron? Et le patron oui, il pourrait rester dans l'île, il lui donnerait du travail. Il y serait bien tranquille, jamais les soldats ni les gardes n'y viendraient : c'était sa femme, Lalita, et lui il s'appelait Fushía.

— Qu'est-ce qui t'arrive, collègue? dit Josefino. T'énerve pas.
— Je vais chez la Chunga, gueula Lituma. Vous venez avec moi? Non? Je n'ai pas besoin de vous, après tout. J'y vais tout seul.

Mais les frères León l'empoignèrent par les bras et Lituma resta sur place, congestionné, suant, promenant avec angoisse ses petits yeux à travers la pièce.

— Pour quoi faire, frérot? dit Josefino. On est bien ici. Calme-toi.

— Rien que pour entendre le harpiste aux doigts d'argent, gémit Lituma. Rien que pour ça, les indomptables. On prend un verre et on revient, juré.

— T'as toujours été un homme, un vrai. Te laisse pas aller à présent, collègue.

— Je suis un homme, je peux le prouver à n'importe qui, balbutia Lituma. Mais j'ai le cœur gros comme ça.

— Essaie de pleurer, dit le Singe, tendrement. Ça soulage, cousin, faut pas avoir honte.

Lituma s'était mis à regarder dans le vide et son complet couleur brique était tout taché de terre et de salive. Ils gardèrent le silence un bon moment, en buvant sans s'occuper des autres, sans trinquer, et des échos de valses et de *tonderos* leur parvenaient, l'atmosphère s'était imprégnée d'une odeur de *chicha* et de friture. Le balancement de la lampe agrandissait et diminuait sur un rythme précis les quatre silhouettes projetées sur les nattes, et au pied de la niche la bougie, minuscule à présent, exhalait une petite fumée sombre et frisée qui enveloppait la Vierge de plâtre comme d'une longue chevelure. Avec un grand effort Lituma se releva, épousseta ses vêtements, promena des yeux hagards tout autour de lui et, brusquement, porta un doigt à sa bouche. Il se fouilla la gorge sous le regard attentif des autres, qui le virent pâlir, puis il vomit, bruyamment, avec des soubresauts qui le secouaient tout entier. Puis il se rassit, s'essuya la figure avec son mouchoir et, épuisé, les yeux cernés, il alluma une cigarette de ses mains tremblantes.

— Ça va mieux, collègue. Tu peux raconter la suite.

— On sait pas grand-chose, Lituma. Je veux dire comment ça s'est passé. Quand ils t'ont mis à l'ombre, nous on s'est taillés. On avait été témoins et on pouvait nous faire des histoires, tu sais comme les Seminario sont riches, influents. Je suis allé à Sullana et tes cousins à Chulucanas. Quand on est revenus, elle avait abandonné la maisonnette de Castilla et personne savait où elle vivait.

— Comme ça, elle est restée toute seule, la pauvre, murmura Lituma. Sans le sou, et encore enceinte.

— Pour ça t'en fais pas, frérot, dit Josefino. Elle a pas accouché. Quelque temps après on a su qu'elle fréquentait les *chicherías*, et un soir on l'a rencontrée au *Río Bar* avec un gars, et elle était plus enceinte.

— Et qu'est-ce qu'elle a fait quand elle vous a vus?

— Rien, collègue. Elle nous a salués comme si de rien n'était. Et après on la trouvait d'un côté ou de l'autre, et toujours accompagnée. Jusqu'au jour où on l'a vue à la Maison verte.

Lituma s'essuya la figure avec son mouchoir, aspira avec force sur sa cigarette et rejeta une grande bouffée d'une fumée épaisse.

— Pourquoi ne m'avez-vous pas écrit? — Sa voix était de plus en plus rauque.

— J'en avais ton compte, enfermé loin de chez toi. Pourquoi on t'aurait rendu la vie encore plus amère, collègue? C'est pas des nouvelles à donner à quelqu'un qu'est dans le pétrin.

— Suffit, cousin, on dirait que t'aimes souffrir, dit Josefino. Changez de disque.

Un filet de salive brillante coulait de ses lèvres jusqu'à son cou. Sa tête bougeait, lentement, pesamment, mécaniquement, en suivant la lente oscillation des ombres sur les nattes. Josefino remplit les verres. Ils continuèrent de boire, en silence, jusqu'à ce que la bougie de la niche s'éteignît.

— Ça fait deux heures qu'on est ici, dit José, en signalant le chandelier. C'est le temps que dure la mèche.

— Je suis content que tu sois revenu, cousin, dit le Singe. Fais pas cette tête. Ris, tous les Mangaches vont être contents de te voir. Ris, p'tit cousin.

Il se laissa glisser contre Lituma, le serra dans ses bras et resta à le regarder de ses grands yeux, vifs et ardents; puis Lituma lui donna en souriant une petite tape sur la tête.

— Comme ça, ça me plaît, cousin, dit José. Vive la Mangachería, faut chanter l'hymne.

Et brusquement ils se mirent tous les trois à parler, ils étaient trois gamins et ils sautaient par-dessus les murs de brique de l'école pour aller se baigner dans la rivière, ou bien, montés sur un âne qui ne leur appartenait pas, ils suivaient

des sentiers sableux, entre des jardins et des champs de coton, dans la direction des nécropoles de Narihualá, et c'était le vacarme des carnavals, les coquilles d'œufs et les bombes à eau pleuvaient sur les passants furieux, et ils inondaient aussi les agents qui n'osaient pas aller les déloger de leurs cachettes sur les terrasses et dans les arbres; et maintenant, pendant de chaudes matinées, ils disputaient de fougueuses parties de football, avec pour tout ballon une boule de chiffons, sur le terrain infiniment vaste du désert. Josefino les écoutait sans rien dire, les yeux pleins d'envie, les Mangaches faisaient leurs remontrances à Lituma, c'est vrai que tu t'es enrôlé dans la Garde civile? espèce de traître, espèce de lâcheur, et les León riaient avec Lituma. Ils ouvrirent une autre bouteille. Toujours silencieux, Josefino faisait des ronds de fumée, José sifflait, le Singe retenait le *pisco* dans sa bouche, faisait semblant de le mâcher, se gargarisait avec, grimaçait, je n'éprouve ni nausées ni brûlures, simplement cette petite chaleur impossible à confondre.

— Du calme, l'indomptable, dit Josefino. Où vas-tu? attrapez-le!

Les León le rattrapèrent sur le seuil, José le tenait par les épaules et le Singe, qui le ceinturait, le secouait furieusement, mais sa voix était tout hébétée et geignarde :

— Pour quoi faire, cousin. N'y va pas, ton cœur va saigner. Écoute-moi, Lituma, p'tit cousin.

Lituma caressa gauchement le visage du Singe, promena sa main dans ses cheveux crépus, l'écarta sans brusquerie et sortit en titubant. Ils le suivirent. A proximité de leurs masures de roseaux sauvages, en plein air, les Mangaches dormaient sous les étoiles, formant sur le sable de silencieuses grappes humaines. Le bruit s'était accru dans les *chicherías*, le Singe fredonnait les refrains à mi-voix et, quand il entendait une harpe, il ouvrait les bras : mais comme don Anselmo, y en a pas! Lituma et lui marchaient en tête, se tenant par le bras et zigzaguant; parfois une protestation s'élevait dans l'obscurité, « attention, vous me marchez dessus! », et eux, en chœur, « bien le pardon, m'sieur », « mille pardons, m'dame ».

— L'histoire que tu lui as racontée, c'était un vrai roman, dit José.

— Mais il l'a crue, dit Josefino. J'ai rien trouvé d'autre.

Et vous m'avez pas aidé, vous avez même pas ouvert la bouche.

— Dommage qu'on soit pas à Paita, cousin, dit le Singe. Je me jetterais à l'eau tout habillé. Ça serait formidable.

— A Yacila il y a des vagues, c'est une vraie mer, dit Lituma. Paita, c'est un étang, le Marañón est plus fougueux que cette mer. Dimanche on ira à Yacila, cousin.

— Faisons-le entrer chez Felipe, dit Josefino. J'ai du fric. On peut pas l'y laisser aller, José.

L'avenue Sánchez Cerro était déserte, sous l'ombrelle de lumière huileuse de chaque réverbère bourdonnaient les insectes. Le Singe s'était assis par terre pour lacer ses souliers. Josefino s'approcha de Lituma.

— Regarde, collègue, c'est ouvert chez Felipe. Que de souvenirs dans ce bar! Viens, c'est moi qui t'invite.

Lituma secoua l'étreinte de Josefino et parla sans le regarder :

— Après, frérot, au retour. Maintenant, à la Maison verte. Que de souvenirs là-bas aussi, plus que partout ailleurs. Pas vrai, les indomptables?

Plus loin, en passant devant le *Trois Étoiles*, Josefino revint à la charge. Il se précipita vers la porte lumineuse du bar en criant :

— Enfin un endroit pour étancher sa soif! venez, les gars, c'est moi qui paye.

Mais Lituma poursuivit son chemin, inébranlable.

— Qu'est-ce qu'on fait, José?

— Qu'est-ce que tu veux qu'on fasse, frérot? On va chez la Chunga *chunguita*.

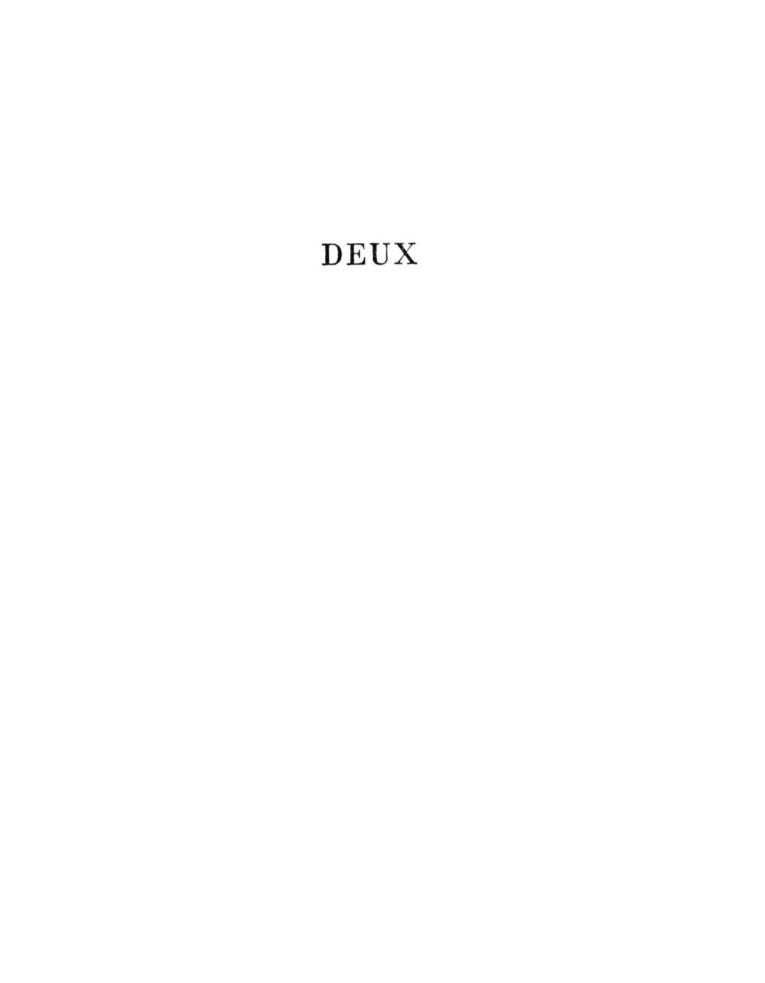

DEUX

Une barque s'arrête en pétaradant contre l'embarcadère et Julio Reátegui saute à terre. Il monte jusqu'à la place de Santa María de Nieva — un garde civil lance un morceau de bois, un chien l'attrape au vol et le lui rapporte — et quand il arrive à la hauteur des troncs de *capirona* un groupe de personnes sort de la bicoque du Gouvernement. Il lève la main et salue : ils l'observent, s'agitent, se précipitent à sa rencontre, quel plaisir, quelle surprise, Julio Reátegui serre la main de Fabio Cuesta, pourquoi n'avait-il pas prévenu de son arrivée? de Manuel Aguila, ils ne le lui pardonnaient pas, de Pedro Escabino, ils se seraient préparés pour le recevoir, d'Arévalo Benzas, combien de jours resterez-vous cette fois, don Julio? Bah, c'était une visite éclair, il allait poursuivre son voyage sur-le-champ, ils savaient bien la vie qu'il menait. Ils entrent au Gouvernement, don Fabio débouche quelques bouteilles de bière, ils trinquent, tout allait bien à Nieva? à Iquitos? des ennuis avec les Indiens? Aux portes et aux fenêtres de la bicoque se tiennent des Aguarunas à la bouche large, aux yeux froids et aux pommettes saillantes. Plus tard Julio Reátegui et Fabio Cuesta sortent, sur la place le garde s'amuse toujours avec son chien, ils grimpent le raidillon qui mène à la Mission, de toutes les maisons on les observe, ah, don Fabio, les femmes, perdre une journée pour ça, il ferait nuit quand il arriverait au camp et don Fabio : alors à quoi servent les amis, don Julio? Il n'avait qu'à lui envoyer un mot et il se serait chargé de tout, mais bien entendu, don Fabio, la lettre aurait mis un mois, et allez faire prendre patience pendant

ce temps à Mme Reátegui. Ils n'ont pas plutôt sonné que la porte de la Résidence s'ouvre, comment allez-vous ? un tablier crasseux, mère Griselda, un habit religieux, voyez-moi donc qui est venu, une figure toute rouge, elle ne le reconnaissait pas ? mais c'était M. Reátegui, un petit cri, entrez, une main souriante, entrez, don Julio, quel plaisir, mais lui : ça ne m'étonne pas qu'on ne me reconnaisse pas avec l'allure que j'ai, ma mère. En traînant la jambe, sans s'arrêter de parler, la mère Griselda les précède le long d'un couloir sombre, leur ouvre une porte, leur désigne des fauteuils de toile, quelle joie pour la mère supérieure et même si vous êtes très pressé il vous faut faire un tour à la chapelle, don Julio, vous verrez tous ces changements, elle revenait tout de suite. Sur le bureau il y a un crucifix et une lampe, par terre une natte en fibres de *chambira* et au mur une statue de la Vierge ; de somptueuses, de provocantes langues de soleil entrent par les fenêtres et lèchent les chevrons du plafond. Chaque fois qu'il se trouvait dans une église ou dans un couvent, Julio Reátegui éprouvait des sensations étranges, don Fabio, l'âme, la mort, ces idées qu'on a quand on est gosse et qui vous empêchent de dormir. Le gouverneur c'était exactement la même chose, je rends visite aux mères, don Julio, j'en ressors avec la tête pleine de choses profondes : et si dans le fond ils étaient un peu mystiques tous les deux ? C'était justement ce qu'il se disait, don Fabio se caresse le crâne, c'est rigolo, un peu mystiques. Mme Reátegui rirait bien si elle les entendait, elle qui disait toujours tu iras en enfer pour hérésie, Julio, et à propos, l'année dernière il avait fini par lui faire plaisir, ils étaient allés à Lima en octobre, à la procession ? oui, de Notre-Seigneur des Miracles. Don Fabio en avait vu des photos, mais ça devait être sacrément mieux d'y assister, c'était vrai que tous les Noirs s'habillaient en violet ? Et les Mulâtres aussi, les Indiens, les Blancs, la moitié de Lima de cette couleur, quelque chose de terrible, don Fabio, trois jours serrés comme ça, c'était d'une commodité et d'une odeur, Mme Reátegui voulait qu'il prenne l'habit lui aussi, mais son amour n'allait pas jusque-là. Des cris, des rires, des courses, la pièce en est envahie et leurs regards se lèvent vers les fenêtres : des cris, des rires, des courses. Elles devaient être en récréation, il y en avait beaucoup à présent ? au bruit on aurait dit qu'elles étaient une centaine et don Fabio une

110

vingtaine. Le dimanche précédent il y avait eu un défilé et elles avaient chanté l'hymne national, elles étaient un peu là, don Julio, et dans un espagnol tout ce qu'il y a de bien. Il n'y avait pas de doute, don Fabio était content à Santa María de Nieva, avec quel orgueil il en parlait, ça ne valait pas mieux que d'administrer l'hôtel? Si vous étiez resté là-bas, à Iquitos, vous auriez maintenant une bonne situation, don Fabio, je veux dire économiquement. Mais le gouverneur se sentait déjà vieux et, même si monsieur Reátegui ne voulait pas le croire, il n'avait pas d'ambition. Et comme ça vous vous figuriez que je ne tiendrais pas le coup un mois à Santa María de Nieva, don Julio? Il voyait bien qu'il avait tenu le coup et, si Dieu le permettait, il n'en bougerait plus. Pourquoi avait-il mis tant d'acharnement à obtenir cette nomination? Julio Reátegui n'arrivait pas à le comprendre, pourquoi avait-il voulu le remplacer, don Fabio? qu'avait-il cherché? et don Fabio à être, ne riez pas, respecté, les dernières années qu'il avait passées à Iquitos avaient été tellement tristes, don Julio, personne ne pouvait savoir la honte, les humiliations, quand il lui avait confié l'hôtel il vivait de la charité. Mais ça ne valait pas la peine de s'attrister, ici à Nieva tout le monde l'aimait beaucoup, don Fabio, n'avait-il pas obtenu ce qu'il cherchait? oui, on le respectait, il ne touchait sans doute pas grand-chose, mais avec ce que M. Reátegui lui donnait pour l'aider ça lui suffisait pour vivre tranquille, ça aussi il le lui devait, don Julio, ah, il ne trouvait pas les mots. Au milieu des rires, des cris, des courses du jardin se glissent les jappe-ments, des bavardages de perruches. Julio Reátegui ferme les yeux, don Fabio demeure pensif, lentement, affectueuse-ment sa main parcourt son crâne chauve : au fait, don Julio était-il au courant de la mort de la mère Asunción? Avait-il reçu sa lettre? Il l'avait reçue et Mme Reátegui avait écrit aux mères pour leur faire ses condoléances, il avait ajouté quel-ques lignes, quelqu'un de bien cette bonne sœur et don Fabio avait fait une chose qui n'était pas très légale, de mettre en berne le drapeau du Gouvernement, don Julio, pour prendre part au deuil en quelque sorte, et mère Angélica, était-elle en bonne santé? toujours solide comme un roc, cette petite vieille? On entend des pas et ils se lèvent, s'avancent vers la supérieure, don Julio, ma mère, une main blanche, c'était

111

un honneur pour cette maison d'avoir de nouveau ici mon sieur Reátegui, qu'elle était contente de le voir, je vous en prie, asseyez-vous, et eux justement ils étaient en train de parler, ma mère, de se souvenir de la mère Asunción, la pauvre. La pauvre? Pas pauvre du tout, elle était au ciel, et Mme Reátegui? Quand reverrait-on la marraine de la chapelle? Mme Reátegui ne rêvait que de venir, mais c'était si compliqué de faire le voyage depuis Iquitos, Santa María de Nieva était au bout du monde, et puis n'était-ce pas terrible de voyager à travers la forêt vierge? Don Julio Reátegui ne s'arrête pas, la supérieure sourit, il allait et venait à travers l'Amazonie comme chez lui, mais Julio Reátegui ne le faisait pas pour le plaisir, si l'on n'avait pas l'œil sur chaque chose, ma mère, tout allait au diable, pardonnez-moi l'expression. Don Julio n'avait rien dit d'incorrect, ici aussi si on se laissait aller tant soit peu le démon faisait des siennes et maintenant les pupilles chantent en chœur. Quelqu'un les dirige, à chaque silence don Fabio applaudit du bout des doigts, sourit, approuve : la mère avait-elle reçu le message de Mme Reátegui? Oui, le mois dernier, mais elle ne pensait pas que don Julio l'emmènerait si tôt. En général elle préférait les voir quitter la Mission à la fin de l'année, pas en plein cours, mais puisqu'il s'était donné la peine de venir personnellement elles feraient une exception, du moment qu'il s'agissait de lui, bien entendu. Et lui, à vrai dire, il faisait d'une pierre deux coups, ma mère, il lui fallait jeter un coup d'œil sur le camp de Nieva, les bûcherons avaient trouvé du bois de rose, à ce qu'il paraît, aussi en avait-il profité pour faire un petit saut et la supérieure acquiesce : on allait lui confier les fillettes? il en était question d'après Mme Reátegui. Ah, les fillettes, ma mère, si vous les voyiez; elles étaient mignonnes, don Fabio voulait bien le croire, et la mère les connaissait, Mme Reátegui lui avait envoyé des photos, la plus grande une vraie poupée et la petite avait de ces yeux. Elles avaient de qui tenir, naturellement, Mme Reátegui était une si belle femme, don Fabio le disait en tout bien tout honneur, don Julio. Il y avait déjà un certain temps que la femme qui s'occupait d'elles s'était mariée, ma mère, et elle ne pouvait pas s'imaginer combien Mme Reátegui avait d'appréhension, toutes les bonnes elle leur trouvait quelque chose, qu'elles étaient sales, qu'elles

112

allaient leur communiquer des maladies, toujours les pires choses, et le résultat, cela faisait deux mois qu'elle ne s'occupait que de ses filles. De ce côté, don Fabio s'avance sur son siège, Mme Reátegui pouvait bien être tranquille, il donne une petite tape, personne ne sortait d'ici ni malade ni sale, il sourit, n'est-ce pas, ma mère? Il fait un salut de la tête, ça faisait plaisir à voir comme on les tenait bien propres et Reátegui à vrai dire, ma mère, la femme de Mc Portillo. Des difficultés aussi avec la domesticité? Oui, don Fabio, c'était de jour en jour plus difficile de trouver des êtres doués de raison à Iquitos, serait-il possible de lui amener aussi une de ces jeunes filles, ma mère? Oui, c'était possible, la supérieure fronce légèrement les lèvres, don Julio, mais ne me parlez pas comme cela, sa voix n'est plus qu'un fil, la Mission n'était pas une agence de placement et maintenant Reátegui est immobile, sérieux, d'une main confuse tambourinant sur le bras du fauteuil, n'aurait-elle pas mal interprété ce qu'il avait dit, non? c'est-à-dire, la supérieure examine le crucifix, don Fabio se frotte le crâne, se balance sur sa chaise, bat des paupières, ma mère, n'aurait-elle pas mal interprété ce que don Julio venait de dire, non? Il savait d'où venaient ces petites, comment elles vivaient avant d'entrer à la Mission, Julio Reátegui l'en assurait, ma mère, il y avait eu une erreur; elle ne l'avait pas compris, et une fois qu'elles avaient séjourné ici ces petites ne savaient pas où aller, les villages indigènes n'étaient pas tranquilles, mais même si on pouvait retrouver les familles ces petites ne s'y habitueraient pas, comment pourraient-elles se remettre à vivres toutes nues? La supérieure fait un geste aimable, adorer des serpents? mais son sourire est glacial, croquer des poux? C'est ma faute, ma mère, je me suis mal exprimé et elle prenait ses paroles dans un autre sens, mais ces petites ne pouvaient pas non plus rester à la Mission, don Julio, ce ne serait pas juste, n'est-ce pas? Elles devaient laisser la place aux autres. L'idée c'était qu'ils aident les mères à incorporer ces petites au monde civilisé, don Julio, qu'ils facilitent leur entrée dans la société. C'était précisément dans ce sens que M. Reátegui, ma mère, est-ce que par hasard elle ne le connaissait pas? et à la Mission on recueillait ces enfants et on les éduquait pour gagner des âmes à Dieu, non pour pourvoir de bonnes les familles, don Julio, qu'il veuille bien excuser sa

franchise. Il le savait parfaitement, ma mère, c'était pour cela que sa femme et lui avaient toujours collaboré avec la Mission, s'il y avait le moindre inconvénient cela ne faisait rien, ma mère, comme si on n'avait rien dit, il la priait de ne pas se faire de souci. Ce n'était pas pour eux, don Julio, que la supérieure se faisait du souci, elle savait que Mme Reátegui était très pieuse et que la jeune fille serait entre de bonnes mains. Me Portillo était le meilleur avocat d'Iquitos, ma mère, ancien député, s'il ne s'agissait pas d'une bonne famille, d'une famille connue, Julio Reátegui se serait-il permis de faire cette démarche? Mais il lui répétait de ne plus y penser, ma mère, et la supérieure sourit de nouveau : était-il fâché après elle? Cela ne comptait pas, un petit sermon de temps en temps ne faisait de mal à personne et Julio Reátegui se carre dans son fauteuil, elle lui avait tiré l'oreille, ma mère, il s'était senti en faute, mais du moment qu'il lui garantissait ce monsieur, don Julio, elle le croyait, ça ne l'ennuyait pas qu'elle lui pose quelques questions? Toutes celles que la mère voudrait, il comprenait bien ces précautions, c'était logique, mais elle devait le croire, Me Portillo et son épouse étaient tout ce qu'il y avait de mieux, la gamine serait bien traitée, vêtements, nourriture, salaire même et la supérieure n'en doutait pas, don Julio. Ses lèvres fines, furtives, se froncent de nouveau : et le reste? Se préoccuperaient-ils que la jeune fille conserve ce qu'elle avait acquis ici? Ne détruiraient-ils pas par négligence ce qu'on lui avait donné à la Mission? C'était de cela qu'elle voulait parler, don Julio, mais c'était vrai que la mère ne connaissait pas les Portillo, Angelita organisait tous les ans le Noël des indigents, elle allait elle-même demander des cadeaux dans les magasins et les distribuer dans les quartiers pauvres; la mère pouvait être sûre qu'Angelita emmènerait la petite à toutes les processions qu'il y avait à Iquitos. La supérieure ne voulait pas l'importuner davantage, mais il y avait quelque chose, les prendrait-il toutes deux sous sa responsabilité? Pour toute réclamation ou pour ce qui pourrait arriver, ma mère, il ne manquerait plus que cela, il s'en chargeait et signerait ce qu'il faudrait, avec le plus grand plaisir, en son nom et au nom de Me Portillo. Ils étaient d'accord, par conséquent, don Julio, et la supérieure allait les chercher; et puis, sûrement, la mère Griselda leur avait préparé des rafraîchis-

sements, ils les accepteraient bien, n'est-ce pas? avec la chaleur qu'il faisait. Don Fabio lève des mains réjouies : toujours aussi aimables. La supérieure sort, les lambeaux de soleil qui épousent les chevrons ne sont plus brillants, mais opaques; à côté, dans le jardin, les pupilles chantent toujours, mon cher, qu'est-ce que ça signifiait? Ce n'était pas permis, quel mauvais moment elle lui avait fait passer, la bonne sœur, don Fabio, et celui-ci : c'était pour la forme, don Julio, les mères aimaient beaucoup leurs petites orphelines, ça leur faisait de la peine de les voir partir, voilà tout, mais est-ce qu'elles posaient les mêmes questions aux officiers de Borja? et ces ingénieurs qui passent dans le pays, elles leur sortent les mêmes conseils? voulez-vous me dire, don Fabio? Le gouverneur fait une tête peinée, quelque chose avait dû mettre la mère de mauvaise humeur, il ne fallait pas y faire attention, don Julio, et Reátegui qu'on ne vienne pas lui dire que les militaires allaient les traiter mieux qu'eux, ils devaient les faire travailler comme des bêtes, sûr, et pas leur donner un sou, certain, don Fabio savait-il la misère qu'ils gagnaient, les militaires? Et puis elles le connaissaient de longue date, s'il leur recommandait Portillo c'était bien pour quelque chose, don Fabio, tout de même, on n'avait jamais vu ça. Le chœur dans le jardin s'arrête tout d'un coup et le gouverneur ne comprenait pas, la supérieure toujours si aimable, si correcte, c'était passé, don Julio, qu'il ne se fasse pas de mauvais sang, et lui il ne se faisait pas de mauvais sang, mais les injustices le révoltaient, comme tout le monde : la récréation devait avoir pris fin, don Fabio tambourine sur sa chaise avec les jointures de ses doigts, lui aussi la mère l'avait rendu nerveux, don Julio, il s'était cru au confessionnal, ils se retournent et la porte s'ouvre. La supérieure apporte une assiette, une pyramide de gâteaux aux bords anguleux, et la mère Griselda un plateau, des verres, une carafe pleine d'un liquide mousseux, les deux pupilles se tiennent près de la porte, effrayées, des sauvageonnes dans leurs blouses couleur crème : du jus de papaye, magnifique! Cette mère Griselda, toujours à les gâter, don Fabio s'est levé et la mère Griselda rit en se cachant la bouche derrière la main, elle et la supérieure donnent les verres, les remplissent. De la porte, appuyées l'une contre l'autre, les pupilles regardent en coin, l'une d'elles entrouvre la bouche et montre ses dents minuscules, limées

en pointe. Julio Reátegui lève son verre, ma mère, il lui en était très reconnaissant, il était mort de soif, mais il leur fallait goûter les petits gâteaux, elle pariait qu'ils ne devinaient pas, et? voyons, et, don Fabio? Leur langue au chat, ma mère, ce que c'était léger, du maïs? délicat, de la patate douce? et la mère Griselda éclate de rire : du manioc! C'était une recette à elle, quand il amènerait Mme Reátegui elle lui donnerait la recette et don Fabio boit une gorgée en fermant à demi les yeux : la mère Griselda avait des mains de fée, rien que pour cela elle méritait le ciel, et elle taisez-vous, taisez-vous, don Fabio, qu'ils reprennent de cette boisson. Ils boivent, sortent leurs mouchoirs, s'essuient leurs lèvres ourlées d'orange, Reátegui a de petites gouttes de sueur sur le front, le crâne du gouverneur rutile. Finalement la mère Griselda reprend le plateau, la carafe et les verres, leur lance de la porte un sourire malicieux, sort, Reátegui et le gouverneur regardent les pupilles immobiles, qui baissent la tête d'un seul mouvement : bonjour, mesdemoiselles. La supérieure fait un pas vers elles, voyons, qu'elles s'approchent, pourquoi restaient-elles là? Celle qui a les dents limées traîne les pieds et s'arrête sans relever la tête, l'autre reste à la même place et Julio Reátegui toi aussi, ma fille, il ne fallait pas avoir peur de lui, il n'était pas le croque-mitaine. La pupille ne répond pas et la supérieure, brusquement, adopte une expression énigmatique, moqueuse. Elle regarde Reátegui, dans les yeux de qui naît une petite lueur intriguée, de la main le gouverneur fait signe à la fillette d'approcher et la supérieure, don Julio, il ne la reconnaissait pas? Elle désigne celle qui se tient près de la porte et son sourire s'accentue, un signe affirmatif et Julio Reátegui se tourne vers la fillette, l'examine en cillant, remue les lèvres, fait claquer les doigts, ah! ma mère, c'était elle? Oui. Vous parlez d'une surprise, ça ne lui était même pas venu à l'idée, la trouvait-il beaucoup changée, don Julio? et combien, ma mère, il l'emmenait, Mme Reátegui serait ravie. C'est qu'ils étaient de vieux amis, ma fille, elle ne se souvenait pas de lui par hasard? La fille aux dents limées et le gouverneur se regardent tous deux d'un air curieux, la pupille qui se tient à la porte lève un peu la tête, ses yeux verts contrastent avec son teint sombre, la supérieure soupire, Bonifacia, on lui parlait, qu'est-ce que c'était que ces manières? Julio

Reátegui l'examine toujours, ma mère, *caramba*, ça allait faire quatre ans, ce que ça passait vite, ma fille, comme elle avait grandi, ce n'était qu'un petit bout de femme et maintenant voyez-moi ça. La supérieure acquiesce, Bonifacia, allons, qu'elle salue M. Reátegui, soupire de nouveau, elle devait beaucoup le respecter et également son épouse, ils seraient très gentils. Et Reátegui, qu'elle n'ait pas honte, ma fille, ils allaient faire un brin de causette, elle devait très bien parler l'espagnol, n'est-ce pas? Et le gouverneur fait un petit saut sur sa chaise, celle d'Urakusa! Il se touche le front, évidemment, qu'il était bête, maintenant ça y est. Et la supérieure, qu'elle cesse donc de faire la sotte, don Julio allait croire qu'on avait coupé la langue à Bonifacia. Mais ma fille, elle était en train de pleurer, qu'est-ce qui lui arrivait, ma fille, pourquoi ces larmes et Bonifacia se tient la tête droite, les larmes mouillent ses joues, ses grosses lèvres tenacement fermées et don Fabio bah, bah, petite sotte, incliné et compatissant, elle devrait être archicontente, elle aurait un foyer et les fillettes de M. Reátegui deux vrais amours. La supérieure a pâli, cette fille! son visage est maintenant aussi blanc que ses mains, cette sotte! pourquoi pleurait-elle? Bonifacia ouvre ses yeux verts, humides, agressifs, traverse la natte, ma fille, tombe à genoux devant la supérieure, petite sotte, prend une de ses mains, l'approche de son visage, la fille aux dents limées rit l'espace d'une seconde et la supérieure balbutie, regarde Reátegui, Bonifacia, calme-toi : elle le lui avait promis, ainsi qu'à la mère Angélica. Sa main s'efforce d'esquiver le visage qui se frotte après, Reátegui et don Fabio sourient, gênés et bienveillants, les grosses lèvres baisent avec voracité les doigts pâles et réfractaires et la fille aux dents limées rit à présent sans retenue : elle ne voyait pas que c'était pour son bien? où pourrait-on mieux la traiter? Bonifacia, ne le lui avait-elle pas promis il y avait à peine une demi-heure? ainsi qu'à la mère Angelica, c'était comme cela qu'elle tenait parole? Don Fabio se lève, se frotte les mains, les filles étaient comme ça, sentimentales, pleurant pour rien, ma petite, il fallait faire un effort, elle verrait comme c'est beau Iquitos; comme Mme Reátegui était bonne, était sainte et la supérieure, don Julio, je vous en prie, elle regrettait. Cette gamine n'avait jamais été difficile, elle ne la reconnaissait pas. Bonifacia,

calme-toi et Julio Reátegui il n'aurait plus manqué que ça, ma mère. Elle s'était attachée à la Mission cela n'avait rien d'étonnant, il valait mieux qu'elle ne vienne pas contre son gré, qu'elle reste avec les mères. Il emmènerait l'autre et Portillo n'aurait qu'à se chercher quelqu'un à Iquitos, mais surtout qu'elle ne se fasse pas de souci, ma mère.

I

— Regardez, dit le Gros, ça s'arrête de pleuvoir.

De longues traînées bleues crevassaient le ciel, entre les masses grises l'orage résonnait encore, désaccordé, et il avait cessé de pleuvoir. Mais autour du sergent, des gardes et de Nieves la forêt pleurait toujours : de grosses gouttes chaudes roulaient des arbres, des angles de la tente et des racines adventices jusqu'à la plage de galets transformée en bourbier; en les recevant, la fange s'ouvrait en de minuscules cratères et donnait l'impression de bouillir. La barque se balançait près du rivage.

— Attendons que le plus gros se soit écoulé, sergent, dit Nieves le pilote. Avec cette pluie, les rapides doivent être plus qu'agités.

— Oui, bien sûr, don Adrián, mais ce n'est pas une raison pour que nous restions là entassés comme des sardines, dit le sergent. On va monter l'autre tente, les gars. On peut dormir ici.

Leurs chemisettes et leurs pantalons étaient trempés, ils avaient des croûtes de boue sur leurs guêtres, leur peau brillait. Ils se frottaient le corps, essoraient leurs vêtements. Nieves le pilote avança sur la plage en barbotant et quand il parvint à la barque il n'était plus qu'une statue de boue.

— Vaut mieux à poil, dit le Blond. On va s'en mettre partout.

Le Gros n'avait pas de slip et ils rigolaient de ses grosses fesses. Ils sortirent de la tente, P'tit Format fit un faux pas, tomba sur le derrière, se releva en jurant. Ils traversèrent

119

le bourbier en se tenant par la main. Nieves leur faisait passer les moustiquaires, les boîtes de conserve, les thermos, ils portaient les paquets sur l'épaule jusqu'à la tente, revenaient et, brusquement, ils se déchaînèrent : ils couraient en poussant des hurlements, plongeaient dans la boue, s'envoyaient des paquets de terre, sergent, il va pas rester un biscuit de sec, attrapez celle-là, si ça tombe l'anisette est foutue elle aussi, et pour P'tit Format la forêt merci bien, le Brun, j'en ai jusque-là. Ils se lavèrent dans le fleuve, entassèrent la charge sous un arbre et plantèrent les piquets, tendirent la toile, attachant les cordes à des racines qui émergeaient du sol, brunes et tordues. Parfois, des larves roses apparaissaient sous quelque pierre, se tortillant. Nieves le pilote préparait un feu.

— Vous avez monté la tente juste sous l'arbre, dit le sergent. Il va nous pleuvoir des araignées dessus toute la nuit.

Le tas de bois craquait, commençait à fumer et, un moment après, il en jaillit une petite flamme bleue, puis une rouge, une flambée. Ils s'assirent autour du feu. Les biscuits étaient mouillés, l'anisette chaude.

— On y coupe pas, sergent, dit le Brun. On va sacrément se faire engueuler, à Nieva.

— C'était de la folie de s'en aller comme ça, dit le Blond. Le lieutenant aurait dû s'en rendre compte.

— Il savait bien que ça ne servait à rien. — Le sergent haussa les épaules. — Mais vous n'avez pas vu comment étaient les mères et don Fabio? Il nous a envoyés pour leur faire plaisir, tout simplement.

— Je suis pas entré dans la garde civile pour jouer les bonnes d'enfants, dit P'tit Format. Ça vous fait pas suer ces machins-là, sergent?

Mais le sergent, il tirait ça depuis dix ans; il avait le cuir tanné, P'tit Format, il n'y avait plus rien qui puisse le faire suer. Il avait sorti une cigarette et la séchait près de la flamme, en la faisant tourner entre ses doigts.

— Et pourquoi que t'es entré dans la garde civile? dit le Gros. T'es encore bleu, tu viens juste de naître. Pour nous tout ce bordel c'est pain quotidien, P'tit Format. Tu apprendras.

Ce n'était pas ça, P'tit Format avait passé un an à Juliaca, et la *puna* est plus dure que la forêt, Gros. Les bestioles et

les averses le faisaient moins chier que d'avoir à courir les bois à la recherche de gamines. Ravi de pas les trouver.

— Si ça tombe elles sont revenues toutes seules, les morveuses, dit le Brun. Si ça tombe on va les trouver à Santa María de Nieva.

— De vraies salopes, dit le Blond. Elles sont gonflées. Je leur flanquerais la fessée.

Le Gros, par contre, leur ferait des petites caresses et il rit, sergent : c'était pas vrai que les plus grandes étaient à point? Ils les avaient vues, le dimanche, quand elles allaient se baigner dans le fleuve?

— Tu ne penses à rien d'autre, Gros, dit le sergent. Depuis le moment où tu te lèves jusqu'au moment où tu te couches, en avant pour les femmes.

— Mais c'est tout ce qu'il y a de plus vrai, sergent. Elles se développent si vite, à onze ans elles sont mûres pour la chose. Venez pas me raconter que si l'occasion s'en présentait vous leur feriez pas quelques petites caresses.

— M'ouvre pas l'appétit, Gros, dit le Brun, en bâillant. Oublie pas que je vais pieuter maintenant avec P'tit Format.

Nieves le pilote alimentait le feu avec des branchettes. Le soir tombait. Le soleil agonisait au loin, palpitant entre les arbres tel un oiseau rougeâtre et le fleuve n'était qu'une plaque immobile, métallique. Dans les fourrés du rivage coassaient les grenouilles et il y avait dans l'air de la vapeur, de l'humidité, des vibrations électriques. Parfois, un insecte était happé en plein vol par les flammes et dévoré avec un claquement sourd. Avec les ombres, la forêt envoyait vers les tentes des odeurs de germination nocturne et une musique de grillons.

— J'aime pas ça, à Chicais pour un peu j'en serais tombé malade, répéta P'tit Format avec une grimace de dégoût. Vous vous rappelez la vieille avec ses tétines? C'était pas bien de lui arracher comme ça ses petits. J'ai rêvé à elles deux fois.

— Et encore qu'on t'a pas griffé comme moi, dit le Blond en riant. — Mais il reprit son sérieux et ajouta : — C'était pour leur bien, P'tit Format. Pour leur apprendre à s'habiller, à lire et à parler chrétien.

— Tu préfères peut-être qu'elles restent sauvages? dit le Brun.

— Et puis on leur donne à manger, on les vaccine, elles dor-

ment dans des lits, dit le Gros. A Nieva, elles vivent comme elles ont jamais vécu.

— Mais loin des leurs, dit P'tit Format. Ça vous ferait pas de la peine à vous de plus voir votre famille?

C'était pas la même chose, P'tit Format, et le Gros secoua la tête avec compassion : elles étaient civilisées tandis que les petites Indiennes ne savaient seulement pas ce que signifiait la famille. Le sergent porta la cigarette à sa bouche et l'alluma en se penchant sur le feu.

— Et puis, ça ne doit leur faire de la peine qu'au début, dit le Blond. Les petites mères sont là pour ça, elles sont si bonnes.

— Qui sait ce qui se passe à l'intérieur de la Mission, grogna P'tit Format. Il se peut qu'elles soient très méchantes.

Halte-là, P'tit Format : fallait tourner sept fois sa langue dans sa bouche avant de parler des mères. Le Gros permettait tout, mais ça alors, un peu plus de respect pour les croyances. P'tit Format aussi éleva la voix : il était catholique, naturellement, mais il disait du mal de quelque chose si ça lui chantait, et puis après?

— Et si je me fâche? dit le Gros. Et si je te flanque une torniole?

— Pas de bagarres. — Le sergent rejeta une bouffée de fumée. — Arrête de jouer les casseurs, Gros.

— Je comprends les raisons, mais pas les menaces, sergent, dit P'tit Format. Est-ce que je n'aurais pas le droit de dire ce que je pense?

— Tu l'as, dit le sergent. Et puis je suis en partie d'accord avec toi.

P'tit Format regarda les gardes d'un air moqueur, ils voyaient? et tout à trac au Gros : qui est-ce qui avait raison?

— Ça se discute, dit le sergent. Moi je crois que si les gamines se sont échappées de la Mission, c'est parce qu'elles ne s'y habituent pas.

— Mais, sergent, qu'est-ce que ça a à voir? protesta le Gros. Vous n'avez pas fait de bêtises quand vous étiez gamin?

— Vous aussi vous préféreriez qu'elles restent *chunchas*, sergent? dit le Brun.

— C'est très bien qu'on leur donne la culture, dit le sergent. Seulement pourquoi par la force?

— Et qu'est-ce qu'elles vont faire, les pauvres mères, ser-

gent? dit le Blond. Vous savez comment sont les païens. Ils disent oui, oui, mais au moment d'envoyer leurs filles à la Mission, adieu je t'ai vu, et ils disparaissent.

— Et s'ils veulent pas se civiliser, qu'est-ce que ça peut nous faire? dit P'tit Format. A chacun ses coutumes et qu'ils aillent se faire foutre.

— Tu prends ces petites en pitié parce que tu ne sais pas comment on les traite dans leurs villages, dit le Brun. Elles viennent juste de naître qu'on leur fait des trous dans le nez, dans la bouche.

— Et puis quand les Indiens ont bu trop de *masato* ils se les envoient devant tout le monde, dit le Blond. En se fichant bien de l'âge qu'elles ont, et la première qu'ils trouvent, leurs filles, leurs sœurs.

— Et les vieilles déflorent les fillettes avec leurs mains, dit le Brun. Après, elles mangent la membrane pour que ça leur porte bonheur. C'est pas vrai, Gros?

— C'est vrai, avec leurs mains, dit le Gros. Tu parles si je suis au courant. A ce jour j'ai pas encore pu mettre la main sur une vierge. Et pourtant j'en ai essayé, des *chunchas*.

Le sergent agita les mains, ils montaient tous à cheval sur P'tit Format, c'était pas du jeu.

— C'est que vous êtes de son bord, sergent, dit le Blond.

— Ce qu'il y a c'est que ces mômes me font de la peine, avoua le sergent. Toutes, celles qui sont à la Mission, parce que sûrement elles doivent souffrir loin des leurs. Et les autres, tellement elles vivent mal dans leurs villages.

— On voit bien que vous êtes de Piura, sergent, dit le Brun. Tous ceux de votre pays sont des sentimentaux.

— Il n'y a pas de quoi en avoir honte, dit le sergent. Et je plains celui qui dirait du mal de Piura.

— Sentimentaux et régionalistes aussi, dit le Brun. Mais les gens d'Arequipa le sont encore plus que ceux de Piura, sergent.

Il faisait nuit à présent et le feu crépitait, Nieves le pilote y jetait toujours des petites branches, des feuilles sèches. Le thermos d'anisette circulait de main en main et les gardes avaient allumé des cigarettes. Ils transpiraient tous et les langues du feu se reflétaient dans leurs yeux, minuscules, dansantes.

— Mais il y a pas plus propres qu'elles, dit P'tit Format, par contre, est-ce qu'il vous est arrivé de voir les mères se baigner pendant le voyage à Chicais?

Le Gros ne put avaler sa salive : encore les mères? se mit à tousser très fort, bordel de Dieu, il s'en prenait encore aux mères?

— Tu m'engueules mais tu me réponds pas, dit P'tit Format. C'est vrai ou c'est pas vrai ce que je dis?

— Que t'es con, dit le Blond. T'aurais voulu que les bonnes sœurs se baignent devant nous?

— Peut-être qu'elles se sont baignées en cachette, dit le Brun.

— Je les ai jamais vues, dit P'tit Format. Vous non plus.

— Pas plus que tu ne les as vues faire leurs besoins, dit le Blond, ce qui ne veut pas dire qu'elles aient retenu leur caca et leur pipi pendant tout le voyage.

Une fois, si, le Gros les avait vues : quand ils étaient couchés, elles se levaient sans faire de bruit et elles allaient au fleuve comme de vrais fantômes. Les gardes rirent, et le sergent ce Gros tout de même, il les épiait, il voulait les voir à poil?

— Je vous en prie, sergent, dit le Gros, tout confus. Dites pas d'énormités, vous en avez de ces idées. Ce qu'il y a c'est que je dormais pas et c'est pour ça que je les ai vues.

— Changeons de conversation, dit le Brun. Il faut pas plaisanter comme ça avec les mères. Et puis on le convaincra pas, lui. T'es aussi têtu qu'une mule, P'tit Format.

— Et une andouille, dit le Gros. Aller comparer les *chunchas* avec les bonnes sœurs, tu me fais de la peine, j'te jure.

— Maintenant point final, dit le sergent, en coupant la parole à P'tit Format. Allons nous coucher pour pouvoir partir de bonne heure.

Ils gardèrent le silence, les yeux fixés sur les flammes. Le thermos d'anisette fit encore une tournée. Puis ils se levèrent, entrèrent sous les tentes, mais un moment après le sergent revint vers le feu une cigarette aux lèvres. Nieves le pilote lui tendit un fétu enflammé.

— Toujours aussi silencieux, don Adrián, dit le sergent. Pourquoi n'avez-vous pas pris part à la conversation?

— J'ai écouté, dit Nieves. Je n'aime pas les discussions, sergent. Et puis je préfère ne pas avoir affaire à eux.

— Avec mes gars? dit le sergent. Ils vous ont fait quelque

chose? Pourquoi ne m'avez-vous pas prévenu, don Adrián?

— Ils sont orgueilleux, ils nous méprisent, nous qui sommes nés ici, dit le pilote à voix basse. Vous n'avez pas vu comme ils me traitent?

— Ils se croient comme tous les gens de Lima, dit le sergent. Mais il ne faut pas en faire cas, don Adrián. Et s'il leur arrive de vous manquer de respect, vous me le dites et je les remets à leur place.

— Par contre vous êtes un chic type, sergent, dit Nieves. Il y avait longtemps que je voulais vous le dire. Le seul qui me traite avec éducation.

— Parce que je vous estime beaucoup, don Adrián, dit le sergent. Je vous ai toujours dit que j'aimerais être votre ami. Mais vous ne fréquentez personne, vous êtes un solitaire.

— Maintenant vous serez mon ami, dit Nieves en souriant. Un de ces jours vous viendrez déjeuner chez moi et je vous présenterai Lalita. Et celle qui a fait échapper les fillettes.

— Comment? Bonifacia vit avec vous? dit le sergent. Je croyais qu'elle avait quitté le village.

— Elle n'avait nul endroit où aller et nous l'avons recueillie, dit Nieves. Mais ne le racontez pas, elle ne veut pas qu'on sache où elle est, elle est à moitié bonne sœur encore, elle a une peur bleue des hommes.

— Tu as compté les jours, vieux? dit Fushía. J'ai perdu la notion du temps.

— Qu'est-ce que le temps peut bien te faire, pour ce à quoi ça sert, dit Aquilino.

— On dirait qu'il y a mille ans que nous avons quitté l'île, dit Fushía. Et puis, je sais bien que c'est à ne pas croire, Aquilino, mais tu ne connais pas les gens. Tu vas voir, à San Pablo ils appelleront la police et ils empocheront le fric.

— Encore tes idées noires? dit Aquilino. Je sais bien que le voyage est long, mais que veux-tu, il faut y aller prudemment. T'en fais pas pour San Pablo, Fushía, je t'ai dit que j'y connais un type.

— C'est que je suis exténué, mon cher, ce n'est pas une plaisanterie de courir comme ça, tu as vraiment tiré le bon numéro

avec moi, dit Me Portillo. Regarde cette figure fatiguée qu'a le pauvre don Fabio. Mais au moins nous sommes en mesure de te donner des renseignements. Tout d'abord prends une chaise, j'ai des nouvelles qui vont te scier les jambes.

— Les plantations, parfait, très belles, monsieur Reátegui, dit Fabio Cuesta. L'ingénieur est tout ce qu'il y a de plus aimable et il a fini de déboiser et de semer. Tout le monde dit que c'est une région idéale pour le café.

— De ce côté tout est normal, dit Me Portillo. Ce qui ne va absolument pas, c'est le commerce du caoutchouc et des cuirs. Une affaire de banditisme, mon vieux.

— Portillo? Ce nom ne me dit rien, Fushía, dit Aquilino. C'est pas un médecin d'Iquitos?

— Un avocat, dit Fushía. C'était lui qui gagnait tous les procès de Reátegui. Un orgueilleux, Aquilino, un prétentieux.

— Ce n'est pas la faute des patrons, monsieur Reátegui, je vous le jure, dit Fabio Cuesta. Ils sont plus furieux que n'importe qui, vous voyez que c'est eux les plus touchés. Il semble que ces bandits existent véritablement.

Me Portillo lui aussi avait pensé, au début, que les patrons faisaient du commerce en cachette, Julio, qu'ils avaient inventé les bandits pour ne pas lui vendre le caoutchouc. Mais ce n'était pas eux, le fait est que ça leur devient de plus en plus difficile de se procurer de la marchandise, mon vieux, don Fabio et lui étaient passés partout, ils avaient mené leur enquête, il y a des bandits, et don Fabio s'était conduit comme un monsieur, tous ces voyages l'avaient rendu malade et malgré tout il l'avait suivi, Julio, et bien entendu ç'avait été utile d'aller bras dessus bras dessous avec l'autorité, le gouverneur de Santa María de Nieva inspirait du respect dans le coin.

— Quand c'est pour M. Reátegui, dit Fabio Cuesta, rien ne se refuse. Et beaucoup plus encore, vous le savez bien, don Julio. Ce que je regrette le plus, c'est cette affaire de bandits, quand on pense ce qu'il nous en a coûté de convaincre les patrons qu'au lieu de vendre à la Banque, ils vous vendent à vous.

— Il fallait voir comme il me traitait, dit Fushía, de quelle hauteur. Tu crois qu'il m'aurait invité une seule fois chez lui, à Iquitos? Tu ne peux pas savoir combien je le haïssais, cet avocaillon, Aquilino.

— Toujours plein de haine, Fushía, dit Aquilino. Il t'arrive quelque chose et tu te mets à haïr. Dieu va te punir pour ça aussi.

— Davantage encore? dit Fushía. Mais je ne lui avais rien fait qu'il me punissait déjà, vieux.

— A la garnison de Borja on nous a beaucoup aidés, dit Me Portillo. On nous a donné des guides, des pilotes. Tu dois remercier le colonel, Julio, écris-lui quelques lignes.

— Quelqu'un de charmant, ce colonel, monsieur Reátegui, dit Fabio Cuesta. Très serviable, très dynamique.

Ils pouvaient agir contre les bandits s'ils recevaient un ordre de Lima, mon vieux, le mieux serait que Reátegui fasse un saut à la capitale et entreprenne des démarches, que la troupe intervienne et tout s'arrangerait. Oui, cher ami, ça allait jusque-là.

— Nous ne voulions pas les croire, monsieur Reátegui, dit Fabio Cuesta. Mais tous les patrons nous juraient et nous rejuraient la même chose. Il était impensable qu'ils se soient mis d'accord.

C'était très simple, mon vieux : quand les patrons arrivaient dans les tribus, ils ne trouvaient rien, ni caoutchouc ni peaux, rien que des *chunchas* en train de pleurer et de taper du pied, on nous a volés, on nous a volés, les bandits, les diables, et cætera.

— Il a remonté le Santiago avec don Fabio, qui était gouverneur de Santa María de Nieva, et des soldats de Borja, dit Fushía. Avant ils étaient allés chez les Aguarunas, et aussi chez les Achuales, pour perquisitionner.

— Mais comment se fait-il que je les aie rencontrés sur le Marañón? dit Aquilino. Je te l'ai pas raconté? Je suis resté deux jours avec eux. C'était le deuxième ou le troisième voyage que je faisais à l'île. Don Fabio, et l'autre, comment tu l'as appelé? Portillo? me pressaient de questions, et je me disais c'est maintenant, Aquilino, que tu vas trinquer. J'avais une de ces frousses.

— C'est dommage qu'ils ne soient pas arrivés jusque-là, dit Fushía. La tête qu'il aurait faite, l'avocaillon, s'il m'avait vu, et qu'est-ce qu'il aurait raconté à ce salaud de Reátegui. Mais qu'est devenu don Fabio, vieux? Il est mort?

— Non, il est toujours gouverneur de Santa María de Nieva, dit Aquilino.

— Je ne suis pas idiot, dit Me Portillo. La première chose

127

que je me suis dite, si ce ne sont pas les patrons ce sont les indigènes, ils remettent leur plaisanterie d'Urakusa, l'histoire de la coopérative. C'est pour cela que nous nous sommes rendus dans les tribus. Mais ce n'était pas les indigènes non plus.

— Les femmes nous recevaient en pleurant, monsieur Reátegui, dit Fabio Cuesta. Parce que non seulement les bandits emportent le caoutchouc, la *lechecaspi* et les peaux, mais ils emmènent les filles aussi, bien entendu.

Ce n'était pas mal calculé comme affaire, mon vieux : Reátegui faisait l'avance de l'argent aux patrons, les patrons l'avançaient aux indigènes, et quand ceux-ci revenaient de la forêt avec la gomme et les peaux, ces fumiers-là leur tombaient dessus et gardaient le tout. Sans avoir engagé un sou, mon vieux, n'était-ce pas une très bonne affaire? Il fallait se rendre à Lima et faire des démarches, Julio, le plus tôt possible serait le mieux.

— Pourquoi t'as toujours cherché des affaires malpropres et dangereuses? dit Aquilino. C'est vraiment une manie chez toi, Fushía.

— Toutes les affaires sont malpropres, vieux, dit Fushía. Ce qu'il y a, c'est que je n'ai pas eu un petit capital pour me lancer, quand on a de l'argent on peut faire les choses les plus dégueulasses sans danger.

— Si je t'avais pas aidé, il aurait fallu que tu partes pour l'Équateur, tout bonnement, dit Aquilino. Je sais pas pourquoi je t'ai aidé. Tu m'as fait passer des années terribles. J'ai vécu dans la frayeur, Fushía, le cœur sur les lèvres.

— Tu m'as aidé parce que tu étais un brave homme, dit Fushía. Le meilleur que j'aie connu, Aquilino. Si j'étais riche je te laisserais toute ma fortune, vieux.

— Mais tu l'es pas et tu le seras jamais, dit Aquilino. D'ailleurs, à quoi me servirait ton argent, à présent, je peux mourir d'un moment à l'autre. En cela nous nous ressemblons un peu, Fushía, nous arrivons au bout aussi pauvres qu'à notre naissance.

— Il s'est créé déjà toute une légende sur ces bandits, dit Me Portillo. On nous en a parlé jusque dans les Missions. Mais les religieux ni les bonnes sœurs ne savent pas grand-chose eux non plus.

— Dans un village aguaruna du Cenepa une femme nous a

dit les avoir vus, dit Fabio Cuesta. Et qu'il y avait des Huambisas parmi eux. Mais les informations qu'elle nous a données ne nous menaient pas loin. Les indigènes, vous savez, monsieur Reátegui.

— C'est un fait qu'il y a des Huambisas parmi eux, dit Mᵉ Portillo. Tout le monde est formel à ce sujet, on les a reconnus à leur idiome et à leur habillement. Mais les Huambisas ne sont là que pour cogner, tu sais combien ils aiment la bagarre. Seulement il n'y a pas moyen de savoir quels sont les Blancs qui les dirigent. Deux ou trois, dit-on.

— L'un d'eux est des montagnes, don Julio, dit Fabio Cuesta, c'est les Achuales qui nous l'on dit, ils baragouinent un peu de quechua.

— Mais même si tu veux pas le reconnaître, t'as eu de la chance, dit Aquilino. On ne t'a jamais pris. Sans ces malheurs, t'aurais pu passer toute ta vie dans l'île.

— C'est aux Huambisas que je le dois, dit Fushía; après toi, c'est eux qui m'ont le plus aidé, vieux. Et tu vois la reconnaissance que je leur ai manifestée.

— Mais il y a plus de motifs qu'il n'en faut, il ne leur convenait pas plus à eux qu'à toi de rester sur l'île, dit Aquilino. Comme tu es, Fushía. Tu te lamentes pour avoir abandonné le Pantacha et les Huambisas, et par contre tes méchancetés ne t'apparaissent pas comme des méchancetés.

Cela aussi était dûment prouvé, mon cher : les achats de gomme n'avaient pas diminué dans la région, ils avaient même augmenté à Bagua, et pourtant ils ne vendaient pas, eux, la moitié de ce qu'ils vendaient avant. Car ces bandits étaient très malins, monsieur Reátegui, savait-il ce qu'ils faisaient? Ils vendaient au loin ce qu'ils avaient volé, sûrement par l'intermédiaire de tierces personnes. Qu'est-ce que ça pouvait bien leur faire de bazarder le caoutchouc à vil prix du moment qu'ils se le procuraient gratis? Non, non, mon cher, les administrateurs de la Banque hypothécaire n'avaient pas vu de têtes nouvelles, c'était toujours les pourvoyeurs habituels. Ils faisaient bien leurs affaires, les filous, ils ne prenaient pas de risques. Ils avaient dû se mettre de mèche avec un ou deux patrons qui leur achetaient à bas prix le produit de leur vol, et ils le revendaient à la Banque, comme ils étaient connus il n'y avait pas de contrôle possible.

— Est-ce que ça valait le coup de courir tant de dangers pour un si maigre bénéfice? dit Aquilino. A vrai dire, je crois pas, Fushía.

— Mais ça n'a pas été ma faute, dit Fushía. Je ne pouvais pas travailler comme les autres, eux, la police ne les recherchait pas, moi, il fallait bien que je prenne le travail qui se présentait.

— Chaque coup qu'on me parlait de toi j'en avais des sueurs froides, dit Aquilino. Qu'est-ce que t'aurais pris si on t'avait attrapé dans les tribus, Fushía. Mais ç'aurait peut-être été pire si les patrons t'avaient mis la main dessus. Je me demande qui en avait le plus envie.

— Une chose, vieux, d'homme à homme, dit Fushía. Maintenant tu peux t'en ouvrir à moi. Tu n'as jamais retenu ta commission?

— Pas un seul centime, dit Aquilino. Parole de chrétien.

— C'est quelque chose qui dépasse l'entendement, vieux, dit Fushía. Je sais bien que tu ne mens pas, mais je n'arrive pas à faire entrer ça dans ma tête. Je ne l'aurais pas fait pour toi, tu sais.

— Bien sûr que je le sais, dit Aquilino. Tu m'aurais volé jusqu'au trognon.

— Nous avons déposé des plaintes dans tous les commissariats de la région, dit Me Portillo. Mais ça ou rien, c'est pareil. Prends l'avion pour Lima et que l'armée intervienne, Julio. Ça leur flanquera la frousse.

— Le colonel a dit qu'il accorderait volontiers son aide, dit Fabio Cuesta. Il n'attendait que des ordres. Et moi, à Santa María de Nieva j'aiderai aussi, tout ce qu'il faudra. A propos, don Julio, ils vous envoient tous leur meilleur souvenir.

— Pourquoi as-tu arrêté? dit Fushía. Il ne fait pas encore nuit.

— Parce que je suis fatigué, dit Aquilino. On va dormir sur cette petite plage. Et puis, tu vois pas le ciel? Il vient de se mettre à pleuvoir.

Il y a une petite place à l'extrémité nord de la ville. Elle est très ancienne et il fut un temps où elle avait des bancs de bois poli et de métal luisant. De sveltes caroubiers leur faisaient de

130

l'ombre et, à leur abri, les vieillards du quartier s'imprégnaient de la chaleur matinale et regardaient les enfants courir autour de la fontaine : une circonférence de pierre au centre de laquelle, sur la pointe des pieds, les mains en l'air comme pour s'envoler, une femme était drapée dans des voiles; l'eau coulait de sa chevelure. Maintenant les bancs sont cassés, la fontaine est vide, la belle dame a le visage fendu par une cicatrice et les caroubiers se recroquevillent, moribonds.

C'est sur cette petite place qu'Antonia allait jouer quand les Quiroga résidaient en ville. Ils vivaient dans l'*hacienda* de *La Huaca*, une des plus grandes du Piura, une vraie mer au pied des montagnes. Deux fois par an, pour Noël et pour la procession de juin, les Quiroga se rendaient en ville et s'installaient dans cette grande maison de briques qui fait angle, sur cette place précisément qui porte à présent leur nom. Don Roberto avait de grosses moustaches, qu'il mordillait doucement en parlant, et ses manières étaient aristocratiques. Le soleil agressif de la région avait respecté les traits de doña Lucía, femme pâle, fragile et très dévote : elle tressait elle-même les couronnes de fleurs qu'elle déposait sur les brancards de la Vierge quand la procession faisait halte à la porte de sa maison. La nuit de Noël, les Quiroga organisaient une fête à laquelle assistaient la plupart des notabilités. Il y avait des cadeaux pour tous les invités et, à minuit, des pièces de monnaie pleuvaient des fenêtres sur les mendiants et les vagabonds qui se pressaient dans la rue. Vêtus de sombre, les Quiroga suivaient la procession pendant quatre heures, quatre très lentes heures, à travers quartiers et faubourgs. Ils tenaient Antonia par la main, la réprimandant discrètement quand elle perdait le fil des litanies. Au cours de ses séjours en ville, Antonia faisait son apparition très tôt sur la petite place où, en compagnie des enfants du voisinage, elle jouait aux gendarmes et aux voleurs, aux gages, grimpait aux caroubiers, lançait des mottes de terre à la femme de pierre ou se baignait dans la fontaine, nue comme un ver.

Qui était-elle, cette fillette, pourquoi les Quiroga la protégeaient-ils? Ils l'avaient amenée de *La Huaca* un mois de juin, alors qu'elle ne savait pas encore parler, et don Roberto avait raconté une histoire qui, apparemment, n'avait pas convaincu tout le monde. Une nuit, les chiens de l'*hacienda* avaient aboyé

131

et lorsque, alarmé, il était sorti, il avait trouvé la fillette par terre, sur le seuil, enveloppée de couvertures. Les Quiroga n'avaient pas d'enfants : leurs proches, dans leur convoitise, conseillèrent de la mettre à l'hospice, certains s'offrirent à l'élever. Mais doña Lucía et don Roberto ne suivirent pas ces conseils, refusèrent les offres et ne se montrèrent pas gênés par les racontars. Un matin, au milieu d'une partie de cartes au Centre piuran, don Roberto annonça distraitement qu'ils avaient décidé d'adopter Antonia.

Mais cela ne put pas se faire car, à la fin de l'année, les Quiroga ne vinrent pas à Piura. Cela ne s'était jamais produit : on s'inquiéta. Dans la crainte qu'un accident ne se fût produit, le 25 décembre une escouade de cavaliers prit la route du Nord.

Ils les trouvèrent à cent kilomètres de la ville, là où le sable efface toute trace et détruit tout signe, où règnent la désolation et la chaleur. Les bandits avaient sauvagement frappé les Quiroga, les avaient dépouillés de leurs vêtements, leur avaient volé leurs chevaux, leurs bagages, et les deux serviteurs qui les accompagnaient gisaient morts eux aussi, avec des blessures nauséabondes qui grouillaient de vers. Le soleil activait la décomposition des cadavres et les cavaliers durent tirer des coups de feu pour écarter les charognards qui s'attaquaient à la fillette. C'est alors qu'ils s'aperçurent qu'elle était en vie.

— *Pourquoi n'est-elle pas morte?* disaient les gens. *Comment a-t-elle pu vivre alors qu'ils lui ont arraché la langue et les yeux?*

— *C'est difficile à savoir*, répondait le docteur Pedro Zevallos en hochant la tête d'un air perplexe. *Le soleil et le sable ont pu cicatriser les plaies et éviter l'hémorragie.*

— *La Providence*, affirmait le père García. *La mystérieuse volonté de Dieu.*

— *C'est certainement un iguane qui l'a léchée*, disaient les sorciers dans leurs chaumières. *Car non seulement sa bave verte coupe les fausses couches, elle sèche aussi les plaies.*

On ne retrouva pas les bandits. Les meilleurs cavaliers sillonnèrent le désert, les plus habiles éclaireurs explorèrent les bois, les grottes, parvinrent jusqu'aux montagnes d'Ayabaca sans leur mettre la main dessus. A plusieurs reprises, le préfet, l'évêque, la garde civile, l'armée organisèrent des expéditions qui fouillaient les hameaux et les fermes les plus reculés. En vain.

Les maisons se vidèrent pour suivre le cortège qui s'était formé derrière les cercueils des Quiroga. Les balcons des notables arboraient des crêpes noirs, et l'évêque assista à l'enterrement ainsi que les autorités. Le malheur des Quiroga se répandit dans le département, subsista dans les récits et dans les histoires des Mangaches et des Gallinazos.

La Huaca fut morcelée en de nombreuses parts, à la tête desquelles s'installèrent des parents de don Roberto ou de doña Lucía. A sa sortie de l'hôpital, Antonia fut recueillie par une lavandière de la Gallinacera, Juana Baura, qui avait servi les Quiroga. Quand la fillette apparaissait sur la place d'Armes, un bâton à la main pour déceler les obstacles, les femmes la caressaient, lui offraient des bonbons, les hommes la faisaient monter à cheval et la promenaient sur le Quai. Une fois elle tomba malade et Chápiro Seminario et d'autres gros propriétaires habitués de l'*Étoile du Nord* obligèrent l'orchestre municipal à les accompagner à la Gallinacera et à jouer quelques morceaux devant la masure de Juana Baura. Le jour de la procession Antonia venait immédiatement après la statue, et deux ou trois volontaires l'entouraient pour l'isoler de l'agitation. La fillette avait un air docile, taciturne, qui émouvait les gens.

Ils les avaient vus, mon capitaine, le caporal Roberto Delgado montre le haut de l'escarpement, ils étaient allés prévenir : les barques accostent les unes après les autres, les onze hommes sautent à terre, deux soldats amarrent les embarcations à de grosses pierres, Julio Reátegui boit un coup à sa gourde, le capitaine Artemio Quiroga enlève sa chemise, ses épaules et son dos sont trempés de sueur, la tord, don Julio, cette foutue chaleur va nous griller la cervelle. Des essaims de moustiques assaillent le groupe et en haut on entend des aboiements : les voilà, mon capitaine, regardez là-haut. Ils lèvent tous les yeux : des nuages de poussière et des têtes, de nombreuses têtes, ont fait leur apparition au sommet de l'escarpement. Des silhouettes au torse pâle se laissent glisser à présent sur la pente sablonneuse et des chiens bruyants, montrant leurs crocs, sautent entre les jambes des Urakusas. Julio Reátegui se tourne vers les soldats, allez, qu'ils leur fassent bonjour et vous, caporal,

baissez la tête, mettez-vous derrière, qu'ils ne vous reconnaissent pas et le caporal Roberto Delgado oui monsieur le gouverneur, il l'avait déjà vu, Jum y était, mon capitaine. Les onze
hommes agitent les mains, quelques-uns sourient. Sur la pente il
y a de plus en plus d'Urakusas; ils descendent sur leurs talons
ou presque, en gesticulant, en criant, les femmes sont les plus
agitées et le capitaine on leur rentrait dedans, don Julio? ils ne
lui inspiraient pas la moindre confiance. Non, pas question de
ça, mon capitaine, il ne voyait pas comme ils avaient l'air contents en descendant? Julio Reátegui les connaissait, ce qu'il
fallait c'était gagner leur confiance, qu'on le laisse faire, caporal,
qui était Jum? Celui de devant, monsieur, c'était celui qui
levait la main et Julio Reátegui attention : ils allaient courir
comme des cabris, mon capitaine, qu'ils ne s'échappent pas tous,
et surtout qu'on ait l'œil sur Jum. Entassés au bord de l'escarpement, sur un étroit terre-plein, à moitié nus, aussi excités
que les chiens qui sautent, remuent la queue et aboient, les
Urakusas regardent les membres de l'expédition, les montrent,
chuchotent. Mêlée aux odeurs du fleuve, de la terre et des arbres,
il y a maintenant une odeur de chair humaine, de peaux tatouées
à l'*achiote*. Les Urakusas se tapent sur les bras, sur la poitrine,
rythmiquement et, soudain, un homme traverse la poussiéreuse
barrière, c'était celui-là mon capitaine, celui-là, et s'avance
vers la rive trapu et énergique. Les autres le suivent et Julio
Reátegui qu'il était le gouverneur de Santa María de Nieva,
interprète, qu'il venait lui parler. Un soldat s'avance, grouine
et gesticule avec désinvolture, les Urakusas s'arrêtent. L'homme
trapu fait signe que oui, décrit avec la main un geste lent,
circulaire, indiquant aux nouveaux venus d'approcher, ce qu'ils
font et Julio Reátegui : Jum de Urakusa? L'homme trapu
ouvre les bras, Jum! aspire l'air : Piruriens! Le capitaine et les
soldats se regardent, Julio Reátegui fait signe que oui, fait un
autre pas vers Jum, tous deux restent à un mètre de distance.
Sans se presser, les yeux tranquillement posés sur l'Urakusa,
Julio Reátegui détache la lampe qu'il porte accrochée à la
ceinture, la prend à pleine poignée, l'élève lentement, Jum tend
la main pour la recevoir, Reátegui frappe : cris, courses, la
poussière qui couvre tout, la voix de stentor du capitaine. Au
milieu des hurlements et des nuages de poussière, des corps
verts et ocre circulent, tombent, se relèvent et tel un oiseau

d'argent la lanterne frappe une, deux, trois fois. Puis le vent déblaie la plage, dissipe la poussière, emporte les cris. Les soldats sont déployés en cercle, leurs fusils visent un mille-pattes fait d'Urakusas collés, cramponnés, imbriqués les uns dans les autres. Une gamine sanglote en serrant les jambes de Jum qui cache sa figure, épie les soldats entre ses doigts, Reátegui, le capitaine, et la blessure de son front s'est mise à saigner. Le capitaine Quiroga fait danser son revolver sur un doigt, le gouverneur avait entendu ce qu'il leur avait crié? Piruriens ça voulait dire Péruviens, n'est-ce pas? Et Julio Reátegui se demandait où cet individu pouvait bien avoir entendu ce mot, mon capitaine : le mieux serait de les repousser vers le haut, dans le village ils seraient mieux qu'ici, et le capitaine, oui, il y aurait moins de moustiques : l'interprète avait entendu? qu'il leur donne des ordres, qu'il les fasse monter. Le soldat grouine et fait des gestes, le cercle s'ouvre, le mille-pattes commence à se déplacer, lourd et compact, de nouveau s'élèvent des petits nuages de poussière. Le caporal Roberto Delgado éclate de rire : il l'avait reconnu, mon capitaine, on aurait dit qu'il voulait le dévorer des yeux. Et le capitaine Jum aussi, caporal, qu'est-ce qu'il attend pour monter? Le caporal pousse Jum qui avance tout raide, en gardant les mains sur la figure. La fillette reste accrochée à ses jambes, gêne ses mouvements, le caporal la prend par les cheveux, file, essaie de la détacher, lâche-le! du cacique et elle résiste, griffe, pousse des cris d'oiseau, merde, le caporal la frappe de sa main ouverte et Julio Reátegui qu'est-ce qu'il y a, bordel de Dieu : comment pouvait-il traiter ainsi une fillette, bordel de Dieu? de quel droit, bordel de Dieu? Le caporal la lâche, il ne voulait pas la frapper, monsieur, seulement lui faire lâcher Jum, qu'il ne le prenne pas mal, monsieur, d'ailleurs elle l'avait griffé.

— On entend déjà la harpe, dit Lituma. Ou bien est-ce que je rêve, les indomptables?
— Nous l'entendons tous, cousin, dit José. Ou alors c'est que nous rêvons tous.
Le Singe écoutait, la tête penchée, les yeux énormes et admiratifs :

— C'est un artiste. Qui oserait dire que ce n'est pas le plus grand?

— C'est dommage tout de même qu'il soit si vieux, dit José. Ses yeux sont fichus, cousin. Il ne va jamais seul, le Jeune et Bolas doivent le mener par le bras.

La maison de la Chunga se trouve derrière le stade, un peu avant le terrain vague qui sépare la ville de la caserne Grau, pas très loin du fourré des fusillades. C'est là, à l'endroit où l'herbe est calcinée et la terre molle, sous les branches noueuses des caroubiers, au petit matin et au crépuscule, que les soldats ivres s'embusquent. Les lavandières qui reviennent du fleuve, les bonnes du quartier de Buenos Aires qui se rendent au marché, ils les attrapent à plusieurs, leur relèvent les jupes sur la figure, leur écartent les jambes, leur passent dessus l'un après l'autre et s'enfuient. Les Piurans disent de la victime qu'on l'a agressée, désignent cette opération sous le nom de fusillade, et le rejeton qui en provient, ils l'appellent fils d'agressée, fusillé, triple sperme.

— La foutue idée que j'ai eue de partir dans la forêt vierge, dit Lituma. Si j'étais resté ici je me serais marié avec Lira et je serais un homme heureux.

— Pas si heureux que ça, cousin, dit José. Si tu voyais de quoi elle a l'air à présent, Lira.

— Une vache laitière, dit le Singe. Avec un ventre comme une grosse caisse.

— Et pour faire des enfants, c'est une vraie lapine, dit José. Elle a bien une dizaine de mômes.

— Une putain, l'autre vache laitière, dit Lituma. T'as vraiment le coup d'œil pour les femmes, indomptable.

— Collègue, tu m'as fait une promesse et t'es en train de manquer à ta parole, dit Josefino. Le passé, on l'enterre. Sinon, on t'accompagne pas chez la Chunga. Tu vas rester bien tranquille, pas vrai?

— Comme un opéré, parole d'honneur, dit Lituma. En ce moment je plaisante, c'est tout.

— Tu vois pas que t'es cuit à la moindre bêtise que tu fais? dit Josefino. Tu as des antécédents, Lituma. On t'enfermerait de nouveau, et qui sait pour combien de temps cette fois.

— Tu t'en fais bien pour moi, Josefino, dit Lituma.

Entre le stade et le terrain vague, à cinq cents mètres de la

route qui vient de Piura et qui se divise bientôt en deux surfaces rectilignes et sombres traversant le désert, l'une dans la direction de Paita, l'autre dans celle de Sullana, se trouve un entassement de bicoques faites de torchis, de boîtes et de cartons, un faubourg qui n'a ni l'âge ni l'extension de la Mangachería, plus pauvre qu'elle, plus fragile, et c'est là que se dresse, singulière et centrale comme une cathédrale, la maison de la Chunga, qu'on appelle aussi la Maison verte. Haute, solide, on aperçoit du stade ses murs de briques et son toit de tôle. Le samedi soir, pendant les combats de boxe, les spectateurs arrivent à entendre les cymbales de Bolas, la harpe de don Anselmo, la guitare du Jeune Alejandro.

— Je te jure que je l'entendais, Singe, dit Lituma. Bien entendu, c'était à vous fendre l'âme. Comme je l'entends en ce moment, Singe.

— La mauvaise vie qu'ils ont dû te faire mener, dit le Singe.

— Je ne parle pas de Lima, mais de Santa María de Nieva, dit Lituma. Des nuits à en crever, Singe, quand j'étais de garde. Personne à qui parler. Mes gars ronflaient, et brusquement on n'entendait plus les crapauds ni les grillons, seulement la harpe. A Lima, je ne l'ai jamais entendue.

C'était une nuit fraîche et claire, les silhouettes tordues des caroubiers se dessinaient de place en place. Ils avançaient de front, Josefino se frottait les mains, les León sifflaient et Lituma, qui se tenait la tête penchée, les mains dans les poches, levait parfois le visage et scrutait le ciel avec une espèce de fureur.

— Une course, comme quand on était des mômes, dit le Singe. Une, deux, trois.

Il partit comme une flèche, sa petite silhouette simiesque disparut dans l'ombre. José franchissait d'invisibles obstacles, démarrait, allait et venait, se plantait devant Lituma et Josefino.

— L'eau-de-vie de canne est noble et le *pisco* est traître, rugissait-il. A quelle heure chantons-nous l'hymne?

En approchant du faubourg ils trouvèrent le Singe, couché sur le dos et soufflant comme un phoque. Ils l'aidèrent à se relever.

— J'ai le cœur qui saute, merde alors, c'est pas croyable.

— Les années ne passent pas sans laisser de traces, cousin, dit Lituma.

— Vive quand même la Mangachería, dit José.

La maison de la Chunga est cubique et a deux portes. La principale donne sur le carré, une vaste salle de danse aux murs criblés de noms et d'emblèmes : cœurs, flèches, bustes, sexes féminins en forme de croissant de lune, avec des phallus qui les traversent. Il y a aussi des photos d'artistes, de boxeurs et de mannequins, un almanach, une vue panoramique de la ville. L'autre, une petite porte basse et étroite, donne sur le bar, séparé de la piste de danse par un comptoir en planches derrière lequel se trouvent la Chunga, un fauteuil à bascule en rotin et une table couverte de bouteilles, de verres et de bassines. En face du bar, dans un coin, se tiennent les musiciens. Don Anselmo, installé sur une banquette, s'appuie contre le mur et tient la harpe entre ses jambes. Il porte des lunettes, ses cheveux lui tombent sur le front, on aperçoit des touffes grises par l'entrebâillement de sa chemise, dans son cou et dans ses oreilles. Celui qui joue de la guitare et qui a une voix si juste est le farouche, le laconique, le Jeune Alejandro qui est non seulement interprète, mais compositeur. Celui qui occupe la chaise de paille et manipule un tambour et des cymbales, le moins artiste, le plus musclé des trois, c'est Bolas, l'ex-camionneur.

— Ne me serrez pas comme ça, n'ayez pas peur, dit Lituma. Je ne fais rien, vous ne voyez pas? Rien que la chercher. Qu'est-ce qu'il y a de mal si je veux la regarder. Lâchez-moi.

— Elle a dû s'en aller, p'tit cousin, dit le Singe. Qu'est-ce que ça te fait. Pense à autre chose. On va s'amuser, on va fêter ton retour.

— Je ne fais rien, répéta Lituma. Rien que me souvenir. Pourquoi me serrez-vous comme ça, les indomptables?

Ils étaient au bord de la piste de danse, sous l'épaisse lumière que déversaient trois lampes enveloppées de cellophane bleue, verte et violette, devant une masse serrée de couples. Des groupes confus s'entassaient dans les coins et il en venait des cris, des éclats de rire, un bruit de verres entrechoqués. Une fumée immobile, transparente, flottait entre le plafond et les têtes des danseurs, et cela sentait la bière, la sueur et le tabac brun. Lituma se balançait sur place, Josefino le tenait toujours par le bras mais les León l'avaient lâché.

— Quelle était la table, Josefino? Celle-ci?

— Exactement, frangin. Mais c'est passé, tu commences une autre vie à présent, n'y pense plus.

— Allez, cousin va saluer le harpiste, dit le Singe. Et le Jeune et Bolas qui ont toujours de l'affection pour toi.

— Mais je ne la vois pas, dit Lituma. Pourquoi 'se cache-t-elle, je ne vais rien lui faire. Rien que la regarder.

— Je m'en charge, Lituma, dit Josefino. Je te jure que je te la ramène. Mais il faut que tu tiennes parole; le passé, on l'enterre. Va saluer le vieux. Moi je vais la chercher.

L'orchestre s'était arrêté de jouer, les couples de la piste formaient à présent une masse compacte, immobile et frou-froutante. Quelqu'un discutait et criait près du bar. Lituma s'avança vers les musiciens, en trébuchant, don Anselmo de mon cœur, les bras grands ouverts, vieil harpiste, escorté par les León, vous ne vous souvenez plus de moi?

— Mais il ne te voit pas, cousin, dit José. Dis-lui qui tu es. Devinez, don Anselmo.

— Qu'est-ce que c'est? — D'un bond la Chunga se planta devant eux et son fauteuil continua de se balancer. — Le sergent? Tu l'as amené?

— Il y a pas eu moyen, Chunga, dit Josefino. Il est arrivé aujourd'hui et il s'est mis ça dans la tête, on a pas pu le retenir. Mais il est au courant et il s'en fout.

Lituma était dans les bras de don Anselmo, le Jeune et Bolas lui donnaient de petites tapes dans le dos, ils parlaient tous les trois en même temps et on les entendait du bar, excités, surpris, émus. Le Singe s'était assis devant les cymbales, les faisait tinter et José examinait la harpe.

— Ou est-ce que j'appelle la police? dit la Chunga. Fais-le sortir tout de suite.

— Il est fin plein, Chunga, c'est à peine s'il peut marcher, tu vois pas? dit Josefino. Nous on s'occupe de lui. Y aura pas d'histoire, parole.

— Vous me portez malheur, dit la Chunga. Toi surtout, Josefino. Mais l'affaire de la dernière fois ne va pas se renouveler, je te jure que j'appelle la police.

— Aucune histoire, Chunguita, dit Josefino. Parole. La Sauvage est en haut?

— Où veux-tu qu'elle soit? dit la Chunga. Mais s'il y une histoire, putain de ta mère, je te jure.

— Ici je me sens bien, don Adrián, dit le sergent. Les nuits de mon pays sont comme ça tièdes et claires.

— C'est que rien ne vaut la forêt, dit Nieves. L'année dernière, Paredes est allé dans les montagnes et il en est revenu en disant c'est triste, pas un arbre, rien que des pierres et des nuages.

Très haute, la lune illuminait la terrasse et il y avait des quantités d'étoiles dans le ciel; derrière la forêt, douce barrière d'ombres, les contreforts de la Cordillère étaient des masses violacées. Au pied de la cabane, entre les joncs et les fougères, les grenouilles barbotaient et, à l'intérieur, on entendait la voix de Lalita, le crépitement du fourneau. Dans le champ les chiens aboyaient tant qu'ils pouvaient : ils se battaient pour les rats, sergent, il fallait voir ça, comme ils leur faisaient la chasse. Ils se mettaient sous les bananiers en faisant semblant de dormir et, quand il y en avait un qui s'approchait, boum, à la gorge. C'était le pilote qui le leur avait appris.

— A Cajamarca les gens mangent les cobayes, dit le sergent. On les sert avec leurs griffes, leurs petits yeux et leurs moustaches. On dirait tout à fait des rats.

— Une fois, Lalita et moi nous avons fait un très long voyage à travers la forêt, dit Nieves. Nous avons dû manger des rats. Leur chair sent mauvais, mais elle est toute molle et blanche, on dirait du poisson. Aquilino s'était intoxiqué, pour un peu nous le perdions.

— Il s'appelle Aquilino, votre aîné? dit le sergent. Celui qui a des petits yeux de Chinois?

— Celui-là même, sergent, dit Nieves. Et dans votre pays, il y a beaucoup de plats typiques?

Le sergent leva la tête, ah, don Adrián, donna pendant quelques secondes l'impression d'être en extase, si vous entriez dans une gargote mangache et que vous goûtiez un *seco de chabelo*. C'est à en mourir de plaisir, parole, rien au monde ne pouvait se comparer à ça, et Nieves le pilote tomba facilement d'accord : rien ne valait le pays où l'on était né. Le sergent n'avait-il pas envie de retourner à Piura? Oui, tous les jours, mais on ne faisait pas ce qu'on avait envie quand on était pauvre, don Adrián : il était né ici, à Santa María de Nieva?

— Plus bas, dit le pilote. Le Marañón y est très large, et avec la brume on ne voit pas l'autre rive. Mais je me suis habitué à Nieva.

— Le repas est prêt, dit Lalita de la fenêtre. — Ses cheveux retombaient librement en cascade sur la cloison et ses bras robustes avaient l'air mouillés. — Vous voulez manger dehors, sergent?

— J'aimerais bien, si ça ne dérange pas, dit le sergent. Chez vous je me sens comme dans mon pays, madame. Sauf que notre fleuve est passablement moins large et qu'il n'a même pas d'eau pendant toute l'année. Et au lieu d'arbres, il y a des étendues de sable.

— Ça ne se ressemble pas du tout, dans ce cas, dit Lalita en riant. Mais je suis sûre que Piura aussi est joli comme ici.

— Il veut dire qu'il y fait la même chaleur, qu'on y entend les mêmes bruits, dit Nieves. Les femmes, la terre ne leur dit rien, sergent.

— C'était pour plaisanter, dit Lalita. Mais vous ne l'avez pas mal pris, n'est-ce pas sergent?

Quelle idée, il aimait bien les plaisanteries, elles le mettaient en confiance et, à propos, elle était bien d'Iquitos, non? Lalita regarda Nieves, d'Iquitos? et, un instant, montra son visage : peau métallique, sueur, boutons. Le sergent en avait eu l'impression à sa manière de parler.

— Elle en est partie il y a longtemps, dit Nieves. C'est curieux que vous ayez remarqué son reste d'accent.

— C'est que j'ai l'oreille fine, comme tous les Mangaches, dit le sergent. Je chantais très bien quand j'étais jeune, madame.

Lalita avait entendu dire que les gens du Nord jouaient bien

de la guitare et qu'ils avaient bon cœur, vrai? et le sergent, naturellement madame : aucune femme ne résistait aux chansons de son pays. A Piura, quand un homme tombait amoureux, il allait chercher ses amis, tout le monde prenait sa guitare et la fille baissait pavillon devant les sérénades. Il y avait de grands musiciens, madame, il en connaissait beaucoup, un vieux qui jouait de la harpe, une merveille, un compositeur de valses, et Adrián Nieves désigna à Lalita l'intérieur de la cabane : elle n'allait pas sortir? Lalita haussa les épaules.

— Elle a honte, elle ne veut pas sortir, dit-elle. Elle ne m'écoute pas. Bonifacia, c'est comme une biche, sergent, pour un rien elle dresse les oreilles et prend peur.

— Qu'elle vienne au moins dire bonsoir au sergent, dit Nieves.

— Laissez-la donc, dit le sergent. Qu'elle ne sorte pas si ça ne lui dit rien.

— On ne peut pas changer de vie aussi rapidement, dit Lalita. Elle n'a vécu qu'entre des femmes, et les hommes lui font peur, la pauvre. Elle dit qu'ils sont comme des vipères, c'est les bonnes sœurs qui ont dû lui apprendre ça. Maintenant elle est allée se cacher dans le champ.

— Elles ont peur de l'homme jusqu'à ce qu'elles y goûtent, dit Nieves. Alors elles changent, elles deviennent des dévorantes.

Lalita s'enfonça dans la pièce et, un moment après, sa voix revint, ça ne lui allait pas, légèrement fâchée, jamais les hommes ne lui avaient fait peur, mais elle n'était pas une dévorante, pourquoi dis-tu ça, Adrián? Le pilote éclata de rire et se pencha vers le sergent : c'était une brave femme, Lalita, mais, ça alors, elle avait son caractère. Petit, tout mince, la peau claire et des yeux vifs en amande, Aquilino vint sur la galerie, bonsoir, il portait la lampe parce qu'il faisait sombre, et la plaça sur la balustrade. Derrière lui, deux autres gamins — cheveux tombants, en culottes et pieds nus — sortirent une petite table. Le sergent les appela et, pendant qu'il leur faisait des chatouilles et riait avec eux, Lalita et Nieves apportèrent des fruits, du poisson fumé, du manioc, comme c'était sympathique tout ça, madame, une bouteille d'anisette. Le pilote donna leur part aux trois gamins et ils partirent dans la direction de l'escalier qui donnait sur le champ : ils sont très gracieux vos gones, don

Adrián, c'était comme ça qu'on appelait les enfants à Piura, madame, et le sergent, en général, aimait bien les gones.

— A votre santé, dit Nieves. Pour le plaisir de vous avoir ici.

— Bonifacia a peur de tout, mais elle est très travailleuse, dit Lalita. Elle m'aide au champ et elle sait faire la cuisine. Et elle coud très bien. Vous avez vu les culottes des enfants? C'est elle qui les a faites, sergent.

— Mais tu dois lui donner des conseils, dit le pilote. Timide comme elle est, elle ne trouvera jamais à se marier. Vous ne vous figurez pas combien elle est silencieuse, sergent, elle n'ouvre la bouche que lorsqu'on lui demande quelque chose.

— Ça ne me paraît pas si mal, dit le sergent. Je n'aime guère les perruches.

— Dans ce cas, Bonifacia vous plaira beaucoup, dit Lalita. Elle peut passer toute sa vie sans souffler mot.

— Je vais vous dire un secret, sergent, dit Nieves. Lalita veut vous marier avec Bonifacia. C'est ce qu'elle me dit, c'est pour cela qu'elle m'a demandé de vous inviter. Prenez garde, il est encore temps.

Le sergent adopta une expression mi-souriante, mi-nostalgique, madame, il avait déjà failli une fois se marier. Il venait d'entrer dans la garde civile et il avait rencontré une femme qui l'aimait et il l'aimait lui aussi, à sa façon. Comment s'appelait-elle? Lira. Que s'était-il passé? rien, madame, on l'avait muté de Piura et Lira n'avait pas voulu le suivre, leur idylle s'était arrêtée là.

— Bonifacia suivrait son compagnon n'importe où, dit Lalita. Dans la Forêt les femmes sont comme ça, elles ne posent pas de conditions. Il faut que vous épousiez une femme d'ici, sergent.

— Vous voyez, quand Lalita se met quelque chose en tête, elle n'a de cesse que ça soit réalisé, dit Nieves. Les femmes de Loreto sont de vrais bandits, sergent.

— Ce que vous pouvez être sympathiques, dit le sergent. A Santa María les Nieves passent pour des sauvages, on dit qu'ils ne fréquentent jamais personne. Et cependant, madame, depuis tout le temps que je suis ici, vous êtes les premiers qui m'invitent chez eux.

— C'est que personne n'aime les gardes, sergent, dit Lalita. Vous voyez bien qu'ils exagèrent. Ils affolent les filles, les

143

rendent amoureuses, les mettent enceintes, et puis s'en vont.

— Dans ce cas, comment veux-tu marier Bonifacia avec le sergent? dit Nieves. Les deux choses ne vont pas ensemble.

— Tu ne m'as peut-être pas dit que le sergent était différent? dit Lalita. Mais allez donc savoir si c'est vrai.

— C'est vrai, madame, dit le sergent. Je suis un homme droit, un bon chrétien, comme on dit ici. Et comme ami je n'ai pas mon pareil, vous verrez. Je vous suis très reconnaissant, don Adrián, pour de bon, parce que je me sens à mon aise chez vous.

— Vous pourrez revenir quand vous voudrez, dit Nieves. Venez voir Bonifacia. Mais ne vous occupez pas de Lalita, je suis très jaloux.

— Et à juste titre, don Adrián, dit le sergent. C'est une si belle femme, la patronne, que moi aussi je le serais.

— Merci pour le compliment, sergent, dit Lalita. Mais je sais que c'est une façon de parler, je ne suis plus une belle femme. Avant, oui quand j'étais jeune.

— Mais vous êtes une jeunesse encore, protesta le sergent.

— Je n'ai plus confiance, dit Nieves. Il vaudra mieux que vous ne veniez que lorsque j'y serai, sergent.

Dans le champ, les chiens aboyaient toujours et, par moments, on entendait les voix des enfants. Les insectes voletaient autour de la lampe à résine, les Nieves et le sergent buvaient, bavardaient, plaisantaient, monsieur le pilote! ils tournèrent la tête tous les trois vers les buissons de la rive : la nuit cachait le sentier qui montait à Santa María de Nieva. Monsieur le pilote! Et le sergent : c'était le Gros, la barbe, qu'est-ce qui lui arrivait, qu'est-ce qu'il venait l'embêter à cette heure, don Adrián. Les trois gamins envahirent la terrasse. Aquilino alla vers le pilote et lui parla à voix basse : il n'avait qu'à monter.

— Il semble qu'il faille partir en voyage, sergent, dit Nieves le pilote.

— Il doit être ivre, dit le sergent. Il ne faut pas y faire attention, quand il boit il a des idées bizarres.

L'escalier craqua, la lourde silhouette du Gros surgit derrière Aquilino, ouf, sergent, enfin il le trouvait, le lieutenant et ses hommes le cherchaient partout, et bonsoir à tous.

— Je ne suis pas de service, grogna le sergent. Qu'est-ce qu'on me veut?

— On a trouvé les pupilles, dit le Gros. Une équipe de bûcherons près d'un campement, en amont. Un message est parvenu à la Mission il y a deux heures. Les mères ont réveillé tout le monde, sergent. Il paraît qu'une des fillettes a la fièvre.

Le Gros était en manches de chemise, s'éventait avec son képi, et maintenant Lalita le harcelait de questions. Le pilote et le sergent s'étaient levés, oui, quel contretemps, madame, il fallait aller les chercher sur-le-champ. Ils auraient voulu attendre jusqu'au lendemain, mais les bonnes sœurs avaient convaincu don Fabio et le lieutenant, et le sergent on allait partir en pleine nuit? Oui, sergent, les mères avaient peur que les bûcherons ne fassent un mauvais sort aux plus grandes.

— Les mères ont raison, dit Lalita. Les pauvres, tout ce temps dans la forêt. Dépêche-toi, Adrián, allez.

— Qu'est-ce qu'on y peut, dit le pilote. Prenez un verre avec le sergent, le temps que je mette de l'essence dans le bateau.

— Ça sera pas de refus, merci, dit le Gros. Quelle vie on nous fait mener, pas vrai, sergent? Je suis désolé de vous avoir interrompu en plein repas.

— On les a toutes retrouvées? dit une voix qui venait de la cloison. Ils regardèrent : des cheveux courts, une silhouette incertaine, un buste de femme qui se détachait près de la fenêtre. La lumière de la lampe ne parvenait que chichement jusque-là.

— Sauf deux, dit le Gros, en se penchant vers la fenêtre. Sauf les deux de Chicais.

— Pourquoi ne les ont-ils pas ramenées au lieu de prévenir? dit Lalita. Mais encore heureux qu'on les ait trouvées, je suis bien contente qu'on les ait trouvées.

Ils n'avaient rien pour les ramener, madame; le Gros et le sergent tendaient le cou dans la direction de la cloison, mais la silhouette s'était esquivée et on ne voyait guère à présent qu'un fragment de visage, une ombre de cheveux. De l'autre côté de la balustrade, Adrián Nieves donnait des ordres et on entendait les gamins qui s'agitaient dans l'eau, des barbotements, des allées et venues au milieu des fougères. Lalita leur servit de l'anisette et ils burent à votre santé, sergent, et le sergent à la santé de la patronne, plutôt, mal éduqué.

— Je sais d'avance que le lieutenant m'a confié le boulot, dit le sergent. Je suppose que je ne vais pas y aller tout seul, n'est-ce pas? pour chercher les mômes; qui est-ce qui m'accompagne?

— P'tit Format et moi, dit le Gros. Et une bonne sœur aussi.

— La mère Angélica? dit la voix de la cloison et ils tordirent de nouveau le cou.

— Certainement, parce que la mère Angélica s'y connaît en médecine, dit le Gros. Pour soigner la petite malade.

— Donnez-lui de la quinine, dit Lalita. Mais un voyage ne suffira pas, elles ne tiendront pas toutes dans le bateau, il faudra en faire deux ou trois.

— C'est une chance qu'il y ait de la lune, dit Nieves le pilote, de l'escalier. Je serai prêt dans une demi-heure.

— Va prévenir le lieutenant qu'on arrive, Gros, dit le sergent.

Le Gros fit oui, souhaita le bonsoir et s'éloigna. Quand il passa près de la fenêtre, la vague silhouette se rejeta en arrière, disparut et reparut quand le Gros descendait déjà l'escalier, en sifflant.

— Viens, Bonifacia, dit Lalita. Je vais te présenter au sergent.

Lalita prit le sergent par le bras, le conduisit jusqu'à la porte et, quelques instants plus tard, une forme féminine parut sur le seuil. Le sergent resta la main tendue, observant confusément de petites étincelles immobiles, jusqu'à ce qu'une forme menue coupât la pénombre, des doigts frôlèrent les siens, enchantée, et s'échappèrent : à vos ordres, mademoiselle. Lalita souriait.

— J'ai cru qu'il était comme toi, dit Fushía. Et puis tu vois cette erreur, vieux.

— Moi aussi il m'a un peu trompé, dit Aquilino. Adrián Nieves, je l'imaginais pas capable de ça. Il avait l'air si détaché de tout. Personne s'est rendu compte comment ça a commencé?

— Personne, dit Fushía; ni Pantacha, ni Jum; ni les Huambisas. Maudite soit l'heure de leur naissance, les salauds!

— Tu as de nouveau la haine à la bouche, Fushía, dit Aquilino.

Et alors Nieves la vit, dans le coin, entre la jarre et la cloison : grande, poilue, toute noire. Il se redressa très lentement sur son lit de camp, sa main chercha, vêtements, sandales de gomme, corde, calebasses, corbeilles de *chambira*, rien qui puisse servir. Elle était toujours dans son coin, tapie, sans doute l'épiait-elle

146

par-dessous ses pattes fines et brunes qui se reflétaient emmêlées sur la panse rougeâtre de la jarre. Il fit un pas, décrocha la machette, elle n'avait pas fui, elle enregistrait sûrement chacun de ses mouvements avec ses petits yeux pervers, son ventre rouge devait battre. Il avança vers le coin, sur la pointe des pieds, elle se recroquevilla prise d'une subite angoisse, il frappa et il y eut comme un craquement d'herbes mortes. Après, la natte avait une fente et de petites taches noires, rouges; les pattes étaient intactes, leur duvet noir, long, soyeux. Nieves raccrocha la machette et, au lieu de revenir sur son lit, il resta près de la fenêtre, à fumer. Il recevait au visage l'haleine et les bruits de la forêt, du bout de sa cigarette il essayait de brûler les ailes des chauves-souris qui se promenaient sur la toile métallique.

— Ils ne sont jamais restés seuls dans l'île? dit Aquilino.

— Une fois, ce salaud était tombé malade, dit Fushía. Mais c'était au début encore. Leur histoire n'a pas pu commencer en ce temps-là, ils n'auraient pas osé, ils avaient peur de moi.

— Y a rien qui fasse plus peur que l'enfer, dit Aquilino. Et pourtant les gens se conduisent mal. La peur ne freine pas toujours les gens, Fushía.

— L'enfer, personne ne l'a vu, dit Fushía, Mais eux, ils me voyaient tout le temps.

— Tout ce que tu veux, mais quand un homme et une femme ont envie l'un de l'autre, y a rien qui les arrête, dit Aquilino. Leur corps les brûle, comme s'il y avait des flammes dedans. Ça t'est jamais arrivé?

— Aucune femme ne m'a jamais fait éprouver ça, dit Fushía. Mais maintenant oui, vieux, maintenant. Comme si j'avais des charbons sous la peau, vieux.

Sur la droite, entre les arbres, Nieves apercevait des feux, des profils instantanés de Huambisas; à gauche, au contraire, là où Jum avait installé sa cabane, l'obscurité régnait. En haut, contre un ciel indigo, les panaches des *lupunas* se balançaient, et la lune blanchissait le sentier qui, après avoir descendu au milieu des arbustes et des fougères et contourné le bassin aux tortues, aboutissait à la petite plage; la lagune devait être bleue, tranquille et déserte. L'eau du bassin avait-elle encore baissé? les pieux, le filet étaient-ils à sec? Les tortues ne tarderaient pas à échouer sur le sable, étirant leur cou rugueux

147

vers le ciel, leurs yeux d'asphyxiés tout chassieux, et il faudrait faire sauter les carapaces au fil de la machette, découper des carrés de chair blanche et les saler avant que le soleil et l'humidité ne les aient corrompus. Nieves jeta sa cigarette et il était sur le point de souffler la lampe lorsqu'on frappa à la cloison. Il souleva la barre qui fermait la porte et Lalita entra, enveloppée dans une *itípak* huambisa, les cheveux jusqu'à la ceinture, nu-pieds.

— Si je devais en choisir un des deux pour me venger, dit Fushía, ce serait elle, Aquilino, cette salope. Parce que c'est elle qui a commencé, j'en suis sûr, lorsqu'elle m'a vu malade.

— Tu la traitais mal, tu la battais, et puis les femmes ont leur orgueil, Fushía, dit Aquilino. Quelle est la chrétienne qui aurait supporté ça? A chaque voyage tu te ramenais une femme et tu la lui fourrais sous le nez.

— Tu crois que ça lui faisait quelque chose, les *chunchas?* dit Fushía. Tu te trompes bien, vieux. La chienne, elle était en chaleur parce que je ne pouvais plus avec elle.

— Vaut mieux que tu parles plus de ça, mon gars, dit Aquilino. Je vois bien que ça te rend triste.

— Mais puisque ça a commencé comme ça, parce que je ne pouvais plus avec Lalita, dit Fushía. Tu ne vois donc pas ce malheur, Aquilino, cette chose terrible.

— Dites, je ne vous ai pas réveillé? dit Lalita, d'une voix somnolente.

— Non, vous ne m'avez pas réveillé, dit Nieves. Bonsoir. Je vous écoute.

Il referma la porte, arrangea son pantalon et croisa les bras sur son torse nu, mais aussitôt il les laissa retomber et resta debout, indécis. Il finit par désigner la jarre : une araignée velue s'y était mise et il venait de la tuer. Il n'y avait guère qu'une semaine qu'il avait bouché les trous, Lalita s'assit sur le lit, mais tous les jours elles en faisaient d'autres, les velues.

— C'est qu'elles ont faim, dit Lalita, c'est normal à cette époque. Une fois je me suis réveillée et je ne pouvais pas remuer la jambe, vrai. Il y avait une petite tache et après ça a enflé. Les Huambisas me posaient la jambe sur un brasero pour la faire suer. J'en ai gardé la marque.

Ses mains glissèrent le long de l'*itípak*, la soulevèrent, les

cuisses apparurent, lisses, mates, fermes, et une cicatrice comme un petit ver :

— Qu'est-ce qui vous fait peur? dit Lalita. Dites, pourquoi vous retournez-vous?

— Je n'ai pas peur, dit Nieves. Seulement vous êtes nue et moi je suis un homme.

Lalita éclata de rire et lâcha l'*itípak*, son pied droit jouait avec une calebasse, elle la caressait distraitement avec le cou-de-pied, les doigts, le talon.

— Chienne, putain, pire encore si tu veux, dit Aquilino. Mais moi j'aime bien Lalita et ça ne me fait rien. C'est comme ma fille.

— Une qui fait ça parce qu'elle voit mourir son homme, elle est pire qu'une chienne, pire qu'une putain, dit Fushía. Il n'y a pas de mot pour ce que c'est.

— Mourir? A San Pablo la plupart meurent de vieillesse et pas de maladie, Fushía, dit Aquilino.

— Tu ne dis pas ça pour me consoler, mais parce que ça t'embête que je l'insulte, dit Fushía.

— Il vous l'a dit en ma présence, chuchota Nieves. Que je te reprenne sans rien sous ton *itípak* et je te fais bouffer par les *taranganas*, vous ne vous rappelez pas?

— D'autres fois il dit je te livre aux Huambisas, je t'arrache les yeux, dit Lalita. A Pantacha tout le temps je te tue, tu l'épies. Quand il menace il ne fait rien, sa fureur s'en va avec les mots. Dites, ça vous fait de la peine quand il me bat?

— Et ça me met en colère aussi — Nieves tripota gauchement la barre de la porte —, surtout quand il vous insulte.

Toute seule c'était encore pis, ahr, tu perds tes dents, ahr, tu as la figure toute vérolée, ahr, tu n'as plus le même corps qu'avant, ahr, ça dégringole, bientôt tu seras comme les vieilles Huambisas, ahr, tout ce qui lui passait par la tête, ça lui faisait de la peine? et Nieves qu'elle se taise.

— Mais elle avait confiance en toi et pourtant elle te connaissait, dit Aquilino. J'étais pas plus tôt arrivé à l'île que Lalita bientôt il m'emmènera, s'il y a beaucoup de gomme cette année on ira en Equateur et on se mariera. Soyez bien gentil, don Aquilino, vendez la marchandise à bon prix. Pauvre Lalita.

— Elle ne s'est pas taillée plus tôt parce qu'elle espérait que je deviendrais riche, dit Fushía. Quelle conasse, vieux! Je ne

149

l'ai pas épousée quand elle était bien ferme et sans boutons, et elle croyait que j'allais le faire quand elle n'excitait plus personne.

— Adrián Nieves, elle l'a bien excité, dit Aquilino. Sinon, il l'aurait pas enlevée.

— Et les autres aussi, le patron va les emmener en Équateur? dit Nieves. Il va aussi se marier avec elles?

— De femme, il n'a que moi, dit Lalita. Les autres sont des servantes.

— Dites ce que vous voudrez, je sais bien que ça vous fait souffrir, dit Nieves. Vous n'auriez pas d'âme si ça ne vous faisait pas souffrir qu'il introduise d'autres femmes chez vous.

— Il ne les introduit pas chez moi, dit Lalita. Elles dorment dans la cour avec les bêtes.

— Mais il fait l'amour avec en votre présence, dit Nieves. Ne faites pas celle qui ne comprend pas.

Il se retourna pour la regarder, Lalita s'était approchée du coin du lit de camp, elle serrait les genoux et baissait les yeux, Nieves ne voulait pas l'offenser, il bredouilla et regarda de nouveau par la fenêtre, ça l'avait mis en colère quand elle avait dit qu'elle allait partir pour l'Équateur avec le patron, le ciel indigo, les lucioles étincelant parmi les fougères : il lui demandait pardon, il n'avait pas voulu l'offenser, et Lalita leva les yeux :

— Est-ce qu'il ne vous les donne pas, à toi et à Pantacha, quand elles ne lui plaisent pas? dit-il. Tu fais la même chose que lui.

— Moi je suis seul, balbutia Nieves. Un chrétien a besoin d'être avec des femmes, pourquoi me comparez-vous avec Pantacha, et puis je n'aime pas que vous me tutoyiez.

— Au début seulement, en profitant de mes voyages, dit Fushía. Elle les griffait, une des Achuales, elle l'avait toute mise en sang. Mais après elle s'était habituée et c'étaient ses amies. Elle leur apprenait à parler chrétien, elle s'amusait avec elles. Ce n'est pas ce que tu crois, vieux.

— Et encore tu te plains, dit Aquilino. Tous les hommes rêvent de ce que t'as eu. T'en connais beaucoup qui aient changé comme ça de femme, Fushía?

— Mais c'étaient des indigènes, dit Fushía, des *chunchas*, Aquilino, des Aguarunas, des Achuales, des Shapras, rien que de la cochonnerie, mon gars.

— Et puis elles sont comme des petites bêtes, dit Lalita, elles me prennent en affection. Elles me font plutôt peine avec la peur qu'elles ont des Huambisas. Si tu étais le patron tu serais comme lui, tu m'insulterais même.

— Vous me connaissez peut-être, pour me juger, dit Nieves. Je ne ferais pas ça à ma compagne. Encore moins si c'était vous.

— Ici, elles ont le corps qui mollit vite, dit Fushía. C'est ma faute peut-être si Lalita a vieilli? Et puis ç'aurait été tellement bête de perdre l'occasion.

— C'est pour ça que tu les enlevais si jeunes, dit Aquilino. Pour qu'elles soient bien fermes, pas vrai?

— Pas rien que pour ça, dit Fushía; moi, j'aime les vierges, comme tout le monde. Seulement ces salauds de païens ne les laissent pas grandir intactes, la plupart des fillettes, ils les incisent, la seule intacte que j'aie trouvé ç'a été la Shapra.

— La seule chose qui me fasse de la peine c'est de me souvenir comment j'étais à Iquitos, dit Lalita. Les dents blanches, bien égales, et pas la moindre tache sur le visage.

— Vous aimez vous raconter des histoires pour souffrir, dit Nieves. Pourquoi le patron ne laisse-t-il pas les Huambisas s'approcher de ce côté? Pourquoi tous les yeux vous suivent-ils lorsque vous passez?

— Les tiens et ceux de Pantacha, dit Lalita. Mais ce n'est pas que je sois belle, c'est parce que je suis la seule blanche.

— On m'a toujours appris à dire vous, dit Nieves. Pourquoi me mettez-vous sur le même plan que Pantacha?

— Tu vaux mieux que lui, dit Lalita. C'est pour ça que je suis venu te voir. Tu n'as plus de fièvre?

— Tu te rappelles que je ne suis pas descendu à l'embarcadère pour te recevoir? dit Fushía. Que tu es venu et que tu m'as trouvé dans le hangar à caoutchouc? C'est cette fois-là, vieux.

— Oui, je m'en souviens, dit Aquilino. T'avais l'air de dormir debout. J'ai cru que Pantacha t'avait fait prendre une de ses décoctions.

— Et tu te rappelles que je me suis soûlé avec l'anisette que tu avais apportée? dit Fushía.

— Je m'en souviens aussi, dit Aquilino. Tu voulais brûler les cases des Huambisas. On aurait dit le diable, il a fallu t'attacher.

— C'est que j'avais essayé pendant une dizaine de jours et que je ne pouvais rien faire avec cette salope, dit Fushía, et pas plus avec les *chunchas* qu'avec Lalita, de quoi devenir fou, vieux. Je piquais des crises de larmes tout seul, vieux, je voulais me tuer, n'importe quoi, dix jours de suite et je ne pouvais pas, Aquilino.

— Pleure pas, Fushía, dit Aquilino. Pourquoi tu m'as pas raconté ce qui se passait? J'aurais peut-être pu te guérir, alors. On serait allé à Bagua, le médecin t'aurait fait des piqûres.

— Et j'avais les jambes qui s'endormaient, vieux, dit Fushía, je les tapais, rien, je les brûlais avec des allumettes, comme si elles avaient été mortes, vieux.

— Va, te tracasse plus avec ces choses tristes, dit Aquilino. Tiens, approche-toi du bord, regarde tous ces petits poissons volants, de ceux qui ont de l'électricité. Vois comme ils nous suivent, comme c'est joli toutes ces étincelles en l'air et sous l'eau.

— Et après, des bubons, vieux, dit Fushía, et je ne pouvais plus me déshabiller devant cette salope. Devoir dissimuler toute la journée, toute la nuit, et n'avoir personne à qui le raconter, Aquilino, déguster ce malheur à moi tout seul.

A ce moment-là on gratta à la cloison et Lalita se mit debout. Elle alla jusqu'à la fenêtre et, le visage collé à la toile métallique, elle se mit à grouiner. Dehors quelqu'un en faisait autant, doucement.

— Aquilino n'est pas bien, dit Lalita, il vomit tout ce qu'il prend, le pauvre. Je vais le voir. Si demain il n'est pas encore rentré, je viendrai te faire à manger.

— J'aime mieux qu'ils ne soient pas rentrés, dit Nieves. Je n'ai pas besoin que vous me fassiez la cuisine, il suffit que vous veniez me voir.

— Si je te tutoie, tu peux me tutoyer aussi, dit Lalita. Au moins quand il n'y a personne.

— Je pourrais en prendre des tas si j'avais un filet, Fushía, dit Aquilino. Veux-tu que je t'aide à te lever pour les voir?

— Et après, les pieds, dit Fushía. Marcher en boitant, vieux, et avec ça peler comme les serpents, mais eux il leur vient une autre peau, moi pas, vieux, une plaie de haut en bas, Aquilino, ce n'est pas juste, ce n'est pas juste.

— Je le sais bien que ce n'est pas juste, dit Aquilino. Mais

viens, mon gars, regarde comme ils sont jolis ces petits poissons électriques.

Tous les jours, Juana Baura et Antonia quittaient la Gallinacera à la même heure, elles suivaient toujours le même chemin. Deux rues droites, poussiéreuses et c'était le marché : les marchandes commençaient à étendre leurs toiles aux pieds des caroubiers, à installer leurs marchandises. A la hauteur des *Merveilles*, une boutique — peignes, parfums, chemisiers, jupes, ceintures et boucles d'oreilles —, elles tournaient à gauche et, deux cents mètres plus loin, apparaissait la place d'Armes, fermée sur son massif de palmiers et de tamariniers. Elles l'abordaient par la rue qui faisait face à l'*Étoile du Nord*. Pendant le trajet, Juana Baura donnait le bras à Antonia et, de sa main libre, faisait bonjour aux personnes qu'elle connaissait. En arrivant à la place, Juana observait les bancs et choisissait le plus ombragé pour la jeune fille. Si celle-ci demeurait impassible, la lavandière repartait chez elle en trottinant légèrement, elle détachait son âne, rassemblait le linge à laver et partait pour le fleuve. Si, au contraire, les mains d'Antonia serraient anxieusement les siennes, Juana s'asseyait à côté d'elle et l'apaisait avec des caresses. Elle renouvelait sa silencieuse interrogation jusqu'à ce que la jeune fille la laissât partir. Elle revenait la chercher à midi, une fois la lessive faite, et, parfois, Antonia rentrait à la Gallinacera sur le dos de l'âne. Il n'était pas rare que Juana Baura trouvât la jeune fille faisant le tour du square avec une voisine charitable. Il n'était pas rare qu'un cireur de chaussures, un mendiant ou Jacinto lui disent : on l'a emmenée chez un tel, à l'église, sur le quai. Alors Juana Baura retournait seule à la Gallinacera et Antonia reparaissait le soir, au bras d'une servante de quelque charitable personnalité.

Ce jour-là elles sortirent plus tôt, Juana Baura devait porter à la caserne Grau un uniforme de parade. Le marché était désert, des charognards somnolaient sur le toit des *Merveilles*. Les éboueurs n'étaient pas encore passés, une mauvaise odeur montait des flaques et des ordures. Sur la solitaire place d'Armes une brise timide soufflait et le soleil se levait dans un ciel sans

nuages. Il ne tombait plus de sable. Juana Baura nettoya le banc avec sa jupe, trouva les mains de la jeune fille tranquilles, lui tapota la joue et partit. Sur le chemin du retour elle rencontra la femme d'Hermógenes Leandro, celui de l'abattoir, et elles firent route ensemble tandis que le soleil s'élevait dans le ciel, dardant déjà les plus hautes toitures de la ville. Juana marchait toute courbée, en se frottant de temps en temps les reins, et son amie : tu es malade, et elle : depuis quelque temps j'ai des crampes, surtout le matin. Elles parlèrent de maladie et de remèdes, de la vieillesse, et qu'est-ce qu'il ne faut pas faire dans la vie. Puis Juana lui dit au revoir, rentra chez elle, en ressortit en tirant son âne chargé de linge sale, avec, sous le bras l'uniforme enveloppé dans de vieux numéros des *Échos et nouvelles.* Elle alla à la caserne Grau en longeant les sablons, la terre était chaude, de rapides iguanes filaient brusquement entre ses jambes. Un soldat vint à sa rencontre, le lieutenant allait se fâcher, pourquoi n'avait-elle pas apporté l'uniforme plus tôt. Il lui arracha le paquet, la paya, et elle se dirigea alors vers le fleuve. Non pas vers le Vieux Pont, où elle avait l'habitude de laver, mais vers une petite plage ronde, plus loin que l'abattoir, où deux autres lavandières étaient déjà installées. Elles y restèrent toute la matinée, à genoux dans l'eau, frottant et bavardant. Juana eut terminé la première, elle partit; maintenant les rues, éblouissantes sous un soleil vertical, étaient remplies de monde, des Piurans, des étrangers. Antonia n'était pas sur la place, ni les mendiants ni Jacinto ne l'avaient vue, et Juana Baura rentra à la Gallinacera; de ses mains, alternativement, elle frappait l'animal et se frottait les reins. Elle se mit à étendre son linge, elle interrompit sa tâche pour aller s'allonger sur sa couette de paille. Quand elle ouvrit les yeux, déjà le sable tombait. En grommelant, elle trotta à l'étendage : quelques pièces s'étaient salies. Elle tendit la bâche qui protégeait les cordes, finit d'étendre le linge, revint dans sa chambre et chercha sous le matelas jusqu'à ce qu'elle eût trouvé le médicament. Elle imprégna un chiffon du liquide, releva sa jupe, se frotta vigoureusement les hanches et le ventre. Le médicament sentait l'urine et le vomi, Juana attendit en se bouchant le nez que sa peau fût sèche. Elle se prépara une potée de légumes et, au moment où elle mangeait, on frappa à la porte. Ce n'était pas Antonia, mais une servante qui apportait une corbeille

de linge. Debout sur le seuil, elles firent un brin de causette. Il pleuvait doucement, on ne voyait pas les petits grains de sable, on les sentait sur la figure et sur les bras comme de minuscules pattes d'araignées. Juana parlait de ses crampes, des mauvais remèdes, et la servante protesta, qu'il t'en donne un autre ou qu'il te rende ton argent. Puis elle s'en alla, en rasant les murs, sous les auvents. Restée seule, assise sur son matelas, Juana continuait sur sa lancée : dimanche j'irai te trouver, tu crois que parce que je suis vieille tu vas me tromper? Ton remède me fait trembler les reins, voleur. Puis elle s'étendit et, quand elle se réveilla, la nuit était tombée. Elle alluma une bougie, Antonia n'était pas rentrée. Elle sortit devant la maison, l'âne dressa les oreilles, poussa son braiment. Juana prit une couverture, la jeta sur ses épaules quand elle fut dans la rue : il faisait noir, par les fenêtres de la Gallinacera on voyait des chandelles, des lampes, des fourneaux. Elle marchait très vite, les cheveux en désordre, et près du marché, sous une arcade, quelqu'un dit : un fantôme. Elle trottait, tu me donnes un autre médicament contre le sommeil qui me prend à tout moment ou tu me rends mon argent. Il y avait peu de monde sur la place. Elle s'adressa à tous mais personne n'était au courant de rien. Le sable tombait épais à présent, visible, et Juana se couvrit la bouche et le nez. Elle parcourut des rues, frappa à de nombreuses portes, répéta vingt fois la même question et, en revenant à la place d'Armes, elle avait de la peine à courir, elle s'appuyait aux murs. Deux hommes, avec des chapeaux de paille, bavardaient sur un banc. Elle dit où est Antonia, et le docteur Pedro Zevallos bonsoir, doña Juana, que faites-vous dans la rue à cette heure? Et l'autre, la voix d'un étranger, il tombe tellement de sable qu'il va nous fendre le crâne. Le docteur Zevallos enleva son chapeau, le tendit à Juana, qui se le mit; il était grand, il lui cachait les oreilles. Le docteur dit la fatigue vous empêche de parler, asseyez-vous un instant doña Juana, racontez-nous, et elle où est Antonia. Les deux hommes se regardèrent et l'autre dit il vaudrait mieux la ramener chez elle, et le docteur oui, je connais, c'est à la Gallinacera. Ils la prirent par les bras, ils la tenaient pour ainsi dire en l'air et, sous son chapeau, Juana Baura hurlait celle qui est aveugle, vous l'avez vue? et le docteur Zevallos calmez-vous, doña Juana, vous nous raconterez ça quand nous serons arrivés, et l'autre

à quoi ça pue donc tant, et le docteur Zevallos à un remède
de guérisseur, pauvre vieille.

Julio Reátegui s'essuie le front, regarde l'interprète, il avait
manqué de respect à l'autorité, c'était très mal et ça coûtait
cher : traduis-lui ça. La clairière d'Urakusa est petite et triangulaire, la forêt la cerne de près, branches et lianes se balancent
au-dessus des cases supportées par des piliers de *pona* et qui se
terminent par des circonférences écrasées comme des queues de
canard : l'interprète rugit et fait des gestes, Jum écoute attentivement. Il y a une vingtaine d'habitations, toutes identiques :
toits de *yarina*, cloisons en lattes de *chonta* réunies par des
lianes, petites échelles grossièrement taillées dans des troncs.
Deux soldats bavardent devant la case où s'entassent les Urakusas prisonniers, d'autres dressent les tentes près de l'escarpement, le capitaine Quiroga se bat avec les moustiques et
la fillette reste tranquille près du caporal Roberto Delgado,
par moments elle regarde Jum, elle a des yeux clairs et sur son
torse de garçonnet deux petites corolles sombres s'insinuent
déjà. Maintenant c'est Jum qui parle, ses lèvres violettes
mitraillent des bruits rugueux et des crachats, Julio Reátegui
se recule pour échapper à la pluie de salive et l'interprète :
caporal voler, c'est-à-dire vouloir, bordel de Dieu, et après
s'en aller, loin, jamais plus, lui donner canot, son canot, de Jum,
et le pilote s'en aller, pas voir, il s'est jeté à l'eau, dire, monsieur.
Le caporal Delgado fait un pas vers Jum : mensonge. Le capitaine Quiroga le retient d'un geste : mensonge, oui, monsieur,
du moment qu'il allait voir sa famille à Bagua, est-ce qu'il
allait perdre son temps à leur voler des choses, à ces types-là?
et qu'est-ce qu'il aurait bien pu leur voler même s'il en avait
eu envie, mon capitaine, il voyait bien comme c'était misérable,
Urakusa? Et le capitaine : mais alors ce n'était pas sûr qu'ils
aient tué la recrue. S'était-il jeté ou non dans le Marañón?
Bordel de Dieu, c'est que s'il n'était pas mort il était déserteur
et le caporal fait la croix avec ses doigts et les baise : ils l'ont
tué, mon capitaine, et cette histoire de vol c'était pas possible
de mentir davantage. Ils avaient juste fouillé un petit peu,
mais c'était pour chercher ce remède contre les moustiques dont

il lui avait parlé, et eux ils l'avaient attaché et battu, lui, avec le porteur, quant au pilote ils l'avaient sûrement tué et ils avaient dû l'enterrer pour que personne ne le découvre, mon capitaine. Julio Reátegui sourit à la fillette et celle-ci le regarde du coin de l'œil, effrayée, curieuse? Elle porte le pagne des Aguarunas et ses cheveux abondants et poussiéreux s'agitent doucement quand elle remue la tête : elle ne porte pas d'ornements au visage ni aux bras, rien qu'aux chevilles : deux minuscules calebasses. Et Julio Reátegui : pourquoi n'avait-il pas fait d'affaires avec Pedro Escabino? pourquoi cette année ne lui avait-il pas vendu la gomme comme les autres fois? Qu'on lui traduise ça, et l'interprète grouine et se démène, Jum écoute, bras croisés, le gouverneur fait signe à la fillette de s'approcher de lui, elle lui tourne le dos, et l'interprète, monsieur, jamais plus, dire : Escabino diable, partir, loin, ni Urakusa, dire, ni Chicais, aucun village aguaruna, patron, couillonner monsieur, et Julio Reátegui qu'allaient faire les Urakusas de la gomme qu'ils ne voulaient pas vendre au patron Escabino? doucement, en regardant toujours la fillette, et qu'allaient-ils faire des peaux? traduis-lui ça. L'interprète et Jum grouinent, crachent et se démènent, à présent Reátegui les observe, un peu penché sur l'Urakusa, et la fillette fait un pas, regarde le front de Jum : sa blessure a enflé mais ne saigne plus, l'œil droit du cacique est très enflammé et Julio Reátegui : coopérative? C'était un mot qui n'existait pas en aguaruna, mon gars, il lui avait bien dit coopérative? et l'interprète : il le lui avait dit en espagnol, monsieur, et le capitaine Quiroga oui, il l'avait entendu. Qu'est-ce que c'était que ce sac de nœuds, monsieur Reátegui? Pourquoi ne voulaient-ils plus faire de commerce avec Escabino? D'où tiraient-ils cette idée d'aller vendre leur gomme à Iquitos alors qu'ils n'avaient seulement jamais su ce qu'était cette ville? Julio Reátegui prend un air absorbé, enlève son casque, lisse ses cheveux, regarde le capitaine : voilà dix ans que Pedro Escabino leur fournissait des tissus, des fusils, des couteaux, mon capitaine, tout ce qu'il leur fallait pour aller dans la forêt faire du caoutchouc. Puis Escabino revenait, ils lui livraient la gomme qu'ils avaient rassemblée, et il finissait de les payer avec des tissus, de la nourriture, tout ce qui leur faisait besoin, et cette année ils avaient aussi reçu une avance, mais ils n'avaient rien voulu lui livrer : voilà toute l'histoire, mon capi-

taine. Les soldats qui ont dressé les tentes se sont approchés, l'un d'eux tend la main et touche la fillette, qui fait un saut, les calebasses dansent, bruit de sonnailles et le capitaine : très bien, un abus de confiance, il n'était pas au courant, on rouait de coups un militaire, on escroquait un civil, il n'y aurait pas de quoi s'étonner si vraiment ils avaient dégringolé la recrue, et le gouverneur retenez-la, elle va s'échapper. Trois soldats courent après la fillette, qui est agile, qui s'esquive. Ils la rattrapent au centre de la clairière, la ramènent au gouverneur, il lui passe la main sur la figure : elle avait le regard éveillé et quelque chose de gracieux dans ses manières, le capitaine n'était pas de cet avis? ce serait dommage qu'elle s'élève ici, la pauvre, et l'officier : en effet, don Julio, et elle a de jolis yeux verts. Était-ce sa fille? Qu'on le lui demande et le capitaine : elle n'avait pas non plus son petit ventre enflé, parce que c'était terrible chez ces gosses, la quantité de parasites qu'ils avalaient, et le caporal Roberto Delgado : petite et bien roulée, bonne pour servir de mascotte à la compagnie, mon capitaine, et les soldats rigolent. Était-ce sa fille? et l'interprète pas être, monsieur, pas Urakusa non plus, mais Aguaruna, naître à Pato Huachana, monsieur, dire, et Julio Reátegui appelle deux soldats : conduisez-la du côté des tentes et faites bien attention à ne pas jouer les malins avec elle. Un soldat prend la fillette par le bras et elle se laisse emmener sans résistance. Julio Reátegui se tourne vers le capitaine qui, de nouveau, lutte contre d'invisibles, peut-être d'imaginaires ennemis aériens : il était passé dans la région des gens qui se disaient instructeurs, mon capitaine. Ils avaient pénétré dans les tribus sous prétexte d'enseigner l'espagnol aux païens et vous voyez le résultat, on flanque une raclée à un caporal, on ruine le commerce de Pedro Escabino. Est-ce que le capitaine s'imaginait ce qui se passerait si tous les païens décidaient de rouler les patrons qui leur avaient fait des avances? Le capitaine, gravement, se gratte le menton : une catastrophe économique? Le gouverneur approuve : ce sont les gens qui viennent de l'extérieur qui créent toutes ces complications, mon capitaine. La dernière fois ç'avait été des étrangers, des Anglais, sous prétexte de botanique; ils avaient pénétré dans la forêt et emporté des graines de l'arbre à caoutchouc et le monde, un jour, s'était rempli de gomme en provenance des colonies anglaises, meilleur

marché que la péruvienne et la brésilienne, ç'avait été la ruine
de l'Amazonie, mon capitaine, et lui : c'est vrai, monsieur Reátegui, qu'on donnait des opéras à Iquitos et que les gemmeurs
allumaient leurs cigares avec des billets de banque? Julio
Reátegui sourit, son père avait un cuisinier rien que pour ses
chiens, vous vous figurez, le capitaine rit, les soldats rient,
mais Jum garde son sérieux, les bras croisés, de temps en temps
il jette un coup d'œil sur la case remplie d'Urakusas prisonniers et Julio Reátegui soupire : en ce temps-là on travaillait
peu et on gagnait beaucoup, maintenant il fallait suer sang et
eau pour toucher une misère, et encore fallait-il se bagarrer
avec ces gens-là, résoudre des problèmes aussi stupides. Le
capitaine est sérieux à présent, il croyait bien, don Julio, la
vie était dure pour les hommes de l'Amazonie et Reátegui,
la voix brusquement sévère, à l'interprète : l'Aguaruna ne pouvait pas vendre à Iquitos, il fallait qu'il respecte ses engagements, ceux qui étaient venus les avaient trompés, pas question de coopératives et autres conneries. Patron Escabino reviendrait et ils seraient tenus de commercer comme par le passé,
traduis-moi ça, mais l'interprète trop vite, monsieur, répéter un
peu mieux et le capitaine il t'a parlé lentement, finie la plaisanterie. Julio Reátegui n'était pas pressé, il allait lui faire ce
plaisir, mon capitaine. L'interprète grouine et fait des gestes,
Jum écoute, il souffle une légère brise sur Urakusa et les ramures
de la forêt ronronnent doucement, on entend rire : la fillette et
le soldat s'amusent devant les tentes. Le capitaine perd patience,
ça va durer? secoue Jum par l'épaule, il n'avait pas compris
cette fois? est-ce qu'il se fichait de leur figure? Jum lève la
tête, de son œil sain examine le gouverneur, sa main le désigne,
sa bouche grouine, et Julio Reátegui : qu'est-ce qu'il avait dit?
et l'interprète : insulter, monsieur, toi être le diable, monsieur.

Personne dans le couloir, rien que le brouhaha qui montait
de la salle, la lampe suspendue au plafond avait du papier
cellophane bleu et une lumière d'aube baignait le papier décoloré des murs et les portes toutes identiques. Josefino s'approcha de la première et écouta, en fit autant à la seconde, à la
troisième quelqu'un haletait, un sommier craquait légèrement,

Josefino frappa et la voix de la Sauvage qu'est-ce qu'il y a? et une voix masculine inconnue qu'est-ce qu'il y a? Il courut vers le fond du couloir, là ce n'était pas le matin, mais le crépuscule. Il resta immobile, caché dans la discrète pénombre, puis une serrure grinça, une chevelure noire envahit la lumière bleue, une main ramena la chevelure comme on tire un rideau, des yeux verts brillèrent. Josefino se montra, fit un signe. Quelques minutes plus tard un homme en bras de chemise sortit en chantonnant et disparut happé par la cage d'escalier. Josefino traversa le couloir et entra dans la chambre : la Sauvage boutonnait son chemisier jaune.

— Lituma est arrivé cet après-midi, dit Josefino, sur le même ton que s'il avait donné un ordre. Il est en bas, avec les León.

Un frisson parcourut brusquement le corps de la Sauvage, ses mains demeurèrent immobiles, crispées sur les boutonnières. Mais elle ne se retourna ni parla.

— N'aie pas peur, dit Josefino. Il ne te fera rien. Il est au courant et il s'en fout. On va descendre ensemble.

Elle ne dit toujours rien et continua de se boutonner, mais cette fois avec une lenteur extrême, en tordant gauchement chaque bouton avant de l'enfiler dans la boutonnière, comme si elle avait eu les doigts engourdis par le froid. Pourtant, tout son visage transpirait et des taches humides marquaient son chemisier aux aisselles et dans le dos. La chambre était minuscule, sans fenêtres, éclairée par une unique ampoule rougeâtre, et Josefino, de la tête, frôlait presque la tôle ondulée du toit. La Sauvage enfila une jupe couleur crème, batailla un instant avec la fermeture éclair pour s'en faire obéir. Josefino se pencha, ramassa une paire de souliers blancs à talon, les rendit à la Sauvage.

— Tu transpires de frousse, dit-il. Essuie-toi la figure. Y a pas de quoi avoir peur.

Il ferma la porte et, lorsqu'il se retourna, la Sauvage le regardait dans les yeux, sans sourciller, les lèvres entrouvertes, ses narines battaient très rapidement, comme si elle avait eu quelque difficulté à respirer ou qu'elle eût brusquement reniflé des exhalaisons fétides.

— Il a bu? demanda-t-elle, la voix hésitante et craintive, tout en se frottant furieusement la bouche avec une petite serviette.

— Un petit peu, dit Josefino. On a fêté son retour chez les León. Il avait ramené un bon *pisco* de Lima.

Ils sortirent et, dans le couloir, la Sauvage marchait lentement, en appuyant une main contre le mur.

— C'est à ne pas croire, la Sauvage, tu t'es pas encore habituée aux talons, dit Josefino. A moins que ce soit l'émotion?

Elle ne répondit pas. A la faible lumière bleue, ses lèvres droites et épaisses faisaient penser à un poing fermé, et ses traits étaient durs et métalliques. Ils descendirent l'escalier, des bouffées de fumée tiède et d'alcool venaient à leur rencontre, la lumière diminuait, et quand la salle de bal surgit à leurs pieds, sombre, bruyante et bondée, la Sauvage s'arrêta, resta pour ainsi dire cassée en deux sur la main courante, ses yeux s'étaient agrandis et voletaient sur les silhouettes floues avec un éclat sauvage. Josefino désigna le bar :

— Près du comptoir, ceux qui trinquent. Tu le reconnais pas parce qu'il a beaucoup maigri. Entre le harpiste et les frères León, celui qui a le complet qui brille.

Toute raide, accrochée à la main courante, la Sauvage avait la figure à moitié cachée par ses cheveux et une respiration anxieuse et sifflante lui gonflait la poitrine. Josefino la prit par le bras, ils s'enfoncèrent au milieu des couples enlacés, et ce fut comme un plongeon dans des eaux fangeuses ou comme s'ils avaient dû se frayer un passage à travers une axphyxiante muraille de chair en transpiration, de pestilences et de bruits méconnaissables. Le tambour et les cymbales de Bolas jouaient un *corrido*, par moments la guitare du Jeune Alejandro intervenait et la musique s'animait, mais quand les cordes se taisaient, elle détonnait de nouveau et était d'une martialité lugubre. Ils émergèrent de la piste de danse juste en face du bar. Josefino lâcha la Sauvage, la Chunga se redressa sur son fauteuil à bascule, quatre têtes se tournèrent pour les regarder et ils s'arrêtèrent. Les León avaient l'air tout joyeux et don Anselmo était dépeigné, ses lunettes étaient tombées, la bouche de Lituma, pleine de bave, se tordait, de la main il cherchait le comptoir pour y poser son verre, ses petits yeux ne lâchaient pas la Sauvage, son autre main avait commencé à lisser ses cheveux, à les ordonner, avec hâte, mécaniquement. Soudain il trouva le comptoir, sa main libre écarta le Singe et tout son corps partit de l'avant, mais il ne fit qu'un pas et

resta chancelant comme une toupie exténuée, sur place, ses petits yeux étonnés, les León le rattrapèrent au moment où il tombait. Son visage ne changea pas, il regardait toujours la Sauvage, il respira profondément et c'est seulement en avançant vers eux, très lentement, avec son bavoir d'écume et de salive, soutenu par les León, qu'un semblant de sourire, un peu raide, forcé et douloureux, se fit jour sur ses lèvres et que son menton trembla. Je suis content de te voir, *chinita*, et la grimace gagna tout son visage, ses petits yeux trahissaient à présent un malaise insupportable, je suis contente de te voir, Lituma, dit la Sauvage, et lui je suis content de te voir, *chinita*, en oscillant. Les León et Josefino l'entouraient, brusquement il y eu un éclat dans les petits yeux, comme une libération et Lituma se pencha, s'accrocha à Josefino, holà, mon cher collègue, tomba dans ses bras, ce que je suis content de te voir, frangin. Il demeura ainsi les bras autour de Josefino, proférant des phrases incompréhensibles et, par moments, un sourd mugissement, mais quand il le lâcha il avait l'air plus serein, cette nerveuse danse intérieure dans ses petits yeux avait pris fin, sa grimace aussi et il souriait pour de bon. La Sauvage était inquiète, les mains ramenées sur sa jupe, le visage embusqué derrière ses longues mèches noires et brillantes.

— *Chinita*, on s'est retrouvés, dit Lituma, en bégayant à peine et en souriant de plus en plus largement. Viens ici, buvons à notre santé, il faut fêter mon retour, je suis l'indomptable numéro quatre.

La Sauvage fit un pas vers lui, sa tête remua, ses cheveux s'écartèrent, deux petites flammes vertes brillaient doucement dans ses yeux. Lituma tendit une main, prit la Sauvage par les épaules, la conduisit jusqu'au comptoir où se tenaient les yeux abouliques et impertinents de la Chunga. Don Anselmo avait remis ses lunettes, ses mains cherchaient en l'air, quand elles trouvèrent Lituma et la Sauvage elles leur firent des petites tapes affectueuses, ça me plaît comme ça, les enfants, paternellement.

— La nuit des rencontres, cher vieux, dit Lituma. Vous voyez comme je me suis bien conduit. Remplis les verres, Chunga *Chunguita*, et toi aussi remplis-t'en un.

Il vida son verre d'un trait et resta à haleter, la figure humide

162

de bière, de salive qui dégoulinait sur les revers répugnants de sa veste.

— T'en as un cœur, cousin, dit le Singe. Grand comme le soleil!

— Mon âme, mon cœur et ma vie, dit Lituma. Je veux entendre cette valse, don Anselmo. Soyez aimable, faites-moi ce plaisir.

— C'est cela, pensez un peu à l'orchestre, dit la Chunga. Là-bas dans le fond il y en a qui protestent, on le réclame.

— Laisse-le un moment avec nous, *Chunguita*, dit la voix de José, mielleuse, douceâtre, fondue. Que le grand artiste vienne prendre quelques verres avec nous.

Mais don Anselmo avait fait demi-tour et, docilement, réintégrait le coin des musiciens, en tâtonnant le long du mur et en traînant les pieds, et Lituma, qui tenait toujours la Sauvage dans ses bras, buvait sans la regarder.

— Chantons l'hymne, dit le Singe. T'as le cœur grand comme le soleil, cousin!

La Chunga elle aussi s'était mise à boire. Indolents et opaques, à demi morts, ses yeux observaient les uns et les autres, les indomptables et la Sauvage, la masse obscure des hommes et des pensionnaires qui au milieu des murmures et des rires tanguait sur la piste de danse, les couples qui montaient l'escalier, les groupes imprécis dans les coins. Josefino, accoudé au comptoir, ne buvait pas, il regardait du coin de l'œil les frères León qui trinquaient. Alors on entendit la harpe, la guitare, le tambour, les cymbales, un frisson parcourut la piste de danse. Les petits yeux de Lituma s'enthousiasmèrent :

— Mon âme, mon cœur et ma vie. Ah, ces valses qui éveillent les souvenirs. On va danser, *chinita*.

Il entraîna la Sauvage sans la regarder, ils se perdirent tous les deux parmi les corps entassés et les ombres, et les León chantaient et marquaient le rythme en battant des mains. Calme et désagréable, le regard de la Chunga demeurait maintenant posé sur Josefino, comme si elle avait voulu lui communiquer son incroyable indolence.

— Un vrai miracle, *Chunguita*, dit Josefino : tu bois.

— La frousse que tu peux avoir, dit la Chunga et, un instant, une lueur moqueuse apparut dans ses yeux. Ce que tu as peur, indomptable.

— Y a pas de raison d'avoir peur, dit Josefino. Et tu vois si je tiens parole, y a pas eu la moindre histoire.

— Une frousse à pas pouvoir te retenir, dit la Chunga en riant sans en avoir envie, qui te fait trembler la voix, Josefino.

III

Les jambes nues du sergent pendaient de l'escalier du poste et autour tout ondulait, les collines boisées, les *capironas* de la place de Santa María de Nieva, les cabanes elles-mêmes se balançaient comme des vagues au passage du vent tiède et sifflant. Le bourg était plongé dans les ténèbres et les gardes ronflaient, nus sous les moustiquaires. Le sergent alluma une cigarette. Il en tirait les dernières bouffées lorsque, à l'improviste, derrière le bosquet de bambous, silencieusement apporté par les eaux du Nieva, le bateau apparut, avec sa cahute conique à la poupe et des silhouettes évoluant sur le pont. Il n'y avait pas de brume et du poste on apercevait clairement l'embarcadère à la lueur de la lune. Quelqu'un sauta du bateau, courut en évitant les pieux de la petite plage, disparut dans les ombres de la place et reparut un moment après, tout près du poste cette fois : le sergent pouvait maintenant reconnaître le visage de Lalita, son allure décidée, sa chevelure, ses bras robustes se balançant autour de ses hanches massives. Il se redressa à moitié et attendit qu'elle fût parvenue au pied de l'escalier :

— Bonne nuit, sergent dit Lalita. C'est une chance que je vous aie trouvé éveillé.

— Je suis de garde, madame, dit-il. Bonne nuit à vous aussi. Vous voudrez bien m'excuser.

— Parce que vous êtes en slip? dit Lalita en riant. Ne vous en faites pas, les *chunchos* c'est bien pire.

— Avec cette chaleur, ils ont raison d'être à poil. — Le sergent, presque de profil, s'appuyait contre la balustrade. — Mais les bestioles sont à la fête, j'ai tout le corps qui me brûle déjà.

165

Lalita avait la tête rejetée en arrière et la lumière de la petite lampe du poste éclairait son visage aux innombrables boutons secs, et ses cheveux dénoués qui ondulaient aussi, dans son dos, comme un manteau yagua fait de fibres infiniment fines.

— Nous nous rendons à Pato Huachana, dit Lalita. Il y a un anniversaire et les fêtes commencent demain matin de bonne heure. Nous n'avons pas pu partir plus tôt.

— Que voulez-vous, madame, dit le sergent. Buvez quelques verres à ma santé.

— Nous emmenons les enfants aussi, dit Lalita. Mais Bonifacia n'a pas voulu venir. Elle a toujours peur des gens.

— Quelle bêtasse, cette fille, dit le sergent. Manquer une occasion comme celle-là, quand on voit combien les occasions de s'amuser sont rares ici.

— Nous y resterons jusqu'à mercredi, dit Lalita. Si elle a besoin de quelque chose, la pauvre, vous voudrez bien l'aider?

— Avec beaucoup de plaisir, madame, dit le sergent. Seulement vous avez bien vu, les trois fois que je suis allé chez vous elle n'est même pas sortie sur la porte.

— Les femmes sont très malignes, dit Lalita, vous ne vous en êtes pas encore rendu compte? Maintenant qu'elle est toute seule, elle va bien être obligée de sortir. Allez-y faire un petit tour demain.

— De toute façon, madame, dit le sergent. Savez-vous que lorsque la barque est apparue j'ai cru que c'était le bateau fantôme? Celui des squelettes, qui prend les noctambules à bord. Je n'étais pas superstitieux, mais ici vous m'avez contaminé.

Lalita se signa, lui fit signe de se taire, sergent, vous voyez bien que nous allons voyager de nuit, comment pouvait-il parler de ces choses? A mercredi donc, ah! il y avait Adrián qui lui faisait dire bien des choses. Elle s'éloigna comme elle était venue, en courant, et le sergent, avant de rentrer dans le poste pour s'habiller, attendit que la silhouette se dessinât une fois encore entre les pieux et qu'elle sautât dans la barque : mon vieux, on lui faisait son lit. Il prit sa chemise, son pantalon et ses souliers, lentement, entouré par la respiration tranquille des gardes, sans doute le bateau s'éloignait-il déjà dans la direction du Marañón entre les canots et les barcasses et, à la poupe, Adrián Nieves devait enfoncer et

retirer sa perche. Ces gens de la forêt, ils voyageaient avec leur maison et tout, comme ce vieux, Aquilino, était-ce vrai qu'il était sur les fleuves depuis vingt ans? quelles mœurs! On entendit ronfler le moteur, un bramement puissant qui effaça les battements d'ailes, les bruissements, le cri-cri des grillons, puis diminua, s'éloigna, et les bruits de la forêt ressuscitèrent l'un après l'autre, reprirent possession de la nuit : maintenant, une fois de plus, régnait seule la rumeur habituelle, végétale animale. Une cigarette aux lèvres, la chemise retroussée sur les coudes, le sergent descendit l'escalier en guettant dans toutes les directions et alla jusqu'à la cabane du lieutenant : une respiration étouffée, tremblante presque, traversait la toile métallique. Il avança, sur le sentier, rapidement, entre des croassements impossibles à différencier, des pupilles lumineuses de hibous ou de chouettes et la grêle mélodie exaspérée des grillons, sentant sur sa peau des frôlements furtifs, des piqûres comme d'une épingle, écrasant des touffes tendres qui craquaient, des feuilles sèches qui murmuraient en se défaisant sous ses pieds. En arrivant devant la cabane de Nieves le pilote il se retourna : de blanchâtres transparences voilaient le village, mais au sommet des collines les murs clairs et les tôles brillantes de la Résidence des mères se détachaient nettement, on apercevait aussi le fronton de la chapelle et son clocher mince et grisâtre, pointant vers le vide vaste et bleu. La muraille circulaire de la forêt, constamment agitée d'un doux tremblement, proférait sans arrêt un ronronnement identique, une espèce d'interminable bâillement guttural, et dans la flaque où le sergent se tenait les pieds enfoncés, des sangsues au corps chaud et gélatineux heurtaient furtivement ses chevilles. Il se pencha, se mouilla le front, grimpa l'escalier. L'intérieur de la cabane était plongé dans l'ombre et une odeur intense, différente de celle de la forêt, montait des pilotis, comme s'il y avait eu les restes d'un repas ou un cadavre en décomposition; alors, dans le champ, un chien se mit à aboyer. De l'ouverture qui séparait la cloison et le toit quelqu'un pouvait être en train d'observer le sergent, deux de ces bruissantes petites lueurs pouvaient être des yeux de femme et non pas des lucioles : était-il un Mangache, oui ou non? Qu'avait-il fait de son courage? Il parcourait la galerie sur la pointe des pieds, en regardant de tous les côtés,

le chien aboyait toujours au loin. Le rideau était tiré et par son ouverture toute noire la cabane exhalait des odeurs épaisses.

— Je suis le sergent, don Adrián, cria-t-il. Excusez-moi si je vous réveille.

Quelque chose d'inquiet, un remue-ménage instantané, ou bien est-ce un gémissement? et de nouveau le silence. Le sergent s'avança jusqu'au seuil, éleva sa lampe et l'alluma : une petite lune ronde et jaune errait nerveusement sur des jarres de grès, des épis de maïs, des marmites, un seau d'eau, don Adrián : vous êtes là? Il avait à lui parler, don Adrián, et tandis que le sergent bredouillait, la lune, légère et pâle, escaladait la cloison, découvrant des étagères garnies de boîtes de conserve, rampait sur le plancher et allait avidement d'un brasero éteint à des rames, d'un tas de couvertures à un rouleau de corde et, soudain, une tête qui s'enfonçait, des genoux, deux bras en train de se replier : bonsoir, don Adrián n'était pas là? La lune s'était arrêtée sur ce corps de femme ramassé sur lui-même, sa lumière chétive tremblait sur des hanches immobiles. Pourquoi faisait-elle semblant de dormir? Le sergent lui parlait et elle ne lui répondait pas, pourquoi était-elle comme ça, il fit deux pas et la tête s'enfonça encore un peu plus entre les bras, pourquoi, mademoiselle? La peau était aussi claire que le disque qui la parcourait, une *itípak* de couleur écrue couvrait son corps des genoux aux épaules. Le sergent savait comment on s'y prend avec les gens, pourquoi avait-elle peur de lui, est-ce qu'il serait venu voler, des fois? Le sergent se passa la main sur le front et la lune vibra, s'affola, la femme avait disparu et maintenant l'auréole jaune la cherchait, découvrait des pieds, des chevilles. Elle gardait la même position, mais le corps tendu trahissait à présent un frisson, un mouvement qui se répétait en de très brèves rafales. Il n'était pas un voleur, sergent ce n'était tout de même pas rien, il était payé, logé, nourri, il n'avait besoin de voler personne, il n'était pas malade non plus. Pourquoi était-elle comme cela, mademoiselle? Qu'elle se lève, il voulait seulement bavarder un peu, pour mieux se connaître, n'est-ce pas? Il fit deux pas de plus et s'accroupit. Elle s'était arrêtée de trembler, c'était maintenant une forme rigide, on ne l'entendait pas respirer, pourquoi avait-elle peur de lui, voyons, et le sergent tendit une main, voyons, craintivement vers ses

168

cheveux, il ne fallait pas avoir peur de lui, *chinita*, le contact de filaments rugueux sur la pointe des doigts et, comme une révolution dans l'ombre, quelque chose de dur s'éleva, frappa et le sergent tomba sur son séant, en battant des mains dans l'ombre. La lune, une seconde, dessina une silhouette qui franchissait le seuil, sur la galerie les planches grinçaient sous les pieds qui fuyaient précipitamment. Le sergent sortit en courant, elle était à l'autre bout, penchée sur la balustrade, secouant sa tête comme une folle, *chinita*, surtout ne te jette pas à l'eau. Le sergent glissa, merde, et continua de courir, qu'est-ce que tu as cru, mais viens donc, *chinita*, et elle dansait toujours, contre la balustrade qui la renvoyait, affolée comme un insecte prisonnier dans le verre de la lampe. Elle ne se jetait pas à l'eau, pas plus qu'elle ne lui répondait, mais quand le sergent l'attrapa par les épaules, elle se retourna et lui fit front comme un petit tigre, *chinita*, pourquoi l'égratignait-elle? la cloison et la balustrade se mirent à craquer, pourquoi le mordait-elle? étouffant le halètement sourd des deux corps qui se débattaient, mais pourquoi le griffait-elle, *chinita*? et le cri angoissé, déchirant de la femme. La peau, la chemise et le pantalon du sergent étaient humides, l'haleine de la forêt était une rafale solaire qui l'emplissait, qui l'imprégnait, *chinita*. Il avait réussi à lui prendre les mains, il l'écrasait de tout son poids contre la cloison et, brusquement il lui fit un croc-en-jambe, il la fit tomber et tomba en même temps qu'elle, elle ne s'était pas fait mal, bêtasse? Par terre, elle se défendait à peine mais gémissait plus fort, le sergent avait l'air tout échauffé, *chinita*, *chinita*, tu as vu? il sacrait, les dents serrées, et grimpait peu à peu sur elle, *mamita*. Il était venu causer tout simplement, et c'était elle, la coquine, c'était elle qui l'avait mis dans cet état, *chinita*, et sous le corps du sergent son corps à elle se montrait fuyant mais résigné. Elle bougea légèrement lorsque la main du sergent tira sur l'*itípak* et l'arracha, puis elle resta tranquille tandis qu'il caressait ses épaules mouillées, ses seins, sa ceinture, *chinita* : il en était fou, il rêvait à elle depuis le premier jour, pourquoi s'était-elle esquivée? bêtasse, elle n'avait pas envie de faire l'amour? Elle poussait un sanglot parfois, mais ne luttait plus, et elle demeurait dure et inerte, ou molle et inerte, mais elle serrait les cuisses avec obstination, bêtasse, *chinita*, pourquoi faisait-

elle ça, voyons? qu'elle lui fasse un petit baiser, et la bouche du sergent s'efforçait de séparer ces lèvres soudées, tout son corps s'était mis à onduler, à cogner contre l'autre corps, *chinita*, vilaine que tu es, qu'est-ce que ça lui faisait, pourquoi ne voulait-elle pas et n'ouvrait-elle pas sa bouche, ses jambes, *mamita* : il rêvait d'elle depuis le premier jour. Puis le sergent se calma, sa bouche s'écarta des lèvres fermées, son corps se laissa glisser sur le côté et il resta étendu le dos contre les planches, la respiration pénible. Quand il ouvrit les yeux, elle était debout, à le regarder, et ses yeux étaient phosphorescents dans la pénombre, sans hostilité, avec une espèce d'étonnement tranquille. Le sergent se releva, en s'appuyant contre la balustrade, tendit une main et elle se laissa toucher les cheveux, la figure, *chinita*, dans quel état elle l'avait mis, quelle petite bêtasse, elle l'avait laissé épuisé, et agressivement il la prit dans ses bras et l'embrassa. Elle n'opposa aucune résistance et, après un moment, timidement, ses mains se posèrent sur l'épaule du sergent, sans forces, comme si elles s'y étaient reposées, petite : jamais elle n'avait connu d'homme jusqu'à maintenant, dis? Elle se cambra un peu, se tendit, colla sa bouche contre l'oreille du sergent : elle n'en avait pas connu jusqu'à maintenant, *patroncito*, non.

Nous étions sur l'Apaga, et les Huambisas avaient découvert des traces, dit Fushía, et je me suis laissé couillonner par ces salauds. Il faut les suivre, patron, ils doivent être chargés de gomme, ils vont sûrement livrer celle qu'ils ont ramassée cette année. Je les ai crus, nous avons suivi les traces, mais ce n'était pas après la gomme qu'ils couraient, les salauds, mais après la bagarre.

— Ce sont des Huambisas, dit Aquilino. Tu devrais les connaître, Fushía. C'est comme ça qu'ils ont rencontré les Shapras?

— Oui, sur les rives du Pushaga, dit Fushía. Ils n'avaient pas la moindre boule de gomme, et ils nous ont tué un Huambisa avant même qu'on ait débarqué. Les autres sont devenus furieux, il n'y avait pas moyen de les arrêter. Tu ne peux pas te figurer, Aquilino.

— Bien sûr que je me figure, ç'a dû être un sacré carnage, dit Aquilino. C'est les plus vindicatifs des païens. Ils en ont tué beaucoup?

— Non, presque tous les Shapras ont eu le temps de se réfugier dans la forêt, dit Fushía. Il ne restait que deux femmes quand nous sommes entrés. La première, il lui ont coupé la tête, l'autre c'est celle que tu connais. Mais ça ne m'a pas été facile de l'emmener à l'île. Il a fallu que je les menace de mon revolver, ils voulaient la tuer elle aussi. C'est comme ça qu'a commencé l'histoire de la Shapra, vieux.

Deux Huambisas étaient arrivés? Lalita courut au village, avec Aquilino accroché à sa jupe, et des femmes pleuraient en poussant des cris : on avait tué un des leurs sur le Pushaga, patronne, les Shapras l'avaient tué d'une flèche empoisonnée. Et le patron et les autres? Il ne leur était rien arrivé, ils rentreraient plus tard, ils venaient lentement, ils étaient très chargés avec ce qu'ils avaient trouvé dans un village aguaruna de l'Apaga. Lalita ne revint pas dans la cabane, elle resta près des *lupunas*, à regarder le plan d'eau, l'embouchure du chenal, à attendre qu'ils apparaissent. Mais elle se fatigua d'attendre et elle erra sur l'île, Aquilino toujours accroché à sa jupe : le petit bassin des tortues, les trois cabanes des Blancs, le village huambisa. Les païens n'avaient plus peur des *lupunas*, ils vivaient au milieu d'eux, ils les touchaient, et les parents du mort pleurant toujours, se roulaient par terre. Aquilino courut vers des vieilles qui tressaient des feuilles d'*ungurabi*. Il faut changer les toits, disaient-elles, ou bien la pluie viendra, elle pénétrera et nous mouillera.

— Quel âge pouvait avoir la Shapra quand tu l'as emmenée à l'île? dit Aquilino.

— C'était une fillette, elle avait dans les douze ans, dit Fushía. Et elle était intacte, Aquilino, personne ne l'avait touchée. Elle ne se comportait pas comme une bête, vieux, elle correspondait aux sentiments, elle était affectueuse comme un petit animal.

— Pauvre Lalita, dit Aquilino. Quelle tête elle a dû faire en te voyant arriver en sa compagnie, Fushía.

— N'aie pas de pitié pour cette salope, dit Fushía. Ce que je regrette, c'est de ne pas l'avoir fait souffrir suffisamment, la salope, l'ingrate.

171

Ils étaient féroces, batailleurs? Peut-être, mais bons avec Aquilino. Ils lui avaient appris à fabriquer des flèches, des harpons, ils le laissaient jouer avec les branches qu'ils limaient pour faire leurs sarbacanes, et ils n'étaient peut-être pas très vaillants pour certaines choses, mais c'était bien à eux, après tout, qu'on devait les cabanes, les champs et les couvertures. Et est-ce qu'ils n'apportaient pas de la nourriture quand les boîtes de don Aquilino étaient finies? Et Fushía : encore une chance que ce soit des indigènes et qu'ils se contentent de la bagarre et de la vengeance, s'il fallait partager les bénéfices avec eux, on serait pauvres, et Lalita si un jour, Fushía, ils devenaient riches, c'est aux Huambisas qu'ils le devraient.

— Quand j'étais gamin, à Moyobamba, on allait en groupe épier les femmes des Lamistas, dit Aquilino. Des fois y en avait une qui s'écartait et on lui tombait dessus sans voir si elle était jeune ou vieille, jolie ou laide. Mais ça ne peut jamais être pareil avec une *chuncha* qu'avec une chrétienne.

— C'est qu'avec celle-là, vieux, il m'est arrivé quelque chose d'autre, dit Fushía. Non seulement ça me plaisait de me l'envoyer, mais aussi de rester couché avec elle dans le hamac et de la faire rire. Et je me disais dommage de pas savoir le shapra, on pourrait parler.

— Caramba, Fushía, t'es en train de sourire, dit Aquilino. Tu te souviens d'elle et t'es tout content. Qu'est-ce que t'avais envie de lui dire?

— N'importe quoi, dit Fushía, comment tu t'appelles, tourne-toi, ris encore une fois. Ou qu'elle me pose des questions sur ma vie et que je la lui raconte.

— Eh ben mon gars, dit Aquilino. T'étais tombé amoureux de la *chunchita*.

Au début, ils faisaient comme s'ils ne la voyaient pas ou comme si elle n'existait pas. Lalita passait et ils continuaient à piler la *chambira*, à tirer les fibres, sans relever la tête. Plus tard, les femmes commencèrent à se retourner, à rire d'elle, mais elles ne lui répondaient pas et elle est-ce qu'elles ne la comprenaient pas? Fushía leur avait-il interdit de lui parler? Mais elles jouaient avec Aquilino et, une fois, une Huambisa avait couru, les avait rattrapés, avait passé autour du cou d'Aquilino un collier de graines et de coquillages, cette Huambisa qui était partie sans rien dire à personne et n'était jamais

172

revenue. Et Fushía c'était bien la pire des choses, ils venaient quand ils voulaient, ils s'en allaient quand ça leur chantait, ils revenaient au bout d'x mois comme de rien : c'était quelque chose d'avoir à faire à des païens, Lalita.

— La pauvre, ils lui flanquaient la frousse, un Huambisa s'approchait et elle se jetait à mes pieds, elle se serrait contre moi en tremblant, dit Fushía. Elle avait plus peur des Huambisas que du diable, vieux.

— Si ça tombe, c'était sa mère, la femme qu'ils avaient tuée sur le Pushaga, dit Aquilino. D'ailleurs tous les païens ont les Huambisas en horreur. Ils sont orgueilleux, ils méprisent tout le monde, ils sont plus mauvais que n'importe quelle autre tribu.

— Je les préfère aux autres, dit Fushía. Et pas seulement parce qu'ils m'ont aidé. J'aime leur façon d'être. Tu as déjà vu un Huambisa domestique ou péon. Ils ne se laissent pas exploiter par les chrétiens. Ils n'aiment que la chasse ou la guerre.

— C'est bien pour ça qu'on va tous les supprimer, il en restera seulement pas un comme échantillon, dit Aquilino. Mais toi tu les as bien exploités à ta fantaisie, Fushía. Tout le mal qu'ils ont fait sur le Morona, sur le Pastaza et sur le Santiago, c'était pour te faire gagner de l'argent.

— C'était moi qui leur trouvais des fusils et qui les menais où se trouvaient leurs ennemis, dit Fushía. A leurs yeux je n'étais pas le patron, mais l'allié. Je me demande ce qu'ils peuvent bien faire de la Shapra, à présent. Ils l'ont sûrement enlevée à Pantacha à l'heure qu'il est.

Les parents du mort continuaient de pleurer et se piquaient avec les épines jusqu'à ce que le sang apparaisse, patronne, pour se détendre, avec le mauvais sang les peines et les souffrances s'en allaient, et Lalita c'était peut-être vrai après tout, un jour qu'elle souffrirait elle se piquerait et elle verrait bien. Et brusquement des hommes et des femmes se levèrent et coururent vers la rive escarpée. Ils grimpaient aux *lupunas*, montraient le plan d'eau, arrivaient-ils? oui, de l'embouchure du chenal sortit un canot, un pilote, Fushía, très chargé, un autre canot, Pantacha, Jum, encore plus chargé, des Huambisas et Nieves. Et Lalita regarde Aquilino, tout ce caoutchouc, jamais elle n'en avait tant vu, Dieu les aidait, ils ne tarderaient pas à devenir riches et ils partiraient pour l'Équateur, et Aquilino

173

poussait des hurlements, comprenait-il? mais quel malheur qu'ils aient tué un Huambisa.

— Il sera resté sans femme et sans patron, dit Fushía. Il a dû me chercher partout, le pauvre, et il aura pleuré et crié de malheur.

— T'as pas à le plaindre, Pantacha, dit Aquilino. C'est un chrétien perdu, ses décoctions l'ont rendu fou. Il se sera même pas rendu compte de ton départ. Quand je suis allé sur l'île, pour la dernière fois, il m'a même pas reconnu.

— Et qui crois-tu qui m'a donné à manger après le départ de ces salauds? dit Fushía. Il me faisait la cuisine, il allait à la chasse et à la pêche pour moi. Je ne pouvais plus me lever, vieux, et lui il était toute la journée près de mon lit, comme un chien. Il a dû pleurer, vieux, je t'assure.

— Moi aussi il m'est arrivé de toucher aux décoctions, des fois, dit Aquilino. Mais le Pantacha y a pris goût et il tardera pas à claquer.

Les Huambisas déchargeaient les boules noires, les peaux, barbotaient entre les canots, Lalita faisait bonjour du haut de l'escarpement, et c'est alors qu'elle apparut : elle n'était ni Huambisa ni Aguaruna, elle avait l'air comme parée pour une fête : des colliers verts, jaunes, rouges, un diadème de plumes, des disques aux oreilles et une longue *itípak* à motifs noirs. De l'escarpement, les femmes huambisas la regardaient elles aussi, Shapra? Shapra, murmuraient-elles et Lalita prit Aquilino, courut jusqu'à la cabane et s'assit sur les marches. Ils y mettaient du temps, on voyait au loin passer les Huam- bisas, la gomme sur le dos, et Pantacha qui faisait étendre les cuirs au soleil. Nieves le pilote vint enfin, son chapeau de paille à la main : ils étaient allés loin, patronne, ils avaient trouvé les eaux en crue, c'est pour ça que le voyage avait tellement duré, et elle plus d'un mois. On leur avait tué un Huambisa, elle le savait, ceux qui étaient arrivés le matin le lui avaient raconté. Le pilote se coiffa et entra dans sa cabane. Plus tard Fushía vint, et elle le suivait. Son visage aussi était comme pour une fête, très maquillé, et quand elle marchait ses disques, ses colliers résonnaient, Lalita : il lui avait ramené cette domestique, une Shapra du Pushaga. Les Huambisas lui faisaient peur, elle ne comprenait rien, il faudrait lui apprendre un peu à parler chrétien.

174

— Tu dis toujours du mal du Pantacha, dit Fushía, tu as bon cœur avec tout le monde, vieux, sauf avec lui.

— C'est moi qui l'ai recueilli et qui l'ai emmené dans l'île, dit Aquilino. Si ç'avait pas été de moi, il serait déjà mort depuis longtemps. Mais il me dégoûte. Il devient comme une bête, Fushía. Pire que ça, il regarde sans regarder, il entend sans entendre.

— Moi, il ne me dégoûte pas parce que je connais son histoire, dit Fushía. Pantacha n'a pas de caractère, quand il rêve il se sent fort et il oublie les malheurs qui lui sont arrivés, son ami qui est mort sur l'Ucayali. Où est-ce que tu l'as rencontré, vieux? De ce côté-là plus ou moins?

— Plus bas, sur une petite plage, dit Aquilino. Il était en train de rêver, presque nu et à moitié mort de faim. Je me suis rendu compte qu'il fuyait. Je l'ai fait manger et il m'a léché les mains, un vrai chien, comme tu disais avant.

— Offre-moi un petit verre, dit Fushía. Et maintenant je vais dormir vingt quatre heures d'affilée. Nous avons fait un très mauvais voyage, le canot de Pantacha a versé avant d'entrer dans le chenal. Et sur le Pushanga nous avons eu une bagarre avec les Shapras.

— Donne-la à Pantacha ou au pilote, dit Lalita. J'ai assez de domestiques, je n'ai pas besoin de celle-là. Pourquoi l'as-tu ramenée?

— Pour qu'elle t'aide, dit Fushía. Et parce que ces chiens-là voulaient la tuer.

Mais Lalita s'était mise à pleurnicher, est-ce qu'elle n'avait pas été une femme comme il faut? ne l'avait-elle pas toujours accompagné? la prenait-il pour une imbécile? n'avait-elle pas fait ce qu'il avait voulu? et Fushía se déshabillait, tranquillement, jetant ses vêtements de tous les côtés, qui est-ce qui commandait ici? depuis quand lui tenait-on tête? Et finalement quelle merde : l'homme n'était pas comme la femme, il avait besoin de changer un peu, il n'aimait pas les pleurnicheries et, d'ailleurs, pourquoi se plaignait-elle du moment que la Shapra n'allait rien lui prendre, il lui avait déjà dit, elle serait sa domestique.

— Tu l'as laissée évanouie, baignant dans son sang, dit Aquilino. Je suis arrivé un mois plus tard et Lalita était encore toute couverte de bleus.

— Elle t'a raconté que je l'avais battue, mais elle, elle voulait tuer la Shapra, dit Fushía. Au moment où j'allais m'endormir je l'ai vue prendre le revolver et ça m'a mis en colère. D'ailleurs, la salope, elle s'est bien vengée des coups que je lui ai donnés.

— Lalita a le cœur en or, dit Aquilino. Si elle est partie avec Nieves, elle ne l'a pas fait pour se venger de toi, mais par amour. Et si elle a voulu tuer la Shapra, ç'a pu être par jalousie, mais pas par haine. Elle s'en est fait une amie d'elle aussi, par la suite?

— Plus que des Achuales, dit Fushía. Tu ne l'as pas vu, non? Elle ne voulait pas que je la refile à Nieves, elle disait il vaut mieux qu'elle reste, c'est elle qui m'aide. Et quand Nieves l'a refilée au Pantacha, elles ont pleuré ensemble, elle et la Shapra. Elle lui avait appris à parler chrétien, et tout.

— Les femmes sont bizarres, c'est difficile de les comprendre, des fois, dit Aquilino. On va manger un morceau à présent. Seulement j'ai mes allumettes qui ont pris l'eau, je sais pas comment je vais allumer·ce fourneau.

C'était une vieille à présent, elle vivait toute seule et son unique compagnon était l'âne, ce bourricot au poil jaunâtre et à l'allure lente et pompeuse sur lequel, chaque matin, elle chargeait des corbeilles de linge ramassé la veille chez les bourgeois. Dès que la pluie de sable s'arrêtait, Juana Baura sortait de la Gallinacera une branche de caroubier à la main et, de temps en temps, en stimulait l'animal. Elle tournait là où s'interrompt la balustrade du Quai, descendait à petits sauts un raidillon poussiéreux, passait sous les piles métalliques du Vieux Pont et s'installait à l'endroit où le Piura a entamé la rive et où son eau semble dormir. Assise sur une pierre du fleuve, de l'eau jusqu'aux genoux, elle se mettait à frotter et l'âne, pendant ce temps, comme l'eût fait un homme oisif ou très fatigué, se laissait tomber sur le sable doux, dormait, prenait le soleil. Il y avait parfois d'autres lavandières avec qui bavarder. Si elle était seule Juana Baura essorait une nappe, chantonnait, un jupon, coquin de guérisseur pour un peu tu m'aurais

176

tuée, savonnait un drap, demain c'est le premier vendredi du mois, mon père je me repens de tous mes péchés. Le fleuve avait blanchi ses chevilles et lui conservait les mains lisses, fraîches et jeunes, mais le temps ridait et fonçait de plus en plus le reste de son corps. D'ordinaire ses pieds, en pénétrant dans le fleuve, s'enfonçaient dans un mol lit de sable ; parfois, au lieu de la faible résistance habituelle, ils rencontraient une matière solide, ou quelque chose de visqueux et de glissant comme un poisson prisonnier de la boue : ces minuscules différences étaient la seule chose altérant l'identique routine de ses matinées. Mais ce samedi-là elle entendit brusquement sangloter dans son dos, un sanglot déchirant et tout proche : elle perdit l'équilibre, tomba assise dans l'eau, la corbeille qu'elle portait sur la tête se renversa, le linge partit à la dérive. Grommelant et se démenant, Juana récupéra la corbeille, les chemises, les caleçons et les robes, et c'est alors qu'elle vit don Anselmo : il se tenait la tête entre les mains et l'eau du bord lui mouillait les bottes. La corbeille retomba dans le fleuve et, avant que le courant ne la remplît et ne la fît couler, Juana était sur la plage, près de lui. Confuse, elle bredouilla quelques mots de surprise et de consolation, mais don Anselmo pleurait toujours en gardant la tête baissée. « Ne pleurez pas, disait Juana. — Et le fleuve prenait possession du linge, l'éloignait silencieusement. — Je vous en prie, remettez-vous, don Anselmo, qu'est-ce qui vous est arrivé, êtes-vous malade ? le docteur Zevallos habite juste en face, voulez-vous que je l'appelle ? vous ne pouvez pas savoir la peur que vous m'avez faite. » L'âne avait ouvert les yeux et les regardait obliquement. Don Anselmo devait être là depuis un bon moment, son pantalon, sa chemise et ses cheveux étaient tout éclaboussés de sable, et son chapeau, qui était tombé à ses pieds, avait été recouvert par la terre. « Je vous en supplie, don Anselmo, disait Juana, qu'est-ce qui vous arrive, ça doit être bien triste pour que vous pleuriez comme une femme. » Et Juana se signa, quand il releva la tête : les paupières enflées, de grands cernes, la barbe longue et sale. Et Juana « don Anselmo, dites-moi si je peux vous aider, don Anselmo », et lui « madame, je vous attendais », et sa voix se brisa. « Moi, don Anselmo ? » dit Juana, les yeux grands ouverts. Il fit signe que oui, reprit sa tête entre ses mains, sanglota, et elle « mais don Anselmo » et il hurla « Toñita vient de mourir,

177

doña Juana », et elle « que dites-vous, mon Dieu, que dites-vous ? » et lui « elle vivait avec moi, ne me haïssez pas », et sa voix se brisa. Il tendit alors à grand-peine un bras et désigna les sablons : la verte construction étincelait sous le ciel bleu. Mais Juana Baura ne le voyait pas. En trébuchant elle atteignait le Quai, courait, poussait des cris d'effroi, les fenêtres s'ouvraient à son passage et des visages surpris apparaissaient.

Julio Reátegui lève la main : suffit comme ça, qu'il s'en aille. Le caporal Roberto Delgado se redresse, lâche le ceinturon, essuie son visage congestionné et suant, et le capitaine Quiroga t'es allé trop loin, il était sourd ou bien il ne comprenait pas les ordres. Il s'approche de l'Urakusa étendu par terre, le remue avec le pied, l'homme se plaint faiblement. C'est qu'il s'y habituait, mon capitaine, et puis il voulait faire le malin, il allait voir. Le caporal lâche un juron, se frotte les mains, prend son élan, cogne et au second coup de pied l'Aguaruna, comme un félin, bondit, caramba, le caporal avait raison, un type résistant, et court à toute vitesse, cuivré, courbé, et le capitaine qui croyait qu'il était allé trop loin. Il n'en restait qu'un, monsieur Reátegui, et puis Jum, lui aussi ? Non, cette tête de lard, on l'emmenait à Santa María de Nieva, mon capitaine. Julio Reátegui boit une gorgée à sa gourde et crache : qu'on amène l'autre et qu'on en finisse une bonne fois, mon capitaine, il n'était pas fatigué ? il buvait un petit coup ? Le caporal Roberto Delgado et deux soldats s'éloignent dans la direction de la case où sont les prisonniers, par le centre de la clairière. Un sanglot rompt le silence qui pèse sur le village, ils regardent tous du côté des tentes : la gamine et un soldat se débattent près de l'escarpement, imprécis contre un ciel qui vire au noir. Julio Reátegui se lève, met ses mains en porte-voix : qu'est-ce qu'il lui avait dit, soldat ? Il ne voulait pas voir ça, pourquoi ne la faisait-il pas entrer sous une tente et le capitaine sacré con ! le poing levé : il n'avait qu'à jouer avec elle, l'amuser. Une pluie fine tombe sur les cases d'Urakusa et de petits nuages de vapeur s'élèvent de la berge, la forêt souffle sur la clairière des bouffées d'air chaud, le ciel est déjà plein d'étoiles. Le soldat et la gamine disparaissent sous une tente et le caporal Roberto

178

Delgado, avec deux soldats, traîne un Urakusa qui s'immobilise devant le capitaine en grouinant quelque chose. Julio Reátegui fait un signe à l'interprète : puni pour avoir manqué de respect à l'autorité, jamais plus battre soldat, jamais tromper patron Escabino, sinon ils reviendraient et le châtiment serait pire. L'interprète gueule et fait de grands gestes et, pendant ce temps, le caporal remplit d'air ses poumons, se frotte les mains, ramasse le ceinturon, monsieur. Traduire? oui, comprendre? oui et l'Urakusa, tout petit, ventru, va d'un côté à l'autre, fait des sauts de grillon, jette des regards en coulisse, essaie de franchir le cercle et les soldats tournent, un remous, l'attrapent, se le renvoient. Finalement l'homme reste immobile, cache sa figure et se tasse sur lui-même. Il résiste de pied ferme pendant un bon moment, en hurlant à chaque coup de ceinturon, puis il s'écroule et le gouverneur lève la main : qu'il s'en aille, les moustiquaires étaient-elles prêtes? Oui, don Julio, tout est prêt, mais moustiquaires ou pas, le capitaine avait eu la figure dévorée pendant tout le voyage, ça le brûlait, et le gouverneur attention à Jum, mon capitaine, qu'on ne le laisse pas seul. Cela fait rire le caporal Delgado : serait-il sorcier qu'il ne s'échapperait pas, monsieur, il était attaché et en plus on le surveillerait toute la nuit. Assis par terre, l'Urakusa regarde les uns et les autres à la dérobée. La pluie a cessé, les soldats apportent du bois sec, allument un feu, de hautes flammes jaillissent près de l'Aguaruna qui se palpe doucement la poitrine et le dos. Qu'attendait-il? d'autres coups de fouet? On rit chez les soldats, le gouverneur et le capitaine les regardent. Ils sont accroupis devant le feu qui, en crépitant, rougit leurs visages et les déforme. Pourquoi ces rires étouffés? Voyons, toi, et l'interprète s'approche : maré rester. Mon capitaine. L'officier ne comprenait pas, qu'il s'exprime plus clairement et Julio Reátegui sourit : c'était le mari d'une des femmes de la case, et le capitaine ah, c'est pour ça qu'il ne s'en allait pas, ce bandit, compris. C'était vrai, Julio Reátegui avait lui aussi oublié ces dames, mon capitaine. Silencieusement, tous ensemble, les soldats se lèvent et se pressent autour du gouverneur : yeux fixes, bouches tendues, regards ardents. Mais le gouverneur représentait l'autorité, c'était à lui, don Julio, qu'il revenait de prendre les décisions, le capitaine n'était qu'un simple exécutant. Julio Reátegui examine les soldats enkystés les uns

dans les autres; sur les corps indifférenciables, les têtes se tendent vers lui, la lueur du feu fait briller les joues et les fronts. Ils ne sourient pas, ne baissent pas le front, ils attendent immobiles, bouche entrouverte : bah, le gouverneur hausse les épaules, du moment qu'ils insistaient. Imprécis, anonyme, un murmure vibre au-dessus des têtes, le groupe de soldats se scinde en silhouettes, des ombres qui traversent la clairière, un bruit de pas, le capitaine tousse et Julio Reátegui fait une grimace de découragement : dire qu'ils étaient déjà à demi civilisés ceux-là, mon capitaine, et qu'ils se mettaient dans ces états pour des épouvantails pleins de poux, jamais il n'arriverait à comprendre les hommes. Le capitaine a un accès de toux, mais don Julio, il voyait bien toutes les privations qu'ils supportaient dans la forêt, et il donne des tapes frénétiques autour de sa figure, il n'y avait pas de femmes dans la forêt, on prenait ce qu'on trouvait, une claque sur le front, un rire nerveux enfin : les plus jeunes avaient les mêmes seins que les négresses. Julio Reátegui lève la tête, cherche les yeux du capitaine, qui prend un air sérieux : bien entendu, mon capitaine, pas le moindre doute, il devait se faire vieux, s'il avait été plus jeune il aurait certainement accompagné les soldats chez ces dames. Le capitaine se donne maintenant des claques sur la figure, sur les bras, don Julio, il allait se coucher, ces bestioles le dévoraient, il croyait même en avoir avalé une, il lui arrivait de faire des cauchemars, don Julio, quand il dormait il se voyait attaqué par des nuages de moustiques. Julio Reátegui lui donne une petite tape sur le bras : il lui trouverait un remède à Nieva, il valait mieux qu'il ne reste pas dehors, il y en avait tellement la nuit, qu'il dorme bien. Le capitaine Quiroga s'éloigne à grandes enjambées dans la direction des tentes, sa toux se perd au milieu des rires, des jurons et des sanglots qui éclatent dans la nuit d'Urakusa comme des échos d'une lointaine fête virile. Julio Reátegui allume une cigarette : l'Urakusa reste assis devant lui et l'observe du coin de l'œil. Reátegui expulse la fumée vers le haut, il y a des quantités d'étoiles et le ciel est une mer d'encre, la fumée monte, s'étale, se défait, et à ses pieds le feu agonise comme un vieux chien. Maintenant l'Urakusa se déplace, s'éloigne en rampant, en se poussant avec les pieds, on dirait qu'il nage entre deux eaux. Plus tard quand le feu est éteint, on entend un

cri, du côté de la case? très bref, non, du côté des tentes, Julio Reátegui part à la course en tenant son casque d'une main, jette son mégot, franchit dans son élan le seuil de la tente et les cris s'arrêtent, craquements d'un lit de camp, dans l'obscurité il y a une respiration alarmée : qui était là? vous, mon capitaine? La gamine avait peur, don Julio, et il était venu voir, le soldat devait lui avoir fait peur, mais le capitaine l'avait remis à sa place. Ils sortent de la tente, le capitaine offre une cigarette au gouverneur qui la refuse : c'était lui qui se chargerait de la petite, mon capitaine, qu'il ne s'en fasse pas, qu'il aille donc se coucher. Le capitaine entre sous la tente d'à côté, et Julio Reátegui, à tâtons, revient vers le lit de camp, s'assoit au bord. Doucement, sa main touche un petit corps rigide, parcourt un dos nu, des cheveux trop secs : allez, allez, il ne fallait plus avoir peur de cette brute, il était parti, la brute, encore heureux qu'elle avait crié, à Santa María de Nieva elle serait bien contente, les bonnes sœurs seraient très gentilles, elles la soigneraient bien, Mme Reátegui aussi la soignerait bien. Sa main lui caresse les cheveux, le dos, jusqu'à ce que le corps de la fillette se détende, et que sa respiration se calme. Dans la clairière c'est toujours des cris et des jurons, plus enflammés, plus grotesques, il y a des pas précipités et de brusques silences : allez, allez, pauvre petite, il fallait dormir à présent, il veillerait sur elle.

La musique s'était arrêtée, les frères León applaudissaient, Lituma et la Sauvage revinrent au comptoir, la Chunga remplissait les verres; Josefino continuait à boire tout seul. Sous les jets anodins de lumière bleue, verte et violette, quelques rares couples demeuraient en piste, évoluant avec un air machinal et léthargique, au rythme des murmures et des dialogues environnants. Il ne restait pas grand monde non plus aux tables des coins; le gros des hommes et des pensionnaires et toute l'euphorie de la nuit s'étaient concentrés dans le bar. Tassés, bruyants, ils prenaient de la bière, les éclats de rire de Sandra la mulâtresse ressemblaient à des hurlements et un gros à moustaches et lunettes brandissait son verre jaune comme un drapeau, il avait fait la campagne de l'Équateur comme simple soldat, oui monsieur, et il n'oubliait pas la faim, les poux,

l'héroïsme des *cholos*, ni ces chiques qui se flanquaient sous les ongles et que même un coup de canon n'auraient pas délogées, oui monsieur, et le Singe, subitement, à tue-tête : vive l'Équateur! clients et pensionnaires firent silence, les grands yeux coquins du Singe distribuaient des clignements à droite et à gauche et, après quelques secondes d'indécision et de stupeur, le gros écarta José, prit le Singe par les revers de la veste, le secoua comme un torchon, qu'est-ce qu'il lui voulait? il n'avait qu'à le répéter s'il avait des couilles, qu'il le fasse voir s'il était un homme, et le Singe, avec un énorme sourire : vive le Pérou! Tout le monde riait à présent, le gros mordillait sa moustache, Josefino et José s'étaient mêlés au groupe et le Singe rectifiait ses vêtements.

— Je n'admets pas qu'on plaisante avec le patriotisme, mon cher. — Le gros tapotait le dos du Singe, sans rancœur. — Vous m'avez fait marcher, permettez-moi de vous offrir un verre.

— La vie est belle! dit José. On chante l'hymne.

Ils se fondirent tous en un seul groupe et, écrasés contre le comptoir, réclamèrent plus de bière. Ainsi, exultants et grégaires, les yeux ivres, la voix criarde, trempés de sueur, ils burent, fumèrent, discutèrent et un jeune homme qui louchait, les cheveux raides comme une brosse à dents, serrait dans ses bras Sandra la mulâtresse, je vous présente ma future, camarade, et elle ouvrait la bouche, montrait ses gencives rouges et voraces, ses dents en or, toute secouée par le rire. Brusquement, elle se laissa tomber sur le jeune homme comme un grand félin, l'embrassa avidement sur la bouche, et lui se débattait entre les bras noirs, une mouche prise dans une toile d'araignée, protestait. Les indomptables échangèrent des regards complices, moqueurs, attrapèrent le bigle, l'immobilisèrent, te le voilà, Sandra, on te l'offre, bouffe-le tout cru, et elle l'embrassait, le mordait, une espèce d'enthousiasme collectif envahit le groupe, de nouveaux couples s'y ajoutaient, et les musiciens eux-mêmes abandonnèrent leur coin. De loin, le Jeune Alejandro souriait avec lassitude, don Anselmo, suivi de Bolas, allait d'un côté à l'autre, tout excité, flairant l'agitation, qu'est-ce qu'il y a, qu'est-ce qu'il se passe, racontez-moi. Sandra lâcha sa proie : le bigle se passa un mouchoir sur la figure et resta tout barbouillé de rouge comme un clown, on lui tendit un verre de bière, il se

le versa sur la tête, on l'applaudit et, brusquement, Josefino se mit à chercher au milieu de l'agitation. Il se dressait sur la pointe des pieds, se courbait, il finit par quitter le groupe et vira dans toute la salle, renversant les chaises, se perdant et réapparaissant dans l'air vicié et enfumé. Il revint en courant jusqu'au comptoir.

— J'avais raison, l'indomptable, dit la bouche sans lèvres de la Chunga. Tu as une frousse de tous les diables.

— Où sont-ils, Chunguita? Ils sont montés?

— Qu'est-ce que ça peut te faire? — Les yeux figés de la Chunga le scrutaient comme s'il s'était agi d'un insecte. — Tu es jaloux?

— Il est en train de la tuer, dit José — On aurait cru une apparition — en tirant Josefino par le bras. Amène-toi vite.

Ils traversèrent le groupe en bousculant les gens, le Singe se tenait sur le seuil et de sa main tendue désignait l'obscurité dans la direction de la caserne Grau. Ils sortirent en courant comme des fous entre les masures du quartier, qui avaient l'air désertes, puis ils arrivèrent dans les sablons et Josefino trébucha, tomba, se releva, repartit en courant, maintenant il fallait courir les yeux fermés, en retenant sa respiration pour que la poitrine n'éclate pas. « C'est leur faute, les cons, gueula Josefino, ils n'ont pas fait attention », et un moment après, la voix brisée, « mais jusqu'où, bordel de Dieu », lorsque déjà une silhouette, entre le sable et les étoiles, surgissait devant eux, une ombre massive et vengeresse :

— Pas plus loin qu'ici, fumier, salaud, mauvais ami.

— Singe! cria Josefino. José!

Mais les frères León s'étaient eux aussi précipités sur lui et, comme Lituma, lui cognaient dessus avec les poings, les pieds, la tête. Il était à genoux et, autour de lui, tout était aveugle et féroce, quand il voulait se relever et échapper à la vertigineuse ronde d'impacts un nouveau coup de pied le faisait tomber, un coup de poing le contractait, une main lui tirait les cheveux et il lui fallait lever la tête, l'offrir aux coups et aux morsures de ce sable qui lui donnait l'impression de vouloir entrer à flots par le nez et par la bouche. Après ce fut comme si une meute grondante et exténuée était restée là à tourner autour d'une bête vaincue, encore chaude, le flairant, s'exaspérant par moments, la mordant sans en avoir envie.

183

— Il bouge, dit Lituma. Sois un homme, Josefino, je veux te voir, lève-toi.

— Il doit être en train de voir trente-six chandelles, cousin, dit le Singe.

— Laisse-le maintenant, Lituma, dit José. Tu t'en es donné à cœur joie. Qu'est-ce que tu veux de plus comme vengeance? Tu vois pas qu'il peut claquer?

— On te reflanquerait en tôle, cousin, dit le Singe. Ça suffit, insiste pas.

— Cogne-lui dessus, vas-y. — La Sauvage s'était approchée, sa voix n'était pas violente, mais sourde. — Cogne-lui dessus, Lituma.

Mais, au lieu de l'écouter, Lituma se retourna contre elle, la fit basculer sur le sable et la bourra de coups de pied, putain, roulure, triple sperme, l'insultant à en perdre la voix et les forces. Puis il se laissa tomber sur le sable et se mit à sangloter comme un gamin.

— Cousin, au nom de tout ce que tu as de plus cher, calme-toi.

— Vous aussi c'est votre faute, gémissait Lituma. Vous m'avez tous trompé. Malheureux que vous êtes, traîtres, vous devriez tous mourir de remords.

— C'est pas nous, dis, Lituma, qui te l'avons fait sortir de la Maison verte? C'est pas nous qui t'avons aidé à le tabasser? Tout seul t'aurais pas pu.

— Nous, on t'a vengé, p'tit cousin Et même la Sauvage, tu vois pas comment elle le griffe?

— Je parle d'avant, disait Lituma, hoquetant et sanglotant. Vous étiez tous d'accord et moi j'étais là-bas, sans rien savoir, comme un con.

— Cousin, les hommes ça pleure pas. Te mets pas dans cet état. Nous aussi on t'a toujours bien aimé.

— Le passé, on l'enterre, cousin. Sois un homme, sois un Mangache, pleure pas.

La Sauvage s'était écartée de Josefino qui, ramassé sur lui-même, par terre, se plaignait faiblement, et elle et les León réconfortaient Lituma, faut avoir du caractère, les hommes se grandissent avec les malheurs, le serraient dans leurs bras, époussetaient ses vêtements, c'est oublié? On repart du bon pied? frérot, cousin, Lituma. Lui, il bafouillait, à demi consolé,

ou bien il devenait furieux et bourrait de coups de pied l'homme étendu, puis il souriait, s'attristait.

— Allons-nous-en, Lituma, dit José. C'est pas impossible qu'on nous ait vus des maisons. S'ils appellent les flics on va avoir des histoires.

— Allons à la Mangachería, p'tit cousin, dit le Singe. On finira le pisco que t'as rapporté, ça te remontera.

— Non, dit Lituma. Retournons chez la Chunga.

Il partit dans le sablon à grandes enjambées résolues. Quand la Sauvage et les León le rattrapèrent au milieu des masures du quartier, Lituma s'était mis à siffler furieusement et on apercevait Josefino, au loin, qui clopinait, se plaignait et vociférait.

— Ça chauffe maintenant. — Le Singe leur tenait la porte. — Il manque plus que nous.

Le gros avec ses moustaches et sa casquette vint au-devant d'eux :

— Salut, salut, les gars. Pourquoi avez-vous disparu comme ça ? Venez, la nuit commence.

— Musique, le harpiste, s'écria Lituma. Des valses, des *tonderos*, des marinières.

Il alla en trébuchant jusqu'au coin de l'orchestre et tomba dans les bras de Bolas et du Jeune Alejandro, tandis que le gros et le jeune homme qui louchait entraînaient les León vers le bar et leur offraient de la bière. Sandra arrangeait les cheveux de la Sauvage, Rita et Maribel la dévoraient de questions et toutes quatre chuchotaient avec un bruit d'essaim. L'orchestre se mit à jouer, le comptoir fut déserté, une demi-douzaine de couples dansaient sur la piste entre les auréoles de lumière bleue, verte et violette. Lituma revint au comptoir écroulé de rire.

— Chunga, *Chunguita*, la vengeance est douce. Tu entends ? Il est là qui gueule et qui n'ose pas entrer. On l'a laissé à moitié mort.

— Les affaires des autres ne m'intéressent pas, dit la Chunga. Mais vous vous me portez malheur. La dernière fois, c'est ta faute si j'ai attrapé une amende. C'est encore une chance que cette fois-ci ça ne se soit pas passé chez moi. Qu'est-ce que je te sers ? Ici ou on consomme ou on prend la porte.

— Ce que tu es grossière dans tes réponses, *Chunguita !* dit

185

Lituma. Mais je suis content, sers ce que tu voudras. Pour toi aussi, je t'invite.

Et maintenant le gros voulait entraîner la Sauvage sur la piste, et elle résistait, montrait les dents.

— Qu'est-ce qui lui arrive à celle-là, Chunga, dit le gros en soufflant.

— Qu'est-ce qui t'arrive, dit la Chunga. On t'invite à danser, ne fais pas la mal élevée, pourquoi ne veux-tu pas de monsieur?

Mais la Sauvage se débattait toujours :

— Lituma, dis-lui de me lâcher.

— Ne la lâchez pas, camarade, dit Lituma. Et vous, faites votre boulot, putain.

TROIS

Le lieutenant cesse de faire adieu lorsque l'embarcation n'est plus qu'une petite lueur blanche sur le fleuve. Les gardes prennent les valises sur leurs épaules, remontent l'embarcadère, s'arrêtent sur la place de Santa María de Nieva et le sergent désigne les collines : entre les dunes boisées réverbèrent des murs blancs, des toits de tôle, c'était la Mission, mon lieutenant, le petit raidillon pierreux était vide, on l'appelait la Résidence, c'était là qu'habitaient les bonnes sœurs, mon lieutenant, et à gauche la chapelle. Des silhouettes indigènes circulent à travers le bourg, les toits des cases sont en fibres et ont l'air de capuchons. Des femmes au corps boueux et aux yeux indolents pilent quelque chose au pied de deux troncs pelés. Ils poursuivent leur chemin et l'officier se tourne vers le sergent : il n'avait presque pas pu parler avec le lieutenant Cipriano, pourquoi n'était-il pas resté le temps au moins de le mettre au courant? Mais c'est que s'il n'avait pas profité du bateau il lui aurait fallu attendre un mois, mon lieutenant, et il lui tardait sacrément de partir, au lieutenant Cipriano. Il n'avait pas à s'en faire, le sergent le mettrait au courant en un rien de temps et le Blond dépose par terre une valise et montre la cabane : le voilà, mon lieutenant, le commissariat le plus pauvre du Pérou, et le Gros celle d'en face, ça serait sa maison, mon lieutenant, et P'tit Format plus tard on lui trouverait deux servantes aguarunas, et le Brun les servantes c'était la seule chose qu'on se procurait facilement dans ce patelin. En passant, le lieutenant touche l'écusson qui pend d'un chevron et il en sort un son métallique. L'escalier de la cabane n'a pas de main

189

courante, les planches du sol et de la cloison sont à peine équar-
ries, inégales, et dans la première pièce il y a des chaises de paille,
un bureau, un petit drapeau fané. Au fond une porte ouverte :
quatre hamacs, des fusils, un fourneau, une poubelle,
quelle misère! Le lieutenant ne boirait pas une petite bière?
Elles devaient être fraîches, ils les avaient mises dans un seau
d'eau depuis ce matin. L'officier accepte et P'tit Format et le
Brun sortent de la cabane — le gouverneur s'appelait bien
Fabio Cuesta? oui, un petit vieux sympathique, mais le lieutenant irait le saluer plus tard, à cette heure-là il faisait la
sieste — et reviennent avec des verres et des bouteilles. Ils
boivent, le sergent à la santé du lieutenant, les gardes demandent
des nouvelles de Lima, l'officier veut savoir comment sont les
gens à Santa María de Nieva, les gens qui comptent, elles sont
braves les bonnes sœurs de la Mission? et si les *chunchos* créent
des problèmes? Bon, ils poursuivraient la conversation ce soir,
le lieutenant voulait se reposer un peu. Ils avaient commandé
à Paredes un petit dîner spécial, mon lieutenant, pour fêter
son arrivée et le Blond c'était le patron de la taverne, mon lieutenant, où ils mangeaient tous, et le Brun menuisier aussi et le
Gros à moitié sorcier pour tout arranger, on le lui présenterait,
un brave type ce Paredes. Les gardes portent les valises à la
cabane d'en face, l'officier les suit en bâillant, entre et se laisse
tomber sur le grabat qui occupe le milieu de la pièce. D'une voix
somnolente il congédie le sergent. Sans se lever, il enlève son
képi, ses souliers. Cela sent la poussière et le tabac brun. Il n'y
a pas beaucoup de meubles : une commode, deux banquettes,
une table, une lampe suspendue au plafond. Les fenêtres ont
des grillages métalliques : les femmes sont toujours en train
de piler sur la place. Le lieutenant se lève, l'autre pièce est vide
et a une petite porte. Il l'ouvre : la terre se trouve deux mètres
plus bas, cachée sous des herbes, à quelques pas de la cabane
c'est la forêt. Il se débraguette, urine et, quand il revient dans
la pièce, le sergent s'y trouve de nouveau : encore cet emmer-
deur, mon lieutenant, un Aguaruna qui répond au nom de Jum.
Et l'interprète : dire diable, Aguaruna, soldat mentir, et sylla-
bairelima et limagouvernement. Monsieur. Arévalo Benzas
regarde en haut en se protégeant les yeux avec les mains, ce
n'était pas du tout un con, don Julio, le païen voulait leur faire
croire qu'il était fou, mais Julio Reátegui nie en secouant la

tête : ce n'était pas ça, Arévalo, il répétait tout le temps la même ritournelle, il la savait par cœur. Il s'était mis quelque chose dans la tête avec l'histoire des syllabaires, mais du diable si on le comprenait. Le soleil rougeâtre et ardent couve Santa María de Nieva et les soldats, indigènes et patrons agglomérés autour des *capironas* clignent des yeux, suent et murmurent. Manuel Aguila se fait de l'air avec un éventail de paille : don Julio était très fatigué? Ils leur avaient donné beaucoup de mal à Urakusa? Un peu, il le leur raconterait tranquillement, maintenant Reátegui devait monter un moment à la Mission, il revenait tout de suite, et eux acquiescent : ils l'attendraient au Gouvernement, le capitaine Quiroga et Escabino y étaient déjà. Et l'interprète : aller et venir, pilote échapper, urakusa-patrie, bordel de Dieu, drapeau gouvernement. Manuel Aguila utilise l'éventail en guise de bouclier contre le soleil, mais même ainsi il larmoie : qu'il ne se fatigue pas, ça ne servait à rien, qui les casse les paie, interprète, lui traduire ça. Le lieutenant reboutonne tranquillement son pantalon et le sergent se promène dans la pièce, les mains dans les poches : comme si c'était la première fois qu'il venait, mon lieutenant! Quantité de fois déjà, jusqu'au jour où le lieutenant Cipriano s'était mis en colère, lui avait flanqué une bonne frousse et le païen avait cessé de venir. Mais quel malin, il avait certainement appris que le lieutenant Cipriano quittait Santa María de Nieva et il était venu dare-dare voir s'il s'entendait mieux avec son remplaçant. L'officier finit de lacer ses souliers, se relève. Il était traitable au moins? Le sergent a un geste vague : il ne faisait pas le méchant mais, pour ce qui est d'être têtu, c'était une vraie mule, s'il se mettait quelque chose dans le ciboulot on ne pouvait pas le faire changer d'avis. Ça s'était passé quand, cette histoire? Quand monsieur Julio Reátegui était gouverneur, avant qu'il y ait un commissariat à Nieva, et le lieutenant claque la porte de la cabane, c'était un comble, il n'y avait pas deux heures qu'il était arrivé et il avait déjà du travail, le *chuncho* aurait bien pu attendre jusqu'à demain, non? Et l'interprète : caporalgado diable! Diable capitainartemio! Mon caporal. Mais le caporal Roberto Delgado ne se fâche pas, il rit autant que les soldats, quelques indigènes rient aussi : qu'il continue un peu à faire le méchant, à les insulter, le capitaine et lui, qu'il continue, on verrait bien qui rirait le dernier. Et

l'interprète : avoir faim, mon caporal, lui trouver mal, bordel
de Dieu, ventre danser, mon caporal, soif dire, on lui donnait
de l'eau ? Non, d'abord, le caporal, il le faisait suer, et il hausse
la voix : si quelqu'un lui fournissait de l'eau ou de la nourriture
c'est à lui qu'il aurait affaire, traduis-leur moi ça à tous les
païens de Santa María de Nieva, parce qu'ils pouvaient bien
faire les idiots et semblant de se marrer, mais dans le fond ils
devaient être en train de râler. Et l'interprète : la putesamère,
mon caporal, escabinodiable, insulter. Maintenant il n'y a que
les soldats qui sourient, ils regardent le caporal à la dérobée
et lui très bien, qu'il mentionne ma mère encore une fois, et il
verrait quand on le descendrait. Un homme maigre et bronzé
vient au-devant d'eux, quitte son chapeau de paille et le sergent
fait les présentations : Adrián Nieves, mon lieutenant. Il savait
l'aguaruna et parfois il leur servait d'interprète, c'était le
meilleur pilote de la région et depuis deux mois il travaillait
pour le commissariat. Le lieutenant et Nieves se serrent la
main tandis que le Brun, P'tit Format, le Gros et le Blond
s'écartent du bureau, voilà, mon lieutenant, c'était le païen —
c'était comme ça qu'on appelait les *chunchos* ici — et l'officier
sourit : il croyait qu'ils se laissaient pousser leur tignasse
jusqu'aux pieds, il ne s'attendait pas à voir un chauve. Un léger
duvet couvre la tête de Jum et une cicatrice droite et rose
sectionne son front minuscule. Il est de taille moyenne, gros, il
porte une *itípak* déchirée qui lui tombe de la ceinture sur les
genoux. Sur sa poitrine imberbe, un triangle violet relie trois
disques symétriques, trois raies parallèles barrent ses pommettes.
Il a aussi des tatouages de chaque côté de la bouche : deux
croix de Saint-André noires, toutes petites. Il a l'air calme,
mais il y a dans ses yeux jaunes des vibrations indociles,
fanatiques presque. Depuis la fois qu'on l'avait tondu,
il continuait de se tondre tout seul, mon lieutenant, et
c'était très surprenant parce qu'il n'y avait rien qui les fâchait
davantage que si on leur touchait les cheveux. Nieves le pilote
peut vous l'expliquer, mon lieutenant : c'était par orgueil, ils
avaient justement parlé de ça en attendant son arrivée. Et le
sergent voyons si avec don Adrián ils se comprenaient mieux
avec le païen, parce que la dernière fois c'était Paredes le sorcier
qui avait servi d'interprète et personne ne pigeait rien, et le
Gros c'est que le mastroquet faisait celui qui savait l'aguaruna,

ce n'était pas vrai, il le bredouillait tout juste. Nieves et Jum hurlent et font des gestes, mon lieutenant, il ne pouvait pas revenir à Urakusa tant qu'on ne lui avait pas rendu ce qu'on lui avait pris, mais il avait envie de rentrer et c'est pour ça qu'il se coupait les cheveux, pour ne pas pouvoir rentrer même en le voulant, et le Blond si c'était pas une histoire de fou? Oui, et maintenant qu'il explique une bonne fois pour toutes ce qu'il voulait qu'on lui rende. Nieves le pilote s'approche de l'Aguaruna, grouine en désignant l'officier, gesticule et Jum, qui écoute immobile, soudain fait signe que oui et crache : halte-là! on n'était pas dans une bauge, prière de ne pas cracher. Adrián Nieves remet son chapeau, c'était pour que le lieutenant voie qu'il disait la vérité, et le sergent une coutume des *chunchos*, qui ne crachait pas en parlant mentait et l'officier il ne man-quait plus que ça, on allait bientôt nager dans la salive. On le croyait, Nieves, qu'il ne crache pas. Jum croise les bras et les ronds sur sa poitrine se déforment, le triangle se ride. Il se met à parler avec force, presque sans reprendre haleine, et continue de cracher tout autour de lui. Il n'écarte pas ses yeux du lieu-tenant qui bat des talons et observe avec dégoût la trajectoire de chaque mollard. Jum agite les mains, sa voix est très éner-gique. Et l'interprète : voler bordel de Dieu, urakusagomme, fillette, soldamonreátegui, mon caporal. Tête chaude! Pour se protéger les yeux du soleil, le caporal Roberto Delgado a enlevé son calot et le tient tendu près de son front : il n'avait qu'à continuer à faire le malin, à gueuler, c'était à crever de rire. Et qu'il lui demande donc où il avait appris toutes ces grossiè-retés. Et l'interprète : contracécontrat, prêt, patron Escabino, compris, prêt, descendre, mon caporal. Les soldats se désha-billent, il y en a qui courent vers le fleuve, mais le caporal Delgado reste au pied des *capironas* : descendre? Pas question, il restait là où il était, et encore qu'il s'estime heureux que le capitaine Artemio Quiroga soit un brave type, parce que si ce n'était que de lui il s'en souviendrait toute sa vie. Pourquoi il ne se remettait pas à insulter sa mère, voyons? Qu'il ose un peu, qu'il fasse le dur devant les autres Indiens qui le regar-daient et l'interprète : bon, la putesamère. Mon caporal. Encore une fois, qu'il l'insulte encore, c'était pour ça que le caporal était resté là et le lieutenant croise les jambes et rejette la tête en arrière : une histoire absurde, sans tête ni queue, de quels

syllabaires parlait donc ce benêt? Des livres avec des images, mon lieutenant, pour enseigner le patriotisme aux sauvages; il en restait encore quelques-uns au gouvernement, tout mités, don Fabio pouvait les lui faire voir. Le lieutenant regarde ses hommes d'un air indécis et, pendant ce temps, l'Aguaruna et Adrián Nieves continuent de grouiner à mi-voix. L'officier s'adresse au sergent, c'était vrai l'histoire de la fille? et Jum fille! très violemment, bordel de Dieu, et le Gros chut, il parlait au lieutenant, et le sergent bah, allez donc savoir, on enlevait des filles ici tous les jours, c'était peut-être vrai, ne disait-on pas que les bandits du Santiago s'étaient constitué un harem? Mais le païen mélangeait tout, et on ne savait pas ce que les syllabaires avaient à voir avec le caoutchouc qu'il réclamait et avec cette histoire de fille, le gars se faisait des tas de nœuds dans la caboche. Et P'tit Format si c'était la faute aux soldats ils n'avaient rien à y voir, eux, pourquoi est-ce qu'il n'allait pas se plaindre au poste de Borja? ils hurlent et font de grands gestes et Nieves le pilote : il y était déjà allé deux fois et personne ne l'avait écouté, mon lieutenant. Et le Blond, ce qu'il fallait être rancunier pour s'intéresser encore à cette affaire après tout ce temps, mon lieutenant, il aurait bien pu l'oublier. Ils hurlent et font de grands gestes et Nieves : dans son village on dit que c'est sa faute et il ne voulait pas revenir à Urakusa sans la gomme, les peaux, les syllabaires et la fille, pour qu'on voie qu'il avait raison. Jum parle de nouveau, lentement à présent, sans lever les mains. Les deux minuscules croix de Saint-André bougent en même temps que ses lèvres, comme deux hélices qui ne peuvent pas démarrer complètement elles se mettent à tourner puis reviennent en arrière, recommencent et reviennent en arrière. De quoi parliez-vous donc à l'instant, don Adrián? et le pilote : il se rappelait, et même il insultait ceux qui l'avaient pendu, et le lieutenant s'arrête de taper du talon : on l'avait pendu? P'tit Format désigne vaguement la place de Santa María de Nieva : à ces *capironas*, mon lieutenant. Paredes pouvait le lui raconter, il y était, on aurait dit un caïman qu'il dit, c'était comme ça qu'on suspendait les caïmans pour les faire sécher. Jum lance un flot de grouinements, il ne crache pas cette fois mais fait des gestes frénétiques : c'était parce qu'il disait la vérité qu'on l'avait pendu aux *capironas*, mon lieutenant, et le sergent vas-y mon gars raconte ton histoire,

194

et l'officier la vérité? et l'interprète Péruchiens! Péruchiens, bordel de Dieu! Mon caporal. Mais le caporal Delgado était au courant, pas besoin qu'on lui traduise ça, il ne parlait peut-être pas païen mais il avait des oreilles, il le prenait pour un pauvre con? Ah, bon Dieu! le lieutenant donne un coup sur le bureau, ah, quelle barbe, à ce train-là on n'en finirait jamais, Péruchiens ça voulait dire Péruviens, n'est-ce pas? c'était ça la vérité? et l'interprète : pire que saigner, pire que mourir, mon caporal. Et boninopérez et teofilocañas, il ne comprend pas. Mon caporal. Mais le caporal Delgado comprenait, lui : c'était le nom de ces personnages subversifs. Ça ne servait à rien de les appeler puisqu'ils étaient au diable, mais si jamais ils venaient il les pendrait eux aussi. Le Brun est assis sur un bord du bureau, les autres gardes restent debout, mon lieutenant, ça leur avait donné une leçon, disaient-ils. Tous les patrons et tous les soldats étaient furieux, ils voulaient leur faire un sort mais le gouverneur qu'il y avait alors, monsieur Julio Reátegui, les en avait empêchés. Et qui était-ce ces types-là? Ils n'étaient pas revenus dans le coin? Des agitateurs, apparemment, qui s'étaient fait passer pour des maîtres d'école, mon lieutenant, on les avait pris en considération à Urakusa, les païens avaient fait les insolents et roulé le patron qui leur achetait la gomme, et le Gros un certain Escabino, et Jum : Escabino! hurle bordel de Dieu! et l'officier la ferme, Nieves, qu'il se taise. Où était cet individu? On pouvait lui parler? Plutôt difficile, mon lieutenant, Escabino était mort, mais don Fabio l'avait connu et le mieux c'était d'en parler avec lui : il lui donnerait tous les détails et puis le gouverneur était l'ami de don Julio Reátegui. Nieves n'était pas là non plus au moment de ces incidents? Non, mon lieutenant, il n'y avait guère que deux mois qu'il habitait à Santa María de Nieva, il vivait loin avant, du côté de l'Ucayali, et le Gros non seulement ils ont roulé le patron, mais il y avait aussi l'histoire du caporal de Borja, les deux affaires étaient liées. Et l'interprète : caporalgado diable! bordel de Dieu! Le caporal Delgado ouvre toutes grandes ses mains et les fait voir : ça faisait dix fois qu'il insultait sa mère, il tenait le compte. Il pouvait bien continuer s'il voulait du moment que ça lui faisait plaisir, et lui il restait là pour qu'il puisse continuer à insulter sa mère. Oui, un caporal qui se rendait à Bagua en permission, il y avait avec lui un pilote et

un porteur, les Aguarunas les avaient assaillis à Urakusa, ils avaient battu le caporal et le porteur, le pilote avait disparu, il y en avait qui disaient qu'on l'avait tué et d'autres qu'il avait déserté, mon lieutenant, en profitant de l'occasion. C'était pour ça qu'on avait organisé une expédition, des soldats de Borja et le gouverneur d'ici, et c'était pour ça qu'on avait ramené ce type et qu'on lui avait donné une leçon sur les *capironas*. Ce n'était pas comme ça que ça s'était passé, plus ou moins, don Adrián? Le pilote acquiesce, sergent, c'était ce qu'il avait entendu dire, mais comme il n'était pas là allez donc savoir. Ah ah! le lieutenant regarde Jum et Jum regarde Nieves, ainsi donc on n'était pas aussi innocent qu'on en avait l'air. Le pilote grouine et l'Urakusa réplique, âpre et gesticulant, crachant et tapant du pied : ce qu'il racontait était très différent, mon lieutenant, et le lieutenant le contraire l'aurait étonné, quelle était la version de notre gars? Que le caporal volait des choses et qu'ils l'avaient obligé à les rendre, le pilote s'était échappé à la nage, quant au patron il les escroquait avec la gomme et c'était pour ça qu'ils n'avaient pas voulu la lui vendre. Mais le lieutenant n'a pas l'air d'écouter et ses yeux détaillent l'Aguaruna de la tête aux pieds, avec de la curiosité et un certain étonnement : combien de temps était-il resté pendu, sergent? Il y était resté un jour, après on lui avait donné le fouet, disait Paredes le sorcier, et le Brun c'était le caporal de Borja qui le lui avait administré, et le Blond pour se venger des coups que les païens lui avaient donné à Urakusa, mon lieutenant. Jum fait un pas, se plante devant l'officier, crache. Il a sur le visage une expression presque souriante à présent et ses yeux jaunes s'animent malicieusement, une moue enjouée fend ses lèvres. Il touche la cicatrice de son front et, lentement, aussi cérémonieux qu'un prestidigitateur, tourne sur ses talons, exhibe son dos : de ses épaules jusqu'à sa ceinture descendent des sillons peints à l'*achiote*, tout droits, parallèles et brillants. C'était encore une de ses folies, mon lieutenant, chaque fois qu'il venait il se peinturlurait de la sorte, et P'tit Format une idée à lui, parce que les Aguarunas n'ont pas l'habitude de se peindre le dos et le Blond les Boras, si, mon lieutenant, le dos, le ventre, les pieds, le derrière, ils se peignent tout le corps et Nieves le pilote pour ne pas oublier les coups de fouet qu'on lui avait administrés, c'était l'explication qu'il en fournissait, et

Arévalo Benzas se frotte les yeux : il s'était grillé la cervelle
là-haut, qu'est-ce qu'il croit? Péruchiens, Arévalo, Julio Reátegui est appuyé contre la *capirona*, pendant tout le voyage il
les avait traités de Péruchiens. Et le caporal Delgado approuve,
monsieur, il ne s'arrêtait pas d'insulter tout le monde, le capitaine, le gouverneur, lui-même, il n'y avait pas moyen de la
lui fermer. Julio Reátegui lance un coup d'œil rapide en l'air,
on la lui fermerait, et quand il penche la tête il a les yeux
mouillés, un peu de patience, caporal, il faisait un soleil à vous
aveugler. Et l'interprète : ses cheveux dire, syllabaire, fille.
Monsieur. Faire chier dire et Manuel Aguila : il donnait l'impression d'être ivre, c'était comme ça qu'ils divaguaient quand
ils avaient bu trop de *masato*, mais il valait mieux s'en aller une
bonne fois, est-ce qu'il voulait qu'il l'accompagne chez les
mères? Non, les mères, ça ne les regardait pas, mon lieutenant,
vous voyez bien qu'elles sont étrangères? Mais Paredes le sorcier disait que mère Angélica — la plus vieille de la Mission,
mon lieutenant, maintenant que la mère Asunción était morte
— était venue la nuit, sur la place, demander qu'on le descende
et qu'elle s'était même disputée avec les soldats. Ça avait dû
lui faire pitié, à la petite vieille, c'était la plus rouspéteuse de
toutes, toute en rides à présent, et le Brun : finalement on lui
avait brûlé les aisselles avec des œufs chauds, toujours ce
caporal, ça devait le faire sauter jusqu'au ciel et Jum bordel
de Dieu! Péruchiens! Le lieutenant se remet à taper du talon,
ce n'était pas des choses à faire, sapristi, et tambourine sur le
bureau, on avait commis des excès, seulement qu'est-ce qu'on
pouvait y faire à présent, tout ça c'était du passé. Qu'est-ce qu'il
disait maintenant? Simplement qu'on lui rende ce qu'on lui
avait pris, mon lieutenant, et qu'il retournerait à Urakusa,
et le sergent il lui avait bien dit que c'était un obstiné? Ce
caoutchouc, il y avait belle lurette qu'on en avait fait des
semelles, et les cuirs des portefeuilles, des valises, quant à la
fille allez donc savoir où elle se trouvait : ils le lui avaient
expliqué cent fois, mon lieutenant. L'officier réfléchit, le menton
sur le poing : il pouvait toujours s'adresser à Lima, réclamer
au ministère, il était possible que la direction des Affaires
indigènes l'indemnise, voyons, que Nieves le lui suggère. Ils
grouinent et, brusquement, Jum hoche affirmativement la
tête à plusieurs reprises, limagouvernement! les gardes sourient,

seuls le pilote et le lieutenant gardent leur sérieux : syllabaire-lima! Le sergent écarte les bras : il voyait bien que c'était un sauvage, mon lieutenant. A quoi bon lui mettre dans la tête de semblables choses, qu'est-ce que ça signifiait pour lui, Lima, ou le ministère, n'empêche qu'Adrián et Jum grouinent avec vivacité, échangent des crachats et des gestes, l'Aguaruna se tait par moments et ferme les yeux, comme s'il méditait, puis, prudemment, prononce quelques mots en désignant l'officier : il l'accompagnerait? Mon vieux, pensez si ça lui plairait d'aller faire un tour à Lima, mais ce n'était pas possible et maintenant Jum désigne le sergent. Non, non, ni le lieutenant, ni le sergent, ni les gardes, Nieves, ils ne pouvaient rien faire, qu'il cherche Reátegui, qu'il retourne à Borja ou bien où il voudrait, le commissariat ne pouvait pas passer son temps à déterrer les morts, n'est-ce pas? à résoudre les vieilles histoires, n'est-ce pas? Il crevait de fatigue, il n'avait pas dormi, sergent, qu'ils en finissent une bonne fois. D'ailleurs, du moment que ceux dont il avait été victime étaient des soldats de Borja, et des autorités d'ici, qui pouvait bien lui rendre justice? Adrián Nieves interroge des yeux le sergent, qu'est-ce qu'il lui disait, pour finir? et le lieutenant : tout ça? L'officier bâille, entrouvre paresseusement une bouche découragée, le sergent se penche vers lui : le mieux c'était de lui dire très bien, mon lieutenant. On allait lui rendre la gomme, le cuir, les syllabaires, la fille, tout ce qu'il voudrait et le Brun qu'est-ce qui lui arrivait, sergent, qui est-ce qui allait le lui rendre puisque Escabino était mort, et P'tit Format il n'en serait pas de sa poche, non? et le sergent pour plus de sécurité on lui donnerait un bout de papier signé. On avait déjà fait le coup avec le lieutenant Cipriano, mon lieutenant, ça marchait. On lui mettrait un coup de tampon sur le papier et réglé : maintenant, avec ça, va chercher monsieur Reátegui et l'Escabinodiable pour qu'ils te rendent tout. Et le Brun : on le couillonne dans les règles, sergent? Mais ça ne convainquait pas le lieutenant ces machins-là, il ne pouvait signer aucun papier sur cette affaire si vieille, et puis, mais le sergent du papier journal simplement, une petite signature pour rire et comme ça il partirait tranquille. Ces gars-là étaient des obstinés, mais il croyaient ce qu'on leur disait, il passerait des mois et des années à chercher Escabino et monsieur Reátegui. Bon, et qu'on lui donne maintenant quelque chose à

manger et qu'il s'en aille sans que personne se permette de lever le petit doigt sur lui, mon capitaine, veuillez le lui répéter vous-même. Et le capitaine avec le plus grand plaisir, don Julio, il appelle le caporal : compris? Il avait eu sa leçon, pas même le petit doigt, et Julio Reátegui : ce qu'il fallait c'était qu'il retourne à Urakusa. Jamais plus battre soldats, jamais tromper patron, si les Urakusas se comportent bien les chrétiens se comportent bien, si les Urakusas se comportent mal les chrétiens se comportent mal : traduisez-lui ça et le sergent éclate d'un rire qui réjouit toute sa face ronde : qu'est-ce qu'il lui avait dit, mon lieutenant? Oui, on s'en était débarrassé, mais l'officier n'aimait pas ça, il n'était pas habitué à de tels procédés et le Gros la forêt vierge ce n'était pas Lima, mon lieutenant, ici on avait affaire à des *chunchos*. Le lieutenant se lève, sergent, il en avait la tête qui tournait de cette histoire, il ne fallait pas le réveiller quand ça serait la fin du monde. Il ne voulait pas une autre petite bière avant de s'endormir? non; qu'on lui porte une bassine d'eau? plus tard. Le lieutenant salue les gardes de la main et sort. La place de Santa María de Nieva est pleine d'indigènes, les femmes en train de piler assises par terre forment une grande ronde, il y en a qui ont des bébés accrochés au sein. Le lieutenant s'arrête au milieu du chemin et, en s'abritant du soleil avec la main, contemple un instant les *capironas :* robustes, hautes, masculines. Un chien maigre passe à côté de lui et l'officier le suit du regard, c'est alors qu'il voit le pilote Adrián Nieves. Il vient vers lui et lui montre, dans sa main, les petits morceaux blancs et noirs de papier journal, mon lieutenant : il n'était pas aussi stupide que le sergent se le figurait, il avait déchiré le papier et l'avait jeté sur la place, il venait de le trouver.

— Un secret dont vous avez pas idée, sergent, dit le Gros en baissant la voix. Mais surtout que les autres l'entendent pas.

Le Brun, le Blond et P'tit Format bavardaient au comptoir avec Paredes, qui leur servait des verres d'anisette. Un gamin sortit de la taverne avec trois petits récipients de terre, traversa la place — déserte — de Santa María de Nieva et se perdit dans la direction du commissariat. Un soleil intense dorait les *capironas*, les toits et les cloisons des cabanes, mais n'arrivait pas jusqu'au sol parce qu'une brume blanchâtre, flottante, qui paraissait venir du Nieva, le retenait et le brouillait.

— Ils n'écoutent pas, dit le sergent. Quel est ce secret?

— Je sais qui c'est qui est chez les Nieves — le Gros cracha des graines noires de papaye et épongea avec son mouchoir son visage en sueur — celle qui nous a tellement intrigués l'autre nuit.

— Ah, oui? dit le sergent. Et qui est-ce?

— Celle qui enlevait les détritus des mères, murmura le Gros, en regardant le comptoir à la dérobée, celle qu'on a flanquée à la porte de la Mission parce qu'elle avait aidé les pupilles à s'échapper.

Le sergent fouilla dans ses poches, mais ses cigarettes étaient sur la table. Il en alluma une, aspira profondément et lança une bouffée de fumée : une mouche battit des ailes avec angoisse au milieu du nuage et s'enfuit en bourdonnant.

— Et comment as-tu découvert cela? dit le sergent. C'est les Nieves qui te l'ont présentée?

En jouant les imbéciles, sergent. Le Gros allait faire un petit

tour du côté de la cabane du pilote, et ce matin il l'avait vue, elle travaillait dans le champ avec la femme de Nieves : Bonifacia, c'était son nom. Le Gros ne se serait-il pas trompé? Pourquoi se trouverait-elle chez les Nieves, après tout n'était-elle pas bonne sœur ou presque? Non, depuis qu'on l'avait flanquée à la porte elle l'était plus, elle portait plus l'uniforme et le Gros l'avait bien reconnue. Un peu petiote, sergent, mais elle manquait pas de formes. Et elle devait être jeunette mais, surtout, leur dites rien aux autres.

— Tu me prends pour un mouchard? dit le sergent. Arrête de me faire des recommandations idiotes.

Paredes apporta deux petits verres d'anisette et, tandis que le Gros et le sergent buvaient, il resta près de la table. Puis il l'essuya avec un chiffon et retourna à son comptoir. Le Brun, le Blond et P'tit Format sortirent de la taverne et, sur le seuil, la réverbération mit des flammes roses sur leur figure, sur leur cou. La brume avait augmenté et, de loin, les gardes à présent avaient l'air mutilés, on aurait dit qu'ils traversaient un fleuve d'écume.

— Ne va pas embêter les Nieves, ce sont mes amis, dit le sergent.

Il était pas question de les embêter. Mais ça serait vraiment idiot de pas profiter de l'occasion, sergent. Ils étaient les seuls à le savoir, dans ce cas comme de bons copains, n'est-ce-pas? le Gros faisait le petit boulot, moitié-moitié, ça va? et la lui refilait, d'accord? Mais le sergent se mit à tousser, il n'aimait guère ces partages, il rejetait de la fumée par le nez et par la bouche, merde alors, pourquoi il aurait les restes?

— C'est bien moi tout de même qui l'ai vue le premier, sergent? dit le Gros. Et qui ai trouvé qui c'était et tout. Mais, tiens, qu'est-ce qu'il fait là, le lieutenant?

Il fait un geste dans la direction de la place et le lieutenant arrivait par là, une moitié du corps hors de la tache gazeuse, clignotant des yeux au soleil, la chemise propre. Quand il émergea de la brume, il avait des bottes et la moitié inférieure de son pantalon tout humide.

— Venez avec moi, sergent, ordonna-t-il de l'escalier. Don Fabio veut nous voir.

— N'oubliez pas ce que je vous ai dit, sergent, mumura le Gros.

201

Le lieutenant et le sergent s'enfoncèrent dans la brume jusqu'à la ceinture. L'embarcadère et les cabanes basses des environs avaient déjà été dévorées par les vagues de vapeur qui, hautes et ondulantes, déferlaient à présent sur les toitures et sur les galeries. Par contre, une lumière diaphane baignait les collines, les locaux de la Mission brillaient intacts, et les arbres aux troncs dilués par le brouillard arboraient des ramures nettes dont les feuilles, les branches et les toiles d'araignées argentées scintillaient.

— Vous êtes monté chez les bonnes sœurs, mon lieutenant? dit le sergent. Je suppose que les mômes auront reçu quelques bonnes fessées, non?

— Elles leur ont déjà pardonné, dit le lieutenant. Ce matin elles les ont emmenées à la rivière. La supérieure m'a dit que la petite malade allait mieux.

Arrivés à l'escalier de la cabane du gouverneur, ils secouèrent leurs pantalons mouillés et raclèrent leurs semelles pleines de boue contre les marches. La trame de la toile métallique qui protégeait la porte était si serrée qu'elle cachait l'intérieur. Une vieille Aguaruna pieds nus leur ouvrit la porte, et ils entrèrent : dedans il faisait frais et cela sentait les légumes. Les fenêtres étaient fermées, la pièce plongée dans la pénombre, on distinguait vaguement les arcs, les photos, les sarbacanes et les faisceaux de flèches accrochées aux murs. Des rocking-chairs à fleurs entouraient le tapis de *chamira* et don Fabio était apparu sur le seuil de la pièce voisine, mon lieutenant, sergent, souriant et sec sous son crâne chauve et brillant, la main tendue : l'ordre était enfin arrivé, vous vous imaginez! Il donna une tape dans le dos de l'officier, comment allaient-ils? faisait des gestes affables, que disaient-ils de cette nouvelle? mais avant, quelque chose de frais? une bière? c'était à ne pas croire. Il donna un ordre en aguaruna et la vieille apporta deux bouteilles de bière. Le sergent vida son verre d'un trait, le lieutenant faisait passer le sien d'une main à l'autre et avait des yeux vagues et préoccupés, don Fabio buvait, tel un oiseau, à toutes petites gorgées.

— On a communiqué l'ordre aux mères par radio? demanda le lieutenant.

Oui, ce matin, et on avait immédiatement averti don Fabio. Don Julio disait toujours ce ministre torpille l'affaire, c'est

mon pire ennemi, ça ne marchera jamais. Et c'était la pure vérité, ils le voyaient bien, le ministère avait changé et l'ordre était venu illico.

— Après tout ce temps, dit le sergent. Je ne me souvenais même plus de l'existence de ces bandits, monsieur le gouverneur.

Don Fabio Cuesta souriait toujours : il leur fallait partir le plus tôt possible, afin d'être de retour avant les pluies, ils savaient à quoi s'en tenir sur les crues du Santiago, sur ses rapides et ses remous, combien de chrétiens ces crues n'avaient-elles pas envoyés *ad patres?*

— Nous n'avons que quatre hommes au poste et ça ne suffit pas, dit le lieutenant. D'autant plus qu'il faut qu'un garde reste ici pour s'occuper du commissariat.

Don Fabio cligna de l'œil avec malice, mais du moment que le nouveau ministre était l'ami de don Julio, cher ami. Il avait accordé toutes les facilités et ils n'allaient pas s'y lancer tout seuls, mais avec des soldats du poste de Borja. Ils avaient déjà reçu l'ordre mon lieutenant. L'officier but un coup, ah, et acquiesça sans enthousiasme : bon, ça c'était une autre paire de manches. Mais il n'arrivait pas à se l'expliquer, et il secouait la tête avec perplexité, cette affaire, don Fabio, c'était un peu comme la résurrection de Lazare. C'était comme ça que ça marchait dans notre pays, mon lieutenant, qu'est-ce que vous voulez, ce ministre faisait durer les choses en croyant nuire seulement à don Julio, sans se rendre compte du terrible préjudice qu'il portait à tout le monde. Mieux valait tard que jamais, n'est-ce pas?

— Mais du moment qu'il n'y a plus de plaintes contre ces voleurs, don Fabio, dit le lieutenant. La dernière a été déposée peu de temps après mon arrivée à Santa María de Nieva, vous vous imaginez si ça fait un bout de temps.

Mais qu'est-ce que ça pouvait faire, mon lieutenant? Il pouvait ne pas y avoir de plaintes par ici, mais y en avoir d'un autre, et puis ils avaient une dette à payer, ces bandits, un peu plus de bière? Le sergent accepta et, de nouveau, vida son verre d'un trait : ce n'était pas pour ça, monsieur le gouverneur, mais si ça tombait ils allaient faire un voyage pour des prunes, les gredins n'étaient tout de même pas restés à les attendre. Et si la saison des pluies était en avance, le temps qu'ils pouvaient rester bloqués dans la forêt. Pas ques

tion de ça, sergent, ils devaient se trouver au poste de Borja dans les quatre jours, et autre chose que le lieutenant devait savoir, c'était une affaire que don Julio prenait vraiment à cœur. Les bandits lui avaient fait perdre son temps et sa patience, c'était quelque chose qu'il ne leur pardonnait pas. Le lieutenant ne disait-il pas qu'il rêvait d'une mutation? Don Julio l'aiderait si tout se passait bien, l'amitié de cet homme était plus précieuse que l'or, mon lieutenant, don Fabio le savait par expérience.

— Ah, don Fabio, dit l'officier en souriant, comme vous me connaissez bien. Vous avez mis le doigt sur la plaie.

— Et le sergent lui aussi n'y perdra rien, répliqua le gouverneur, le tapotant dans le dos d'un air heureux. Cela va de soi! Puisque je vous dis que le nouveau ministre est un ami de don Julio.

Très bien, don Fabio, ils feraient ce qu'ils pourraient. Mais qu'il veuille bien leur offrir un petit verre encore, pour réagir, la nouvelle les avait un peu secoués. Ils finirent la bière et bavardèrent en plaisantant dans la pénombre fraîche et odorante, puis le gouverneur les accompagna jusqu'à l'escalier et de là leur fit au revoir. La brume couvrait tout à présent et, entre ses voiles et ses danses ambiguës, les cabanes et les arbres flottaient en douceur, s'assombrissaient et s'éclairaient, et il y avait des silhouettes fuyantes qui circulaient sur la place. Une voix menue et triste chantonnait au loin.

— Il a fallu d'abord courir après les mômes, et maintenant ça, dit le sergent. Ça ne me dit rien du tout de me farcir le Santiago à cette saison, on va y attraper la crève, mon lieutenant. Qui allez-vous laisser au poste?

— Le Gros, il se fatigue pour un rien, dit le lieutenant. Tu aurais aimé rester, n'est-ce pas?

— Mais le Gros connaît la forêt depuis des années, dit le sergent; ça donne de l'expérience, mon lieutenant. Pourquoi pas P'tit Format, qui est tout chétif.

— Le Gros, dit le lieutenant. Et ne fais pas cette tête. Moi non plus je n'aime pas cette corvée, mais tu as entendu le gouverneur, tout de suite après ce petit voyage la roue tourne et on part d'ici. Va appeler Nieves et amène les autres chez moi, pour faire le plan de travail.

Le sergent resta un moment immobile dans la brume, les

mains dans les poches. Puis, tête basse, il traversa la place, passa près de l'embarcadère que submergeait une épaisse couche de vapeur, prit le sentier et avança à travers un paysage fumeux et fuyant, chargé d'électricité et de croassements. Quand il arriva devant la cabane du pilote, il parlait tout seul, serrait son képi entre ses mains et il avait les guêtres, le panlon et la chemise tout éclaboussés de boue.

— C'est un vrai miracle à cette heure, sergent. — Lalita, penchée sur la balustrade, égouttait ses cheveux : son visage, ses bras et sa robe ruisselaient. — Entrez donc, sergent, montez.

Indécis, pensif, remuant toujours les lèvres, le sergent grimpa les marches, sur la galerie serra la main de Lalita et, quand il se retourna, Bonifacia était près de lui, trempée elle aussi. Sa robe de couleur crue lui collait au corps, ses cheveux humides enserraient son visage comme dans une coiffe, et ses yeux verts regardaient le sergent avec contentement, sans la moindre gêne. Lalita tordait le bas de sa robe, le sergent était venu visiter sa pensionnaire? et des gouttelettes transparentes roulaient sur ses pieds : la voilà. Elles étaient allées à la pêche et elles étaient entrées dans la rivière avec ce brouillard, vous vous imaginez, on ne voyait rien mais l'eau était vraiment tiède, bonne, et Bonifacia proposa : elle apportait quelque chose à manger? de l'anisette? Au lieu de répondre, Lalita éclata de rire et entra dans la cabane.

— Tu t'es laissé voir par le Gros ce matin, dit le sergent. Pourquoi t'es-tu laissé voir? Je ne t'ai pas dit que je ne le voulais pas?

— Vous vous montrez jaloux, sergent, dit Lalita, de la fenêtre, tout en riant. Qu'est-ce que ça peut faire qu'on la voie? Vous ne voudriez pas qu'elle passe sa vie à se cacher, tout de même?

Bonifacia scrutait le visage du sergent, d'un air sérieux, et il y avait dans son attitude quelque chose d'effrayé et de confus. Il fit un pas dans sa direction et les yeux de Bonifacia s'alarmèrent, mais elle ne bougea pas et le sergent leva un bras, la prit par les épaules, *chinita*, il ne voulait pas qu'elle parle avec le Gros, et avec aucun chrétien non plus, madame Lalita.

— Je ne peux pas le lui interdire, dit Lalita, et Aquilino, qui s'était montré à la fenêtre, rit aussi. Et vous non plus,

sergent. Seriez-vous son frère par hasard? Il n'y a qu'un mari qui pourrait.

— Je ne l'ai pas vu, balbutia Bonifacia. Ce doit être un mensonge, il n'a pas dû me voir, je dirais même.

— Ne t'humilie pas, ne sois pas idiote, dit Lalita. Rends-le plutôt jaloux, Bonifacia.

Le sergent serra Bonifacia contre lui, que jamais il ne la voie avec le Gros, ça valait mieux et avec deux doigts il souleva son menton, que jamais il ne la voie avec aucun homme, madame, Lalita éclata encore de rire, et deux autres frimousses avaient surgi près de celle d'Aquilino. Les trois gamins dévoraient le sergent des yeux, il ne la verrait avec personne, Bonifacia prit la chemise du sergent, ses lèvres tremblaient : elle le lui promettait.

— Tu es sotte, dit Lalita. On voit bien que tu ne connais pas les hommes, surtout ceux qui portent l'uniforme.

— Il faut que je parte en voyage, dit le sergent, en prenant Bonifacia dans ses bras. Nous ne reviendrons pas avant trois semaines, un mois peut-être.

— Avec moi, sergent? — Adrián Nieves, en caleçon, se tenait sur l'escalier et se donnait des tapes sur son corps dur et bronzé. — Ne venez pas me dire que les pensionnaires se sont encore enfuies.

Et à son retour ils se marieraient, *chinita*, sa voix se brisa et il se mit à rire comme un idiot, tandis que Lalita en criant faisait irruption sur la terrasse, resplendissante, les bras grands ouverts, et que Bonifacia allait au-devant d'elle et qu'elles s'embrassaient. Nieves le pilote serra la main du sergent qui parlait en faisant des couacs, don Adrián, c'est qu'il était un peu ému : il tenait à ce qu'ils soient ses témoins, naturellement. Vous voyez, madame Lalita, il était tout simplement tombé dans son piège, mais Lalita savait depuis le début que le sergent était un chrétien correct, qu'il lui permette de l'embrasser. On ferait une grande fête, il allait voir comme on fêterait ça. Bonifacia, étourdie, serrait le sergent dans ses bras, embrassait Lalita, baisait la main du pilote, soulevait les enfants, et eux c'était avec le plus grand plaisir qu'ils serviraient de témoins, sergent, il dînerait bien avec eux ce soir. Les yeux verts étincelaient, et Lalita ils se construiraient une maison tout à côté, s'attristaient, ils les aideraient, se réjouis-

saient, et le sergent il fallait qu'elle s'en occupe bien, madame, il tenait à ce que personne ne la voie pendant qu'il serait en voyage, et Lalita cela va de soi, elle ne sortirait même pas sur le seuil, on l'attacherait.

— Et où allons-nous à présent? dit le pilote. Encore une fois avec les petites mères?

— Si seulement ça pouvait être! dit le sergent. Ils nous auront la peau, don Adrián. Figurez-vous que l'ordre est arrivé. On va sur le Santiago, chercher ces fameux gredins.

— Sur le Santiago? dit Lalita. Elle avait changé de couleur, se tenait rigide et bouche bée, et Nieves le pilote, appuyé sur la balustrade, examinait le fleuve, la brume, les arbres. Les gamins tournaient toujours autour de Bonifacia.

— Avec des hommes du poste de Borja, dit le sergent. Mais pourquoi faites-vous cette tête. Il n'y a pas de danger, on sera nombreux. Et si ça tombe, les bandits en question sont déjà morts de vieillesse.

— Pintado habite à deux pas d'ici, dit Adrián Nieves, en désignant la rivière cachée par le brouillard. Il connaît bien la région et c'est un excellent pilote. Il faut le prévenir immédiatement, il lui arrive de partir à la pêche à cette heure.

— Mais quoi, dit le sergent. Vous ne voulez pas venir avec nous, don Adrián? Ça fera plus de trois semaines, vous toucherez une grosse somme.

— C'est que je suis malade, j'ai la fièvre, dit le pilote. Je ne fais que vomir et j'ai la tête qui tourne.

— Mais, don Adrián, dit le sergent, ne me racontez pas ça, que vous allez être malade. Pourquoi ne voulez-vous pas y aller?

— Il a la fièvre, il va se coucher tout de suite, dit Lalita. Allez vite chez Pintado, sergent, avant qu'il ne parte à la pêche.

Et à la tombée de la nuit elle s'échappa comme il lui avait dit, elle descendit sur la rive et Fushía pourquoi as-tu tellement tardé, vite,, à la barque. Ils s'éloignèrent d'Uchamala sans mettre le moteur en marche, dans le noir presque, et lui tout le temps on ne t'a pas vue au moins, Lalita? malheur à toi

si on t'a vue, je joue ma tête, je ne sais pas pourquoi je fais ça et elle, qui guidait, attention, un remous et des rochers à gauche. Ils finirent par se réfugier sur une plage, cachèrent la barque, s'étendirent sur le sable. Et lui je suis jaloux, Lalita, ne me parle pas de ce salaud de Reátegui, mais il me fallait une barque et de la nourriture, des jours difficiles nous attendent mais tu verras, je m'en tirerai et elle tu t'en tireras, je t'aiderai, Fushía. Il parlait de la frontière, tout le monde dira il est parti au Brésil, ils se lasseront de me rechercher, Lalita, qui est-ce qui aurait l'idée que je suis venu de ce côté, si nous passons en Équateur il n'y a pas de problème. Et brusquement désha-bille-toi, Lalita, et elle les fourmis vont me piquer, Fushía, et lui tant pis. Après la pluie tomba pendant toute la nuit, le vent arracha l'abri qui les protégeait et à tour de rôle ils chassèrent les moustiques et les chauves-souris. Ils se rembar-quèrent au matin et firent un bon voyage jusqu'aux rapides : un bateau et ils se cachaient, un village, une gendarmerie, un avion et ils se cachaient. Une semaine s'écoula sans que la pluie tombât; ils voyageaient du lever au coucher du soleil et, pour économiser les conserves, pêchaient de petits anchois, des bagres. Le soir ils cherchaient une île, un banc de sable, une plage et ils dormaient à l'abri d'un feu. Ils traversaient les villages la nuit, sans mettre le moteur en marche, et lui vas-y, courage, Lalita, et elle mes bras n'en peuvent plus, le courant est fort, et lui courage bordel de Dieu, il n'y en a plus pour longtemps. Près de Barranca ils se trouvèrent nez à nez avec un pêcheur, ils mangèrent ensemble et eux nous sommes en fuite et lui est-ce que je peux vous aider? et Fushía nous voulons acheter de l'essence, je n'en ai presque plus et lui donnez-moi de l'argent, je vais au village et je vous la rapporte. Ils mirent quinze jours à franchir les gorges, puis ils s'enfon-cèrent dans des chenaux, des lagunes et des marais, se perdirent, la barque versa à deux reprises, ils tombèrent en panne d'essence et un matin Lalita, ne pleure pas, on arrive, regarde, ce sont des Huambisas. Ils se souvenaient de lui, ils croyaient qu'il venait comme d'autres fois leur acheter de la gomme. Ils leur donnèrent une case, de quoi manger, deux châlits, et ils pas-sèrent ainsi plusieurs jours. Et lui tu vois ce qui t'arrive pour t'être accrochée à moi? tu aurais mieux fait de rester à Iquitos avec ta mère et elle si un jour on te tuait, Fushía? et lui tu

seras la femme d'un Huambisa, tu te promèneras les seins à l'air et tu te peinturlureras avec de l'indigo, de la rupinie et du rocou, on te fera mâcher du manioc pour faire le *masato*, imagine-toi ce qui t'attend. Elle pleurait, les Huambisas riaient et lui sotte que tu es, c'était pour m'amuser, peut-être es-tu la première femme blanche qu'ils aient vue, il y a un temps fou je suis venu jusqu'ici avec un type de Moyabamba et ils nous ont fait voir la tête d'un Blanc qui était venu dans le Santiago chercher de l'or, ça te fait peur? et elle oui Fushía. Les Huambisas leur portaient des tranches de *chosca* et de *majaz*, des bagres, du manioc, une fois des vers et ils vomirent, de temps en temps un daguet, un daim ou un *zúngaro*. Il bavardait avec eux du matin au soir et elle raconte-moi, qu'est-ce que tu leur demandes, qu'est-ce qu'ils te disent et lui des choses, ne t'en fais pas, la première fois qu'on est venus Aquilino et moi on les a conquis en leur offrant à boire et on a vécu six mois avec eux, on leur apportait des couteaux, de la toile, des fusils, de l'anisette et eux nous donnaient du caoutchouc, des peaux et jusqu'à maintenant je ne peux pas me plaindre, ils étaient mes clients, ils sont mes amis, sans eux je serais déjà mort, et elle oui mais allons-nous-en, Fushía, on n'est pas à côté de la frontière? Et lui ils valent mieux que les gemmeurs, Lalita, à commencer par ce salaud de Reátegui, regarde comment il s'est conduit avec moi, je lui ai fait gagner des sommes fabuleuses et il ne voulait pas m'aider, c'est la seconde fois que les Huambisas me sauvent. Et elle mais quand passons-nous en Équateur, Fushía, la saison des pluies va commencer et ça ne sera plus possible. Il cessa de parler de la frontière, et il passait les nuits sans dormir, assis sur son châlit, il marchait, parlait tout seul, et elle qu'est-ce qui t'arrive, Fushía, permets que je te donne des conseils, c'est pour ça que je suis ta femme et lui silence, il réfléchissait. Un matin il se leva, descendit l'escarpement en courant et elle, d'en haut, ne fais pas ça, je t'en supplie par le saint, le très saint Christ de Bagazán, mais il continua à taper avec sa machette sur la barque jusqu'à ce qu'il l'eût défoncée et coulée, et quand il remonta l'escarpement le contentement se lisait dans ses yeux. Se rendre en Équateur sans vêtements, sans argent et sans papiers? Une folie, Lalita, les polices se transmettent la consigne d'un pays à l'autre, nous resterons

209

seulement un petit peu plus longtemps, je peux m'enrichir
ici, tout dépend des Huambisas et d'Aquilino, il faut que je
le retrouve, c'est l'homme dont nous avons besoin, viens,
je vais te l'expliquer et elle qu'est-ce que tu as fait, Fushía,
ô mon Dieu! Et lui il ne viendra personne ici et quand nous en
partirons on m'aura oublié, et puis nous aurons de l'argent
pour la boucler à n'importe qui. Et elle Fushía, Fushía, et lui
il me faut retrouver Aquilino et elle pourquoi l'as-tu défoncée,
je ne veux pas mourir dans la forêt, et lui espèce de conne,
il fallait effacer les traces. Un jour ils partirent en canot, avec
deux rameurs huambisas, dans la direction du Santiago. Ils
étaient escortés par les moustiques, des pluies de moustiques,
par le chant rauque des oiseaux trompettes et la nuit, malgré
le feu et les couvertures, les chauves-souris planaient au-dessus
d'eux et les mordaient aux places les plus tendres : les doigts
de pied, le nez, la base du crâne. Et lui pas question de s'approcher de la rivière, c'est plein de soldats. Ils suivaient des chenaux
étroits, sombres, sous des voûtes de feuillage hirsute, des
bourbiers putrides, parfois des lagunes hérissées de grenouilles,
et des chemins aussi que les Huambisas ouvraient à grands
coups de machette, en portant le canot sur leurs épaules.
Ils mangeaient ce qu'ils trouvaient, des racines, des tiges au
jus acide, des décoctions d'herbes, un jour ils chassèrent un
chevreuil, de la viande pour une semaine. Et elle je n'y arrive
pas Fushía, je n'ai plus de jambes, je me suis griffé le visage,
et lui il n'y en a plus pour longtemps. Enfin le Santiago apparut
et là ils mangèrent des *chitaris* qu'ils capturaient sous les
pierres du fleuve et qu'ils fumaient, et un tatou que les Huambisas avaient chassé, et lui tu as vu que nous arrivons, Lalita?
ça c'est une bonne terre, il y a de quoi manger, ça sort de tous
les côtés, et elle j'ai la figure qui me brûle, Fushía, je te jure
que je n'en peux plus. Ils campèrent pendant une journée,
puis ils poursuivirent leur voyage, en remontant le Santiago,
s'arrêtant pour dormir et pour prendre leurs repas dans des
hameaux huambisas où vivaient deux ou trois familles. Et
une semaine plus tard, ils abandonnèrent le fleuve et navi-
guèrent pendant des heures sur un chenal étroit où le soleil
ne pénétrait pas et si bas que leurs têtes touchaient la forêt.
Ils en sortirent et lui Lalita, l'île, regarde-la, le meilleur coin
qu'il puisse y avoir, entre la forêt et les marécages, et avant

de débarquer il demanda aux Huambisas de faire un tour dans les environs et elle on va vivre ici? et lui elle est cachée, sur toutes les rives il y a de hautes futaies, cette pointe est bien comme embarcadère. Ils débarquèrent et les Huambisas roulaient les yeux, montraient le poing, grommelaient et Lalita qu'est-ce qui leur arrive, Fushía, pourquoi sont-ils furieux et lui cochons de trouillards, ils veulent repartir, les *lupunas* leur ont fait peur. Car en haut de l'escarpement et sur toute la longueur de l'île, il y avait, comme une clôture compacte et très haute, des *lupunas* aux troncs raboteux, gonflés de bosses· et de grandes nageoires rugueuses qui leur servaient de support. Et elle arrête de crier après eux, Fushía, ils vont se mettre en colère. Ils restèrent longtemps à discuter, en grouinant et en gesticulant, mais il finit par les convaincre et ils le suivirent à travers la brousse qui couvrait l'île. Et lui écoute Lalita, elle est pleine d'oiseaux, il y a des aras, tu entends? et quand ils trouvèrent un *huancahuí* en train de dévorer une couleuvre noire les Huambisas se mirent à crier et lui bande de trouillards et elle tu es fou, ce n'est que de la forêt, Fushía, comment allons-nous vivre ici, et lui tu crois que je ne pense pas à tout? j'y ai vécu avec Aquilino et j'y vivrai de nouveau, j'y deviendrai riche, tu verras ce que je te dis. Ils retournèrent à l'escarpement, elle descendit dans le canot, lui et les Huambisas repartirent dans l'île et soudain une colonne de fumée couleur de plomb monta au-dessus des *lupunas* et cela commença à sentir le brûlé. Fushía et les Huambisas revinrent en courant, ils sautèrent dans le canot, traversèrent le plan d'eau et campèrent sur l'autre rive, près de l'embouchure du chenal. Et lui quand ça s'arrêtera de brûler il y aura une grande clairière, Lalita, pourvu qu'il ne pleuve pas, et elle pourvu qu'il n'y ait pas de vent, Fushía, que le feu ne vienne pas jusqu'ici et que la forêt ne prenne pas feu. Il ne plut pas et le feu dura près de deux jours, ils restèrent au même endroit, recevant la fumée épaisse, nauséabonde, des *lupunas* et des *catahuas*, les cendres qui allaient et venaient en l'air, regardant les flammes bleues, effilées, les étincelles qui s'abîmaient sur l'eau en claquant, entendant l'île tout entière craquer. Et lui ça y est, les diables ont brûlé, et elle ne les provoque pas, ce sont leurs croyances, et lui ils ne me comprennent pas et puis ça les fait rire, je les ai guéris pour toujours de la peur des *lupunas*.

Le feu nettoyait l'île et la dépeuplait : les nuages de fumée crachaient des bandes d'oiseaux et sur les rives apparaissaient des singes, *maquisapas*, *frailecillos*, *shimbillos*, *pelejos*, qui sautaient en criant sur les troncs et les rameaux flottants; les Huambisas entraient dans l'eau, les ramassaient par paquets, leur fendaient le crâne à coups de machette et lui tu parles d'un festin, Lalita, leur colère est passée et elle moi aussi je veux manger, quand ce ne serait que de la viande de singe, j'ai faim. Quand ils revinrent sur l'île il y avait plusieurs clairières, mais l'escarpement n'avait pas été touché et il subsistait par endroits d'épais réduits de forêt. Ils se mirent à déblayer, toute la journée ils lançaient dans la lagune des arbres morts, des oiseaux carbonisés, des serpents, et lui dis-moi que tu es contente et elle je le suis, Fushía, et lui tu crois en moi? et elle oui. Finalement il resta un secteur de terrain plat, les Huambisas coupèrent des arbres et fixèrent les rondins par des lianes et lui regarde, Lalita, c'est comme une maison et elle si on veut mais ça vaut toujours mieux que de dormir dans la forêt. Et le lendemain matin, à leur réveil, un *paucar* faisait son nid devant la cabane, ses plumes noires et jaunes luisaient au milieu du feuillage et lui ça porte bonheur, Lalita, c'est un oiseau sociable, s'il est venu ici c'est parce qu'il sait que nous y restons.

Et ce même samedi des voisins récupérèrent le cadavre et le portèrent, enveloppé dans un drap, chez la lavandière. La veillée funèbre rassembla beaucoup d'hommes et de femmes de la Gallinacera sur le terrain de Juana Baura et celle-ci pleura toute la nuit, baisant à chaque instant les mains, les yeux, les pieds de la morte. Au matin des femmes firent sortir Juana de la chambre et le père García aida à installer le cadavre dans le cercueil acheté grâce à une collecte populaire. Ce dimanche-là, le père García célébra la messe à la chapelle du Marché et prit la tête du cortège funèbre, puis il revint du cimetière à la Gallinacera au côté de Juana Baura : on le vit traverser la place entouré de femmes, pâle, le regard fulminant, les poings crispés. Des mendiants, des cireurs de chaussures, des vagabonds se joignirent au cortège et, en arrivant au

Marché, celui-ci occupait la rue dans toute sa longueur. Là, juché sur un banc, le père García se mit à vociférer : aux alentours, des portes s'ouvraient, les femmes abandonnaient leurs éventaires pour l'écouter et deux gardes municipaux qui essayaient de faire évacuer les lieux furent insultés et lapidés. On entendait les cris du père García à l'abattoir et, à l'*Étoile du Nord*, les étrangers se turent, surpris : d'où venait ce bruit, où se rendaient toutes ces femmes? Secret, féminin, insistant, un mot d'ordre circulait dans la ville et, pendant ce temps, sous un ciel de troubles charognards, le père García parlait toujours. Chaque fois qu'il se taisait, on entendait les cris de Juana Baura, agenouillée à ses pieds. Alors les femmes commencèrent à s'agiter sourdement, à murmurer. Quand les gardes arrivèrent avec les insignes de leur fonction, une mer en furie se précipita devant eux, le père García en tête, furibond, un crucifix dans la main droite, et quand ils voulurent barrer la route aux femmes, les cailloux, les menaces se mirent à pleuvoir : les gardes reculaient, se réfugiaient dans les maisons, d'autres tombaient et la mer les chargeait, les submergeait, les abandonnait. Les flots irrités envahirent ainsi la place d'Armes, rugissants, houleux, hérissés de bâtons, charriant des pierres et, sur leur passage, les portes se verrouillaient, les volets se fermaient, les notables se précipitaient à la cathédrale et les étrangers, garés sous les portiques, assistaient stupéfaits aux progrès de cette avalanche. Le père García s'était-il débattu avec les gardes? L'avaient-ils assailli? Sa soutane déchirée montrait une poitrine maigre et blanche comme le lait, de longs bras osseux. Il tenait toujours le crucifix en l'air et poussait des cris rauques. Le torrent déferla ainsi devant l'*Étoile du Nord*, des pierres fusèrent et les carreaux du bar volèrent en éclats; quand les femmes débouchèrent sur le Vieux Pont, le vétuste squelette craqua, oscilla comme un ivrogne et, en dépassant le *Río Bar* et en arrivant au quartier de Castilla, bien des femmes tenaient déjà des torches à la main, couraient, des gens sortaient des *chicherías*, des rugissements s'ajoutaient aux rugissements, des torches aux torches. Ils parvinrent aux sablons et un nuage de poussière s'éleva, une gigantesque trombe impondérable, dorée, et au cœur de la spirale on apercevait des visages de femmes, des poings et des flammes.

213

Repliée sous l'immaculée, sous l'aveuglante clarté de midi, portes et fenêtres fermées, la Maison verte avait l'air d'une demeure déserte. Les parois végétales scintillaient doucement au soleil, s'estompaient dans les coins avec une espèce de timidité et, comme chez un cerf blessé, il y avait dans le calme de l'établissement quelque chose de désarmé, de docile, de craintif devant la foule qui s'approchait. Le père García et les femmes arrivèrent à ses portes, le vacarme cessa et il se fit une immobilité soudaine. Mais alors on entendit des cris aigus et, de même que les fourmis abandonnent leurs labyrinthes lorsque le fleuve les inonde, les pensionnaires surgirent, en se bousculant et en hurlant, peinturlurées, à demi vêtues, et la parole du père García s'éleva, tonna sur la mer et, entre la cime des vagues et leur creux, d'innombrables tentacules s'allongeaient, empoignaient les pensionnaires, les renversaient et les frappaient par terre. Puis le père García et les femmes envahirent la Maison verte, la remplirent en quelques secondes et il en provint un fracas de destruction : des verres, des bouteilles s'écrasaient, on cassait les chaises, on déchirait des draps, des rideaux. Du premier étage, du second et de la tour commença un minutieux déluge domestique. Pots de fleurs, bidets, lavabos ébréchés et bassines, assiettes, matelas éventrés et cosmétiques volaient à travers l'air calciné et un chœur de hourras saluait chaque projectile qui décrivait une parabole et allait se ficher dans les sables. Bien des curieux déjà, et même des femmes, se disputaient les objets et les vêtements, il y avait des heurts, des disputes, des dialogues des plus violents. Au milieu du désordre, meurtries, sans voix, tremblant encore, les pensionnaires se relevaient, tombaient dans les bras les unes des autres, pleuraient et se consolaient. La Maison verte brûlait : on pouvait voir les flammes pourpres, aiguës et disloquées au milieu de la fumée cendreuse qui montait en de lents remous vers le ciel de Piura. La foule commença à reculer, les cris diminuèrent : par les portes de la Maison verte, les envahisseuses et le père García abandonnaient les lieux à la course, secoués par la toux et pleurant à cause de la fumée.

Du garde-fou du Vieux Pont, du Quai, des clochers, des toits et des balcons, des grappes humaines contemplaient l'incendie : une hydre aux têtes rouges et bleues crépitant

214

sous un dais noirâtre. C'est seulement lorsque la svelte tour s'effondra et alors que depuis un bon moment déjà braises, flammèches et cendres pleuvaient sur le fleuve, que firent leur apparition les gardes et les agents. Ils se mêlèrent aux femmes, rendus impuissants par leur retard, troublés et fascinés comme les autres par le spectacle du feu. Et brusquement il y eut des coups de coude, des mouvements, femmes et mendiants murmuraient, disaient : *le voilà, le voilà.*

Il arrivait par le Vieux Pont : les femmes de la Gallinacera et les badauds s'écartaient devant lui, personne ne l'arrêtait, il avançait raide, les cheveux en désordre, la figure sale, les yeux incroyablement épouvantés, la bouche tremblante. On l'avait aperçu, la veille, qui buvait dans une taverne mangache où il avait fait son entrée à la tombée de la nuit, la harpe sous le bras, larmoyant et livide. Et il y avait passé la nuit, chantonnant et sanglotant. Les Mangaches s'approchaient de lui : *Qu'est-ce que c'est que cette histoire, don Anselmo? Que s'est-il passé? c'est vrai que vous viviez avec Antonia? que vous la gardiez à la Maison verte? c'est sûr qu'elle est morte?* Il gémissait, se plaignait et il avait fini par rouler par terre, ivre mort. Il dormit, en se réveillant demanda un verre, continua à boire tout en pinçant la harpe, et c'est dans cet état qu'il se trouvait lorsqu'un gosse entra dans la taverne. « La Maison verte, don Anselmo! On y a mis le feu! Les femmes de la Gallinacera et le père García, don Anselmo! »

Sur le Quai, des hommes et des femmes se plantèrent devant lui, « c'est toi qui as enlevé Antonia, c'est toi qui l'as tuée », lacérèrent ses vêtements et lui lancèrent des pierres dans sa fuite. Au Vieux Pont seulement il se mit à crier et à supplier et les gens c'est des histoires, c'est parce qu'il a peur qu'on le lynche, mais il criait toujours et les pensionnaires effrayées faisaient oui de la tête, c'était vrai, il était peut-être bien dedans. Anselmo s'était agenouillé sur le sable, suppliait, prenait le ciel à témoin et, alors, une sorte de malaise s'empara des gens, les gardes et les agents interrogeaient les femmes de la Gallinacera, des voix contradictoires s'élevaient, et si c'était vrai? qu'on y aille voir, qu'on fasse quelque chose, qu'on appelle le docteur Zevallos. Enveloppés dans des treillis mouillés, quelques Mangaches plongèrent dans la fumée pour en émerger quelques instants après, suffoquant, vaincus, on

ne pouvait pas entrer, c'était l'enfer là-dedans. Hommes et femmes harcelaient le père García, et si c'était vrai? mon père, mon père, Dieu le punirait. Il regardait les uns et les autres d'un air égaré, don Anselmo se débattait au milieu des gardes, qu'on lui donne un treillis, il entrerait, qu'on ait pitié. Et quand Angélica Mercedes apparut et que tout le monde constata que c'était vrai, qu'il était là, sain et sauf, dans les bras de la cuisinière, et quand on vit comme le harpiste était ému, remerciait le ciel et baisait les mains d'Angélica Mercedes, bien des femmes s'attendrirent. A haute voix elles plaignaient le bébé, consolaient le harpiste, ou se mettaient en colère contre le père García et lui adressaient des reproches. Stupéfaite, soulagée, émue, la foule entourait don Anselmo et personne, ni les pensionnaires, ni les femmes de la Gallinacera, ni les Mangaches, ne regardait plus la Maison verte, l'incendie qui la consumait et que maintenant la ponctuelle pluie de sable commençait à éteindre, à rendre au désert où, fugacement, elle avait existé.

Les indomptables entrèrent comme à l'accoutumée, en ouvrant la porte d'un grand coup de pied et en chantant leur hymne : c'étaient les indomptables, savaient pas travailler, rien que pinter, rien que jouer, c'étaient les indomptables et ils allaient baiser.

— Je peux seulement te raconter ce qu'on a entendu cette nuit-là, petite, dit le harpiste; tu t'es bien rendu compte que je n'y vois pour ainsi dire pas. C'est ce qui m'a libéré de la police, ils m'ont laissé tranquille.

— Il y a le lait qui est chaud, dit la Chunga, du comptoir. Aide-moi, Sauvage.

La Sauvage quitta la table des musiciens, alla vers le bar, la Chunga et elle apportèrent un pot de lait, du pain, du café en poudre et du sucre. Les lumières du salon étaient encore allumées, mais le jour entrait déjà par les fenêtres, chaud, clair.

— La petite ne sait pas comment ça s'est passé, Chunga, dit le harpiste, en buvant son lait à petites gorgées. Josefino ne le lui a pas raconté.

— Je lui demande et il change de conversation, dit la Sauvage. Pourquoi ça t'intéresse tant, qu'il dit, arrête, ça me rend jaloux.

— Ça n'a pas de morale, et en plus c'est hypocrite et cynique, dit la Chunga.

— Il n'y avait que deux clients quand ils sont entrés, dit Bolas. A cette table. Seminario était l'un des deux.

Les León et Josefino s'étaient installés au bar, criaient et sautaient, tout excités : on t'aime Chunga *chunguita*, t'es notre reine, t'es notre mère, Chunga *chunguita*.

— Arrêtez de déconner, vous consommez ou vous prenez la porte, dit la Chunga. — Elle se tourna vers l'orchestre :

— Pourquoi ne jouez-vous pas?

— On ne pouvait pas, dit Bolas. Les indomptables faisaient un boucan terrible. On voyait qu'ils étaient vraiment contents.

— C'est que ce soir-là ils avaient du fric plein les poches, dit la Chunga.

— Regarde un peu. — Le Singe lui faisait voir un éventail de billets et se pourléchait les babines. — Combien à ton avis?

— Ce que t'es radine, Chunga, t'as fait un œil, dit Josefino.

— Je suis sûre que ç'a été volé, répliqua la Chunga. Qu'est-ce que je vous sers?

— Ils avaient sûrement bu, dit la Sauvage. Ils se mettent toujours à rigoler et à chanter.

Attirées par le bruit, trois des pensionnaires se montrèrent sur l'escalier : Sandra, Rita, Maribel. Mais en reconnaissant les indomptables elles eurent l'air déçues, elles s'arrêtèrent de faire des manières et on entendit le gigantesque éclat de rire de Sandra, c'étaient eux, la barbe, mais le Singe leur ouvrit ses bras, qu'elles viennent, qu'elles demandent ce qu'elles veulent, et il leur montra les billets.

— Sers-leur aussi quelque chose, aux musiciens, Chunga, dit Josefino.

— De gentils garçons, dit le harpiste en souriant. Ils nous invitent tout le temps. J'ai connu le père de Josefino, petite. Il était batelier et il faisait traverser le bétail qui venait de Catacaos. Carlos Rojas, un type très sympathique.

La Sauvage remplit de nouveau la tasse du harpiste et y

mit du sucre. Les indomptables s'assirent à une table avec Sandra, Rita et Maribel et se remémoraient une partie de poker qu'ils venaient de disputer au *Reina*. Le Jeune Alejandro buvait son café d'un air languide : c'étaient les indomptables, savaient pas travailler, rien que pinter, rien que jouer, c'étaient les indomptables et ils allaient baiser.

— On les a gagnés proprement, Sandra, je te jure. La chance était avec nous.

— Suite au roi à trois reprises, qui est-ce qui a déjà vu ça?

— Ils apprenaient les paroles aux filles, dit le harpiste, d'une voix amusée et bienveillante. Après ils sont venus où on était, pour qu'on leur joue leur hymne. Pour ce qui est de moi je le ferais bien, mais demandez d'abord l'autorisation à la Chunga.

— Et toi, Chunga, tu nous as fait signe que oui, dit Bolas.

— Ils consommaient comme jamais ils n'avaient fait, expliqua la Chunga à la Sauvage. Pourquoi je ne leur aurais pas fait ce plaisir?

— C'est comme ça que les malheurs commencent, parfois, dit le Jeune, avec une expression mélancolique. Pour une chanson.

— Chantez, pour qu'on attrape la musique, dit le harpiste. Voyons, le Jeune, Bolas, ouvrez bien vos oreilles.

Tandis que les indomptables chantaient en chœur leur hymne, la Chunga se balançait sur son fauteuil à bascule comme une maîtresse de maison bien tranquille, et les musiciens marquaient le rythme avec le pied et répétaient les paroles à mi-voix. Puis tout le monde fit chorus à tue-tête, avec accompagnement de guitare, de harpe et de cymbales.

— Suffit comme ça, dit Seminario. Assez de chansonnettes et de grossièretés.

— Jusqu'à ce moment-là il ne s'était pas soucié du vacarme et il était resté très calme, à bavarder avec son ami, dit Bolas.

— Je l'ai vu se dresser, dit le Jeune. Comme une furie, j'ai cru qu'il se jetait sur nous.

— Il n'avait pas la voix de quelqu'un qui a bu, dit le harpiste. Nous l'avons écouté, nous nous sommes tus, mais il ne se calmait pas. Depuis quelle heure était-il là, Chunga?

— Tôt. Il était venu tout droit de sa propriété avec les bottes, le pantalon de cheval et le pistolet.

— Un vrai taureau, ce Seminario, dit le Jeune. Et le regard méchant. Plus on est fort, plus on est bête.

— Merci, frérot, dit Bolas.

— Tu es l'exception, Bolas, dit le Jeune. Un corps de boxeur et une âme d'agnelet, comme dit le maître.

— Ne vous mettez pas dans cet état, monsieur Seminario, dit le Singe. On chantait notre hymne, tout simplement. Permettez-nous de vous offrir une bière.

— Mais il n'était pas dans ses bonnes, dit Bolas. Il s'était piqué et il cherchait la bagarre.

— C'est donc vous les petits coqs qui faites du scandale dans les rues et sur les places? dit Seminario. Qu'est-ce que vous pariez que vous allez me foutre la paix?

Rita, Sandra et Maribel s'éloignaient sur la pointe des pieds dans la direction du bar et le Jeune et Bolas faisaient un rempart de leurs corps au harpiste qui, assis sur sa banquette, l'air bien tranquille, s'était mis à régler les chevilles de sa harpe. Et Seminario continuait, lui aussi il aimait la rigolade, en se contorsionnant, et il savait s'amuser, en se frappant la poitrine, mais il travaillait, il s'esquintait au boulot sur sa terre, il n'aimait pas les vagabonds, corpulent et loquace sous l'ampoule violette, les crève-la-faim, ces gars qui jouent aux fous.

— On est jeunes, monsieur. On fait rien de mal.

— On sait bien que vous êtes très fort, mais c'est pas une raison pour nous insulter.

— C'est vrai qu'une fois vous avez soulevé à bout de bras un *catacaos* et que vous l'avez jeté sur un toit? C'est vrai, monsieur Seminario?

— Ils se rabaissaient à ce point? dit la Sauvage. Je n'aurais pas cru ça d'eux.

— Je vous flanque une sacrée frousse, disait Seminario en riant, apaisé. Quelle lèche vous me faites.

— A l'heure de la vérité, les hommes montrent toujours leur vraie figure, dit la Chunga.

— Pas tous, Chunga, protesta Bolas. S'il s'en était pris à moi, je lui aurais répondu.

— Il était armé et il était normal que les indomptables aient peur, dit le Jeune d'un ton sentencieux, doucement : la peur, c'est comme l'amour, Chunga, une chose humaine.

— Tu te prends pour un savant, dit la Chunga. Mais moi, tes philosophies, je m'assois dessus, au cas où tu ne le saurais pas.

— C'est dommage que ces jeunes gens ne soient pas partis à ce moment-là, dit le harpiste.

Seminario était revenu à sa table, les indomptables aussi, et il ne restait plus rien de la joie qui régnait avant : il n'avait qu'à se soûler et il verrait un peu, mais non, il avait un pistolet, valait mieux patienter jusqu'à la première occasion, et pourquoi on lui brûlerait pas sa camionnette? elle était là à deux pas, près du Club Grau.

— Et si on sortait et qu'on le laisse enfermé ici, et on fout le feu à la Maison verte, dit Josefino. Avec deux boîtes de kérosène ça suffirait, et une allumette. Comme avait fait le père García.

— Elle brûlerait comme de la paille sèche, dit José. Tout le quartier aussi, et le stade avec.

— Vaudrait mieux incendier tout Piura, dit le Singe. Un énorme feu, qu'on le voie depuis Chiclayo. Les sables deviendraient tout rouges.

— Et il tomberait des cendres jusque sur Lima, dit José. Mais alors, ce qu'il faudrait, c'est sauver la Mangachería.

— Bien entendu, c'est la moindre des choses, dit le Singe. On chercherait comment.

— J'avais cinq ans au moment de l'incendie, dit Josefino. Vous vous souvenez de quelque chose?

— Pas du début, dit le Singe. On y est allés le lendemain, avec des mômes du quartier, mais les flics nous ont envoyé promener. A ce qu'il paraît que les premiers arrivés ont volé beaucoup de choses.

— Je me rappelle seulement l'odeur de brûlé, dit Josefino. Et qu'on voyait de la fumée, il y avait des tas de caroubiers transformés en charbon de bois.

— On va demander au vieux de nous le raconter, dit le Singe. On lui offrira de la bière.

— Est-ce que c'était pour de vrai? dit la Sauvage. Ou bien ils parlaient d'un autre incendie?

— Des histoires aux Piurans, petite, dit le harpiste. Ne les crois jamais quand ils te parleront de ça. C'est tout inventé.

— Vous n'êtes pas fatigué, maître? dit le Jeune. Il va être sept heures, on pourrait s'en aller.

— Je n'ai pas encore sommeil, dit don Anselmo. Laissez-moi digérer mon petit déjeuner.

Accoudés au comptoir, les indomptables essayaient de convaincre la Chunga : qu'elle le laisse un moment, qu'est-ce que ça lui coûtait, pour bavarder un peu, qu'elle soit gentille, la Chunga *chunguita*.

— Tout le monde vous aime bien, don Anselmo, dit la Sauvage. Moi aussi, vous me faites penser à un petit vieux de chez moi qui s'appelait Aquilino.

— Si généreux, si sympathiques, dit le harpiste. Ils m'ont emmené à leur table et ils m'ont offert une bière.

Il transpirait, Josefino lui mit le verre dans la main, il le but d'un seul coup et resta un moment le souffle coupé. Puis, avec son mouchoir à carreaux, il s'épongea le front, ses sourcils épais et se moucha.

— Un service entre amis, vieux, dit le Singe. Racontez-nous l'incendie.

La main du harpiste chercha le verre et, au lieu du sien, attrapa celui du Singe; il le vida d'un trait. De quoi parlaient-ils, quel incendie, et il se moucha une nouvelle fois.

— J'étais môme et j'ai vu les flammes depuis le Quai. Et les gens qui couraient avec des treillis et des seaux d'eau, dit Josefino. Pourquoi ne nous le racontez-vous pas, harpiste? Qu'est-ce que ça vous fait, depuis le temps.

— Il n'y a pas eu le moindre incendie, pas la moindre Maison verte, affirmait le harpiste. Des inventions des gens, les gars.

— Pourquoi vous moquez-vous de nous? dit le Singe. Allez, harpiste, racontez-nous-en au moins un petit peu.

Don Anselmo porta deux doigts à sa bouche et fit semblant de fumer. Le Jeune lui tendit une cigarette et Bolas la lui alluma. La Chunga avait éteint les lumières du salon et le soleil entrait à flots dans le local, par les fenêtres et par les rainures. Il y avait des plaies jaunes sur les murs et par terre, la tôle de la toiture réverbérait. Les indomptables insistaient, c'était vrai qu'on avait grillé des pensionnaires? Sûr que c'était les femmes de la Gallinacera qui l'avaient incendiée? il était dedans? le père García l'avait fait par méchanceté pure et simple ou pour des motifs religieux? et doña Angélica, vrai qu'elle avait empêché la Chunga de mourir carbonisée?

— Des racontars, assurait le harpiste, des bêtises des gens pour faire enrager le père García. On devrait lui ficher la paix, à ce pauvre vieux. Et maintenant il me faut travailler, les gars, si vous permettez.

Il se leva et à tout petits pas, les mains en avant, il retourna au coin de l'orchestre.

— Vous voyez? Il fait l'andouille, comme toujours, dit Josefino. Je savais bien que ça valait pas la peine.

— A cet âge ils ont le cerveau qui se ramollit, dit le Singe, si ça tombe il a tout oublié. Il faudrait demander au père García. Mais qui oserait?

Sur ce la porte s'ouvrit et la patrouille entra.

— Les fumiers, murmura la Chunga. Ils venaient boire à l'œil.

— La patrouille, c'est-à-dire Lituma et deux autres flics, Sauvage, dit Bolas. Ils se ramenaient là tous les soirs.

II

Sous l'ombre courbe des bananiers, Bonifacia se redressa
et regarda du côté du bourg : des hommes et des femmes traversaient la place de Santa María de Nieva en courant, en agitant leurs mains d'un air très excité dans la direction de l'embarcadère. Elle se pencha de nouveau sur les sillons rectilignes
mais, un moment après, elle se redressa : les gens circulaient
sans arrêt dans le même sens, avec animation. Elle jeta un coup
d'œil sur la cabane des Nieves; Lalita chantonnait toujours
à l'intérieur, un serpentin de fumée grise s'échappait entre
les bambous de la paroi, la barque du pilote n'apparaissait
pas encore à l'horizon. Bonifacia contourna la cabane, pénétra
dans les fourrés de la rive et, de l'eau jusqu'aux chevilles,
avança dans la direction du bourg. Les têtes des arbres se
confondaient avec les nuages, les troncs avec les langues ocres
des rives. La crue avait commencé, le fleuve charriait des
courants parasites, aux eaux claires ou plus sombres, et des
arbustes aussi, des fleurs coupées, des lichens et de vagues formes
qui pouvaient être des pierres, des excréments ou des rongeurs
morts. En regardant de tous les côtés, lentement, précaution-
neusement, comme un chien de chasse, elle traversa un champ
de joncs et, après avoir tourné, elle aperçut l'embarcadère :
les gens se tenaient immobiles entre les pieux et les canots
et il y avait une gabare arrêtée à quelques mètres du quai
flottant. Le crépuscule bleuissait les *itípak* et les visages des
femmes aguarunas, et il y avait aussi des hommes, les pantalons retroussés jusqu'aux genoux, torse nu. Elle pouvait voir
la corde qui ployait ou qui se tendait au va-et-vient de la

gabare du nouveau venu, le pilot de la proue et, très nettement, le gourbi monté à la poupe. Un vol de hérons passa
au-dessus des fourrés et Bonifacia entendit, tout près, le
battement de leurs ailes, elle leva les yeux et vit leurs cous
fins, immaculés, les corps roses qui s'éloignaient. Alors elle
continua d'avancer, toute courbée, mais plus en suivant la
rive, en plein dans la broussaille, se griffant les bras, la figure
et les jambes au fil des feuilles, aux épines et aux lianes rêches,
au milieu des bourdonnements, et sentant sur ses pieds de
visqueuses caresses. Là où cessait la forêt, ou presque, à une
faible distance des gens entassés, elle s'arrêta et s'assit sur ses
talons : la végétation se referma sur elle et maintenant elle
pouvait le voir à travers une géométrie verte et compliquée de
losanges, de cubes et d'angles invraisemblables. Le vieux ne se
pressait absolument pas; très calmement il allait et venait sur
sa gabare, installant avec la plus grande exactitude ses
boîtes et leur marchandise devant les spectateurs qui chuchotaient et faisaient des signes d'impatience. Le vieux pénétrait
dans son gourbi et en revenait avec un article, une paire de
souliers, un lot de colliers en verroterie et, sérieux, soigneux
et maniaque, les plaçait sur les boîtes. Il était très mince, il
avait l'air bossu quand le vent gonflait sa chemise mais,
brusquement, le plastron et le dos se creusaient au point pour
ainsi dire de se toucher et révélaient sa véritable silhouette,
fine, extrêmement étroite. Il portait une culotte et Bonifacia
voyait ses jambes aussi maigres que ses bras, sa figure à la
peau bronzée, presque rouge, et la fantastique chevelure
soyeuse qui ondulait sur ses épaules. Le vieil homme resta un
bon moment encore à déplacer des ustensiles de cuisine et des
parures multicolores, à empiler cérémonieusement des toiles
imprimées. Le chuchotement augmentait chaque fois que le
vieux sortait quelque chose de son gourbi et Bonifacia pouvait
voir le ravissement des païennes et des chrétiennes, les regards
fascinés, avides, qu'elles jetaient sur les perles de verre, les
peignes, les miroirs, les bracelets et les boîtes de talc, et les
yeux des hommes fixés sur les bouteilles alignées sur le bord
de la gabare, près des boîtes de conserve, des ceintures et des
machettes. Le vieil homme considéra son œuvre pendant un
moment, puis se retourna vers les gens qui coururent en désordre,
barbotant autour de l'embarcation. Mais le vieux agita sa

longue chevelure blanche et les contint en leur administrant des tapes. Brandissant sa perche comme une lance, il les obligea à reculer, à monter en ordre. La première fut la femme de Paredes. Grosse, maladroite, elle n'arrivait pas à se hisser à bord, le vieux fut obligé de l'aider et elle resta un bon moment à toucher à tout, à renifler les flacons, à tripoter nerveusement les toiles et les savons, et les gens murmurèrent et protestèrent jusqu'à son retour à l'embarcadère, de l'eau jusqu'à la taille, en tenant en l'air une robe à fleurs, un collier et des souliers blancs. Les femmes montèrent ainsi sur la gabare, l'une après l'autre. Certaines étaient lentes et choisissaient avec méfiance, d'autres discutaient interminablement à propos du prix et il y en avait même qui pleurnichaient ou qui proféraient des menaces en demandant des rabais. Mais tout le monde quittait la gabare avec quelque chose dans les mains, des chrétiens avec des sacs bourrés de provisions et des païens avec une simple pochette de perles à enfiler. La nuit tombait quand l'embarcadère demeura désert : Bonifacia se releva. Le Nieva était en pleine crue, de petites vagues frisées et blanchâtres couraient sous les branchages et mouraient près de ses genoux. Elle était toute maculée de taches de boue, avec des herbes accrochées dans ses cheveux et sur sa robe. Le vieux rangeait ses marchandises, avec méthode et précision il disposait ses cartons à la proue et, au-dessus de Santa María de Nieva, le ciel était une constellation de goudron et d'yeux de hibou, mais de l'autre côté du Marañón, sur la citadelle sombre de l'horizon, une frange bleue résistait encore à la nuit et la lune se levait derrière les bâtiments de la Mission. Le corps du vieux faisait une maigre tache, sa chevelure scintillait dans la pénombre, argentée comme un poisson. Bonifacia regarda dans la direction du bourg : il y avait des lumières à la maison du gouverneur, chez Paredes, quelques lampes clignotaient sur les collines, aux fenêtres de la Résidence. L'obscurité dévorait à lentes bouchées les cases de la place, les *capironas*, le sentier escarpé. Bonifacia abandonna son refuge et courut en se courbant vers l'embarcadère. La boue du rivage était molle et chaude, l'eau avait l'air immobile et elle la sentit monter sur son corps, ce n'était qu'à quelques mètres du bord que le courant commençait, une force calme et obstinée qui l'obligeait à mouvoir les bras pour ne pas dévier. L'eau lui arrivait au menton lorsqu'elle

s'accrocha à la gabare et qu'elle vit la culotte blanche du vieil homme, l'auréole de sa chevelure : il était tard, elle n'aurait qu'à revenir le lendemain. Bonifacia se hissa un peu sur le bord, y appuya les coudes et le vieux, penché sur la rivière, la scruta du regard : parlait-elle chrétien? comprenait-elle?

— Oui, don Aquilino, dit Bonifacia. Bonsoir.

— C'est l'heure de dormir, dit le vieux. La boutique est fermée, revenez demain.

— Soyez gentil, dit Bonifacia. Vous me laissez monter un petit moment?

— Tu as pris de l'argent à ton mari en cachette et c'est pour ça que tu viens à cette heure, dit le vieux. Et s'il vient réclamer demain?

Il cracha dans l'eau et se mit à rire. Il se tenait accroupi, ses cheveux tombaient écumeux et libres autour de sa figure et Bonifacia voyait son front sombre, net de rides, ses yeux comme deux petits animaux ardents.

— Qu'est-ce que ça peut me faire? dit le vieux, je ne m'occupe que de mon commerce. Allez, monte.

Il tendit une main, mais Bonifacia était déjà montée, élastiquement, égouttant sa robe sur le pont et se frottant les bras. Un collier? des souliers? Combien d'argent avait-elle? Bonifacia se mit à sourire timidement, il n'avait pas besoin qu'on lui fasse un petit travail, don Aquilino? et ses yeux observaient anxieusement la bouche du vieil homme, qu'on lui fasse à manger le temps qu'il resterait à Santa María de Nieva? qu'on aille lui ramasser des fruits? qu'on lui fasse le ménage sur son bateau, non, il n'en avait pas besoin? Le vieil homme s'approcha d'elle, où l'avait-il rencontrée? et l'examina de la tête aux pieds : il l'avait déjà vue, n'est-ce pas?

— Je voudrais un petit tissu, dit Bonifacia et elle se mordit les lèvres. — Elle désigna le gourbi et, un instant, ses yeux s'illuminèrent. — Le jaune que vous avez rangé en dernier. Je vous le paierai avec un petit travail, vous me dites lequel et je vous le fais.

— Pas question de petit travail, dit le vieux. Tu n'as pas d'argent?

— Pour une robe, susurra Bonifacia, douce et têtue. Je vous apporte des fruits? ou bien vous préférez que je vous sale le

poisson? Et je ferai des prières pour qu'il ne vous arrive rien pendant vos voyages, don Aquilino.

— J'ai pas besoin de prières, dit le vieil homme. — Il la regarda de très près et, soudain, il fit claquer ses doigts. — Ah, je t'ai reconnue.

— Je vais me marier, ne soyez pas méchant, dit Bonifacia. Je me ferai une robe dans ce petit tissu, je sais coudre.

— Pourquoi t'es pas habillée en bonne sœur? dit don Aquilino.

— Je n'habite plus chez les mères, dit Bonifacia. Elles m'ont renvoyée de la Mission et maintenant je vais me marier. Donnez-moi ce tissu et je vous fais tout de suite un petit travail, et la prochaine fois que vous viendrez je vous paierai en *soles*, don Aquilino.

Le vieil homme posa une main sur l'épaule de Bonifacia, la fit reculer pour que le clair de lune éclairât son visage, examina calmement ces yeux verts, suppliants, ce corps menu qui ruisselait : c'était une femme à présent. Les mères l'avaient chassée parce qu'elle avait eu une histoire avec un chrétien? Qui allait-elle épouser? Non, don Aquilino, ça n'était arrivé qu'après et personne dans le bourg ne savait où elle était, et où était-elle? c'était les Nieves qui l'avaient recueillie, alors, elle le lui faisait ce petit travail?

— Tu vis chez Adrián et Lalita? dit don Aquilino.

— C'est eux qui m'ont présenté celui qui va être mon mari, dit Bonifacia. Ils ont été très bons avec moi, ils ont été comme mes parents.

— Je vais chez les Nieves à présent, dit le vieux. Accompagne-moi.

— Et le tissu? dit Bonifacia. Ne vous faites pas tant prier, don Aquilino.

Le vieux sauta à l'eau sans bruit, Bonifacia vit la chevelure qui flottait dans la direction de l'embarcadère, la vit revenir. Don Aquilino grimpa avec la corde sur l'épaule, l'enroula et avec la perche poussa la gabare vers l'amont, en collant bien à la rive. Bonifacia prit l'autre perche et, debout sur le bord opposé, imita le vieux qui enfonçait et retirait son instrument avec habileté, sans effort. A la hauteur du champ de joncs le courant devenait plus fort et don Aquilino dut manœuvrer pour empêcher l'embarcation de s'écarter de la rive.

— Don Adrián est parti à la pêche de bonne heure, mais il doit être de retour, dit Bonifacia. Je vous inviterai au mariage, don Aquilino, mais vous me donnerez le tissu, n'est-ce pas? Je vais me marier avec le sergent, vous le connaissez?

— Avec un flic? Alors je te le donne pas, dit le vieux.

— Ne parlez pas comme ça, c'est un homme qui a bon cœur, dit Bonifacia. Demandez aux Nieves, ils sont amis du sergent.

Il y avait des lampes qui brûlaient dans la cabane du pilote et on apercevait des silhouettes près de la balustrade. La gabare accosta devant le petit escalier, il y eut des cris de bienvenue et Adrián Nieves pénétra dans l'eau pour attraper la corde et l'attacher à une fourche. Puis il monta dans la gabare et don Aquilino et lui se jetèrent dans les bras l'un de l'autre; après quoi le vieil homme alla sur la terrasse et Bonifacia le vit prendre Lalita par la ceinture et lui tendre son visage, elle vit Lalita l'embrasser à plusieurs reprises sur le front, il avait fait bon voyage? sur les joues, les trois enfants s'étaient agrippés aux jambes du vieux, en poussant des cris, et il leur caressait la tête : un petit peu de pluie, oui, elles étaient arrivées plus tôt cette année, les salopes.

— Et tu étais là, dit Lalita. On t'a cherchée de tous les côtés, Bonifacia. Je dirai au sergent que tu es allée au bourg et que tu as vu des hommes.

— Personne ne m'a vue, dit Bonifacia. Rien que don Aquilino.

— Ça ne fait rien, on le lui dira pour le rendre jaloux, dit Lalita en riant.

— Elle est venue voir ma marchandise, dit le vieux. — Il avait pris le plus petit des enfants et ils s'ébouriffaient tous deux les cheveux. — Je suis fatigué, j'ai pas arrêté de la journée.

— Je vais vous servir un verre, le dîner est prêt tout de suite, dit le pilote.

Lalita apporta une chaise sur la terrasse pour don Aquilino et rentra dans la maison, on entendit le crépitement du braséro et cela commença à sentir la friture. Les gamins grimpaient sur les genoux du vieux qui les faisait jouer tout en buvant avec Adrián Nieves. Ils avaient vidé la bouteille lorsque Lalita revint en s'essuyant les mains à sa jupe.

— Toujours belle votre tête, dit-elle en caressant les cheveux de don Aquilino. De plus en plus blanche, de plus en plus douce.

— Tu veux rendre ton mari jaloux lui aussi? dit le vieux.

Le repas allait être prêt, don Aquilino, elle lui avait préparé des choses qu'il aimerait et le vieil homme agitait la tête en essayant de se débarrasser des mains de Lalita : si elle ne le laissait pas tranquille il se couperait les cheveux. Les gamins étaient en rang devant lui, ils l'observaient sans dire un mot à présent, les yeux inquiets.

— Je sais ce qu'ils attendent, dit le vieux. Je n'oublie pas, il y a des cadeaux pour tous. Pour toi, un complet d'homme, Aquilino.

Les yeux en amande de l'aîné s'allumèrent et Bonifacia s'était appuyée contre la balustrade. Elle vit de là le vieil homme se lever, descendre l'escalier, revenir sur la terrasse avec des paquets que les gamins lui arrachèrent des mains, puis elle le vit s'approcher d'Adrián Nieves. Ils se mirent à bavarder à voix basse et, de temps en temps, don Aquilino la regardait du coin de l'œil.

— Tu avais raison, dit le vieux. Adrián dit que le sergent est un brave homme, va et prends le tissu, c'est mon cadeau de mariage.

Bonifacia voulut lui baiser la main, mais don Aquilino la retira avec un air ennuyé. Et pendant qu'elle revenait à la gabare, qu'elle fouillait dans les cartons et qu'elle en extrayait le tissu, elle entendait le vieil homme et le pilote chuchoter mystérieusement, et elle les apercevait, les deux têtes tout près l'une de l'autre, qui n'en finissaient pas de parler. Elle revint sur la terrasse et ils se turent. Maintenant la nuit sentait le poisson frit et une brise rapide faisait frissonner la forêt.

— Il va pleuvoir demain, dit le vieux, en humant l'air. Ce n'est pas bon pour le commerce.

— Ils doivent être dans l'île, dit Lalita plus tard, pendant qu'ils mangeaient. Ils sont partis voilà plus de dix jours. Adrián vous l'a dit?

— Don Aquilino les a rencontrés en route, dit Nieves le pilote. En plus des gardes il y avait quelques soldats de Borja. C'était vrai ce qu'avait dit le sergent.

Bonifacia vit que le vieil homme la regardait à la dérobée, sans s'arrêter de mâcher, comme s'il n'avait pas été tranquille. Mais un moment après il souriait de nouveau et racontait des anecdotes de ses voyages.

La première fois qu'ils partirent en expédition, ils revinrent au bout de quinze jours. Elle se tenait sur l'escarpement de la rive, le soleil rougissait le plan d'eau et, brusquement, ils apparurent au débouché du chenal : un, deux, trois canots. Lalita ne fit qu'un saut, il faut se cacher, mais les reconnut : dans le premier Fushía, dans le deuxième Pantacha, dans le troisième des Huambisas. Pourquoi étaient-ils revenus si tôt alors qu'il avait parlé d'un mois? Elle descendit à l'embarcadère en courant et Fushía Aquilino est arrivé, Lalita? elle pas encore et lui ce putain de vieux. Ils ne rapportaient que quelques peaux de caïman, Fushía était furieux, on va crever de faim, Lalita. Les Huambisas riaient tout en déchargeant, leurs femmes tournaillaient autour, bavardes, grouinant, et Fushía regarde s'ils sont contents les salauds, on est arrivés au village et les Shapras n'y étaient pas, ils ont tout brûlé, ils ont coupé la tête à un salaud, rien, en pure perte, un voyage pour des prunes, pas une boule de caoutchouc, rien que ces peaux qui ne valent rien et eux ravis. Pantacha était en caleçon, en train de se gratter les aisselles, il faut pénétrer davantage à l'intérieur, patron, la forêt est grande et pleine de richesses et Fushía imbécile, pour aller plus loin il nous faut un pilote. Ils se dirigèrent vers la case, mangèrent des bananes et du manioc frit. Fushía parlait tout le temps de don Aquilino, qu'est-ce qui lui sera arrivé au vieux, il a toujours été de parole jusqu'à présent, et Lalita, il a beaucoup plu ces jours-ci, il a dû se réfugier quelque part pour que ce que nous lui avons commandé ne se mouille pas. Pantacha, étendu sur son hamac, se grattait la tête, les jambes, la poitrine, et si sa barque avait coulé dans les rapides, patron? et Fushía dans ce cas on est foutus, je ne sais pas ce qu'on fera. Et Lalita ne t'en fais pas trop, les Huambisas ont ensemencé toute l'île, ils ont même installé de petites basses-cours et Fushía de la merde, ça rapportera quand, les *chunchos* peuvent vivre de manioc mais pas un chrétien, on attendra deux ˙jours et si Aquilino n'arrive pas il me faudra faire quelque chose. Et un moment après Pantacha ferma les yeux, se mit à ronfler et Fushía le secoua, que les Huambisas tendent les peaux avant de se soûler, et Pantacha une petite sieste

avant, patron, je suis crevé à force de ramer et Fushía imbécile, tu ne comprends pas? laisse-moi seul avec ma femme. Pantacha, la bouche ouverte, vous en avez de la chance, vous, d'avoir une vraie femme, patron, les yeux inconsolables, ça fait des années que je ne sais pas ce que c'est qu'une Blanche et Fushía du vent, allez file. Pantacha s'en alla en pleurnichant et Fushía ça y est, il va rêver, déshabille-toi vite, Lalita, qu'est-ce que tu attends, elle j'ai mes règles et lui qu'est-ce que ça fait. Et à la tombée de la nuit, quand Fushía se réveilla, ils allèrent au village qui sentait le *masato*, les Huambisas ne tenaient plus debout tellement ils avaient bu et impossible de mettre la main sur Pantacha. Ils le trouvèrent à l'autre extrémité de l'île, il avait emporté son lit de camp sur le bord de la lagune et Fushía qu'est-ce que je t'ai dit, il rêve bien tranquillement. Il marmonnait quelque chose, la tête cachée entre les mains, le feu brûlait encore sous le petit pot rempli d'herbes. Des bestioles couraient sur ses jambes et Lalita il ne les sent même pas. Fushía éteignit le feu, envoya le pot dans l'eau d'un coup de pied, voyons si on le réveille, et à eux deux ils le remuèrent, le pincèrent, le giflèrent et lui, entre ses dents, c'était par hasard qu'il était de Cuzco, son âme était née dans l'Ucayali, patron, et Fushía tu l'entends? elle je l'entends, il a l'air fou, et Pantacha il avait le cœur triste. Fushía le secouait, lui donnait des coups de pied, saloperie de *serrano*, ce n'est pas l'heure de rêver, il faut rester éveillé, on va crever de faim et Lalita il ne t'entend pas, il est dans un autre monde, Fushía. Et lui, entre ses dents, vingt ans sur l'Ucayali, patron, il avait pris goût aux caïmans, il avait le corps dur comme la *chonta*, insensible aux moustiques. Il attendait les bulles, ça y est les caïmans sortent prendre l'air, passe-moi le harpon, Andrés, du nerf, vas-y fort, enfile-le, il assommait les caïmans au premier coup de matraque et leur canot avait versé sur le Tamaya, il s'en était tiré lui, mais pas Andrés, tu t'es noyé vieux frère, les sirènes t'ont entraîné au fond, maintenant tu seras leur mari, pourquoi es-tu mort, Andrés mon copain. Ils s'assirent pour attendre qu'il fût complètement réveillé et Fushía il en a pour un bout de temps, je tiens à le garder, ce gars, rêveur mais utile, et Lalita pourquoi toujours avec ses décoctions et Fushía pour ne pas se sentir tout seul. Les cafards et les scarabées se promenaient sur son lit, sur son corps, et lui pourquoi avait-il eu l'idée de se faire

231

bûcheron, patron, une sale vie que celle de la forêt, vaut mieux
l'eau et les caïmans, je sais ce que c'est que les fièvres, Pantacha,
ces frissons, tu viens avec moi, je te donne davantage, prends
ces cigarettes, je t'offre à boire, tu es mon homme, emmène-
moi là où il y a des cèdres, du bois de rose, trouve-moi des
responsables, du bois à radeau, et lui il les accompagnait,
patron, combien tu m'avances, et il voulait avoir une maison,
une femme, des enfants, vivre à Iquitos comme les chrétiens.
Et brusquement Fushía, Pantachita, que s'est-il passé sur
l'Aguaytía? raconte-le-moi, je suis ton ami. Pantacha ouvrit
les yeux et les ferma, il les avait aussi rouges que le cul d'un
singe et, entre ses dents, ce fleuve charriait du sang, patron,
et Fushía du sang de qui, mon gars? et lui tout chaud, épais
comme la gomme qui coule de l'hévéa, et aussi les chenaux,
les plans d'eau du coin, rien qu'une blessure, patron, croyez-
moi si vous voulez, et Fushía bien entendu que je te crois, gars,
pourquoi tout ce sang chaud? et Lalita laisse-le Fushía, ne
l'interroge pas, il souffre, et Fushía ferme-la putain, allez Pantachita, qui est-ce qui saignait? et lui, entre ses dents, ce
coquin de Bákovic, ce Yougoslave qui les avait trompés, pire
que le diable, patron, et Fushía pourquoi l'as-tu tué? Pantacha? et comment, gars, avec quoi, et lui il ne voulait pas les
payer, il n'y a pas assez de cèdre, pénétrons davantage dans la
forêt et il sortait son winchester, il avait aussi frappé un porteur qui lui avait volé une bouteille. Et Fushía tu lui as tiré
dessus, gars? et lui avec ma machette, patron, il avait le bras
qui lui en faisait mal à force de lui cogner dessus et il se mit à
remuer les jambes et à pleurer et Lalita vois dans quel état il
est, Fushía, il est devenu furieux, et Fushía je lui ai extorqué
un secret, je sais maintenant ce qu'il fuyait quand Aquilino
l'a trouvé. Ils s'assirent de nouveau près du lit de camp et
attendirent, il se calma et finit par se réveiller. Il se leva en
titubant, en se grattant furieusement, patron, ne te fâche pas,
et Fushía tes décoctions finiront par te rendre fou et un jour
il le renverrait à coups de pied et Pantacha il n'avait personne,
sa vie était triste, patron, vous avez votre femme, vous, les
Huambisas aussi et même les bêtes mais lui il était tout seul,
qu'il ne se fâche pas, patron, vous non plus, patronne.

Ils attendirent deux jours de plus, Aquilino n'arrivait pas,
les Huambisas s'avancèrent jusqu'au Santiago à sa recherche et

revinrent sans nouvelles. Ils cherchèrent alors un endroit pour le bassin et Pantacha de l'autre côté de l'embarcadère, patron, l'escarpement est plus raide et comme ça l'eau des *lupunas* leur gouttera dessus, et les têtes des Huambisas oui et Fushía, bon, faisons-le là. Les hommes abattirent les arbres, les femmes désherbaient et quand il y eut une clairière les Huambisas firent des pieux, les épointèrent et les plantèrent en cercle. La terre était noire en surface, rouge plus bas et les femmes la prenaient dans leurs *itípak* et la jetaient dans l'eau pendant que les hommes creusaient le puits. Il plut et en quelques jours le bassin fut plein, prêt à recevoir les tortues. Ils partirent au lever du jour, le chenal débordait, ils butaient dans les racines et dans les lianes qui les écorchaient, et sur le Santiago Lalita fut prise de frissons, elle eut la fièvre. Ils voyagèrent pendant deux jours, Fushía il y en a pour longtemps et les Huambisas faisaient signe plus loin avec leurs doigts. Enfin un banc de sable et Fushía ils disent que c'est là, tant mieux, et ils accostèrent, se cachèrent entre les arbres, Fushía ne bouge pas, ne respire pas, si elles t'entendent elles ne viendront pas, et Lalita j'ai des nausées, je crois que je suis enceinte, Fushía, et lui bordel de Dieu, ferme-la. Les Huambisas s'étaient transformés en plantes, leurs yeux brillaient immobiles entre les branches puis la nuit tomba, les grillons se mirent à chanter, les grenouilles à coasser et un énorme crapaud grimpa sur le pied de Lalita, une de ces envies de l'écraser, avec des suppurations, son gros ventre blanchâtre et lui bouge pas, la lune s'est levée et elle je ne peux pas rester comme si j'étais morte, Fushía, j'ai envie de pleurer et de crier. La nuit était claire, tiède, il soufflait une brise légère et Fushía ils nous ont couillonnés, on n'en voit pas une, les salauds, et Pantacha taisez-vous, patron, vous les voyez pas? elles sortent. Avec les petites vagues du fleuve elles arrivaient toutes rondes, sombres, grandes, elles s'échouaient puis brusquement elles bougeaient, avançaient tout lentement et des lumières dorées s'allumaient sur leurs carapaces, deux, quatre, six, qui s'approchaient, qui se traînaient sur le sable, la tête dehors, rugueuse, qui dodelinait, est-ce qu'elles nous voient, nous sentent? et il y en avait déjà quelques-unes qui grattaient pour faire leur nid, d'autres sortaient de l'eau. Alors, silencieusement, surgirent d'entre les arbres de rapides silhouettes cuivrées, et Fushía allons-y,

233

cours, Lalita, et quand ils arrivèrent sur la plage, Pantacha attention patron, elles mordent, pour un peu elles m'arrachaient un doigt, c'est les femelles les plus féroces. Les Huambisas en avaient retourné beaucoup et grouinaient entre eux, contents. Renversées, la tête enfoncée, les tortues remuaient les pattes et Fushía compte-les, elle il y en a huit et les hommes leur perçaient des trous dans la carapace, les enfilaient à des lianes et Pantacha mangeons-en une, patron, l'attente lui avait donné faim. Ils dormirent sur place et le lendemain ils
· reprirent leur voyage, le soir une autre petite plage, cinq tortues, un autre chapelet, et ils dormirent, voyagèrent et Fushía encore heureux que c'est l'époque de la ponte et Pantacha c'est interdit ce qu'on fait, patron? et Fushía il passait sa vie à faire des choses interdites, mon gars. Le retour fut lent, les canots naviguaient en remorquant leurs chapelets et les tortues résistaient, les freinaient et Fushía qu'est-ce que vous faites, salauds, ne leur tapez pas dessus, vous allez les tuer et Lalita tu m'as entendu? occupe-toi de moi, j'ai des vomissements, Fushía, j'attends un enfant et lui il t'arrive toujours le pire. Dans le chenal les tortues s'accrochaient aux racines du fond et à chaque instant il leur fallait s'arrêter, les Huambisas sautaient dans l'eau, les tortues les mordaient et ils remontaient dans le canot en braillant. En pénétrant sur le plan d'eau ils virent le bateau et don Aquilino, sur l'embarcadère, qui les saluait en agitant son mouchoir. Il portait des conserves, des marmites, des machettes, de l'anis et Fushía cher vieux, j'ai cru que tu t'étais noyé et lui il était tombé sur un bateau plein de soldats et il les avait accompagnés pour ne pas attirer l'attention. Et Fushía des soldats? et Aquilino il y a eu une histoire à Urakusa, les Aguarunas avaient battu un caporal, à ce qu'il paraît, et tué un pilote, le gouverneur de Santa María de Nieva les accompagnait pour leur demander des comptes, il allait les étriper s'ils ne prenaient pas la fuite. Les Huambisas portèrent les tortues dans le bassin, leur donnèrent à manger des feuilles, des épluchures, des fourmis, et Fushía alors commme ça ce salaud de Reátegui se balade dans le coin? et Aquilino les soldats voulaient que je leur vende les conserves, il m'a fallu leur raconter des histoires, et Fushía on ne disait pas que ce salaud de Reátegui retournait à Iquitos et qu'il laissait son poste de gouverneur? et Aquilino si, on dit qu'après avoir

arrangé cette affaire il s'en va, et Lalita c'est encore une chance qu'il soit arrivé, Aquilino, ça ne me disait rien de bouffer de la tortue pendant tout l'hiver.

Et c'est ainsi que don Anselmo devint mangache. Pas du jour au lendemain, mais comme un homme qui choisit un endroit, y édifie sa maison et s'y installe; ce fut lent, imperceptible. Au début, on le voyait dans les *chicherías*, sa harpe sous le bras et les musiciens (ils avaient presque tous joué pour lui une fois ou l'autre) acceptaient qu'il les accompagne. Les gens aimaient l'entendre, l'applaudissaient. Et les tenancières des *chicherías*, qui avaient de l'estime pour lui, lui offraient à manger et à boire et, quand il était ivre, une natte, une couverture et un coin pour dormir. On ne le voyait jamais dans le quartier de Castilla, pas plus qu'il ne traversait le Vieux Pont, comme s'il avait pris la décision de vivre loin de ses souvenirs et des sablons. Il ne fréquentait même pas les quartiers proches du fleuve, la Gallinacera, l'abattoir, rien que la Mangachería : la ville s'interposait entre son passé et lui. Et les Mangaches l'adoptèrent, lui et l'hermétique Chunga qui, accroupie à un coin de rue, le menton sur les genoux, regardait hargneusement dans le vide pendant que don Anselmo jouait ou dormait. Les Mangaches parlaient de don Anselmo, mais ils l'appelaient harpiste, vieux. En effet, il avait vieilli depuis l'incendie : ses épaules s'étaient tassées, sa poitrine creusée, des rides profondes l'avaient marqué, il avait pris du ventre, ses jambes s'étaient courbées et il était devenu sale, négligé. Il traînait encore les bottes de sa bonne époque, poussiéreuses, éculées, son pantalon s'effilochait, sa chemise n'avait plus un bouton, il avait son chapeau troué et des ongles longs, noirs, des yeux tout striés et chassieux. Sa voix se grippa, ses manières se ramollirent. Au début, des notables l'engageaient pour jouer aux anniversaires, baptêmes ou mariages; avec l'argent ainsi gagné, il convainquit Patrocinio Naya de les loger chez lui et de leur donner un repas par jour, à lui et à la Chunga qui commençait alors à parler. Mais il était toujours si déguenillé et si pris de boisson que les Blancs cessèrent de le demander; il gagna alors sa vie comme il put, en donnant un

235

coup de main pour un déménagement, en portant des paquets ou en nettoyant des portes. Il se présentait dans les *chicherías* à la tombée de la nuit, à l'improviste, en traînant la Chunga d'une main, sa harpe dans l'autre. C'était un personnage populaire à la Mangachería, ami de tout le monde et de personne, un solitaire qui donnait un coup de chapeau à quantité de gens mais qui n'échangeait avec eux que très peu de mots, et sa harpe, sa fille et l'alcool paraissaient remplir son existence. Il n'avait gardé de ses anciennes coutumes que sa haine pour les charognards : dès qu'il en voyait un il cherchait des pierres, le bombardait et l'insultait. Il buvait beaucoup, mais c'était un ivrogne discret, absolument pas chamailleur ni turbulent. On reconnaissait qu'il était ivre à sa démarche, qui n'était ni zigzaguante ni embarrassée, mais cérémonieuse : les jambes écartées, les bras raides, le visage sérieux, les yeux fixés sur l'horizon. Son système de vie était simple. A midi il quittait la masure de Patrocinio Naya et, parfois en tenant la Chunga par la main, seul d'autres fois, il se lançait dans la rue avec une sorte de presse. Il parcourait d'un pas vif le dédale mangache, allait et venait dans les sentiers tortueux, obliques, et il montait ainsi jusqu'à la frontière sud, le désert de sable qui se prolongeait dans la direction de Sullana, ou bien il descendait jusqu'aux portes de la ville, jusqu'à cette file de caroubiers avec un canal coulant à leurs pieds. Il allait, retournait, avec de brèves escales dans les *chicherías*. Il entrait sans la moindre gêne et, tranquille, muet, sérieux, attendait que quelqu'un lui offrît un *clarito*, un verre de *pisco* : il remerciait d'un signe de tête puis sortait et reprenait sa marche ou sa promenade ou sa pénitence, toujours sur le même rythme fébrile, et les Mangaches le voyaient enfin s'arrêter quelque part, se laisser tomber à l'ombre d'un auvent, s'installer dans le sable, cacher son visage sous un chapeau, et rester ainsi des heures, imperturbable devant les poules et les chèvres qui flairaient son corps, le frôlaient de leurs plumes ou de leurs barbes et lui chiaient dessus. Il n'éprouvait pas de gêne à arrêter les passants pour leur demander une cigarette, et quand ils la lui refusaient, il ne se fâchait pas : il poursuivait son chemin, hautain et solennel. Le soir, il retournait chez Patrocinio Naya chercher sa harpe, et il repartait pour les *chicherías*, mais pour jouer cette fois. Il restait des heures à accorder son instrument, à suivre délica-

tement les cordes et, quand il avait vraiment trop bu, que ses mains ne lui obéissaient plus et que la harpe détonnait, il se mettait à marmonner et ses yeux s'attristaient.

Il se rendait parfois au cimetière et c'est là qu'on le vit en colère pour la dernière fois, un 2 novembre, lorsque les gardiens l'arrêtèrent à la porte. Il les insulta, se débattit, leur lança des pierres, mais finalement des gens convainquirent les gardiens de le laisser entrer. Et c'est au cimetière, un autre 2 novembre, que Juana Baura vit la Chunga, qui allait sur ses six ans, sale, en haillons, courant entre les tombes. A partir de ce moment-là la lavandière vint de temps en temps à la Mangachería, en poussant son bourricot chargé de linge, et elle s'informait du harpiste et de la Chunga. A la petite elle apportait de la nourriture, une robe, une paire de souliers, au vieux des cigarettes et des pièces de monnaie qu'il courait dépenser dans la *chichería* la plus proche. Et un jour on cessa de voir la Chunga dans les ruelles mangaches et Patrocinio Naya raconta que Juana Baura l'avait emmenée, pour toujours, à la Gallinacera. Le harpiste menait la même vie, continuait ses allées et venues. Il se faisait de plus en plus vieux, il était de plus en plus crasseux et dépenaillé, mais tout le monde s'était habitué à le voir, personne ne se retournait en le croisant, calme et rigide, ou quand il fallait faire un détour pour ne pas marcher sur son corps étendu sur le sable, en plein soleil.

C'est seulement des années plus tard que le harpiste commença à s'aventurer hors des limites de la Mangachería. Les rues de la ville se multipliaient, se transformaient, se bardaient de pavés et de trottoirs, se paraient de maisons superbes et devenaient bruyantes, les gamins couraient derrière les automobiles. Il y avait des bars, des hôtels et des visages étrangers, une nouvelle route pour Chiclayo et une voie ferrée aux rails luisants unissait Piura et Paita via Sullana. Tout changeait, et les Piurans aussi. On ne les voyait plus dans les rues en bottes et pantalons de cheval, mais avec des complets et même des cravates, et les femmes, qui avaient renoncé aux jupes sombres tombant sur les mollets, portaient des couleurs claires, ne circulaient plus escortées de domestiques et cachées sous des voilettes et des châles, mais seules, le visage découvert, les cheveux libres. Il y avait de plus en plus de rues, des maisons toujours plus hautes, la ville se développait et le désert reculait. La Gallinacera

237

disparut et un quartier bourgeois surgit à sa place. Les masures entassées derrière l'abattoir brûlèrent un matin; gardes et policiers, avec le maire et le préfet en tête, arrivèrent et, à coups de bâton, firent évacuer tout le monde; dès le lendemain on se mit à tracer des rues droites, à délimiter des blocs, à construire des maisons à deux étages et, peu de temps après, personne n'aurait imaginé que dans ce net ensemble résidentiel, habité par des Blancs, avaient vécu des gens du peuple. Le quartier de Castilla grandit lui aussi, se transforma en une petite ville. On pava les rues, un cinéma s'y installa, on y ouvrit des collèges, des avenues, et les vieux, se sentant transportés dans un autre monde, s'élevaient contre les incommodités, les indécences, les abus.

Un jour, sa harpe sous le bras, le vieil homme s'engagea dans cette ville refaite à neuf, arriva à la place d'Armes, s'installa sous un tamarinier, se mit à jouer. Il revint le lendemain et bien d'autres soirs encore, surtout les jeudis et les samedis, jours de concert. Les Piurans accouraient nombreux à la place d'Armes écouter la clique de la caserne Grau; il se présentait plus tôt, offrait son propre concert une heure avant, faisait circuler son chapeau et retournait à la Mangachería dès qu'il avait réuni quelques *soles*. Celle-ci n'avait pas changé, pas plus que les Mangaches. On y trouvait toujours les mêmes masures de terre et de bambou, les bougies de suif, les chèvres et, en dépit du progrès, aucune patrouille de la Garde civile ne s'aventurait la nuit dans ses rues raboteuses. Et sans doute le harpiste se sentait-il Mangache de cœur, car il venait toujours dépenser dans le quartier l'argent qu'il gagnait en donnant des concerts sur la place d'Armes. Le soir il continuait de jouer chez la Tula, chez la Gertrudis ou chez Angélica Mercedes, son ancienne cuisinière, qui gérait à présent sa propre *chichería*. Personne ne pouvait plus concevoir la Mangachería sans lui, aucun Mangache n'imaginait que le lendemain matin il ne le verrait pas rôder hiératiquement dans les ruelles, jeter des cailloux aux charognards, sortir des masures à drapeau rouge, dormir au soleil, qu'il n'entendrait pas sa harpe, au loin, dans l'obscurité. Jusque dans sa façon de parler, les rares fois qu'il le faisait, n'importe quel Piuran reconnaissait en lui un Mangache.

— Les indomptables l'ont appelé à leur table, dit la Chunga. Mais le sergent faisait celui qui ne les voyait pas.

— Toujours bien élevé, dit le harpiste. Il est venu me saluer et me donner l'accolade.

— Avec leurs plaisanteries, ces cons-là vont arriver à ce que mes subordonnés me manquent de respect, vieux, dit Lituma.

Les deux gardes étaient restés au bar, tandis que le sergent bavardait avec don Anselmo; la Chunga leur offrit de la bière et les León et Josefino y allaient de plus belle.

— Il vaut mieux arrêter, la Sauvage ça la rend triste, dit le Jeune. Et puis il est tard, maître.

— Ne t'attriste pas, petite. — La main de don Anselmo voleta au-dessus de la table, renversa une tasse, tapota l'épaule de la Sauvage. — La vie est comme ça et ce n'est la faute de personne.

Les traîtres, ils endossaient un uniforme et ils ne se sentaient plus mangaches, ils ne vous saluaient pas, ils ne voulaient même pas vous regarder.

— Les agents ne savaient pas que c'était pour le sergent, dit la Chunga. Ils prenaient leur bière bien tranquillement, en causant avec moi. Mais lui il le savait, il les fusillait du regard, et avec la main attendez, taisez-vous.

— Qui est-ce qui a invité ces porteurs d'uniforme? dit Seminario. Voyons, ils sont sur le point de partir. Chunga, fais-moi le plaisir de les flanquer dehors.

— C'est M. Seminario, le gros exploitant, dit la Chunga. N'y faites pas attention.

— Je l'ai reconnu, dit le sergent. Ne le regardez pas les gars, il est ivre.

— Maintenant il s'en prend aux flics, dit le Singe. Qu'est-ce qu'il se trimbale, le salaud.

— Notre cousin pourrait lui répondre, que son uniforme lui serve au moins à quelque chose, dit José.

Le Jeune Alejandro but une petite gorgée de café.

— Il arrivait ici bien tranquille, mais au deuxième verre il devenait furieux. Il devait avoir une peine terrible dans le

cœur, et il se soulageait comme ça, en disant des grossièretés et en flanquant des gnons.

— Ne vous mettez pas dans cet état, monsieur, dit le sergent. Nous ne faisons que notre travail, et on nous paie pour ça.

— Vous avez assez surveillé, vous avez bien vu que tout était calme, dit Seminario. Allez-vous-en maintenant et laissez les personnes décentes s'amuser tranquillement.

— Ne vous gênez pas pour nous, dit le sergent. Amusez-vous.

Le visage de la Sauvage était de plus en plus affligé et, à sa table, Seminario se tordait de colère, le flic l'énervait lui aussi, il n'y avait plus de mâles à Piura, qu'est-ce qu'on lui avait fait à ce foutu pays, c'était pas juste. Alors Hortensia et Coquelicot s'approchèrent de lui et, le flattant et plaisantant, le calmèrent un peu.

— Hortensia, Coquelicot, dit don Anselmo. Tu leur donnes de ces noms, Chunguita.

— Et eux, qu'est-ce qu'ils faisaient? dit la Sauvage. Ils devaient être furieux pour ce qu'il avait dit de Piura.

— Ils crachaient de la bile par les yeux, dit Bolas. Mais qu'est-ce qu'ils pouvaient faire, ils crevaient de peur.

Ils n'auraient pas cru Lituma si trouillard, il était arrivé et il aurait dû lui tenir tête, Seminario faisait un peu trop le malin, il ne faut pas toujours chercher midi à quatorze heures, et Rita moins fort il allait les entendre, et Maribel il va y avoir du grabuge, et Sandra qui riait aux éclats. Au bout d'un petit moment la patrouille s'en alla, le sergent accompagna les deux agents jusqu'à la porte et revint seul. Il alla s'asseoir à la table des indomptables.

— Il aurait mieux valu qu'il s'en aille aussi, dit Bolas. Le pauvre.

— Pourquoi pauvre? protesta la Sauvage, avec véhémence. C'est un homme, il n'a pas besoin qu'on le plaigne.

— Mais c'est toi, Sauvage, qui dis toujours le pauvre, dit Bolas.

— Je suis sa femme, expliqua la Sauvage, et le Jeune esquissa un vague sourire.

Lituma les sermonnait, pourquoi lui jouaient-ils des tours en présence de ses hommes? et eux t'as deux visages, tu fais le sérieux en leur présence et après tu les renvoies pour t'amuser à

ta guise. Il leur faisait de la peine, en uniforme, c'était une autre personne, et ils lui faisaient encore plus de peine, à lui, et aussitôt ils redevinrent amis et chantèrent : c'étaient les indomptables, savaient pas travailler, rien que pinter, rien que jouer, c'étaient les indomptables et ils allaient baiser.

— Se faire un hymne rien que pour eux, dit le harpiste. Ah, ces Mangaches, ils sont uniques.

— Mais toi tu ne l'es plus, cousin, dit le Singe. Tu t'es laissé dompter.

— Je me demande comment tu peux encore regarder les gens en face, cousin, dit José. On n'a jamais vu un Mangache se faire flic.

— Ils devaient être en train de se raconter leurs histoires ou bien leurs soûleries, dit la Chunga. De quoi voulais-tu qu'ils parlent, sinon ?

— Dix ans, collègue, soupira Lituma. C'est terrible comme la vie passe.

— Santé, à la vie qui passe, proposa José, en levant son verre.

— Les Mangaches sont un peu philosophes quand ils ont bu. C'est le Jeune qui les a contaminés, dit le harpiste. Ils parlaient sûrement de la mort.

— Dix ans, c'est à ne pas croire, dit le Singe. Tu te souviens de la veillée de Domitila Yara, cousin ?

— Il n'y avait pas vingt-quatre heures que j'étais de retour de la forêt vierge lorsque j'ai rencontré le père García et il n'a pas répondu à mon salut, dit Lituma. Il ne nous a pas pardonné.

— Absolument pas un philosophe, maître, dit le Jeune en rougissant. Un modeste artiste seulement.

— Ils devaient plutôt se rappeler des souvenirs, dit la Sauvage. Chaque fois qu'ils se réunissaient, ils se mettaient à raconter ce qu'ils faisaient quand ils étaient gones.

— Voilà que tu parles comme les Piurans, Sauvage, dit la Chunga.

— Tu t'en es jamais mordu les doigts, cousin, dit José ?

— Flic ou autre chose, qu'est-ce que ça fait ? — Lituma haussa les épaules. — Comme indomptable, c'était la rigolade et les parties de jeu, mais c'était aussi la faim, collègues. Maintenant, au moins, je mange bien, matin et soir. Ça n'est pas rien.

241

— Si c'était possible, je prendrais encore un peu de lait, dit le harpiste.

La Sauvage se leva, don Anselmo : c'était elle qui le lui préparait.

— La seule chose pour laquelle je t'envie, Lituma, c'est que t'as vu du pays, dit Josefino. Nous, on mourra sans être sortis de Piura.

— Une brave fille, dit Anselmo. Elle est toujours prête à vous aider. Serviable et sympathique. Elle est mignonne?

— Pas beaucoup, dit Bolas, trop courtaude. Et quand elle a des talons, ça fait rire de la voir marcher.

— Mais elle a de jolis yeux, affirma le Jeune. Verts, grands, mystérieux. Vous les aimeriez, maître.

— Verts? dit le harpiste. Sûr qu'ils me plairaient.

— Celui qui aurait dit que t'allais finir flic et marié, dit Josefino. Et bientôt père de famille, Lituma.

— C'est vrai que dans la Forêt il y a des femmes en veux-tu en voilà? dit le Singe. Elles sont aussi sensuelles qu'on le dit?

— Beaucoup plus qu'on ne le dit, affirma Lituma. Il faut s'en défendre. Si tu te laisses aller, elles t'épuisent, je me demande comment je m'en suis tiré sans avoir les poumons transformés en passoire.

— Dans ce cas tu t'envoies celles qui te font envie, dit José.

— Surtout si tu es de la Côte, dit Lituma. Elles raffolent des créoles.

— C'est peut-être une bonne fille, mais parlez-moi des sentiments, dit Bolas. Elle fait la pute pour l'ami de son mari, et le pauvre Lituma, lui, est en prison.

— Il ne faut pas porter de jugements aussi rapides, Bolas, dit le Jeune, peiné. Il faudrait être au courant de ce qui s'est passé. Il n'est jamais facile de savoir ce qu'il y a derrière les choses. Ne jette jamais la première pierre, mon frère.

— Et après il dira qu'il n'est pas philosophe, dit le harpiste. Écoute-le, *Chunguita*.

— Y avait beaucoup de femmes à Santa María de Nieva? insista le Singe.

— On pouvait en changer tous les jours, dit Lituma. Beaucoup, et toutes le feu au cul. De tout, et en gros, des blanches, des brunes, il n'y avait qu'à tendre la main.

— Et s'il y avait tant de belles filles, pourquoi t'as épousé celle-là, dit Josefino en riant. Parce que, viens pas me raconter d'histoires, elle n'a que les yeux, le reste vaut rien.

— Il a flanqué sur la table un coup de poing qui a retenti jusque dans la cathédrale, dit Bolas. Ils se sont disputés pour quelque chose, on aurait dit que Lituma et Josefino allaient se tabasser.

— Ce sont des étincelles, des allumettes, ça s'allume et ça s'éteint, jamais la colère ne leur dure, dit le harpiste. Tous les Piurans ont bon cœur.

— Tu comprends plus la plaisanterie? disait le Singe. Ce que t'as changé, cousin.

— Mais c'est ma sœur, Lituma, s'écriait Josefino. Tu crois peut-être que je le disais pour de bon? Assieds-toi, collègue, trinque avec moi.

— Ce qu'il y a, c'est que je l'aime, dit Lituma. Ce n'est tout de même pas un péché.

— T'as bien raison de l'aimer, dit le Singe. Amène davantage de bière, Chunga.

— La pauvre, elle ne s'habitue pas, elle est effrayée au milieu de tous ces gens, disait Lituma. C'est très différent de son pays, il faut la comprendre.

— Bien sûr qu'on la comprend, dit le Singe. Allez, levons nos verres à la santé de notre cousine.

— Elle est très gentille, y a qu'à voir comme elle nous soigne, les gueuletons qu'elle nous prépare, dit José. On l'aime beaucoup tous les trois, cousin.

— Ça va comme ça, don Anselmo? dit la Sauvage. Ce n'est pas trop chaud?

— Très bien, excellent, dit le harpiste, en savourant. C'est vrai que tu as les yeux verts, petite?

Seminario s'était tourné vers eux avec sa chaise et tout, qu'est-ce que c'était que ce vacarme, on ne pouvait donc plus discuter tranquillement? et le sergent, avec tout le respect possible, il y allait un peu fort, personne ne lui cherchait d'histoires, qu'il ne leur en cherche pas non plus, monsieur. Seminario éleva la voix, ils se prenaient pour qui pour lui répondre, et bien entendu qu'il leur en cherchait des histoires, et à tous les quatre encore, et aussi à leur putain de mère, pigé?

— Il a parlé de leur mère? dit la Sauvage en battant des cils.

— A plusieurs reprises au cours de la nuit, dit Bolas, cette fois c'était la première. Ces richards, du moment qu'ils ont des terres, ils se permettent d'insulter votre mère.

Hortensia et Coquelicot filèrent à toute vitesse et, au comptoir, Sandra, Rita et Maribel tendaient le cou. Le sergent avait la voix cassée par la colère, sa famille n'avait rien à voir avec ça, monsieur.

— Si ça ne te plaît pas, viens et on va discuter, mon gars, dit Seminario.

— Mais Lituma n'y est pas allé, dit la Chunga. Sandra et moi on l'a retenu.

— Pourquoi.parler de la mère quand c'est une affaire entre hommes? dit le Jeune. Une mère, c'est ce qu'il y a de plus sacré.

Hortensia et Coquelicot étaient revenues à la table de Seminario.

— Je ne les ai plus entendus rire ni chanter leur hymne, dit le harpiste. Ils ont été démoralisés par cette allusion à leur mère, les petits gars.

— Ils se sont consolés en buvant, dit la Chunga. On n'aurait pas fait tenir une bouteille de plus sur leur table.

— C'est pour ça que je crois que les peines qu'on porte en soi expliquent tout, dit le Jeune. Il y en a qui finissent ivrognes, d'autres curés, d'autres assassins.

— Je vais me passer de l'eau sur la figure, dit Lituma. Ce type m'a gâché ma soirée.

— Il a eu raison de se fâcher, Josefino, dit le Singe. Ça plairait à personne qu'on lui dise que sa femme est laide.

— Il me casse les pieds tellement il la ramène, dit Josefino. Je me suis envoyé des dizaines de femmes, je connais la moitié du Pérou, j'ai mené la grande vie. Il passe son temps à nous pomper l'air avec ses voyages.

— Dans le fond, si tu lui en veux tellement, c'est parce que sa femme ne s'intéresse pas à toi, dit José.

— S'il savait que tu lui cours après, il te tuerait, dit le Singe. Il est tellement amoureux de sa femme qu'il en est dingue.

— C'est sa faute, dit Josefino. Pourquoi est-ce qu'il raconte

tant d'histoires? Au lit c'est un vrai cyclone, elle frétille comme ceci, comme cela. Qu'il aille se faire foutre, je tiens à voir si c'est vrai, ces merveilles.

— Qu'est-ce qu'on parie que ça collera pas, frangin? dit le Singe.

— On verra bien, dit Josefino. La première fois elle a voulu me flanquer une baffe, la deuxième fois elle m'a insulté et la troisième elle m'a même pas fait la gueule et j'ai pu la peloter un petit peu. Elle est en train de céder, je connais mon monde.

— Si elle chute, tu sais, dit José, où passe un indomptable, tous les trois y passent, Josefino.

— Je me demande pourquoi j'en ai tellement envie, dit Josefino. La vérité c'est qu'elle vaut pas le coup.

— Parce qu'elle vient d'ailleurs, dit le Singe. On aime toujours découvrir les secrets, les mœurs qu'ils apportent de leur terre.

— On dirait un petit animal, dit José. Elle comprend rien, elle passe sa vie à demander pourquoi ça et pourquoi le reste. Moi j'aurais pas osé essayer le premier. Et si je le racontais à Lituma, Josefino?

— C'est une froussarde, dit Josefino. Je l'ai tout de suite jaugée. Elle a pas de personnalité, elle crèverait de honte plutôt que d'en parler. Ça serait malheureux qu'il lui ait fait un gosse. Maintenant il faut attendre qu'elle accouche pour lui faire le petit travail.

— Après ils se sont mis à danser bien tranquillement, dit la Chunga. On aurait dit que c'était terminé.

— Les malheurs arrivent brusquement, quand on s'y attend le moins, dit le Jeune.

— Avec qui dansait-il? dit la Sauvage.

— Avec Sandra — la Chunga l'observait de ses yeux éteints et parlait lentement — : bien collés l'un à l'autre. Et ils s'embrassaient. Tu es jalouse?

— C'était pour savoir, tout simplement, dit la Sauvage. Je ne suis pas jalouse.

Et Seminario, brusquement, pour de bon, qu'ils foutent le camp, hors de lui, ou il les sortait à coups de pied, rugissant, tous les quatre ensemble.

III

— Pas un bruit de toute la nuit, pas une lumière, dit le sergent. Ça ne vous paraît pas bizarre, mon lieutenant?

— Ils doivent être de l'autre côté, dit le sergent Roberto Delgado. L'île a l'air grande.

— Il commence à faire clair, dit le lieutenant. Qu'on amène les barques, mais surtout pas de boucan.

Entre les arbres et l'eau, les uniformes avaient une allure végétale. Entassés dans l'étroit réduit, trempés jusqu'aux os, les yeux ivres de fatigue, gardes et soldats arrangeaient leurs pantalons, leurs guêtres. Ils étaient enveloppés d'une clarté verdâtre qui filtrait à travers les labyrinthes du feuillage et, entre les feuilles, les branches et les lianes, plus d'un visage montrait des piqûres, des égratignures violettes. Le lieutenant s'avança jusqu'au bord de la lagune, écarta le feuillage d'une main, de l'autre porta les jumelles à ses yeux et scruta l'île; un escarpement élevé, des pentes couleur de plomb, des arbres aux troncs robustes et aux têtes feuillues. L'eau réverbérait, on entendait déjà les oiseaux chanter. Le sergent s'avança vers le lieutenant accroupi, sous ses pieds le bois crissait et craquait. Derrière eux, les silhouettes floues des gardes et des soldats bougeaient à peine dans la broussaille, en silence ils débouchaient des gourdes et allumaient des cigarettes.

— Ils ne discutent plus, dit le lieutenant. On ne dirait jamais qu'ils ont passé le voyage à se disputer.

— C'est la mauvaise nuit qui en a fait des amis, dit le sergent. La fatigue, le manque de commodités. Il n'y a rien comme ces choses-là pour que les hommes s'entendent bien, mon lieutenant.

— On va les prendre à revers avant qu'il ne fasse tout à fait jour, dit le lieutenant. Il faut poster un groupe sur la rive d'en face.

— Oui, mais pour ça il faut traverser le plan d'eau, dit le sergent, en visant l'île avec un doigt. Il y a dans les trois cents mètres, mon lieutenant. Ils vont nous canarder comme des pigeons.

Le sergent Roberto Delgado et les autres s'étaient approchés. Avec la boue et la pluie tous les uniformes se confondaient et seuls les calots et les képis distinguaient les gardes des soldats.

— Envoyons-leur un message, mon lieutenant, dit le sergent Roberto Delgado. Ils ne peuvent que se rendre.

— Ça serait bien étonnant s'ils ne nous avaient pas vus, dit le sergent. Les Huambisas ont l'oreille fine, comme tous les *chunchos*. Si ça tombe, en ce moment même ils sont en train de nous viser depuis les *lupunas*.

— Je n'arrive pas à en croire mes yeux, dit le sergent Delgado. Des païens qui habitent au milieu des *lupunas*, avec la frousse qu'ils en ont.

Des soldats et des gardes écoutaient : peau livide, petites tumeurs de sang coagulé, yeux cernés, pupilles inquiètes. Le lieutenant se racla la joue, il fallait voir, près de sa tempe trois boutons formaient un triangle violet, les deux sergents avaient-ils peur au point d'en faire dans leurs pantalons? et une mèche de cheveux sales tombait sur son front à demi caché sous la visière. Quoi? Peut-être que ses gardes avaient peur, mon lieutenant, le sergent Roberto Delgado ignorait à quelle sauce ça se mangeait, ça. Un murmure s'éleva et, un même mouvement qui agita le feuillage, P'tit Format, le Brun et le Blond s'écartèrent des soldats : c'était une insulte, mon lieutenant, ils ne le permettaient pas, de quel droit? et le lieutenant toucha sa cartouchière : ça pourrait lui coûter cher, s'ils n'étaient pas en mission il verrait.

— Ce n'était qu'une plaisanterie, bafouilla le sergent Roberto Delgado. A l'armée, on joue des tours aux officiers et jamais ils ne le prennent mal. J'ai cru que dans la police c'était la même chose.

Une rumeur d'eau envahie submergea leurs voix et on entendit un circonspect clapotis de rames, un glissement. Sous la cascade de lianes et de joncs, les barques apparurent. Le

pilote Pintado et le soldat qui les conduisaient étaient souriants et ni leurs gestes ni leurs mouvements ne révélaient la moindre fatigue.

— Après tout, ce sera peut-être préférable de leur demander de se rendre, dit le lieutenant.

— Bien sûr, mon lieutenant, dit le sergent Roberto Delgado. Ce n'est pas par peur que je l'ai conseillé, mais par stratégie. S'ils veulent s'échapper, d'ici nous leur tirerons dessus comme à la cible.

— Par contre, si on y va, ils peuvent nous transformer en bouillie pendant la traversée du plan d'eau, dit le sergent. On est dix seulement et eux, qui sait combien. Et quel armement ils peuvent avoir.

Le lieutenant se tourna et gardes et soldats demeurèrent tendus : quel était le plus ancien? Quelque chose d'anxieux sur tous les visages à présent, des rictus sur les lèvres, des battements de cils alarmés, et le sergent Roberto Delgado désigna un soldat courtaud et cuivré, qui fit un pas hors des rangs : soldat Hinojosa, mon lieutenant. Très bien, que le soldat Hinojosa emmène ceux de Borja de l'autre côté de la lagune et les poste en face de l'île, sergent. Le lieutenant resterait ici avec les gardes, à surveiller le débouché du chenal. Et pour quoi faire le sergent Roberto Delgado était-il venu, alors, mon lieutenant? L'officier ôta son képi, pourquoi? se lissa les cheveux avec la main, il allait le lui dire et, quand il remit son couvre-chef, la mèche de son front avait disparu : les deux sergents iraient leur demander de se rendre. Qu'ils jettent leurs armes et se rassemblent au pied de l'escarpement les mains sur la tête, sergent, Pintado allait les emmener. Les sergents se regardèrent, sans parler, soldats et gardes, de nouveau mêlés, murmuraient et il n'y avait pas de crainte dans leur yeux, mais du soulagement, des éclairs narquois. Précédés par Hinojosa les soldats montèrent dans une des barques qui ballotta et s'enfonça quelque peu. Le pilote leva la perche et, de nouveau, un claquement délicat, la vibration des branchages, les calots disparurent sous les fougères et les lianes, et le lieutenant examina les chemises des gardes, que P'tit Format enlève la sienne, c'était la plus blanche. Le sergent l'attacherait à son fusil et, compris, si les autres faisaient les cons, feu, pas d'hésitations. Les sergents étaient dans la barque

et lorsque P'tit Format leur tendit sa chemise Pintado poussa l'embarcation avec la perche. Il la laissa flotter lentement entre le feuillage mais, à peine pénétrèrent-ils sur le plan d'eau qu'il mit le moteur en marche et, avec le bruit monotone, l'air se remplit d'oiseaux qui s'envolaient bruyamment des arbres. Une lueur orangée grandissait derrière les *lupunas*, les premiers dards du soleil se reflétaient aussi dans la végétation environnante, et les eaux de la lagune étaient limpides et calmes.

— Ah, mon gars, moi qui allais me marier, dit le sergent.

— Lève donc plus ce fusil, dit le sergent Delgado, qu'ils voient bien la chemise.

Ils traversèrent la lagune sans quitter du regard l'escarpement et les *lupunas*. Pintado maintenait sa direction d'une main, de l'autre il se grattait la tête, le visage, les bras, en proie à une démangeaison soudaine et généralisée. Ils apercevaient déjà une petite plage étroite, boueuse, avec des arbustes pelés et des troncs flottants qui devaient servir d'embarcadère. Sur la rive opposée la barque des soldats accostait, ils en descendaient en courant, prenaient position à découvert, braquaient leurs fusils sur l'île. Hinojosa avait une belle voix, ils étaient jolis ces *huaynitos* qu'il avait chantés hier soir en quechua, n'est-ce pas? Oui, mais qu'est-ce que ça voulait dire qu'on ne les voyait pas, pourquoi ne se montraient-ils pas? Le Santiago était plein de Huambisas, mon gars, ceux qui les avaient vu venir les avaient sûrement prévenus et ils avaient eu plus de temps qu'il n'en fallait pour filer par les chenaux. La barque alla droit vers l'embarcadère. Amarrés par de grosses lianes, les troncs flottants fourmillaient de mousses, de champignons et de lichens. Les trois hommes contemplaient l'escarpement quasi vertical, les *lupunas* courbes et bossues : il n'y avait personne, messieurs les sergents, mais quelle frousse il avait eue. Les sergents sautèrent, barbotèrent dans la vase, commencèrent à grimper, le corps collé contre la pente. Le sergent tenait son fusil en l'air, un vent chaud faisait flotter la chemise de P'tit Format et, quand ils prirent pied au sommet, le soleil leur blessa les yeux, les obligeant à les fermer et à se les frotter. Des lianes enlacées couraient d'une *lupuna* à l'autre, une humeur dense et putréfiée leur baignait le visage chaque fois qu'ils regardaient à travers la broussaille. Ils finirent

par découvrir une ouverture, ils avancèrent enterrés jusqu'à la ceinture dans une herbe sauvage et craquante, puis suivirent un sentier qui s'étirait, sinueux, minuscule, entre des rangées d'arbres, se perdait et réapparaissait près d'un buisson ou d'un panache de fougères. Le sergent Roberto Delgado devenait nerveux, bordel de Dieu, qu'il lève bien son fusil et qu'on voie qu'ils tenaient un drapeau blanc. Le branchage des arbres faisait une voûte compacte que seuls quelques rais de soleil perforaient par endroits, des lambeaux dorés qui étaient comme des vibrations et il y avait de tous côtés des voix d'oiseaux invisibles. Les sergents se protégeaient le visage avec la main, mais à chaque instant ils se cognaient, se faisaient d'ardentes éraflures. Le sentier s'arrêta bientôt, dans une clairière au sol lisse et sablonneux, sans herbe, et ils virent les cabanes : ah, gars, vise-moi ça. Hautes, solides, elles étaient cependant à moitié dévorées par la forêt. L'une avait perdu son toit et un trou comme une plaie ronde en abîmait la façade ; de l'autre émergeait un arbre, il projetait impétueusement ses bras poilus à travers les fenêtres, et les cloisons de toutes les deux disparaissaient sous des croûtes de lierre. Tout autour l'herbe était haute ; les escaliers effondrés, prisonniers des plantes grimpantes, supportaient des tiges et des racines, et sur les marches et les pilots on apercevait aussi des nids, des fourmilières ventrues.

— Ce n'est pas hier soir qu'ils sont partis, dit le sergent Delgado, il y a longtemps. La forêt les a presque dévorées.

— Ce ne sont pas des cases de Huambisas, mais de chrétiens, dit le sergent. Les païens ne les font pas aussi grandes et puis, quand ils déménagent, ils emportent leurs maisons.

— Il y avait une clairière ici, dit le sergent Delgado. Les arbres sont tout jeunes. Il y vivait pas mal de gens, camarade.

— Le lieutenant va râler, dit le sergent. Il était persuadé qu'il en attraperait quelques-uns.

— On va l'appeler, dit le sergent Delgado. — Avec son fusil il visa une cabane, il tira deux coups et l'écho les répercuta au loin. — Ils vont croire que les bandits sont en train de nous asticoter.

— Entre nous, j'aime mieux qu'il n'y ait personne, dit le sergent. Je vais me marier, je n'ai pas envie de me faire descendre, à mon âge.

— On va fouiller avant l'arrivée des autres, dit le sergent Delgado. Si ça tombe, il reste des choses qui en valent la peine.

Ils ne trouvèrent que des résidus d'objets rouillés, transformés en nids d'araignées, et les bois rongés, minés par les termites, cassaient sous leurs pieds ou s'enfonçaient mollement. Ils sortirent des cabanes, parcoururent l'île, en s'inclinant çà et là sur des bûches carbonisées, des boîtes oxydées, des tessons. Sur une pente il y avait une mare aux eaux stagnantes et des nuées de moustiques y planaient au milieu d'exhalaisons fétides. Elle était entourée de deux rangées de pieux, comme un filet aux mailles serrées, et ça qu'est-ce que c'était, le sergent Roberto Delgado n'en avait jamais vu. Ce que ça pouvait être, des trucs de *chunchos*, mais il valait mieux ne pas rester là, ça sentait mauvais et avec toutes ces guêpes. Ils revinrent vers les cabanes et le lieutenant, les gardes et les soldats évoluaient comme des somnambules dans la clairière, braquaient leurs fusils sur les arbres, inquiets et perplexes.

— Dix jours de voyage! cria le lieutenant. Tout ça pour cette connerie! Il y a combien de temps qu'ils sont partis, à votre avis?

— Pour moi, ça fait des mois, mon lieutenant, dit le sergent. Peut-être plus d'un an.

— Il n'y avait pas deux cabanes, mais trois, mon lieutenant, dit le Brun. Il y en avait une autre ici, une tempête a dû l'arracher d'un coup. On voit encore les pilotis, regardez.

— Pour moi, ça fait des années, mon lieutenant, dit le sergent Delgado. A cause de cet arbre qui a poussé là-dedans.

Après tout qu'est-ce que ça pouvait faire? le lieutenant sourit avec désenchantement, un mois ou dix ans, et lassitude : ils étaient refaits de la même façon. Et le sergent Delgado, voyons, Hinojosa, une bonne fouille, qu'on fasse des paquets de tout ce qui était mangeable, buvable et transportable et les soldats se répandirent dans la clairière et se perdirent entre les arbres, et que le Blond fasse un peu de café pour leur enlever ce mauvais goût qu'ils avaient dans la bouche. Le lieutenant s'accroupit, se mit à gratter le sol avec une petite branche. Les sergents allumèrent des cigarettes : des essaims bourdonnants passaient au-dessus de leur tête pendant qu'ils bavardaient. Pintado le pilote coupa des branches sèches,

fit un feu et, pendant ce temps, des cabanes, les soldats jetaient
à la volée bouteilles, jarres de grès, couvertures effilochées.
Le Blond fit chauffer un thermos, servit du café fumant dans
des quarts de laiton, et le lieutenant et les sergents finissaient
de boire lorsqu'on entendit des cris, quoi? et deux soldats
apparurent en courant, un type? l'officier s'était relevé d'un
bond, qu'est-ce qu'il y a? et le soldat Hinojosa : un mort, mon
lieutenant, ils l'avaient trouvé sur une plage là en bas. Huambisa? chrétien? Suivi de gardes et de soldats le lieutenant
courait déjà et, pendant quelques instants, on n'entendit
que le crépitement des feuilles piétinées, la douce rumeur de
l'herbe à qui les corps faisaient violence. Rapides, tous ensemble,
ils contournèrent les pieux, se lancèrent sur la pente, franchirent un fossé semé de pierraille et, en arrivant à la plage,
ils s'arrêtèrent brusquement autour de l'homme étendu.
Il reposait sur le dos, son pantalon déchiré cachait mal des
membres crasseux et malingres, une peau sombre. Ses aisselles
étaient deux touffes noirâtres, collées, et les ongles de ses
mains et de ses pieds étaient très longs. Des croûtes et des
plaies desséchées lui dévoraient le torse, les épaules, de ses
lèvres fendillées pendait un morceau de langue blanchâtre.
Des gardes et des soldats l'examinaient et, brusquement,
le sergent Delgado sourit, se pencha et renifla, son nez près
de la bouche de l'homme étendu. Il lâcha alors un petit rire,
se releva et envoya un coup de pied dans les côtes de l'homme :
dites donc, mon con, qu'est-ce que c'était ces manières de cogner
un mort et le sergent Roberto Delgado, qui remettait ça, il
est mort comme moi, vous ne sentez pas, mon lieutenant?
Ils se penchèrent tous, reniflèrent le corps rigide et indifférent.
Absolument pas mort, mon lieutenant, le gars était en train
de rêver. Avec une espèce de joie furieuse et qui allait croissant,
il lui décocha d'autres coups de pied et l'homme étendu se
contracta, quelque chose de rauque et de profond lui échappa
de la bouche, caramba : c'était vrai. Le lieutenant attrapa
l'homme par les cheveux, les lui tira et, de nouveau, faiblement, ce râle intérieur. Il était en train de rêver, le fumier,
et le sergent : oui, regardez, voilà sa décoction. Près des cendres
argentées et des petits morceaux de bois d'un feu, il y avait
un pot de terre, noir de suie, rempli d'herbes. Des *curhuinses*
aux longues pattes et à l'abdomen tout noir l'escaladaient

par dizaines tandis que d'autres, rangés en cercle, protégeaient l'assaut. S'il était mort, les bêtes l'auraient déjà mangé, mon lieutenant, il ne lui resterait que les os, et le Blond mais elles avaient déjà commencé, par les jambes. Quelques *curhuinses* grimpaient sur la plante tannée de ses pieds, d'autres inspectaient le cou-de-pied, les doigts, les chevilles, touchaient sa peau de leur fines antennes et laissaient derrière elles une file de points violets. Le sergent Roberto Delgado tapa encore, au même endroit. Une boursouflure s'était formée sur les côtes de l'homme, un tumulus oblong et sombre au sommet. Il était toujours immobile mais, de temps en temps, il proférait un ronflement creux et sa langue se relevait, léchait péniblement ses lèvres. Il était au paradis le salaud, il ne sentait rien et le lieutenant : de l'eau, vite, et qu'on lui lave les pieds, bordel de Dieu, les fourmis étaient en train de le bouffer. P'tit Format et le Blond écrasèrent les *curhuinses*, deux soldats apportèrent de l'eau de la lagune dans leurs calots et aspergèrent la figure de l'homme. Celui-ci essayait à présent de remuer ses membres, la crispation lui contractait le visage, sa tête roulait à droite et à gauche. Soudain il éructa et un de ses bras se plia lentement, maladroitement, de la main il se tapota le corps, palpa la boursouflure, la caressa. Maintenant il respirait anxieusement, la poitrine gonflée, le ventre rentré et sa langue s'étirait, toute blanche avec des concrétions de salive verte. Il gardait les yeux clos, et le lieutenant à ses soldats : encore de l'eau, il n'avait pas l'air de savoir ce qu'il voulait, les gars, il fallait le réveiller. Soldats et gardes allaient à la lagune, revenaient et versaient l'eau sur l'homme qui ouvrait la bouche pour la recevoir, et sa langue péniblement, bruyamment, absorbait les gouttes. Déjà sa plainte était plus naturelle et plus continue, et de même les contractions de son corps qui paraissait libéré de liens invisibles.

— Donnez-lui un peu de café, ranimez-le comme vous pourrez, dit le lieutenant. Et continuez à lui verser de l'eau dessus.

— Je ne crois pas qu'il arrive à Santa María de Nieva dans l'état où il est, mon lieutenant, dit le sergent. Il va nous claquer entre les doigts.

— Je l'emmène à Borja, c'est plus près, dit le lieutenant. Retourne tout de suite à Nieva avec les hommes et dis à don

Fabio qu'on en a pris un. Les autres, on les aura à leur tour. Je m'en vais avec les soldats du poste et là-bas je le montrerai au toubib. Celui-ci, pas question qu'il meure.

A l'écart du groupe, à quelques mètres, le lieutenant et le sergent fumaient. Gardes et soldats s'affairaient autour de l'homme étendu, le mouillaient, le secouaient, et il avait l'air d'exercer avec méfiance sa langue, sa voix, tenacement il essayait de nouveaux gestes et de nouveaux sons.

— Et s'il n'était pas de la bande, mon lieutenant? dit le sergent.

— C'est pour cela que je l'emmène a Borja, dit le lieutenant. Il y a des Aguarunas des villages qui ont été pillés par les bandits, on verra s'ils le reconnaissent. Dis à don Fabio de faire prévenir Reátegui.

— Il y a le type qui parle, mon lieutenant, cria P'tit Format. Venez l'écouter.

— Vous avez compris ce qu'il a dit? demanda le lieutenant.

— Un fleuve qui saigne, un chrétien qu'est mort, dit le Brun. Des trucs dans ce genre, mon lieutenant.

— Il ne manque plus que ça, qu'il soit fou, ce serait bien ma veine, dit le lieutenant.

— Ils débloquent toujours un peu quand ils rêvent, dit le sergent Roberto Delgado. Après ça leur passe, mon lieutenant.

La nuit tombait, Fushía et don Aquilino mangeaient du manioc cuit, buvaient de l'eau de vie au goulot de la bouteille, et Fushía il fait noir, Lalita, allume la lampe, elle se pencha et aïe aïe aïe, la première douleur, elle ne pouvait pas se redresser, elle tomba par terre en pleurant. On la releva, on la hissa dans le hamac, Fushía allume la lampe et elle je crois que c'est arrivé, j'ai peur. Et Fushía je n'ai jamais vu une femme mourir en couches et Aquilino moi non plus, n'aie pas peur, Lalita, c'était le meilleur accoucheur de la forêt, pouvait-il la toucher, Fushía? Il n'était pas jaloux? et Fushía tu es trop vieux pour que je sois jaloux de toi, vas-y, touche-la. Don Aquilino lui avait relevé la jupe, s'agenouillait pour voir et Pantacha entra en courant, patron, ils se bagarraient, et Fushía

qui, Pantacha les Huambisas avec l'Aguaruna que don Aquilino avait amené, don Aquilino avec Jum? Pantacha ouvrait de grands yeux et Fushía lui flanqua une baffe, salaud, en train de regarder la femme d'un autre. Il se frottait le nez, bien le pardon, patron, il venait seulement pour prévenir, les Huambisas veulent que Jum s'en aille, vous savez bien qu'ils haïssent les Aguarunas, ils s'étaient mis en colère et Nieves et lui n'arrivaient pas à les retenir, la patronne était malade? Et don Aquilino vaut mieux que t'ailles voir, Fushía, qu'ils me le tuent pas, avec la peine que j'ai eue à le convaincre de venir dans l'île et Fushía putain de bordel de Dieu, il faut les faire boire, qu'ils se soûlent tous ensemble, ou ils se tuent ou ils deviennent amis. Ils sortirent et don Aquilino s'approcha de Lalita, lui massa les jambes, pour t'assouplir les muscles, le ventre, et que le bébé sorte tout doucement, tu vas voir, et elle riant et pleurant, elle allait raconter à Fushía qu'il en profitait pour la peloter, il riait et aïe aïe aïe de nouveau, dans les os du dos, aïe aïe aïe, ils se brisaient sûrement, et don Aquilino bois un petit coup pour te calmer, elle but, vomit et tacha don Aquilino qui était en train de bercer le hamac, Lalita dodo, mon enfant tout beau, et la douleur passait. Des lumières colorées dansaient autour de la lampe, regarde, Lalita, les lucioles, les *ayañahuis*, quand il y a quelqu'un qui meurt son esprit devient un petit papillon de nuit, elle le savait? et la nuit il éclaire la forêt, les fleuves, les lagunes, quand il mourrait, lui, elle aurait à côté d'elle une *ayañahui*, je te servirai de lampe, Lalita. Et elle j'ai peur, don Aquilino, ne parlez pas de la mort et lui ne t'effraie pas, il berçait le hamac, c'était pour te distraire, il lui rafraîchissait le front avec un chiffon mouillé, il ne t'arrivera rien, il naîtra avant l'aube, en te touchant j'ai vu que c'était un garçon. La cabane s'était imprégnée d'une odeur de vanille et le vent humide apportait aussi des murmures sylvestres, un bruit de cigales, des aboiements et les cris d'une bagarre déchaînée. Et elle vous avez des mains bien douces, don Aquilino, ça me repose un peu, et comme ça sent bon, mais vous n'entendez pas les Huambisas? allez-y voir, don Aquilino, et s'ils tuent Fushía? et lui c'était la seule chose qui ne pouvait pas arriver, tu ne sais pas qu'il est comme le diable? Et Lalita ça fait combien que vous vous connaissez, don Aquilino, ça va faire dix ans, il

s'en est toujours bien tiré bien qu'il se cherche les pires histoires, Lalita, des choses épouvantables, il glisse entre les mains de ses ennemis comme un serpent de rivière. Et elle vous êtes devenus amis à Moyobamba? et don Aquilino j'étais porteur d'eau, c'est lui qui a fait de moi un commerçant, et elle porteur d'eau? Aquilino de maison en maison avec son âne et ses cruches, Moyobamba est pauvre, le peu qu'il gagnait il le dépensait à acheter du métylène pour bonifier l'eau, sinon des amendes, et un matin Fushía est arrivé, il est venu habiter dans une baraque à côté de la mienne et c'était comme ça qu'ils étaient devenus amis. Et elle comment était-il alors, don Aquilino? et lui d'où pouvait-il bien venir, lui demandait-on, et lui tout mystère et tout mensonge, c'était à peine s'il parlait chrétien, Lalita, il faisait des mélanges avec le brésilien. Et Fushía décide-toi, mon gars, tu mènes une vie de chien, t'en as pas marre? consacrons-nous au commerce et lui c'est bien vrai, une vie de chien. Et Lalita, qu'est-ce que vous avez fait, don Aquilino? et lui une grande gabare et Fushía achetait des sacs de riz, du gros tissu, de la percaline et des souliers, la gabare coulait presque sous le poids, et si on nous vole, Fushía? et Fushía ferme-la, connard, je me suis acheté aussi un revolver. Et Lalita c'est comme ça que vous avez commencé, don Aquilino? et lui on allait dans les campements, et les gemmeurs, les bûcherons et les chercheurs d'or rapportez-nous ceci et cela à votre prochain voyage et ils le leur rapportaient, et après ils avaient fait les tribus. Un bon commerce, le meilleur, du menu plomb contre des boules de caoutchouc, des petits miroirs et des couteaux contre des peaux et c'était comme ça qu'ils les avaient connus, Lalita, ils étaient devenus de grands amis de Fushía, t'as bien vu comme ils l'aident, c'est un dieu pour les Huambisas. Et Lalita ça marchait bien, alors? et lui ç'aurait été mieux encore si Fushía n'avait pas été le diable, il les volait tous, et en fin de compte on les flanquait à la porte des campements et les gardes les recherchaient, ils avaient dû se séparer et Fushía était venu chez les Huambisas pendant quelque temps, après il s'était rendu à Iquitos, là il s'était mis à travailler avec Reátegui, c'est là que tu l'as connu, Lalita? Et elle qu'est-ce que vous avez fait pendant ce temps, don Aquilino? et lui la vie libre lui était entrée dans le sang, Lalita, circuler en portant sa maison sur

son dos comme une tortue, sans port d'attache, et il avait
continué à faire du commerce tout seul, mais honnêtement.
Et Lalita vous êtes allé partout, n'est-ce pas? don Aquilino?
et lui sur l'Ucayali, sur le Marañón et sur l'Huallaga, mais
au début il n'allait pas sur l'Amazone à cause de la mauvaise
réputation que Fushía avait laissée, il y était revenu au bout
de quelques mois et un jour, dans un campement de l'Itaya,
il n'en croyait pas ses yeux, je me suis trouvé nez à nez avec
Fushía, Lalita, transformé en négociant, avec des représen-
tants et c'est là qu'il m'a raconté son affaire avec Reátegui.
Et Lalita ce que vous avez dû être contents de vous retrouver,
don Aquilino, et lui on a pleuré, on s'est soûlés en rappelant
les souvenirs, Fushía, la fortune te sourit, deviens sérieux,
sois propre, ne te mets plus dans des combinaisons, et Fushía
tu restes avec moi, Aquilino, c'est comme une loterie, pourvu
que la guerre dure, et lui si je comprends bien, c'est du caoutchouc pour la contrebande? et Fushía en gros, mon gars, ils
viennent le chercher à Iquitos, ils l'emportent dans des caisses
marquées tabac, Reátegui deviendra millionnaire et moi aussi,
je ne te laisse pas repartir, Aquilino, je t'engage et elle pourquoi n'êtes-vous pas resté avec lui? et lui il se faisait vieux,
Fushía, il ne voulait pas se créer de problèmes ni aller en prison,
et aïe aïe aïe, je meurs, le dos, maintenant c'est sûr, il vient,
qu'elle n'ait pas peur, où est-ce qu'il y avait un couteau et
il était en train de le chauffer sur la lampe quand Fushía entra.
Don Aquilino ils n'ont pas touché Jum? et Fushía à présent
ils éclusent ensemble, et aussi Pantacha et Nieves. Il ne le
leur laisserait pas tuer, il en avait besoin, ce serait un bon
contact avec les Aguarunas, mais dans quel état on l'a mis,
qui est-ce qui lui a brûlé les aisselles? il en suinte du pus,
vieux, et les plaies du dos, ça serait malheureux si elles s'infec-
taient et qu'il meure du tétanos, et don Aquilino à Santa María
de Nieva, les soldats et les patrons du coin, celui qui lui a
fendu le front c'est ton ami Reátegui, il savait qu'il était
parti pour Iquitos, enfin? Et Fushía ils l'ont tondu aussi et
il était plus laid qu'un avorton, et aïe aïe aïe, mes os, beaucoup,
beaucoup, et don Aquilino il a fait le malin et il a dit non au
patron qui leur achetait le caoutchouc, on ira le vendre nous-
mêmes à Iquitos, un certain Escabino, à ce qu'il semblait,
et pour tout arranger ils avaient tabassé un caporal qui était

allé à Urakusa et tué son pilote, et Fushía des couilles il se
porte tout ce qu'il y a de mieux, c'est Adrián Nieves, celui que
j'ai recueilli le mois dernier, et don Aquilino je sais bien, mais
c'est ce qu'ils disent et elle, elle se pliait en deux, donne-moi
quelque chose, Fushía, je t'en supplie. Et Fushía il hait les
chrétiens? tant mieux, qu'il convainque les Aguarunas de me
réserver leur gomme, de grands projets, vieux, avant deux
ans il retournerait à Iquitos, riche, tu verras comment ceux qui
m'ont tourné le dos me recevront, et don Aquilino fais bouillir
de l'eau, Fushía, aide-moi, on ne dirait pas que c'est toi le
père. Fushía remplit la bassine, alluma le fourneau, et elle
de plus en plus fortes, de plus en plus rapprochées, elle étouffait en respirant, elle avait la figure gonflée et des yeux de
merlan frit. Don Aquilino s'agenouilla, la frotta, ça s'ouvrait
un peu, Lalita, ça venait, ne t'impatiente pas. Et Fushía
pense un peu aux Huambisas qui partent toutes seules dans
la forêt et qui reviennent après avoir accouché. Don Aquilino
flambait le couteau et les cris extérieurs se perdaient au milieu
de claquements et de sifflements, Fushía vous voyez? ils ne se
battent plus, ils sont intimes, et le vieil homme ça devait
être un garçon, Lalita, qu'est-ce qu'il lui avait dit, qu'elle
écoute, les *capironas* chantaient, il ne se trompait jamais.
Et Fushía il est un peu réservé et don Aquilino mais bien,
pendant tout le voyage il l'avait aidé, il disait que deux chrétiens avaient porté tort à Urakusa avec leurs manigances et
Fushía, vieux, à ton prochain voyage c'est fou ce que tu gagneras, don Aquilino quand t'arrêteras-tu de rêver? et lui est-ce
qu'il n'avait pas fait des progrès depuis la première fois? Et
Aquilino je ne serais pas retourné à l'île si ça n'avait pas été
pour toi, Lalita, elle lui avait bien plu, et elle quand vous
êtes arrivé on mourait de faim, don Aquilino, vous vous
rappelez comme j'ai pleuré en voyant les conserves et les
pâtes? et Fushía quel banquet, vieux, ils manquaient tellement d'habitude qu'ils en étaient tombés malades, et comme
il a fallu que je te supplie, pourquoi ne voulait-il pas l'aider?
sans compter qu'en plus tu y gagneras de l'argent. Et le vieil
homme mais c'est de l'argent volé, on me mettra en prison,
je n'ai pas à te vendre cette gomme ni ces peaux, et Fushía
tout le monde sait que tu es honnête, est-ce que par hasard
les gemmeurs, les bûcherons et les *chunchos* ne te paient pas

en peaux, en gomme et en pépites d'or? Si on le lui demandait il dirait c'est ce que j'ai gagné, et le vieil homme jamais tellement, et Fushía tu n'emporteras pas tout en un voyage, petit à petit et aïe aïe aïe de nouveau, don Aquilino, les jambes, le dos, Fushía aïe aïe aïe. Et don Aquilino je ne veux pas, les *chunchos* se plaindraient un jour ou l'autre, la police viendrait, et les patrons n'allaient pas rester là à se gratter les œufs pendant qu'il leur coupait l'herbe sous les pieds, et Fushía les Shapras, les Aguarunas et les Huambisas se massacrent entre eux, ne se haïssaient-ils pas? il ne viendrait à l'idée de personne qu'il y ait des chrétiens fourrés dans cette histoire, et le vieux, non, pas question, et Fushía il emmènerait la marchandise au loin, bien cachée, Aquilino, tu la vendras meilleur marché aux gemmeurs eux-mêmes et ils seront ravis. Le vieil homme finit par accepter et Fushía c'était la première fois, Lalita, que ça lui arrivait de dépendre de l'honnêteté d'un chrétien, si le vieux le veut il me coule, il vendait tout et il empochait le fric, il sait que je suis prisonnier ici, et même il peut aller jusqu'au bout et dire à la police celui que vous cherchez est dans une petite île, en remontant le Santiago. Il tarda près de deux mois et Fushía envoyait des rameurs jusqu'au Marañón, les Huambisas revenaient il n'y est pas, il ne vient pas, le salaud, et un soir il était apparu sous une averse au débouché du chenal et il rapportait des vêtements, de la nourriture, des machettes et cinq cents *soles*. Et Lalita pouvait-elle le serrer dans ses bras, l'embrasser comme un père? Et Fushía n'avait jamais vu ça, vieux, quelle honnêteté, il ne l'oublierait pas, Aquilino, comme tu te conduis avec moi, à sa place, lui, il se serait enfui avec l'argent et le vieil homme toi, tu n'as pas d'âme, pour lui l'amitié valait plus que les affaires, la reconnaissance, Fushía, c'est grâce à toi que j'ai cessé de mener cette vie de chien à Moyobamba, son cœur n'oubliait pas, aïe aïe aïe, et don Aquilino c'était parti pour de bon, Lalita, pousse, pousse, pour qu'il ne s'étouffe pas en sortant, pousse de toutes tes forces, crie. Il tenait le couteau à la main et elle fais des prières, aïe aïe aïe, Fushía, et don Aquilino allait la masser mais pousse, pousse, Fushía approcha la lampe et regarda, le vieil homme console-la un peu, prends-lui la main, mon gars, et elle qu'on lui donne de l'eau, ça se brisait, que la Vierge lui vienne en aide, que le saint, le très

259

saint Christ de Bagazán lui vienne en aide, elle lui faisait un vœu, et Fushía te voilà de l'eau, ne gueule pas comme ça et quand Lalita ouvrit les yeux Fushía regardait la natte et don Aquilino je t'essuie les jambes, Lalita, c'est fini, t'as vu comme c'est rapide? Et Fushía, oui, vieux, c'est un mâle, mais, est-ce qu'il est vivant? il ne bouge pas ni ne respire. Don Aquilino se pencha, le souleva de la natte, il était noir et grassouillet comme un petit singe, le secoua et il poussa des cris, Lalita, regarde-le, c'est bien de la peur pour rien et qu'elle dorme à présent, et elle sans vous j'y serais restée, elle voulait que son fils s'appelle Aquilino, et Fushía par amitié d'accord mais que ce nom est laid, don Aquilino, et Fushía? Et lui ça fait bizarre d'être père, vieux, il faudra fêter ça un peu, et don Aquilino repose-toi, petite, elle voulait le prendre? prends-le, il était sale, nettoie-le un peu. Don Aquilino et Fushía s'assirent par terre, ils buvaient de l'eau-de-vie au goulot de la bouteille, dehors les mêmes bruits se poursuivaient, les Huambisas, l'Aguaruna, Pantacha, Nieves le pilote devaient être en train de vomir et la pièce grouillait de petits papillons, les lucioles se cognaient aux murs, qui aurait dit qu'il naîtrait si loin d'Iquitos, dans la forêt comme les *chunchitos.*

L'orchestre naquit chez Patrocinio Naya. Le Jeune Alejandro et le camionneur Bolas allaient y déjeuner, y rencontraient don Anselmo qui venait de se lever et, pendant que Patrocinio faisait la cuisine, ils se mettaient tous trois à bavarder. On dit que le Jeune fut le premier à devenir son ami; lui, qui était aussi solitaire que don Anselmo, musicien et triste, voyait sûrement chez le vieil homme une âme sœur. Il devait lui raconter sa vie, ses peines. Après le repas, don Anselmo prenait sa harpe, le Jeune sa guitare, et ils jouaient : Bolas et Patrocinio les écoutaient, s'émouvaient, applaudissaient. Il arrivait que le camionneur les accompagnât en jouant de la grosse caisse. Don Anselmo apprit les chansons du Jeune et se mit à dire « c'est un artiste, le meilleur compositeur mangache », et Alejandro « le vieux n'a pas son pareil comme harpiste, personne ne le bat », et l'appelait maître. Le bruit ne tarda pas à se répandre dans la Mangachería qu'il y avait un nouvel

orchestre et, vers midi, les filles venaient se promener en groupe devant la cabane de Patrocinio Naya pour écouter la musique. Elles regardaient toutes le Jeune en faisant des yeux langoureux. Et un beau jour on sut que Bolas avait quitté l' « Entreprise Feijó », où il avait travaillé comme chauffeur pendant dix ans, pour être artiste, tout comme ses deux compagnons.

En ce temps-là Alejandro était véritablement jeune, il avait des cheveux châtain foncé, très longs, crépus, le teint pâle, les yeux profonds et inconsolables. Il était frêle comme un jonc et les Mangaches disaient « ne le bousculez pas, il mourra au premier choc ». Il parlait peu et lentement, il n'était pas Mangache de naissance mais par choix, comme don Anselmo, Bolas et tant d'autres. Il avait appartenu à une famille connue, était né sur le Quai, avait fait ses études chez les Salésiens et il était sur le point de se rendre à Lima pour entrer à l'Université lorsqu'une jeune fille de bonne famille s'enfuit avec un étranger de passage à Piura. Le Jeune se coupa les veines et resta longtemps à l'hôpital entre la vie et la mort. Il en sortit déçu du monde et bohème : il passait des nuits blanches, buvait, jouait aux cartes avec la canaille. Sa famille finit par se lasser de lui et le mit à la porte : comme tant de désespérés il fit naufrage dans la Mangachería et y resta. Il commença à gagner sa vie avec sa guitare, dans la *chichería* d'Angélica Mercedes, parente de Bolas. C'est ainsi qu'il fit la connaissance du camionneur, c'est ainsi qu'ils devinrent frères. Le Jeune Alejandro buvait beaucoup, mais l'alcool ne le poussait ni à se battre ni à tomber amoureux, seulement à composer des chansons et des vers qui parlaient toujours d'une déception et traitaient les femmes d'ingrates, de traîtresses, d'hypocrites, d'ambitieuses et d'allumeuses.

En devenant l'ami de Bolas et du Jeune Alejandro, le harpiste changea ses habitudes. Il devint un homme doux et donna l'impression de se ranger. Il ne déambulait plus toute la sainte journée comme une âme en peine. Le soir il se rendait chez Angélica Mercedes, le Jeune le pressait de jouer et ils faisaient des duos. Bolas amusait les clients avec des histoires de ses voyages et, entre deux morceaux, le vieil homme et le guitariste s'asseyaient avec lui à table, buvaient un verre, bavardaient. Quand Bolas était éméché, les yeux pleins d'étoiles, il s'asseyait devant une grosse caisse ou bien prenait un tam-

bourin et leur marquait le rythme, il chantait même avec eux et sa voix, pour être rauque, n'était pas déplaisante. C'était un costaud, Bolas : des épaules de boxeur, des mains énormes; un front minuscule, une bouche comme un entonnoir. Chez Patrocinio Naya, don Anselmo et le guitariste lui apprirent à jouer, lui affinèrent l'oreille et la main. Les Mangaches guettaient par les interstices des bambous, voyaient le harpiste entrer en fureur quand Bolas perdait le rythme, oubliait les paroles ou faisait un couac, et ils écoutaient le Jeune Alejandro expliquer mélancoliquement au camionneur les mystérieuses expressions de ses chansons : yeux couleur de rosée, les blondeurs d'un ciel d'aurore, le venin qu'un jour tu versas, femme perverse, enamourée, dans mon cœur affligé.

On aurait dit que la présence de ces deux jeunes hommes avait rendu à don Anselmo le goût de la vie. Maintenant on ne le trouvait plus dormant à poings fermés dans le sable, il ne divaguait plus comme les somnambules, et même sa haine contre les gens de la Gallinacera diminua. Ils étaient toujours tous les trois ensemble, le vieil homme entre le Jeune et Bolas, se tenant par le cou comme des gamins. Don Anselmo avait l'air moins sale, moins déguenillé. Un jour les Mangaches le virent étrenner un pantalon blanc, et ils crurent que c'était un cadeau de Juana Baura, ou de quelqu'une de ces personnes âgées et importantes qui, lorsqu'elles le rencontraient, lui donnaient l'accolade et l'invitaient à prendre un verre, mais ç'avait été un cadeau de Bolas et du Jeune pour Noël.

C'est à cette époque qu'Angélica Mercedes engagea formellement l'orchestre. Bolas s'était procuré un tambour et des cymbales qu'il maniait avec habileté, et il était infatigable : quand le Jeune et le harpiste abandonnaient leur coin pour se rafraîchir et se détendre, Bolas, continuait exécutait des solos. Sans doute était-il le moins inspiré des trois, il était en tout cas le plus gai, le seul qui se permît de temps en temps une chanson amusante.

La nuit, ils jouaient chez Angélica Mercedes, le matin ils dormaient, déjeunaient ensemble chez Patrocinio Naya et y répétaient l'après-midi. Au cours de l'ardente saison ils allaient sur les bords du fleuve, en amont, vers le Chipe, se baignaient et discutaient les nouvelles compositions du Jeune. Ils avaient conquis le cœur de tous, les Mangaches les tutoyaient et ils

tutoyaient grands et petits. Et quand la Santos, sage-femme et faiseuse d'anges, se maria avec un agent, l'orchestre vint à la fête, joua gratuitement et le Jeune Alejandro fit entendre pour la première fois une valse pessimiste sur le mariage, qui est une offense à l'amour, qui le dessèche et le brûle. Et dès lors à chaque baptême, confirmation, veillée mortuaire ou fiançailles, l'orchestre était l'invité obligé et jouait gratuitement. Mais les Mangaches leur rendaient cela par de petits cadeaux, des repas, et il y eut des femmes pour appeler leurs fils Anselmo, Alejandro, ou même Bolas. La réputation de l'orchestre se renforça et ceux qu'on nommait les indomptables la propagèrent à travers la ville. Des notabilités, des étrangers fréquentaient l'établissement d'Angélica Mercedes et, un après-midi, les indomptables amenèrent à la Mangachería un Blanc en vêtements folkloriques qui voulait donner une sérénade. Il vint chercher l'orchestre à la nuit, dans une camionnette qui soulevait beaucoup de poussière. Mais au bout d'une demi-heure les indomptables revinrent, seuls : « Le père de la jeune fille s'est mis en colère, il a appelé les flics, on les a emmenés au commissariat. » Ils y passèrent la nuit et, le lendemain matin, don Anselmo, le Jeune et Bolas revinrent tout contents : ils avaient joué pour les agents, qui leur avaient offert du café et des cigarettes. Peu après, ce même Blanc enleva la demoiselle de la sérénade, et quand il revint avec elle pour se marier, il engagea l'orchestre pour jouer à la noce. De toutes les masures, des Mangaches accoururent chez Patrocinio Naya afin que don Anselmo, le Jeune et Bolas pussent être bien habillés. Les uns prêtaient des souliers, d'autres des chemises, les indomptables fournirent les complets et les cravates. A partir de ce moment-là, la coutume voulut que les Blancs engageassent l'orchestre pour leurs fêtes et leurs sérénades. Beaucoup d'ensembles mangaches se dispersaient et se reconstituaient bientôt avec de nouveaux membres, mais celui-ci demeura toujours le même, sans augmenter ni diminuer, don Anselmo avait les cheveux blancs, le dos voûté et traînait la jambe, et le Jeune avait cessé d'être jeune, mais leur amitié et leurs relations se maintenaient intactes.

Des années plus tard mourut Domitila Yara, la sainte femme qui vivait en face de la taverne d'Angélica Mercedes, Domitila Yara la dévote toujours vêtue de noir, le visage voilé et les

bas sombres, la seule bigote qui naquît jamais dans le quartier. Quand Domitila Yara passait, les Mangaches à genoux lui demandaient sa bénédiction : elle susurrait quelques prières, leur traçait le signe de la croix sur le front. Elle possédait une statuette de la Vierge, avec des rubans roses, bleus et jaunes lui tenant lieu de chevelure, enveloppée dans de la cellophane. Des fleurs de dentelle montées sur fil de fer pendaient de la statue et, sous le cœur blessé, on voyait une prière écrite à la main, enfermée dans un cadre de fer-blanc. La statue se balançait au bout d'un manche à balai et Domitila Yara la portait toujours avec elle, en l'air, comme une bannière. Partout où il y avait des accouchements, des morts, des maladies, des malheurs, la sainte femme se transportait avec sa statue et ses prières. De ses doigts parcheminés descendait jusqu'à terre un chapelet aux grains aussi gros que des cafards. On disait que Domitila Yara avait fait des miracles, qu'elle s'entretenait avec les saints et que, la nuit, elle se donnait la discipline. Elle était amie avec le père García et ils avaient l'habitude de se promener ensemble, lents et sombres, sur la place Merino et l'avenue Sánchez Cerro. Le père García vint à la veillée mortuaire de la sainte femme. Ne pouvant pas entrer, il écartait rudement les Mangaches entassés devant la masure, et il s'énervait déjà lorsqu'il atteignit le seuil. Il vit alors l'orchestre, qui jouait des *tristes* près de la morte. Il devint fou : d'un coup de pied il défonça le tambour de Bolas et il voulut aussi briser la harpe et arracher les cordes de la guitare, tout en traitant don Anselmo de « peste de Piura », « pécheur », et « fichez-moi le camp ». « Mais, mon père, balbutiait le harpiste, on jouait en son honneur », et le père García « vous profanez une honnête maison », « laissez la défunte en paix ». Les Mangaches finirent par s'exaspérer, ce n'était pas juste, il insultait le vieil homme sans raison, ils ne le permettaient pas. Finalement les indomptables entrèrent, soulevèrent le père García et les femmes péché, péché, tous les Mangaches iraient en enfer. Ils le portèrent jusqu'à l'avenue, se débattant en l'air comme si la tarentule l'avait piqué, tandis que les gamins criaient incendiaire, incendiaire, incendiaire. Le père García ne remit plus les pieds dans la Mangachería et, depuis ce temps-là, il parle en chaire des Mangaches comme de gens qui ne donnent que le mauvais exemple.

L'orchestre resta longtemps chez Angélica Mercedes. Personne n'aurait cru qu'il émigrerait un jour jouer en ville. Mais c'est ce qui se passa et, au début, les Mangaches réprouvèrent cette désertion. Puis ils comprirent que la vie n'était pas comme la Mangachería, qu'elle changeait. À partir du moment où commencèrent à s'ouvrir des maisons closes, les propositions plurent sur l'orchestre : il est des tentations auxquelles on ne résiste pas. D'ailleurs, tout en allant jouer à Piura, don Anselmo, le Jeune et Bolas continuèrent à vivre dans le quartier et à jouer gratuitement dans toutes les fêtes mangaches.

Cette fois ça tourna vraiment mal : l'orchestre s'arrêta de jouer, les indomptables restèrent immobiles sur la piste, sans lâcher leurs cavalières, en regardant Seminario, et le Jeune Alejandro dit :

— Le malheur vient de commencer pour de bon, puisque les feux se sont mis à briller.

— Ivrogne! cria la Sauvage. Il les provoquait tout le temps. C'est bien fait pour lui s'il est mort. Il y avait de l'abus!

Le sergent lâcha Sandra, fit un pas, il s'imaginait peut-être qu'il parlait à ses domestiques, monsieur? et Seminario, en s'étranglant, on se permet de répondre, fit lui aussi un pas, espèce de! un autre, sa formidable silhouette ondula sur les planches baignées d'une lumière bleue, verte et violette et s'arrêta brusquement, la stupéfaction peinte sur son visage. L'éclat de rire de Sandra s'acheva en un cri aigu.

— Lituma lui braquait son pistolet dessus, dit la Chunga. Il l'avait sorti si vite que personne ne s'en était rendu compte, comme un jeune premier dans les westerns.

— C'était son droit, balbutia la Sauvage. Il ne pouvait pas se rabaisser davantage.

Les indomptables et les pensionnaires s'étaient précipités au bar, le sergent et Seminario se mesuraient du regard. Lituma n'aimait pas les casseurs, non, monsieur, ils le laissaient froid et il les traitait comme des domestiques. Il regrettait, mais il n'y pouvait rien.

— Ne m'envoie pas ta fumée dans la figure, Bolas, dit la Chunga.

— Et lui aussi il a sorti son revolver? dit la Sauvage.

— Il passait seulement sa main sur le chargeur, dit le Jeune. Il le caressait comme un petit chien.

— Il avait peur, s'écria la Sauvage. Lituma lui a rabaissé son caquet.

— J'ai cru qu'il n'y avait plus d'hommes dans mon pays, dit Seminario. Que tous les Piurans étaient devenus des femmes et des pédés. Mais il reste encore ce mal blanchi. C'est maintenant que tu vas savoir comment je m'appelle.

— Pourquoi faut-il toujours qu'ils se battent, pourquoi ne peuvent-ils pas vivre en paix et profiter de l'existence? dit don Anselmo. Comme la vie serait belle!

— Qui sait, maître, dit le Jeune. Elle serait peut-être tout ce qu'il y a de plus embêtant, et plus triste qu'à présent.

— Tu la lui as bouclée d'un seul coup, dit le Singe. Bravo, cousin!

— Mais t'y fie pas, collègue, dit Josefino. A la première distraction il sort son revolver.

— Tu ne me connais pas, dit Seminario. C'est pour ça que tu crânes, mal blanchi.

— Vous non plus vous ne me connaissez pas, dit le sergent. Monsieur Seminario.

— Si tu n'avais pas ce pistolet, tu crânerais moins, mal blanchi, dit Seminario.

— Le fait est que je l'ai, dit le sergent. Et moi, personne ne me traite comme son domestique, monsieur Seminario.

— Alors la Chunga est venue en courant et s'est mise entre eux. Tu es sacrément courageuse, dit Bolas.

— Et vous, pourquoi ne l'avez-vous pas retenue? — La main du harpiste fit une tentative pour toucher la Chunga, mais elle se replia sur son siège et les doigts du vieil homme ne purent que la frôler. — Ils étaient armés, Chunguita, c'était dangereux.

— Ça ne l'était plus, du moment qu'ils s'étaient mis à discuter, dit la Chunga. On vient ici pour s'amuser, pas de bagarres. Faites la paix, venez au comptoir, prenez une bière, c'est la maison qui vous l'offre.

Elle obligea Lituma à rengainer son revolver, leur demanda de se serrer la main et les mena au bar, bras dessus, bras dessous, ils devraient avoir honte, ils se condui-

saient comme des gamins, savez-vous ce que vous êtes? deux pauvres cons, et alors vous ne les sortez pas, vos joujoux, vous ne me tuez pas, et ils éclatèrent de rire, *Chunga, chunguita, mamita, reinita* chantaient les indomptables.

— Ils se sont mis à boire ensemble malgré les insultes? dit la Sauvage, stupéfaite.

— Tu regrettes qu'ils ne se soient pas descendus une bonne fois? dit Bolas. Ces femmes, ce qu'elles aiment le sang.

— Mais du moment que la Chunga les avait invités, dit le harpiste. Ils ne pouvaient pas lui faire cet affront, petite.

Ils buvaient accoudés au comptoir, très amis, et Seminario pinçait les joues de Lituma, tu es le dernier mâle de ce pays, *cholito*, tous les autres des poules mouillées, des pleutres, l'orchestre entama une valse et la grappe humaine du bar s'égrena, indomptables et pensionnaires envahirent la piste de bal, Seminario avait pris le képi du sergent et l'essayait, comment me trouves-tu Chunga? pas aussi horrible que ce *cholo*, bien entendu, mais ne te fâche pas.

— Il est peut-être un peu gros, mais il n'est pas horrible, dit la Sauvage.

— Quand il était jeune il était aussi mince que le Jeune, rappela le harpiste. Et un vrai diable, pire encore que ses cousins.

— Ils ont rapproché trois tables et ils se sont assis ensemble, dit Bolas. Les indomptables, M. Seminario, son ami et les pensionnaires. On avait l'impression que tout s'était arrangé.

— On voyait bien que c'était par force et que ça n'allait pas durer, dit le Jeune.

— Absolument pas par force, dit Bolas. Ils étaient tout ce qu'il y a de plus contents et M. Seminario a chanté l'hymne des indomptables. Après ils ont dansé et ils se faisaient des niches.

— Lituma dansait toujours avec Sandra? dit la Sauvage.

— Je ne me souviens plus à propos de quoi ils se sont remis à discuter, dit la Chunga.

— Pour cette histoire de virilité, dit Bolas. Seminario revenait toujours là-dessus, qu'il n'y avait plus d'hommes à Piura, et tout ça pour faire l'éloge de son oncle.

— Ne dis pas de mal de Chápiro Seminario, Bolas, c'était quelqu'un de bien, dit le harpiste.

— A Narihualá il s'est payé trois voleurs à coups de poing et il les a ramenés à Piura attachés par le cou, dit Seminario.

— Il a parié avec des amis qu'il était encore prêt à fonctionner, il est venu ici et il a gagné le pari, dit la Chunga. C'est du moins ce qu'a dit Coquelicot.

— Je n'en dis pas de mal, maître, dit Bolas. Mais ça commençait à devenir casse-pieds.

— Un Piuran aussi grand que l'amiral Grau, dit Seminario. Allez à Huancabamba, à Ayabaca, à Chulucanas, partout vous trouverez des *cholas* fières d'avoir couché avec mon oncle Chápiro. Il a eu au moins un millier de bâtards.

— Il serait pas mangache, des fois? dit le Singe. Y en a beaucoup de types comme ça dans le quartier.

Seminario prit un air sérieux, ta mère doit être Mangache, et le Singe naturellement et très honoré, et Seminario furibond, Chápiro était un monsieur, il n'allait dans la Mangachería que de temps en temps, pour boire de la *chicha* et s'envoyer une *sambita*, et le Singe donna un coup de poing sur la table : vous recommencez à insulter, monsieur. Tout se passait très bien, comme entre amis, et brusquement il se mettait à insulter, les Mangaches, monsieur, n'aiment pas qu'on dise du mal de la Mangachería.

— Il venait toujours tout droit vers vous, maître, dit le Jeune. Avec quelle affection il vous serrait dans ses bras. On aurait dit la rencontre de deux frères.

— Nous nous sommes connus il y a très longtemps, dit le harpiste. J'aimais Chápiro, cela m'a fait une peine énorme quand il est mort.

Seminario s'arrêta, euphorique : que la Chunga ferme la porte, cette nuit ils seraient les maîtres, ses terres avaient une belle récolte, que le harpiste vienne parler de Chápiro, qu'est-ce qu'ils attendaient, une belle récolte de coton, qu'on ferme la porte, c'était lui qui payait.

— Et les clients qui venaient sonner, c'était le sergent qui les faisait partir, dit Bolas.

— Ça a été l'erreur, ils n'auraient pas dû rester seuls, dit le harpiste.

— Je ne prévois pas l'avenir, dit la Chunga. Quand les clients paient, on leur fait plaisir.

— Naturellement, Chunguita, s'excusa le harpiste. Je ne

disais pas ça pour toi, mais pour nous tous. Il est évident que personne ne pouvait le prévoir.

— Neuf heures, maître, dit le Jeune. Ça va vous faire mal, laissez-moi aller chercher un taxi une bonne fois.

— C'est vrai que vous vous tutoyiez, mon oncle et vous? dit Seminario. Racontez-leur quelque chose de ce grand Piuran, vieux, de cet homme qui n'aura jamais son pareil.

— Les seuls hommes qui restent sont dans la garde civile, affirma le sergent.

— Il avait attrapé ça de Seminario, à force de boire, dit Bolas. Et vas-y que je te parle de la virilité lui aussi.

Le harpiste se racla la gorge, il l'avait sèche, qu'on lui donne à boire. Josefino lui remplit un verre et don Anselmo souffla sur la mousse avant de boire. Il resta la bouche ouverte, en respirant fortement : ce qui attirait le plus l'attention des gens, c'était la résistance de Chápiro. Et qu'il fût si honnête. Seminario devint tout content, il prenait le harpiste dans ses bras, vous voyez, vous entendez, qu'est-ce que je vous avais dit?

— C'était un casseur et un pauvre diable, mais il était orgueilleux de sa famille, reconnut le Jeune.

Il rentrait des champs à cheval, les filles montaient dans la tour pour le voir, et pourtant ça leur était interdit, mais Chápiro les rendait à moitié folles, don Anselmo but un autre petit coup, et les *chunchas*, à Santa María de Nieva, le lieutenant Cipriano les rendait folles aussi, et le sergent but aussi un petit coup.

— Quand la bière lui montait à la tête, dit la Sauvage, il se mettait à parler de ce lieutenant. Il avait de l'admiration pour lui.

Tout crâneur, il arrivait en soulevant de la poussière, freinait son cheval et le faisait agenouiller devant les filles. Avec Chápiro c'était la vie qui entrait, celles qui étaient tristes se réjouissaient, celles qui étaient contentes le devenaient encore plus, et vous parlez d'une résistance, il montait, il descendait, et le jeu, et la boisson, il remontait avec une, avec deux, comme ça toute la nuit, et le lendemain il repartait à sa terre, travailler, sans avoir fermé l'œil, il avait une santé de fer, don Anselmo redemanda de la bière, et une fois il avait fait la roulette russe, devant lui, le sergent se frappa la poitrine et

regarda autour de lui comme s'il avait attendu des applaudissements. Le seul, en plus, qui répondait toujours de ses dettes, le seul qui l'ait réglé jusqu'au dernier sou, l'argent est fait pour être dépensé disait-il, c'était lui qui offrait le plus à boire et, dans les rues et sur les places, toujours ce discours : c'est Anselmo qui a apporté la civilisation à Piura. Mais ce n'était pas par suite d'un pari, simplement parce qu'il s'ennuyait, le lieutenant Cipriano la Forêt ça le désespérait.

— Mais il semble bien que c'était du bidon, dit la Sauvage, qu'il n'y avait pas de balles dans son revolver et qu'il l'avait fait uniquement pour que les gardes le respectent davantage.

Et le meilleur des amis, il l'avait rencontré à la porte du *Reina*, l'avait serré dans ses bras, il l'avait appris trop tard, vieux frère, s'il avait été à Piura on ne l'aurait pas brûlée, Anselmo, il aurait remis en place le curé et les femmes de la Gallinacera.

— De quel malheur parlait Chápiro, harpiste? dit Seminario. Pourquoi vous faisait-il ses condoléances?

Il pleuvait à verse, et lui ici on n'est plus un être humain, pas de femmes et pas de ciné, si vous restiez endormi dans la forêt vous aviez un arbre qui vous poussait dans le ventre, il était de la Côte, lui, on n'avait qu'à mettre la forêt là où il n'y avait pas de soleil, il en faisait bien volontiers cadeau, il n'y tenait plus et il avait pris son revolver, fait tourner deux fois le barillet et s'était tiré dans la tête, le Gros disait y a pas de balles, c'est truqué, mais il y en avait, il le savait bien : le sergent se frappa de nouveau la poitrine.

— Un malheur, don Anselmo? dit la Sauvage. Quelque chose qui vous est arrivé?

— On rappelait des souvenirs d'un grand type, petite, dit don Anselmo. Chápiro Seminario, un vieux qui est mort il y a trois ans.

— Ah, harpiste, vous voyez comme vous êtes menteur? dit le Singe. Vous n'avez pas voulu nous parler de la Maison verte, et maintenant vous le faites. Allez, comment ça s'est passé, cet incendie?

— De vrais gosses, dit don Anselmo. Quelles idées, quelles bêtises!

— Ce que vous pouvez être têtu, vieux, dit José. Mais puisque vous venez tout juste de nous en parler, de la Maison

verte. Où est-ce qu'il arrivait alors, Chápiro, avec son cheval? Qu'est-ce que c'était que ces filles qui sortaient pour le voir?

— Il arrivait à sa terre, dit don Anselmo. Et celles qui sortaient pour le voir c'étaient les ramasseuses de coton.

Il tapa sur la table, les rires s'arrêtèrent, la Chunga apportait un autre plateau de bière, et le lieutenant Cipriano souffla sur le canon de son arme le plus tranquillement du monde, ils n'en croyaient pas leurs yeux, et Seminario fracassa un verre contre le mur : le lieutenant Cipriano était un fils de pute, on ne pouvait pas tolérer que ce mal blanchi interrompe tout le temps.

— Il a encore insulté sa mère? dit la Sauvage, en battant très vite des cils.

— Pas la sienne, celle du lieutenant, dit le Jeune.

— Vous au nom de ce monsieur Chápiro, moi au nom du lieutenant Cipriano, proposa très calmement le sergent. Une roulette russe, pour voir qui de nous deux est le vrai homme, monsieur Seminario.

IV

— Vous croyez que le pilote aura pu s'échapper, mon lieutenant? dit le sergent Roberto Delgado.

— Naturellement, il faudrait bien être idiot, dit le lieutenant. Maintenant je comprends pourquoi il a fait semblant d'être malade et qu'il n'est pas venu avec nous. Il a dû s'échapper dès qu'il nous a vus quitter Santa María de Nieva.

— Mais tôt ou tard il sera repris, dit le sergent Roberto Delgado. Quel couillon, n'avoir même pas changé de nom.

— C'est l'autre qui m'intéresse, dit le lieutenant. Le gros poisson. Comment s'appelle-t-il enfin? Tushía? Fushía?

— Si ça tombe il ne sait même pas où il est, dit le sergent Delgado. Si ça tombe un boa se l'est envoyé pour de bon.

— Bien, continuons, dit le lieutenant. Allez, Hinojosa, amène-moi ce type.

Le soldat, qui somnolait sur ses talons, appuyé contre la cloison, se redressa comme un automate, sans hésiter ni répondre, et sortit. Il n'eut pas plus tôt franchi le seuil que la pluie le trempa, il leva les bras, avança à travers la boue en trébuchant. L'averse fouettait sauvagement le village et, entre les trombes d'eau et les rafales de vent sifflant, les cases des Aguarunas avaient l'air d'animaux sauvages, sergent. Dans la forêt vierge, le lieutenant était devenu fataliste, tous les jours il s'attendait à être mordu par un serpent ou terrassé par les fièvres. Maintenant il avait idée que cette saloperie de pluie allait durer et qu'ils resteraient là un mois, comme des rats dans un trou. Ah, tout allait au diable avec cette attente et, quand sa voix aigre se tut, on entendit de nouveau l'averse

crépiter sur la forêt, les arbres et les cases s'égoutter minu-tieusement. La clairière était une grande flaque de la couleur de la cendre, des ruisseaux par dizaines coulaient dans la direc-tion du fleuve, l'air et la forêt fumaient, empestaient, Hino-josa revenait en tirant par une corde un corps trébuchant et grommelant. Le soldat monta l'escalier de la case en sautant, le prisonnier s'écroula à plat ventre devant le lieutenant. Il avait les mains attachées dans le dos et il se releva en s'appuyant sur les coudes. Assis sur une grosse planche posée sur des tréteaux, l'officier et le sergent Delgado poursuivirent leur conversation pendant un moment sans le regarder, puis le lieutenant fit un signe au soldat : du café et de l'alcool, il en restait? oui et qu'il s'en aille avec les autres, ils l'interro-geraient tout seuls. Hinojosa ressortit. Le prisonnier dégoulinait autant que les arbres, il y avait déjà une petite flaque autour de ses pieds. Ses cheveux lui couvraient les oreilles et le front, et ses yeux, deux charbons méfiants et saillants, étaient entourés de cernes comme en ont les renards. Des plaques d'une peau livide et tout éraflée apparaissaient entre les plis de sa chemise, son pantalon, en lambeaux lui aussi, laissait une fesse à l'air. Son corps n'arrêtait pas de trembler, Panta-chita, et ses dents claquaient : il ne pouvait pas se plaindre, on l'avait dorloté comme un bébé. D'abord on l'avait soigné, n'est-ce pas? puis on l'avait protégé contre les Aguarunas qui voulaient le réduire en bouillie. Voir si aujourd'hui on s'enten-dait mieux. Le lieutenant avait beaucoup de patience avec toi, Pantachita, mais il ne fallait pas en abuser non plus. La corde épousait le cou du prisonnier comme un collier. Le ser-gent Roberto Delgado se pencha, ramassa le bout de la corde et obligea Pantacha à faire un pas vers la planche.

— Au Sepa tu seras bien nourri et tu auras un bon endroit pour dormir, dit le sergent Delgado. Ce n'est pas une prison comme les autres, elle n'a pas de murs. Tu pourras même t'échapper si ça te dit.

— Ça ne vaut pas mieux que de recevoir une balle? dit le lieutenant. Ça ne vaut pas mieux de t'envoyer au Sepa que de dire aux Aguarunas voilà, je vous donne Pantachita, vengez-vous sur lui de tous les voleurs. Tu as vu l'envie qu'ils en ont. Aussi je te prie aujourd'hui de ne pas faire l'andouille.

Pantacha, le regard évasif et ardent, tremblait très fort,

ses dents claquaient furieusement, il s'était contracté et il rentrait et sortait son estomac. Le sergent Delgado lui sourit, Pantachita, il ne serait pas idiot au point de prendre seul la responsabilité de tous ces vols et de tous ces assassinats. Le lieutenant lui sourit lui aussi : le mieux c'était d'en finir rapidement, Pantachita. Après on lui donnerait ces herbes qui lui plaisaient et il ferait lui-même sa décoction, qu'est-ce qu'il en disait? Hinojosa entra dans la cabane, posa sur la grosse planche un thermos de café et une bouteille et sortit en courant. Le lieutenant déboucha la bouteille, la tendit au prisonnier qui en approcha son visage en murmurant. Le sergent tira un bon coup sur la corde, salopiau, et Pantacha tomba entre les jambes du lieutenant : pas encore, on parle d'abord, on tète ensuite. L'officier prit la corde, fit tourner la tête du prisonnier vers lui. La touffe de cheveux s'agita, les charbons étaient toujours fixés sur la bouteille. C'était une puanteur comme le lieutenant n'en avait jamais connu, Pantachita, son odeur lui soulevait le cœur et maintenant il ouvrait la bouche, un petit coup? avec un halètement rauque, monsieur, pour le froid, il se gelait intérieurement, monsieur? rien qu'un tout petit et le lieutenant : d'accord, mais donnant donnant, où s'était-il caché, ce Tushía? chaque chose en son temps, ou Fushía? où était-il? Mais il le lui avait déjà raconté, monsieur, en tremblant de la tête aux pieds, il s'était échappé à la faveur de la nuit et on ne l'avait pas vu, on aurait dit que ses dents allaient se briser, monsieur : il n'avait qu'à demander aux Huambisas, le boa viendrait la nuit, qu'ils disaient, il entrerait et il l'emporterait au fond de son trou. Pour tout ce qu'il avait fait de mal, monsieur, ça serait.

Le lieutenant regardait le prisonnier, le front ridé, les yeux déprimés. Brusquement il se pencha, sa botte frappa sur la fesse à découvert et Pantacha se laissa choir avec un grognement. Mais, du sol, il continua de regarder obliquement la bouteille. Le lieutenant tira sur la corde, la tête échevelée heurta deux fois le sol, Pantachita, ça suffisait comme conneries, n'est-ce pas? Où s'était-il fourré? et de sa propre initiative Pantacha : à la faveur de la nuit, monsieur, rugit-il, et il frappa sa tête par terre une fois de plus : il viendrait tout doucement, grimperait l'escarpement de la rive, entrerait dans sa cabane, il lui fermerait la bouche avec sa queue, monsieur, et l'emmè-

nerait comme ça, le pauvre malheureux, mais qu'on lui en donne au moins un petit coup, monsieur. Le boa était comme ça, silencieux, la lagune s'ouvrirait sûrement, et les Huambisas disaient il reviendra et nous dévorera, c'est pour ça qu'ils étaient partis eux aussi, monsieur, et le lieutenant lui flanqua un coup de pied. Pantacha se tut, se mit à genoux : il était resté tout seul, monsieur. L'officier but un coup au thermos et se passa la langue sur les lèvres. Le sergent Roberto Delgado jouait avec la bouteille et Pantachita voulait qu'on l'envoie à Ucayali, monsieur, hurlait-il de nouveau, les joues creusées par les grimaces qu'il faisait, là où était mort son ami Andrés. C'était là qu'il voulait mourir lui aussi.

— Si je comprends bien, ton patron, c'est le boa qui l'a emporté, dit le lieutenant, d'une voix calme. Si je comprends bien, le lieutenant est un con et Pantachita peut le mener par le petit bout du nez. Ah, Pantachita.

Inlassables et fervents, les yeux de Pantacha contemplaient la bouteille et, dehors, l'averse avait redoublé, les coups de tonnerre résonnaient au loin et de temps en temps des éclairs illuminaient les toits flagellés par l'eau, les arbres, la boue du village.

— Il m'a laissé tout seul, monsieur! cria Pantacha — et sa voix devint furieuse, mais son regard était toujours tranquille. en proie au ravissement —; je lui ai donné à manger et il ne quittait pas son hamac, le pauvre malheureux, il m'a laissé et les autres aussi sont partis. Pourquoi tu n'y crois pas, monsieur?

— Si ça tombe son nom lui-même est une invention, dit le sergent Delgado. Je ne connais personne dans la forêt qui s'appelle Fushía. Il ne vous énerve pas celui-là, avec ses délires? Moi je lui flanquerais une balle une fois pour toutes, mon lieutenant.

— Et l'Aguaruna? dit le lieutenant. Jum aussi, c'est le boa qui l'a enlevé?

— Il est parti, monsieur, grogna Pantacha, je ne te l'ai pas déjà dit? A moins qu'il l'ait enlevé lui aussi, qui sait, monsieur.

— Je l'ai eu devant moi tout un après-midi, ce Jum d'Urakusa, dit le lieutenant, et c'était cet autre filou qui faisait l'interprète, je les écoutais et j'avalais toutes leurs histoires.

Ah, si j'avais pu deviner? Ç'a été le premier *chuncho* que j'aie connu, sergent.

— C'est la faute à l'ancien gouverneur de Nieva, mon lieutenant, le fameux Reátegui, dit le sergent Delgado. Nous on ne voulait pas lâcher l'Aguaruna. C'est lui qui l'a ordonné, et puis vous voyez.

— Le patron est parti, Jum est parti, les Huambisas sont partis, sanglota Pantacha. Tout seul avec ma tristesse, monsieur, et ce froid terrible que je sens.

— Mais, Adrián Nieves, je te jure que je l'attraperai, dit le lieutenant. Il a bien rigolé sous notre nez, il a vécu de l'argent que nous lui donnions.

Et ils avaient tous leurs femmes là. Les larmes lui coulaient entre les poils et il soupirait profondément, monsieur, avec beaucoup de sentiment, il n'avait aimé qu'une chrétienne, même si ça n'avait été que pour lui parler, rien qu'une, et même la Shapra ils l'avaient emmenée aussi, monsieur, et la botte monta, frappa et Pantacha se tassa sur lui-même en hurlant. Il ferma les yeux pendant quelques instants, les ouvrit et, d'un air soumis à présent, regarda la bouteille : rien qu'un, monsieur, pour le froid, il se gelait intérieurement.

— Tu connais bien cette région, Pantachita, dit le lieutenant. Combien de temps va durer encore cette maudite pluie, quand pourrons-nous partir?

— Demain ça se lèvera, monsieur, balbutia Pantacha. Demande-le à Dieu et tu verras. Mais aie pitié de moi, donne-m'en un coup, rien qu'un. Pour le froid, monsieur.

Ce n'était vraiment pas supportable, nom de Dieu, ce n'était vraiment pas supportable et le lieutenant leva sa botte, mais sans frapper cette fois, l'appuya sur la figure du prisonnier jusqu'à ce que la joue de Pantacha touche le sol. Le sergent Delgado but un petit coup à la bouteille, puis un autre au thermos. Pantacha avait écarté les lèvres, et sa langue, effilée et rougeâtre, léchait, monsieur, délicatement, rien qu'un, la semelle, pour le froid, la pointe de la botte, monsieur, et quelque chose de malin, de coquin, de servile dansait dans les charbons exorbités, rien qu'un? tandis que sa langue mouillait le cuir sale, monsieur? pour le froid et il baisa la botte.

— T'es un sacré roublard, dit le sergent Delgado. Quand tu ne nous démoralises pas, tu fais l'andouille, Pantachita.

— Dis-moi où est Fushía et je te fais cadeau de la bouteille, dit le lieutenant. Sans compter que je te remets en liberté. Et par-dessus le marché je te donne du fric. Réponds-moi vite avant que je ne change d'avis.

Mais Pantacha s'était remis à pleurnicher et tout son corps adhérait au sol, y cherchant de la chaleur, et de brefs spasmes le parcouraient.

— Emmène-le, dit le lieutenant. Il me rendrait fou, maintenant j'ai envie de vomir, il me semble que je vois le boa, et la pluie qui continue de plus belle, putain de sa mère.

Le sergent Roberto Delgado prit la corde et partit à la course avec Pantacha derrière lui, à quatre pattes, qui sautillait comme un chien. Sur l'escalier le sergent poussa un cri et Hinojosa apparut. Il emmena Pantacha, en bondissant au milieu d'un vrai déluge.

— Et si on y allait malgré la pluie? dit le lieutenant. Après tout le poste n'est pas si loin que ça.

— Avant deux minutes on aura chaviré, mon lieutenant, dit le sergent Delgado. Vous n'avez pas vu dans quel état est le fleuve?

— Je veux dire à pied, à travers la forêt, dit le lieutenant. Nous arriverons dans trois ou quatre jours.

— Ne vous désespérez pas, mon lieutenant, dit le sergent Delgado. Il va bientôt s'arrêter de pleuvoir. Ce serait de la folie, reconnaissez-le, nous ne pouvons pas bouger avec ce temps. La forêt est comme ça, il faut être patient.

— Ça fait quinze jours déjà, bordel de Dieu, dit le lieutenant. Je suis en train de rater une mutation, une promotion, tu ne te rends pas compte?

— Ne vous en prenez pas à moi, dit le sergent Delgado. Ce n'est pas ma faute s'il pleut, mon lieutenant.

Elle était toute seule et passait son temps à attendre, à quoi bon compter les jours, pleuvra, pleuvra pas, reviendront-ils aujourd'hui? C'est encore trop tôt. Rapporteront-ils de la marchandise? Qu'ils en rapportent, saint, très saint Christ de Bagazán, beaucoup, du caoutchouc, des peaux, que don Aquilino vienne avec des vêtements et des vivres, combien en a-t-il

277

vendu? et lui pas mal, Lalita, à un bon prix. Et Fushía, cher vieux. Qu'ils deviennent riches, sainte, très sainte Vierge, parce qu'alors ils quitteraient l'île, ils retourneraient chez les civilisés et ils se marieraient, pas vrai, Fushía? bien entendu, Lalita. Et puis qu'il change, qu'il l'aime de nouveau et la nuit : dans ton hamac? oui, nue? oui, elle le suçait? oui, ça lui plaisait? oui, plus que les Achuales? oui, que la Shapra? oui, oui, Lalita, et qu'ils aient un autre enfant. Regardez, don Aquilino, est-ce qu'il ne me ressemble pas? Voyez comme il a grandi, il parle mieux huambisa que chrétien. Et le vieil homme tu souffres, Lalita? et elle un peu, il ne l'aimait plus, et lui il est très méchant avec toi? tu es jalouse des Achuales, de la Shapra? et elle ça me met en colère, don Aquilino, mais elles lui tenaient compagnie, à défaut d'amies, il savait? et ça lui faisait de la peine qu'il les refile à Pantacha, à Nieves ou aux Huambisas, reviendront-ils aujourd'hui? Mais cet après-midi-là ce n'est pas eux qui sont arrivés, mais Jum, c'était l'heure de la sieste lorsque la Shapra est entrée dans la cabane en criant, elle a secoué le hamac et ses bracelets dansaient, ses petits miroirs, ses grelots, et Lalita : ils sont arrivés? et elle non, mais l'Aguaruna qui s'était échappé. Lalita est allée à sa rencontre, il était là, près du bassin aux tortues, en train de saler des bagres et elle Jum, où es-tu allé, pourquoi, qu'avait-il fait pendant tout ce temps, et lui le silence, on croyait que tu ne reviendrais pas, et lui respectueusement, Jum, lui tendit les bagres, voilà ce que je t'ai rapporté. Il revenait comme il était parti, la tête râpée, des raies à l'*achiote* sur le dos comme des coups de fouet, et elle ils sont partis en expédition, il leur faisait tellement besoin, en amont, pourquoi n'as-tu pas dit au revoir? du côté du lac Rimachi, connaissait-il les Muratos? sont-ils courageux? se battraient-ils avec le patron ou lui donneraient-ils la gomme sans faire d'histoires? Jum. Les Huambisas étaient partis à sa recherche et Pantacha si ça tombe ils l'auront tué, patron, ils le haïssent et Nieves le pilote je ne crois pas, ils sont devenus amis, et Fushía ils en sont capables, les salauds, et Jum ils ne m'ont pas tué, je suis allé là-bas et maintenant je suis revenu, allait-il rester? oui. Le patron l'engueulerait mais ne t'en va pas, Jum, ça lui passait vite et puis, dans le fond, est-ce qu'il ne l'appréciait pas? et Fushía un peu fou, Lalita, mais utile, il sait convaincre. Vraiment diables chrétiens, Aguaruna ahr? il leur faisait un discours?

Jum, patron couillonner, mentir, ahr? Lalita, si tu voyais comme il les travaille, les engueule, les supplie, les secoue et eux oui, oui, Aguaruna ahr, avec les mains et avec la tête, ahr, et toujours ils leur donnaient la gomme sans faire d'histoires. Qu'est-ce que tu leur dis, Jum, raconte-moi comment tu les convaincs, et Fushía mais un jour ils le tueraient et comment merde le remplacerait-il? Et elle vrai que tu veux revenir à Urakusa? tu hais tellement les chrétiens, vrai? et nous aussi? et Pantacha oui, patronne, parce qu'ils l'ont battu et Nieves dans ce cas pourquoi il ne nous tue pas dans notre sommeil, et Fushía nous sommes sa vengeance, et elle c'est vrai qu'on l'a pendu à une *capirona*? et lui il est fou, Lalita, pas méchant, tu as crié quand on t'a brûlé? et terriblement malin pour tendre des pièges, il n'avait pas son pareil à la chasse et à la pêche, avait-il une femme? on l'a tuée? et s'il n'y a rien à manger Jum part dans la forêt et rapporte des *paujiles*, des *añujes*, des perdrix, tu te peins pour ne pas oublier les coups de fouet? une fois ils l'avaient vu tuer un *chuchupe* avec sa sarbacane, Lalita, il sait que c'est eux ses ennemis, pas vrai, Jum? ceux-là que Fushía prive de marchandise, ne t'imagine pas que c'est pour mes beaux yeux qu'il m'aide. Et Pantacha aujourd'hui je l'ai vu près de la rive, il s'est touché la cicatrice qu'il a au front, il tenait de grands discours, et Fushía il vaut mieux pour moi qu'il travaille comme ça, la vengeance ne me coûte rien, et lui en aguaruna, j'ai rien compris. Parce que, quand Aquilino arrivait avec sa barque, les Huambisas dévalaient des *lupunas* vers l'embarcadère comme des fruits qui pleuvent d'un arbre, et en criant et en sautant ils recevaient leurs rations de sel et d'anisette, les haches et les machettes que Fushía leur distribuait reflétaient des yeux ivres de joie et Jum est parti, où? par là, je suis revenu, il ne voulait rien? non, une chemise? non, de l'eau-de-vie? non, une machette? non, du sel? non, et Lalita le pilote sera bien content que tu sois revenu, Jum, c'est ton ami, lui, n'est-ce pas? et lui oui, et elle merci pour les poissons mais c'est dommage que tu les aies salés. Nieves le pilote ne savait pas leur nom, patronne, il ne le lui avait pas dit, deux chrétiens un point c'est tout, lui avaient inspiré de la haine pour les patrons et il disait qu'ils avaient fait son malheur et elle ils t'ont trompé? ils t'ont volé? et lui ils m'ont conseillé, et elle je voudrais que nous parlions, Jum, pourquoi lui tournait-il

le dos quand elle l'appelait? et lui le silence, avait-il honte? et
lui je l'ai apporté pour toi et les femmes huambisas le saignaient,
et elle un daguet? et lui un daguet, respectueusement, oui et
Lalita bien, ils allaient le manger, il n'avait qu'à couper du bois,
et Jum tu as faim? et elle terriblement, depuis qu'ils étaient
partis elle ne mangeait pas de viande, Jum, après ils sont revenus
et elle entre dans la cabane, regarde Aquilino, tu ne trouves
pas qu'il a grandi, Jum? et lui oui, et il parle mieux la langue
des païens que celle des chrétiens, et lui oui, Jum avait-il des
enfants? et lui il en avait mais il n'en a plus, et elle beaucoup?
et lui peu et juste à ce moment-là il s'est mis à pleuvoir. Des
nuages épais et sombres, immobiles au-dessus des *lupunas*, ont
déversé une eau noire pendant deux jours consécutifs, l'île
tout entière s'est transformée en une plaque de boue, la lagune
en une trouble étendue de brume et des tas d'oiseaux tombaient
morts à la porte de la cabane, et Lalita les malheureux, ils
doivent être en train de voyager, abritez les peaux, le caoutchouc, et Fushía vite, bordel de Dieu, salopards, il leur ferait
la peau, sur cette petite plage, cherchez un refuge, une grotte
pour y faire du feu et Pantacha faisant cuire ses herbes, Nieves
le pilote chiquant le tabac comme les Huambisas. Et Lalita lui
rapporterait-il quelque chose cette fois encore? des colliers? des
bracelets? des plumes? des fleurs? l'aimait-il? et elle si le patron
le savait, et lui quand bien même il le saurait, penserait-il à elle
la nuit? et lui ce n'est rien de mal, juste un petit cadeau parce
que vous avez été bonne pour moi pendant ma maladie, et elle
il est propre, bien élevé, il enlève son chapeau pour me saluer,
et puis que Fushía ne m'insulte pas tant, avait-elle beaucoup
de boutons? Fushía pouvait se venger, les yeux du pilote
s'enflamment quand je passe près de lui, rêvait-il à elle? avait-il
envie de la toucher? de la prendre dans ses bras? déshabille-
toi, viens dans mon hamac, qu'elle l'embrasse? sur la bouche?
dans le dos? saint, très saint, qu'ils reviennent aujourd'hui
même.

Elles firent leur apparition une année de prospérité : les
propriétaires terriens fêtaient matin et soir leurs douze charges
de coton, et au Centre Piuran comme au Club Grau on trinquait

au champagne français. En juin, pour la fête de la ville, pour la fête nationale aussi, on organisa un corso, des bals populaires, une demi-douzaine de cirques dressèrent leurs chapiteaux sur les sablons. Les notables faisaient venir des orchestres de Lima pour leurs soirées dansantes. Il se passa beaucoup de choses aussi cette année-là : la Chunga commença à travailler dans le petit bar de Doroteo, Juana Baura et Patrocinio Naya moururent, le Piura eut beaucoup d'eau, il n'y eut pas de fléaux. Voraces, des nuées de voyageurs, de courtiers en coton s'abattaient sur la ville, les récoltes passaient de main en main dans les bars. Des magasins faisaient leur apparition, des hôtels, des quartiers résidentiels. Et un jour le bruit courut : *près du fleuve, derrière l'abattoir, il y a une maison close.*

Ce n'était pas une maison, seulement une immonde ruelle fermée extérieurement par un portail de garage, avec de chaque côté de petites pièces construites en briques sèches; une ampoule rouge illuminait la façade. Dans le fond, des planches reposant sur des barriques constituaient le bar; il y avait six pensionnaires : vieilles, flasques, étrangères. *C'est celles qui n'ont pas brûlé*, disaient les plaisantins, *qui sont revenues.* Dès le début, la Maison de l'abattoir connut l'affluence. Les alentours se firent masculins et alcooliques, et des entrefilets allusifs, des lettres de protestation, des réclamations aux autorités apparurent dans les *Échos et nouvelles, le Temps* et *l'Industrie.* C'est alors que surgit, sans que personne s'y attendît, une seconde maison close, en plein quartier de Castilla : pas une ruelle, un chalet, avec jardin et balcons. Démoralisés, les curés et les dames qui faisaient des pétitions demandant la fermeture de la Maison de l'abattoir abandonnèrent la partie. Seul le père García, de la chaire de l'église de la place Merino, véhément et tenace, continuait à réclamer des sanctions et à pronostiquer des catastrophes. *Dieu leur a donné une bonne année, maintenant les Piurans auront des années de vaches maigres.* Mais il n'en fut pas ainsi et l'année suivante la récolte de coton fut aussi bonne que l'année précédente. Il y avait alors non plus deux, mais quatre maisons closes, et l'une d'elles, à peu de distance de la cathédrale, luxueuse, plus ou moins discrète, avec des Blanches pas trop âgées et venant apparemment de la capitale.

C'est cette année-là encore que la Chunga et Doroteo se bat-

tirent à coups de bouteilles et qu'elle démontra à la police, papiers en mains, qu'elle était la seule patronne du petit bar. Quelle histoire y avait-il là-dessous, quels mystérieux trafics? En tout cas, dès lors, la propriétaire fut la Chunga. Elle administrait l'établissement d'une façon aimable et ferme, elle savait se faire respecter des ivrognes. C'était une jeune femme dépourvue de formes, rarement plaisante, à la peau plutôt sombre et au cœur bardé d'or. On la voyait derrière son comptoir, ses cheveux noirs mal retenus par une résille, la bouche sans lèvres, regardant tout avec des yeux dont l'indolence décourageait la joie. Elle portait des souliers bas, des chaussettes, un corsage qui aurait pu aller à un homme, jamais elle ne se mettait de rouge aux lèvres, ni de laque sur les ongles, ni de fard sur les joues, mais en dépit de ses vêtements et de ses manières, il y avait quelque chose de très féminin dans sa voix, même quand elle disait des grossièretés. Ses mains lourdes et carrées châtiaient les effrontés aussi facilement qu'elles soulevaient des tables, des chaises, ou qu'elles débouchaient des bouteilles. On disait qu'elle était âpre et qu'elle avait l'âme dure à cause des conseils de Juana Baura, qui n'avait pu que lui inculquer la méfiance envers les hommes, l'amour de l'argent et l'habitude de la solitude. A la mort de la lavandière, la Chunga lui avait fait une veillée somptueuse : liqueurs fines, bouillon de poule, café, toute la nuit et à volonté. Et quand l'orchestre avait fait son entrée, harpiste en tête, les personnes qui veillaient Juana Baura avaient épié, tendues et la malice dans les yeux. Mais don Anselmo et la Chunga ne s'embrassèrent pas, elle lui serra la main comme à Bolas et au Jeune. Elle les fit passer dans la pièce, les traita avec la même courtoisie distante que les autres, écouta avec attention lorsqu'ils jouèrent des *tristes*. On voyait qu'elle était maîtresse d'elle-même, son expression était sévère mais absolument tranquille. Le harpiste, par contre, avait un air mélancolique et gêné, il priait plus qu'il ne chantait, lorsqu'un gamin vint dire qu'on s'impatientait à la Maison de l'abattoir, l'orchestre devait commencer à huit heures et il en était plus de dix. Une fois morte Juana Baura, disaient les Mangaches, la Chunga viendra vivre avec le vieux à la Mangachería. Mais elle déménagea pour le bar, on raconte qu'elle dormait sur un matelas de paille sous le comptoir. A l'époque où la Chunga et Doroteo s'étaient séparés et qu'elle était

282

devenue propriétaire, l'orchestre de don Anselmo ne jouait plus à la Maison de l'abattoir, mais à celle de Castilla.

Le petit bar de la Chunga fit de rapides progrès. Elle en peignit elle-même les murs, les décora avec les photographies et des gravures, couvrit les tables de toile cirée à fleurettes multicolores et engagea une cuisinière. Le petit bar se transforma en restaurant pour ouvriers, routiers, marchands de glace et gardes municipaux. Doroteo, après la rupture, alla vivre à Huancabamba. Des années plus tard il revint à Piura et, *voyez ce que c'est que la vie*, disaient les gens, il finit par devenir client du petit bar. Il devait souffrir en voyant les progrès qu'avait fait cet établissement qui lui avait appartenu.

Mais un jour le bar-restaurant ferma ses portes et la Chunga s'éclipsa. Elle revint dans le quartier une semaine plus tard à la tête d'une équipe d'ouvriers qui abattirent les murs de pisé et en élevèrent d'autres en briques, ménagèrent des fenêtres et posèrent une toiture de tôle. Active, souriante, la Chunga passait ses journées sur le chantier, à aider les travailleurs, et les vieux, très excités, échangeaient des regards loquaces, rétrospectifs, « *Elle la ressuscite, mon gars* », « *tel père, tel fils* », « *héritage n'est point vol* ». L'orchestre, à cette époque, ne jouait plus à la maison de Castilla, mais à celle du quartier de Buenos Aires. En s'y rendant, le harpiste demandait à Bolas et au Jeune Alejandro de faire une halte dans le quartier. Ils montaient par les sablons et, devant le chantier, le vieil homme, presque aveugle, ça avance? on a posé les portes? ça fait bien de près? à quoi ça ressemble? Son anxiété et ses questions dénotaient un certain orgueil que les Mangaches stimulaient par des plaisanteries : *qu'est-ce que vous nous dites de la Chunguita, harpiste, elle est devenue riche, vous avez vu un peu la maison qu'elle se fait construire?* Il souriait avec plaisir mais, par contre, lorsque des vieillards lascifs venaient à sa rencontre, *Anselmo, elle nous la ressuscite*, le harpiste faisait celui qui ne comprenait pas, adoptait un air mystérieux, perplexe, je ne suis pas au courant, il faut que je m'en aille, de quoi me parlet-on, quelle Maison verte.

L'allure décidée et prospère, la démarche assurée, la Chunga se présenta un matin à la Mangachería et circula dans les ruelles poussiéreuses en demandant où était le harpiste. Elle le trouva qui dormait dans la masure qui avait appartenu à Patrocinio

Naya. Étendu sur un grabat, un bras ramené sur le visage, le vieil homme ronflait et avait les poils blancs de sa poitrine trempés de sueur. La Chunga entra, ferma la porte et, entre-temps, le bruit de cette visite se répandit. Les Mangaches venaient se promener dans le voisinage, regardaient entre les bambous, collaient l'oreille à la porte, se communiquaient leurs découvertes. Un moment après le harpiste sortit, l'air méditatif, nostalgique, et demanda aux gamins d'appeler Bolas et le Jeune ; la Chunga s'était assise sur le grabat et était toute souriante. Puis les amis du vieil homme arrivèrent, la porte se referma, *ce n'est pas une visite au père, mais au musicien*, murmuraient les Mangaches, *la Chunga a affaire à l'orchestre*. Ils restèrent plus d'une heure dans la masure et, quand ils ressortirent, la plupart des Mangaches étaient partis, fatigués d'attendre. Mais ils les virent, de leurs cabanes. Le harpiste avait de nouveau un air de somnambule, trébuchant, faisant des s, bouche ouverte. Le Jeune semblait gêné, la Chunga donnait le bras à Bolas, on la voyait contente et bavarde. Ils se rendirent chez Angélica Mercedes, mangèrent des *piqueos*, puis le Jeune et Bolas jouèrent et chantèrent quelques morceaux. Le harpiste regardait le plafond, se grattait les oreilles, son visage changeait à chaque instant, souriait, s'attristait. Et quand la Chunga fut partie, les Mangaches l'entourèrent, avides d'explications. Don Anselmo était toujours absent, perdu, le Jeune haussait les épaules seul Bolas répondait aux questions. *Vous ne pouvez pas vous plaindre, vieux*, disaient les Mangaches, *c'est un bon contrat, et puis il n'aura que des avantages à travailler pour la Chunguita, elle la peindra en vert elle aussi ?*

— Il était ivre et nous ne l'avons pas pris au sérieux, dit Bolas. Ça faisait rigoler M. Seminario.

Mais le sergent avait de nouveau sorti son feu, il le tenait par la crosse et s'efforçait de l'ouvrir. Tous ceux qui étaient autour de lui se regardèrent et se mirent à rire sans en avoir envie, à bouger sur leur siège, subitement mal à l'aise. Seul le harpiste continuait à boire, une roulette russe ? à petites gorgées, qu'est-ce que c'était que ça, mes petits gars ?

— Quelque chose pour savoir si les hommes sont des hommes, dit le sergent; vous allez voir, vieux.

— Je me suis rendu compte que c'était pour de bon au calme de Lituma, dit le Jeune.

La figure penchée sur la table, Seminario se tenait muet et rigide et ses yeux, habituellement effrontés, avaient l'air à présent déconcertés. Le sergent avait fini par ouvrir son revolver et ses mains en retiraient les balles, les rangeaient, verticales, parallèles, au milieu des verres, des bouteilles et des cendriers débordants de mégots. La Sauvage sanglota.

— Moi, il m'a plutôt trompée avec son calme, dit la Chunga; sinon, je lui aurais arraché le revolver au moment où il le vidait.

— Eh, le flic, qu'est-ce qui t'arrive? dit Seminario, à quoi joues-tu?

Il avait la voix cassée et le Jeune fut bien d'accord, oui, pour une fois il ne faisait vraiment plus le malin. Le harpiste posa son verre sur la table, huma l'air avec inquiétude, ils se disputaient pour de bon, mes petits gars? Fallait pas être comme ça, valait mieux continuer de bavarder aimablement de Chápiro Seminario. Mais les pensionnaires s'enfuyaient de la table, Rita, Sandra, Maribel, en sautillant, Coquelicot, Hortensia, en poussant des cris comme des oiseaux, et entassées près de l'escalier elles chuchotaient, ouvraient de grands yeux tout effrayés. Bolas et le Jeune prirent le harpiste sous les bras et, le soulevant presque, l'emmenèrent dans le coin de l'orchestre.

— Pourquoi ne lui avez-vous pas parlé? balbutia la Sauvage. Il aurait compris, si vous lui aviez dit les choses comme il faut. Vous auriez dû essayer, au moins.

La Chunga avait essayé, qu'il range ce pistolet, à qui voulait-il faire peur?

— Tu as entendu comme il a insulté ma mère, tout à l'heure, dit Lituma, et aussi le lieutenant Cipriano qu'il ne connaît même pas. On va voir si les insulteurs ont le sang froid et la main solide.

— Qu'est-ce qui t'arrive, flic? gueula Seminario, pourquoi tout ce cinéma?

Josefino l'interrompit : ça ne lui servirait à rien de dissimuler, monsieur Seminario, à quoi bon faire celui qui avait bu? il

n'avait qu'à avouer qu'il avait peur, et il le lui disait avec tout le respect qui lui était dû.

— Son ami a essayé lui aussi de les arrêter, dit Bolas. Allons-nous-en, vieux, laisse tomber. Mais Seminario avait envie de faire le dur et il lui a flanqué une tape.

— Une autre à moi, protesta la Chunga. Lâchez, saloperie, con de ta mère, vous lâchez?

— Femelle de merde, dit Seminario. Arrête ou je te transforme en passoire.

Lituma tenait le revolver avec la pointe des doigts, le tambour ventru et ses cinq orifices à la hauteur de ses yeux. Sa voix était parcimonieuse, didactique : premièrement on regardait s'il était vide, c'est-à-dire si une balle n'était pas restée dedans.

— Ce n'était pas à nous qu'il s'adressait, mais à son rigolo, dit le Jeune. Sauvage, c'était l'impression qu'il donnait.

Alors la Chunga se leva, traversa en courant la piste de danse et sortit en claquant la porte de toutes ses forces.

— Quand on a besoin d'eux on ne les voit jamais, dit-elle; il m'a fallu aller jusqu'au monument de l'amiral Grau pour trouver deux flics.

Le sergent prit une balle, l'éleva délicatement, l'exposa à la lumière de l'ampoule bleue. Il fallait prendre le projectile et l'introduire dans l'arme et le Singe ne put plus se retenir, cousin, ça suffisait comme ça, il n'y avait qu'à rentrer à la Mangachería, cousin, et José lui aussi, en pleurant presque, fallait pas jouer avec ce pistolet, fallait faire ce que le Singe disait, cousin, qu'on s'en aille.

— Je vous en veux de ne pas m'avoir raconté ce qui se passait, dit le harpiste. Les cris des León et des filles me tapaient sur les nerfs, mais je ne me serais jamais imaginé ça, je croyais qu'ils se cognaient dessus.

— Mais qui est-ce qui voyait au juste ce qui se passait, maître? dit le Bolas. Seminario lui aussi avait sorti son rigolo, il le promenait sous le nez de Lituma et à tout instant on s'attendait à voir partir un coup.

Lituma toujours aussi calme, et le Singe qu'on les retienne, qu'on les arrête, il allait y avoir un malheur, don Anselmo, lui on l'écouterait. Comme la Sauvage, Rita et Maribel pleuraient, la Sandra il ferait mieux de penser à sa femme, et José

à l'enfant qu'elle attendait, cousin, insiste pas, on rentre à la Mangachería. D'un coup sec le sergent emboîta la crosse et le canon : on fermait l'arme calmement, avec confiance, et voilà, M. Seminario, qu'est-ce qu'il attendait pour se préparer.

— Comme des amoureux, tu as beau leur parler, ça ne sert à rien, ils sont dans la lune, soupira le Jeune. Lituma, son rigolo l'avait ensorcelé.

— Et il nous avait tous ensorcelés, dit Bolas, Seminario lui obéissait comme s'il avait été son domestique. Lituma ne le lui a pas plutôt ordonné qu'il a ouvert son revolver et qu'il en a retiré toutes les balles sauf une. Il en avait les doigts qui tremblaient, le pauvre.

— Son cœur lui disait sûrement qu'il allait mourir, dit le Jeune.

— Voilà, maintenant vous appuyez la main sur le barillet, sans regarder, et vous le faites tourner pour ne pas savoir où se trouve la balle, tourner à toute vitesse, comme une roulette, dit le sergent. C'est pour ça qu'on lui donne ce nom, vous vous rendez compte, harpiste?

— Assez bavardé, dit Seminario. On y va, *cholo* de merde?

— Ça fait la quatrième fois que vous m'insultez, monsieur Seminario, dit Lituma.

— On en avait froid dans le dos de les voir faire tourner le barillet, dit Bolas. On aurait dit deux gamins en train d'enrouler une toupie.

— Tu vois comment sont les Piurans, petite, dit le harpiste. Ils jouent leur vie par pur orgueil.

— De l'orgueil? dit la Chunga. Parce qu'ils étaient soûls et pour me faire chier.

Lituma lâcha le barillet, il fallait tirer au sort pour savoir qui commençait, mais ça n'avait pas d'importance, c'était lui qui l'avait invité, aussi leva-t-il son revolver, ça lui revenait, mit le bout du canon sur sa tempe, on ferme les yeux et il ferma les yeux, on tire et il pressa sur la détente : tac et un claquement de dents. Il devint pâle, tout le monde devint pâle, il ouvrit la bouche et tout le monde ouvrit la bouche.

— Tais-toi, Bolas, dit le Jeune. Tu ne vois pas qu'elle pleure?

Don Anselmo caressa les cheveux de la Sauvage, lui tendit son mouchoir à carreaux, petite, il ne faut pas pleurer, c'était

du passé, quelle importance ça avait à présent, le Jeune alluma une cigarette et la lui offrit. Le sergent avait posé son revolver sur la table et buvait, lentement, à un verre vide, sans que personne songeât à rire. Il faisait une tête de déterré.

— Non, ne vous agitez pas, suppliait le Jeune. Vous allez vous faire mal, maître, je vous jure qu'il ne s'est rien passé.

— Tu m'as fait éprouver ce que jamais j'avais éprouvé, bredouilla le Singe. Maintenant je t'en prie, cousin, allons-nous-en.

Et José comme s'il se réveillait, on s'en souviendrait, cousin, il avait été formidable, du côté de l'escalier les pensionnaires élevèrent le ton, Sandra hulula, le Jeune et Bolas calmez-vous, maître, restez tranquille et Seminario secoua la table, silence, en colère, bordel de Dieu, c'est mon tour, taisez-vous. Il leva le revolver, se le colla sur la tempe, ne ferma pas les yeux, sa poitrine se gonfla.

— On a entendu le coup comme on arrivait dans le quartier avec les flics, dit la Chunga. Et le vacarme. On cognait à la porte, les agents l'enfonçaient à coups de fusil et vous ne nous ouvriez pas.

— Il y avait un homme qui venait de mourir, Chunga, dit le Jeune. Si tu crois qu'on pensait à ouvrir la porte.

— Il s'est affalé à plat ventre sur Lituma, dit Bolas, et avec le choc ils sont tombés tous les deux par terre. Son ami s'est mis à crier, appelez le docteur Zevallos, mais personne ne pouvait bouger tellement on avait peur. Et puis, tout était inutile.

— Et lui? dit la Sauvage, très bas.

Lui, il regardait le sang qui l'avait éclaboussé, il se touchait partout persuadé certainement que c'était son sang, il n'avait pas l'idée de se lever, il était même assis, en train de se palper, quand les flics sont entrés, le fusil à la main, du calme, en visant tout le monde, que personne ne bouge, s'il est arrivé quelque chose au sergent vous allez voir. Mais personne ne les écoutait, les indomptables et les pensionnaires couraient et se bousculaient entre les chaises, le harpiste trébuchait, attrapait quelqu'un, qui est-ce, le secouait, un autre, qui est-ce qui est mort, et un agent se planta devant l'escalier et fit reculer ceux qui voulaient s'échapper. La Chunga, le Jeune et Bolas se penchèrent sur Seminario : la bouche contre

le sol, il tenait toujours son revolver à la main et une tache visqueuse grandissait entre ses cheveux. Son ami, à genoux, se cachait la figure et Lituma se palpait toujours.

— Les agents qu'est-ce qui est arrivé, sergent, il vous a insulté et vous avez dû le descendre? dit Bolas. Et lui, on aurait dit qu'il avait mal au cœur, il répondait oui à tout.

— Ce monsieur s'est suicidé, dit le Singe, cette histoire ne nous regarde pas, laissez-nous partir, on nous attend chez nous.

Mais les agents avaient barricadé la porte et montaient la garde devant, le doigt sur la détente du fusil, et pestant tant par les yeux que par la bouche.

— Soyez humains, soyez charitables, laissez-nous partir, répétait José. On s'amusait, on est pas dans le coup. Sur quoi voulez-vous qu'on vous le jure?

— Descends une couverture d'en haut, Maribel, dit la Chunga. Pour le couvrir.

— Toi, tu n'as pas perdu la tête, Chunga, dit le Jeune.

— Après, il m'a fallu la jeter, il n'y avait pas moyen de faire partir les taches, dit la Chunga.

— Il leur arrive des choses bizarres, dit le harpiste. Ils vivent différemment, ils meurent différemment.

— De qui parlez-vous, maître? dit le Jeune.

— Des Seminario, dit le harpiste.

Il garda la bouche ouverte comme s'il allait ajouter quelque chose, mais il ne dit rien d'autre.

— Je crois que Josefino ne viendra plus me chercher, dit la Sauvage. Il est très tard.

La porte était ouverte et le soleil entrait comme un incendie vorace, tous les recoins du salon brillaient. Au-dessus des toitures du quartier le ciel semblait extrêmement haut, sans nuages, très bleu, et l'on voyait aussi la croupe dorée des sablons, les caroubiers rares et tronqués.

— On t'emmène, petite, dit le harpiste. Comme ça tu économises le prix d'un taxi.

QUATRE

Silencieusement, mus par les perches, les canots s'approchent de la rive et Fushía, Pantacha et Nieves sautent à terre. Ils font quelques mètres dans la broussaille, s'accroupissent, parlent à voix basse. Pendant ce temps, les Huambisas tirent les canots sur la berge, les cachent sous des branchages, effacent les traces de pas sur la boue de la rive et, à leur tour, pénètrent dans la forêt. Ils portent des sarbacanes, des haches, des arcs, des faisceaux de flèches suspendus au cou et, à la ceinture, des couteaux et ces tuyaux goudronnés où ils gardent le curare. Figures, torses, bras et jambes disparaissent sous les tatouages et, comme pour les grandes occasions, ils se sont teint aussi les dents et les ongles. Pantacha et Nieves portent des fusils, Fushía n'a qu'un revolver. Un Huambisa échange quelques mots avec eux, se courbe et disparaît en souplesse dans le feuillage. Le patron se sentait-il mieux? Le patron ne s'était jamais senti mal, qui est-ce qui avait inventé ça? Mais que le patron n'élève pas la voix : ça rendait les hommes nerveux. Silhouettes muettes, égaillées sous les arbres, les Huambisas surveillent de tous côtés, ils ont des mouvements retenus et seul l'éclat de leurs pupilles et les furtives contractions de leurs lèvres révèlent l'anisette et les décoctions qu'ils ont bues pendant toute la nuit, sur le banc de sable où ils ont campé. Calmes, sans se regarder les uns les autres, ils attendent pendant un long moment. Quand le Huambisa qui était parti en reconnaissance surgit entre les arbres comme un très souple félin, le soleil est déjà haut et ses langues jaunes font fondre les traits dessinés au *huiro* et au rocouyer

293

sur les corps nus. Il y a toute une géographie compliquée de lumières et d'ombres, la couleur des buissons s'est accentuée, les écorces ont l'air plus dures, plus rugueuses, et il tombe d'en haut un vacarme assourdissant d'oiseaux. Fushía se redresse, parle avec celui qui vient d'arriver, revient vers Pantacha et Nieves : les Muratos sont à la chasse, il n'y a que des femmes et des enfants, on ne voit ni cuir ni gomme. Est-ce que ça vaut la peine d'y aller quand même ? Le patron pense que oui, on ne sait jamais, si ça tombe ces salauds-là l'auront caché. Maintenant les Huambisas parlent, rassemblés autour du nouvel arrivé. Ils l'interrogent, posément, par monosyllabes, et il leur répond à mi-voix, en appuyant ce qu'il dit par des gestes et de légers mouvements de la tête. Ils se divisent en trois groupes, le patron et les chrétiens se placent devant et ils avancent ainsi, sans hâte, parallèles, précédés de deux Huambisas qui taillent dans la végétation à coups de machette. C'est à peine si la terre murmure sur leur passage, et au contact de leurs corps les hautes herbes et les branches se courbent avec un identique craquement, puis se redressent derrière eux et se rejoignent. Ils continuent de marcher pendant un long moment et, brusquement, la lumière se fait plus crue et plus proche, les rayons traversent obliquement la végétation qui se raréfie et qui est plus basse, moins monotone, plus claire. Ils s'arrêtent et, au loin, on aperçoit déjà l'orée de la forêt, une vaste clairière, des cases et les eaux calmes du Lac. Le patron et les chrétiens font encore quelques pas et observent. Les cases s'agglomèrent sur une éminence de terre nue et grisâtre, à peu de distance du lac, et, derrière le village qu'on dirait désert, s'étend une plage lisse, de couleur ocre. Sur le côté droit, un bras de forêt s'étire et touche presque les cases : de ce côté, que Pantacha se fasse voir et les Muratos se ramèneraient par là. Pantacha fait demi-tour, explique, fait des gestes, entouré de Huambisas qui l'écoutent et approuvent. Ils s'éloignent à la file indienne, en se courbant, en écartant les lianes avec les mains, et le patron, Nieves et les autres portent de nouveau leurs regards sur le village. Il y a maintenant des symptômes de vie : on devine des silhouettes et des mouvements entre les cases, des formes vont lentement vers le lac, en rang, avec sur la tête quelque chose comme des bourrelets ou des cruches, escortées par des ombres minus-

cules, des chiens peut-être, ou des enfants. Nieves voit-il
quelque chose? Pas de gomme, patron, mais ces choses étendues
sur des pieux peuvent être des peaux qui sèchent au soleil.
Le patron ne se l'explique pas, il y a des hévéas dans la région,
les patrons seraient-ils déjà venus ramasser la gomme? Ces
Muratos, toujours aussi mous, ils ne risquent pas de mourir
à la tâche. Les dialogues des Huambisas sont de plus en plus
rauques, de plus en plus énergiques. Accroupis ou debout,
ou bien juchés sur des arbustes, ils regardent fixement les cases,
les silhouettes floues de la plage, les ombres rasantes et leurs
yeux maintenant ne sont pas dociles, mais indomptés, et il
y a en eux quelque chose de la cupide témérité qui dilate les
pupilles de l'*otorongo* affamé, et même leur peau tendue a pris
le lustre et le brillant de celle du jaguar. Leurs mains trahissent
l'exaspération, serrent les sarbacanes, palpent les arcs, les
couteaux, ils se tapent sur les cuisses, et leurs dents enduites
de *huiro*, limées comme des clous, claquent ou mordillent
des lianes, des fibres de tabac. Fushía s'approche d'eux, leur
parle, et ils grouinent, crachent, font des grimaces à la fois
souriantes, belliqueuses, exaltées. Près de Nieves, un genou
en terre, Fushía observe. Les silhouettes reviennent du lac,
évoluent avec langueur, avec lourdeur, entre les cases et
quelque part on a allumé un feu : un petit arbre gris escalade
le ciel brillant. Un chien aboie. Fushía et Nieves se regardent,
les Huambisas approchent les sarbacanes de leurs lèvres et,
aux aguets à l'orée de la forêt, ils cherchent le chien des yeux,
mais il ne se montre pas. Il aboie de temps en temps, invisible,
à l'abri. Et si un jour ils attaquaient et que les soldats soient
dans les cabanes, à les attendre? Ça ne lui était jamais venu
à l'idée, au patron? Non, jamais. Mais par contre, et cela à
chaque voyage, que lorsqu'ils reviendraient à l'île, les soldats
les canarderaient du haut du rivage. Ils trouveraient tout incen-
dié, les femmes des Huambisas tuées; quant à la patronne,
ils l'auraient emmenée. Au début, ça lui faisait un peu peur,
plus maintenant, rien que de la nervosité. Il n'avait jamais
eu peur, le patron? Jamais, parce que les pauvres qui ont
peur restent pauvres toute leur vie. Mais ça ne marchait pas,
ça, patron, Nieves avait toujours été pauvre et la pauvreté
ne l'empêchait pas d'avoir peur. C'est que Nieves se résignait
mais pas le patron. Il n'avait pas eu de veine mais ça passerait,

tôt ou tard il passerait du côté des richards. Personne n'en doutait, patron, il obtenait toujours ce qu'il voulait. Et une explosion de cris secoue le matin : hurlant, rapides, nus, ils émergent de la langue de forêt et courent vers le village, ils grimpent la pente en gesticulant et au milieu des corps rapides et distants on aperçoit la culotte blanche de Pantacha, on entend ses cris qui rappellent le rire sarcastique de la *chicua* et maintenant des tas de chiens aboient et les cases expulsent des ombres, des hurlements, une tenace agitation, une espèce de bouillonnement ébranle la pente par où fuient en trébuchant, en rebondissant, en choquant les uns contre les autres, des formes qui se dirigent vers la forêt et qu'on distingue enfin nettement : il s'agit de femmes. Les premiers corps peinturlurés sont parvenus au faîte. Derrière Nieves et Fushía, les Huambisas poussent des hurlements, sautent, toute la frondaison vibre et on n'entend plus les chants des oiseaux. Le patron se retourne, désigne le terrain dégagé et les femmes : ils peuvent y aller. Mais ils restent sur place pendant quelques secondes encore, se stimulant par des rugissements, haletant et trépignant, et brusquement l'un d'eux lève sa sarbacane, se met à courir, traverse la maigre broussaille qui les sépare de la clairière et, lorsqu'il arrive en terrain découvert, les autres courent eux aussi, le cou gonflé par les cris qu'ils poussent. Le pilote et Fushía les suivent, sur la clairière les femmes lèvent les bras, regardent le ciel, se retournent, éclatent en groupes et les groupes en silhouettes solitaires qui sautent, vont et viennent, tombent par terre puis disparaissent l'une après l'autre submergées par les peaux à l'éclat rougeâtre et noir. Fushía et Nieves avancent, les cris les suivent et les précèdent, on dirait qu'ils viennent de la poussière lumineuse qui les entoure tandis qu'ils gravissent la pente. Dans le village murato, les Huambisas voltigent entre les cases, pulvérisent à coups de pied les minces cloisons, abattent avec leurs machettes les toits de *yarina*, il y en a un qui jette des cailloux dans le vide, un autre éteint un foyer et tous titubent, ivres? hébétés? morts de fatigue. Fushía les suit, les secoue, les interroge, leur donne des ordres et Pantacha, assis sur une jarre, en sueur, les yeux saillants, bouche bée, désigne une case encore indemne : il y avait un vieux. Oui, il n'y a rien eu à faire, patron, ils la lui ont coupée. Quelques-uns des Huambisas se sont calmés

et fouinent çà et là, passent chargés de peaux, de boules de caoutchouc, de couvertures qui s'entassent dans la clairière. Le vacarme s'est concentré à présent, il provient des femmes parquées entre un squelette de bambous et trois Huambisas qui les observent sans expression, à quelques pas de distance. Le patron et Nieves pénètrent dans la case : par terre, entre deux hommes agenouillés, il y a des jambes courtes et ridées, un sexe caché par un étui de bois, un ventre, un torse rachitique et sans poils avec les côtes marquant la peau terreuse. Un des Huambisas se retourne, leur montre la tête d'où gouttent encore quelques points grenat. Par contre, la brèche ouverte entre les épaules osseuses rend toujours, les salauds, d'intermittentes coulées d'un sang épais, il n'avait qu'à regarder la gueule qu'ils faisaient. Mais Nieves est sorti de la case, en sautant en arrière comme un crabe, et les deux Huambisas ne font montre d'aucun enthousiasme, on dirait qu'ils ont les yeux bouffis. Ils écoutent muets, impassibles, Fushía qui gueule, gesticule et serre son revolver et quand il se tait ils sortent de la case; Nieves est là, appuyé contre la cloison, en train de vomir. Pas possible, la peur ne lui était pas encore passée, mais il ne fallait pas avoir honte, tout le monde pouvait avoir l'estomac dérangé, les salauds. A quoi était bon le Pantacha? A quoi cela servait-il que le patron donne des ordres? Et ils n'apprendraient jamais rien, ces types-là, bordel de Dieu, un de ces jours c'est à eux qu'ils allaient leur couper la tête. Mais même si c'était avec des coups de feu, bordel de Dieu, et des coups de pied dans le cul, bordel de Dieu, ils lui obéiraient, bordel de Dieu. Ils reviennent à la clairière et les Huambisas s'écartent, tout a été rangé par terre : peaux de caïmans, de daguets, de serpents et de *huanganas*, calebasses, colliers, gomme, paquets de bouillon-blanc. Toujours bruyantes et en tas les femmes roulent des yeux, les chiens aboient et Fushía examine les peaux à contre-jour, calcule le poids de la gomme, et Nieves recule, s'assoit sur un tronc, Pantacha vient auprès de lui. Ça ne serait pas le sorcier? qui sait, mais, ça oui, il n'avait pas essayé de fuir et quand ils étaient entrés il était assis bien tranquillement en train de brûler des herbes. Avait-il crié? Qui sait, il ne l'avait pas entendu et d'abord il avait voulu les arrêter, après il avait voulu s'en aller, il était parti, il avait les jambes qui tremblaient, il avait fait sous lui et il

ne s'en était même pas rendu compte. Ça oui, le patron était furieux, non pas tant parce qu'on l'avait tué, parce qu'on ne lui avait pas obéi? oui. Et il n'y avait presque rien, ces peaux étaient abîmées et la gomme était de la plus mauvaise qualité, il devait râler. Mais pourquoi faisait-on cela? N'était-il pas malade lui aussi? Ils étaient des chrétiens, dans l'île on oubliait que les *chunchos* étaient des *chunchos*, mais maintenant on le comprenait, on ne pouvait pas vivre comme ça, s'il y avait du *masato* il prendrait une cuite. Et puis, qu'il le remarque, ils discutaient avec le patron, il devait râler, râler. Caché par les Huambisas qui l'encerclent, Fushía a sa voix qui tonne médiocrement dans le matin ensoleillé, et eux tonnent avec véhémence, agitent les poings, crachent et vibrent. Au-dessus de leurs chevelures tombantes apparaît la main du patron tenant le revolver, il vise le ciel et fait feu, les Huambisas murmurent pendant une seconde, se taisent, un autre coup de feu et les femmes se taisent elles aussi. Seuls les chiens continuent d'aboyer. Pourquoi le patron voulait-il repartir tout de suite? Les Huambisas étaient fatigués, Pantacha l'était lui aussi, et ils voulaient faire la fête, c'était normal, ce n'était pas pour la gomme ou pour les peaux qu'ils se décarcassaient, c'était pour le plaisir, un jour ils s'énerveraient, ils les tueraient. C'est que le patron était malade, Pantacha, il voulait démontrer qu'il ne l'était pas, mais ce n'était pas possible. Est-ce qu'il n'aurait pas été de bonne humeur, avant? Est-ce qu'il n'aimait pas faire la fête, lui aussi? Maintenant il ne regardait même pas les femmes et il était toujours en train de râler. Est-ce que ça ne le rendrait pas fou de ne pas s'enrichir comme il voulait? Fushía et les Huambisas dialoguent à présent avec animation, sans violence, il n'y a pas de coups de gueule mais un chuchotement vif, nerveux, circulaire, et quelques visages ont l'air joviaux, les femmes sont silencieuses, soudées les unes aux autres, serrant dans leurs bras leurs enfants et leurs chiens. Malade? Pas de doute, la nuit avant que Jum ne quitte l'île, Nieves était entré et l'avait vu, les Achuales lui frottaient les jambes avec de la résine et lui, bordel de Dieu, ouste, il s'était mis en colère, il ne voulait pas qu'on sache qu'il était malade. Fushía donne des instructions, les Huambisas roulent les peaux, prennent sur leurs épaules les boules de caoutchouc, écrasent et détruisent

tout ce que le patron a écarté, Pantacha et Nieves se rapprochent du groupe. Ils devenaient pires chaque jour, les salauds, ils ne voulaient pas obéir, ils lui tenaient tête, bordel de Dieu, mais il fallait leur apprendre. C'est qu'ils voulaient s'amuser, patron, et puis il y avait tellement de femmes. Pourquoi le patron ne les laissait-il pas faire? Espèce d'imbécile, lui aussi? la région n'était-elle pas infectée de soldats? *Serrano* stupide, s'ils se soûlaient ils en auraient pour deux jours, couillon, à commencer par lui, les Muratos pouvaient revenir, les soldats les surprendre. Le patron ne voulait pas d'histoires pour si peu, qu'ils emportent la marchandise au fleuve, couillon, et un peu vite. Plusieurs Huambisas redescendent déjà et Pantacha les suit, en se grattant, en les pressant, mais les hommes marchent lentement et de mauvais gré, en de silencieuses et moroses files courbes. Ceux qui restent dans le village murmurent, maraudent confusément d'un côté à l'autre, évitent Fushía qui les observe, le revolver à la main, au milieu de la clairière. Enfin, des cloisons se mettent à brûler. Les Huambisas s'immobilisent, attendent, calmés dirait-on, que les flammes enveloppent la demeure en un seul tourbillon. Puis ils se mettent en route. En descendant la côte pelée, ils se retournent pour regarder les femmes qui, au sommet, jettent des poignées de terre, sur la case en flammes. Ils arrivent à la forêt et doivent de nouveau se frayer un chemin à coups de machette et avancer dans un mince, un précaire couloir ombragé, au milieu des troncs, de racines, de lianes et de courts bourbiers. Quand ils envahissent la plage, Pantacha et ses hommes ont sorti les canots des fourrés et installé le chargement. Ils embarquent, partent, en tête le canot du pilote, qui mesure avec sa perche la profondeur du lit. Ils naviguent tout l'après-midi, avec une brève halte pour manger, et quand vient la nuit ils accostent sur une plage à moitié cachée par des *chambiras* doubles hérissées de piquants. Ils allument un feu, tirent leurs provisions, font griller du manioc, Pantacha et Nieves appellent le patron : non, il ne veut pas manger. Il s'est étendu sur le dos, dans le sable, la tête sur les bras. Ils mangent et s'étendent l'un près de l'autre, ils se couvrent d'une couverture murato. Ça faisait je ne sais quoi de voir le patron transformé à ce point, non seulement il ne mangeait pas mais il ne parlait pas non plus. Ça devait être

à cause de ses jambes, il avait remarqué? c'était à peine s'il pouvait marcher et il était toujours à la traîne. Elles devaient sûrement lui faire mal, et puis pour rien au monde il n'aurait enlevé son pantalon ou ses bottes. Les murmures se croisent et se recroisent dans l'obscurité, la parcourent en tous sens : voix des insectes, voix du fleuve qui clapote contre les rochers, les herbes et la terre du rivage. Dans les ténèbres environnantes les lucioles brillent comme des feux follets. Mais Pantacha l'avait vu quand il avait pris cet *akítai* aux Muratos, il était plus joli, avec plus de couleurs que ceux que faisaient les Huambisas, il l'avait vu quand il le cachait dans son pantalon. Ah, oui? Et qu'est-ce que Pantacha en pensait, pourquoi Jum s'était-il donc enfui de l'île? Qu'il ne détourne pas la conversation, il était pour la Shapra, cet *akítai*? il en était tombé amoureux? comment pouvait-il en être amoureux, du moment qu'ils ne se comprenaient même pas, qu'elle ne lui plaisait même pas beaucoup. Il la lui refilerait, alors? A leur retour? Le soir même? Oui, le soir même de leur retour, s'il voulait. Pourquoi alors, cet *akítai*? pour une Achual? Le patron allait lui refiler une Achual? Pour personne, pour lui seul, il aimait les choses en plumes et puis ça ferait un souvenir.

I

Bonifacia attendit le sergent au pied de la cabane. Le vent lui rebroussait les cheveux en lui faisant comme une crête, et son attitude satisfaite, la position de ses jambes bien plantées sur le sable, son derrière ferme et rebondi, tout en elle évoquait un petit coq. Le sergent sourit, caressa le bras nu de Bonifacia, parole, ça l'avait ému de la voir de loin, et les yeux verts se dilatèrent un peu, le soleil reflétait comme une vibration de dards minuscules dans chaque pupille.

— Tu as ciré tes bottes, dit Bonifacia. On dirait que ton uniforme est neuf.

Un sourire complaisant arrondit le visage du sergent et effaça presque ses yeux.

— C'est Mme Paredes qui l'a lavé, dit-il. J'avais peur qu'il pleuve, mais c'est de la veine, pas le moindre petit nuage. On se croirait à Piura.

— Tu ne t'en es même pas aperçu, dit Bonifacia. Tu n'aimes pas cette robe? Elle est neuve.

— C'est vrai, je n'y avais pas fait attention, dit le sergent. Ça te va bien, le jaune, c'est la meilleure couleur pour les brunettes.

C'était une robe sans manches, avec un décolleté carré, très ample du bas. Le sergent examinait Bonifacia en souriant, sa main lui caressait toujours le bras et elle, elle restait immobile, ses yeux dans les yeux du sergent. Lalita lui avait prêté des souliers blancs, elle les avait essayés la veille et ils lui faisaient mal, mais elle les mettrait pour l'église, et le sergent regarda les pieds de Bonifacia, tout nus, noyés dans le sable : il n'aimait

301

pas la voir pieds nus. Aucune importance ici, *chinita,* mais quand ils s'en iraient il faudrait qu'elle porte toujours des souliers.

— Il faut d'abord que je m'habitue, dit Bonifacia. Tu sais bien qu'à la Mission je n'ai jamais porté que des sandales. Ce n'est pas la même chose, ça ne serre pas.

Lalita apparut sur la galerie : le sergent avait-il des nouvelles du lieutenant? Un ruban retenait sa longue chevelure et un collier de verroterie brillait à son cou. Elle avait du rouge aux lèvres, la patronne était une sacrée belle femme, du fard sur les joues, c'est elle que le sergent aurait été content d'épouser et Lalita : le lieutenant n'était pas rentré? on n'avait pas de nouvelles?

— Aucune, dit le sergent. Sauf qu'il n'est pas encore arrivé au poste de Borja. Il pleut beaucoup à ce qu'il paraît, ils ont dû rester en panne sur le chemin du retour. Mais pourquoi vous en faites-vous tant, c'est tout de même pas votre fils, le lieutenant.

— Allez-vous-en, sergent, dit Lalita, de mauvaise humeur. Ça porte malheur de voir sa fiancée avant la messe.

— Fiancée? — La mère Angélica éclata. — Concubine, tu veux dire, entretenue.

— Non, *madrecita,* insista Lalita, d'une voix humble. Fiancée du sergent.

— Du sergent? dit la supérieure. Depuis quand? Comment cela?

Incrédules, surprises, les mères se penchèrent sur Lalita, qui avait adopté une attitude réservée, les mains jointes, la tête basse. Mais elle épiait les mères du coin de l'œil et elle ébauchait un sourire trompeur.

— Si je m'aperçois qu'elle tourne mal, c'est vous et don Adrián qui serez les coupables, dit le sergent. C'est vous qui m'avez plongé là-dedans, madame.

Il riait la bouche ouverte, très fort, et son corps, tout réjoui, tremblait de la tête aux pieds. Lalita faisait des conjurations avec les doigts pour effrayer le mauvais sort et Bonifacia s'était éloignée du sergent de quelques pas.

— Allez-vous-en à l'église, répéta Lalita. Vous vous portez malheur et vous lui portez malheur sans aucune raison. Pourquoi êtes-vous venu?

Pour quoi voulait-elle que ça soit, et le sergent tendit les mains

vers Bonifacia, pour voir sa *chinita*, et elle prit la fuite, l'envie l'en avait pris, et tout comme Lalita elle mit ses doigts en croix et exorcisa le sergent qui, de plus en plus de bonne humeur, sorcières, sorcières, riait aux éclats : ah, si les Mangaches voyaient cette paire de sorcières! Mais elles n'étaient pas d'accord, elles, et le petit poing tremblant de la mère Angélica échappa à la manche, battit l'air et disparut entre les plis de l'habit : elle ne mettrait pas les pieds dans cette maison. Elles étaient dans le patio, devant la Résidence et, dans le fond, les pensionnaires couraient entre les arbres du verger. La supérieure avait l'air doucement absorbée.

— C'est vous qu'elle regrette le plus, mère Angélica, dit Lalita. J'ai plus de chance que les autres, comme elle dit, j'ai beaucoup de mamans, comme elle dit, et la première c'est sa *mamita* Angélica. Elle pensait au contraire que vous m'aideriez à supplier la supérieure, ma mère.

— C'est un démon plein de manigances et de vilains procédés. — Le poing apparut et disparut. — Mais elle ne va pas me posséder comme ça. Qu'elle aille avec son sergent si elle veut, mais elle n'entrera pas ici.

— Pourquoi n'est-elle pas venue elle-même, au lieu de t'envoyer? dit la supérieure.

— Elle a honte, *madrecita*, dit Lalita. Elle ne savait pas si vous la recevriez ou si vous la mettriez encore à la porte. Parce qu'elle est née païenne vous croyez qu'elle n'a pas son orgueil? Pardonnez-lui, ma mère, vous voyez bien qu'elle va se marier.

— J'allais vous chercher, sergent, dit Nieves le pilote. Je ne vous savais pas ici.

Il était sorti sur la terrasse et s'appuyait sur la balustrade, près de Lalita. Il portait un pantalon de grosse toile blanche et une chemise à manches longues, sans col. Il était tête nue, et il avait des souliers à la semelle épaisse.

— Allez-vous-en une bonne fois, dit Lalita. Adrián, emmène-le tout de suite.

Le pilote descendit l'escalier, les jambes raides comme des morceaux de bois, le sergent fit le salut militaire à Lalita et cligna de l'œil à Bonifacia. Ils s'en allèrent dans la direction de la Mission, non pas en empruntant le sentier parallèle au fleuve, mais entre les arbres de la colline. Comment le sergent se sentait-il? Jusqu'à quelle heure avait duré l'enterrement

de sa vie de garçon, chez Paredes? Jusqu'à deux heures, le Gros s'était soûlé et était entré dans l'eau tout habillé, don Adrián, il en avait lui aussi un bon coup dans le nez. Avait-on des nouvelles du lieutenant à présent? Mais encore une fois, don Adrián? On ne savait rien, il avait dû être bloqué par les pluies et qu'est-ce qu'il devait râler. C'était encore une chance qu'ils ne soient pas restés avec lui, dans ce cas. Oui, il pouvait y en avoir pour un bout de temps, on disait que sur le Santiago c'était un véritable déluge. Voyons, bien sincèrement, le sergent était-il content de se marier? et le sergent sourit, pendant quelques secondes ses yeux furent absents et, brusquement, il se frappa la poitrine : cette femme, il l'avait là, don Adrián, c'est pour ça qu'il l'épousait.

— Vous avez agi en bon chrétien, dit Adrián Nieves. Ici il n'y a que les couples déjà vieux qui se marient, les mères et le père Vilancio se tuent à leur donner des conseils, mais comme si de rien n'était. Vous, par contre, vous l'emmenez tout de suite à l'église, alors qu'elle n'est même pas enceinte. La petite est contente. Hier soir elle disait je serai une femme bien.

— Dans mon pays on dit que le cœur ne trompe jamais, dit le sergent. Et mon cœur me dit qu'elle sera une femme bien, don Adrián.

Ils avançaient lentement, en évitant les flaques, mais les guêtres du sergent et le pantalon du pilote s'étaient déjà remplis d'éclaboussures. Les arbres de la colline filtraient la lumière du soleil, lui imprimaient quelque fraîcheur et l'agitaient. Au pied de la Mission, Santa María de Nieva gisait calme et dorée entre les fleuves et la forêt. Ils franchirent un monticule, suivirent le sentier montant et pierreux et, là-haut, à la porte de la chapelle, un groupe d'Aguarunas s'approcha du rebord de la pente pour les voir : des femmes aux seins tombants, des enfants nus, des hommes aux yeux fuyants et à la chevelure abondante. Ils s'écartèrent pour les laisser passer et quelques gamins tendirent la main et grouinèrent. Avant de pénétrer dans l'église, le sergent épousseta son uniforme avec son mouchoir et rectifia la position de son képi; Nieves déplia le bas de son pantalon. La chapelle était pleine, elle sentait les fleurs et les lampes à résine, le crâne chauve de don Fabio Cuesta brillait comme un fruit dans la pénombre. Il avait mis une cravate et, de son banc, il fit un signe au sergent qui porta la main au

képi. Derrière le gouverneur le Gros, P'tit Format, le Brun et le Blond bâillaient, la bouche aigre et les yeux injectés de sang, et Paredes, sa femme et ses enfants occupaient deux bancs : d'innombrables gamins aux cheveux humides. A l'opposé, derrière une grille où la pénombre se transformait en obscurité, une formation de blouses et de tignasses identiques : les pupilles agenouillées, immobiles, leurs yeux comme une nuée de lucioles curieuses poursuivaient le sergent qui, sur la pointe des pieds, serrait les mains des personnes présentes, et le gouverneur toucha son crâne chauve, sergent : il lui fallait enlever son képi dans l'église et rester la tête découverte, comme lui. Les gardes sourirent, et le sergent se lissait ses cheveux dépeignés par l'impétuosité avec laquelle il s'était découvert. Il alla s'asseoir au premier rang, près de Nieves le pilote. Elles avaient bien arrangé l'autel, n'est-ce pas? Très bien, don Adrián, elles étaient sympathiques ces bonnes sœurs. Les vases de terre rouge flamboyaient de fleurs, et il y avait aussi des chapelets d'orchidées qui descendaient du crucifix de bois jusqu'au sol; des deux côtés de l'autel, de grands pots de fougères s'alignaient par rangées de deux jusqu'à toucher les murs, et le sol de la chapelle, qu'on avait arrosé, brillait. Des chandeliers allumés, de gros filets d'une fumée transparente montaient dans l'air sombre et allaient alimenter l'épaisse couche de vapeur qui flottait près du toit; elles étaient là, sergent, la fiancée et son témoin. Il y eut un murmure, les têtes se tournèrent vers la porte. Dressée sur ses souliers blancs à talon, Bonifacia était à présent aussi grande que Lalita. Un voile noir cachait ses cheveux, ses yeux grands et alarmés parcouraient les bancs, et Lalita parlait à voix basse avec les Paredes, sa robe à fleurs imposait à ce coin de la chapelle une vivacité gracieuse, juvénile. Don Fabio s'inclina devant Bonifacia, lui dit quelque chose à l'oreille et elle sourit, la pauvre : elle était toute gênée, la *chinita*, don Adrián, on aurait dit qu'elle avait honte. Après on lui ferait boire quelque chose et elle se remettrait, sergent, ce qu'il y avait c'est qu'elle mourait de peur de se retrouver en face des mères, elle croyait qu'elles allaient la gronder, n'est-ce pas qu'elle avait de beaux yeux, don Adrián? Le pilote porta un doigt à ses lèvres et le sergent regarda l'autel et fit le signe de la croix. Bonifacia et Lalita s'assirent près d'eux et un moment après, Bonifacia s'agenouilla et se mit à prier, mains jointes,

les yeux fermés, les lèvres remuant à peine. Elle était encore dans cette position lorsque la grille grinça et que les mères pénétrèrent dans la chapelle, derrière la supérieure. Deux par deux, elles allaient vers l'autel, s'agenouillaient, se signaient et en silence se dirigeaient vers leurs bancs. Quand les pupilles commencèrent à chanter, tout le monde se leva, et le père Vilancio fit son entrée avec sa barbe rousse pareille à un plastron sur ses habits violets. La supérieure fit des signes à Lalita en lui indiquant l'autel, et Bonifacia, toujours à genoux, s'essuyait les yeux avec son voile. Puis elle se leva et avança entre le pilote et le sergent, sans regarder de côté. Pendant toute la messe elle demeura raide, les yeux fixés sur un point intermédiaire entre l'autel et les chapelets d'orchidées, tandis que les mères et les pupilles priaient à haute voix et que les autres s'agenouillaient, s'asseyaient et se relevaient. Après, le père Vilancio s'approcha des mariés, le sergent se mit au garde-à-vous, la barbe rousse se tenait à quelques millimètres du visage de Bonifacia, il interrogea le sergent qui claqua des talons et dit oui avec énergie, puis Bonifacia, mais on n'entendit pas sa réponse. Maintenant le père Vilancio souriait cordialement et tendait la main au sergent, puis à Bonifacia, qui la baisa. L'atmosphère de la chapelle sembla plus légère, les pupilles s'arrêtèrent de chanter et il y avait des dialogues à mi-voix, des sourires, des mouvements. Nieves le pilote et Lalita embrassaient les jeunes mariés et, dans le cercle qui s'était formé autour d'eux, don Fabio plaisantait, les enfants riaient, le Gros, P'tit Format, le Brun et le Blond attendaient l'un derrière l'autre pour féliciter le sergent. Mais la supérieure les dispersa, messieurs, ils étaient dans la chapelle, silence, ils n'avaient qu'à sortir dans le patio, et sa voix dominait les autres. Lalita et Bonifacia franchirent la grille, suivies par les invités, enfin par les mères, et Lalita bêtasse, qu'elle la lâche, Bonifacia, les bonnes mères avaient dressé une table avec une nappe blanche, pleine de jus de fruits et de petits fours, qu'elle la lâche puisque tout le monde tenait à la féliciter. Les pierres du patio étincelaient et, sur les murs blancs de la Résidence, criblés par le soleil, il y avait des ombres simulant des plantes grimpantes. Quelle honte elle avait devant elles, *madrecitas*, elle n'osait même pas les regarder, et les robes des mères, les chuchotements, les rires, les uniformes dansaient autour de Lalita. Bonifacia restait collée à elle, la

306

tête cachée dans la robe à fleurs et, pendant ce temps, le sergent recevait des accolades et en distribuait : elle pleurait, *madrecitas*, quelle bêtasse. Pourquoi se mettait-elle dans cet état, Bonifacia ? C'était pour vous, mes mères, et la supérieure sotte, ne pleure pas, viens que je te serre dans mes bras. Brusquement, Bonifacia lâcha Lalita, se retourna et tomba dans les bras de la supérieure. Maintenant elle passait d'une mère à l'autre, il ne fallait pas s'arrêter de prier, Bonifacia, oui *mamita*, être une bonne chrétienne, oui, ne pas les oublier, jamais elle ne les oublierait, et Bonifacia les serrait très fort, et elles très fort, et de grosses, d'involontaires, d'invincibles larmes coulaient sur les joues de Lalita, effaçaient le fard, oui, oui, elle les aimerait toujours, et découvraient les stigmates de sa peau, elle avait tellement prié pour elles, les boutons, les taches, les cicatrices. Ces mères valaient leur pesant d'or, père Vilancio, qu'est-ce qu'elles ne leur avaient pas préparé ! Mais, attention, le chocolat refroidissait et le gouverneur avait faim. On pouvait commencer mère Griselda ? La supérieure arracha Bonifacia des bras de la mère Griselda, bien sûr qu'on pouvait, don Fabio, et la ronde se défit : deux pupilles éventaient la table encombrée de plats et de cruches et, parmi elles, il y avait une silhouette sombre. Qui lui avait préparé tout cela, Bonifacia ? Il fallait qu'elle devine et Bonifacia pleurnichait, ma mère, dis-moi que tu m'as pardonné, tirait sur l'habit de la supérieure, qu'elle lui fasse ce cadeau, ma mère. Fin, rose, l'index de la supérieure se pointa vers le ciel : avait-elle demandé pardon à Dieu ? s'était-elle repentie ? Tous les jours ma mère, dans ce cas elle lui avait pardonné, mais il fallait qu'elle devine, qui était-ce ? Bonifacia gémissait, qui ça pouvait bien être, ses yeux cherchaient entre les mères, où était-elle, où était-elle allée ? La silhouette sombre écarta les deux pupilles et avança, courbée, traînant les pieds, la figure plus renfrognée que jamais : enfin elle se souvenait d'elle cette ingrate, cette malapprise. Mais déjà Bonifacia s'était précipitée et, dans ses bras, la mère Angélica chancelait, le gouverneur et les autres s'étaient mis à manger des petits fours et ç'avait été elle, sa *mamita*, et la mère Angélica jamais elle n'était venue la voir, démon, mais elle avait rêvé d'elle, pensé chaque jour et chaque nuit à sa *mamita*, et la mère Angélica qu'elle goûte de ceci, de cela, qu'elle prenne un jus de fruit.

— Elle ne m'a même pas laissée entrer dans la cuisine, don

Fabio, disait la mère Griselda. Cette fois c'est la mère Angélica que vous devez féliciter. C'est elle qui a tout préparé pour sa préférée.

— Que n'aurai-je pas fait pour elle! dit la mère Angélica. J'ai été sa nurse, sa bonne, maintenant je suis sa cuisinière.

Son visage faisait tout son possible pour rester fâché et rancunier, mais sa voix s'était brisée, elle émettait des sons rauques comme une païenne, et brusquement ses yeux s'embuèrent, sa bouche se tordit et elle éclata en sanglots. Sa vieille main courbe tapotait Bonifacia, les mères et les gardes faisaient circuler les plats, remplissaient les verres, le père Vilancio et don Fabio riaient aux éclats et un des gamins de Paredes était grimpé sur la table et sa mère lui donnait la fessée.

— Comme elles l'aiment, don Adrián, dit le sergent. Comme elles me la gâtent.

— Mais pourquoi tous ces pleurs? dit le pilote. Puisque dans le fond elles sont ravies.

— Je peux leur porter quelque chose, *mamita?* dit Bonifacia. — Elle désignait les pupilles, rassemblées sur trois rangs devant la Résidence. Quelques-unes lui souriaient, d'autres lui faisaient de timides bonjours.

— Elles ont leur collation spéciale, aussi, dit la supérieure. Mais va les embrasser.

— Elles t'ont préparé des cadeaux, grogna la mère Angélica, le visage déformé par la moue et les larmes. Nous aussi, moi je t'ai fait une petite robe.

— Il faut que je vienne te voir tous les jours, dit Bonifacia. Je t'aiderai, *mamita*, je continuerai d'enlever les ordures.

Elle quitta la mère Angélica et elle alla vers les pupilles qui rompirent les rangs et coururent au-devant d'elle en poussant des cris. La mère Angélica se fraya un passage entre les invités, et quand elle arriva auprès du sergent, elle avait le visage moins pâle et de nouveau grognon.

— Tu vas être un bon mari? gronda-t-elle en le secouant par le bras. Malheur à toi si tu la bats, malheur à toi si tu vas avec d'autres femmes. Tu te conduiras bien avec elle?

— Mais comment donc, *madrecita*, répliqua le sergent, confus. Puisque jé l'aime tant.

— Ah, te voilà réveillé, dit Aquilino. C'est la première fois que tu dors comme ça depuis notre départ. Avant, c'était toi qui me regardais quand j'ouvrais les yeux.

— J'ai rêvé de Jum, dit Fushía. Toute la nuit à voir sa figure, Aquilino.

— Je t'ai entendu te plaindre plusieurs fois, et à un moment il m'a même semblé que tu pleurais, dit Aquilino. C'était pour ça?

— C'est curieux, dit Fushía, je n'étais absolument pas dans ce rêve, rien que Jum.

— Et que rêvais-tu avec l'Aguaruna? dit Aquilino.

— Qu'il mourait, sur cette petite plage où Pantacha se préparait ses décoctions, dit Fushía. Il y avait quelqu'un qui s'approchait de lui et qui lui disait viens avec moi et lui je ne peux pas, je suis en train de mourir. Et comme ça pendant tout le rêve, vieux.

— Si ça tombe c'était ce qui se passait, dit Aquilino. Si ça tombe il est mort cette nuit et il a pris congé de toi.

— Les Huambisas qui le haïssaient tant ont dû le tuer, dit Fushía. Mais attends, ne sois pas comme ça, ne t'en va pas.

— Pour des prunes, dit Lalita, en haletant, tu m'appelles et chaque fois c'est pour des prunes. Pourquoi me fais-tu venir si tu ne peux pas, Fushía.

— Si je peux, gueula Fushía, seulement tu veux en finir tout de suite, tu ne me laisses même pas le temps et tu deviens furieuse. Si, je peux, putain.

Lalita se glissa sur le côté et resta allongée sur le dos dans le hamac qui grinçait en se balançant. Une clarté bleue pénétrait dans la cabane par la porte et par les fentes en même temps que les humeurs chaudes et les murmures de la nuit; la clarté ne parvenait pas jusqu'au hamac, mais humeurs et murmures, si.

— Tu crois que tu me trompes, dit Lalita. Tu me prends pour une imbécile.

— J'ai la tête pleine de soucis, dit Fushía, il faut que je les oublie mais tu ne m'en laisses pas le temps. Je suis un homme, pas une bête.

— Ce qu'il y a c'est que tu es malade, chuchota Lalita.

— Ce qu'il y a c'est que tu me dégoûtes avec tes boutons, gueula Fushía, ce qu'il y a c'est que tu es devenue vieille. Il n'y

a qu'avec toi que je ne peux pas, avec n'importe quelle autre autant de fois que je veux.

— Tu les serres contre toi et tu les embrasses, mais tu ne peux pas davantage, dit Lalita, très lentement. Les Achuales me l'ont raconté.

— Tu leur parles de moi, putain? — Le corps de Fushía communiquait au hamac un tremblement inquiet et continuel. — Tu parles de moi aux païennes? Tu veux que je te tue?

— Tu veux savoir où il allait chaque fois qu'il disparaissait de l'île? dit Aquilino. A Santa María de Nieva.

— A Nieva? Et qu'est-ce qu'il allait y faire? dit Fushía. Comment sais-tu que Jum allait à Santa María de Nieva?

— Ça fait pas longtemps que je le sais, dit Aquilino. La dernière fois qu'il s'est échappé ça fait bien dans les huit mois?

— Je ne sais presque plus où on en est du temps, vieux, dit Fushía. Mais c'est ça, ça doit faire dans les huit mois. Tu as rencontré Jum et il te l'a raconté?

— Maintenant qu'on est loin, tu peux bien l'apprendre, dit Aquilino. Lalita et Nieves y habitent. Et peu de temps après leur arrivée à Santa María de Nieva Jum est allé les voir.

— Tu savais où ils étaient? haleta Fushía. Tu les as aidés, Aquilino? Toi aussi tu es un salaud? Toi aussi tu m'as trahi, vieux?

— C'est pour ça que ça te fait honte et que tu te caches, et que tu ne te déshabilles pas en ma présence, dit Lalita et le hamac s'arrêta de grincer. Mais tu crois que je ne sens pas comme elles empestent? Tes jambes sont en train de pourrir, Fushía, et c'est autre chose que mes boutons.

Le hamac avait repris son va-et-vient et, de nouveau, les montants grinçaient, longuement, mais ce n'était plus lui qui tremblait maintenant, c'était Lalita. Fushía s'était ramassé sur lui-même, forme rigide et comme anéantie entre les couvertures, gorge cassée s'efforçant de parler, et dans l'ombre de son visage il y avait deux petites lumières vives et effrayées à la hauteur de ses yeux.

— Toi aussi tu m'insultes, balbutia Lalita. Et s'il t'arrive quelque chose c'est moi la responsable, c'est toi qui m'as appelée et encore tu te fâches. Moi aussi ça me met en colère et je dis ce qui me passe par la tête.

— C'est les moustiques, putain, gémit Fushía tout douce-

ment, et son bras nu frappa, sans force. Ils m'ont piqué et ça s'est infecté.

— Oui, c'est les moustiques et ce n'est pas vrai que ça empeste, bientôt tu seras guéri, sanglota Lalita. Ne te mets pas dans cet état, Fushía, quand on est en colère on ne réfléchit pas, on dit n'importe quoi. Je t'apporte de l'eau?

— Ils se construisent une maison? dit Fushía. Ils vont rester tout le temps à Santa María de Nieva, ces salauds?

— Les gardes du coin ont engagé Nieves comme pilote, dit Aquilino. Il y a un nouveau lieutenant, plus jeune que celui qu'on appelait Cipriano. Et Lalita attend un enfant.

— Je voudrais qu'il lui crève dans le ventre, et qu'elle en crève elle aussi, dit Fushía. Mais dis-moi, vieux, ce n'est pas là qu'on l'avait pendu? Qu'est-ce que Jum allait fiche à Santa María de Nieva? Il voulait se venger?

— Il y allait pour cette vieille histoire, dit Aquilino. Pour réclamer la gomme que monsieur Reátegui lui avait prise quand il était allé à Urakusa avec les soldats. On ne l'a pas écouté, et Nieves s'est rendu compte que ce n'était pas la première fois qu'il allait réclamer, que chaque fois qu'il s'échappait de l'île c'était pour ça.

— Il allait faire des réclamations aux gardes alors qu'il travaillait avec moi? dit Fushía. Il ne se rendait pas compte? Il aurait pu nous mettre dans de beaux draps, cet imbécile, vieux.

— Dis plutôt que c'est une histoire de fou, dit Aquilino. Penser toujours à la même chose après tant d'années. Il mourra qu'il aura toujours en tête ce qui lui est arrivé. J'ai pas connu de païen aussi têtu que Jum, Fushía.

— Ils m'ont piqué quand je suis entré dans la lagune pour retirer la tortue morte, gémit Fushía. Les moustiques, les araignées d'eau. Mais les blessures sont en train de sécher idiote, tu ne vois pas qu'elles s'infectent quand on se gratte? C'est pour ça qu'elles sentent.

— Elles ne sentent pas, elles ne sentent pas, dit Lalita, c'était sur le coup de la colère, Fushía. Avant tu voulais tout le temps et il fallait que j'invente des choses, j'ai mes règles, je ne peux pas. Pourquoi as-tu changé, Fushía?

— Tu t'es ramollie, tu es vieille, il n'y a que les femmes dures qui excitent les hommes! gueula Fushía — et le hamac se mit

à sauter —, ça n'a rien à voir avec les piqûres de moustiques, salope.

— Mais je n'en parle plus, des moustiques, murmura Lalita, je sais bien que tu guéris. Mais j'ai mal à mon corps la nuit. Pourquoi m'appelles-tu alors, si je suis comme tu dis? Ne me fais pas souffrir, Fushía, ne me fais pas venir dans ton lit si tu ne peux pas.

— Si, je peux! gueula-t-il, quand je veux je peux, mais avec toi je ne veux pas. Fous-moi le camp, parle-moi encore des moustiques et là où ça te fait tellement mal je te flanque une balle. Ouste, fous-moi le camp.

Il hurla jusqu'à ce qu'elle eût ouvert la moustiquaire, qu'elle se fût levée et couchée dans l'autre hamac. Alors Fushía se tut, mais les montants continuaient à grincer à intervalles réguliers, avec de violentes secousses, comme prises de fièvre, et ce n'est que beaucoup plus tard que la cabane resta tranquille, enveloppée dans les murmures de la forêt. Étendue sur le dos, les yeux grands ouverts, Lalita caressait les cordes de *chambira* du hamac. Un de ses pieds glissa hors de la moustiquaire et de minuscules ennemis ailés l'attaquèrent par douzaines, se posèrent voracement sur ses ongles et sur ses doigts. Ils fouillaient la peau avec leurs armes fines, longues et bourdonnantes. Lalita tapa du pied contre le montant et ils s'enfuirent, apeurés. Mais une seconde après ils étaient revenus.

— Alors ce salaud de Jum savait où ils étaient, dit Fushía. Et lui non plus ne m'a rien dit. Tout le monde s'était mis contre moi, Aquilino, si ça tombe Pantacha lui-même était au courant.

— Ça veut dire qu'il s'est pas habitué et que tout ce qu'il fait, c'est pour retourner à Urakusa, dit Aquilino. Sûrement qu'il regrette beaucoup son village, sûrement qu'il l'aime. C'est vrai que lorsqu'il t'accompagnait il palabrait avec les païens?

— Il les persuadait de me livrer la gomme sans bagarre, dit Fushía. Il jetait feu et flamme et il leur racontait toujours l'histoire de ces deux chrétiens. Tu les as connus, vieux? Quel commerce faisaient-ils? Je n'ai jamais pu le savoir.

— Ceux qui sont allés vivre à Urakusa? dit Aquilino. Une fois j'ai entendu monsieur Reátegui en parler. C'était des étrangers

312

qui venaient soulever les *chunchos*, leur conseiller de tuer tous les chrétiens du pays. C'est pour les avoir écoutés que Jum a eu tous ces malheurs.

— Je me demande s'il les haïssait ou s'il les aimait, dit Fushía. Des fois il parlait de Bonino et de Teófilo comme s'il avait voulu les tuer, et d'autres fois comme s'ils avaient été ses amis.

— Adrián Nieves disait la même chose, dit Aquilino. Que Jum changeait d'opinion tout le temps au sujet de ces chrétiens et qu'il ne se décidait pas, un jour ils étaient bons et le lendemain méchants, de sales diables.

Lalita traversa la cabane sur la pointe des pieds et sortit. Dehors l'air était chargé d'une vapeur qui humectait la peau et qui étourdissait en pénétrant par la bouche et par le nez. Les Huambisas avaient éteint les feux, leurs cases étaient des bourses noires, très épaisses, calmement posées sur l'île. Un chien vint se frotter contre ses jambes. Sous l'appentis, près de la cour, les trois Achuales dormaient sous une même couverture, le visage luisant de résine. Lorsque Lalita arriva devant la cabane de Pantacha et qu'elle épia, son *itípak* mouillée de sueur lui collait au corps : une jambe musculeuse émergeait de l'ombre entre les cuisses lisses et épilées de la Shapra. Elle resta à observer, la respiration angoissée, la bouche entrouverte, une main sur la poitrine. Puis elle courut vers la cabane voisine et poussa la porte de lianes. Il y eut du bruit dans le recoin sombre où se trouvait le lit de camp d'Adrián Nieves. Le pilote devait s'être réveillé déjà, il reconnaissait sûrement sa silhouette se découpant contre la nuit, sur le seuil, les deux cascades de cheveux encadrant son corps jusqu'à la taille. Puis les planches craquèrent et un triangle blanc s'avança vers elle, bonsoir, la silhouette d'un homme, que s'était-il passé? une voix somnolente et surprise. Lalita ne disait rien, elle haletait seulement et attendait épuisée, comme après une longue course. Il y en avait pour de longues heures encore avant que les gazouillis et les bruits joyeux remplacent les coassements nocturnes et que, sur l'île, volettent les oiseaux, les papillons colorés, et que la claire lumière de l'aube illumine les troncs lépreux des *lupunas*. C'était encore l'heure des lucioles.

— Mais je vais te dire une chose, dit Fushía. Ce qui me fait

le plus de mal, Aquilino, ce qui me fait le plus souffrir, c'est d'avoir eu une telle déveine.

— Couvre-toi, bouge pas, dit Aquilino. Voilà un petit bateau qui arrive, vaut mieux que tu te caches.

— Mais vite, vieux, dit Fushía. Je ne peux pas respirer ici, j'étouffe. Passe-le vite.

Il fait aussi clair qu'en été, le soleil darde ses rayons, les yeux larmoient quand on le regarde. Et le cœur sent cette chaleur, il veut traverser la rue, passer sous les tamariniers, aller s'asseoir sur son banc. Lève-toi une bonne fois, à quoi bon rester au lit si le sommeil ne vient pas, il doit tomber sur le Vieux Pont un petit sable fin comme ses cheveux, va t'asseoir à l'*Étoile du Nord*, rabats ton chapeau, attends-la, elle va arriver. Ne t'impatiente pas comme ça, et Jacinto c'est triste quand il n'y a personne en ville, voyez-moi ça, don Anselmo, les balayeurs sont passés et le sable a tout sali de nouveau. Regarde le coin du marché, c'est par là qu'arrive l'âne chargé de corbeilles, n'est-ce pas à présent que la ville s'éveille? Elle est là, légère, silencieuse, elle pénètre sur la place comme en glissant, vois comme elle l'emmène près du square, la fait asseoir, lui touche les mains, les cheveux, et elle docile, les genoux serrés, les bras croisés : voilà ta récompense d'une si longue veille. Puis la femme de la Gallinacera s'en va en tapant sur son bourricot, redresse-toi sur ta chaise, installe-toi mieux, continue à la regarder. L'amour vient-il de face, la figure au vent, vient-il dissimulé? Et toi il est peine, tendresse, compassion, envie de lui faire des cadeaux. Laisse-lui la bride sur le cou et qu'il aille comme il voudra, au pas, au trot, au galop, il connaît, c'est de bonne heure. Et pendant ce temps fais des paris : tant qu'elle sera en blanc, tant en jaune, tant avec son bandeau, je verrai ses oreilles, tant sans le bandeau, les cheveux flottants, aujourd'hui je ne les verrai pas, tant qu'elle aura ses sandales, tant qu'elle sera pieds nus. Et si tu gagnes ce sera Jacinto qui y gagnera, et lui pourquoi un tel pourboire aujourd'hui et hier la moitié du moment que vous avez pris la même chose, comment pourrait-il savoir? Il n'en sait rien, on dirait que vous avez

sommeil, vous ne dormez jamais, don Anselmo? Toi c'est une vieille habitude de ne pas me coucher sans avoir déjeuné, l'air du matin dégage le cerveau, là-bas ça sent la bringue, la fumée et l'alcool, maintenant je rentre et la nuit commence pour moi. Et lui j'irai bientôt vous rendre visite, toi bien sûr mon garçon, demande-moi, nous prendrons un verre, tu es bien vu, tu le sais. Mais maintenant qu'il s'en aille, que tu restes seul, que personne ne vienne à ta table, que la matinée commence vite, que les gens arrivent, qu'une Blanche s'approche d'elle, qu'elle lui fasse faire quelques tours, qu'elle l'amène à l'*Étoile du Nord* et qu'elle lui offre une sucrerie. Et là, de nouveau la tristesse, la colère au cœur, le temps ne les a pas apaisés. Et alors emporte le café, Jacinto, un petit verre, après un autre, et finalement une demi-bouteille du meilleur. Et à midi Chápiro, don Eusebio, le docteur Zevallos il faut le hisser sur son cheval, il l'emmènera jusqu'aux sablons, les pensionnaires se chargeront de le coucher. Accroche-toi à la monture, tangue au milieu des dunes, roule par terre comme un ballot, arrive à quatre pattes au salon, et elles qu'il dorme ici, il pèse tellement pour qu'on le monte dans la tour, apportez une cuvette, il vomit, descendez un oreiller, enlevez-lui ses bottes. Et là, âpres, amères, les nausées, les coulées de bile et d'alcool, la démangeaison des paupières, la puanteur, l'ivre mollesse des muscles. Oui, il vient dissimulé, au début il ressemblait à de la compassion : elle ne doit en avoir que seize, le malheur qui lui est arrivé, l'obscurité dans laquelle elle vit, le silence dans lequel elle vit, sa frimousse. Essaie d'imaginer : ce que cela pouvait être, les cris qu'elle poussait, la terreur qu'elle éprouvait et tout l'effarement qu'il y avait dans ses yeux. Essaie de voir : les cadavres, le sang qui jaillit, les blessures, les vers et alors docteur Zevallos racontez-moi encore, pas possible, c'est terrible, elle devait être évanouie? comment se fait-il qu'elle ait survécu? Essaie de deviner : d'abord des cercles aériens, noirâtres, entre les dunes et les nuages, des ombres qui se reflètent sur le sable, des becs courbes, d'acides croassements et alors sors ton revolver, tue-le, il y en a un autre ici, tue-le, et les pensionnaires qu'est-ce qui vous arrive, patron, pourquoi cette haine des charognards, qu'est-ce qu'ils vous ont fait, et toi fais mouche bordel de Dieu, descends-les, crible-les. Déguisé en peine, en affection. Approche-

315

toi aussi, qu'y a-t-il de mal, achète-lui de la crème, du gâteau de miel, des bonbons. Ferme les yeux et là, de nouveau, le tourbillon des rêves, elle et toi dans la tour, ce sera comme de jouer de la harpe, joins les bouts de tes doigts et sens-la, mais ce sera plus doux encore que la soie et le coton, ce sera comme une musique, n'ouvre pas les yeux encore, touche encore ses joues, ne te réveille pas. De la curiosité d'abord, ensuite quelque chose qui ressemblait à de la pitié et, brusquement, la peur de poser des questions. C'est elles qui parlent, les bandits de Sechura, ils les ont attaqués et les ont tués, la dame était toute nue quand on l'a trouvée, brusquement elles la nomment, disent la pauvrette et voilà cette soudaine chaleur, la langue qui bégaie, qu'est-ce qui m'arrive, les pensionnaires vont faire des suppositions, qu'est-ce que j'ai? Ou, alors, un notable à l'*Étoile du Nord*, il l'amène, demande pour elle un rafraîchissement, asphyxie, envie, il faut que je m'en aille, au revoir, les sablons, le portail vert, une bouteille d'eau-de-vie, monte la harpe dans la tour, joue. Attachement, compassion? A présent il enlevait son masque. Et ce matin-là est, comme maintenant, diaphane. Elles elle est vieille, ne la prenez pas, si ça tombe elle est malade, que le docteur Zevallos l'examine avant, toi comment as-tu dit que tu t'appelles? Il te faut changer de nom, pas Antonia. Et elle comme vous voudrez, patron, c'était le nom d'une femme qu'il aimait? Et là, de nouveau, le rouge de la honte, ce flux tiède sous la peau et, intempestive, la vérité. La nuit est paresseuse sans sommeil, rien que le spectacle de la fenêtre : en haut les étoiles, dans l'air le lent déluge de sable et, à gauche, Piura, quantité de points lumineux dans l'ombre, les formes blanches de Castilla, le fleuve, le Vieux Pont comme un grand lézard entre les deux rives. Mais que la nuit bruyante passe vite, que le jour se lève, prends ta harpe, ne descends pas même si on te réclame avec insistance, chante pour elle à voix très basse, doucement, très lentement, viens, Toñita, je te donne une sérénade, tu l'entends? L'Espagnol n'est pas mort, le voilà qui apparaît au coin de la cathédrale son mouchoir bleu autour du cou, les bottines comme des miroirs, le gilet sous la redingote blanche, de nouveau cette bonne chaleur, les vagues qui gonflent les veines, le pouls actif, le regard vif, il va vers le kiosque? oui, s'approche d'elle? oui, il lui sourit? oui. Et elle de nouveau

qui prend le soleil, immobile, ignorante, bien tranquille, des cireurs de chaussures et des mendiants autour d'elle, don Anselmo devant son banc. Maintenant elle sait, elle sent une main sur son menton, elle s'est redressée sur son siège? oui, il lui parle? oui. Invente ce qu'il lui dit : bonjour, Toñita, une belle matinée, le soleil chauffe sans brûler, dommage qu'il tombe du sable, ou bien si tu voyais la lumière qu'il y a, comme le ciel est bleu, autant que la mer à Paita et là, la palpitation des tempes, les vagues qui se bousculent, le cœur qui s'emballe, le coup de soleil intérieur. Ils viennent ensemble? oui, à la terrasse? oui, il la tient par le bras? oui, et Jacinto vous ne vous sentez pas bien, don Anselmo? vous êtes tout pâle, toi un peu fatigué, apporte-moi un autre café et un petit verre de *pisco*, droit vers ta table? oui, lève-toi, tends la main, don Eusebio comment allez-vous? lui mon cher, cette demoiselle et moi nous allons vous tenir compagnie, vous permettez? Elle est près de toi, regarde-la sans crainte, voici son visage, ces petits oiseaux ses sourcils et derrière ses paupières fermées règne la pénombre, derrière ses lèvres fermées il y a aussi une minuscule demeure déserte et sombre, voici son nez, voici ses pommettes. Regarde ses bras longs et bronzés, les mèches de cheveux clairs qui ondulent sur ses épaules, son front lisse et qui par moments se fronce. Et don Eusebio voyons, voyons, un petit café au lait? mais tu dois déjà avoir déjeuné, une sucrerie plutôt, les jeunes aiment ça, vous n'avez pas été gourmand? au coing par exemple, et un petit jus de papaye, voyons, Jacinto. Dis que oui, joue le jeu, j'ai été gourmand, cette mince colonne c'est son cou, dissimule l'ébullition, bâille, fume, ces fleurs à la tige fragile ce sont ses mains et les brèves ombres qui lorsque le soleil les touche ont l'air blondes, ses paupières. Et parle-lui, souris-lui, vous avez donc fini par acheter la maison d'à côté, vous allez donc agrandir votre boutique et prendre de nouveaux employés, intéresse-toi et fais-le parler, vous ouvrirez des succursales à Sullana? à Chiclayo? comme tu te réjouis, ne sois que voix et regard, vraiment ça fait longtemps que vous ne venez pas me voir, elle a une expression absente et sérieuse, elle se concentre sur la boisson, de petites gouttes de lumières orange brillent dans sa bouche et pendant ce temps c'est le travail qui le veut, les obligations, la famille, mais évadez-vous quelquefois,

don Eusebio, un peu de bon temps de loin en loin, ses doigts s'ouvrent, prennent un coing, l'élèvent, comment vont les pensionnaires? vous leur manquez, elles demandent de vos nouvelles, quand est-ce qu'il va se décider à venir et c'est moi qui m'en occuperai, regarde-la maintenant en train de mordre, regarde comme elles sont voraces et propres, ses dents. Et alors l'âne et les corbeilles, baisse ton chapeau, souris, bavarde toujours, et voilà la femme de la Gallinacera qui fait des politesses, vous êtes tellement bons, donne la main à ces messieurs, Toñita, je vous remercie pour elle et là, de nouveau, la fraîcheur fugace, cinq suaves contacts dans ta main, quelque chose qui pénètre dans le corps et qui le rassérène. Quel calme à présent, n'est-ce pas? quelle paix et vous voyez, don Eusebio, c'est ça la raison et vous ne le saviez pas, et il ne l'a pas su non plus à sa mort. Et lui il ne manquait plus que ça, ça me fait honte, Anselmo, laissez-moi payer au moins une tournée, j'ai l'air de quoi. Toi jamais, pas un centime, ici tout est à elle, c'est sa maison, c'est vous qui m'avez guéri de la peur, qui l'avez fait asseoir à ma table et les gens n'ont pas fait la gueule, ça n'a pas attiré leur attention. Et alors, l'exaltation. Maintenant oui, ose, va à son banc tous les matins, touche ses cheveux, achète-lui des fruits, emmène-la à l'*Étoile du Nord*, promène-toi avec elle sous le soleil ardent, aime-la autant que ces jours-là.

— Les petits ânes, dit Bonifacia. Ils passent toute la journée devant la maison et je ne me lasse pas de les regarder.

— Y a pas de bourricots dans la forêt, cousine? dit José. Je croyais que ce qu'il y avait le plus, là-bas, c'était des animaux.

— Mais pas des ânes, dit Bonifacia. Un par-ci par-là, jamais comme ici.

— Les voilà, dit le Singe, de la fenêtre. Tes souliers, cousine.

Bonifacia se chaussa, rapidement, le gauche n'entrait pas, sapristi, elle se leva, s'avança vers la porte, incertaine, craintive sur ses talons, ouvrit et Josefino lui tendait la main, une bouffée d'air étouffant, Lituma, des flots de lumière. La pièce retomba dans la pénombre. Lituma quittait sa vareuse, il était à demi

mort, cousins, son képi, ils prendraient bien une *algarrobina*. Il se laissa choir sur une chaise et ferma les yeux, Bonifacia passa dans la pièce voisine et Josefino, étendu sur une natte à côté de José, cette foutue chaleur qui vous abrutissait. Des prismes de lumière criblés de particules et d'insectes filtraient à travers les persiennes, et dehors tout avait l'air silencieux et abandonné comme si le soleil avec ses acides blancs avait dissous les gosses et les chiens de la rue. Le Singe s'écarta de la fenêtre, c'étaient les indomptables, savaient pas travailler, rien que jouer, rien que baiser, c'étaient les indomptables et ils allaient pinter, mais les autres ne se mirent à chanter qu'après le premier verre d'*algarrobina*.

— On parlait de Piura avec notre cousine, dit le Singe. Ce qui attire le plus son attention c'est les bourricots.

— Et tout ce sable et si peu d'arbres, dit Bonifacia. Dans la forêt tout est vert et ici tout est jaune. Et la chaleur aussi, c'est tellement différent.

— Ce qui est différent, c'est que Piura est une ville avec des édifices, des autos et des cinémas, expliqua Lituma en bâillant. Et Santa María de Nieva, un petit patelin avec des gars à poil, des moustiques et des pluies qui pourrissent tout, à commencer par les gens.

Deux bestioles se blottirent derrière les mèches de cheveux tombants et guettèrent vertes, hostiles. Le pied gauche de Bonifacia à moitié sorti du soulier, forçait pour y rentrer.

— Mais à Santa María de Nieva il y a deux fleuves qui ont de l'eau toute l'année, et faut voir comme, dit Bonifacia doucement, au bout d'un moment. Le Piura un tout petit peu et rien qu'en été.

Les indomptables éclatèrent de rire, deux et deux trois, trois et deux quatre et Bonifacia commença à s'énerver. En sueur, gardant les yeux fermés, gros, Lituma se balançait tranquillement sur sa chaise.

— Tu ne t'habitues pas à la civilisation, soupira-t-il enfin. Attends un petit peu et tu verras la différence. Tu ne voudras même plus entendre parler de la Forêt et ça te fera honte de dire je sors de chez les sauvages.

Quatre et deux font cinq, cinq et deux font six, cousin Lituma avait répondu. Le pied était entré dans le soulier à la va-comme-je-te-pousse, en écrasant sauvagement le talon.

— Ça ne me fera jamais honte, dit Bonifacia. Personne ne peut jamais avoir honte de son pays.

— On est tous péruviens, dit le Singe. Pourquoi tu nous sers pas une autre *algarrobina*, cousine.

Bonifacia se leva et, très lentement, alla de l'un à l'autre, en remplissant de nouveau leurs verres, les pieds à peine détachés de ce sol glissant que les bestioles humiliées observaient d'en haut avec méfiance.

— Si tu étais née à Piura, tu ne donnerais pas l'impression de marcher sur des œufs, dit Lituma, riant et ouvrant les yeux. Tu serais habituée aux souliers.

— Fiche-lui la paix à la cousine, dit le Singe. Et te fous pas en rogne, Lituma.

Les gouttelettes dorées d'*algarrobina* tombaient sur le sol ennemi, non dans le verre de Josefino, et la bouche et le nez de Bonifacia s'étaient mis à trembler, comme ses mains, mais ce n'était pas un péché, et jusqu'à sa voix : Dieu l'avait faite ainsi.

— Bien sûr que c'est pas un péché, cousine, il manquerait plus que ça, dit le Singe. Les Mangaches eux non plus s'habituent pas aux talons.

Bonifacia posa la bouteille sur une étagère, s'assit, les bestioles se calmèrent et, brusquement, silencieux, rebelles, ultra-rapides, s'aidant l'un l'autre, ses pieds se libérèrent des souliers. Elle se pencha, les rangea sans hâte sous la chaise et maintenant Lituma s'était arrêté de se balancer, les indomptables ne chantaient plus et une vive, une hostile agitation secouait les petits points vert sombre qui s'exhibaient imprudemment.

— En voilà une qui ne me connaît pas encore et qui ne sait pas à qui elle a affaire, dit Lituma aux Léon. — Et il éleva la voix : — Tu n'es plus une *chuncha*, tu es la femme du sergent Lituma. Mets tes souliers!

Bonifacia ne répondit pas, ne bougea pas lorsque Lituma se leva, le visage baigné de sueur et coléreux, elle n'esquiva pas non plus la gifle qui claqua brève, sifflante et les León firent un saut et s'interposèrent : fallait pas exagérer, cousin. Ils retenaient Lituma, qu'il soit pas comme ça, et le reprenaient en plaisantant, qu'il contrôle un peu son sang mangache. L'humidité avait marqué le plastron et le dos de sa chemise

kaki, elle ne restait claire qu'aux bras et aux épaules.

— Il faut qu'elle s'éduque, dit-il, en se balançant à nouveau, mais plus rapidement, au rythme de sa voix. A Piura elle n'a pas à se comporter comme une sauvage. Et puis, c'est moi le patron ici.

Les bestioles épiaient entre les doigts de Bonifacia, presque invisibles, larmoyaient-elles? et Josefino se servit un peu d'*algarrobina*. Les León s'assirent, y a pas d'amour sans coups disaient les gens, et les filles de Chulucana plus mon mari me bat plus il m'aime, mais peut-être les femmes de la Forêt pensaient-elles autrement et un deux et trois, que sa cousine lui pardonne, qu'elle lève sa frimousse, qu'elle soit gentille, un petit sourire. Mais Bonifacia continua de cacher sa figure et Lituma se leva en bâillant.

— Je vais faire une petite sieste, dit-il. Restez, vous gênez pas, videz-moi cette bouteille, après on ira faire un tour. — Il regarda Bonifacia du coin de l'œil, modula virilement sa voix :

— Quand il n'y a pas d'amour à la maison, on cherche ailleurs.

Il lança un clin d'œil sans conviction aux indomptables et entra dans l'autre pièce. On l'entendit siffler une chanson, des ressorts grincèrent. Ils continuèrent de boire, un verre, en silence, deux verres et au troisième les ronflements démarrèrent : profonds, méthodiques. Les bestioles étaient là de nouveau, sèches et crispées derrière les cheveux.

— Quand il monte la garde toute la nuit ça le fout de mauvais poil, dit le Singe. N'y fais pas attention, cousine.

— Qu'est-ce que c'est que ces façons de traiter les femmes, dit Josefino en cherchant les yeux de Bonifacia, mais elle regardait le Singe. C'est le vrai flic.

— Toi tu sais t'y prendre, pas vrai, cousin? dit José, en jetant un coup d'œil sur la porte : ronflements prolongés, graves.

— Bien entendu. — Josefino souriait et rampait sur la natte en se rapprochant de Bonifacia. — Si elle était ma femme, j'y mettrais jamais la main dessus. Enfin, pas pour la battre, seulement pour lui faire des caresses.

Timides à présent, craintives, les bestioles examinaient les murs décolorés, les poutres, les mouches bleues bourdonnant près de la fenêtre, les petits grains dorés submergés dans les prismes de lumière, les nervures du plancher. Josefino s'arrêta,

sa tête touchait les pieds nus qui reculèrent et les León tu es l'homme-lombric et Josefino le serpent qui a tenté Ève.

— A Santa María de Nieva il n'y a pas de rues comme ici, dit Bonifacia. Elles sont en terre et comme il pleut tellement, c'est que de la boue. Les talons s'enfonceraient et les femmes ne pourraient pas marcher.

— Marcher sur des œufs, faut-il être sacrément brute, dit Josefino. Et puis c'est faux. Elle a une jolie démarche, il y en a combien qui voudraient marcher comme elle.

Les León tournaient la tête vers la porte dans un mouvement synchronisé : l'une allait, l'autre venait. Et, de nouveau, Bonifacia qui tremblait, merci pour ce qu'il disait, les mains, la bouche, mais elle savait que c'était une façon de parler, et surtout la voix, il ne le pensait pas dans le fond. Et les pieds reculèrent. Josefino plongea la tête sous la chaise et sa voix parvenait espacée et asphyxiée, il le pensait de toute son âme, des mots lents, ténus, pleins de miel, et mille choses encore, il les lui dirait s'il n'y avait personne.

— Te gêne pas pour moi, indomptable, dit le Singe. Fais comme chez toi et ici y a qu'une paire de sourds-muets. Si tu veux on va voir s'il pleut. Comme ces messieurs-dames voudront.

— Allons, allons — pourléchées, musicales —, laissez-moi avec Bonifacia pour la consoler un peu.

José toussa, se leva et s'approcha de la porte sur la pointe des pieds. Il revint en souriant, il était vraiment crevé, il dormait comme une marmotte, et les bestioles curieuses, remuantes, explorèrent inlassablement les planches de l'étagère, les pieds des chaises, le bord de la natte, le long corps étendu.

— La cousine aime pas qu'on la baratine, dit le Singe. Elle est devenue toute rouge, Josefino.

— Tu connais pas encore les Piurans, cousine, dit José. N'y vois rien de mal. On est comme ça, on peut pas la boucler devant une femme.

— Allez, Bonifacia, dit Josefino. Envoie-les voir s'il pleut.

— Elle va le raconter à Lituma si tu continues, dit le Singe. Et le cousin va s'énerver.

— Qu'elle le lui raconte — gluantes, tièdes —, je m'en fiche. Vous me connaissez bien, une femme me plaît et je le lui dis, qui que ce soit.

— L'*algarrobina* t'est montée à la tête, dit José. Parle plus bas.

— Et Bonifacia me plaît, dit Josefino. Qu'elle le sache une bonne fois pour toutes.

Les mains de Bonifacia se refermèrent sur ses genoux et son visage se redressa : les lèvres souriaient héroïquement sous les bestioles épouvantées.

— Comme tu vas vite, cousin? dit le Singe. Champion du cent mètres plat.

— Arrête-toi sur ce chemin, dit José. Tu lui fais peur.

— S'il l'entendait il se fâcherait, balbutia Bonifacia. — Elle regarda Josefino, qui lui envoya un baiser du bout des doigts et elle le plafond, l'étagère, le sol. — S'il le savait, il se fâcherait.

— Qu'il se fâche, et après, dit Josefino. Vous voulez que je vous dise une chose, les gars? Bonifacia sera ma femme un jour, elle y coupe pas.

Maintenant le sol, fixement, et ses lèvres murmurèrent quelque chose. Les León toussaient, ne quittaient pas des yeux la pièce voisine : un silence, un ronflement, un autre plus long, tranquillisant.

— Suffit, Josefino, dit le Singe. Elle n'est pas Piurane, elle nous connaît à peine.

— Te laisse pas impressionner, cousine, dit José. Ou tu lui emboîtes le pas ou tu lui flanques une baffe.

— Ce n'est pas que j'aie peur, murmurait Bonifacia, seulement s'il le savait, et puis s'il l'entendait.

— Demande-lui pardon, Josefino, dit le Singe, dis-lui que tu plaisantes, regarde dans quel état tu l'as mise.

— C'était pour plaisanter, Bonifacia, dit Josefino en riant et en rampant à reculons. Je te le jure. Te mets pas dans cet état.

— Je ne me mets pas dans cet état, balbutiait Bonifacia. Je ne me mets pas dans cet état.

— A quoi bon tout ce cinéma, depuis quand fait-on tant de manières? dit le Blond. Pourquoi pas y aller à la méchante et le ramener de gré ou de force?

— C'est que le sergent est en train de faire du zèle, dit P'tit Format. T'as pas vu comme il est devenu pointilleux? Il veut que tout se passe dans les règles. Dis, Blond, c'est sûrement le mariage qui l'aura gâté.

— Ce mariage, le Gros va en crever d'envie, dit le Blond. A ce qu'il paraît qu'il s'est encore cuité hier soir, chez Paredes, il se maudissait encore une fois de pas avoir fait vinaigre, j'ai encore une fois perdu ma dernière chance de trouver une femme. La gonzesse est peut-être pas trop mal, mais il exagère, le Gros.

Ils étaient postés entre les lianes et braquaient leurs fusils sur la cabane du pilote, suspendue au-dessus des branchages à quelques mètres d'eux. Une faible lueur huileuse augmentait à l'intérieur et parvenait à éclairer un coin de la balustrade. Il n'était sorti personne, les gars? Une silhouette se pencha sur le Blond et sur P'tit Format : non, sergent. Le Gros et le Brun étaient déjà de l'autre côté, il ne pourrait s'échapper qu'en volant. Mais vous affolez pas, les gars, le sergent parlait lentement, s'il avait besoin d'eux il les appellerait, ses mouvements aussi étaient calmes et, tout en haut, de légers nuages filtraient la lumière de la lune sans la dissimuler. Au loin, circonscrite par les ténèbres de la forêt et la douce réverbération des fleuves, Santa María de Nieva était une poignée de lumières et d'éclats furtifs. Sans se presser,

le sergent ouvrit l'étui, en tira son revolver, fit sauter le cran, chuchota encore quelque chose aux gardes. Toujours lent, tranquille, il s'éloigna dans la direction de la cabane, disparut, happé par les lianes et par la nuit, et peu après reparut près du coin éclairé de la balustrade, son visage se dessina un instant à la clarté pâlichonne que la cloison laissait passer.

— T'as remarqué comme il marche et comme il parle? dit le Brun. Il est à moitié dingue. Il lui arrive quelque chose, avant il était pas comme ça.

— La *chuncha* le presse comme un citron, dit le Gros. Je suis sûr qu'il lui fait l'amour trois fois par jour et autant la nuit. Pourquoi crois-tu qu'il quitte le poste sous le premier prétexte venu? Pour faire l'amour avec la *chuncha*, c'est évident.

— Ils sont en pleine lune de miel et c'est normal, dit le Brun. Tu en meurs d'envie, Gros, t'en cache pas.

Ils étaient étendus, eux aussi, sur une bande minuscule de plage, retranchés derrière des buissons, tout près de l'eau. Ils tenaient leurs fusils à la main, mais ils ne visaient pas la cabane que, de cet endroit-là, on voyait oblique et toute noire, haute.

— Il a perdu la tête, dit le Gros. Pourquoi on est pas venu chercher Nieves aussitôt que l'ordre du lieutenant est arrivé, hein? Attendons la tombée de la nuit, faut faire un plan, on va cerner la maison, où c'est que t'as entendu tant de conneries à la fois. Pour impressionner don Fabio, Brun, pour se donner de l'importance, un point c'est tout.

— Le lieutenant s'est bien débrouillé, on lui donnera un autre galon, dit le Brun. Et à nous rien, tu verras. Tu t'en es pas rendu compte tout à l'heure quand le message est arrivé de Borja? Et le gouverneur le lieutenant par-ci, le lieutenant par-là, comme si ce n'était pas nous qui avons trouvé le fou dans l'île?

— Brun, la *chuncha* a dû lui donner un philtre, dit le Gros. Elle le rendra fou avec ces breuvages. C'est pour ça qu'il est tellement fatigué, il en dort debout.

— Nom de Dieu de nom de Dieu, dit le sergent. Qu'est-ce que vous faites ici, qu'est-ce qui vous arrive?

Lalita et Adrián Nieves, immobiles, l'observaient de leur lit de camp. A leurs pieds, un plat de terre débordait de bananes,

la lampe répandait une petite fumée blanche et odorante, et sur le seuil le sergent stupéfait continuait à battre des paupières sous sa visière, Aquilino n'avait pas fait la commission? Il avait une voix consternée, mais ça faisait bien deux heures, don Adrián, qu'il avait dit au gamin cours, c'est une question de vie ou de mort, et sa main, incrédule, agitait le revolver : nom de Dieu de nom de Dieu. Oui, il lui avait fait la commission, sergent, le pilote parlait comme on mâche : il avait envoyé ses enfants chez une de ses connaissances, sur l'autre rive. Des bords de sa bouche deux sillons avançaient gravement vers ses joues. Et alors? Pourquoi n'avait-il pas décampé lui aussi? Ce n'était pas les gosses qui avaient besoin de se cacher, c'était lui, don Adrián : le sergent se tapa la cuisse avec son revolver. Il avait fait traîner la chose pendant plusieurs heures, madame, en prenant des risques, que voulait-elle qu'il fasse de plus? Il avait eu plus de temps qu'il n'en fallait, don Adrián.

— Il est en train de palabrer avec lui, dit P'tit Format. Après il va dire à don Fabio je suis entré tout seul, je l'ai ramené tout seul. Il veut partager tout le mérite avec le lieutenant. Il ne travaille qu'à son transfert, le Piuran, une vraie fourmi.

Il sortait à présent de la cabane, en même temps qu'un peu de lumière, un murmure : à peine troublait-il la nuit, il flottait sur elle sans la briser, comme une onde solitaire sur des eaux tranquilles.

— Mais quand le lieutenant arrivera on lui parlera, dit le Blond. Qu'on nous envoie à·.Iquitos avec les prisonniers. Comme ça au moins on attrapera quelques jours de perme.

— Je veux bien qu'elle soit un peu sorcière, pas bien grande et tout ce que tu voudras, dit le Brun. Mais, viens pas me raconter, Gros, personne aurait hésité à honorer la *chuncha*, et toi le premier. D'ailleurs chaque fois que tu te cuites tu ne fais que parler d'elle, mon vieux.

— Je me la serais envoyée, naturellement, dit le Gros. Mais tu te serais marié avec une païenne? Jamais de la vie, gars.

— Il est tout ce qu'il y a plus capable de le tuer et de dire il a refusé d'obtempérer et il m'a fallu le descendre, dit P'tit Format. Il est capable de n'importe quoi, le Piuran pour qu'on lui donne sa médaille.

— Et si c'était des histoires, tout ça? dit le Blond. Quand le courrier est arrivé de Borja et que j'ai lu le message du lieutenant, je pouvais pas y croire, P'tit Format. Nieves n'a pas une tête de bandit, il avait l'air d'un brave type.

— Bah, personne n'a une tête de bandit, dit P'tit Format. Ou plutôt tout le monde en a une. Mais moi aussi ça m'a cloué quand j'ai lu le message. Il va écoper de combien d'années?

— Qui sait, dit le Blond, pas mal sûrement. Ils on volé tout le monde et les gens d'ici leur en veulent. Tu vois bien comme on nous a emmerdés tout le temps pour qu'on les cherche, alors même qu'ils ne volaient plus.

— Ce que je peux pas croire, c'est que ça soit lui le chef, dit P'tit Format. Surtout que s'il a volé autant qu'on le dit ça serait pas un crève-la-faim.

— Tu parles comme c'était lui le chef, dit le Blond. Mais ça n'y fait rien, si on trouve pas les autres, c'est Nieves et le fou qui trinqueront pour tous.

— Je l'ai prié, sergent, je l'ai supplié, dit Lalita. Depuis que vous êtes partis pour l'île, je le supplie, allons-nous-en, cachons-nous, Adrián. Et maintenant que vous nous avez fait prévenir, les petits ont ramassé des fruits, on leur a fait un paquet de leurs affaires, Aquilino lui aussi l'a supplié. Mais il n'écoute rien, il ne fait cas de personne.

La lumière de la lampe tombait en plein sur le visage de Lalita, éclairait l'abrupte surface de ses pommettes, les furoncles, les cratères du cou et les mèches oscillantes qui lui couvraient la bouche.

— Malgré votre uniforme vous avez bon cœur, dit Adrián Nieves. C'est pour ça que j'ai accepté d'être votre témoin.

Mais le sergent ne l'écoutait pas. Il avait fait demi-tour et, accroupi, scrutait la terrasse, un doigt sur les lèvres, don Adrián, il se laissait glisser tout de suite, la balustrade, sans faire de bruit, le fleuve, il compterait jusqu'à dix, le ciel et il tirait en l'air; il sortait en courant, les gars, il s'est échappé par là et il emmenait les gardes dans la direction de la forêt. Don Adrián pousserait sa barque dans l'ombre, il ne mettrait pas le moteur en marche avant d'arriver au Marañón, et qu'il file ensuite comme une âme que le diable emporte et ne se laisse pas rattraper, don Adrián, surtout pas ça, il serait refait lui aussi et Lalita oui, oui, c'était elle qui détacherait la barque,

sortirait les rames, elle partirait avec lui, et les mots se bousculaient sur ses lèvres, son front se tendait et il s'opérait un rapide et inhabituel rajeunissement de sa peau, Adrián, le linge était prêt, les vivres, il ne manquait rien, ils rameraient et avant d'arriver au poste ils prendraient la forêt. Et le sergent, halte, en jetant un coup d'œil sur l'extérieur : ils s'aplatiraient contre le fond de la barque, attention à ne pas lever la tête, ses gars tireraient s'ils les voyaient et P'tit Format mettait toujours dans le mille.

— Je vous remercie mais j'y ai beaucoup réfléchi et on ne peut pas partir par le fleuve, dit Adrián Nieves. Il est impossible de franchir le Pongo en ce moment, sergent : quand bien même on serait sorcier. Vous voyez bien que le lieutenant est resté bloqué sur le Santiago, qui n'est qu'une saloperie comparé au Marañón.

— Mais, don Adrián, dit le sergent. Mais qu'est-ce que vous voulez alors? je ne comprends pas.

— La seule chose c'est de prendre la forêt, comme j'ai fait la dernière fois, dit Nieves. Mais je ne veux pas, Sergent, j'y ai pensé tant et plus depuis que vous êtes partis pour l'île. Je ne vais pas passer le restant de ma vie à battre la forêt. Je n'étais que son pilote, je maniais sa barque simplement, comme pour vous, on ne peut rien me faire. Ici je me suis toujours bien conduit et ça, tout le monde peut en témoigner, les mères, le lieutenant, et le gouverneur aussi.

— Ils ne se bagarrent pas, dit P'tit Format. On entendrait des cris, on dirait qu'ils causent.

— Peut-être qu'il l'aura trouvé en train de dormir et qu'il attend qu'il s'habille, dit le Blond.

— A moins qu'il s'envoie la Lalita, dit le Gros. Il a dû ficeler Nieves et il la déguste en sa présence.

— T'en as de ces idées, Gros, dit le Brun. On a l'impression que c'est toi qui as pris un philtre, t'es en chaleur le jour et la nuit. Et puis, qui c'est qui s'enverrait la Lalita avec tous ces boutons qu'elle a?

— Mais elle est blanche, dit le Gros. Je préfère une chrétienne avec des boutons qu'une *chuncha* qu'en a pas. Y a que sa tête qui soit comme ça, je l'ai vue en train de se baigner, elle a de belles jambes. Maintenant elle va rester toute seule et elle aura besoin de consolation.

— Le manque de femmes te rend fou, dit le Brun. A vrai dire moi aussi, des fois.

— A quoi vous sert votre tête, don Adrián? dit le sergent. Si vous ne vous jetez pas à l'eau maintenant vous êtes foutu, vous ne voyez pas qu'on vous rendra responsable de tout? Le message du lieutenant dit que le fou est en train de claquer, ne vous entêtez pas.

— Ils me garderont pendant quelques mois, après je vivrai tranquille et je pourrai revenir ici, dit Adrián Nieves. Si je prends le maquis je ne verrai plus jamais ma femme et mes enfants, je ne veux pas vivre comme une bête jusqu'à ma mort. Je n'ai tué personne, j'ai des témoins, Pantacha, les païens. Ici je me suis conduit comme un bon chrétien.

— C'est pour ton bien que le sergent te conseille, dit Lalita, écoute-le, Adrián. Au nom de tout ce que tu as de plus cher, pour tes enfants, Adrián.

Elle grattait par terre, tripotait les bananes, en perdait la voix, et Adrián Nieves avait commencé à s'habiller. Il prenait une chemise froissée, sans boutons.

— Vous ne savez pas ce que j'éprouve, dit le sergent. Vous êtes toujours mon ami, don Adrián. Dans quel état Bonifacia va se mettre. Elle vous croyait déjà bien loin, comme moi.

— Prends-les, Adrián, sanglota Lalita. Mets-les aussi.

— Je n'en ai pas besoin, dit le pilote. Garde-les-moi jusqu'à mon retour.

— Non, non, mets-les, insista Lalita. Mets tes souliers, Adrián.

Une expression de gêne altéra le visage du pilote pendant un instant : il regarda confusément le sergent, mais s'accroupit et chaussa ses brodequins à semelle épaisse, don Adrián : on ferait ce qu'on pourrait pour s'occuper de sa famille, qu'il ne s'en fasse pas pour ça au moins. Il s'était relevé, Lalita s'était approchée de lui et l'avait pris par le bras. Elle n'allait pas pleurer, non? Ils s'en étaient tellement vu ensemble et elle n'avait jamais pleuré, elle n'allait tout de même pas s'y mettre à présent. On le relâcherait bientôt, alors la vie serait plus tranquille et, en attendant, qu'elle soigne bien les enfants. Elle approuvait comme un automate, vieille de nouveau, le visage crispé et les yeux comme des boules de billard. Le

sergent et Adrián Nieves sortirent sur la terrasse, descendirent l'escalier et comme ils abordaient la végétation un hurlement poussé par une femme traversa la nuit et, dans les ombres de la droite, v'là l'oiseau! la voix du Blond. Et le sergent, haut les mains, bordel de Dieu : du calme ou il le descendait. Adrián Nieves obéit. Il allait devant, les bras en l'air, et le sergent, le Blond et P'tit Format le suivaient en marchant lentement entre les sillons du petit champ.

— Pourquoi avez-vous été si long, sergent? dit le Blond.

— Je l'ai un peu interrogé dit le sergent. Et je l'ai laissé dire au revoir à sa femme.

Lorsqu'ils arrivaient au fourré de joncs, le Gros et le Brun vinrent au-devant d'eux. Ils s'incorporèrent au groupe sans rien dire et comme cela, en silence, ils suivirent le chemin jusqu'à Santa María de Nieva. Dans les cabanes imprécises on entendait chuchoter sur leur passage, entre les *capironas* aussi et entre les pilotis des gens observaient. Mais personne ne s'approcha d'eux ni leur posa de question. Devant l'embarcadère, on entendit des pieds nus qui couraient, tout près, sergent : c'était Lalita, elle devait être dans tous ses états, elle allait faire du scandale. Mais elle leur passa entre les gardes en haletant et ne s'arrêta que pendant quelques secondes près de Nieves le pilote : il avait oublié la nourriture, Adrián. Elle lui tendit un paquet et s'éloigna en courant comme elle était venue, ses pas se perdirent dans l'obscurité et, au loin, comme ils arrivaient au poste, une plainte se fit entendre qui évoquait le hibou.

— Tu vois ce que je t'ai dit, Brun, dit le Gros. Elle a un beau corps, encore. Mieux que celui de n'importe quelle *chuncha*.

— Ah, Gros, dit le Brun. Tu ne penses qu'à ça, ce que t'es chiant.

— S'il fait beau, demain après-midi, Fushía, dit Aquilino. J'irai d'abord, pour voir. Il y a un endroit près de là où tu peux rester caché dans la barque.

— Et s'ils n'acceptent pas, vieux, dit Fushía. Qu'est-ce que je vais faire, quelle vie je vais mener, Aquilino?

— Te mets pas en peine pour ce qui pourrait arriver, dit

Aquilino. Si je trouve ce type que je connais, il nous aidera. Et puis l'argent arrange tout.

— Tu vas lui donner tout l'argent? dit Fushía. Ne sois pas idiot, vieux. Gardes-en un peu pour toi, que ça te serve au moins pour tes affaires.

— Je veux pas de ton argent, dit Aquilino. Je retournerai ensuite à Iquitos, prendre de la marchandise, et je ferai un peu de commerce dans la région. Quand j'aurai tout vendu, j'irai à San Pablo te rendre visite.

— Pourquoi ne parles-tu pas? dit Lalita. C'est peut-être moi qui ai mangé toutes les conserves? Je te les ai toutes données. Ce n'est pas ma faute si elles sont finies.

— Je n'ai pas envie de te parler, dit Fushía. Et pas davantage de manger. Balance-moi ça et appelle les Achuales.

— Tu veux qu'on te fasse chauffer de l'eau? dit Lalita. Elles s'en occupent déjà, c'est moi qui le leur ai demandé! mange au moins un petit peu de poisson, Fushía. C'est de l'alose, c'est Jum qui l'a apportée tout à l'heure.

— Pourquoi ne m'as-tu pas fait ce plaisir? dit Fushía. Je voulais voir Iquitos de loin, quand ça n'aurait été que les lumières.

— T'es devenu fou, mon gars? dit Aquilino. Et les patrouilles de la Navale? D'ailleurs tout le monde me connaît dans le coin. Je veux bien t'aider, mais pas aller en prison.

— Comment est-ce San Pablo, vieux? dit Fushía. Tu y es allé souvent?

— Des fois, en passant, dit Aquilino. Il pleut pas beaucoup dans le coin et il y a pas de marais. Mais il y a deux San Pablo, je ne suis allé qu'à la Colonia, en faisant du commerce. Tu vivras de l'autre côté. Ça fait dans les deux kilomètres.

— Il y a beaucoup de chrétiens? dit Fushía. Une centaine, vieux?

— Certainement davantage, dit Aquilino. Ils se promènent tout nus sur la plage quand il fait soleil. Le soleil doit leur faire du bien, à moins que ça soit pour impressionner les bateaux qui passent. Ils crient pour demander de la nourriture et des cigarettes. Si on ne les écoute pas, ils vous insultent et ils vous jettent des pierres.

— Tu en parles avec dégoût, dit Fushía. Je suis sûr que

tu me laisseras à San Pablo et que je ne te verrai plus, vieux.

— Je te l'ai promis, dit Aquilino. J'ai peut-être pas toujours été de parole avec toi?

— Cette fois, ça sera la première que tu ne le seras pas, dit Fushía. Et aussi la dernière, vieux.

— Veux-tu que je t'aide? dit Lalita. Laisse-moi t'enlever tes bottes.

— Hors d'ici! dit Fushía. Ne reviens pas avant que je t'appelle.

Les Achuales, entrèrent, en silence, portant deux grandes bassines fumantes. Elles les posèrent près du hamac, sans regarder Fushía, et sortirent.

— Je suis ta femme, dit Lalita. N'aie pas honte. Pourquoi je sortirais?

Fushía pencha la tête, la regarda, et ses yeux étaient deux petites fentes ignées : pute de Loreto. Lalita fit demi-tour, sortit de la cabane, la nuit était tombée. L'atmosphère épaisse semblait sur le point d'éclater en coups de tonnerre, pluie et foudre. Dans le village huambisa les feux crépitaient, leur lumière brillait entre les *lupunas* et révélait une agitation croissante, des déplacements, des cris aigus, des voix rauques. Pantacha, assis sur la galerie de sa cabane, avait les jambes qui se balançaient en l'air.

— Qu'est-ce qui leur arrive? dit Lalita. Pourquoi tous ces feux? pour quoi font-ils tout ce vacarme?

— Ceux qui étaient partis à la chasse sont de retour, patronne, dit Pantacha. Vous n'avez pas vu les femmes? Elles ont passé la journée à faire du *masato*, ils vont faire la fête. Ils veulent que le patron y aille, lui aussi. Pourquoi est-il si furieux, patronne?

— Parce que don Aquilino n'est pas arrivé, dit Lalita. Les conserves sont finies et la boisson le sera bientôt aussi.

— Il y a dans les deux mois que le vieux ne vient pas, dit Pantacha. Cette fois il ne faut plus compter sur lui, patronne.

— Tout t'est égal à présent, n'est-ce pas? dit Lalita. Maintenant tu as une femme et tu t'en fiches.

Pantacha lança un éclat de rire et, à la porte de la cabane, la Shapra apparut, pleine d'ornements : diadème, bracelets, chevillières, tatouages sur les pommettes et sur les seins. Elle sourit à Lalita et s'assit sur la galerie, à côté d'elle.

— Elle a appris à parler chrétien mieux que moi, dit Pantacha. Elle vous aime beaucoup, patronne. Elle est effrayée parce que les Huambisas qui étaient partis à la chasse sont de retour. J'ai beau faire, elle en a toujours peur.

La Shapra montra les buissons qui cachaient l'escarpement : Nieves le pilote. Il arrivait en tenant son chapeau de paille à la main, sans chemise, le pantalon retroussé jusqu'aux genoux.

— On ne t'a pas vu de la journée, dit Pantacha. Tu pêchais ?

— Oui, je suis descendu jusqu'au Santiago, dit Nieves. Mais je n'ai pas eu de chance. Il va faire de l'orage et les poissons s'échappent ou se réfugient dans le fond.

— Les Huambisas sont de retour, dit Pantacha. Ils vont faire la fête cette nuit.

— C'est sans doute pour ça que Jum est parti, dit Nieves. Je l'ai vu quitter la lagune avec son canot.

— Il restera absent deux ou trois jours, dit Pantacha. Ce païen a encore peur des Huambisas lui aussi.

— Ce n'est pas de la peur, seulement il ne tient pas à ce qu'ils lui coupent le cou, dit le pilote. Il sait que quand ils ont bu leur haine pour lui se réveille.

— Toi aussi tu vas aller t'amuser avec les païens ? dit Lalita.

— Je suis très fatigué d'avoir ramé, dit Nieves. Je vais dormir.

— C'est interdit mais il arrive qu'ils sortent, dit Aquilino. Quand ils veulent réclamer quelque chose. Ils se font des canots, se mettent à l'eau et vont se planter devant la Colonia. Vous nous cédez ou on débarque, ils disent.

— Qui est-ce qui vit à la Colonia, vieux ? dit Fushía. Il y a des policiers ?

— Non, j'en ai pas vu, dit Aquilino. C'est là que sont les familles : les femmes, les enfants. Ils se sont fait leurs petits biens.

— Et les familles, ils leur inspirent du dégoût ? dit Fushía. Bien que ce soit leurs parents, Aquilino ?

— Il y a des cas où la parenté ne joue pas, dit Aquilino. C'est sans doute qu'ils s'y habituent pas, qu'ils ont peur de l'attraper.

— Mais dans ce cas personne n'ira leur rendre visite, dit Fushía. Dans ce cas, les visites seront interdites.

333

— Non, non, au contraire, il y en a beaucoup qui y vont, dit Aquilino. Il faut monter sur un bateau avant d'entrer, là on te donne un savon pour que tu te baignes et tu dois quitter tes vêtements et prendre une blouse.

— Pourquoi me fais-tu croire que tu viendras me voir, vieux? dit Fushía.

— Du fleuve on voit les maisons, dit Aquilino. De belles maisons, comme à Iquitos, en brique. Tu y vivras mieux que dans l'île, mon gars. Tu auras des amis et tu seras tranquille.

— Laisse-moi sur une petite plage, vieux, dit Fushía. Tu passeras de temps en temps m'apporter à manger, personne ne me verra. Ne m'emmène pas à San Pablo, Aquilino.

— Mais c'est à peine si tu peux marcher, Fushía, dit Aquilino. Tu te rends pas compte, mon gars?

— Et comment t'es-tu laissé soigner les fièvres par le sorcier des Huambisas du moment que tu en as toujours aussi peur? dit Lalita.

La Shapra sourit, sans répondre.

— Elle ne voulait pas, mais je l'ai amené quand même, patronne, dit Pantacha. Il l'a chantée, il l'a dansée, il lui a craché du tabac dans le nez et elle n'ouvrait pas les yeux. Elle tremblait plus de peur que de fièvre. Je crois que c'est la peur qui l'a guérie.

Le tonnerre retentit, il se mit à pleuvoir et Lalita s'abrita sous le toit. Pantacha était toujours sur la galerie et recevait de l'eau sur les jambes. Quelques minutes plus tard la pluie s'arrêta de tomber et la clairière se remplit de vapeur. La cabane du pilote n'était plus éclairée, patronne, il devait dormir déjà, et ça n'a été qu'un coup de semonce, l'averse pour de bon attraperait les Huambisas en pleine fête. Les coups de tonnerre avaient dû faire peur à Aquilino, sûrement, et Lalita sauta en bas de l'escalier, elle allait le voir, traversa la clairière et entra dans la cabane. Fushía avait les jambes plongées dans les bassines et la peau de ses cuisses était, comme la matière des récipients, rosâtre et squameuse. Il tripotait la moustiquaire sans arrêter de la regarder, Fushía, pourquoi avait-il honte? l'arracha et s'en couvrit, à présent il grognait, qu'est-ce que ça avait de mal qu'elle le voie? et courbé en deux il essayait d'attraper une botte, Fushía, mais à elle ça

ne lui faisait rien, finalement il y parvint et la lui lança, sans viser : elle passa près de Lalita, s'écrasa contre le lit et le petit ne pleura pas. Lalita ressortit de la cabane. Il tombait une pluie fine à présent.

— Et ceux qui meurent, vieux? dit Fushía. On les enterre sur place?

— Sur place, bien entendu, dit Aquilino. On va tout de même pas les jeter dans l'Amazone, ça serait pas chrétien.

— Tu vas continuer à courir d'un côté à l'autre sur les fleuves, Aquilino, dit Fushía. Tu n'as pas pensé qu'un jour tu pouvais mourir sur ton bateau?

— Je voudrais mourir dans mon village, dit Aquilino. Je n'ai plus personne à Moyobamba, si famille ni amis. Mais j'aimerais qu'on m'enterre dans le cimetière qu'il y a là-bas, je sais pas pourquoi.

— Moi aussi j'aimerais beaucoup revenir à Campo Grande, dit Fushía. Savoir ce que sont devenus mes parents, les amis que j'avais quand j'étais gamin. Il doit bien y avoir quelqu'un qui se souvient encore de moi.

— Des fois je regrette de pas avoir d'associé, dit Aquilino. Il y en a beaucoup qui m'ont offert de travailler avec moi, de mettre une petite somme pour une barque neuve. Ça tente tout le monde de passer sa vie à voyager.

— Et pourquoi n'as-tu pas accepté? dit Fushía. Maintenant que tu es vieux ça te tiendrait compagnie.

— Je connais les chrétiens, dit Aquilino. Je me serais bien entendu avec mon associé tant que je lui aurais appris le métier et que je l'aurais présenté à la clientèle. Puis l'autre se serait dit pourquoi continuer à partager ce qui rapporte si peu. Et comme je suis vieux ç'aurait été moi le sacrifié.

— Ça me fait de la peine qu'on ne soit pas restés ensemble, Aquilino, dit Fushía. J'y ai pensé pendant tout le voyage.

— C'était pas un travail pour toi, dit Aquilino. Tu étais très ambitieux, tu te contentais pas de la misère qu'on gagne avec ça.

— Tu vois à quoi ça m'a servi, l'ambition, dit Fushía. Pour finir mille fois plus mal que toi, qui n'en as jamais eu.

— C'est que Dieu ne t'a pas aidé, dit Aquilino. Tout ce qui arrive dépend de ça.

— Et pourquoi ne m'a-t-il pas aidé moi, et qu'il en a aidé

d'autres? dit Fushía. Pourquoi m'a-t-il couillonné, moi, et qu'il a aidé Reátegui par exemple?

— Demande-le-lui quand tu mourras, dit Aquilino. Comment veux-tu que je sache, Fushía?

— Allons-y un moment, avant que l'averse ne tombe, patron, dit Pantacha.

— Bon, mais rien qu'un moment, dit Fushía. Pour ne pas les vexer, les salauds. Nieves ne vient pas?

— Il est allé à la pêche sur le Santiago, dit Pantacha. Il dort déjà. Ça fait un moment qu'il a éteint sa lumière.

Ils s'éloignèrent des cabanes dans la direction des rouges flamboiements du village huambisa et Lalita attendit, assise près des pilotis de la cabane ruisselante d'eau. Le pilote apparut peu après, vêtu d'un pantalon et d'une chemise : tout était prêt. Mais Lalita ne voulait plus, demain, maintenant l'orage allait éclater.

— Pas demain, tout de suite, dit Adrián Nieves. Le patron et Pantacha vont rester à faire la fête et les Huambisas sont déjà ivres. Jum est dans le chenal, qui nous attend, il nous emmènera jusqu'au Santiago.

— Je ne veux pas laisser Aquilino ici, dit Lalita. Je ne veux pas abandonner mon fils.

— Personne n'a parlé de le laisser, dit Nieves. Moi aussi je tiens à ce que nous l'emmenions.

Il entra dans la cabane, en ressortit avec quelque chose dans les bras et, sans rien dire à Lalita, se dirigea vers le bassin aux tortues. Elle le suivit en pleurnichant, puis en arrivant à l'escarpement elle se calma et prit le pilote par le bras. Nieves la laissa monter la première dans le canot, lui tendit l'enfant et, peu après, l'embarcation fendait légèrement la surface sombre du plan d'eau. Derrière la noire palissade des *lupunas* on apercevait le pâle reflet des feux et on entendait des chants.

— Où est-ce que nous allons? dit Lalita. Tu ne me dis rien, tu fais tout tout seul. Je ne veux plus partir avec toi, je veux revenir.

— Tais-toi, dit le pilote. Ne parle pas tant qu'on n'aura pas quitté le plan d'eau.

— Voilà le jour qui se lève, dit Aquilino. On a pas fermé l'œil, Fushía.

— C'est la dernière nuit que nous sommes ensemble, dit Fushía. Je sens du feu là-dedans, Aquilino.

— Moi aussi ça me fait de la peine, dit Aquilino. Mais on peut pas rester ici plus longtemps, il faut continuer. T'as pas faim?

— Une petite plage, vieux, dit Fushía. Au nom de notre amitié, Aquilino. Pas à San Pablo, laisse-moi n'importe où. Ce n'est pas là que je veux mourir, vieux.

— Aie plus de caractère, Fushía, dit Aquilino. Tiens, j'ai fait le calcul. Trente jours exactement qu'on est partis de l'île.

Les choses sont ce qu'elles sont, la réalité et les désirs se confondent et sinon pourquoi serait-elle venue ce matin-là. Reconnaissait-elle ta voix, ton odeur? Parle-lui et vois comme dans son visage se lève quelque chose de souriant et d'anxieux, retiens sa main pendant quelques secondes et découvre sous sa peau cette crainte discrète, la délicate alarme de son sang, regarde comme ses lèvres se plissent, comme ses paupières battent. Voulait-elle savoir? Pourquoi serres-tu ainsi mon bras, pourquoi joues-tu avec mes cheveux, pourquoi ta main sur ma taille et, quand tu parles, ton visage si près du mien. Explique-lui : pour que tu ne me confondes pas avec les autres, parce que je veux que tu me reconnaisses, Toñita, et ce petit vent et ces bruits de ma bouche sont les choses que je te dis. Mais sois prudent, attention, prends garde aux gens, à présent il n'y a personne, prends sa main, lâche-la brusquement, toi tu as eu peur Toñita, pourquoi t'es-tu mise à trembler? demande-lui de te pardonner. Et là, de nouveau, le soleil lui dorant les cils et elle, qui pense sûrement, qui hésite, imagine, toi ce n'est rien de mal Toñita, n'aie pas peur de moi, et elle obscurément qui fait des efforts, qui invente, pourquoi, comment, et voilà les autres, Jacinto nettoie les tables, Chápiro parle du coton, des coqs et des filles qu'il s'envoie, des femmes offrent de la crème et elle, anxieuse, angoissée, qui fouille les ténèbres muettes, pourquoi, comment. Toi je suis fou, c'est impossible, je la fais souffrir, aie honte, saute à cheval, de nouveau les sablons, la grande salle, la tour. Tire les rideaux, que Papillon

monte, qu'elle se déshabille sans dire un mot, viens, ne bouge pas, tu es une petite fille, embrasse-la, tu l'aimes, ses mains sont des fleurs, elle que c'est joli, ça, patron, c'est vrai que je vous plais à ce point? Qu'elle se rhabille, qu'elle retourne à la salle, pourquoi as-tu parlé, Papillon, elle vous êtes amoureux et vous voulez que je la remplace, toi allez va-t'en, aucune pensionnaire ne remontera dans la tour. Et de nouveau la solitude, la harpe, l'eau-de-vie de canne, enivre-toi, étends-toi sur ton lit et fouille toi aussi, creuse dans l'obscurité, a-t-elle le droit d'être aimée? ai-je le droit de l'aimer? est-ce que ça me ferait quelque chose si c'était un péché? La nuit est lente, blanche, creuse sans sa présence qui tue les doutes. En bas ils rient, boivent et s'amusent, entre des guitares bruyantes s'insinue le mince sifflement d'une flûte, ils s'échauffent, dansent. Ç'a été un péché, Anselmo, tu vas mourir, repens-toi, toi ça n'en a pas été un, mon père, je ne me repens de rien sauf qu'elle soit morte. Et lui tu l'y as obligée, ç'a été par la force, toi non ça n'a pas été par la force, nous nous comprenions sans qu'elle me voie, nous nous aimions sans qu'elle me parle, les choses étaient ce qu'elles étaient. Dieu est grand, Toñita, c'est bien vrai que tu me reconnais? Fais-en la preuve, serre-lui la main, compte jusqu'à six, elle serre, jusqu'à dix, tu vois qu'elle ne lâche pas ta main? jusqu'à quinze et elle est toujours dans la tienne, confiante et douce. Et pendant ce temps il ne tombe plus de sable, un vent frais monte du fleuve, viens à l'*Étoile du Nord*, Toñita, nous prendrons quelque chose et quel bras sa main cherchait-elle? sur qui s'appuyait-elle pour traverser la place? le mien et pas celui de don Eusebio, sur moi et pas sur Chápiro, alors elle t'aime? Sens ce que tu sentais : la chair adolescente et bronzée, le fin duvet de son bras et, sous la table, son genou près de ton genou, il est fameux ce jus de *lucuma*, Toñita? et son genou toujours, et alors dissimule et jouis, ainsi donc les affaires vont bien don Eusebio, ainsi donc la boutique que vous avez ouverte à Sullana est tout ce qu'il y a de prospère, ainsi donc Arrese nous quitte docteur Zevallos, quel malheur pour Piura, c'était l'homme le plus cultivé, et là, ô bonheur! cette petite chaleur entre les veines et les muscles, une petite flamme dans le cœur, une autre aux tempes, deux minuscules cratères suppurant sous les poignets. Pas seulement le genou à présent, le pied aussi, on le verra bref et sans défense

près de la grosse botte, et la cheville, et la cuisse svelte parallèle
à la tienne, toi Dieu est grand mais peut-être ne se rend-elle pas
compte, sera-ce le hasard? Tente une autre preuve, appuie, se
retire-t-elle? reste-t-elle collée à toi? elle pousse elle aussi? toi
mais n'es-tu pas en train de jouer, petite? qu'est-ce que tu
éprouves pour moi? Là, de nouveau, l'ambitieux désir : être
seuls une fois ou l'autre, pas ici mais dans la tour, pas le jour
mais la nuit, pas habillés mais nus, Toñita ne t'écarte pas,
continue de me toucher. Et là, le matin d'été suffocant, les
cireurs de chaussures, les marchandes, les gens qui viennent
de la messe, l'*Étoile du Nord* avec ses hommes et leurs dialogues, le coton, les crues, la partie de campagne du dimanche
et, brusquement, sens sa main qui cherche, qui trouve et qui
saisit la tienne, attention, prudence, ne la regarde pas, ne bouge
pas, souris, le coton, les paris, la chasse, la chair dure des
daguets et les épidémies traîtresses et, pendant ce temps,
entends sa main dans la tienne, son mystérieux message,
déchiffre cette voix de secrètes pressions et de légers pincements,
et tout le temps Toñita, Toñita, Toñita. Maintenant finies les
hésitations, demain matin plus tôt encore, cache-toi dans la
cathédrale et guette, écoute le minuscule chant du sable dans
les branches des tamariniers, attends crispé, les yeux fixés sur
le coin de la rue que cachent à demi le kiosque et les arbres.
Et là, de nouveau, le temps immobile sous la voûte et les
arcades, les dalles sévères, les bancs vides, l'implacable volonté
et dans le dos une sécrétion froide, l'estomac qui soudain se
creuse : le bourricot, la femme, les corbeilles, une silhouette
qui avance en flottant. Que personne ne vienne, qu'elle s'en
aille vite, que le curé ne sorte pas et maintenant, rapidement,
à la course, la lumière extérieure, le parvis, les larges marches,
la chaussée, le quadrilatère ombragé. Ouvre les bras, prends-la,
vois comme sa tête se penche sur ton épaule, caresse ses cheveux, nettoie-les du sable blond et en même temps, attention,
l'*Étoile du Nord* va s'ouvrir et Jacinto apparaître en bâillant,
les gens du cru et les étrangers vont venir, dépêche-toi. Pas de
subterfuges, embrasse-la et, tandis que son visage s'enflamme,
n'aie pas peur, tu es jolie, je t'aime, ne te mets pas à pleurer,
sens ta bouche sur sa joue et tu vois, son mouvement d'humeur
lui passe, son attitude est de nouveau docile et c'est comme,
semblable à celui de la pluie dans l'été caniculaire est le parfum

de la surface qui cède sous tes lèvres, comme quand l'arc-en-ciel illumine le firmament. Alors enlève-la : nous ne pouvons pas continuer de la sorte, viens avec moi, Toñita, tu la soigneras, tu la gâteras, elle sera heureuse avec toi, un petit bout de temps et vous partirez loin de Piura, vous vivrez au grand jour. Cours avec elle, du sable coule encore des auvents, les gens dorment ou s'étirent dans leur lit, mais regarde, observe autour de toi, donne-lui la main, fais-la monter sur ton cheval. Ne l'énerve pas, parle-lui doucement : tiens-moi par la taille, fort, juste un petit moment. Et, de nouveau, le soleil qui s'installe sur la ville, l'atmosphère tempérée, les rues désertes, la furieuse urgence et brusquement regarde comme elle s'accroche, elle serre ta chemise, comme son corps adhère au tien, regarde ce flamboiement sur son visage : comprend-elle? dépêche-toi? qu'on ne nous voie pas? on s'en va? je veux m'en aller avec toi? toi Toñita, Toñita, tu te rends compte où nous partons, pourquoi nous y allons, ce que nous sommes? Traverse le Vieux Pont et ne pénètre pas dans Castilla la matinale, longe rapidement les caroubiers de la rive et maintenant oui, les sablons, talonne-le férocement, qu'il bondisse, qu'il galope, que ses sabots mal-traitent le dos lisse du désert et que s'élève un nuage de poussière protecteur. Là, les hennissements, la fatigue de l'animal, son bras sur ta taille et par moments la saveur de ses cheveux que le vent incruste dans ta bouche. Talonne toujours, on arrive, cravache et, de nouveau, aspire l'odeur de la matinée, la poussière et la folle excitation de cette matinée. Entre sans faire de bruit, prends-la, monte l'escalier étroit de la tour, sens ses bras autour de ton cou comme un collier vivant et là les râles, l'effarouchement qui sépare ses lèvres, l'éclat de ses dents, toi personne ne nous voit, tout le monde dort, calme-toi, Toñita. Nomme-les-lui : Ver luisant, Rainette, Fleur, Papillon. Plus encore : elles sont harassées, elles ont bu et fait l'amour et elles ne nous entendent pas, elles ne diront rien, tu leur expli-queras, elles comprennent les choses. Mais continue, comment on les appelle, des pensionnaires. Parle-lui de la tour et du panorama, décris-lui le fleuve, les champs de coton, le brun profil des montagnes lointaines et les toitures de Piura étin-celant à midi, les maisons blanches de Castilla, l'immensité des sables et du ciel. Toi je regarderai pour toi, tu lui prêteras tes yeux, tout ce que j'ai t'appartient, Toñita. Qu'elle s'imagine

quand le fleuve entre en crue : ces serpents si minces qui un jour de décembre progressent dans le lit en rampant, comme ils se rejoignent et comme ils enflent, et leur couleur, toi vert et marron, et ça grossit et ça s'étire. Qu'elle entende carillonner les cloches et devine les gens qui vont recevoir les eaux, les gosses qui font éclater des pétards, les femmes qui jettent des bouquets et des serpentins, et la robe grenat de l'évêque bénissant les eaux voyageuses. Raconte-lui comment les gens s'agenouillent sur le Quai et décris-lui la fête — les stands, les éventaires, les glaces, les criées —, nomme-lui les notables satisfaits qui se jettent à cheval dans le courant et tirent des coups de feu en l'air et aussi les gens de la Gallinacera et de la Mangachería qui se baignent en caleçon, et les courageux qui plongent du Vieux Pont. Et dis-lui comment le fleuve est à présent, et comme nuit et jour il passe dans la direction de Catacaos, épais et sale. Aussi qui est Angélica Mercedes, qui sera son amie, les plats qu'elle lui fera, ceux que tu préféreras, Toñita, *picantes*, *chupes*, *secos* et *piqueos*, et même du *clarito*, mais je ne veux pas que tu t'enivres. Et n'oublie pas la harpe, chaque soir une sérénade pour toi toute seule. Parle-lui à l'oreille, assieds-la sur tes genoux, ne la brusque pas, sois patient, caresse-la à peine ou mieux respire-la sans la toucher, sans hâte, doucement attends qu'elle cherche tes lèvres. Et parle-lui toujours, à l'oreille, avec tendresse, le poids de son corps est léger et sa peau dégage un tiède parfum, touche le duvet de ses bras comme tu touches les cordes de ta harpe. Parle-lui, murmure-lui, déchausse-la avec délicatesse, baise ses pieds et là, de nouveau, clairs et délectables, ses talons, cette cambrure, ces petits doigts légers dans ta bouche, son rire frais dans la pénombre. Ris aussi, je te fais des chatouilles ? n'arrête pas de l'embrasser, là ses chevilles si légères et ses genoux durs et ronds. Étends-la alors avec soin, installe-la bien, et très lentement, très doucement, ouvre son chemisier et touche-la, son corps se raidit-il ? lâche-la, touche-la de nouveau, et parle-lui, tu l'aimes, tu la gâteras comme on gâte une fillette, tu vivras pour elle, ne la serre pas, ne la mords pas, entoure-la à peine, guide sa main jusqu'à sa jupe, que ce soit elle-même qui la déboutonne. Toi je t'aide, Toñita, je te l'enlève, petite fille, et étends-toi à côté d'elle. Dis-lui ce que tu éprouves, ce que sont ses seins, toi deux petits lapins, embrasse-les, tu les veux,

341

tu les voyais en rêve, la nuit ils pénétraient dans la tour blancs et bondissants, tu étais sur le point de les prendre et ils s'échappaient, toi mais ils sont plus doux et plus vivants et là, la discrète pénombre, le frémissement des rideaux, les silhouettes floues des objets, le lisse éclat immobile de son corps. Caresse-le et caresse-le encore, et dis-lui tes genoux sont, tes hanches sont, tes épaules sont, et ce que tu sens, et que tu l'aimes, toujours que tu l'aimes. Toñita, petite fille, gamine, et serre-la contre toi, à présent oui cherche ses cuisses, sépare-les timidement, sois soigneux, sois obéissant, ne la brusque pas, embrasse-la, et retire-toi, embrasse-la une autre fois, tranquillise-la et, ce faisant, sens comme ta main s'humidifie et comme son corps s'abandonne, et se laisse aller, la paresseuse torpeur qui l'envahit et comme sa respiration se fait plus courte et ses bras t'appellent, sens comme la tour rompt ses amarres, s'embrase, disparaît entre les dunes chaudes. Dis-lui tu es ma femme, ne pleure pas, ne te serre pas contre moi comme si tu allais mourir, dis-lui tu commences à vivre et maintenant distrais-la, joue avec elle, sèche ses joues, chante-lui quelque chose, berce-la, dis-lui de dormir, je serai ton oreiller, Toñita, je veillerai sur ton sommeil.

— On l'a emmené à Lima ce matin, gémit Bonifacia. On dit que c'est pour des années.

Et alors? La prison de Piura, c'était pas pire qu'une étable? Josefino fait quelques pas dans la pièce, on y vivait dans la crasse, s'appuya sur le rebord de la fenêtre, on les faisait crever de faim, à la chiche lumière d'un lampadaire le collège San Miguel, l'église et les caroubiers de la place Merino apparaissaient comme en rêve, et ceux qui tenaient tête on leur donnait de la merde à bouffer, et Lituma était de ceux-là, et malheur à eux s'ils la bouffaient pas : il valait bien mieux qu'on l'ait envoyé à Lima.

— On ne m'a même pas laissé lui dire adieu, gémit Bonifacia. Pourquoi on ne m'a pas prévenue qu'on allait l'emmener?

Les adieux, c'était pas quelque chose de triste? Josefino s'approcha du sofa où elle venait de s'asseoir, les pieds de Bonifacia se déchaussèrent avec colère, son corps était parcouru de brusques secousses. C'était préférable comme ça, et pour

Lituma aussi qui serait devenu triste, et elle d'où allait-elle tirer l'argent, le billet coûtait horriblement cher, on le lui avait dit à l'*Empresa Roggero*. Josefino lui passa un bras sur les épaules. Qu'est-ce qu'elle allait faire à Lima, la malheureuse? Qu'elle reste ici, à Piura, il s'en occuperait, lui, il ferait en sorte qu'elle oublie tout.

— C'est mon mari, je dois partir, gémit Bonifacia. De toute façon j'irai le visiter tous les jours, je lui apporterai à manger.

Mais à Lima c'était différent, quelle sotte, on leur donnait de la bonne nourriture et on les traitait bien. Josefino referma son bras autour de Bonifacia, elle résista un moment, céda et finalement ça commençait à l'énerver, c'était pas une brute le flic? et elle mensonge, il lui faisait pas mener une sale vie? et elle ce n'est pas vrai, mais elle se laissa aller contre lui et se remit à pleurer. Josefino lui caressa les cheveux. Et d'ailleurs après tout, c'était une chance, il fallait appeler les choses par leur nom, Sauvage : ils s'en étaient débarrassés.

— Je suis mauvaise mais tu l'es encore plus que moi, pleurnicha Bonifacia. On va se damner tous les deux, et puis pourquoi tu m'appelles Sauvage puisque tu sais que ça ne me plaît pas, tu vois comme tu es méchant.

Josefino l'écarta avec douceur, se leva et ça, c'était le comble, elle serait pas morte de faim sans lui? elle vivrait pas comme une mendiante? Il fouilla dans ses poches appuyé contre la fenêtre, comme perdu dans un rêve, et par-dessus le marché elle venait pleurer le flic devant elle, en tira une cigarette et l'alluma : un homme a son orgueil, que diable.

— Tu es en train de me tutoyer, dit-il brusquement en se retournant vers Bonifacia. Avant rien qu'au lit et après toujours vous. Comme t'es bizarre, Sauvage.

Il revint près d'elle et elle esquissa un mouvement de repli, mais elle se laissa embrasser et Josefino rit. Ça lui faisait honte? Des idées que les bonnes sœurs de son patelin lui avaient mis dans le ciboulot? Pourquoi tu rien qu'au lit?

— Je sais que c'est un péché et pourtant je reste avec toi, sanglota Bonifacia. Tu ne t'en rends pas compte mais Dieu va me punir, et toi aussi, et tout ça par ta faute.

Quelle hypocrite c'était, pour ça elle ressemblait bien aux Piuranes, quelle hypocrite c'était, *cholita*, elle le savait ou elle le savait pas qu'elle allait être sa femme le soir qu'il l'avait

amenée? et elle elle ne le savait pas, en pleurnichant, elle ne serait pas venue, elle ne savait pas où aller. Josefino cracha sa cigarette par terre et Bonifacia était accroupie contre lui, Josefino pouvait lui parler à l'oreille. Mais ça lui avait plu, qu'elle soit sincère, Sauvage, qu'elle l'avoue, rien qu'une fois, tout doucement, à lui seul, *chinita*, ça lui avait plu ou ça lui avait pas plu? *cholita*.

— Ça m'a plu parce que je suis mauvaise, chuchota-t-elle. Ne me le demande pas, c'est un péché, ne m'en parle pas.

Mieux qu'avec le flic? qu'elle le jure, personne l'écoutait, il l'aimait, pas vrai qu'elle jouissait davantage? il l'embrassa dans le cou, lui mordit l'oreille, sous sa jupe tout était étroit, tendu et tiède, pas vrai que le flic l'avait jamais fait crier? et elle d'une voix pâmée oui, la première fois, de douleur plutôt, pas vrai que lui il la faisait crier quand il en avait envie? et rien que de plaisir, pas vrai? et elle qu'il se taise, Josefino, Dieu l'entendait, et lui je te touche et tu changes aussitôt, tu me plais parce que tu es ardente. Il la lâcha, elle cessa de ronronner et, un moment après, elle pleurait de nouveau.

— Il te traînait dans la boue, Sauvage, dit Josefino; tu perdais ton temps avec le flic. Pourquoi as-tu tant de peine pour lui?

— Parce que c'est mon mari, dit Bonifacia. Il faut que je parte à Lima.

Josefino se pencha, ramassa son mégot, l'alluma et deux gosses couraient sur la place Merino, l'un d'eux avait grimpé sur la statue et les petites fenêtres de la maison du père García étaient éclairées, il ne devait pas être si tard que ça, elle savait qu'hier il avait donné sa montre en gage? Il oubliait de le lui dire, Sauvage, et bien sûr, bien sûr, quelle tête : tout était prêt avec doña Santos, demain de bonne heure.

— Maintenant je ne veux plus, dit Bonifacia. Je ne veux pas, je n'irai pas.

Josefino jeta son mégot dans la direction de la place Merino, mais il n'arriva même pas à l'avenue Sánchez Cerro, et se retira de la fenêtre et elle était toute raide, et lui qu'est-ce qui t'arrive, elle voulait l'assassiner du regard? il le savait bien qu'elle avait de beaux yeux, pourquoi les ouvrait-elle tellement et qu'est-ce que c'était que cette histoire? Bonifacia ne pleurait pas et avait un air agressif, une voix décidée : elle ne voulait

pas, c'était le fils de son mari. Et avec quoi allait-elle le nourrir, le fils de son mari? Et qu'est-ce qu'elle allait manger, elle, jusqu'à la naissance du fils de son mari? Et Josefino qu'est-ce qu'il allait faire de l'enfant d'un autre? Le pire de tout c'était que les gens ne réfléchissaient jamais aux choses, qu'est-ce qu'ils faisaient du ciboulot que le Bon Dieu leur avait posé au-dessus du cou, eh bien merde qu'est-ce qu'ils en faisaient.

— Je travaillerai comme domestique, dit Bonifacia. Et après je partirai avec lui à Lima.

Comme domestique, avec le ballon? Elle rêvait, y aurait personne qui voudrait l'employer et si par hasard y avait quelqu'un, on la mettrait à frotter les parquets et avec tout le mal qu'elle se donnerait le fils de son mari se débinerait ou bien il naîtrait mort, ou ça serait un monstre, elle avait qu'à demander à un médecin, et elle qu'il meure d'accord, mais elle ne voulait pas le tuer.

Elle se remit à pleurnicher et Josefino s'assit à côté d'elle et lui passa un bras sur les épaules. Elle ne lui avait pas de reconnaissance, c'était une ingrate avec lui. Il la traitait bien, oui ou non? Pourquoi l'avait-il amenée chez lui? parce qu'il l'aimait, pourquoi la nourrissait-il? parce qu'il l'aimait et par contre, et par-dessus le marché, et malgré tout, l'enfant d'un autre pour que les gens se moquent de lui? merde alors, il fallait pas prendre un homme pour un pantin. Et puis, combien la Santos allait-elle lui demander? Un paquet de fric, un sacré tas et, au lieu de le remercier, elle pleurait. Pourquoi était-elle comme ça avec lui, Sauvage? On aurait dit qu'elle l'aimait pas, et lui qui l'aimait tellement, *cholita*, il lui pinçait le cou et lui soufflait derrière l'oreille et elle gémissait, son patelin, les bonnes mères, elle voulait y retourner, même si c'était un pays de sauvages, même s'il n'y avait ni maisons ni voitures, Josefino, Josefino, retourner à Santa María de Nieva.

— Il te faut plus d'argent pour revenir dans ton patelin que pour te faire une maison, *cholita*, dit Josefino. Tu causes et tu causes sans savoir ce que tu dis. Faut pas être comme ça, chérie.

Il prit son mouchoir, lui essuya les yeux et les lui embrassa et s'arrangea pour faire pencher une moitié de son corps, et il l'embrassa avec passion, il se donnait du mal pour elle, pourquoi? il faisait tout en pensant à son bien, pourquoi, nom de

Dieu, pourquoi? parce qu'il l'aimait. Bonifacia soupirait, le mouchoir sur la bouche : comment ça pouvait être pour son bien qu'il voulait tuer le fils de son mari?

— C'est pas le tuer, bêtasse, est-ce qu'il est déjà né? dit Josefino. Et pourquoi parles-tu tant de ton mari puisque c'est plus ton mari?

Si, il l'était, ils s'étaient mariés à l'église et pour le Bon Dieu c'était la seule chose qui comptait, et Josefino, quelle manie, pourquoi fourrer Dieu partout? Sauvage, et elle tu vois? et lui *cholita*, bêtasse, qu'elle lui donne un baiser, et elle non, et lui qu'est-ce qu'il lui ferait pas s'il l'aimait pas tant, la berçant, cherchant ses aisselles, l'empêchant de se lever, bêtasse, têtue, ma Sauvageonne, tu vois, tu vois? et entre un hoquet et un sanglot elle riait et par moments sa bouche restait tranquille et il arrivait à l'embrasser. Elle l'aimait? une fois, rien qu'une fois, bêtasse, et elle je ne t'aime pas, et lui mais moi beaucoup, Sauvage, seulement tu en profites et tu en abuses, et elle tu me le dis mais tu ne m'aimes pas, et lui qu'elle lui touche le cœur et elle verrait s'il battait pas pour elle, et puis si elle l'aimait elle lui ferait plaisir pour tout, et sous la jupe tout était serré, tiède, glissant, comme sous le chemisier, et aussi dans le dos, tiède, ardent et épais, et la voix de Josefino commençait à hésiter et à être, comme celle de Bonifacia, très basse, elle n'irait pas chez la Santos même s'il le voulait, et contenue, il pouvait la tuer elle n'irait pas, et paresseuse, mais si elle l'aimait, modulée et chaude.

— Tu en fais une tête, dit le sergent, on dirait qu'on t'emmène de force. Pourquoi n'es-tu pas contente?

— Mais je le suis, dit Bonifacia. Sauf que j'ai un peu de peine à cause des bonnes mères.

— Ne pose pas cette valise tant sur le bord, Pintado, dit le sergent. Et les caisses sont mal calées, elles iront dans la flotte au premier choc.

— Souvenez-vous de nous quand vous serez au paradis, sergent, dit P'tit Format. Écrivez-nous, racontez-nous comment c'est, la vie de la ville. Si ça existe encore, les villes.

— Piura est la ville la plus gaie du Pérou, madame, dit le lieutenant. Elle va beaucoup vous plaire.

— J'en suis sûre, monsieur, dit Bonifacia. Si elle est gaie elle me plaira forcément.

Pintado, le pilote, avait déjà installé tous les bagages sur la barque et maintenant, agenouillé entre deux bidons d'essence, il examinait le moteur. Il soufflait une brise douce et les eaux du Nieva, de la couleur du raisin, avançaient vers le Marañón tout agitées de vaguelettes, de secousses et de brefs remous. Le sergent allait et venait sur la barque, actif, souriant, vérifiant les colis, les amarres et Bonifacia avait l'air intéressée par ce remue-ménage mais, parfois, ses yeux s'écartaient de l'embarcation et scrutaient les collines : sous le ciel limpide la Mission resplendissait déjà entre les arbres, ses tôles et ses murs réverbéraient paisiblement dans la claire lumière de la matinée. Le sentier pierreux, par contre, était dissimulé par des traînées de brume flottant presque au

ras du sol, indemnes : la forêt déviait la brise qui les aurait dispersées.

— N'est-ce pas que ça nous démange d'arriver à Piura, *chinita?* dit le sergent.

— C'est vrai, dit Bonifacia. On voudrait arriver le plus vite possible.

— Ça doit être très loin, dit Lalita. Et la vie y est certainement bien différente de celle d'ici.

— A ce qu'il paraît que c'est cent fois plus grand que Santa María de Nieva, dit Bonifacia, avec des maisons comme on en voit dans les revues des mères. Il y a pas beaucoup d'arbres, on dit, et du sable, beaucoup de sable.

— Ça me fait de la peine que tu t'en ailles, mais je m'en réjouis pour toi, dit Lalita. Les mères sont au courant?

— Elles m'ont donné beaucoup de conseils, dit Bonifacia. La mère Angélica a pleuré. Ce qu'elle est devenue vieille, elle n'entend plus ce qu'on lui dit, il m'a fallu crier. C'est à peine si elle marche, Lalita, et ses yeux on dirait qu'ils dansent tout le temps. Elle m'a emmenée à la chapelle et on a prié ensemble. Je ne la reverrai plus, c'est sûr.

— C'est une méchante vieille, une perverse, dit Lalita. Tu n'as pas balayé ça, tu n'as pas lavé les marmites, et elle me flanque la frousse avec l'enfer, tous les matins tu t'es repentie de tes péchés? Elle me dit aussi des choses terribles d'Adrián, que c'est un bandit, qu'il trompait tout le monde.

— Elle a mauvais caractère parce qu'elle est toute vieille, dit Bonifacia. Elle doit se rendre compte qu'elle n'en a plus pour longtemps. Mais avec moi elle est bonne. Elle m'aime et moi aussi je l'aime.

— Des caroubiers, des ânes et on y danse le *tondero*, dit le lieutenant. Et vous allez connaître la mer, madame, elle n'est pas loin de Piura. C'est plus agréable que de se baigner dans le fleuve.

— Et puis on dit qu'il y a les plus jolies filles du Pérou, madame, dit le Gros.

— Ah, Gros, dit le Blond. Et qu'est-ce que ça peut lui faire à cette dame qu'il y ait des jolies femmes à Piura?

— Je le lui dis pour qu'elle se méfie des Piuranes, dit le Gros. Qu'elles lui prennent pas son mari.

— Elle sait que je suis sérieux, dit le sergent. La seule chose

dont je rêve c'est de voir mes amis, mes cousins. Quant aux femmes, la mienne me suffit largement.

— Ah, cynique *cholo*, dit le lieutenant en riant. Surveillez-le bien, madame, et s'il s'écarte du droit chemin, le bâton.

— Si c'est possible, vous m'emballez une Piurane et vous me l'envoyez, dit le Gros.

Bonifacia souriait aux uns et aux autres mais, en même temps, elle se mordait les lèvres et, à intervalles réguliers, son visage prenait une expression différente qui le décomposait, pendant quelques secondes son regard se voilait et un léger tremblement agitait sa bouche, puis cela disparaissait et ses yeux souriaient de nouveau. La bourgade se réveillait à présent, il y avait des chrétiens dans la boutique de Paredes, la vieille servante de don Fabio balayait la terrasse de la *Gobernación* et, sous les *capironas* des Aguarunas, passaient des jeunes et des vieilles se dirigeant vers le fleuve avec leurs gaffes et leurs harpons. Le soleil embrasait les toits de *yarina*.

— Il faudrait se décider à partir une bonne fois, sergent, dit Pintado. Il vaut mieux passer le Pongo maintenant, après il y aura plus de vent.

— Écoute-moi d'abord, et après tu diras non si tu veux, dit Bonifacia. Laisse-moi t'expliquer au moins.

— Il vaut mieux ne jamais faire de projets, dit Lalita. Après, si ça ne marche pas, c'est pire. Pense seulement aux choses dans le moment où elles arrivent, Bonifacia.

— Je lui en ai parlé et il est d'accord, dit Bonifacia. Il me donnera un *sol* toutes les semaines, et moi je travaillerai pour les gens, tu sais bien que les mères m'ont appris à coudre. Mais on ne le volera pas? Ça aura à passer par tellement de mains, tu ne le recevras peut-être même pas.

— Tu n'as rien à m'envoyer, dit Lalita. Est-ce que j'ai besoin d'argent?

— Ça y est, j'ai trouvé comment, dit Bonifacia, en se touchant le front. Je l'enverrai aux mères, est-ce qu'on oserait les voler, elles? et les mères te le donneront.

— Malgré toute l'envie qu'on a de s'en aller, ça rend toujours un peu triste, dit le sergent. C'est ce que je sens à présent les gars, pour la première fois. On finit par s'attacher à un endroit, même s'il ne vaut pas grand-chose.

La brise s'était transformée en vent et les têtes des arbres

les plus grands inclinaient leur panache, le balançaient au-dessus des plus petits. Là-haut, la porte de la Résidence s'ouvrit, la sombre silhouette d'une mère sortit, pressée, et comme elle traversait la cour dans la direction de la chapelle le vent s'engouffra dans son habit, l'enflant comme une vague. Les Paredes étaient sortis sur la porte de leur cabane et, accoudés à la balustrade, regardaient l'embarcadère et faisaient au revoir.

— C'est humain, sergent, dit le Brun. Tout ce temps ici, et puis marié avec quelqu'un du patelin. On comprend que ça vous fasse un peu de peine. Vous devez en avoir encore plus, madame.

— Merci pour tout, lieutenant, dit le sergent. Si je peux vous être de quelque utilité à Piura, n'hésitez pas, je suis entièrement à vos ordres. Quand serez-vous à Lima?

— Dans un mois, un peu plus tôt un peu plus tard, dit le lieutenant. Il faut que j'aille à Iquitos avant, pour liquider cette affaire. Je te souhaite beaucoup de chance dans ton pays, *cholo*, je vais m'y pointer le jour où tu t'y attendras le moins.

— Garde plutôt ton argent pour quand tu auras des enfants, dit Lalita. Adrián disait le mois dernier : on s'y met et dans six mois on pourra acheter un moteur neuf. Mais jamais nous n'avons économisé un centime. Et pourtant il ne dépensait presque rien, ça passait tout pour la nourriture et pour les enfants.

— Et alors tu pourras aller à Iquitos, dit Bonifacia. Arrange-toi pour que les mères te gardent l'argent que je vais t'envoyer, jusqu'à ce qu'il y en ait assez pour le voyage. Alors tu iras le voir.

— Paredes m'a dit que je ne le reverrai pas, dit Lalita. Et que je mourrai ici, comme domestique chez les mères. Ne m'envoie rien. Tu en auras besoin là-bas, en ville on a besoin de beaucoup d'argent.

Il permettait, *cholo?* Le sergent fit signe que oui et le lieutenant donna l'accolade à Bonifacia qui battait des cils et remuait la tête, comme étourdie, mais dont les lèvres et les yeux, bien qu'humides, souriaient encore, tenacement, madame : c'était leur tour à présent. Le Gros passa le premier et le Brun, sapristi, il faisait durer le plaisir et lui, sergent, ne le prenez pas mal, c'était une accolade entre amis, le Blond, P'tit Format. Pintado le pilote avait lâché les amarres et, courbé sur sa gaffe,

maintenait le bateau près de l'embarcadère. Le sergent et Bonifacia montèrent, s'installèrent entre les paquets, Pintado releva la gaffe et le courant s'empara de l'embarcation, se mit à la balancer et à l'entraîner sans hâte vers le Marañón.

— Il faut que tu ailles le voir, dit Bonifacia. Je t'en enverrai même si tu ne veux pas. Et quand il s'en sortira, vous viendrez à Piura, je vous aiderai comme vous m'avez aidée. Là-bas personne ne connaît don Adrián et il pourra travailler n'importe où.

— Tu feras une autre tête quand tu verras Piura, *chinita*, dit le sergent.

Bonifacia tenait une main hors du bateau, ses doigts touchaient l'eau trouble et ouvraient de droits, d'éphémères canaux qui disparaissaient dans l'écumeuse confusion semée par l'hélice. Parfois, sous la surface opaque du fleuve, on apercevait un bref et rapide poisson. Au-dessus d'eux le ciel avait l'air dégagé, mais au loin, dans la direction de la Cordillère, flottaient de gros nuages que le soleil fendait comme au couteau.

— Tu es triste seulement pour les mères? dit le sergent.

— Pour Lalita aussi, dit Bonifacia. Et je pense tout le temps à la mère Angélica. Hier soir elle s'est accrochée à moi, elle ne voulait pas me lâcher et les mots ne sortaient pas tellement elle avait de la peine.

— Les bonnes sœurs ont été chics dit le sergent. Qu'est-ce qu'elles t'ont fait comme cadeaux!

— On reviendra un jour? dit Bonifacia. Rien qu'une fois pour se promener?

— Qui sait, dit le sergent. Mais ça fait un peu loin pour une promenade.

— Ne pleure pas, dit Bonifacia. Je vais t'écrire et te raconter tout ce que je fais.

— Depuis que je suis partie d'Iquitos je n'ai pas eu d'amies, dit Lalita. Depuis que j'étais petite. Là-bas, dans l'île, les Achuales, les Huambisas ne parlaient presque pas chrétien et on ne s'entendait que pour certaines choses. Tu as été ma meilleure amie.

— Et toi aussi la mienne, dit Bonifacia. Plus qu'une amie, Lalita. Toi et la mère Angélica, vous êtes ce que j'aime le plus ici. Allons, ne pleure pas.

— Pourquoi ne revenais-tu pas, Aquilino, dit Fushía. Pourquoi ne revenais-tu pas, vieux?

— J'ai pas pu revenir plus vite, mon gars, calme-toi, dit Aquilino. Le type me harcelait de questions, il disait les bonnes sœurs par-ci le docteur par-là, et j'arrivais pas à le convaincre. Mais j'y suis arrivé, Fushía, c'est réglé.

— Les bonnes sœurs? dit Fushía. Il y a aussi des bonnes sœurs?

— Elles y sont comme infirmières, elles soignent les gens, dit Aquilino.

— Emmène-moi ailleurs, Aquilino, dit Fushía, ne me laisse pas à San Pablo, je ne veux pas mourir ici.

— Le type a gardé tout le fric, mais il m'a promis tout un tas de choses, dit Aquilino. Il t'obtiendra des papiers, il arrangera tout pour que personne sache qui tu es.

— Tu lui as donné tout ce que j'ai réuni pendant des années? dit Fushía. Avoir fait tant de sacrifices, s'être donné tant de mal pour ça? Pour que le premier venu empoche tout?

— Il m'a fallu monter petit à petit, dit Aquilino. D'abord cinq cents, pas question, après mille, pas question, il voulait même pas discuter, il disait la prison ça revient plus cher. Il m'a promis aussi qu'il te donnera une meilleure nourriture, de meilleurs remèdes. Qu'est-ce qu'on y peut, Fushía, ç'aurait été pire s'il avait pas accepté.

Il pleuvait à verse et le vieil homme, trempé jusqu'aux os, pestant contre le temps, fit sortir le bateau du chenal à coups de gaffe. Quand il fut près de l'embarcadère il aperçut des silhouettes nues au sommet de l'escarpement. En criant, il donna l'ordre en huambisa de descendre l'aider, les silhouettes disparurent derrière les *lupunas* que le vent secouait et surgirent, rougeâtres, sautillant et glissant sur la boue de la pente. Ils attachèrent la barque à des pieux, et en pataugeant sous les grosses gouttes qui leur éclaboussaient le dos, ils portèrent don Aquilino sur la terre ferme. Le vieil homme commença à se déshabiller tout en grimpant l'escarpement. En arrivant au sommet il avait enlevé sa chemise, et dans le village, sans répondre aux signes d'amitié que les femmes et les enfants lui adressaient des cabanes, il enleva son pantalon. Ainsi, avec son seul chapeau de paille et un caleçon, il traversa le fourré dans la direction de la clairière des chrétiens où quelque chose de

simiesque et de vacillant se laissa glisser d'une balustrade, Pantacha, le serra dans ses bras, t'es en train de rêver, et lui bégaya gauchement quelque chose à l'oreille, t'es bourré d'herbes et tu peux même pas parler, lâche-moi. Pantacha avait les yeux hagards et des filets de bave lui dégoulinaient des lèvres. Tout agité, il faisait des gestes en désignant les cabanes. Le vieil homme vit la Shapra, revêche, immobile, le cou et les bras dissimulés sous des colliers de coquillages et des bracelets, le visage couvert de peinture.

— Ils se sont enfuis, don Aquilino, finit par grogner Pantacha, en retournant les yeux. Le patron est furieux, il y a des mois qu'il reste enfermé, il refuse de sortir.

— Il est dans sa cabane? dit le vieil homme. Lâche-moi, il faut que je lui parle.

— Pour qui tu te prends pour me donner des ordres? dit Fushía. Retournes-y, que le type te rende le fric. Emmène-moi sur le Santiago, je préfère mourir au milieu de gens que je connais.

— Il nous faut attendre jusqu'à la nuit, dit Aquilino. Quand tout le monde dormira, je t'emmènerai jusqu'au bateau où on fait baigner les visiteurs et là le type te prendra. Reste pas comme ça, Fushía, essaie maintenant de dormir un peu. A moins que tu préfères manger?

— Exactement comme tu me traites les autres me traiteront, dit Fushía. Tu ne m'écoutes pas, tu décides de tout et je n'ai qu'à obéir. C'est ma vie, Aquilino, pas la tienne, je ne veux pas, ne m'abandonne pas ici. Un peu de compassion, vieux, retournons à l'île.

— Même si je le voulais je pourrais pas te faire ce plaisir, dit Aquilino. De naviguer jusqu'au Santiago et en se cachant, ça représenterait des mois de voyage, et y a plus d'essence ni d'argent pour en acheter. Je t'ai amené jusqu'ici par amitié, pour que tu meures entouré de chrétiens, et pas comme un païen. Fais-moi plaisir, dors un peu.

Son corps soulevait à peine les couvertures qui le couvraient jusqu'au menton. La moustiquaire ne protégeait qu'une moitié du hamac et le plus grand désordre régnait autour : des boîtes çà et là, des épluchures, des calebasses avec un fond de *masato*, des restes de repas. Cela puait étrangement et il y avait des paquets de mouches. Le vieil homme toucha l'épaule de

Fushía, qui ronfla, alors il le secoua avec les deux mains. Les paupières de Fushía s'ouvrirent, deux braises sanguinolentes se posèrent avec lassitude sur le visage d'Aquilino, s'éteignirent et se rallumèrent à plusieurs reprises. Fushía se souleva un peu en s'appuyant sur ses coudes.

— J'ai attrapé la pluie au milieu du chenal, dit Aquilino. Je suis trempé.

Tout en parlant il essorait sa chemise et son pantalon, les tordait furieusement, puis il les accrocha à la corde de la moustiquaire. Dehors il pleuvait toujours très fort, une lueur trouble tombait sur les flaques et sur la boue couleur de cendre de la clairière, le vent chargeait les arbres en hurlant. Parfois, un zigzag multicolore illuminait le ciel et, quelques secondes après, on entendait le tonnerre.

— La putain, elle est partie avec Nieves, dit Fushía, les yeux fermés. Ils se sont enfuis ensemble, cette belle paire de salauds, Aquilino.

— Et qu'est-ce que ça peut te faire qu'ils soient partis? dit Aquilino, en s'essuyant le corps avec la main. Bah, on est mieux seul qu'en mauvaise compagnie.

— La putain, je m'en fous, dit Fushía. Mais pas qu'elle soit partie avec le pilote. Il me le paiera celui-là.

Sans ouvrir les yeux Fushía tourna la tête, cracha, mon gars, remonta les couvertures jusqu'à sa bouche, il ferait bien de regarder où il crachait, c'était passé ras.

— Depuis combien de mois n'es-tu pas venu? dit Fushía. Ça fait des siècles que je t'attends.

— Il y a un gros chargement? dit Aquilino. Combien de boules de caoutchouc? Combien de peaux?

— On a eu la poisse, dit Fushía. On n'a trouvé que des villages vides. Cette fois, je n'ai pas de marchandises.

— Mais du moment que tu pouvais plus circuler, que tes jambes répondaient plus pour marcher dans la forêt, dit Aquilino. Mourir au milieu de personnes connues! Tu crois que les Huambisas allaient rester avec toi? Ils se seraient tirés d'un moment à l'autre.

— Je pouvais donner des ordres de mon hamac, dit Fushía. Jum et Pantacha les auraient menés où j'aurais voulu.

— Fais pas ton imbécile, dit Aquilino. Jum, ils le haïssent et s'ils l'ont pas tué jusqu'à présent, c'est bien pour toi. Panta-

354

cha, lui, est cinglé avec ses décoctions, c'est à peine s'il pouvait parler quand on l'a laissé. C'était terminé, tout ça, mon gars détrompe-toi.

— Tu as fait une bonne vente? dit Fushía. Combien m'apportes-tu d'argent?

— Cinq cents *soles*, dit Aquilino. Me fais pas la gueule, ce que j'ai emmené valait pas davantage et il m'a fallu me bagarrer pour qu'on m'en donne ça. Mais qu'est-ce qui s'est passé? c'est la première fois que t'as pas de marchandise.

— C'est cuit dans la région, dit Fushía. Ces salauds sont prévenus et ils se cachent. J'irai plus loin, s'il le faut je prénétrerai dans les villes, mais je trouverai de la gomme.

— Lalita t'a volé tout ton argent? dit Aquilino. Ils t'ont laissé quelque chose?

— Quel argent? — Fushía tenait ses couvertures près de sa bouche, il s'était recroquevillé encore plus. — De quel argent parles-tu?

— De celui que je t'ai apporté, Fushía, dit le vieil homme. De ce que tes vols t'ont fait gagner. Je sais que tu le cachais. Combien t'en reste-t-il? Cinq mille *soles*? Dix mille?

— Ni toi, ni ta mère ni personne ne m'enlèvera ce qui m'appartient, dit Fushía.

— J'ai déjà assez de peine, m'en fais pas davantage, dit Aquilino. Et me regarde pas comme ça, tu me fais pas peur avec tes yeux. Réponds plutôt à la question que je te pose.

— Est-ce que je leur faisais tellement peur ou c'est parce qu'ils étaient si pressés qu'ils ont oublié de voler mon argent? dit Fushía. Lalita savait où je le cachais.

— Il se peut aussi que ce soit par pitié, dit Aquilino. Elle a pu se dire il va être embêté, il va rester tout seul, au moins on lui laissera l'argent pour qu'il se console un peu.

— Ils auraient mieux fait de le voler, les salauds, dit Fushía. Sans argent, le type n'aurait pas accepté. Et toi qui as bon cœur, tu ne m'aurais pas abandonné dans la forêt. Tu m'aurais ramené à l'île, vieux.

— Allons, enfin tu es plus calme, dit Aquilino. Tu sais ce que je vais faire? Écraser quelques bananes et les faire bouillir. À partir de demain tu mangeras comme les chrétiens, ce sera ton dernier repas à la païenne.

Le vieil homme rit, se laissa tomber sur le hamac vide et commença à se bercer, en se poussant avec un pied.

— Si j'étais ton ennemi, je serais pas ici, dit-il. J'ai encore ces cinq cents *soles*, je les aurais gardés. J'étais sûr que cette fois t'aurais pas de chargement.

La pluie balayait la galerie, crépitait sourdement sur le toit, et l'air chaud qui venait de l'extérieur soulevait la moustiquaire, la faisait voler comme une cigogne blanche.

— T'as pas besoin de tant te cacher, dit Aquilino. Je sais que t'as la peau des jambes qui tombe, Fushía.

— Elle t'a raconté l'histoire des moustiques, la putain? murmura Fushía. Je me suis gratté et ça s'est infecté, mais ça passe. Ils se figurent que parce que je suis dans cet état, je n'irai pas les chercher. On verra bien qui rira le dernier, Aquilino.

— Détourne pas la conversation, dit Aquilino. C'est vrai que tu guéris?

— Donne-m'en un petit peu plus, vieux, dit Fushía. Il en reste encore?

— Prends ma part, j'en veux plus, dit Aquilino. Moi aussi j'aime ça. Pour ça je suis comme un Huambisa, tous les matins en me réveillant j'écrase quelques bananes et je les fais bouillir.

— Elle va me manquer plus que Campo Grande, plus qu'Iquitos, dit Fushía. Il me semble que l'île est la seule patrie que j'aie eue. Je vais même regretter les Huambisas, Aquilino.

— Tu vas regretter tout le monde, sauf ton fils, dit Aquilino. C'est le seul dont tu ne parles pas. Ça ne te fait rien que Lalita l'ait emmené?

— Il n'était peut-être pas mon fils, après tout, dit Fushía. Si ça tombe, cette salope...

— Tais-toi, tais-toi, ça fait des années que je te connais et tu auras de la peine à me tromper, dit Aquilino. Parle-moi franchement, ça guérit ou ça empire?

— Ne me parle pas sur ce ton, dit Fushía. Je ne te permets pas, merde.

Sa voix, qui manquait de conviction, s'éteignit en une espèce d'aboiement. Aquilino se leva de son hamac, alla vers lui et Fushía se couvrit le visage : il n'était qu'un petit tas timide et amorphe.

— N'aie pas honte devant moi, mon gars, murmura le vieil homme. Laisse-moi voir.

Fushía ne répondit pas et Aquilino prit un coin de la couverture et la souleva. Fushía n'était pas chaussé et le vieil homme le regarda, sa main incrustée comme une serre dans la couverture, le front mangé de rides, la bouche ouverte.

— Je regrette beaucoup, mais c'est l'heure, Fushía, dit Aquilino. Il faut y aller.

— Un petit moment de plus, vieux, gémit Fushía. Tiens, allume-moi une cigarette, je la fume et tu m'emmènes chez ce type. Rien que dix minutes, Aquilino.

— Mais fume-la vite, dit le vieux. Il doit nous attendre déjà.

— Regarde tout une bonne fois, gémit Fushía, sous la couverture. Je n'arrive pas à m'y habituer, vieux. Regarde plus haut.

Les jambes se plièrent et les couvertures tombèrent par terre. Maintenant Aquilino pouvait voir, aussi, les cuisses translucides, les aines, le pubis sans poils, ce petit crochet de chair qui avait été le sexe et le ventre : là, la peau était intacte. Le vieil homme se pencha précipitamment, ramassa les couvertures, couvrit le hamac.

— Tu vois, tu vois? sanglota Fushía. Tu vois que je ne suis même plus un homme, Aquilino?

— Il m'a promis aussi qu'il te donnera des cigarettes quand tu voudras, dit Aquilino. Tu sais, si t'as envie de fumer, tu lui demandes.

— J'aimerais mourir sur-le-champ, dit Fushía, sans m'en rendre compte, brusquement. Tu m'enroulerais dans une couverture et tu me suspendrais à un arbre, comme un Huambisa. Sauf que personne ne me pleurerait chaque matin. Qu'est-ce qui te fait rire?

— Parce que tu fais semblant de fumer, pour que ta cigarette dure plus et que le temps passe, dit Aquilino. Mais puisque de toute façon on va y aller, qu'est-ce que ça peut te faire, mon gars, deux minutes de plus ou de moins.

— Comment je vais pouvoir aller jusque-là, Aquilino, dit Fushía. C'est très loin.

— Il vaut mieux que tu meures là-bas qu'ici, dit le vieil homme. Là-bas on te soignera et la maladie ne progressera

plus. Je connais un type, avec l'argent que tu as il t'acceptera sans demander de papiers ni rien.

— On n'y arrivera pas, vieux, ils me prendront sur le fleuve.

— Je te promets qu'on y arrivera, dit Aquilino. Même s'il faut voyager la nuit, en cherchant les chenaux. Mais il faut partir aujourd'hui, sans que Pantacha et les païens nous voient. Personne doit le savoir, c'est la condition pour que tu sois tranquille là-bas.

— La police, les soldats, vieux, dit Fushía. Tu ne vois pas que tout le monde me cherche? Je ne peux pas sortir d'ici. Il y a des tas de personnes qui veulent se venger de moi.

— San Pablo est un endroit où personne ira te chercher, dit le vieil homme. Même s'ils savaient que tu y es, ils iraient pas. Mais personne le saura.

— Vieux, vieux, sanglota Fushía. Tu es bon, je t'en prie, tu crois en Dieu? fais-le pour lui, Aquilino, essaie de me comprendre.

— Bien sûr que je te comprends, Fushía, dit le vieil homme en se relevant. Mais ça fait un moment que la nuit est tombée, il faut que je t'emmène une bonne fois, le type va se fatiguer de nous attendre.

C'est de nouveau la nuit, la terre est molle, les pieds s'enfoncent jusqu'à la cheville et c'est toujours les mêmes endroits : la rive, le sentier qui se rétrécit entre les champs, un bosquet de caroubiers, les sablons. Toi par ici, Toñita, jamais là-bas, qu'on ne les voie pas de Castilla. Le sable tombe impitoyablement, couvre-la de ton manteau, mets-lui ton chapeau, qu'elle baisse sa petite tête si elle ne veut pas avoir le visage qui lui cuise. Les mêmes bruits : le ronron du vent dans les champs de coton, des airs de guitare, des chants, du tapage et, à l'aube, les profonds mugissements du bétail. Toi viens, Toñita, asseyons-nous ici, ils se reposeront un peu, puis ils continueront leur promenade. Les mêmes images : une coupole noire, des étoiles qui scintillent, qui brillent fixement ou qui s'éteignent, le désert avec ses plis et ses dunes bleues et, au loin, la construction qui se dresse solitaire, ses lumières livides, des ombres qui sortent, des ombres qui entrent et, parfois, au matin, un

cavalier, des péons, un troupeau de chèvres, la barque de
Carlos Rojas et, sur l'autre rive du fleuve, les portes grises
de l'abattoir. Parle-lui du matin, toi tu m'entends, Toñita?
tu t'es endormie? comme on aperçoit les clochers, les toitures,
les balcons, s'il pleuvra ou s'il y a de la brume. Demande-lui
si elle a froid, si elle veut rentrer, couvre-lui les jambes de
ta veste, qu'elle s'appuie sur ton épaule. Et là, de nouveau,
le vacarme intempestif, l'étrange galopade de cette nuit,
son corps qui sursaute. Relève-toi, regarde, qui est-ce qui
court? un pari? Chápiro, don Eusebio, les jumeaux Temple?
Toi cachons-nous, faisons-nous tout petits, ne bouge pas,
ne t'effraie pas, ce sont deux chevaux et là, dans l'ombre,
qui, pourquoi, comment. Toi ils sont passés tout près, sur des
chevaux sauvages, de vrais fous, ils vont vers le fleuve, les
voilà qui reviennent, n'aie pas peur petite, et là son visage
qui tourne, qui interroge, son anxiété, le tremblement de sa
bouche, ses ongles pareils à des clous et sa main pourquoi,
comment, et sa respiration près de la tienne. A présent calme-
la, toi je t'explique, Toñita, ils sont partis, ils allaient si vite,
je n'ai pas vu leur figure et elle tenace, avide, cherchant dans
le noir, qui, pourquoi, comment. Toi ne te mets pas dans cet
état, qui cela pouvait bien être, qu'importe, petite sotte.
Une ruse pour la distraire : mets-toi sous la couverture, cache-
toi, laisse-toi couvrir, les voilà, ils sont des tas, s'ils nous
voient ils nous tuent, sens son agitation, sa furie, sa terreur,
qu'elle s'approche, qu'elle te prenne dans ses bras, qu'elle
s'abîme en toi, toi davantage, Toñita, colle-toi davantage
et dis-lui à présent que c'est faux, qu'il ne vient personne,
donne-moi un baiser, je t'ai trompée, fillette. Et aujourd'hui
ne lui parle pas, écoute-la à côté de toi, sa silhouette est un
navire, les sables une mer, elle navigue, tranquillement elle
évite les dunes et les arbustes, ne l'interromps pas, ne foule
pas l'ombre qu'elle projette. Allume une cigarette et fume,
pense que tu es heureux et que tu donnerais une fortune
pour savoir si elle est heureuse elle aussi. Bavarde avec elle
et plaisante, toi je fume, tu lui apprendras quand elle sera
plus grande, les jeunes filles ne fument pas, elle avalerait
la fumée, ris, que ça la fasse rire, supplie-la, toi ne sois pas toujours aussi sérieuse, Toñita, je t'en conjure. Et là de nouveau,
l'incertitude, cet acide qui ronge la vie, toi je sais bien, elle

s'ennuie tellement, les mêmes voix, la claustration, mais attends, il n'y en a pas pour longtemps, ils iront à Lima, une maison rien que pour eux, il n'y aura pas à se cacher, tu lui achèteras tout, tu vas voir, Toñita, tu vas voir. Éprouve de nouveau cette émotion amère, toi jamais tu ne te fâches, fillette, qu'elle change, qu'elle se fâche des fois, qu'elle casse les affaires, qu'elle pleure et qu'elle crie et là, absente, identique, l'expression de son visage, le doux battement de ses tempes, ses paupières qui tombent, le secret de ses lèvres. Maintenant rien que des souvenirs et un peu de mélancolie, toi c'est pour ça qu'elles te gâtent tant, elles ont été chics, elles n'ont rien dit, elles t'apportent des sucreries, elles t'habillent, te peignent, on ne les reconnaît pas, elles se disputent tellement entre elles, elles se font de ces méchancetés, et avec toi si bonnes et si serviables. Dis-leur je l'ai amenée, je l'ai enlevée, tu l'aimes, elle va vivre avec toi, il faut qu'elles t'aident et là, de nouveau, leur excitation, leurs protestations, on le jure, on le promet, on répondra à votre confiance, leurs conciliabules, leur agitation, regarde-les, émues, curieuses, souriantes, sens comme elles meurent d'envie de monter à la tour, pour la voir et pour lui parler. Et elle de nouveau et toi elles t'aiment toutes, parce que tu es si jeune? parce que tu ne parles pas? parce que tu leur fais de la peine? Et là, cette nuit : le fleuve coule dans l'ombre et il n'y a plus de lumières en ville, la lune éclaire à peine le désert, les champs ensemencés font des taches floues et elle, elle est loin et désemparée. Appelle-la, demande-lui, Toñita, m'entends-tu? que ressens-tu? pourquoi ta main me tire-t-elle si fort, elle a dû avoir peur du sable qui tombe dru. Toi viens Toñita, couvre-toi, ça va passer, tu crois qu'il va nous recouvrir, nous enterrer vivants? pourquoi trembles-tu, que ressens-tu, c'est l'air qui te manque? tu veux rentrer? ne respire pas ainsi. Et tu ne te rendais pas compte, toi je suis si bête, comme c'est terrible de ne pas comprendre, petite, de ne jamais savoir ce qui t'arrive, de ne pas deviner. Et là, de nouveau, ton cœur qui éclate et les questions, leur crépitement, comment penses-tu que je sois, comment sont les pensionnaires, et les visages, et la terre que tu foules, d'où sort ce que tu entends, comment es-tu, toi, que signifient ces voix, tu penses que tout le monde est comme toi? que nous entendons mais ne répondons pas? que quelqu'un nous fait manger, nous couche et nous aide

à monter l'escalier? Toñita, Toñita, qu'éprouves-tu pour moi? Sais-tu ce qu'est l'amour? pourquoi tu m'embrasses? Fais un effort à présent, ne lui communique pas ton angoisse, baisse la voix et doucement dis-lui cela n'a pas d'importance, mes sentiments sont les tiens, tu veux souffrir quand elle souffrira. Qu'elle oublie ces bruits, toi jamais plus, Toñita, je me suis énervé, parle-lui de la ville, de cette pauvre femme de la Gallinacera qui pleure sur ses peines, du bourricot et des corbeilles, et de ce que disent les gens à l'*Étoile du Nord*, toi ils posent tous des questions, Toñita, ils te cherchent, ils en portent le deuil, pauvrette, est-ce qu'on l'aura tuée? un étranger l'aurait-il enlevée? ce qu'ils inventent, leurs mensonges, leurs médisances. Demande-lui si elle se souvient, aimerait-elle retourner vers la place? prendre le soleil près du kiosque? la femme de la Gallinacera lui manque-t-elle? toi aimerais-tu la revoir? on l'emmène à Lima? Mais elle ne peut pas ou ne veut pas entendre, quelque chose l'isole, la tourmente, et là, toujours, sa main, son tremblement, son épouvante, toi qu'est-ce qui t'arrive, tu as mal? tu veux que je te masse? Fais-lui plaisir, touche là où elle t'indique, n'appuie pas trop, passe et repasse la main sur son ventre, caresse le même endroit, dix fois, cent fois, et pendant ce temps je sais bien, ça te fait mal, ce que tu as mangé, tu veux faire pipi? aide-la, caca? qu'elle s'accroupisse, qu'elle ne se tracasse pas, tu l'abriteras, déploie la couverture, empêche la pluie de lui tomber dessus, que le sable lui fiche la paix. Mais c'est peine perdue et maintenant elle a les joues humides, l'alarme de son corps a encore augmenté, et la crispation de son visage, c'est terrible de savoir qu'elle pleure et de ne pas deviner, Toñita, que peux-tu faire, que veut-elle que tu fasses. Prends-la dans tes bras, cours, embrasse-la, toi on arrive, c'est tout près, elle prendra un maté, tu la coucheras et demain elle se réveillera guérie, mais qu'elle ne pleure pas, mon Dieu qu'elle ne pleure pas. Appelle Angélica Mercedes, qu'elle la soigne, elle c'est une colique, patron, toi un thé bien chaud? des ventouses? elle ce n'est rien de grave, n'ayez pas peur, toi de la menthe? de la camomille? et sa main là, qui palpe, réchauffe, caresse le même endroit, et quel idiot, quel idiot, tu ne te rendais pas compte. Et là les pensionnaires, leur jubilation, leurs corps remplissant la tour, leurs parfums, crèmes, talc et vaseline, leurs

gloussements et leurs sautillements, le patron ne s'est pas rendu compte, quel innocent, quel gosse. Regarde-les entassées, vois un peu, elles l'entourent, lui font fête et lui disent des choses. Laisse-les la distraire et descends au salon, ouvre une bouteille, installe-toi dans un fauteuil, bois à ta santé, éprouve ce trouble confus, joyeux, ferme les yeux et essaie de comprendre ce qu'elles disent : au moins deux, Papillon trois, Ver luisant quatre et faut-il que vous soyez pas malin, pour quoi croyiez-vous, patron, qu'elle n'avait pas ses règles? ça fait combien de temps que ça s'est arrêté? comme ça on saura exactement. Sens l'alcool, son effervescence mitigée qui ramollit les jambes et le remords, comment l'inquiétude s'en va, et toi jamais je n'en ai fait le compte. Qu'est-ce que ça pouvait te faire, qu'il naisse demain ou dans huit mois, Toñita va grossir et après elle sera contente. Agenouille-toi près de son lit, toi ce n'était rien, fêtons cela, tu t'en occuperas, tu changeras ses langes, et si c'est une fille qu'elle lui ressemble. Et qu'elles aillent chez don Eusebio, demain sans faute, qu'elles lui achètent ce qu'il faut et sûrement les employés vont bien rire, qui est-ce qui va accoucher? et de qui? et si c'est un garçon qu'il s'appelle Anselmo. Va à la Gallinacera, cherche des menuisiers, qu'ils apportent des planches, des clous et des marteaux, qu'ils construisent une petite pièce, invente-leur une histoire. Toñita, Toñita, aie des envies, des nausées, de la mauvaise humeur, sois comme les autres, tu peux le toucher? il remue déjà? Et demande-toi une dernière fois si ç'a été meilleur ou pire, si la vie doit être comme ça, et ce qui se serait passé si elle ne, si toi et elle, si ç'a été un rêve, ou si les choses sont toujours différentes des rêves, et encore un effort final et demande-toi si jamais tu t'es résigné, et si c'est parce qu'elle est morte ou parce que tu es vieux que tu es tellement résigné à l'idée de mourir toi aussi.

— Tu vas l'attendre, Sauvage? dit la Chunga. Si ça tombe il est avec une autre femme.

— Qui est-ce? dit le harpiste, ses yeux blancs tournés vers l'escalier. Sandra?

— Non, maître, dit Bolas. Celle qui a commencé avant-hier.

— Il devait venir me chercher, madame, mais il a peut-être oublié, dit la Sauvage. Je m'en irai simplement.

— Commence donc par prendre le petit déjeuner, ma fille, dit le harpiste. Allez, *Chunguita*, invite-la.

— Oui, bien sûr, prends-toi une tasse, dit la Chunga. Il y a du lait chaud dans la théière.

Les musiciens déjeunaient à une table près du comptoir, à la lumière de l'ampoule violette, la seule qui restât allumée. La Sauvage s'assit entre Bolas et le Jeune Alejandro : jusqu'à présent ils n'avaient presque pas entendu sa voix, ce qu'elle était silencieuse; toutes les femmes étaient comme ça, dans son pays? A travers les fenêtres on apercevait le quartier, dans l'ombre, et en haut trois étoiles exténuées, les trois pédales? Non, madame, elles n'arrêtent pas de parler au contraire, de vrais perroquets. Le harpiste grignotait une tranche de pain, des perroquets? et elle oui, un oiseau qu'il y avait dans son patelin, et il s'arrêta de mâcher, comment, petite, elle n'était pas née à Piura? Non, monsieur, elle était de très loin, de la forêt. Elle ignorait où elle était née, mais elle avait toujours vécu dans un endroit qu'on appelait Santa María de Nieva. Tout petit, monsieur, sans autos, sans immeubles et sans cinémas, pas comme à Piura, il voyait? Le harpiste continua de mâcher, la forêt, des perroquets? la tête haute, surprise, et soudain il mit ses lunettes, rapidement, petite : il avait oublié que ça existait? Sur le bord de quel fleuve se trouvait Santa María de Nieva? près d'Iquitos? loin? la forêt, comme c'était curieux. Identiques et continus en sortant de la bouche du Jeune, les ronds de fumée grandissaient, se déformaient, s'évanouissaient au-dessus de la piste de danse. Lui aussi il aurait aimé connaître l'Amazonie, écouter la musique des *chunchos*. Elle ne ressemblait absolument pas à celle des Blancs, n'est-ce pas? Absolument pas, monsieur, les gens là-bas chantaient peu, et leurs chants n'étaient pas gais comme la marinière ou la valse, tristes plutôt, et si bizarres. Mais le Jeune aimait la musique triste. Et les paroles de leurs chansons, comment étaient-elles? très poétiques? Parce qu'elle devait comprendre leur langue, n'est-ce pas? Non, elle ne parlait pas leur langue, et elle baissa les yeux, celle des *chunchos*, bégaya, quelque mot par-ci par-là seulement, à force de les entendre, il voyait ce qu'elle voulait dire? Mais il ne fallait

pas qu'il s'imagine, il y avait des Blancs aussi, beaucoup, quant aux *chunchos* on ne les voit guère parce qu'ils vivent dans la forêt.

— Et comment es-tu tombée entre les mains de ce type? dit la Chunga. Qu'est-ce que tu lui as trouvé à ce pauvre diable de Josefino?

— Qu'est-ce que ça peut faire ça, Chunga? dit le Jeune. Ce sont des choses de l'amour et l'amour n'a rien à voir avec la raison. Il n'admet pas plus les questions qu'il ne fournit de réponses, comme disait un poète.

— N'aie pas peur, dit la Chunga en riant. Je te le demandais comme ça, par plaisanterie. Moi, Sauvage, la vie des gens, je m'en balance

— Qu'est-ce qui vous arrive, maître? Pourquoi êtes-vous resté plongé dans vos pensées? dit Bolas. Vous avez votre lait qui refroidit.

— Le vôtre aussi, mademoiselle, dit le Jeune. Buvez-le donc. Vous voulez d'autre pain?

— Tu vas continuer pendant longtemps à dire vous aux pensionnaires? dit Bolas. Ce que tu es amusant, Jeune.

— Je traite de la même façon toutes les femmes, dit le Jeune. Qu'elles soient en maison ou au couvent, pour moi il n'y a pas de différence, je les respecte également.

— Dans ce cas pourquoi les insultes-tu tellement dans tes chansons? dit la Chunga. Tu as l'air d'un compositeur pédé.

— Je ne les insulte pas, je leur chante leurs vérités, dit le Jeune. Et il sourit, à peine, en lançant un dernier rond de fumée, blanc et parfait.

La Sauvage se leva, madame, elle avait bien sommeil, elle s'en allait, et merci beaucoup pour le petit déjeuner, mais le harpiste la saisit par un bras, petite, en sursautant, qu'elle attende. Elle allait chez l'indomptable, du côté de la place Merino? Ils l'emmenaient, que Bolas aille chercher un taxi, lui aussi il avait sommeil. Bolas se leva, sortit et un filet d'air froid parvint jusqu'à la table lorsque la porte se referma : le quartier était toujours dans l'obscurité. Ils remarquaient comme le ciel de Piura était capricieux? Hier, à cette heure, le soleil était haut et brûlant, il ne tombait pas de sable et les masures avaient l'air toutes propres. Et aujourd'hui la nuit lambinait, qu'est-ce qui se passerait si elle ne devait plus s'en

aller, et le Jeune pointa du doigt le petit morceau du ciel qu'encadrait la fenêtre : lui, pour sa part, ravi, mais il y en avait beaucoup à qui ça ne plairait pas. La Chunga se toucha le front : les choses qui le préoccupaient, celui-là, vous parlez d'un cinglé. Il était six heures, la Sauvage croisa les jambes et appuya les coudes sur la table, dans la forêt le jour se levait de bonne heure, à cette heure-là tout le monde était levé et le harpiste, oui, oui, le ciel devenait rose, vert, bleu, de toutes les couleurs, et la Chunga comment, et le Jeune comment, maître, il connaissait la forêt? Non, des idées qui lui venaient et s'il restait du lait dans la théière il le prendrait bien volontiers. La Sauvage le servit et lui donna du sucre, la Chunga regardait le harpiste d'un air méfiant et son expression, maintenant, était rébarbative. Le Jeune alluma une autre cigarette et, de nouveau, transparents, éphémères, flottants, des ronds gris sortaient de sa bouche et prenant la direction du petit carré noir de la fenêtre, se rejoignaient à mi-chemin, et lui, pour ce qui était de la lumière, c'était exactement le contraire des autres, se mêlaient et faisaient comme de petits nuages, d'autres le soleil les rendait contents et optimistes et la nuit les attristait, finissaient par s'amincir tellement qu'ils en devenaient invisibles, mais lui par contre le jour il se sentait amer et ce n'était qu'à la tombée de la nuit que son esprit reprenait le dessus. C'est qu'ils étaient des nocturnes, Jeune, comme les renards et les chouettes : Chunguita, Bolas, lui et elle aussi, à présent, petite, et on entendit claquer une porte. Sur le seuil, Bolas tenait Josefino par la taille, qu'ils voient qui il avait rencontré, la Sauvage se leva, qui se parlait tout seul, sur la route.

— Tu te paies la bonne vie, Josefino, dit la Chunga. Tu ne tiens plus debout.

— Bonjour, mon gars, dit le harpiste. On croyait que tu ne viendrais plus la chercher. Nous allions la ramener.

— Pas la peine de lui parler, maître, dit le Jeune. Il est rétamé.

La Sauvage et Bolas l'amenèrent jusqu'à la table, et Josefino n'était pas rétamé, nom de Dieu, le coup de l'étrier c'était pour lui, que personne ne sorte, et que la Chunga descende une bière. Le harpiste se levait, mon gars, il le remerciait bien, mais il était tard et le taxi attendait. Josefino faisait des

grimaces, euphorique, ils allaient tous attraper des croûtes, braillard, à boire du lait, c'était bon pour les mômes, et la Chunga oui, très bien, à bientôt, qu'on l'emmène. Ils sortirent et du côté de la caserne Grau pointait déjà une petite raie blanche horizontale, dans le quartier des silhouettes somnolentes bougeaient derrière les roseaux sauvages, on entendait le pétillement d'un brasero et l'air était chargé d'odeurs rances. Ils traversèrent le sablon, Bolas et le Jeune tenant le harpiste par les bras, Josefino appuyé sur la Sauvage, et sur la route ils s'engouffrèrent tous dans un taxi, les musiciens sur le siège arrière. Josefino riait, la Sauvage était jalouse, vieux, elle lui demandait pourquoi bois-tu tellement, et où es-tu allé, avec qui, elle voulait le confesser, harpiste.

— Bien fait, petite, dit le harpiste. Il n'y a rien de pire que les Mangaches, ne leur fais jamais confiance.

— Qu'est-ce que c'est? dit Josefino. Tu veux faire le malin? La touche pas, mon gars, le sang pourrait couler, mon gars, qu'est-ce que c'est?

— Je ne me mêle pas de ce qui ne me regarde pas, dit le chauffeur. Ce n'est pas ma faute si la voiture est étroite. Est-ce que par hasard je vous ai touchée, mademoiselle? Je fais mon travail et je ne cherche pas d'histoires.

Josefino rit la bouche grande ouverte, il ne comprenait pas la plaisanterie, camarade, aux éclats, qu'il la touche si ça lui faisait envie, il avait la permission et le chauffeur rit lui aussi, monsieur : il avait cru qu'il parlait pour de bon. Josefino se tourna vers les musiciens, c'était l'anniversaire du Singe, qu'ils les accompagnent, ils fêteraient ça ensemble, les frères León vous aiment tant, vieux. Mais le maître était fatigué et il fallait qu'il se repose, Josefino, et Bolas lui donna une bourrade. Josefino, ça le fâchait, ça le fâchait et il bâilla et ferma les yeux. Le taxi passa devant la cathédrale et les lampadaires de la place d'Armes étaient déjà éteints. Les silhouettes terreuses des tamariniers entouraient rigidement le kiosque circulaire dont le toit courbe faisait penser à un parapluie et la Sauvage qu'il ne soit pas comme ça, méchant, dire qu'elle le lui avait tellement demandé. Verts, grands, apeurés, ses yeux cherchaient ceux de Josefino qui lui tendit une main d'un air moqueur, il était méchant, il les mangeait tout crus et n'en faisait qu'une bouchée. Il eut un accès de rire, le chauf-

feur l'observa du coin de l'œil : il descendait par la rue de Lima, entre l'*Industrie* et les grilles de l'hôtel de ville. Elle avait beau ne pas vouloir mais le Singe avait eu cent ans hier, et c'était elle qu'il attendait, les León étaient ses frères et il leur faisait plaisir en tout.

— N'embête pas la petite, Josefino, dit le harpiste. Elle doit être fatiguée, laisse-la tranquille.

— Elle veut pas venir chez moi, dit Josefino. Elle veut pas voir les indomptables. Elle dit que ça lui fait honte, vous vous imaginez. Arrêtez, camarade, c'est ici qu'on descend.

Le taxi freina, la rue de Tacna et la place Merino étaient plongées dans l'obscurité, mais l'avenue Sánchez Cerro brillait sous les phares d'un convoi de camions roulant dans la direction du Pont Neuf. Josefino sauta hors du taxi, la Sauvage ne bougea pas, ils commencèrent à se débattre et le harpiste ne vous battez pas, mon garçon, réconciliez-vous, et Josefino qu'ils viennent, et le chauffeur aussi, le Singe était très vieux, il fêtait ses mille ans. Mais Bolas donna un ordre au chauffeur et il démarra. Maintenant l'avenue était aussi plongée dans l'ombre et les camions n'étaient plus que des clignements rouges et rugissants qui s'éloignaient dans la direction du fleuve. Josefino se mit à siffler entre ses dents et prit la Sauvage par l'épaule, à présent elle n'offrait aucune résistance et marchait tranquillement à côté de lui. Josefino ouvrit la porte, la referma derrière eux et, cassé en deux sur un fauteuil, la tête sous une petite lampe à pied, le Singe était là qui ronflait. Une fumée piquante vagabondait dans la pièce au-dessus de bouteilles vides, de verres, de mégots et de restes de nourriture. Ils s'étaient rendus, c'était ça les Mangaches ? et une voix incohérente s'éleva dans la pièce voisine : Josefino s'était fourré dans son lit, il le tuait. Le Singe se redressa en secouant la tête, merde alors qui s'était rendu, sourit et ses yeux brillèrent, mais mon Dieu, et il prit une voix flûtée, mais qui était donc là, et il se leva, mais ça faisait si longtemps, et il avança en trébuchant, mais quel plaisir de la voir, petite cousine, en écartant les chaises avec les mains, les bouteilles qui étaient par terre avec les pieds, avec cette envie qu'il avait de la revoir, et Josefino je tiens parole oui ou non ? sa parole ne valait-elle pas autant oui ou non que celle d'un Mangache ? Les bras ouverts, dépeigné, un large sourire sur les lèvres, le Singe

avançait sinueusement, si longtemps et puis ce que je suis devenue belle fille, et pourquoi reculait-elle, petite cousine, elle devait lui souhaiter un bon anniversaire, elle ne savait pas que c'était le jour?

— C'est vrai, il a un million d'années, dit Josefino. Assez renâclé, Sauvage, prends-le dans tes bras.

Il se laissa tomber sur une chaise, attrapa une bouteille, la porta à sa bouche et but, et la gifle résonna comme un caillou dans l'eau, vilaine petite cousine, Josefino éclata de rire. Le Singe se laissa gifler encore, vilaine petite cousine, et maintenant la Sauvage allait d'un côté à l'autre, des verres se brisaient, le Singe derrière elle, glissant et riant, et dans la pièce voisine c'étaient les indomptables, savaient pas travailler, rien que pinter, et José donnait de la voix et Josefino chantonnait aussi, en boule, sous la lampe à pied, et la bouteille qu'il tenait à la main se vidait peu à peu. Maintenant, la Sauvage et le Singe étaient dans un coin, calmes, elle le giflait toujours, vilaine petite cousine, ça lui faisait mal pour de bon, pourquoi le frappait-elle? et il riait, qu'elle l'embrasse plutôt, et elle aussi riait des clowneries du Singe, et même l'invisible José riait, jolie petite cousine.

ÉPILOGUE

Le gouverneur frappe trois petits coups, la porte de la Résidence s'ouvre, le visage rose de la mère Griselda fait tout son possible pour sourire à Julio Reátegui, mais ses yeux où se lit l'effroi se détournent dans la direction de la place de Santa María de Nieva, elle a la bouche qui tremble. Le gouverneur entre, la fillette le suit docilement. Ils avancent par un couloir ombreux jusqu'au bureau de la supérieure, le vacarme qui monte du village est maintenant étouffé et lointain, semblable à l'agitation des dimanches, lorsque les pupilles descendent au fleuve. Dans le bureau, le gouverneur se laisse tomber sur une chaise de toile. Il soupire avec soulagement, ferme les yeux. La fillette se tient près de la porte, tête basse, mais un moment après, quand la supérieure entre, elle court vers Julio Reátegui, ma mère, qui s'est levé : bonjour. La supérieure lui répond par un sourire glacial, d'un geste de la main lui fait signe de se rasseoir et elle reste debout, près du secrétaire. Ça lui avait fait de la peine, ma mère, de voir qu'elle n'était qu'une sauvageonne, à Urakusa, avec les yeux intelligents qu'elle avait, Julio Reátegui pensait qu'on pourrait l'élever à la Mission, avait-il bien fait ? Très bien, don Julio, et la supérieure parle de la même manière qu'elle sourit, froide et distante, sans regarder la fillette : elles étaient là pour ça. Elle ne comprenait pas un mot d'espagnol, mais elle l'apprendrait vite, ma mère, elle avait l'esprit vif et elle ne leur avait pas causé le moindre ennui au cours du voyage. La supérieure l'écoute attentivement, aussi immobile que le crucifix de bois fixé au mur et, quand Julio Reátegui se tait, elle n'acquiesce ni ne pose de question,

elle attend les mains jointes sur son habit et la bouche légèrement froncée, ma mère : il la lui laissait. Julio Reátegui se lève, il fallait qu'il s'en aille, et sourit à la supérieure. Tout cela avait été très pénible, très dur, ils avaient eu de la pluie et des ennuis de toute sorte, et encore il ne pouvait pas aller se coucher comme il l'aurait aimé, ses amis avaient organisé un repas, s'il n'y allait pas ils se froisseraient, les gens étaient si susceptibles. La supérieure tend le bras et à ce moment même le bruit augmente de volume, résonne très près pendant quelques secondes, comme si ce n'était pas de la place que montaient les exclamations et les cris, mais qu'ils éclataient dans le jardin, dans la chapelle. Puis cela diminue et se poursuit comme avant, modéré, diffus, inoffensif, la supérieure bat des paupières, s'arrête avant d'arriver à la porte, se tourne vers le gouverneur, don Julio, sans sourire, pâle, les lèvres humides : le Seigneur tiendrait compte de ce qu'il faisait pour cette fillette, d'une voix peinée, elle tenait simplement à lui rappeler qu'un chrétien doit savoir pardonner. Julio Reátegui fait signe que oui, penche un peu la tête, croise les bras, son attitude est à la fois grave, soumise et solennelle, don Julio : qu'il le fasse pour Dieu. La supérieure parle avec chaleur à présent, et aussi pour sa famille, ses joues ont pris de la couleur, don Julio, pour son épouse qui était si bonne et si pieuse. Le gouverneur de nouveau fait signe que oui, ce n'était pas un pauvre homme, par hasard, un malheureux? le visage de plus en plus préoccupé, avait-il reçu quelque éducation, par hasard? de la main gauche il se caresse attentivement le menton, savait-il seulement ce qu'il faisait? et des plis ont fait leur apparition sur son front. La fillette les regarde de biais, ses yeux, apeurés, verts et sauvages, brillent entre ses cheveux : cela lui faisait plus de peine qu'à qui que ce soit, ma mère. Le gouverneur parle sans élever la voix, c'était quelque chose qui heurtait son tempérament et ses idées, avec une certaine gêne, mais il ne s'agissait pas de lui puisqu'il quittait Santa María de Nieva, mais de ceux qui restaient, ma mère, il s'agissait de Benzas, d'Escabino, d'Aguila, d'elle, des pupilles et de la Mission : elle ne tenait pas à ce que ce pays soit habitable, ma mère? Mais un chrétien disposait d'autres armes pour porter remède aux injustices, don Julio elle savait qu'il avait de bons sentiments, il ne pouvait pas être d'accord avec ces méthodes. Qu'il s'efforce de leur faire entendre raison, ici tout

le monde lui obéissait, qu'ils ne fassent pas ça avec ce malheureux. Il allait la décevoir, ma mère, il le regrettait beaucoup mais lui aussi il pensait que c'était la seule manière. D'autres armes? Celles des missionnaires, ma mère? Depuis combien de siècles étaient-ils ici? Quels progrès avait-on faits avec ces armes-là. Il s'agissait seulement de prévenir de futures lamentations, ma mère, ce scélérat et ses gens avaient sauvagement frappé un caporal de Borja, tué une recrue, escroqué Pedro Escabino et, brusquement, la supérieure non, nie avec colère, non, non, élève la voix : la vengeance était inhumaine, c'était bon pour des sauvages, et c'était cela qu'ils faisaient avec ce malheureux. Pourquoi ne pas le juger? A quoi servait la prison? Ne se rendait-il pas compte que c'était horrible, qu'on ne pouvait pas traiter de la sorte un être humain? Ce n'était pas une vengeance, ce n'était même pas un châtiment, ma mère, et Julio Reátegui baisse la voix et caresse du bout des doigts les cheveux sales de la fillette : il s'agissait de prévenir. Cela l'attristait de s'en aller en laissant ce mauvais souvenir à la Mission, mais c'était nécessaire, ma mère, pour le bien de tous. Il aimait Santa María de Nieva, ses fonctions de gouverneur lui avaient fait négliger ses propres affaires, perdre de l'argent, mais il ne le regrettait pas, n'est-ce pas, ma mère, n'est-ce pas qu'il avait fait faire des progrès à cette ville? Maintenant il y avait des autorités, un poste de la garde civile s'installerait bientôt, les gens vivraient en paix : cela, il ne fallait pas le laisser perdre, ma mère. La Mission était la première à lui savoir gré de ce qu'il avait fait pour Santa María de Nieva, mais quel chrétien, don Julio, pouvait comprendre qu'on tuât un pauvre malheureux? Était-ce sa faute à lui si personne ne lui avait enseigné ce qui était bien et ce qui était mal? On n'allait pas le tuer, ma mère, on ne l'enverrait pas non plus en prison, c'était sûr que lui aussi aimait mieux cela que d'être mis en prison. Ce n'était pas de la haine, ma mère, ils voulaient seulement que les Aguarunas apprennent cela, ce qui était bien et ce qui était mal, ce n'était pas leur faute s'ils ne comprenaient que ce langage, ma mère. Ils gardent le silence pendant quelques secondes, puis le gouverneur serre la main de la supérieure, sort et la fillette le suit mais ne fait que quelques pas, la supérieure la prend par le bras et elle n'essaie pas de se sauver, elle se contente de baisser la tête, don Julio, comment s'appelait-

elle? parce qu'il fallait la baptiser. La petite, ma mère? Il l'ignorait, de toute façon elle ne devait pas porter de nom chrétien, qu'elles lui en cherchent un. Il fait un petit salut, sort de la Résidence, traverse à grandes enjambées la cour de la Mission et dévale le sentier. En arrivant sur la place il regarde Jum : les mains attachées au-dessus de la tête, il pend comme un fil à plomb aux *capironas* ; entre ses pieds qui se balancent dans le vide et les têtes des badauds il y a un mètre de lumière. Benzas, Aguila, Escabino ne sont plus là, il n'y a que le caporal Roberto Delgado, quelques soldats, et les Aguarunas, des vieux et des jeunes, formant un groupe compact. Le caporal ne vocifère plus, Jum se tait lui aussi. Julio Reátegui observe l'embarcadère : les barques se balancent, elles sont vides, on a fini le déchargement. Le soleil est cru, vertical, d'un jaune presque blanc. Reátegui fait quelques pas dans la direction du Gouvernement, mais il s'arrête en passant devant les *capironas* et regarde encore une fois. Ses deux mains prolongent la visière du casque, mais même ainsi les rayons agressifs lui blessent les yeux. On n'aperçoit que sa bouche, s'est-il évanoui? qui a l'air ouverte, le voit-il, lui? va-t-il crier Péruchiens encore une fois? va-t-il de nouveau insulter le caporal? Non, il ne crie rien, après tout peut-être n'a-t-il même pas la bouche ouverte. Par suite de la position dans laquelle il se trouve son estomac est rentré et son corps s'est allongé, on dirait un homme grand et mince, et non pas le païen trapu et ventru qu'il est. Quelque chose d'étrange émane de lui, dans cette position, tranquille et aérien, transformé par le soleil en une svelte forme incandescente. Reátegui poursuit sa route, entre au Gouvernement, la fumée épaissit l'atmosphère, il tousse, serre des mains, distribue des accolades et en reçoit. On entend des plaisanteries et des rires, quelqu'un lui tend un verre de bière. Il le boit d'un trait et s'assied. Autour de lui il y a des dialogues, des hommes qui transpirent, don Julio, il allait leur manquer, on le regretterait. Lui aussi, beaucoup, mais il était temps qu'il s'occupe de ses propres affaires, il avait tout négligé : les plantations, la scierie, son petit hôtel d'Iquitos. Il avait perdu de l'argent ici, mes amis, et il s'était fait vieux aussi. La politique, il ne l'aimait pas, son élément c'était le travail. Des mains empressées remplissent son verre, le tapotent, reçoivent son casque, don Julio, tout le monde

374

était venu le fêter, même ceux qui vivaient de l'autre côté du Pongo. Il était fatigué, Arévalo, deux nuits qu'il ne dormait pas, les os lui en faisaient mal. Il s'essuie le front, le cou, les joues. Par moments, Manuel Aguila et Pedro Escabino s'écartent et, entre les deux corps, apparaît le treillis métallique de la fenêtre, et au loin les *capironas* de la place. Les curieux sont-ils encore là, ou bien la chaleur les a-t-elle fait fuir ? On n'aperçoit pas Jum, son corps terreux s'est dissous en jets de lumière ou se confond avec l'écorce cuivrée des troncs, mes amis qu'il ne leur claque pas entre les doigts. Pour que la leçon porte, il fallait que le païen retourne à Urakusa et raconte aux autres ce qui s'était passé. Il n'en mourrait pas, don Julio, ça lui ferait même du bien de se griller un petit peu : Manuel Aguila ? Qu'il ne manque pas de lui payer la marchandise, don Pedro, qu'on ne dise pas qu'il y avait eu des abus, on avait simplement remis les choses en place. Bien entendu, don Julio, il leur paierait la différence, à ces margoulins, la seule chose qu'Escabino demandait c'était de faire du commerce avec eux, comme avant. Sûr que ce don Fabio Cuesta était un homme de confiance, don Julio ? Arévalo Benzas ? S'il ne l'était pas, il ne l'aurait pas fait nommer. Il y a des années que je travaille avec lui, Arévalo. Un homme un peu apathique, mais loyal et serviable comme il n'y en avait guère, ils s'entendraient bien avec don Fabio, il le leur garantissait. Fasse le ciel qu'il n'y ait plus d'histoires, c'était terrible le temps qu'on perdait, et Julio Reátegui se sentait mieux, mes amis : en entrant il avait eu comme un malaise. Ça ne serait pas la faim, don Julio ? Il valait mieux se décider une bonne fois à aller déjeuner, le capitaine Quiroga les attendait. Et à propos, quel genre d'homme était-ce, ce capitaine, don Julio ? Il avait ses défauts, comme tout un chacun, don Pedro : mais en gros, un type bien.

I

— Ça fait plus d'un an que tu n'es pas venu! crie Fushía.

— Je te comprends pas, dit Aquilino, une main sur l'oreille, comme une trompe. — Ses yeux errent sur les frondaisons emmêlées des *chontas* et des *capanahuas* ou, furtivement, craintifs, guettent les cabanes pointant derrière une haie de fougères, au bout du sentier. — Qu'est-ce que tu dis, Fushía?

— Ça fait plus d'un an! crie Fushía. Plus d'un an que tu n'es pas venu, Aquilino.

Cette fois le vieil homme fait signe que oui et ses yeux tout chassieux se posent un instant sur Fushía. Puis ils se promènent de nouveau sur l'eau boueuse du rivage, sur les arbres, les détours du sentier, le feuillage : ça doit pas faire tant, mon gars, quelques mois seulement. Aucun bruit ne vient des cabanes et tout a l'air désert, mais il n'avait pas confiance : s'ils se ramenaient Fushía, comme l'autre fois, en hurlant, tout nus, qu'ils couvrent le sentier, qu'ils lui courent dessus et qu'il lui faille se jeter à l'eau? Sûr qu'ils vont pas venir, Fushía?

— Un an et une semaine, dit Fushía. Je compte les jours. Dès que tu seras parti je recommencerai à compter, la première chose que je fais chaque matin ce sont les traits. Au début je ne pouvais pas, maintenant je me sers de mon pied comme d'une main, je prends le bout de bois entre deux doigts. Tu veux que je te fasse voir, Aquilino.

Le pied sain avance, racle le sable, gratte dans un petit tas de cailloux, les deux doigts intacts se séparent comme la pince d'un scorpion, se referment sur une pierre, s'élèvent,

376

le pied se meut avec agilité, frôle le sable, se retire et il reste une raie droite et minuscule que le vent remplit en quelques secondes.

— Pourquoi fais-tu ça, Fushía? demande Aquilino.

— Tu as vu, vieux? dit Fushía. Et comme ça tous les jours, de tout petits traits, de plus en plus petits pour qu'ils tiennent sur ma portion de mur, cette année il y en a des tas, une vingtaine de files. Quand tu viens, je donne mon repas à l'infirmier, il passe de la chaux sur les traits pour les effacer et je peux me remettre à marquer les jours. Ce soir je lui donnerai mon repas et demain il y passera de la chaux.

— Oui, oui — la main du vieil homme demande à Fushía de se calmer —, si tu veux, ça fait un an, très bien, t'énerve pas, crie pas surtout. J'ai pas pu venir plus tôt, c'est pas commode pour moi de voyager, je m'endors, mes bras n'en peuvent plus. Tu vois pas que les années passent? Je veux pas mourir sur l'eau, le fleuve, c'est bien pour vivre, pas pour mourir, Fushía. Pourquoi cries-tu comme ça tout le temps, ça te fait pas mal à la gorge?

Fushía fait un saut, se place devant Aquilino, plante sa figure sous celle du vieil homme qui recule en faisant la grimace, mais Fushía grogne et saute jusqu'à ce qu'Aquilino le regarde : oui, oui, j'ai vu, mon vieux. Aquilino se bouche le nez et Fushía revient à sa place. C'était pour ça, qu'il comprenait pas ce que Fushía disait; il pouvait manger comme ça, la bouche évidée? Il n'avait pas besoin de dents, il s'étouffait pas? Fushía fait non avec la tête, plusieurs fois.

— La bonne sœur me met tout à tremper! crie-t-il. Le pain, les fruits, tout va dans l'eau, que ça se ramollisse et ça se désagrège, alors je peux l'avaler. Il n'y a que pour parler que c'est chiant, la voix ne sort pas.

— Te vexe pas si je me bouche le nez. — Aquilino le serre entre deux doigts et sa voix nasille. — L'odeur me soulève le cœur, j'ai la tête qui tourne. La dernière fois j'ai emporté cette odeur avec moi, Fushía, j'en vomissais la nuit. Si j'avais su que t'as tant de mal à manger, je t'aurais pas apporté des gâteaux secs. Ça va te racler les gencives. La prochaine fois je t'apporterai de la bière, du coca-cola. Pourvu que je m'en souvienne parce que, tu sais, j'ai la tête qui va pas bien, j'oublie les choses, tout fout le camp. Je suis vieux, figure-toi.

— Et encore il ne fait pas soleil, dit Fushía. Quand il y en a et que nous allons à la plage, même les sœurs et le docteur se bouchent le nez, ils disent que ça sent très mauvais. Moi je ne sens rien, je m'y suis habitué. Tu sais ce que c'est?

— Crie pas comme ça. — Aquilino regarde les nuages : de gros rouleaux grisâtres et de petites taches blanches éparpillées çà et là cachent le ciel, une lumière plombée descend lentement sur les arbres. — Je crois qu'il va pleuvoir, mais même s'il pleut il faut que je m'en aille. Je vais pas coucher ici, Fushía.

— Tu te rappelles ces fleurs qu'il y avait dans l'île? — Fushía saute sur place, comme un petit singe imberbe et rouge. — Ces fleurs jaunes qui s'ouvrent avec le soleil et qui se ferment à la tombée de la nuit, celles dont les Huambisas disaient que c'étaient des esprits. Tu te rappelles?

— Je m'en irai même s'il pleut à verse, dit Aquilino. Je coucherai pas ici.

— Tout comme ces fleurs! crie Fushía. Ça s'ouvre avec le soleil et il en coule de la bave, c'est ce qui pue, Aquilino. Mais ça fait du bien, ça ne démange plus, on se sent mieux. On est contents et on ne se dispute pas.

— Crie pas comme ça, Fushía, dit Aquilino. Regarde comme le ciel s'est couvert, il souffle un vent! La bonne sœur dit que ça te fait pas de bien, il faut que tu t'en retournes dans ta cabane. Et moi je m'en vais une bonne fois, ça vaut mieux.

— Mais pour nous ça ne change rien, qu'il y ait du soleil ou qu'il y ait des nuages, crie Fushía, ça ne change jamais rien. Nous sentons la même chose tout le temps et on ne dirait plus que ça pue, mais que c'est l'odeur de la vie. Tu saisis, vieux?

Aquilino lâche son nez et respire profondément. De fines rides craquellent son visage, le plissent sous le chapeau de paille. Le vent agite sa chemise de grosse toile et, par moments, découvre sa poitrine plate, ses côtes saillantes, sa peau bronzée. Le vieil homme baisse les yeux, regarde de biais : il est toujours là, au repos, comme un gros crabe.

— A quoi ça fait penser? dit Fushía. A du poisson pourri?

— Je t'en supplie, arrête de crier, dit Aquilino. Maintenant il faut bien que je m'en aille. Quand je reviendrai, je t'apporterai des choses bien tendres, pour que tu puisses les manger sans mâcher. Je chercherai, je demanderai dans les boutiques.

— Assieds-toi, assieds-toi! crie Fushía. Pourquoi t'es-tu arrêté, Aquilino? Assieds-toi, assieds-toi.

Il saute à croupetons autour d'Aquilino et cherche ses yeux, mais le vieil homme s'entête à regarder les nuages, les palmiers, les eaux somnolentes du fleuve, les petites vagues sales. En aval, un îlot de terre ocre partage orgueilleusement le courant. Fushía est à présent tout près des jambes d'Aquilino. Le vieil homme s'assoit.

— Un petit moment de plus, Aquilino, crie Fushía. Pas encore, vieux, tu ne fais que d'arriver.

— Maintenant ça me revient, il faut que je te raconte quelque chose. — Le vieil homme se frappe le front et, une seconde, regarde : le pied sain est en train de gratter le sable. — Au mois d'avril je suis allé à Santa María de Nieva. Tu vois comme j'ai la tête? Je serais parti sans te le raconter. J'ai été engagé par la Navale, ils avaient un de leurs pilotes malade et ils m'ont emmené sur une canonnière, ça vole sur l'eau. On y est restés deux jours.

— Tu avais peur que je t'attrape, crie Fushía, que je m'accroche à tes jambes! C'est pour ça que tu t'es assis, Aquilino. Sinon tu aurais filé, en douce.

— Pousse plus ces cris, laisse-moi te raconter, dit Aquilino. Lalita a terriblement grossi, au début on se reconnaissait pas. Elle croyait que j'étais mort. Elle s'est mise à pleurer d'émotion.

— Avant tu restais toute la journée, crie Fushía. Tu allais dormir dans ta barque et le lendemain tu revenais et tu bavardais avec moi, Aquilino. Tu restais deux ou trois jours. Maintenant tu n'es pas plus tôt arrivé que tu veux repartir.

— Ils m'ont logé chez eux, Fushía, dit Aquilino. Elle a des gosses en pagaille, je me rappelle pas combien, des tas. Aquilino est un homme. Il conduisait des radeaux et maintenant il est allé travailler à Iquitos. Il n'est plus comme quand il était petit, il n'a plus les yeux aussi fendus. C'est presque tous des hommes et si tu voyais Lalita tu croirais pas que c'est elle, tellement elle est grosse. Tu te rappelles quand je l'ai accouchée, de mes mains? C'est vraiment un homme, Aquilino, et sympathique. Les fils de Nieves aussi, et aussi ceux du policier. Y a aucune différence entre eux, ils ressemblent tous à Lalita.

— Je faisais envie à tout le monde, crie Fushía. Tu venais me voir, et eux, ils n'ont personne. Après ils se moquaient,

tellement tu tardais à revenir. Il arrive, ce qu'il y a c'est qu'il voyage, il fait du commerce sur les fleuves, mais il viendra, si ce n'est pas demain, après demain, de toute façon il viendra. Maintenant, c'est comme si tu ne venais jamais, Aquilino.

— Lalita m'a raconté sa vie, dit Aquilino. Elle voulait plus d'enfants, mais le garde en voulait et il lui en a fait je ne sais pas combien de fois, et les gosses, à Santa María de Nieva, on les appelle les Gros. Mais pas rien que les enfants du garde, ceux de Nieves aussi, et le tien avec.

— Lalita? crie Fushía. Lalita, vieux?

Une agitation rosâtre se manifeste, des gémissements mêlés à des exhalaisons putrides et le vieil homme se bouche le nez, rejette la tête en arrière. Il s'est mis à pleuvoir et le vent chuchote entre les arbres, la broussaille danse de l'autre côté, il y a un claquement susurrant de feuilles. La pluie est fine encore, invisible. Aquilino se lève :

— Tu vois, il s'est mis à pleuvoir, il faut que je m'en aille, nasille-t-il. Il me faudra coucher dans la barque, me tremper toute la nuit. Je ne peux pas naviguer avec la pluie, si le moteur me lâche j'aurai pas de force et le courant m'entraînera, ça m'est déjà arrivé. T'es devenu triste à cause de ce que je t'ai raconté de Lalita? Pourquoi tu cries plus, Fushía?

Il est plus replié qu'avant, courbe, ovoïde, et ne répond pas. Son pied sain joue avec les cailloux éparpillés sur le sable : il les étale et les entasse, les étale et les entasse, et il y a dans tous ces mouvements minutieux et lents une espèce de mélancolie. Aquilino fait deux pas, ne détache pas son regard de ce dos enflammé, de ces os que l'eau est en train de laver. Il recule un peu plus et maintenant on ne distingue plus les plaies de la peau, c'est une surface mauve et violacée, miroitante. Il lâche son nez et respire profondément.

— Sois pas triste, Fushía, murmure-t-il. Je reviendrai l'année prochaine, quoique je sois bien fatigué, parole. Je t'apporterai quelque chose de bien tendre. Ça t'a fâché que je t'aie parlé de Lalita? Tu t'es souvenu du vieux temps? C'est la vie, mon gars, au moins elle aura été meilleure pour toi que pour d'autres, regarde Nieves.

Il murmure tout en reculant, le voilà dans le sentier. Il y a des flaques dans les dénivellations et une haleine végétale très forte envahit l'atmosphère, une odeur de sève, de résine

et de plantes qui germent. Une vapeur tiède, de faible densité encore, monte en couches ondulantes. Le vieil homme recule toujours, le petit tas de chair vive et sanguinolente reste immobile au loin, disparaît entre les fougères. Aquilino fait demi-tour, court dans la direction des cabanes, Fushía, il reviendrait l'année prochaine, en murmurant, qu'il soit pas triste. Maintenant il pleut à verse.

— Dépêchez-vous, mon père, dit la Sauvage. J'ai un taxi qui attend.

— Un moment, ronchonna le père García en se frottant les yeux. Il faut que je m'habille.

Il disparut dans la maison et la Sauvage fit signe au chauffeur d'attendre. Des tas d'insectes voletaient en crépitant autour des réverbères de la place Merino, petite et déserte, le ciel était haut et étoilé et les premiers camions et les premiers omnibus de la nuit apparaissaient déjà sur l'avenue Sánchez Cerro. La Sauvage resta sur la chaussée jusqu'à ce que la porte se rouvrît : le père García sortit, le visage caché derrière un foulard gris, un chapeau de feutre enfoncé jusqu'aux sourcils. Ils montèrent dans le taxi et celui-ci démarra.

— Soyez rapide, chauffeur, dit la Sauvage. A toute vitesse, chauffeur.

— C'est loin? dit le père García, et sa voix se transforma en un long bâillement.

— Assez, mon père, dit la Sauvage. Du côté du club Grau.

— Alors pourquoi es-tu venue jusqu'ici? grogna le père García. A quoi sert la paroisse de Buenos Aires? Pourquoi a-t-il fallu que tu me réveilles, et pas le père Rubio?

Le *Trois Étoiles* était fermé, mais on voyait de la lumière à l'intérieur, mon père : la patronne tenait à ce que ce soit vous qui veniez. Trois hommes, les bras sur les épaules, chantonnaient au coin de la rue et un autre, un peu plus loin, urinait contre le mur. Un camion où s'entassaient des caisses roulait tranquillement au milieu de la rue, le chauffeur du taxi lui

demandait en vain le passage, à coups de klaxon, en faisant des appels de phare et brusquement le chapeau de feutre s'avança jusque sur la bouche de la Sauvage : quelle était la patronne qui tenait à ce qu'il vienne? Le camion s'écarta enfin, et le taxi put passer, mon père, Mme Chunga, un brusque sursaut, quoi? qui est-ce qui mourait? Le vêtement du prêtre commença à s'agiter et une espèce de haut-le-cœur nouait la voix du père García sous son foulard : qui allait-il confesser?

— Don Anselmo, mon père, murmura la Sauvage.

— Le harpiste se meurt? s'écria le chauffeur. Quoi? C'était lui?

La voiture, sur un brusque coup de frein, crissa de tous ses pneus avenue Grau, puis fila avec une ardeur redoublée; à pleins phares, le chauffeur accéléra de plus en plus, ne ralentissant pas aux carrefours, se limitant à annoncer son rapide passage par de grands coups de klaxon. Pendant ce temps, le chapeau de feutre oscillait stupéfait devant la figure de la Sauvage et la gorge du père García avait l'air de mener une rauque bataille contre quelque chose qui l'obstruait et qui l'asphyxiait.

— Il était en train de jouer bien joyeusement, et brusquement il est tombé, soupira la Sauvage. Le pauvre, il est devenu tout violet, mon père.

Une main se projeta hors de l'ombre, secoua l'épaule de la Sauvage, qui gémit, ils se rendaient au lupanar? effrayée, et elle se tassa contre la porte du taxi : non, mon père, non, à la Maison verte. C'était là qu'il mourait, pourquoi la poussait-il de la sorte, que lui avait-elle fait, et le père García la lâcha et avec de grands gestes s'arracha le foulard du cou. Respirant péniblement, il approcha sa bouche de la fenêtre et resta ainsi un moment, penché, les yeux fermés, aspirant anxieusement l'air léger de la nuit. Puis il s'affala le dos contre le siège et s'enveloppa de nouveau le cou dans le foulard.

— La Maison verte est un lupanar, malheureuse, grommela-t-il. Je comprends qui tu es, je comprends pourquoi tu es à moitié nue et aussi maquillée.

— On a appelé un docteur? dit le chauffeur. Pour une nouvelle triste, c'en est une, mademoiselle. Excusez-moi de me mêler à la conversation mais je connais si bien le harpiste.

Qui c'est qui ne le connaît pas, d'ailleurs, tout le monde l'estime tant.

— On en a appelé un, dit la Sauvage. Il y est déjà, c'est le docteur Zevallos. Mais il dit que ça sera un miracle s'il s'en tire. Tout le monde est en pleurs, mon père.

Le père García s'était tassé sur son siège et ne disait rien, mais un bruit, faible, intermittent, insistant, s'échappait toujours de son foulard. Le taxi s'arrêta devant la grille du club Grau, le moteur toujours rugissant et fumant.

— J'irais bien jusque là-bas, dit le chauffeur, mais le sable est très fin et je suis sûr que je m'enliserais. Je regrette beaucoup ce qui se passe, vraiment.

Tandis que la Sauvage dénouait un mouchoir, en tirait de l'argent et réglait le chauffeur, le père García descendit et claqua la portière avec colère. Il se mit à marcher dans le sable à grandes enjambées. Parfois il trébuchait, s'enfonçait et se relevait sur la surface inégale et, dans la nuit claire, on le voyait avancer entre les dunes jaunâtres, sombre et bossu comme un charognard plus grand que nature. La Sauvage le rattrapa à mi-chemin.

— Vous le connaissiez, mon père? murmura-t-elle. Le pauvre, n'est-ce pas? Si vous saviez comme il jouait bien, c'était beau. Et pourtant il n'y voyait presque pas.

Le père García ne répondit pas. Il avançait tout ramassé sur lui-même, les jambes écartées, à un rythme rapide, et sa transpiration était de plus en plus pénible.

— Comme c'est bizarre, mon père, dit la Sauvage. On n'entend aucun bruit, et toutes les nuits la musique de l'orchestre arrivait jusqu'ici. Et même plus loin, on l'entendait très bien de la route.

— Tais-toi, malheureuse, rugit le père García sans la regarder. N'ouvre plus la bouche!

— Ne vous fâchez pas, mon père, dit la Sauvage. Je ne sais même pas ce que je dis. C'est que je suis malheureuse, vous n'avez pas idée comment était don Anselmo.

— Je ne le sais que trop, murmura le père García. Je le connaissais que tu n'étais pas encore née.

Il ajouta quelque chose d'incompréhensible et l'étrange son, rauque et haletant, se fit de nouveau entendre. Il y avait du monde aux portes des masures du quartier, et à son passage

on entendait parler à voix basse, bonsoir, des femmes faisaient le signe de la croix. La Sauvage frappa à la porte et, aussitôt, une voix de femme : c'était fermé, on ne recevait personne, madame, c'était elle, le père était là. Il y eut un silence, des pas précipités, la porte s'ouvrit et une lumière fumeuse illumina le visage maigre et décrépit du père García, le foulard qui dansait à son cou. Il entra dans la pièce suivi de la Sauvage sans répondre au salut que deux voix masculines lui adressaient du comptoir, peut-être même n'entendit-il pas le murmure respectueux qui s'était élevé à deux tables entourées de vagues silhouettes. Il resta, aigre, immobile, devant la piste de danse vide et quand un corps dépouvu de visage surgit en face de lui, où était-il? grogna-t-il rapidement; la Chunga, qui lui avait tendu la main, la détourna et montra l'escalier : qu'on l'y conduise. La Sauvage le prit par le bras, mon père, je vais vous montrer. Ils traversèrent le salon, montèrent au premier étage et, dans le couloir, le père García se dégagea d'une secousse de la main de la Sauvage. Elle frappa très doucement à une des quatre portes, toutes identiques, et l'ouvrit. Elle s'effaça et, quand le père García fut entré, elle referma la porte et revint au salon.

— Il faisait froid, dehors? dit Bolas. Tu trembles.

— Prenez ce verre, dit le Jeune Alejandro. Ça vous réchauffera.

La Sauvage prit le verre, le but et s'essuya les lèvres avec la main.

— Le père est brusquement devenu furieux, dit-elle. Il m'a prise par le bras dans le taxi, il m'a secouée. J'ai cru qu'il allait me cogner dessus.

— Il n'a pas bon caractère, dit Bolas. Je ne pensais pas qu'il viendrait.

— Le docteur Zevallos est toujours là, patronne? dit la Sauvage.

— Il est descendu prendre un café, il y a un moment, répondit la Chunga. Il a dit que ça suivait son cours.

— Je vais prendre un autre verre, *Chunguita*, j'en ai besoin pour les nerfs, dit Bolas. J'ai pas le rond, tu me fais crédit.

La Chunga était d'accord et leur remplit deux verres. Puis, la bouteille à la main, elle se dirigea vers les tables qui se trouvaient au bord de la piste de danse, où les pensionnaires

chuchotaient discrètement : elles voulaient prendre quelque chose? Non, madame, merci, elles ne voulaient pas, ce n'était pas la peine non plus qu'elles restent, elles pouvaient s'en aller. Un nouveau chuchotement lui répondit, plus prolongé, une chaise craqua, madame, si ça ne gênait pas elles préféraient rester, elles pouvaient? et la Chunga, naturellement, comme elles voulaient, et elle revint au comptoir. Les ombres poursuivirent leur dialogue étouffé, et les musiciens buvaient en silence, en regardant de temps en temps l'escalier.

— Pourquoi ne jouez-vous pas quelque chose? dit la Chunga, à mi-voix, avec un geste vague. S'il peut vous entendre, je suis sûre que ça lui fera plaisir; il comprendra que vous lui tenez compagnie.

Bolas et le Jeune hésitaient, la Sauvage oui, oui, la patronne avait raison, il aimerait ça, et les ombres cessèrent leurs murmures : bon, ils allaient jouer pour lui. Ils allèrent vers le coin de l'orchestre, lentement, Bolas s'installa sur le banc, contre le mur, et le Jeune ramassa sa guitare posée par terre. Ils débutèrent par un *triste*, et ce n'est qu'un bon moment après qu'ils s'enhardirent à chanter, entre leurs dents, sans conviction, puis peu à peu le ton monta et ils finirent par retrouver leur aisance et leur vivacité habituelles. Quand ils interprétaient une composition du Jeune, on comprenait qu'ils étaient plus émus, ils disaient les vers d'une voix plus retenue et plus sentimentale, et Bolas parfois ne savait plus où il en était et se taisait. La Chunga leur fit passer quelques verres. Elle aussi avait l'air troublé, elle ne circulait pas avec son aplomb habituel, légèrement arrogant, mais sur la pointe des pieds, sans remuer les bras ni regarder personne, comme si elle avait eu peur ou qu'elle se sentît gênée, patronne : il y avait le docteur Zevallos qui descendait. Bolas et le Jeune s'arrêtèrent de jouer, les pensionnaires se levèrent, la Chunga et la Sauvage se précipitèrent vers l'escalier.

— Je lui ai fait une piqûre. — Le docteur Zevallos s'essuyait le front avec son mouchoir. — Mais il ne faut pas croire au miracle. Le père García est avec lui. C'est ce dont il a besoin à présent, qu'on prie pour son âme.

Il se passa la langue sur les lèvres, Chunga, il avait terriblement soif : il faisait chaud là-haut. La Chunga alla vers le bar et revint avec un verre de bière. Le docteur Zevallos

était assis à une table avec le Jeune, Bolas et la Sauvage. Les pensionnaires avaient repris leur place et faisaient de nouveau leurs monotones messes basses.

— C'est la vie. — Le docteur Zevallos but, soupira, ferma les yeux et les rouvrit. — Nous aurons chacun notre tour. Le mien beaucoup plus tôt que le vôtre.

— Il souffre beaucoup, docteur? dit Bolas, d'une voix d'ivrogne; mais son regard et ses gestes étaient mesurés.

— Non, c'est pour ça que je lui ai fait une piqûre, dit le docteur. Il n'a plus sa connaissance. Il revient à lui, pour quelques secondes. Mais il n'éprouve aucune douleur.

— Ils jouaient pour lui, susurra la Chunga d'une voix également transformée et une hésitation dans le regard. Nous avons pensé que ça lui plairait.

— On ne l'entend pas de la chambre, dit le docteur. Mais je suis un peu dur d'oreille, peut-être Anselmo entendait-il. J'aurais aimé savoir quel âge il a exactement. Plus de quatre-vingts, sûrement. Il est plus âgé que moi, qui vais sur mes soixante-dix. Donne-moi un autre verre, Chunga.

Puis ils se turent et restèrent ainsi un bon moment. La Chunga se levait de temps en temps, allait au comptoir et en rapportait des bières et des verres de *pisco*. Le chuchotement des pensionnaires était toujours là, âpre et nerveux par moments, voilé et presque inaudible à d'autres. Puis, brusquement, ils se levèrent tous de nouveau et coururent vers l'escalier que le père García descendait, sans chapeau ni foulard, péniblement, en faisant des signes de la main au docteur Zevallos. Celui-ci monta les marches en se tenant à la rampe, se perdit dans le couloir, mon père, que s'était-il passé, un tas de questions fusèrent en même temps, et comme si le bruit les avait effrayés, ils se turent tous en même temps : le père García murmurait quelque chose, s'étouffait. Ses dents claquaient très fort et son regard errait sans s'arrêter sur aucun visage. Le Jeune et Bolas se tenaient par le cou, l'un des deux sanglotait. Peu après les pensionnaires commencèrent à se frotter les yeux, à gémir, à se lamenter à haute voix, à se jeter dans les bras les unes des autres tandis que la Chunga et la Sauvage soutenaient le père García qui tremblait et dont les yeux tournaient dans les orbites avec une douloureuse insistance. Elles le traînèrent à elles deux jusqu'à une chaise,

inerte, il se laissait installer et éponger le front, il buvait sans se rebeller le verre de *pisco* que la Chunga lui versait dans la bouche. Son corps tremblait toujours, mais ses yeux, qui avaient retrouvé leur sérénité, fixaient le vide, entourés de grands cernes sombres. Peu après le docteur Zevallos apparut dans l'escalier. Il descendit sans hâte, la tête baissée, en se frottant lentement le cou.

— Il est mort en paix avec Dieu, dit-il. C'est ce qui compte en ce moment.

Les ombres des tables du fond s'étaient calmées elles aussi et le chuchotement renaissait, timide encore, plaintif. Les deux musiciens se tenaient embrassés et pleuraient, Bolas très fort, le Jeune sans bruit et en secouant les épaules. Le docteur Zevallos s'assit, une expression mélancolique traversa son visage bouffi, mon père : il avait pu lui parler? Le père García fit non avec la tête. La Sauvage lui caressait le front et lui, tout tassé sur son siège, faisait des efforts pour parler, il ne l'avait pas reconnu, un sifflement rauque naissait dans sa bouche et, une fois encore, son regard revint à cette exploration hagarde, incessante, de ce qui l'entourait : tout le temps l'*Étoile du Nord*, la seule chose qu'on pût comprendre. On entendait difficilement sa voix, les pleurs de Bolas l'étouffaient.

— C'était un hôtel qu'il y avait ici quand j'étais jeune, dit le docteur Zevallos, avec une certaine nostalgie, à la Chunga, mais elle ne l'écoutait pas. Sur la place d'Armes, où se trouve à présent l'*Hôtel des Touristes*.

— Tu passes tout ton temps à dormir, c'est à peine si tu profites du voyage, dit Lalita. Et maintenant tu vas manquer l'arrivée.

Elle se tient accoudée au bastingage et Huambachano, sur le plancher, le dos appuyé à des câbles enroulés, ouvre ses gros yeux, si seulement il pouvait dormir, sa voix est faible et maladive, je fermais les yeux pour ne pas vomir davantage, Lalita : il avait déjà tout expulsé, mais l'envie subsistait. C'était sa faute à elle, il voulait rester à Santa María de Nieva. Lalita, une moitié de son corps penché hors du bastingage, dévore du regard l'horizon de toitures rougeâtres, les façades blanches, les hauts palmiers qui hérissent la ville et les silhouettes, très précises à présent, qui bougent sur les quais. Sur le pont les gens font tout ce qu'ils peuvent pour trouver place près du bastingage.

— Gros, ne te laisse pas aller, tu vas perdre le meilleur, dit Lalita. Regarde ma terre, Gros, comme elle est grande, comme elle est jolie. Aide-moi à chercher Aquilino.

Le visage défait de Huambachano ébauche un simulacre de sourire, son corps trapu se contorsionne et finit par se lever, péniblement. Un actif remue-ménage gagne le pont ; les passagers passent leurs paquets en revue, les prennent sur le dos et, en proie à leur tour à l'excitation, les cochons grognent, les poules caquettent et battent frénétiquement des ailes, les chiens vont et viennent en aboyant, les oreilles dressées, la queue vibrante. Une sirène vrille l'air, la fumée noire de la cheminée s'épaissit et il pleut des escarbilles de charbon. Les

voilà dans le port, ils avancent à travers un archipel de barques à moteur, de radeaux chargés de bananes, de canots. Gros, il regardait? qu'il fasse bien attention, c'était par là qu'il devait être, mais le Gros remettait ça : c'était bien sa veine. Il est secoué de nausées mais ne vomit pas, il se contente de cracher rageusement. Son visage graisseux est violacé, il a un air penaud, ses yeux ont beaucoup rougi. De la passerelle de commandement un petit homme donne des ordres en criant et en gesticulant, et deux marins, les pieds et le torse nus, juchés à la proue, lancent les câbles sur le quai.

— Tu gâches tout, Gros, dit Lalita sans cesser d'observer le pont. Je reviens à Iquitos après tant d'années et toi, tu tombes malade.

Des boîtes de conserve, des caisses, des journaux, des détritus dansent au rythme des eaux huileuses. Ils sont entourés de barques à moteur, dont quelques-unes ont été peintes récemment et arborent de petits drapeaux à la pointe des mâts, entourés de canots, de radeaux, de bouées, de barcasses. Sur le quai, près de la passerelle en planches, une petite troupe confuse de porteurs hurle et rugit à l'adresse des passagers, ils débitent leur nom, se frappent la poitrine, essaient tous d'occuper la première place en face de la passerelle. Derrière eux il y a un treillage et des hangars en bois au milieu desquels s'entassent les gens qui attendent les voyageurs : il était là, Gros, celui qui avait un chapeau. Ce qu'il était grand, quel beau garçon, qu'il lui fasse bonjour, et Huambachano ouvre ses yeux vitreux, qu'il le salue, Gros, il lève la main et l'agite mollement. L'embarcation ne bouge plus et les deux marins sautent sur le quai, manipulent les câbles, les attachent à des plots. Maintenant les porteurs hurlent, sautent et essaient de gagner l'attention des passagers par des grimaces et des contorsions. Derrière le treillage les gens agitent les mains, rient, et au milieu du vacarme, à intervalles réguliers, la sirène stridente résonne : Aquilino! Aquilino! Aquilino! Le visage de Huambachano retrouve ses couleurs, son sourire est à présent plus naturel, moins pathétique. Il se fraye un passage entre les femmes chargées de ballots, en traînant une valise pansue et un sac.

— Il a engraissé, tu vois? dit Lalita. Et il s'est fait chic pour nous accueillir, Gros. Dis quelque chose, ne sois pas

390

ingrat, est-ce que tu ne te rends pas compte de tout ce qu'il fait pour nous?

— Oui, il a grossi et il s'est mis une chemise blanche, dit, mécaniquement, Huambachano. Il était temps, je ne suis pas fait pour l'eau. Je ne m'y habitue pas, j'ai souffert pendant tout le voyage.

L'homme en uniforme bleu ramasse les billets et livre chaque passager, avec une amicale bourrade, aux porteurs simiesques, désespérés, qui se précipitent sur lui, lui arrachent les animaux et les paquets, en le suppliant, en l'invectivant s'il se refuse à lâcher ses bagages. Ils ne sont guère qu'une dizaine, mais on dirait qu'ils sont un cent tellement ils font de bruit; squelettiques, sales, ébouriffés, ils ne portent que des pantalons rapiécés et, quelques-uns d'entre eux, des chemisettes qui s'effilochent. Huambachano les bouscule pour les écarter, patron, ce que vous voudrez, foutez-moi le camp, mais ils reviennent à la charge, bande d'emmerdeurs, cinq *reales*, patron, et lui foutez-moi le camp, du large. Il les laisse derrière lui et arrive à la barrière, en titubant. Aquilino vient à sa rencontre et ils se donnent l'accolade.

— Tu t'es laissé pousser la moustache, dit Huambachano, tu t'es passé de la brillantine. Ce que tu as changé, Aquilino.

— Ici, ce n'est pas comme là-bas, il faut être bien habillé, dit Aquilino, souriant. Comment ça s'est passé, ce voyage? Je vous attends depuis ce matin.

— Ta mère a fait un bon voyage, elle était contente, dit Huambachano. Mais moi j'ai été très malade, j'ai passé mon temps à vomir. Ça faisait si longtemps que je n'avais pas mis les pieds sur un bateau.

— Ça se soigne en buvant un coup, dit Aquilino. Que fait ma mère, pourquoi est-elle restée là?

Massive, ses longs cheveux gris dans le dos, Lalita est entourée de porteurs. Elle s'est penchée vers l'un d'eux, ses lèvres s'agitent et elle l'observe de très près, avec une curiosité presque agressive : ces emmerdeurs, ils ne voyaient pas qu'elle n'avait pas de valise? Qu'est-ce qu'ils voulaient, la porter, elle? Aquilino rit, sort de sa poche un paquet d'Inca, offre une cigarette à Huambachano et la lui allume. Maintenant Lalita a posé une main sur l'épaule du porteur et lui parle avec vivacité; il l'écoute dans une attitude réservée, secoue la tête et

au bout d'un moment se retire et se mêle aux autres, se met à sauter, à crier, à courir derrière les voyageurs. Lalita s'avance vers le treillage, rapide, les bras ouverts. Tandis qu'Aquilino et elle s'embrassent, Huambachano fume et son visage, entre les volutes de fumée, apparaît reposé et placide.

— Tu es un homme à présent, tu vas te marier, bientôt tu me donneras des petits-enfants. — Lalita serre bien fort Aquilino, l'oblige à reculer et à se tourner. — Ce que tu es élégant et beau garçon.

— Savez-vous où vous allez loger? dit Aquilino. Chez les parents d'Amelia, je vous avais cherché un petit hôtel mais eux pas question, on leur installe un lit ici dans l'entrée. Ce sont de braves gens, vous vous entendrez bien.

— A quand la noce? dit Lalita. J'ai apporté une robe neuve, Aquilino, pour l'étrenner ce jour-là. Mais il faut que le Gros s'achète une cravate, celle qu'il avait est très vieille, je n'ai pas voulu qu'il l'apporte.

— Dimanche, dit Aquilino. Tout est prêt, l'église est payée et la petite fête chez les parents d'Amelia. Demain j'enterre ma vie de garçon. Mais tu ne m'as pas parlé de mes frères. Ils vont tous bien?

— Bien, mais ils rêvent tous de venir à Iquitos, dit Huambachano. Jusqu'au plus petit qui veut se tailler, comme toi.

Ils ont débouché sur le quai, Aquilino porte la valise sur l'épaule et le sac sous le bras. Huambachano fume et Lalita observe avidement le parc, les maisons, les passants, les automobiles, Gros, c'était pas une belle ville? Comme elle s'était transformée, rien de tout cela n'existait quand elle était petite, et Huambachano oui, sans enthousiasme, à première vue elle avait l'air belle.

— Vous n'y êtes jamais venu quand vous étiez garde civil? dit Aquilino.

— Non, rien que dans des endroits de la côte, dit Huambachano. Puis après, à Santa María de Nieva.

— Nous ne pouvons pas y aller à pied, les parents d'Amelia habitent loin, dit Aquilino. Nous allons prendre un taxi.

— Un jour je veux aller là où je suis née, dit Lalita. Tu crois que ma maison existera encore, Aquilino? Je vais pleurer en revoyant Belén, qui sait, la maison existe peut-être encore et n'a pas changé.

— Et ton travail? dit Huambachano. Tu gagnes bien ta vie?

— Pour l'instant pas grand-chose, dit Aquilino. Mais le patron de la corroierie va nous augmenter l'année prochaine, il nous l'a promis. C'est lui qui m'a avancé l'argent pour votre voyage.

— Qu'est-ce que c'est, une corroierie? dit Lalita. Tu ne travaillais pas dans une usine?

— On y tanne les peaux de crocodile, dit Aquilino. On en fait des souliers, des serviettes. Quand j'y suis entré je ne savais rien, et maintenant c'est moi qui fais voir aux nouveaux.

Huambachano et lui hèlent à grands cris tous les taxis qui passent, mais il n'y en a pas un seul qui s'arrête.

— Ce n'est plus l'eau qui me rend malade, dit Huambachano, c'est la ville à présent. Encore une chose dont j'ai perdu l'habitude.

— Ce qu'il y a, c'est que pour vous il n'y a que Santa María de Nieva qui existe, dit Aquilino. C'est la seule chose que vous aimiez au monde.

— C'est vrai, je n'habiterais plus en ville, dit Huambachano. Je préfère mon petit bout de terre, ma vie tranquille. Quand j'ai pris ma retraite de garde civil, j'ai dit à ta mère je mourrai à Santa María de Nieva, et c'est ce qui arrivera.

Un vieux tacot freine devant eux dans un tintamarre qui fait penser à des boîtes de conserve, en grinçant comme s'il allait tout se déglinguer. Le chauffeur place la valise sur le toit et l'attache avec une corde, Lalita et Huambachano s'assoient derrière, Aquilino près du chauffeur.

— J'ai cherché ce que tu m'as demandé, maman, dit Aquilino. Ça m'en a donné du mal, personne n'était au courant, on m'envoyait d'un côté à l'autre. Mais j'ai fini par savoir.

— Quoi? dit Lalita. — Elle regarde avec enivrement les rues d'Iquitos un sourire sur les lèvres, les yeux émus.

— Au sujet de monsieur Nieves, dit Aquilino, et Huambachano est pris du désir soudain de regarder par la fenêtre. On l'a relâché l'année dernière.

— Ils l'ont gardé en prison pendant tout ce temps? dit Lalita.

— Il est certainement parti au Brésil, dit Aquilino. En sortant de prison les gens se rendent à Manaos. Ici ils ne trou-

vent pas de travail. Il en aura certainement trouvé là-bas, s'il est aussi bon pilote qu'on le dit. Seulement, d'être resté si loin du fleuve, je me demande s'il n'aura pas oublié le métier.

— Je ne crois pas qu'il l'ait oublié, dit Lalita, de nouveau intéressée par le spectacle des rues étroites et populeuses, avec de hauts trottoirs et des façades à galeries. Au moins, c'est bien qu'ils aient fini par le relâcher.

— Comment s'appelle ta fiancée? dit Huambachano.

— Marín, dit Aquilino. C'est une brune. Elle travaille elle aussi à la corroierie. Vous n'avez pas reçu la photo que je vous ai envoyée?

— Des années sans penser aux choses passées, dit Lalita, brusquement, en se tournant vers Aquilino. Et aujourd'hui je revois Iquitos et tu me parles d'Adrián.

— L'auto aussi me rend malade, dit Huambachano en l'interrompant. Il y en a encore pour longtemps avant d'arriver, Aquilino?

IV

Le jour pointe déjà entre les dunes, derrière la caserne Grau, mais les ombres enveloppent encore la ville quand le docteur Pedro Zevallos et le père García, se tenant par le bras, traversent les sablons et montent dans le taxi qui les attend sur la route. Enveloppé dans son foulard, le chapeau posé n'importe comment, le père García n'est plus qu'une paire d'yeux enfiévrés, un nez charnu pointant sous des sourcils épais.

— Comment vous sentez-vous? dit le docteur Zevallos en se brossant les revers du pantalon.

— J'ai toujours la tête qui me tourne, murmure le père García. Mais je me coucherai et ça me passera.

— Vous ne pouvez pas aller au lit comme ça, dit le docteur Zevallos. Nous déjeunerons avant, ça vous fera du bien de prendre quelque chose de chaud.

Le père García a un geste d'agacement, il n'y aurait rien d'ouvert à cette heure, mais le docteur Zevallos le coupe en s'adressant d'autorité au chauffeur : ça ne serait pas ouvert chez Angélica Mercedes? Ça devait l'être, patron, et le père García grogne, elle ouvrait de bonne heure, non, pas là, et sa main tremble devant le visage du docteur Zevallos, pas là, tremble encore et rentre dans son repaire de plis.

— Cessez de rouspéter tout le temps, dit le docteur Zevallos. Qu'est-ce que l'endroit peut bien vous faire? Ce qui compte, c'est de se réchauffer un peu l'estomac après cette mauvaise nuit. Ne me dites pas le contraire, vous savez très bien que vous ne fermerez pas l'œil si vous allez vous coucher à présent.

Chez Angélica Mercedes nous prendrons quelque chose et nous bavarderons.

Un souffle âpre traverse le foulard, le père García se retourne sur son siège sans répliquer. Le taxi pénètre dans le quartier de Buenos Aires, passe devant des chalets aux vastes jardins alignés des deux côtés de la route, contourne l'opaque Monument et se glisse vers la masse sombre de la cathédrale. Quelques vitrines de l'avenue Grau étincellent dans le petit jour, le camion des ordures est devant l'*Hôtel des Touristes* et des hommes en bleu de travail se dirigent vers lui en portant des poubelles. Le chauffeur conduit avec une cigarette aux lèvres, un filet gris va de sa bouche au siège arrière et le père García se met à tousser. Le docteur Zevallos ouvre un peu la fenêtre.

— Vous n'êtes pas retourné à la Mangachería depuis qu'on a veillé Domitila Yara? dit le docteur Zevallos. — Pas de réponse. Le père García garde les yeux fermés et ronfle hargneusement.

— Vous savez que pour un peu ils l'auraient tué, cette fois-là, à la veillée? dit le chauffeur.

— Tais-toi donc, murmure le docteur Zevallos. S'il t'entend, il va piquer une colère.

— C'est vrai que le harpiste est mort, patron? dit le chauffeur. C'est pour ça qu'on vous a appelé à la Maison verte.

L'avenue Sánchez Cerro se prolonge comme un tunnel et, dans la pénombre des allées, la silhouette d'un arbuste se dessine à intervalles réguliers. Vers le fond, sur un horizon diffus de toitures et de sablons, une irisation circulaire pointe en clignotant.

— Il est mort ce matin, dit le docteur Zevallos. Tu te figures peut-être que le père García et moi nous avons encore l'âge de passer la nuit chez la Chunga?

— Il n'y a pas d'âge pour ça, patron, dit le chauffeur en riant. Un collègue a emmené une des femmes chercher le père García, celle qu'on appelle la Sauvage. Il m'a raconté que le harpiste était en train de mourir, quel malheur, patron.

Le docteur Zevallos regarde, d'un air distrait, les murs blanchis à la chaux, les portails avec leurs heurtoirs, l'édifice nouveau des Solari, les caroubiers récemment plantés sur les trottoirs, fragiles et élégants dans leur carré de terre : comme les nouvelles se répandaient vite dans cette ville! Mais il voulait

savoir, et le chauffeur baisse la voix, c'était vrai, patron, ce que racontaient les gens ? il jette un coup d'œil sur le père García par le rétroviseur, le père avait vraiment brûlé la Maison verte du harpiste ? Vous l'aviez connu ce bordel, patron ? Il était aussi grand qu'on le disait, aussi formidable ?

— C'est bien ça, les Piurans, dit le docteur Zevallos. En trente ans ils ne se sont pas lassés de revenir sur la même histoire. Ils lui ont empoisonné la vie, à ce pauvre curé.

— Ne dites pas du mal des Piurans, patron, dit le chauffeur. C'est mon pays.

— C'est le mien aussi, dit le docteur Zevallos. D'ailleurs, je ne suis pas en train de parler, je pense à voix haute.

— Mais il doit bien y avoir quelque chose de vrai, patron, insiste le chauffeur. Sinon, pourquoi les gens parleraient-ils, pourquoi toujours l'incendiaire, l'incendiaire ?

— Qu'est-ce que j'en sais ? dit le docteur Zevallos. Prends ton courage à deux mains et demande-le au père.

— Avec le caractère qu'il a ! Même quand ce serait pour l'embêter ! dit le chauffeur en riant. Mais dites-moi au moins si ce bordel a existé ou si c'est des inventions des gens. Ils passent à présent dans le nouveau secteur de l'avenue : la vieille route rencontrera bientôt cette chaussée asphaltée et les camions qui viennent du Sud et qui continuent vers Sullana, Talara et Tumbes n'auront plus à traverser le centre de la ville. Les trottoirs sont larges et bas, les réverbères tout juste peints, ce très haut squelette de ciment armé sera, peut-être, un gratte-ciel plus grand que l'hôtel Cristina.

— Le quartier le plus moderne touchera le plus vieux et le plus pauvre, dit le docteur Zevallos. Je ne crois pas que la Mangachería dure bien longtemps.

— Il lui arrivera la même chose qu'à la Gallinacera, dit le chauffeur. On y mettra des bulldozers et on fera des maisons comme celles-là, pour les Blancs,

— Et où diable vont aller les Mangaches avec leurs chèvres et leurs bourricots ? dit le docteur Zevallos. Et où pourra-t-on boire une bonne *chicha* à Piura, alors ?

— Ils vont être sacrément tristes, les Mangaches, patron, dit le chauffeur. Le harpiste était leur Dieu, plus populaire que Sánchez Cerro. Ils vont lui faire brûler des cierges à présent

à lui aussi, et ils lui feront des prières comme à Domitila la guérisseuse.

Le taxi abandonne l'avenue et, piquant du nez et cahotant, avance dans une ruelle dépourvue de revêtement, au milieu des masures de bambou sauvage. Il soulève un nuage de poussière et rend furieux les chiens vagabonds qui le poursuivent, collés aux garde-boue et lui aboyant après, patron : les Mangaches avaient raison, ici il faisait jour plus tôt qu'à Piura. Dans la clarté bleuâtre, au milieu des nuages de poussière, on aperçoit des corps étendus sur des nattes aux portes des maisons, des femmes avec des cruches sur la tête qui passent d'une rue à l'autre, des ânes au regard somnolent et apathique. Attirés par le rugissement du moteur, des gosses sortent des masures et, nus ou en haillons, courent derrière le taxi en faisant bonjour, qu'est-ce qu'il y avait, en bâillant, qu'est-ce qui se passait : rien, mon père, ils étaient sur la terre interdite.

— Laisse-nous ici, dit le docteur Zevallos. Nous marcherons un peu.

Ils descendent du taxi et, en se tenant par le bras, se soutenant l'un l'autre, ils parcourent un sentier oblique, escortés par des gosses qui sautent, incendiaire! crient et rient, incendiaire, incendiaire! et le docteur Zevallos fait semblant de ramasser une pierre et de la leur lancer : tas de petits merdaillons, c'était encore une chance, ils étaient arrivés.

La bicoque d'Angélica Mercedes est plus grande que les autres et les trois petits drapeaux qui flottent sur sa façade de briques lui donnent un air coquet et pimpant. Le docteur Zevallos et le père García entrent en éternuant, choisissent deux banquettes et une table de planches mal dégrossies, s'asseyent. Le sol qui vient d'être lavé sent la terre humide, la coriandre et le persil. Il n'y a personne aux autres tables pas plus qu'au comptoir. Entassés devant la porte, les gamins crient toujours, tendent leurs têtes sales et hirsutes, doña Angélica! leurs bras maigres, doña Angélica! rient en montrant leurs dents. Le docteur Zevallos se frotte les mains d'un air pensif et le père García, qui ne cesse de bâiller, guette la porte du coin de l'œil. Angélica Mercedes arrive enfin, fraîche, bien en chair, matinale, le bas de sa jupe traçant des dessins sur les banquettes. Le docteur Zevallos se lève, docteur, lui tend les bras, mais quel plaisir, c'était un miracle de le voir

ici à cette heure, ça faisait de si longs mois qu'il ne venait pas et elle, elle embellissait de jour en jour, Angélica, comment faisait-elle pour ne pas vieillir? quel était son secret? Ils finissent par s'arrêter de se congratuler, Angélica, elle ne voyait pas qui il lui avait amené? elle ne le reconnaissait pas? Comme s'il avait peur, le père García serre ses pieds l'un contre l'autre et cache ses mains, bonjour, le foulard mugit sur un ton rébarbatif et le chapeau s'agite un instant, Sainte Vierge! c'était le père García. Les mains jointes sur le cœur, le ravissement dans les yeux, Angélica Mercedes s'incline, *padrecito*, quel plaisir de le voir, il ne pouvait pas savoir, comme c'était bien de l'avoir amené, docteur, et une main osseuse et méfiante s'élève sans chaleur vers Angélica Mercedes, se retire avant qu'elle ne la baise.

— Peux-tu nous préparer quelque chose de chaud, ma commère? dit le docteur Zevallos. Nous sommes à moitié morts, nous avons passé une nuit blanche.

— Bien sûr, bien sûr, tout de suite — Angélica Mercedes essuie la table avec sa jupe —, un bouillon et un *piqueo*? Et comme boisson, un bon petit *claro*? Non, c'est trop tôt pour ça, je vous ferai des jus de fruit et du café au lait. Mais comment se fait-il que vous ne vous soyez pas encore couchés, docteur? Vous êtes en train de donner de mauvaises habitudes au père García.

Un grognement sarcastique monte du foulard et le chapeau se redresse, les yeux profonds du père García regardent Angélica Mercedes, qui s'arrête de sourire, elle tourne son visage intrigué vers le docteur Zevallos; celui-ci, le menton entre deux doigts, a à présent une expression mélancolique : où êtes-vous allés, *doctorcito*? Sa voix est timide, sa main tient sa jupe à quelques millimètres de la table et elle reste immobile : chez la Chunga, brave femme. Angélica Mercedes pousse un petit cri, chez la Chunga? elle change de physionomie, chez la Chunga? elle se cache la bouche.

— Oui, ma commère, Anselmo est mort, dit le docteur Zevallos. C'est une triste nouvelle pour toi, je sais bien. Pour nous tous. Que pouvons-nous y faire, c'est la vie.

Don Anselmo? balbutie Angélica Mercedes, la bouche entrouverte, la tête penchée, il est mort, *padrecito*? et son nez palpite très vite, des fossettes se creusent dans ses joues, les

gamins de la porte sont partis à la course et elle secoue la tête, se frotte les bras, il est mort, docteur? elle pleure.

— Tout le monde doit mourir, rugit le père García, tapant sur la table. — Son foulard s'ouvre et son visage livide, pas rasé, est déformé par le tremblement de la bouche. — Toi, moi, le docteur Zevallos, ça nous arrivera à tous, personne n'y coupe.

— Calmez-vous, mon cher. — Le docteur Zevallos prend dans ses bras Angélica qui sanglote en serrant un coin de sa jupe contre ses yeux. — Calme-toi, toi aussi, ma commère. Le père García est sur les nerfs, il vaut mieux ne pas lui parler, ne rien lui demander. Allez, prépare-nous quelque chose de chaud, ne pleure pas.

Angélica Mercedes fait oui sans cesser de pleurer et s'éloigne, le visage entre les mains. On l'entend soupirer dans l'autre pièce, parler toute seule. Le père García a remonté son foulard, il le porte de nouveau enroulé autour du cou et il a ôté son chapeau : hérissées, grises, les mèches de ses tempes ne dissimulent qu'à moitié son crâne lisse et couvert de taches de rousseur. Il appuie son menton dans sa main, une ride soucieuse veine son front et sa barbe de deux jours donne à ses joues l'apparence de quelque chose de sale et d'usé. Le docteur Zevallos allume une cigarette. Il fait jour à présent, et le soleil qui baigne la pièce et dore les bambous a séché le sol, des mouches bleues, chuintantes, envahissent l'air. A l'extérieur, les cris, aboiements, bêlements, braiments et les bruits domestiques augmentent graduellement et, à côté, Angélica Mercedes s'est mise à prier, elle marmotte le nom de la « sainte » en le mêlant à des invocations à Dieu et à la Vierge, docteur : cette virago l'avait fait sciemment.

— Mais au nom de quoi? murmure le père García. Au nom de quoi, docteur?

— Qu'est-ce que ça peut faire? dit le docteur Zevallos en regardant se dissiper la fumée. Et puis ça n'a peut-être pas été sciemment. Cela a pu être un hasard.

— Pure sottise, elle nous a fait appeler, vous et moi, pour quelque chose, dit le père García. Elle voulait nous faire passer un mauvais quart d'heure.

Le docteur Zevallos hausse les épaules. Il reçoit un rayon de soleil au milieu du front et il a la moitié du visage doré et

brillant; l'autre moitié n est qu'une tache couleur de plomb. Ses yeux sont plongés dans une douce torpeur.

— Je manque absolument de perspicacité, dit-il, après un moment. Je n'y avais même pas pensé. Mais vous avez raison, il est bien possible qu'elle ait voulu nous faire passer un mauvais quart d'heure. C'est une femme bizarre, la Chunga. J'ai cru qu'elle ne le savait pas.

Il se tourne vers le père García et la tache gagne du terrain, occupe tout le visage, il n'y a plus qu'une oreille et la mâchoire pour baigner à présent dans la lumière jaune : qu'elle ne savait pas quoi? Le père García regarde le docteur Zevallos de travers.

— Que c'est moi qui l'ai mise au monde. — Le docteur Zevallos lève la tête, elle s'illumine, sa calvitie se détache, luisante et granuleuse. — Qui peut bien le lui avoir dit? Pas Anselmo, j'en suis sûr. Il croyait que la Chunga n'était pas au courant.

— Dans ce patelin cancanier tout finit par se savoir, dit le père García. Même si c'est trente ans après, on sait tout ce qui se passe.

— Elle n'est jamais venue à mon cabinet, dit le docteur Zevallos. Elle ne m'a jamais appelé pour quoi que ce soit et puis maintenant voilà qu'elle le fait. Si elle tenait à me faire passer un mauvais quart d'heure, elle y est parvenue. Elle m'a tout fait revivre d'un coup.

— Dans votre cas c'est clair, grogne le père García comme s'il parlait avec la table. Il a vu mourir ma mère, qu'il voie mourir mon père aussi. Mais pourquoi m'a-t-elle appelé, moi, cette virago?

— Qu'est-ce que cela signifie? dit le docteur Zevallos. Qu'est-ce qui vous arrive?

— Venez avec moi, docteur. — La voix vient de la droite, elle résonne en haut du vestibule. — Tout de suite, comme vous êtes, docteur, il n'y a pas de temps à perdre.

— Vous croyez peut-être que je ne vous reconnais pas? dit le docteur Zevallos. Sortez de là, Anselmo. Pourquoi vous cachez-vous? Vous êtes devenu fou, mon vieux?

— Venez, docteur, vite. — Une voix brisée dans l'obscurité du vestibule et que l'écho répète, tout en haut. — Elle est en train de mourir, docteur, venez.

Le docteur Zevallos lève la lampe, cherche et finit par le

trouver, près de la porte, il n'est ni ivre ni en colère, mais crispé par la peur. Ses yeux dansent follement dans ses orbites enflées et son dos colle au mur comme s'il voulait le renverser.

— Votre femme? dit le docteur Zevallos, stupéfait. Votre femme, Anselmo?

— Ils peuvent bien être morts tous les deux, mais moi je ne l'accepte pas. — Le père García donne un coup sur la table et la banquette craque. — Je ne peux pas accepter cette infamie. Cent ans s'écouleraient que cela me semblerait toujours aussi infâme.

La porte du vestibule s'est ouverte et l'homme recule comme s'il voyait un fantôme, il échappe au cône de lumière de la lampe. La silhouette enveloppée dans une robe de chambre blanche fait quelques pas dans la cour, mon petit, s'arrête avant d'entrer dans le vestibule : qui était là? pourquoi n'entraient-ils pas? C'était lui, maman, le docteur Zevallos baisse sa lampe, se met devant Anselmo pour le cacher : il lui fallait sortir un moment.

— Attendez-moi sur le Quai, susurre-t-il. Je vais chercher ma trousse.

— Prenez-moi ce bouillon. — Angélica Mercedes pose sur la table deux assiettes fumantes. — C'est salé, je vous apporte tout de suite le *piqueo*.

Elle ne pleure plus mais elle a une voix geignarde et elle s'est jeté un châle noir sur les épaules. Elle repart vers la cuisine, mais à présent c'est à peine si elle se déhanche en marchant. Le docteur Zevallos remue pensivement son bouillon, le père García lève son assiette avec quatre doigts, l'approche de son nez et en aspire le chaud arôme.

— Moi non plus je ne l'ai jamais compris et, en ce temps-là, je crois qu'à moi aussi il m'a semblé infâme, dit le docteur Zevallos. Maintenant je suis vieux, j'ai vu couler beaucoup d'eau sous les ponts et plus rien ne me semble infâme. Si vous aviez été présent cette nuit-là, vous n'auriez pas tellement haï ce pauvre Anselmo, père García, je vous le jure.

— Dieu vous le rendra, docteur, pleurniche l'homme tout en courant, en heurtant les arbres, les bancs et la balustrade du quai. Je ferai ce que vous me demanderez, je vous donnerai tout mon argent, toute ma vie, docteur.

— Vous voulez m'émouvoir, grogne le père García, en

402

regardant le docteur Zevallos, retranché derrière son assiette qu'il continue à renifler. Faut-il que je me mette à pleurer moi aussi?

— En réalité, tout cela n'a plus aucune espèce d'importance, dit en souriant le docteur Zevallos. Autant en emporte le vent, mon cher ami. Mais par la faute de la *Chunguita*, tout cela m'est revenu à la mémoire, et ça tourne là-dedans. J'en parle pour m'en débarrasser, n'y faites pas attention.

Le père García prend la température du bouillon avec la pointe de la langue, souffle, boit une petite gorgée, éructe, grogne une excuse et continue à boire à petits coups et en soufflant. Peu après, Angélica Mercedes revient avec un plat de *piqueo* et du jus de *lucuma*. Elle s'est couvert la tête avec le châle, docteur ce n'était pas bon? et sa voix s'efforce d'être naturelle, ma commère, très bon. Un tout petit peu chaud, il le prendrait dès qu'il aurait un peu refroidi et il était sacrément appétissant, le *piqueo* qu'elle leur avait préparé. Maintenant elle leur faisait chauffer le café, s'ils avaient besoin de quoi que ce soit ils l'appelaient, tout simplement, *padrecito*. Le docteur Zevallos balance son assiette du bout du doigt, examine méticuleusement la trouble et ronde superficie qui oscille et le père García s'est mis à couper de petits morceaux de viande et à mâcher avec décision. Mais, brusquement, il s'interrompt, tout le monde était au courant? et il reste la bouche ouverte : les dévoyés, hommes et femmes, qui s'y trouvaient?

— Elles, elles étaient au courant de ce roman depuis le début, c'est logique, murmure le docteur Zevallos en caressant le bord de son assiette, mais je ne crois pas que personne d'autre s'en soit rendu compte. Il y avait un petit escalier qui donnait sur la cour de derrière, c'est par là que nous sommes montés dans la tour, les personnes qui étaient au salon ne nous ont pas vus. Cela faisait un boucan du tonnerre, en bas, Anselmo devait leur avoir donné ses instructions pour qu'elles amusent les gens et ne leur laissent pas soupçonner ce qui se passait.

— Je vois que vous connaissez bien l'endroit. — Le père García se remet à mâcher. — Ce ne devait pas être la première fois que vous y alliez, j'imagine.

— J'y étais allé des dizaines de fois, dit le docteur Zevallos,

avec un rapide éclair dans les yeux. J'avais trente ans alors. La fleur de l'âge, cher ami.

— Des saletés, des stupidités, grogne le père García, mais sa main abaisse la fourchette qu'il portait à sa bouche. Trente ans? Je devais avoir cet âge, plus ou moins.

— Naturellement, puisque nous sommes de la même génération, dit le docteur Zevallos. Anselmo aussi, quoiqu'un peu plus âgé que nous.

— Il n'en reste pas beaucoup de cette époque, dit le père García avec un rauque humour. Nous les avons tous enterrés.

Mais le docteur Zevallos ne l'écoute pas. Il est en train de remuer les lèvres, il ouvre et ferme les yeux, agite son assiette au point de faire tomber de petites gouttes de bouillon sur la table, mon cher, comment aurait-il pu imaginer, même en voyant le corps dans le lit il n'avait pas deviné, mon cher, qui aurait pu deviner?

— Ne vous mettez pas à parler tout seul, mâchonne le père García, n'oubliez pas que je suis là. Qu'est-ce que c'est que vous ne pouviez pas imaginer?

— Que cette enfant était sa femme, dit le docteur Zevallos. En entrant je vis, à la tête du lit, une grosse rousse qu'on appelait le Ver luisant, elle ne me sembla pas malade et j'étais sur le point de dire une plaisanterie, lorsque je vis le corps et le sang. Vous ne pouvez pas savoir, mon cher ami, sur les draps, par terre, toute la pièce n'était qu'une immense tache. On aurait dit qu'on venait d'égorger quelqu'un.

Le père García ne coupe pas ses morceaux de viande, il les triture férocement, les enfile sur sa fourchette, les fait tourner sur le plat. Le morceau dégoulinant de sauce ne monte pas jusqu'à sa bouche, elle perdait son sang? reste tremblant en l'air, comme sa main et comme la fourchette, du sang partout? et un soudain enrouement l'étouffe, du sang de cette enfant? Un petit filet de bave clair coule le long de son menton, l'imbécile, qu'il la lâche, ce n'était pas le moment de l'embrasser, il l'étouffait, il fallait la faire crier, imbécile : il aurait mieux valu la gifler. Mais Josefino porte un doigt à ses lèvres : pas de cris, elle ne voyait pas qu'il y avait des voisins? elle n'entendait pas les conversations. Comme si elle ne les entendait pas, la Sauvage ne fait que crier de plus belle, Josefino sort son mouchoir, se penche sur le grabat et le lui appuie sur la bouche.

Sans se troubler, doña Santos continue à fouiller, manipulant avec dextérité les deux cuisses brunes. C'est alors qu'il avait vu son visage, père García, ses jambes et ses mains se mirent à trembler, il oublia qu'elle était en train de mourir et qu'il était là pour essayer de la sauver, la seule chose qu'il arrivait à faire c'était, oui, oui, de la regarder, il n'y avait pas de doute : c'était Antonia, bon Dieu. Don Anselmo ne l'embrassait plus, effondré au pied du lit il offrait de nouveau son argent, sa vie, docteur Zevallos, sauvez-la-moi, et Josefino prit peur, doña Santos, elle n'était pas morte? Ne me la tuez pas, ne me la tuez pas, doña Santos, et elle chut! elle s'était évanouie, tout simplement. Ça valait mieux, elle ne ferait pas de potin et elle en aurait plus vite fini, qu'il lui tamponne le front avec ce chiffon. Le docteur Zevallos lui tendit brutalement le bassin, qu'on fasse bouillir davantage d'eau, imbécile, en train de pleurnicher au lieu d'aider. Il est en bras de chemise, le col ouvert et, maintenant, tout à fait serein. Anselmo ne peut pas tenir le bassin, il lui tombe des mains, docteur, qu'elle ne meure pas, il ramasse le bassin et gagne la porte à quatre pattes, docteur, c'était toute sa vie, et il sort.

— Ah, pute mère, murmure le docteur Zevallos. C'est de la folie, Anselmo, comment t'y es-tu pris, mon vieux, mais quelle saloperie tu as faite, Anselmo!

— Fais-moi passer le sac, dit doña Santos. Et maintenant je lui donne un petit maté et elle se réveille. Emporte-moi ça et enterre-le bien, arrange-toi pour que personne ne te voie.

— Il y avait un espoir? grogne le père García, en martyrisant les morceaux de viande, les piquant et les promenant d'un côté à l'autre. C'était impossible de sauver cette petite?

— Peut-être dans un hôpital, dit le docteur Zevallos. Mais on ne pouvait pas la déplacer. Il m'a fallu l'opérer pour ainsi dire à l'aveuglette, en sachant qu'elle se mourait. Ç'a été un vrai miracle que la *Chunguita* soit sauvée, elle est née alors que sa mère était déjà morte.

— Un miracle, un miracle, grogne le père García. Tout est miracle ici. On parlait aussi de miracle quand on a tué les Quiroga et que la petite s'en est tirée. Il aurait mieux valu pour elle qu'elle meure à ce moment-là.

— Vous ne vous souvenez pas de la fillette quand vous traversez le square? dit le docteur Zevallos. Moi si, il me semble

toujours la voir assise, en train de se chauffer au soleil. Mais cette nuit-là je suis arrivé à éprouver plus de peine pour Anselmo que pour Antonia.

— Il ne le méritait pas, ronchonne le père García. Ni peine, ni compassion ni rien. Toute cette tragédie, c'est sa faute.

— Si vous l'aviez vu trépigner, me baiser les pieds pour que je sauve sa jeune femme, à vous aussi il vous aurait fait pitié, dit le docteur Zevallos. Savez-vous que si ça n'avait pas été grâce à ma commère, la *Chunguita* serait morte elle aussi? C'est elle qui m'a aidé à la soigner.

Ils observent un moment de silence et le père García porte à sa bouche un morceau de viande, mais il fait la grimace et repose sa fourchette. Angélica Mercedes revient avec une autre carafe de jus de fruit, d'une main elle chasse les mouches.

— Tu n'as pas entendu, ma commère? dit le docteur Zevallos. Nous étions en train de rappeler la nuit où Antonia est morte. On dirait un rêve, n'est-ce pas? J'expliquais au père que c'est toi qui m'as aidé à sauver la Chunga.

Angélica Mercedes le regarde d'un air très sérieux, sans s'étonner ni s'alarmer, comme si elle n'avait pas compris.

— Je ne me souviens de rien, docteur, dit-elle à voix basse, enfin. J'étais cuisinière, mais je ne m'en souviens pas davantage. Il ne faut pas parler de ça maintenant. Je vais à la messe de huit heures prier pour don Anselmo, pour qu'il repose en paix. Après, j'irai le veiller.

— Quel âge avais-tu? grogne le père García. Je ne me rappelle pas comment tu étais. Anselmo et ses dévoyées, oui, mais pas toi.

— Je n'étais qu'une gamine, *padrecito* — la main d'Angélica Mercedes est un rapide, un efficace éventail : aucune mouche ne s'approche du *piqueo* ni du jus de fruits.

— Pas plus de quinze ans, dit le docteur Zevallos. Et jolie, ma commère. Nous te dévorions tous des yeux, mais Anselmo halte-là, ce n'est pas une pensionnaire, on regarde mais on ne touche pas, il veillait sur toi comme si tu avais été sa fille.

— J'étais toute neuve et le père García ne voulait pas me croire. — Un éclair coquin anime les yeux d'Angélica Mercedes, tandis que son visage garde un masque sévère. — J'allais me confesser en tremblant et vous, toujours, quitte cette maison du diable, tu es damnée. Vous ne vous rappelez pas, mon père?

406

— Ce qui se dit au confessionnal est secret, grogne le père García avec une espèce d'enrouement jovial. Garde ces histoires pour toi.

— La maison du diable, dit le docteur Zevallos. Vous croyez encore qu'Anselmo était le diable? C'était vrai qu'il sentait le soufre, ou bien c'était pour effrayer les bigots?

Angélica Mercedes et le docteur sourient et, sous le foulard, au bout d'un moment, résonne quelque chose de rude et d'inattendu, hybride comme un accès de toux et de rire qui vous suffoquerait.

— En ce temps-là il n'était que là-bas, à la Maison verte, dit le père García en se raclant la gorge. Maintenant il est partout, le pied-fourchu. Chez la virago, dans la rue, au cinéma, tout Piura est devenu la maison du diable.

— Sauf la Mangachería, *padrecito*, dit Angélica Mercedes. Il n'est jamais entré ici, nous ne le lui permettons pas, et sainte Domitila nous y aide.

— Elle n'est pas encore sainte, dit le père García. Tu ne devais pas nous faire du café?

— Oui, il est tout prêt, dit Angélica Mercedes. Je vais l'apporter.

— Cela fait au moins vingt ans que je n'avais pas passé de nuit blanche, dit le docteur Zevallos. Et maintenant je n'ai plus sommeil du tout.

Depuis qu'Angélica Mercedes a fait demi-tour, les mouches reviennent et tombent dans le *piqueo* qu'elles sèment de petits points noirs. De nouveau des gamins en guenilles rôdent devant la porte et, à travers les bambous, on voit des gens qui passent en parlant fort, un groupe de vieux qui prennent le soleil et bavardent devant la cabane d'en face.

— Est-ce qu'il se repentait, au moins? grogne le père García. Se rendait-il compte que cette enfant était morte par sa faute?

— Il est sorti en courant derrière moi, dit le docteur Zevallos. Il se roulait dans le sable, il voulait qu'on le tue. Je l'ai emmené chez moi, je lui ai fait une piqûre et je l'ai renvoyé. Je ne sais rien, je n'ai rien vu, allez-vous-en. Mais il n'est pas parti, il est descendu au bord du fleuve et il a attendu la lavandière, comment s'appelait-elle? celle qui avait élevé Antonia.

— Il a toujours été fou, grogne le père García. J'espère

407

pour lui qu'il se sera repenti et que Dieu lui aura pardonné.

— Et même s'il ne s'est pas repenti, il a été assez puni avec ce qu'il a souffert, dit le docteur Zevallos. Encore faudrait-il savoir s'il méritait réellement d'être puni. Et si Antonia n'avait pas été sa victime, mais sa complice? Si elle était tombée amoureuse de lui?

— Ne dites pas de bêtises, grogne le père García. Je vais croire que vous êtes gâteux.

— C'est quelque chose que je me suis toujours demandé, dit le docteur Zevallos. Les pensionnaires disaient qu'il était aux petits soins pour elle et que la jeune fille avait l'air contente.

— Et maintenant ça vous semble normal? grogne le père García. Enlever une aveugle, l'enfermer dans un prostibule, lui faire un enfant. Vous trouvez ça très bien? Tout ce qu'il y a de plus normal? On aurait peut-être même dû le récompenser pour cette bonne action?

— Cela n'a rien de normal, dit le docteur Zevallos, mais n'élevez pas tellement la voix, vous avez de l'asthme. Seulement allez donc savoir ce qu'elle pensait. Antonia ne savait pas ce qu'était le bien et le mal, et après tout, grâce à Anselmo, elle a été une femme complète! J'ai toujours cru...

— Taisez-vous, mon cher! — De ses grandes mains le père García balaie les mouches qui s'enfuient épouvantées. — Une femme complète! Les religieuses sont-elles incomplètes? Et nous, les prêtres, sommes-nous incomplets parce que nous ne faisons pas de cochonneries? Je ne vous permets pas des hérésies aussi stupides.

— Vous vous battez contre des fantômes, dit en souriant le docteur Zevallos. Je voulais seulement vous dire que je crois qu'Anselmo l'a aimée vraiment, et que probablement elle l'a aimé aussi.

— Cette conversation me dégoûte, grogne le père García. Nous ne risquons pas de tomber d'accord, et je ne veux pas me disputer avec vous.

— Il ne manquait plus que ça, murmure le docteur Zevallos. Regardez qui c'est qui arrive.

C'étaient les indomptables, voulaient pas travailler, rien que pinter, rien que jouer, c'était les indomptables qui venaient déjeuner, caramba; visez un peu qui était là.

— Allons-nous-en, grogne le père García, exaspéré. Je ne veux pas rester avec ces bandits.

Mais les frères León ne lui laissent pas le temps de se lever, ils se précipitent vers lui en battant des mains, père García, les cheveux embroussaillés, *padrecito*, les yeux marqués par les débordements nocturnes. Ils sautent autour du père García, c'était pas du sable qui était tombé sur Piura aujourd'hui, c'était de la neige, essaient de lui serrer la main, c'était un vrai miracle, le tapotent, un jour de fête pour les Mangaches de recevoir cette visite. Ils sont en maillot de corps, sans chaussettes dans des souliers dépourvus de lacets, ils sentent la transpiration, et le père García, retranché derrière son foulard, sous son chapeau qu'il s'est empressé de coiffer, demeure immobile, regardant fixement le *piqueo* que les mouches attaquent de nouveau.

— Je ne vous permettrai pas de lui manquer de respect, dit le docteur Zevallos. Retenez votre langue, les gars. Il porte une soutane et il a des cheveux blancs.

— Mais qui c'est qui lui manque de respect, docteur? dit le Singe. On est enchantés de le voir ici, parole, on veut seulement qu'il nous serre la main.

— On n'a jamais vu un Mangache manquer aux lois de l'hospitalité, docteur, dit José. Bonjour, doña Angélica. Il faut fêter cet événement, apportez quelque chose pour trinquer avec le père García. On va faire la paix avec lui.

Angélica Mercedes revient avec deux tasses de café dans les mains, l'air très sérieux.

— Pourquoi nous faire la tête, doña Angélica? dit le Singe. Notre visite ne vous plaît pas?

— Vous êtes ce qu'il y a de pire dans cette ville, grogne le père García. Le péché originel de Piura. Quand bien même on me tuerait je ne prendrai rien avec vous.

— Vous fâchez pas, père García, dit le Singe. On se paie pas votre tête, vraiment on est contents que vous soyez revenu à la Mangachería.

— Corrompus, vagabonds. — Le père García s'est lancé dans une nouvelle offensive contre les mouches. — De quel droit me parlez-vous, voyous?

— Vous voyez, docteur, dit le Singe, qui c'est qui manque de respect.

— Laissez-le tranquille, le père, dit Angélica Mercedes. Don Anselmo est mort. Le père et le docteur l'ont assisté, ils n'ont pas fermé l'œil de la nuit.

Elle pose les tasses sur la table, retourne à la cuisine, et lorsque sa silhouette disparaît dans la pièce du fond on n'entend dans l'établissement que le tintement des petites cuillères, le bruit que fait le docteur Zevallos en aspirant son café, la respiration laborieuse du père García. Les León se regardent, comme s'ils se trouvaient mal.

— Vous voyez, les gars, dit le docteur Zevallos. Ce n'est pas le moment de plaisanter.

— Don Anselmo est mort, dit José. Notre harpiste, Singe, on l'a perdu.

— Mais c'était le meilleur des hommes, docteur, balbutie le Singe. C'était un grand artiste, docteur, une gloire de Piura. Et le plus aimable de tous. J'en ai le cœur fendu, docteur.

— Comme notre père à tous, docteur, dit José. Bolas et le Jeune doivent être malheureux à en mourir, Singe. Ses disciples, docteur, ils ne faisaient qu'un avec le harpiste. Vous ne pouvez pas savoir le soin qu'ils prenaient de lui, docteur.

— On n'était pas au courant, mon père, dit le Singe. On vous demande pardon pour ces plaisanteries.

— Il est mort comme ça, brusquement? dit José. Hier pourtant il était tout à fait bien. On a dîné ici avec lui, docteur, il riait et il plaisantait.

— Où est-il, docteur? dit le Singe. Il faut aller le voir, José, on empruntera des cravates noires.

— Il est là-bas, là où il est mort, dit le docteur Zevallos. Chez la Chunga.

Il est mort à la Maison verte? dit le Singe. On l'a même pas emmené à l'hôpital, le harpiste?

— Ça, c'est une vraie catastrophe pour la Mangachería, docteur, dit José. Ça ne sera plus la même chose sans le harpiste.

Ils dodelinent de la tête, consternés, incrédules, et poursuivent leurs monologues et leurs dialogues tandis que le père García boit son café sans écarter la tasse de ses lèvres qui débordent à peine de son foulard. Le docteur Zevallos a déjà pris le sien, maintenant il joue avec la petite cuillère en essayant de la maintenir en équilibre sur la pointe d'un doigt. Les León se taisent enfin et s'assoient à une table voisine. Le docteur

Zevallos leur offre des cigarettes. Lorsque Angélica Mercedes revient, un moment après, ils fument en silence, pareillement accablés et renfrognés.

— C'est pour ça que Lituma n'est pas venu, dit le Singe. Il doit tenir compagnie à la *Chunguita*.

— Elle jouait les indifférentes, la femme glacée, dit José. Mais au fond d'elle-même elle doit être en train de saigner aussi. Vous ne croyez pas, doña Angélica? Le sang crie après le sang.

— Elle aura sans doute de la peine, dit Angélica Mercedes. Mais on ne peut jamais savoir, avec elle, est-ce que c'était une bonne fille, après tout?

— Pourquoi dis-tu cela, ma commère? demande le docteur Zevallos.

— Vous trouvez ça bien, qu'elle ait eu son père comme employé? dit Angélica Mercedes.

— Le docteur Zevallos trouve tout bien, grogne le père García. Avec la vieillesse il a découvert qu'il n'y a rien de mal en ce monde.

— Vous dites cela comme un sarcasme, dit en souriant le docteur Zevallos. Mais reconnaissez qu'il y a quelque chose de vrai là-dedans.

— Don Anselmo serait mort s'il n'avait pas joué, doña Angélica, dit le Singe. Les artistes vivent de leur art. Qu'est-ce qu'il y avait de mal à ce qu'il joue là plutôt qu'ailleurs? La *Chunguita* le payait bien.

— Dépêchez-vous de boire votre café, mon cher ami, dit le docteur Zevallos. L'envie de dormir m'est venue tout d'un coup, j'ai les yeux qui se ferment.

— Eh, Singe, voilà notre cousin qui arrive, dit José. Tu as vu cette tête de deuil?

Le père García plonge le nez dans sa tasse de café, lance un grognement sourd quand la Sauvage, les souliers à la main, les yeux très maquillés, mais pas les lèvres, s'incline devant lui et lui baise la main. Lituma brosse la poussière qui salit son complet gris, sa cravate à pois verts, ses souliers jaunes. Ses cheveux dépeignés luisent de gomina, il a les traits tirés et il salue avec le plus grand sérieux le docteur Zevallos.

— On va le veiller ici, doña Angélica, dit-il. C'est la Chunga qui m'a chargé de vous prévenir.

— Chez moi? dit Angélica Mercedes. Et pourquoi ne le

laisse-t-on pas où il est ? Pourquoi le changer de place, le pauvre ?

— Tu veux qu'on le veille dans un prostibule ? grommelle le père García. Mais où as-tu la tête ?

— Je suis ravie de prêter ma maison, mon père, dit Angélica Mercedes. Seulement je croyais que c'était un péché de promener un mort d'un côté à l'autre. Ce n'est pas un sacrilège ?

— Est-ce que tu sais seulement ce que ça veut dire, un sacrilège ? grogne le père García. Ne parle pas de ce que tu ne comprends pas.

— Bolas et le Jeune sont allés acheter le cercueil et tout arranger pour le cimetière. — Lituma s'est assis entre les León. — Après, on l'apportera. La Chunga paiera tout, doña Angélica, les liqueurs, les fleurs, elle vous demande seulement de prêter la maison.

— Moi je trouve ça très bien, que la veillée ait lieu dans la Mangachería, dit le Singe. C'était un Mangache, que ses frères le veillent.

— Et la Chunga voudrait que vous disiez la messe, mon père, dit Lituma, en s'efforçant d'être naturel, mais sa voix est trop lente. Nous sommes allés chez vous pour vous le dire et on ne nous a pas ouvert. C'est une chance de vous trouver ici.

L'assiette vide roule par terre et il se produit un tourbillon de plis noirs au-dessus de la table, avec la permission de qui, le père García tape sur le plat de *piqueo*, qui est-ce qui l'avait autorisé à lui adresser la parole, et Lituma se lève d'un bond, incendiaire, qu'est-ce que c'était que ce ton : incendiaire. Le père García essaie de se lever et gesticule entre les bras du docteur Zevallos, sale canaille, chacal, la Sauvage tire sur la veste de Lituma, qu'il se taise, en poussant de petits cris, qu'il ne lui manque pas de respect, c'était un père, qu'on le fasse taire. Mais il verrait bien en enfer, sale canaille, il paierait tout ça, savait-il ce que c'était que l'enfer, sale canaille ? La figure en feu, la bouche tordue, le père García tremble comme une feuille et Lituma secoue la Sauvage sans pouvoir l'écarter, incendiaire, il ne l'insultait pas, lui, il ne le traitait pas de canaille, incendiaire, et le père García perd, récupère la voix, il était pire que cette malheureuse qui l'entretenait, il étend dans le vide ses mains exaspérées, un parasite de l'immondice, un chacal et maintenant aussi les León garrottent Lituma : il allait lui casser la gueule à ce vieux, il n'en pouvait plus, même

si c'était un curé, salaud d'incendiaire. La Sauvage s'est mise à pleurer et Angélica Mercedes tient une banquette à la main, la balance devant Lituma, comme si elle était décidée à la lui casser sur la tête s'il avançait d'un centimètre. Sur la porte, derrière les bambous, tout autour de l'établissement on voit des têtes attentives et excitées, yeux, tignasses, coups de coude et un vacarme croissant qui a l'air de se propager vers le reste du quartier et les noms du harpiste, des indomptables et du père García se détachent parfois du chœur braillard des mômes : incendiaire, incendiaire, incendiaire. Maintenant le père García tousse, les bras en l'air, véhément, rouge comme braise, tirant la langue et répandant sa salive tout autour de lui. Le docteur Zevallos le soutient les bras levés, la Sauvage lui fait de l'air, Angélica Mercedes lui donne de toutes petites tapes dans le dos et Lituma a un air confus à présent.

— Qui est-ce qui retiendrait sa langue quand on l'insulte comme ça, sans motif ? dit-il d'une voix hésitante. Ce n'est pas ma faute, vous remarquerez que c'est lui qui a commencé.

— Mais tu lui as manqué de respect et il n'est plus tout jeune, dit le Singe. Il a pas fermé l'œil de la nuit.

— T'aurais pas dû, Lituma, dit José. Excuse-toi, mon vieux, regarde dans quel état tu l'as mis.

— Excusez-moi, bredouille Lituma. Calmez-vous maintenant, mon père. Et puis il n'y a pas de quoi, après tout.

Mais le père García est toujours secoué par la toux et par les nausées, son visage baigne dans la morve, la bave et les larmes. La Sauvage lui essuie le front avec un coin de sa jupe, Angélica Mercedes essaie de lui faire boire un verre d'eau et Lituma pâlit, il le priait de l'excuser, mon père, et se met à gueuler, qu'est-ce qu'on voulait qu'il fasse encore, il ne tenait pas du tout à ce qu'il meure, nom de Dieu, et il se tord les mains.

— N'aie pas peur, dit le docteur Zevallos. C'est l'asthme et le sable qui lui est entré dans la gorge. Ça va lui passer.

Mais Lituma ne peut plus dominer ses nerfs, c'était l'autre qui l'insultait et il se mettait lui-même dans tous ses états, il se lamente en pleurant presque entre les bras des León, ça vous sciait un homme tous ces malheurs, il fait la moue et parfois on dirait qu'il va éclater en sanglots, cousin, du calme, ils le comprenaient, et lui, se frappant la poitrine : le harpiste, on le lui avait fait déshabiller, laver, rhabiller, qui est-ce qui

résisterait à ça, on n'était qu'un homme, après tout. Et eux
qu'il se calme, cousin, du courage, mais il ne pouvait pas,
bon Dieu de bon Dieu, il ne pouvait pas, et il s'effondre sur un
banc, la tête entre les mains. Le père García ne tousse plus et,
bien qu'il respire encore avec peine, son visage s'est rasséréné.
La Sauvage est agenouillée près de lui, *padrecito*, se sentait-il
mieux? et il fait signe que oui, qu'elle soit une fille perdue,
passe encore, ça la regardait, en grognant, la malheureuse,
mais il fallait être bien idiote de se damner pour entretenir
un bon à rien, un assassin, il fallait être idiote et elle, oui,
padrecito, mais qu'il ne se fâche pas, qu'il se calme, voilà,
c'était passé.

— Laisse-le t'insulter si ça lui fait plaisir, cousin, dit le
Singe.

— Très bien, je laisse faire, je me retiens, bafouille Lituma.
Qu'il m'insulte, assassin, bon à rien, allez-y, tout ce que vous
voudrez.

— Tais-toi, chacal, — grogne le père García, sans ardeur, avec
un détachement notoire, et sur le seuil, derrière les bambous,
il se produit une vague de rires. — Silence, chacal.

— Je ne dis rien, rugit Lituma. Mais arrêtez de m'insulter,
je suis un homme, je n'aime pas ça, bouclez-la, mon père.
Demandez-le-lui, docteur.

— C'est fini, *padrecito*, dit Angélica Mercedes. Ne dites pas
de gros mots, ça a l'air d'un péché chez vous, mon père, ne
vous énervez pas comme ça. Vous prendrez un autre petit café?

Le père García sort un mouchoir jaune de sa poche, bon, un
autre petit café, et se mouche avec force. Le docteur Zevallos
se lisse les sourcils, essuie avec une expression ennuyée la
salive qui est tombée sur les revers de sa veste. La Sauvage
passe la main sur le front du père García, lui arrange les
mèches des tempes et il la laisse faire, furieux et docile à la fois.

— Mon cousin veut vous demander pardon, mon père, dit
le Singe. Il regrette beaucoup ce qui s'est passé.

— Qu'il demande pardon à Dieu et cesse d'exploiter les
femmes, grogne tranquillement le père García, complètement
calmé. Et vous aussi, demandez pardon à Dieu, espèce de
feignants. C'est toi aussi qui entretiens cette paire d'inutiles?

— Oui, *padrecito*, dit la Sauvage, et il y a une nouvelle vague
de rires dans la rue.

Le docteur Zevallos écoute d'un air amusé.

— On ne peut pas dire que tu manques de franchise, grogne le père García, en se grattant le nez avec son mouchoir. Tu es vraiment une pauvre idiote.

— C'est ce que je me dis plus d'une fois, mon père, reconnaît la Sauvage en épongeant le front rugueux du père García. Et je le leur dis souvent en pleine figure, vous savez.

Angélica Mercedes apporte une autre tasse de café, la Sauvage retourne à la table des León et le groupe qui s'est entassé sur le seuil et derrière les bambous commence à se disperser. Les gamins reviennent à leurs courses poussiéreuses, on entend de nouveau leurs voix fluettes et aiguës. Les passants font une courte halte devant la *chichería*, passent la tête, montrent du doigt le père García qui, tout courbé, boit son café à petits coups, et s'en vont. Angélica Mercedes, les indomptables et la Sauvage parlent à mi-voix de nourriture et de boissons, calculent combien de personnes viendront à la veillée, murmurent des noms, des chiffres et discutent des prix.

— Vous avez fini votre café? dit le docteur Zevallos. C'est plus de soucis qu'il n'en faut pour aujourd'hui, allons au lit.

Pas de réponse : le père García dort tranquillement, la tête affalée sur sa poitrine, une pointe de son foulard trempant dans sa tasse.

— Il s'est endormi, dit le docteur Zevallos. Je ne sais pas ce que ça me fait de le réveiller.

— Voulez-vous qu'on lui prépare un lit? dit Angélica Mercedes. Dans l'autre pièce, docteur. On le couvrira bien, on ne fera pas de bruit.

— Non, non, il n'a qu'à se réveiller et je l'emmène, dit le docteur Zevallos. Il ne veut jamais revenir sur ce qu'il a dit, mais je le connais. La mort d'Anselmo l'a passablement affecté.

— Il devrait plutôt être content, murmure le Singe, l'air peiné. Chaque fois qu'il voyait don Anselmo dans la rue, il l'insultait. Il le haïssait.

— Et le harpiste lui répondait pas, il faisait comme s'il le voyait pas et il changeait de trottoir, dit José.

— Il ne le haïssait pas à ce point, dit le docteur Zevallos. Au moins pas ces dernières années. Seulement c'était une habitude chez lui, un vice.

415

— Alors que ç'aurait dû être le contraire, dit le Singe. Don Anselmo avait des raisons de le haïr.

— Dis pas ça, c'est un péché, dit la Sauvage. Les pères sont les ministres de Dieu, on ne peut pas les haïr.

— Si c'est vrai qu'il lui a fait brûler sa Maison, c'est là qu'on voit la grande âme qu'avait le harpiste, dit le Singe. Jamais je lui ai entendu dire la moindre parole contre le père García.

— Docteur, on lui a brûlé sa Maison pour de vrai, à don Anselmo? demande la Sauvage.

— Je ne t'ai pas raconté cette histoire cent fois? dit Lituma. Pourquoi veux-tu le demander au docteur?

— Parce que tu ne me le racontes jamais de la même façon, dit la Sauvage. Je le lui demande parce que je tiens à savoir comment ça s'est vraiment passé.

— Tais-toi, fiche la paix aux hommes quand ils causent, dit Lituma.

— Moi aussi j'aimais le harpiste, dit la Sauvage. J'avais plus de choses en commun avec lui que toi, c'était pas pour rien qu'on était compatriotes.

— Compatriotes? dit le docteur Zevallos, en interrompant un bâillement.

— Naturellement, petite, disait don Anselmo. Comme toi, mais pas de Santa María de Nieva, je ne sais même pas où ça se trouve.

— Vrai, don Anselmo? disait la Sauvage. Vous aussi vous y êtes né? Pas vrai que la forêt est belle, avec tous ses arbres et tous ses oiseaux? Pas vrai que les gens y sont meilleurs?

— Les gens sont les mêmes partout, petite, disait le harpiste. Mais c'est exact que la forêt est belle. Maintenant j'ai tout oublié de là-bas, sauf la couleur, c'est pour ça que j'ai peint ma harpe en vert.

— Ici tout le monde me méprise, don Anselmo, disait la Sauvage. On m'appelle la Sauvage comme on m'insulterait.

— Ne le prends pas comme ça, petite, disait don Anselmo. Plutôt comme une marque d'affection. Moi, ça ne me fâcherait pas si on m'appelait le Sauvage.

— Curieux. — Le docteur Zevallos se gratte le cou, tout en bâillant. — Mais possible, après tout. C'est vrai, les gars, que sa harpe était peinte en vert?

— Don Anselmo était mangache, dit le Singe. Il est né ici,

dans le quartier, et il l'a jamais quitté. Je lui ai entendu dire mille fois qu'il était le plus vieux des Mangaches.

— Tout ce qu'il y a de plus vrai, affirme la Sauvage. Et il se la faisait toujours repeindre par Bolas.

— Anselmo de la Forêt? dit le docteur Zevallos. Possible après tout, pourquoi pas, mais c'est curieux.

— C'est des inventions à elle, docteur, dit Lituma. La Sauvage ne nous a jamais dit ça, elle vient juste de l'inventer. Pourquoi racontes-tu ça à présent seulement?

— Personne me l'a demandé, dit la Sauvage. Tu dis bien que les femmes doivent jamais l'ouvrir?

— Et pourquoi t'a-t-il raconté ça à toi? dit le docteur Zevallos. Autrefois, quand on lui demandait où il était né, il détournait la conversation.

— Parce que moi aussi je suis de la Forêt, dit-elle, et elle lance autour d'elle un regard orgueilleux. On était compatriotes.

— Tu es en train de te payer notre tête, roulure, dit Lituma.

— Roulure peut-être, n'empêche que t'aimes bien mon fric, dit la Sauvage. C'est une roulure aussi, mon fric?

Les León et Angélica Mercedes sourient, Lituma a froncé les sourcils, le docteur Zevallos se gratte toujours le cou, les yeux méditatifs.

— Ne m'énerve pas, chérie, sourit artificiellement Lituma. Ce n'est pas le jour de discuter.

— Fais bien attention que ça ne soit pas elle qui s'énerve, plutôt, dit Angélica Mercedes. Et qu'elle te laisse et que tu crèves de faim. Fiche donc la paix à l'homme de la famille, indomptable.

Les León approuvent, ils n'ont plus leur visage de deuil, ils sont tout réjouis, et Lituma finit lui aussi par rire, doña Angélica, de bonne humeur, elle pouvait partir quand elle voulait. Mais elle s'accrochait à eux comme une ronce, c'est que Josefino lui faisait plus peur que le diable. Si elle l'abandonnait, il l'aurait tuée.

— Anselmo ne t'a jamais plus parlé de la Forêt, petite? dit le docteur Zevallos.

— Il était mangache, docteur, assure le Singe. Elle a inventé qu'il était de son pays parce qu'il est mort et qu'il peut pas se défendre, pour se donner de l'importance.

— Je lui ai demandé une fois s'il avait de la famille là-bas, dit la Sauvage. Va donc savoir, il m'a dit, ils doivent tous être morts. Mais d'autres fois il disait que non, qu'il était né mangache et qu'il mourrait mangache.

— Vous voyez, docteur? dit José. Si une fois il lui a raconté qu'il était son compatriote, ç'a dû être en plaisantant. Enfin tu dis la vérité, cousine.

— Je ne suis pas ta cousine, dit la Sauvage. Je suis une roulure et une putain.

— Que le père García ne t'entende pas, sinon il va encore piquer une colère, dit le docteur Zevallos, un doigt sur les lèvres. Et l'autre indomptable, qu'est-ce qu'il devient, les gars? Pourquoi ne sortez-vous plus ensemble?

— On s'est disputés, docteur, dit le Singe. On lui a interdit de mettre les pieds dans la Mangachería.

— C'était un sale type, docteur, dit José. Un sale bonhomme. Il est tombé bien bas, vous saviez pas? Il a même fait de la prison pour vol.

— Mais avant vous étiez inséparables et vous avez enquiquiné tout Piura avec lui, dit le docteur Zevallos.

— Ce qu'il y a, c'est qu'il était pas mangache, dit le Singe. Un mauvais ami, docteur.

— Il faut retenir un père, dit Angélica Mercedes. Pour la messe, et aussi pour qu'il assiste à la veillée et dise des prières pour lui.

En l'entendant, les León et Lituma, simultanément, prennent un air grave, froncent les sourcils, acquiescent.

— Un père salésien, doña Angélica, dit le Singe. Voulez-vous que je vous accompagne? Il y en a un qui est sympathique, il joue au football avec les gamins. Le père Doménico.

— Il connaît le football, mais pas l'espagnol, grogne, aphone, le foulard. Le père Doménico, stupide.

— Comme vous voudrez, mon père, dit Angélica Mercedes. C'était pour avoir une veillée tout à fait bien, vous voyez? Qui est-ce qu'on pourrait appeler, dans ce cas?

Le père García s'est levé et arrange son chapeau. Le docteur Zevallos s'est levé lui aussi.

— C'est moi qui viendrai. — Le père García fait un geste d'impatience. — La virago m'a bien demandé de venir? Alors, à quoi riment toutes ces discussions?

418

— Oui, *padrecito*, dit la Sauvage. Mme Chunga aimait mieux que ce soit vous.

Le père García, sombre et courbé, s'éloigne dans la direction de la porte sans lever les pieds du sol. Le docteur Zevallos tire son portefeuille.

— Il ne manquerait plus que ça, docteur, dit Angélica Mercedes. Vous étiez mes invités, pour le plaisir que vous m'avez fait en amenant le père.

— Merci, ma commère, dit le docteur Zevallos. Mais de toute façon je te laisse ça, c'est pour les frais de la veillée. A ce soir, je viendrai moi aussi.

La Sauvage et Angélica Mercedes accompagnent le docteur Zevallos jusqu'à la porte, baisent la main du père García et rentrent dans la *chichería*. En se tenant par le bras, le père García et le docteur Zevallos avancent au milieu d'un nuage de poussière, sous un soleil ardent, entre les ânes chargés de bois et de cruches, des chiens à longs poils et des gosses, incendiaire, incendiaire, incendiaire, aux voix incisives et infatigables. Le père Garcia ne s'émeut pas : il traîne péniblement les pieds et il a la tête qui penche sur sa poitrine, il tousse et se racle la gorge. Au moment où ils vont prendre une ruelle droite, un vacarme puissant vient au-devant d'eux et il leur faut se coller contre une cloison de bambou pour ne pas être bousculés par la masse d'hommes et de femmes escortant un vieux taxi. Un klaxon rachitique et faux n'arrête pas de résonner. Des gens sortent des masures et viennent à la rescousse, quelques femmes poussent déjà des exclamations, d'autres élèvent vers le ciel leurs doigts en croix. Un môme se plante devant eux sans les regarder, les yeux vifs et étourdis, le harpiste était mort, il tire le docteur Zevallos par la manche, on l'amenait en taxi, on l'amenait avec sa harpe et tout, et il file à toute vitesse, avec de grands gestes. Enfin, la foule s'arrête de passer. Le père García et le docteur Zevallos arrivent à l'avenue Sánchez Cerro, en faisant de tout petits pas, épuisés.

— Je passerai vous prendre, dit le docteur Zevallos. Nous irons ensemble à la veillée. Essayez de dormir huit bonnes heures, au moins.

— Je sais, je sais, grogne le père García. Cessez de me donner des conseils tout le temps.

DU MÊME AUTEUR

Aux Éditions Gallimard

LA VILLE ET LES CHIENS.

LA MAISON VERTE.

CONVERSATION À « LA CATHÉDRALE ».

LES CHIOTS, *suivi de* LES CAÏDS.

PANTALEÓN ET LES VISITEURS.

L'ORGIE PERPÉTUELLE.

LA TANTE JULIA ET LE SCRIBOUILLARD.

LA DEMOISELLE DE TACNA, *théâtre.*

LA GUERRE DE LA FIN DU MONDE.

HISTOIRE DE MAYTA.

QUI A TUÉ PALOMINO MOLERO ?

KATHIE ET L'HIPPOPOTAME *suivi de* LA CHUNGA, *théâtre.*

L'HOMME QUI PARLE.

L'ÉLOGE DE LA MARÂTRE.

LES CHIOTS (LOS CACHORROS). *Coll.* « *Folio bilingue* », *n° 15.*

LA VÉRITÉ PAR LE MENSONGE, essais sur la littérature.

LE FOU DES BALCONS.

L'IMAGINAIRE
GALLIMARD

231. John Dos Passos : *Milieu de siècle.*
232. Elio Vittorini : *Conversation en Sicile.*
233. Edouard Glissant : *Le quatrième siècle.*
234. Thomas De Quincey : *Les confessions d'un mangeur d'opium anglais* suivies de *Suspiria de profundis* et de *La malle-poste anglaise.*
235. Eugène Dabit : *Faubourgs de Paris.*
236. Halldor Laxness : *Le Paradis retrouvé.*
237. André Pieyre de Mandiargues : *Le Musée noir.*
238. Arthur Rimbaud : *Lettres de la vie littéraire d'Arthur Rimbaud.*
239. Henry David Thoreau : *Walden ou La vie dans les bois*
240. Paul Morand : *L'homme pressé.*
241. Ivan Bounine : *Le calice de la vie.*
242. Henri Michaux : *Ecuador (Journal de voyage).*
243. André Breton : *Les pas perdus.*
244. Florence Delay : *L'insuccès de la fête.*
245. Pierre Klossowski : *La vocation suspendue*
246. William Faulkner : *Descends, Moïse.*
247. Frederick Rolfe : *Don Tarquinio.*
248. Roger Vailland : *Beau Masque.*
249. Elias Canetti : *Auto-da-fé.*
250. Daniel Boulanger : *Mémoire de la ville.*
251. Julian Gloag : *Le tabernacle.*
252. Edmond Jabès : *Le Livre des Ressemblances.*
253. J. M. G. Le Clézio : *La fièvre.*
254. Peter Matthiessen : *Le léopard des neiges.*
255. Marquise Colombi : *Un mariage en province.*
256. Alexandre Vialatte : *Les fruits du Congo.*
257. Marie Susini : *Je m'appelle Anna Livia.*
258. Georges Bataille : *Le bleu du ciel.*
259. Valery Larbaud : *Jaune bleu blanc.*
260. Michel Leiris : *Biffures (La règle du jeu,* I).
261. Michel Leiris : *Fourbis (La règle du jeu,* II).
262. Marcel Jouhandeau : *Le parricide imaginaire.*
263. Marguerite Duras : *India Song.*
264. Pierre Mac Orlan : *Le tueur n° 2.*
265. Marguerite Duras : *Le théâtre de l'Amante anglaise.*

Ouvrage reproduit
par procédé photomécanique.
Impression Bussière Camedan Imprimeries
à Saint-Amand (Cher), le 13 août 1998.
Dépôt légal : août 1998.
Premier dépôt légal : mars 1981.
Numéro d'imprimeur : 983853/1.
ISBN 2-07-023381-2./Imprimé en France.

87961